셰리 공녀 이야기

아일린 장편소설

II

동아

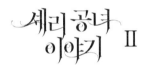
세리 공녀 이야기 II

초판 1쇄 인쇄일 | 2021년 4월 16일
초판 1쇄 발행일 | 2021년 4월 26일

지은이 | 아일린
펴낸이 | 박성면
펴낸곳 | (주)동아

출판등록 | 제406 - 3960100251002007000071호
주소 | 경기도 파주시 문발로 115, 세종대학교출판부 206호
전화 | (031)8071 - 5201
팩스 | (031)8071 - 5204
E - mail | bear6370@hanmail.net

정가 | 12,000원

ISBN 979 - 11 - 6302 - 481 - 1 (04810)
      979 - 11 - 6302 - 479 - 8 (set)

아일린 장편소설

셰리 공녀
이야기

II

동아

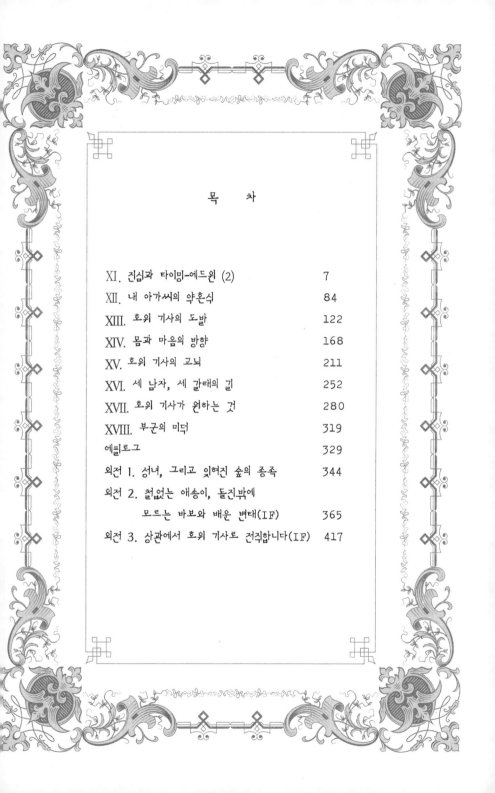

목   차

XI. 진심과 타이밍-에드윈 (2)

"내가 당장 린데카이르가로 가서 그놈의 버르장머리를……!"

"……그냥 두세요. 지금 가문 차원에서 대응하면 소문만 더 날 거예요."

"얌전하던 놈이 도대체 무슨 바람이 불어서……. 내가 그때 그 혼약을 막았어야 했는데, 미안하구나."

"아버지께서 미안해하실 필요 없어요. 이 건은 제가 해결해 볼게요."

구두 계약에 불과했다고는 하나 여전히 에드윈과의 약혼을 후회하는 후작을 보며 셰리의 아래턱에 힘이 단단히 들어갔다.

애초에 아버지께서 욕심을 부려 맺은 혼약도 아니었을뿐더러 이 약혼을 추진했던 공작 부인의 잘못도 아니었다. 이렇게 일이 커진 것은 오로지 에드윈의 기행 때문이었으니.

지난밤에 마주쳤던 그의 상태가 유난히 불안정했던 것을 간과한 게 잘못이었다. 그의 말도 안 되는 변명에 셰리도 머리끝까지 화가 나서 이성을 잃어버린 상태였다. 그래서 에드윈이 어딘가 이상하다는 걸 눈치채지 못했다.

'벌써 2년이나 된 일이고 여태 각자 잘 지내 왔잖아.'

황도로 복귀한 이상 약간의 수군거림은 감수했다. 하지만 더 이상 과거의 일에 대해 그와 나눌 이야기는 없을 줄 알았는데 그게 아니었던 걸까.

그날은 어떻게 저택으로 돌아왔는지 제대로 기억도 나지 않았다. 부글부글 끓는 속을 달랠 길이 없어 셰리는 파트너였던 레이먼드조차 잊고 그대로 후작 저로 향했다. 안 그래도 그런 연회가 처음이라고 했던 남자인데 제가 언질도 없이 먼저 사라졌으니 얼마나 황당했을지 뒤늦게 그에 생각이 미쳤다.

'……그리고 토르도.'

그곳에 그대로 두고 와 버린 셈이 되었다. 아니라고 할 테지만 눈앞에서 제 약혼 발표를 들었으니 잔뜩 상처받았을 게 분명했다.

인정한다. 제가 안일하게 저질렀다. 어떻게든 지금까지처럼 적당히 달래 가면서 한동안은 토르를 곁에 둘 수 있을 것이라고 생각했다.

날 때부터 권세가의 영애였던 셰리는 자라나는 내내 권력자의 지위를 잃어 본 적이 없었다. 황족은 아니더라도 그에 뒤지지 않는 고귀한 혈통이 그녀로 하여금 내키는 대로 행동하게 했다. 중죄만 저지르지 않는다면 어지간한 흠 정도는 셰리의 앞길에 생채기 하나도 낼 수 없었으니 말이다.

미혼 시절의 염문 정도는 구설수에 좀 올랐다 해도 시간이 지나면 절로 해소될 일이긴 했다. 그래도 피할 수만 있다면 그것조차 가급적 피하고 싶은 듯이 굴었던 건 단순히 셰리의 개인적인 강박이라고 보아도 좋았다. 제가 그렇게 받았듯 이후의 후계에게도 그 권력을 온전하게, 상처 하나 없이 물려주고 싶었다.

에드윈이 그저 불순한 의도로 그녀를 괴롭히기 위해 일련의 소동을 벌이고 있는 게 아니라는 건 셰리도 잘 알았다. 그래도 이건 아버지와 린데카이르 공작 각하의 힘을 빌리기보다 저와 에드윈 선에서 해결할 일이었다. 결국 아버지 세대가 일선에서 물러나고 나면 미하르쉘 후작가와 린데카이르 공작가는 긴밀한 정치적 파트너가 되어야 했으니까.

그래서 그녀가 택한 방법은…….

"셰리 님. 제가 가진 옷이 많지 않아서……."

"미안해요, 자꾸 급하게 불러내기만 해서."

응접실 안으로 들어서는 금발의 미청년에게 셰리는 환하게 웃어 주었다. 이러려고 약혼자로 삼은 것은 아니지만 그를 이용하게 된 셈이라 일말의 미안함이 잠시 그녀를 덮쳤다. 그러나 그도 잠시. 예상했던 것보다 더 해사한 남자의 모습에 셰리의 눈이 동그랗게 뜨였다.

"아, 별로인가요?"

"……아뇨, 레이먼드에게 정말, 잘 어울리는군요."

하얗고 매끄러운 피부에 찬란한 금발, 그 잘난 이목구비에 어떤 옷이 안 어울리겠냐마는 늘 입던 칙칙한 색과 달리 연한 하늘색 재킷을 걸친 레이먼드는 정말로, 빛이 났다. 화려한 자수가 수놓아진 깃에 먼저 눈이 갈 법도 한데 그가 본디 지닌 색이 너무나 화려해서 저절로 얼굴로 시선이 향했다.

셰리가 저도 모르게 들고 있던 찻잔을 놓고 레이먼드에게로 다가섰다. 카탈로그만 보고 대강 고른 옷을 이렇게 제대로 소화해 낼 줄은 몰랐던 까닭이다.

어느새 지근거리까지 다가와 저를 올려다보는 그녀와 마주한 레이먼드는 절로 허물어지려는 입매에 힘을 주었다.

'공녀님은 어디 가셨죠? 아까부터 안 보이시네요.'

'그러고 보니 린데카이르 공자님도…….'

갑자기 사라져 버린 셰리 때문에 레이먼드가 어젯밤 입장이 곤란해졌던 것은 사실이었다. 전 약혼자였던 에드윈 공자도 동시에 자취를 감췄음을 깨닫자마자 그는 굳어 가는 얼굴을 숨기기 어려웠다. 비단 저만 셰리의 부재를 알아챈 것은 아니었는지 그녀의 호위 기사도 근처에 몰린 인파를 헤치고 홀을 빠져나갔더랬다.

그렇게 그녀를 찾아 헤매다가 고위 귀족들에게 배당된 개인 휴게실 앞을 지키는 시종으로부터 이미 셰리가 홀로 연회장을 빠져나갔다고 듣게 되었다.

'다행이다. 에드윈 공자와 함께 계신 건 아니었어.'

긴장이 풀려 간신히 벽을 짚은 그 순간, 묘하게 불안한 눈치인 시종의 태도가 눈에 들어왔다.

목소리를 낮추며 뒤를 힐끔대는 것을 보아하니 신경 쓰이는 존재가 더 있는 모양인데. 황궁에 몸을 담은 지 오래된 자라 필시 어지간한 지위를 가진 귀족의 눈치를 볼 리는 만무하고…….

에드윈 공자가 저 개인 휴게실 중 어딘가에 있으리라 어렵지 않게 추측할 수 있었다. 슬며시 아랫입술을 사리문 레이먼드의 영특한 머리가 상황을 파악하느라 바쁘게 돌아갔다.

역시 처음의 예상대로 아가씨와 공자가 만나긴 했겠지만 제가 우려하는 일은 없었던 듯했다. 그러기엔 그녀가 머무는 시간이 너무 짧았다. 연회장에서 보여 준 그들의 기류를 보아할 때 차라리 다툼이 있었다면 있었겠지.

아마 그 다툼도 일방적으로 셰리가 끝내 버리고 나왔을 가능성이 높았다. 모두가 보는 앞에서도 그렇게 절절한 눈빛을 내보이는 남자가 먼저 목소리를 높일 수 있을 리가.

'그렇다면, 적어도 둘이 같이 떠나진 않았어. 괜찮아, 최악의 상황은 아니야.'

순식간에 사실에 가깝게 추측해 낸 레이먼드는 허물어진 몸을 바로 세우고 다시 홀로 향했다. 비록 그녀가 먼저 돌아갔다고는 하나 이제 저는 후작가의 사위가 될 몸. 이럴 때일수록 수습을 잘 해내어 존재 가치를 증명해야 했다. 아가씨께 제가 대체하기 어려운, 꽤 쓸모 있는 약혼자라는 것을 보여 드리고 싶었다.

그렇게 연회장으로 향하는 복도를 걸어가는 레이먼드의 앞에 그새 땀에 젖은 토르가 나타났다. 거칠게 몰아쉬는 숨을 보아하니 여기저기 그녀를 찾아 헤맨 모습이었다. 그를 힐끔 보고 걷던 속도를 늦추지 않은 채 레이먼드는 연회장 안으로 재등장했다.

'셰리 님께서는 다른 일정으로 인해 먼저 귀가하셨다고 합니다.'

'아아, 역시. 곧 승전 기념행사도 있을 테니까요.'

'그럼요! 오늘 연회에서 굳이 이렇게 자리를 빛내 주신 것만으로도 감사한 일이지요.'

곤란한 미소를 띤 준수한 청년이 제 약혼자의 이른 귀가를 알리며 양해를 구했다. 그러자 그녀의 부재가 내심 궁금했던 연회장 안의 이들이 홀린 듯이 고개를 끄덕였다.

어디론지 사라져 버린 에드윈 공자야 그렇다 치더라도 셰리 정도의 압도적인 영향력을 가진 이가 오래 남아 있으면 내내 주위의 이목을 끌어 버릴 테다. 그래서인지 오히려 안도의 기색을 내비치는 이들마저 있었다.

다른 이들과 형식적으로 어울려 주다 레이먼드도 금세 자리를 떴기에 이후에 무슨 이야기가 오갔는지는 알 수 없었다. 그래도 셰리와 에드윈 공자가 동시에 아무 말 없이 사라져 버린 사실이 화젯거리가 되진 않았으니, 최악의 상황을 면한 것만은 사실이었다.

셰리로서도 그러한 그의 노고를 알아차렸기에 일말의 미안함을 담은 보답의 의미로 보란 듯이 선물 공세를 퍼부은 것도 있었다. 그렇게 순수한 의도의 선물은 아니었던지라 레이먼드가 입고 나타났을 때의 모습을 딱히 기대하진 않았었는데.

"방금 아가씨 약혼자분 봤니? 나 방금 상상했어."

"뭘?"

"두 분 사이에서 태어날 아기님 말이야."

그런데 생각보다 고급스러운 옷이 더 잘 어울려 셰리는 물론이고 저택의 사용인들마저도 눈을 반짝였다. 한낱 남작가의 차남이라기에 내심 아가씨의 고귀한 지위와 비교하게 되었는데 이렇게 보니 날 때부터 한 쌍이었던 것처럼 잘 어울리기 그지없었다. 역시 저 화사하고 달콤한 금발과 아름다운 얼굴 덕분이리라.

연회에 참가할 때처럼은 아니지만 꽤 신경 써서 치장을 한 셰리의 모습도 레이먼드의 가슴을 설레게 하는 것은 마찬가지였다. 그는 조용히 마른침만 삼켰다.

'어리석은 공자 같으니.'

이런 아가씨의 곁에서 괜히 스스로 물러섰다 싶었겠지. 마치 눈에 아무도 보이지 않는다는 양 무작정 다가서던 어제 그의 태도가 이해가 되지 않는 것은 아니었다. 하지만 결국 그녀의 선택을 받은 사람은 저였다.

그리 생각하니 묘한 승리감이 가슴께까지 차오르는 기분이 들었다.

어쩔 수 없었다고는 해도 아카데미를 다니는 동안 내내 시커먼 후드를 둘러쓰고 다녀야 했다. 그래서인지 레이먼드는 음침하고 기분 나쁘다는 소리를 듣곤 했다.

과거가 어떻다고 한들 아가씨의 옆자리를 차지하는 남자는 제가 될 터였다. 같은 아카데미를 다니면서도 늘 화제의 중심에 서 있던 그 고고하고 지위 높은 공자나, 엘프를 닮은 외양으로 최근 황도를 떠들썩하게 하는 잘난 얼굴의 호위 기사가 아니라.

워낙 어린 나이에 험한 꼴을 많이 봐서였을까. 여자에게 발정할 수도 있는 몸이라는 것을 스스로도 모르고 살았다. 처음의 그날 밤, 그리고 그다음의 밤은 지금도 차마 잊으려야 잊을 수 없는 순간들이었다. 마법으로 가려져 실제 모습이 아닌 아가씨와의 입맞춤만으로도 당황스러울 만큼 빠르게 전신의 피가 돌았다. 상투적인 표현이지만 정말로 제가 '살아' 있는 느낌이 들었다. 도대체 그건 뭐였을까.

"하, 아가씨……."

그날을 기억하고 연신 애태우는 것이 저뿐이라는 사실이 못내 아쉬웠다. 하지만 아직은 제가 그 '마스터'라는 사실을 밝히면 안 된다는 것을 본능적으로 알고 있었다. 조금만, 조금만 더 공식적인 사이가 되고 나면……. 아니, 꼭 그게 아니더라도 지금처럼 처음부터 차근차근 쌓아 올라가는 사이라도 상관없었다. 어차피 시간은 제 편이므로.

* * *

그렇게 제법 다정하게 팔짱을 낀 채로 저택을 나와 준비된 마차에 오르려던 레이먼드와 셰리가 둘 다 움찔했다. 떡하니 미하르쉘 후작가의 표식이 새겨진 화려한 마차 옆에 익숙한 청록빛 머리칼의 청년이 서 있었다. 후작가 기사 정복을 깔끔하게 차려입은 토르가 그들을 보고 얌전히 고개를 푹 숙였다.

"톨체르 베거티, 오늘부로 남은 휴가를 반납하고 후작가로 복귀합니다."

"아……."

떨떠름한 셰리의 눈길이 후작저의 집사장인 데릭에게로 가닿았다. 때 이른 그의 복귀를 이번에는 막을 수 없었다는 듯한 데릭의 표정에 그녀의 입가가 애매하게 일그러졌다.

하지만 다른 이도 아니고 약혼자가 될 이 앞에서 호위 기사와 드잡이하는 모습을 보일 수도 없는 노릇이다. 레이먼드의 팔에 얹은 손에 힘을 주는 동시에 셰리가 애써 미소를 띠었다.

"휴가를 충분히 즐긴 모양이군요. 복귀를 허가합니다. 내일부터 호위 업무를 맡아도 좋아요."

"……아닙니다. 당장 오늘부터 수행하겠습니다."

"그럼, 그렇게 해."

다시 예전처럼 꽉 막힌 시절로 복귀하기라도 한 것처럼 고집스러운 태도였다. 셰리가 저도 모르게 퉁명스러운 목소리를 내었다.

하지만 말하고 나서 아차 싶었다. 그렇다고 저택의 사용인들이 보는 앞에서 미안해하는 기색을 보일 수는……. 티는 내지 않고 있지만 제 곁에 선 레이먼드와 마찬가지로 토르 역시 어제 에드윈과 제가 동시에 사라졌던 일에 대해 신경이 쓰이지 않았을 리가 없었겠지.

하지만 약혼자가 될 레이먼드라면 몰라도 호위 기사에게까지 변명할 필요는 없지 않은가. 더구나 그때는 그가 호위 업무를 수행하고 있던 때도 아니었으니 말이다.

애써 모질게 먹은 마음과 달리 가슴속에는 묵직한 돌덩이가 얹힌 것 같았다. 연신 불편한 감각이 그녀를 찌르고 있었다. 도의적으로도 그에게 저는 아무런 책임감을 느낄 필요가 없다고 되뇌던 셰리는 보란 듯이 레이먼드의 에스코트를 받아 마차 위로 올랐다.

차라리 잘되었다. 앞으로도 레이먼드와 함께 할 일이 많을 것이고, 약혼 기간을 거치고 나면 결혼까지 하게 될 텐데 매번 토르를 피할 수는 없지 않은가. 차라리 지금부터 그에게 저와의 관계를 받아들인다는 것이 어떤 의미인지를 알려 주는 편이 나았다.

필사적으로 제 행동에 대해 합리화하느라 입술을 꼭 다문 셰리의 옆으로 레이먼드가 가깝게 다가앉았다.

"아!"

"제가 경황이 없어 제대로 전해 듣지 못했는데, 혹시 생각하시는 행선지가 어디인지 여쭤도 될까요?"

"……함께 황도 구경을 하면서 저녁 식사를 하고자 하는데, 영식은 달리 가고픈 곳이 있으신가요?"

"저야 셰리 님께서 가고자 하는 곳이면 다 좋습니다. 레이, 라고 편하게 불러 주시면 제일 좋고요."

빙긋 웃는 미청년의 뺨에 다시금 볼우물이 곱게 패였다. 그때는 에드윈 공자를 도발하기 위해 그리 불렀던 것인데……. 눈꼬리가 처져 순해 보이는 인상과 다르게 은근한 책망이 느껴지는 그의 화법에 셰리가 마주 웃어 주었다.

"좋아요, 레이. 앞으로는 이 호칭을 입에 붙여야 할 테니까요."

"감사합니다."

무릎 위에 가지런히 놓인 그녀의 한 손을 레이먼드가 조심스레 들어 올렸다. 눈짓으로 허락을 구한 후 가볍게 손등에 입을 맞췄다.

확실히 토르보다는 어른스러운 자였다. 단지 세 살 차이만으로 이렇게 다른 것일까. 그와의 결합으로 얻게 될 그 어떤 이득보다도 셰리는 레이먼드의 이러한 면모가 가장 마음에 들었다.

똑똑해 보이니 어쩌면 저와 토르와의 관계도 이미 눈치채고 있을지도 모르지. 아니, 굳이 이 시점에서 또다시 제 애칭을 불러 달라 하는 모양새를 보면 분명히 전혀 짐작하지 못하는 것은 아닐지도 몰랐다. 자세히 설명해 주지 않는 서운함을 영리하게 표현해 낼 줄 아는 레이먼드와 방금 전 토르의 모습이 비교되는 것은 어쩔 수 없었다.

"요즘 황도에서 인기 있는 오페라가 있다던데 레이도 들어 봤나요?"

"아, '글로스터 가문의 비극'이라는 제목의 오페라 말씀이십니까?"

"미리 물어보지도 않고 예약했는데, 괜찮죠?"

뒤늦게 허락을 구하면서도 셰리는 그다지 미안한 기색이 없었다. 하지만 그녀의 빙글거리는 얼굴을 마주한 레이먼드가 시선을 피하며 제 턱 아래를 슬쩍 긁었다.

"오페라라니 어쩐지 연인 같은……."

"그러고 보니 레이는 연인이 없었나요? 아카데미에서 연애하는 경우도 많다고 들었는데."

"그다지 인기 있는 타입은, 아니어서요."

한층 더 겸연쩍어 보이는 그의 얼굴에, 짓궂은 표정을 한 셰리가 레이먼드의 곁으로 조금 더 바짝 다가갔다. 그러자 흠칫하며 고개를 반대로 돌리는 터라 그녀의 얼굴도 자연히 그를 향해 가까이 붙었다.

"아카데미에서 잘생긴 남자는 인기가 별로 없나 보죠?"

"아……."

급기야 턱을 긁던 손으로 제 입을 막아 버린 레이먼드의 귓가가 미미하게 달아오른 것이 눈에 들어왔다. 입학 당시에 어린 나이여서 꽤 화제가 되었던 것에 비해 재학 동안에는 잠잠했다지.

'한창 좋을 나이에 정말로 연애 한번 못 해 봤나?'

굳이 따지자면 다른 여자들의 손을 많이 탄 남자보다야 경험이 적은 편이 좋지만, 이 얼굴을 주위에서 가만히 두지는 않았을 텐데. 새삼스레 제 예비 약혼자의 화려한 미모를 감상하던 셰리가 무언가 떠오른 듯 아, 하는 탄식을 삼켰다.

그러고 보니 찍힌 사진들이 죄다 앞머리를 덥수룩하게 기른 모습들뿐이었더랬다. 처음에는 마법학 전공자들의 특성상 외모에 신경 쓰지 않는 성격이라 그런가 했는데, 오늘 고른 옷 취향을 보아하니 굳이 그런 타입은 아닌 것 같고.

폐쇄적이기로 유명한 마탑은 물론이거니와 마법학 연구소의 경우 외부인들의 출입이 쉽지 않은 까닭에 그의 행적은 비어 있는 구석이 많았다. 햇빛을 쐬면 죽기라도 하는 것처럼 죄다 로브를 둘러쓰고 다니는 작자들이니 외부에서 구별하기도 어려웠고.

"여태 왜 앞머리를 기르고 다녔어요? 사진이 전부 그런 것밖에 없던데."

"……스승님께서 제 얼굴을 싫어하셔서요."

얼굴에 흉측한 상처가 있는 것도 아니고, 준수하기 그지없는 얼굴을 싫어하는 사람도 있나? 저 외모라면 분명히 어린 시절에는 천사같이 더 아름다웠을 텐데.

궁금증을 마저 해소하려던 셰리의 물음이 이어지기 직전, 마차가 멈추어 서더니 이내 조금은 다급하게 노크 소리가 들려왔다.

난감해 보이는 레이먼드의 얼굴을 본 셰리가 어깨를 으쓱이며 일어섰다. 굳이 당장 물어볼 급한 사안도 아니거니와 그녀가 오늘 그와 보란 듯이 황도

한복판에서 일종의 데이트를 즐기는 모습을 보여 주는 것이 더 중요했기 때문이었다.

"......."

그때, 마주 보는 게 아니라 바로 옆에 착석한 모습을 보았는지 마차 문을 열어 주던 토르의 얼굴이 다소 굳었다. 그가 습관처럼 에스코트를 청하기 전에 레이먼드가 먼저 그녀에게 손을 내밀었다.

열린 마차 문 사이로 왼쪽에는 레이먼드가, 오른쪽에는 토르가 서 있었다. 각자 다른 매력을 뽐내는 보기 드문 미청년들이 마치 제 선택을 바라는 것 같았다. 참으로 묘한 광경이라 셰리의 고개가 약간 기울어졌다.

누가 봐도 한 눈에 시선을 사로잡을 만큼 반짝이는 색채를 지닌 화려한 미남인 레이먼드, 정석적인 미남의 조건처럼 새하얀 피부는 아니지만 사람 같지 않을 정도로 청초한 미모인 토르.

굳이 취향을 따지자면 여러 번 밤을 함께 보낸 제 호위에게 마음이 기우는 것은 사실이었다. 하지만 셰리는 이곳에 온 목적을 다시 한번 상기하며 레이먼드의 섬세하고 흰 손을 잡았다.

"그럼, 들어갈까요?"

* * *

황족들만이 앉을 수 있는 최상석인 미텔로제를 제외하고 그다음으로 상석인 박스석에서 오페라 관람이 이어졌다. 공연이 끝나고 나자 레이먼드는 입장할 때와 달리 다소 들뜬 모습을 보였다. 그와 달리 극의 초반부부터 어두워지기 시작한 셰리의 표정은 빈말로라도 썩 기꺼운 기색이라고 보기 어려웠다.

워낙 유명한 고전을 재해석한 극이라 이미 알고 있던 내용이었다. 하지만 셰리는 극이 진행되는 동안 좌석 뒤에서 대기하는 토르에게 절로 쏠리는 신경을 애써 모른 척하려 억누르고 또 억눌렀다. 이 오페라가 간악한 서자가 술수를 부려 제 아비와 적자를 음해하는 내용이었다는 사실을 뒤늦게 떠올린 탓이었다.

'그 변경백 이야기 들었어요? 베거티 가문 말이에요.'

'도대체 무슨 생각일까요. 그 집 첫째 나이가 몇인데…….'

'설마하니 형들을 제쳐두고 사생아를 후계자로 세우려는 건 아니겠죠?'

비록 지금은 더 이상 서자가 아니나 사교계에 새로이 등장한 토르의 소문에는 역시나 과거 서자였던 사실이 꼬리처럼 달라붙었다. 제국에서 사생아의 취급이 유달리 박한 만큼 나이 지긋한 귀부인들 사이에서는 일종의 흠으로 받아들여지는 모양이었다.

두 사람이 좌석을 벗어나 극장 입구로 향하자 수많은 시선이 그들을 좇았다. 묵묵하게 제 뒤를 따르는 토르를 힐끔 보았다. 언뜻 보기에는 걱정했던 바와 달리 평소와 같은 얼굴이었다. 아무리 그래도 귀족 자제인 만큼 〈글로스터 가문의 비극〉의 원작 내용마저 모를 리는 없을 텐데. 이미 무덤덤해진 것일까.

"사실 이렇게 큰 곳에서 오페라는 처음 봅니다. 음향을 증폭시키는 마법석이 굉장히 효율적으로 설치된 것 같더군요. 폐쇄적인 공간에서 답답한 느낌이 들지 않도록 환기시키는 아티팩트는 굉장히 고가인데……. 역시 황도는 다르네요."

"레이는 오페라가 아니라 그런 것을 보고 있었나요? 코딜리아 역을 맡은 배우는 굉장한 미인으로 인기가 많던데."

특유의 조곤조곤한 어투의 저음으로도 제 들뜸을 여실히 드러내는 레이먼드의 말에 셰리에게서 작은 웃음이 삐져나왔다. 어쩐지 비극적인 부분에서마저 내내 흥분한 기색을 감추지 못하더니…… 극 자체가 아니라 부수적인 것들에 집중하고 있었나 보다.

셰리가 짐짓 새침한 어조로 극 중의 배우를 언급하며 레이먼드의 얼굴을 살폈다. 어떤 배우를 말하는 것인지 바로 떠올리지 못했는지 잠시 그의 잘생긴 미간이 모아졌다. 그러다 이내 진지하게 입을 열었다.

"아, 배우들의 열연도 물론 인상 깊었습니다. 하지만 제 곁에 셰리 님이 계시는데 시선이 갈 리가요."

"……"

짓궂게 놀려 보려던 시도를 되받아친 레이먼드의 대답에 셰리의 입이 더 이상 열리질 못했다. 그녀의 꼭 닫힌 입을 보며 또다시 휘어지는 눈매를 보아하니 다분히 주위를 의식한 발언인 것이 분명하건만. 누가 보아도 제 연인에게 담뿍 빠진 듯한 표정에 연이어 다정한 미소까지 지어서인지 또다시 주위의 눈길이 그에게로 쏠렸다.

'아까는 아카데미에서 인기 있는 타입이 아니었다면서 별것 아닌 칭찬에도 그렇게 쑥스러워하더니……'

본능적으로 대중의 시선을 사로잡는 법을 아는 이였다. 물론 이에 더하여 아까 제가 잘생겼다고 놀린 데에 대한 자그마한 복수도 있었을 것이다.

아름답다는 말이야 질리게 들어왔지만 모두가 감탄할 만한 미남에게 듣는 것은 또 다른 느낌이었다. 민망함을 감추느라 셰리의 표정이 짐짓 새초롬해졌다. 굳이 숨기려 들지 않는 그 일련의 감정들이 그대로 와 닿아서 그녀를 내려다보는 레이먼드의 볼우물이 더욱 깊게 패였다.

별다른 연출이 없이도 두 사람의 모습은 막 관계를 시작한 풋풋한 연인의 그것이었다. 그래서 내심 요 며칠간 에드윈 공자의 기행과 셰리를 엮어 생각해 보던 이들의 입도 조개처럼 꼭 다물렸다.

또 다른 화제의 중심이었던, 짙은 남색의 기사단 정복을 입은 토르에게도 힐끔힐끔 시선이 닿았다. 과연 연회에 참석한 이들이 입을 모아 칭찬할 만한 미색이었다. 일찍이 사별했던 톨체르 백작과 새파랗게 어린 자작 영애의 스캔들을 기억하는 귀부인들은 눈살을 찌푸렸지만, 또래의 어린 영애들은 아닌 척 그의 얼굴을 훔쳐보기에 바빴다.

어딘지 상심에 젖어 어둡게 가라앉은 옆얼굴이 유난히 수려했다. 작위를 이어받기는 어렵겠지만 그래도 미하르셸 후작가의 정식 기사이니, 하급 귀족 영애들에게는 한번 노려봄 직한 신랑감이었다. 아니, 작위와 상관없이 저 정도의 외모와 체격이라면…….

누군가가 꿀꺽, 침을 삼키는 소리가 들린 것도 같았지만 셰리 일행이 마차를 타고 사라지자 이내 약속이라도 한 듯이 시선이 흩어졌다.

그들이 다음으로 도착한 곳은 재력이 있는 귀족들만을 받는 고급 레스토랑이었다. 어지간한 지방 자작과 남작 집안의 자제들은 문턱조차도 밟아 보기 어려운 이곳은 아까와 같은 다수의 눈길은 피하면서도 레이먼드와의 관계를 과시하기에 좋았다.

"공녀님과 영식을 위해 가장 큰 룸을 비워 두었습니다. 아, 호위분은 따로 식사를 준비해 드릴까요?"

"글쎄……. 토르는 어떻게 할래?"

"저는, 이대로 밖에서 대기해도 괜찮습니다."

이미 아까의 분위기만으로도 에드윈 공자와 재결합하는 것이 아니냐는 소문은 가라앉았을 테다. 그러나 셰리는 이 기회에 더욱 확실하게 저와 레이먼드의 관계가 널리 알려지길 원했다. 다만 룸으로 들어가게 되면 또다시 토르를 바깥에 세워 두어야 한다는 점이 잠시 마음에 걸렸을 뿐.

'그렇게 왜 시키지도 않은 조기 복귀를 해서 마음을 불편하게 만드는 거야.'

문득 정신을 차리고 보면 자꾸만 그에게 가려는 시선을 억지로 돌리느라 애썼다. 셰리는 그런 제 모습을 레이먼드가 빤히 다 보고 있다는 것도 눈치채지 못했다. 그래서 굳게 닫히는 문틈으로 레이먼드와 토르의 눈이 마주친 것도, 레이먼드의 볼우물이 다시금 깊게 들어간 사실도 그녀는 전혀 몰랐다.

* * *

탁-

바깥 복도와 안쪽의 방을 완전히 분리시키는 문소리가 들리자마자 토르는 가까스로 벽에 제 몸을 기대어 섰다. 아까부터 연신 이를 악물어서인지 팽팽하게 힘이 들어간 턱이 아릿하게 당겨왔다.

오페라를 보면서도 커튼 밖에서 대기해야 했지만 이곳은 더더욱 그가 함께 들어올 수 없는 공간이었다. 외간남자도 아닌 약혼자가 될 사내와 함께 들어간 프라이빗 룸에서까지 호위를 하겠다는 명분을 내세울 수는 없으니…….

"……하, 젠장."

애써 아무렇지 않은 얼굴을 유지하려 노력했지만 자꾸 입가가 파르르 떨려오는 것을 막을 수가 없었다. 결국 그의 커다란 손이 제 입을 덮었다. 셰리와 레이먼드가 다정한 모습을 보일 때마다, 아니 서로 눈이 마주치는 것만 보여도 뱃속이 싸늘하게 조여들고 울컥거리는 무엇인가가 입 밖으로 나오려 하는 기분이었다.

'질투'라는 감정 자체를 안 것도 얼마 되지 않았는데, 그 감정은 벌써 매번 새롭게 그를 갉아먹고 있었다. 하루에도 열댓 번은 넘게 생각했다. 눈을 감았다 뜨면 저 옆자리에 제가 있기를.

당장 지난밤에 그렇게 사라져 버린 에드윈 공자와 무슨 일이 있었나 싶어 조급증을 참지 못해 달려와 놓고. 그녀 옆에 당연한 듯이 서 있는 약혼자를 보자 저도 모르게 눈이 뒤집혀 당장 수행하겠다고 나서 버렸다. 멀리서 눈과 귀를 막고 홀로 망상하는 괴로움보다는 직접 곁에서 목격하는 지옥을 택한 건 저였지만…… 생각보다 훨씬 더 아프고 고통스러웠다.

아가씨의 눈앞에서는 혹시 일말의 편린이라도 내비칠세라 필사적으로 참았다. 그러나 방금 전, 그녀의 약혼자와 눈을 마주치고 나자 평정심을 유지하기 어려웠다. 제가 과민하게 반응하는 것인지 모르겠다. 하지만 어딘지 모르게 의기양양해 보였던 그 눈빛. 별것 아닐 수 있는 상황을 확대 해석하게 되어 마음이 끊임없이 수런거렸다.

여태까지는 에드윈 공자와 셰리가 예전의 사이로 돌아가게 될까 봐 전 전긍긍했다면 오늘을 기점으로 레이먼드 역시 만만치 않은 자임을 깨닫게 되었다. 그는 마치 날 때부터 제가 아가씨의 짝이었다는 양 당연하게 다른 이들 앞에서 그녀와의 관계를 과시했더랬다.

정략 악혼이라고 해서 아직까지는 제가 파고들 틈이 있다고 생각했는 데……. 벌써부터 셰리를 바라보는 시선이 남달랐다. 게다가 마지막에 보였던 그 눈빛을 제가 착각한 것이 아니라면, 그 남자도 아가씨를 다른 남자와 나누길 원하지 않을 것이 분명했다. 그럼 저는 이제 어떻게 되는 지 밀려드는 불안함에 제대로 서 있기도 어려웠다.

애정이 고스란히 느껴지는 그 시선을 코앞에서 바라보면서 아가씨가 조금은, 아주 조금은 원망스러웠다. 하긴, 평소 여자 생각은 해 볼 줄도 모르던 제 마음마저 순식간에 훔쳐 가신 분인데, 다른 사내들이야 말해 무엇 할까.

답답한 마음에 토르는 말아 쥔 주먹으로 제 가슴을 쳤다. 내심 정략에 가까운 결혼이니 혼인을 하고 나서도 그동안의 정을 보아 저를 곁에 두 시지 않을까 했던 기대가 아스라이 부서져 내렸다.

착잡한 마음을 누를 길이 없어 토르는 어정쩡하게 기대선 자세 그대로 입만 틀어막았다. 그러던 그의 앞에 아까 보았던 레스토랑의 지배인이 조심 스레 다가와 물었다.

"린데카이르 공자께서 잠시 뵙고자 하시는데, 어떻게 하시겠습니까?"

"……저는 공녀님의 호위입니다. 설령 황제 폐하께서 부르셔도 제 주인의 허락 없이 자리를 비울 수 없습니다."

위태위태해 보였던 좀 전의 모습과 달리, 토르는 바로 몸을 곧추세우고 단호하게 대답했다. 지배인은 조용히 물러났다. 공자께서 공녀께 알리지 말고 그 호위를 데려오라고 하셨으니 소란을 일으켜서는 아니 되었다.

의외로 순순히 물러선 지배인이 시야에서 사라지자 토르는 빠르게 마른

세수를 했다. 그다지 영민하지 못한 제 머리로도 공자가 아가씨가 아닌 저를 찾았다는 사실이 이상하게 느껴졌다. 비록 저번 황도거리에서 약간의 기싸움을 벌였다지만…….

'셰리 님과 내 관계를 알지는 못할 텐데…….'

아니, 그러고 보니 어젯밤 그녀와 공자 모두 함께 사라졌던 얼마간의 공백이 있었다. 누군가에게 물어볼 수 있는 처지가 아니라 직접 제 발로 정원과 연회장 건물 구석구석까지 확인하지 않았던가. 아가씨의 휴게실이 있는 방향에서 걸어 나오는 레이먼드를 보고 황급히 그곳으로 달려가 보았으나 이미 귀택하셨다는 소식만을 들었을 뿐이었다.

더 이상 연회에 머무를 필요성을 느끼지 못해 백작가로 돌아가면서도, 저택의 제 방에 돌아와서도 도저히 잠을 이루지 못했었다.

그때 저를 바라보던 레이먼드의 눈빛, 그리고 동시에 에드윈 공자와 사라졌다가 홀로 먼저 돌아가 버린 셰리 님.

'뭐지, 내가 도대체 뭘 놓치고 있는 거지.'

곱씹을수록 초조함에 머리가 어떻게 되어 버릴 것만 같았다. 하지만 토르는 애써 평정을 가장하며 조금 구겨졌던 정복을 탁탁 털어 반듯하게 펴냈다. 동시에 이곳에 에드윈 공자도 와 있다는 사실을 알게 되었으니 잠시 느슨해져 있던 기감을 서둘러 끌어 올렸다.

"하……."

그래서는 안 됐는데 좀 전까지 혼자만의 감상에 빠져 안이하게 굴었다. 심란해하는 제 모습을 보고 누군가 혹시 오해라도 한다면……. 아니, 오해하도록 두는 쪽이 나았을까. 저와 아가씨의 관계가 알려진다면 지금 이 약혼도 혹시.

불시에 든 나쁜 생각에 퍼뜩 놀란 그가 다시 고개를 세차게 저어 상념을 떨쳐내려 애썼다. 그런 토르의 기감에 그에게로 다가오는 인기척이 잡혔다.

"네가 '그' 호위 기사인가."

"……."

불러도 오지 않으니 본인이 직접 나선 모양이었다. 전쟁터에서 구른 자답지 않게 창백하리만큼 희고 깨끗한 피부였다. 그리고 그 피부가 짙고 어두운 머리색과 대비되는 것이 가장 먼저 눈에 들어왔다. 그래서인지 눈 아래로 진거뭇한 그늘이 더욱 도드라졌다.

지난번 시내에서 마주쳤을 때도, 데뷔탕트 연회에서의 잘 꾸며진 모습에서도, 그리고 지금의 편한 복장조차 어딘지 모르게 귀기가 서린 그의 존재감을 숨기기는 어려워 보였다.

에드윈은 방금 전까지 머리를 흔들어 대느라 조금 흐트러진 토르의 머리칼을 흘끔 바라보았다. 잠시 멈춰 섰던 그가 이내 토르의 앞까지 다가왔다. 인사는커녕 고개조차 숙이지 않는 토르의 건방지기까지 한 태도를 개의치 않는 듯했다.

"좋아, 어차피 경에게 공자 대우를 받으러 온 것은 아니니……. 단도직입적으로 묻지. 네놈이 요즘 셰리와 가까이 지내고 있나?"

차마 연인이냐고 묻고 싶지도, 믿고 싶지도 않음에 에둘러 나오는 말이었다. 에드윈의 적개심이 숨길 수 없이 묻어 나왔다.

"제가 대답해야 합니까?"

토르 역시 평소에도 썩 살가운 성격은 아니었지만 레이먼드와 제 아가씨의 다정한 모습에 심사가 꼬인 상태였다. 그런 데다 어제의 일을 새삼 상기한 터라 반항적인 어조로 맞받아쳤다.

가까스로 존댓말을 유지하고 있을 뿐, 저를 향해 사납게 빛나는 보랏빛 눈동자를 마주한 에드윈이 헛웃음을 터뜨렸다. 백 마디 긍정의 말보다 저 눈빛이 제 짐작이 맞았음을 증명해 주고 있었다. 약혼자가 될 남작가의 차남과 '시내에 나타났다기에 달려왔더니 처량한 신세가 된 것은 저뿐이 아닌 모양이다.

황도에 있을 때는 셰리와 늘 제가 앉아서 관람하던 그 자리에 앉아 있는 노란 머리를 보고 순식간에 뒷목이 뻐근해져서 한참을 주물러야 했다. 오페라의 내용 따위는 에드윈의 눈에 보이지도, 귀에 들리지도 않았다. 극의 시작부터 끝까지 그저 후작가의 박스석을 노려보고만 있었을 뿐.

다분히 정략적인 가문간의 결합에 가깝고, 둘이 얼굴을 제대로 맞댄 것이 얼마 되지 않았다고 들었는데도 셰리와 그자는 퍽 친해 보였다. 종종 서로 눈을 마주치며 웃기도 하고 겨우 남작 영식에 불과한 자가 그녀에게 무어라 먼저 말을 걸기도 했다.

'저놈은 건방지게 셰리한테 무슨 이야기를 하는 거지? 언제부터 저렇게 친해졌다고……!'

치밀어 오르는 분노에 더해 팔걸이만 초조하게 두드리는 와중에도 셰리의 얼굴에서 눈을 떼기가 어려웠다. 만나지 못한 사이 더욱 성숙해진 데다 어딘지 묘한 느낌을 풍겼다. 단순히 아름다워서가 아니라 멀리 떨어져 앉은 제 아랫도리마저 저릿하게 만드는 그런 분위기가 그녀의 주위에 감돌았다.

어릴 적부터 그의 시선을 사로잡고는 했던 셰리의 다채로운 표정들이 간간이 드러날 때마다 그리움에 젖은 심장이 발밑으로 내려앉는 기분은 에드윈을 더 비참하게 만들었다.

한참 동안 셰리를 바라보면서 깨달은 것은 제가 부재했던 2년의 시간 동안 그녀의 곁을 누군가 채우고 있었다는 확신뿐이었다. 여태 가까이해 본 여자가 셰리밖에 없었던 그라고 해도 그 정도는 알았다.

순간 정체를 숨기기 위해 깊게 둘러쓴 후드가 바르르 떨릴 만큼 살심이 솟구쳤다. 그러나 아랫입술을 세게 깨물어 스스로를 진정시켰다. 전쟁터에서 귀환한 지 얼마 지나지 않아서인지 아직도 치밀어 오르는 감정과 충동을 이성적으로 조절하기가 힘겨웠다.

한 번 죽음의 문턱까지 다다랐던 그였기에 진정으로 원하는 바를 쉽사리 포기하고 싶지 않았다. 야만족에게 사로잡혀 있던 절체절명의 위기에도 그를 걱정할 제 부모를 생각하기는커녕, 진작 먼발치에서나마 셰리를 보러 가지 않았던 저를 자책할 정도였으니 말이다.

'한번만, 단 한번만 출정 전날로 돌아갈 수 있다면. 셰리……'

그래, 지난 시간 동안 힘들었을 그녀가 기댈 만한 누군가가 있었다고 한들 그게 뭐 어떻단 말인가. 제가 자초한 일이었음을 모르지 않았다. 계속해서 셰리의 과거에 대해 질투할 자격이 없음을 스스로 타이르고 또 타일렀다.

주위의 무수한 시선을 받으며 오페라 하우스를 빠져나가는 셰리와 남자의 뒷모습을 보면서 끊임없이 가슴이 술렁거렸지만 그것도 잘 참아 냈다. 저번처럼 무턱대고 보는 눈이 많은 곳에서 제 모습을 드러냈다가는 셰리의 반감만 키울 뿐이라는 건 충분히 학습했으니.

조용히 그녀의 뒤를 따르던 와중에 여태까지 그들을 호위하는 자가 '그' 호위 기사라는 사실을 뒤늦게 알아챘다. 느껴지는 기세도 그렇고 애송이치고는 꽤 실력이 있는 자 같았는데 제가 따라오는 것을 눈치채지 못한 모양이었다. 가만 보니 그도 노란 머리와 다정하게 레스토랑으로 향하는 제 아가씨에게 모든 신경이 쏠려 있는 듯했다.

그렇게 한참 뒤에서 세 사람을 지켜본 에드윈은 확신했다. 현재 셰리의 곁에 있는 남자는 저 호위일 것이라고. 단순히 곁을 지키는 수준이 아니라 밤을 나누는 친밀한 사이임이 명백했다. 여전히 약혼자가 될 남작가 영식과 도란도란 이야기를 나누면서도 그를 의식하는 셰리의 태도가 답이 되어 주었다.

연인, 일까. 얼마나 지속되어 온 관계일까.

지난 연회에서는 저자의 일방적인 짝사랑에 가까울 것이라 여겼는데, 셰리도 저 청년에게 어느 정도 감정이 있는 듯했다. 에드윈이 셰리를 여자로서 마음에 품게 된 지 오래지 않은 것과 별개로 그는 그녀를 꽤 잘 알고 있었다. 타고나길 고귀하게 태어난 셰리는 어지간한 일로 다른 이를 신경 쓰는 이가 아니었다. 그럴 이유조차 없었다.

그리하여 그들이 있는 방 바깥에서 괴로운 기색이 역력한 토르를 발견한 에드윈이 어딘지 모를 동질감을 갖게 된 것도 당연한 일이었다. 제 심장의 주인에게 버림받은 기분을 느끼는 것이 저 혼자가 아니라서.

다만 앞으로를 위해서라도 어느 정도 깊은 관계인지를 미리 알아 두는 것은 필요했다. 셰리에게 과거에 어떤 남자가 있었든, 당장 누구와 약혼할 예정이든 그에게는 상관없는 것이었다. 폐하와의 독대에서도 완벽하게 만족스러운 확답은 얻어 내지 못한 이상, 굳이 공식적인 관계로 회복하는 데에만 매달릴 수 없었다.

셰리와 남자를 위해 준비된 식사가 때마침 도착하지 않았다면 에드윈은 토르에게 기꺼이 어떤 제안을 건네고 그를 설득할 생각이었다. 급히 몸을 숨긴 채 식사 트레이가 방 안으로 들어가는 모습을 지켜보던 그의 곁으로 공작가의 기사가 다가와 속삭였다.

"각하께서 공자님의 부재를 알아채셨습니다. 당장 귀택하셔야 합니다."

"……제길."

안 그래도 연회에서 셰리에게 접근했다는 이유로 공작저가 뒤집어진 참이었다. 저를 야단치다 원하는 대답을 얻어 내지 못하자 급기야는 방 안에 칩거해 버리신 어머니 때문에 아버지의 분노가 대단했다. 부인을 위해 못할 일이 없는 아비의 성정을 모르지 않는 에드윈이 이를 갈며 뒤돌아섰다.

이 상황에서 아버지가 제 혼처를 알아보기라도 한다면 셰리와는 정말로 끝이었다. 그녀가 저를 위해 다른 가문과 척을 질 추문을 감수할 리가 없음을 그 누구보다도, 에드윈이 잘 알았다.

* * *

셰리의 요청으로 한꺼번에 코스 요리를 내어 온 종업원들이 방을 나섰다. 그러자 연신 싱글벙글한 낯을 숨기지 않았던 레이먼드가 가벼이 지나가는 어투로 입을 열었다.

"아무리 그래도 바깥의 호위 기사분도 식사를 하셔야 하지 않겠습니까?"

"레이는 정말 사려 깊네요. 가볍게라도 따로 식사를 하고 오라고 말해 두어야겠군요."

"저는 그 기사분과 함께 식사를 하는 것도 괜찮습니다."

"……."

여상한 말투임에도 불구하고 그 안에 담긴 의미심장함까지 눈치채지 못할 셰리가 아니었다. 그렇기에 조용히 입가를 굳힌 채 식기를 내려놓고 레이먼드를 마주했다.

"연회에서 본 적이 있는 청년이더군요. 베거티 백작가의 막내 영식이라고 들었습니다."

"……나는 에둘러 하는 말을 썩 좋아하지 않아요. 떠볼 생각이라면 그만 두는 게 좋을 거예요."

"아, 아닙니다. 제가 어떻게 감히 셰리 님께……."

여태 생글거리던 웃음이 싹 거두어진 셰리의 얼굴에 레이먼드가 급하게 손을 내저었다. 무어라 말을 꺼내야 할지 고민하는 모양새로 입만 달싹거리던 그가 한숨을 푹 내쉬었다.

"저 정도로 잘생긴 얼굴이 기억에 남지 않을 리가요. 다만 제가 걱정하는 것은……."

"저번에도 말했듯이 내 인생에 사생아는 없어요. 약혼을 하고 나면 계약서를 작성하겠지만 그 점은 걱정하지 않아도 돼요."

"……제가 감히 공녀님의 과거를 흠잡고자 하는 의도는 아니었습니다. 그저, 저로서는 불안해하지 않을 수 없는 문제라."

제법 양순하게 고개를 숙인 레이먼드의 금빛 정수리를 바라보던 셰리도 제가 조금 과민하게 반응했음을 깨달았다. 아랫입술을 슬그머니 물었다. 오늘 내내 어두운 낯빛으로 가라앉은 토르를 신경 쓰느라 너무 날카롭게 말이 나와 버렸다.

"나 역시 레이의 과거에 대해 왈가왈부할 생각은 없어요. 혼인 전까지는 정리……할 생각이에요."

"제 과거가 어떤 것이라도요?"

"……음? 혹시 사생아라도 있었나요?"

"아뇨! 그런 것은 절대 아닙니다. 오히려 저는 셰리 님 외의 여자는 전혀…….""

퍼뜩 놀라 다급하게 변명하는가 싶더니 레이먼드는 스스로 제 입을 막은 채 얼굴이 새빨갛게 익어 버렸다. 셰리는 헛웃음을 지었다. 언제부터 제국의 사내들이 이리 몸가짐을 조심했다고 주위에 이 나이까지 동정인 자가 여럿인지.

동정이라면 사생아는 있을 리가 없을 테니, 역시 일전에 짐작했던 바와 같이 아카데미에서 무언가 일이 있었던 것일까.

눈을 둘 곳을 찾지 못해 시선만 여기저기 돌리며 어쩔 줄 몰라 하는 레이먼드의 모습이 신기했다. 여태까지 정말 연구만 하고 살았을까. 마법학과 마법공학도들은 마탑과 연계된 연구소에서 지낸다고 하더니 폐쇄적인 속성마저 꼭 빼닮은 모양이었다.

몇 번 만나며 꽤 친해졌다고는 해도, 곧 약혼자가 될 영식에게 대놓고 동정이냐고 물어볼 정도로 셰리가 경우 없지는 않았다. 도저히 고개가 정면으로 돌아올 생각을 않는 레이먼드를 위해 그녀가 먼저 다른 주제로 화제를 돌려주었다.

"레이는 오늘 이 만남이 무슨 의미인지 이미 알고 있겠지요?"

"네……. 일부러 눈에 잘 뜨이는 장소만 다니셨으니까요."

"음, 그런 이유가 없었다고 부정진 않겠어요. 그렇지만 저도 오랜만에 황도에 온 참이라 즐거웠어요. 솔직히 영식과 함께 있는 동안 그 목적을 잊었을 정도로요."

묘하게 실망한 표정의 레이먼드를 달래 주려는 요량이었는지 셰리가 다정한 목소리를 내었다. 마차 한가득 옷을 실어 보낸 것도 그렇고, 미하르쉘 후작가 전용 오페라 박스석을 보란 듯이 이용한 것도 모두 세간의 이목을 집중시키기 위함은 맞았다. 하지만 지금에 이르기까지 셰리도 레이먼드와 함께 있는 시간이 못내 즐거운 것도 사실이었다.

귀족적 소양을 기본으로 학자 특유의 비판적 시각과 분석력, 상회 경영 전반에 대한 감각까지. 세상 물정 모르고 자란 도련님 같은 첫 인상에 비해 정말로 의외인 면모를 많이 가진 남자였다.

지금도 그랬다. 엄격한 예절 교육으로 유명한 린데카이르가의 공자 못지 않은 식사 예법이 가장 먼저 셰리의 눈에 들어왔다. 그녀가 덧붙인 말에 귓가를 핑크빛으로 물들인 채로 우아하게 스테이크를 써는 모습은 황족이라고 해도 믿을 정도였다.

그의 발갛게 달아오른 귀가 다시 새하얗게 돌아올 때까지 올린 상회의 이런저런 사업 확장 계획에 대해 이야기하느라 셰리는 바깥에 서 있을 토르를 정말로 잠시 잊었다. 적당히 시간을 들여 식사를 마친 셰리와 레이먼드가 문밖을 나서자 그제야 여태 기약 없이 그들을 기다리고 있었을 토르가 모습을 드러냈다.

"아……."

"이대로 저택으로 돌아가실 생각이신가요?"

음울하게 가라앉은 보랏빛 눈동자가 셰리의 시선을 앗아 간 것을 눈치챈 레이먼드가 자연스럽게 그녀의 주의를 이끌어 냈다. 이 분위기를 이어 황도에 새로 생겼다는 온실 나들이를 가 볼까 했던 셰리는 약간 망설이다 위아래로 고개를 가볍게 끄덕였다.

"이만하면 오늘은 귀가해도 될 것 같네요. 내일 저는 전승 기념행사에 참가해야 하니."

"그렇군요. 그럼 내일 에스코트는 어떻게……."

"아버지께서 함께해 주실 예정이니 걱정하지 않아도 돼요."

아무래도 종전 이후의 공훈을 논하는 자리이니만큼 관료들과 백작 이상의 귀족 혹은 그 후계들에게만 허락된 자리였다. 뒤이은 무도회도 백작가 이상의 영애와 영식들까지만 참석이 가능하여 아직 예비 약혼자에 불과한 레이먼드는 초대장을 받지 못해 입장이 불가능했다.

"린데카이르 공자와는 2년도 전에 끝난 관계예요."

남작가로 향하는 마차가 출발하자 셰리가 담담한 목소리로 입을 열었다. 조금 전, 레이먼드가 신경 썼던 지점이 어느 것인지 쉽게 예상 가능했기 때문이었다. 토르와 제 관계도 단박에 알아챌 정도의 눈치인데 에드윈이 접근하는 의도를 모를 리가.

"자꾸 세간에 그 일이 오르내리는 게 저도 썩 달갑지는 않군요. 약혼 전까지는 어떻게든 마무리 지어 볼게요."

"아, 제가 주제넘게 셰리 님께 그런 요구를 할 수는……."

"레이먼드, 당신은 미하르쉘 후작가의 부군이 될 사람이에요. 다시 한번 확실히 말하지만 나는 혼인 후에는 정식 남편과만 관계를 유지할 생각이고, 후계도 그를 통해서만 볼 거예요. 당신이 언제까지고 남작가 영식으로만 남아 있을 수는 없어요."

단호하기까지 한 셰리의 말에 그가 서둘러 고개를 주억거렸다. 비록 레이먼드보다 다섯 살은 어리고 체구마저 한참 작은 아가씨이지만 매번 새로운 모습을 발견하고 있는 쪽은 저였다. 고귀한 핏줄에 흐르는 귀족적 본성은 나이와 상관이 없나 보다.

호위 기사인 백작가 영식이라면 몰라도 곧 소공작이 될 에드윈 공자는 제 선에서 대적하기 어려운 위치였다. 역시 함께했던 두 번의 밤을 이야기하지 않은 선택은 옳았던 모양이었다. 아가씨는 혼인 이후로는 이전의 모든 사생활을 청산하려는 듯했으니 말이다. 어차피 처음부터 정략혼의 상대로서 한두 명의 정부 정도는 각오한 바였다.

다시 한번 후계 문제는 물론이고, 남편이 될 저와만 관계를 유지하겠노라 딱 잘라 정리해 주는 셰리의 단정적인 선언에 레이먼드의 얼굴이 저절로 밝아졌다. 이러니저러니 해도 가장 우려했던 문제였으니.

어딘지 모르게 그늘져 있던 수려한 낯이 화색을 띠자 찬연한 그의 외모가 더욱 도드라졌다. 그런 레이먼드의 모습과 아까 보았던 토르의 어두운 표정과 대비되어서인지 자신만만하게 단언한 것이 무색하게 셰리의 가슴이 따끔따끔하게 아려왔다.

그러게 토르가 제게 조금만 덜 진심이었어도 이런 불편한 기분은 들지 않았을 텐데…….

* * *

레이먼드를 남작저에 데려다 주고 돌아오는 마차 안에서 깜박 잠이 들었던 모양이었다. 셰리가 눈을 떴을 때, 어느새 멈춰 선 마차 안에 토르가 들어와 그녀를 가만히 내려다보고 있었다.

"언제…… 도착했어? 깨우지 그랬어."

"방금, 방금 도착했습니다."

그녀에게로 뻗어지려다 만 커다란 손이 조금은 어색하게 뒤로 물러났다. 그 모습에 무언가 말을 걸어 보려다 열린 마차 문 사이로 집사장인 데릭이 있는 걸 발견했다. 셰리는 옷매무새를 대강 가다듬고는 토르의 손을 잡은 채 마차 아래로 내려섰다.

"후작 각하께서는 오늘 귀택하지 못한다고 전해 오셨습니다. 내일 회의장 홀 앞에서 아가씨를 기다리겠다고 하셨습니다."

"데릭, 남작가에 연락을 넣어서 약혼식 준비를 함께하도록 해. 되도록 모든 물품은 올린 상회를 통해서 조달하도록 하고."

약혼식, 이라는 단어에 토르가 그녀와 맞잡은 손에 힘을 주었으나 저택의 모두가 보고 있는 앞이라는 사실을 깨닫고 이내 힘을 풀어냈다. 셰리 역시 그의 그 미묘한 반응을 눈치채지 못할 리 없었다. 구태여 내색하지 않았을 뿐.

그래서 모든 준비를 마치고 막 잠자리에 들었을 무렵, 작은 노크 소리와 들려온 낮은 목소리에도 그다지 놀라지 않았다.

"셰리 님, 들어가도 됩니까."

"……들어와."

아무리 기름칠이 잘 된 문이라고는 해도 소리 하나 없이 조심스레 침실 문을 연 토르가 모습을 드러냈다. 잔뜩 힘이 들어가 있던 낮의 정복 차림과는 다르게 후작성에서처럼 얇은 티 하나뿐인 편한 옷차림. 마치 그녀가 억지를 부려서 토르를 침대로 끌어들였던 그때와 같은 복장이라 셰리의 눈매가 가늘게 좁혀들었다.

지금 레이먼드와 나들이를 한 것에 대한 시위라도 하겠다는 셈인가. 누가 볼세라 빠르게 들어온 것과는 대조되게 토르는 문 앞에서 머뭇거리는 기색이었다. 무작정 들어와 보았지만 돌아오는 반응이 없자 적잖이 당황한 듯했다.

"이 시간에 무슨 일이야?"

"저는, 저는 그저……."

레이먼드와 함께 있을 때는 그의 우울한 낯이 어딘지 안쓰럽게 느껴졌었다. 하지만 아버지도 기거하시는 후작저에서 건방지게 구는 모습을 보니 셰리의 목소리도 함께 뾰족해졌다. 먼저 다가오면 대견해하는 아가씨였기에 그를 믿고 용기를 내 보았다가 쌀쌀맞은 반응에 직면하자 토르의 얼굴이 새하얘졌다.

바로 침대가로 다가가 털썩 무릎을 꿇은 토르가 고개를 떨구었다. 셰리는 덮고 있던 이불을 걷어내고 몸을 돌려 모서리에 걸터앉았다. 고개 숙인 시야로 새하얀 맨다리가 들어오자 순간 놀란 그가 고개를 번쩍 들어 올렸다. 워낙에 큰 덩치 탓인지 꿇어앉았음에도 셰리와 눈높이가 엇비슷했다.

"하고 싶은 말이 있으면 얼른 해. 아무리 그래도 여긴 황도 저택이야."

"……이제 저는, 그럼 저는."

떨리는 보랏빛 눈동자로 그녀와 마주하던 토르가 끝내 말을 더 이어 가지 못하고 다시 고개를 푹 숙였다. 무릎 위에 놓인 채 바르르 떨리는 커다란 주먹을 보아 또 버릇대로 입술을 꽉 물고 있으리라는 것을 쉽게 추측할 수 있었다.

유희 상대일 뿐이라며 냉정하게 대하고 싶어도 이런 모습을 보면 언제나 그 결심이 흔들렸다. 여태 제게 매달리는 남자는 수없이 많았고, 눈물로 호소하는 이들도 셀 수 없었다.

'왜 토르에게만 이렇게 약해지는 걸까.'

아무래도 제 취향에 완벽하게 부합하는 외모를 가진 탓도 있겠지만 이만큼 공을 들였던 남자는 처음이라 그럴지도 몰랐다. 어째서 다른 남자들과 다르게 느껴지는지 더 파고들어 보려는 시도를 그쯤에서 무의식적으로 차단한 셰리가 한숨을 포옥 내쉬었다.

언젠가는, 그와의 관계를 정말로 끊어 내야 하는 때가 올 것이다.

혼인이 어떻고, 후계가 어떻고 먼저 선수 치듯 이야기하긴 했으나 제 입으로 말한 것이 무색하게 아직은 멀게만 느껴졌다. 그래서였을지 모른다. 레이먼드의 이해심 위에 얹어진 사뭇 실감나지 않는 제 약혼의 무게와, 당장 제 앞에서 몸을 떨고 있는 가여운 토르를 저울질한 것은.

그의 처음을 취하면서 약속받았던 매정한 발언을 아직 기억하고 있어서인지 토르는 먼저 묻지도 못하고 있었다. 그의 정수리를 바라보다 셰리의 손가락이 숙여진 토르의 고개를 충동적으로 들어 올렸다.

"내일 호위 기사는 대동할 수 없어. 그건 내가 어떻게 해 줄 수 있는 일이 아니야."

"알고, 있습니다."

예상했던 대로 아랫입술을 잘근잘근 물며 조금 발개진 눈가가 보였다. 힘을 뺀 채 순순히 그녀의 손에 제 턱을 맡기고도 토르는 내리깐 시선을 들지 못했다. 막상 침대 위에서 본격적으로 관계를 할 때는 종종 제 말이 안 들리는 것처럼 굴더니. 그 외의 순간에는 마치 다른 사람이라도 된 것처럼 지나칠 정도로 순종적으로 굴었다.

"린데카이르 공자와는 아무 일 없었어. 레이, 아니, 레이먼드 영식은 정략혼 상대일 뿐이고."

"……하지만 혼인을, 하시게 된다면."

기다란 속눈썹에 가려져 있던 울먹한 눈동자와 마주치자 셰리는 숨이 턱 하고 막혀 옴을 느꼈다. 아, 역시 토르는 엘프의 후손이 맞을지도 몰랐다. 순간 아름다운 외모와 정령술을 지닌 그들을 마주한 자들은 쉽사리 매혹되고 말았다는 구절이 떠올랐으니 말이다.

턱 밑에 가볍게 대고만 있던 손가락을 움직여 막 씻고 나온 듯 촉촉한 뺨에 홀린 듯이 가져다 대었다. 속눈썹만 바르르 떨며 양순하게 그녀의 손길을 받아들인 토르가 슬쩍 제 볼을 비벼 댔다. 셰리보다 훨씬 큰 몸집을 가진 주제에 잘 훈련받은 개처럼 구는 모습이 기꺼웠다. 그에게 잠시 고개를 가까이 들이대었던 그녀가 멈칫하며 다시 몸을 뒤로 물렀다.

또다, 제 의도와는 상관없이 저 처연한 얼굴에 홀려 토르가 원하는 대로 해 주고픈 기분이 들었다. 다가오다가 마는 그 모습에 아쉬운 기색이 스쳐 지나가는 얼굴을 보니 이 건방진 호위 기사가 저를 홀리는 것이 맞는 듯싶었다. 이전부터 느꼈지만 셰리를 유혹하는 방면으로는 유난히 학습이 빨랐더랬다.

날이 가면 갈수록 그에게 말려드는 모양새에 삐죽 심술이 돋은 셰리가 그의 허벅지 위로 작은 흰 제 발을 올리며 힘을 주었다.

"그렇게 휴가를 반납하지 않았으면 백작가 영식 자격으로 승전 연회에 참석할 수 있었잖아."

"웃, 하지만 그냥 있을 수가……."

온 힘을 실어 누른 것도 아닐진대 아파서일 리는 없을 테다. 그렇다면 이건 그녀의 접촉이 자극적으로 느껴져 나온 신음인 모양이었다. 다만, 셰리의 발목을 움켜잡으려다가 마는 것이 의도적으로 낸 소리는 아닌 듯했다. 민감한 반응에 장난기가 생긴 그녀가 더욱더 제 발에 힘을 주어 꾹꾹 누르면서 토르의 허벅지를 타고 안쪽으로 올라가게 했다.

"뭐가, 불인, 해서, 그렇게, 달려온, 건데?"

"아, 흣. 셰리 님, 잠깐……!"

하, 이것 봐라? 헐렁한 바지를 입고 꿇어 앉아 있었으니 그 바람에 팽팽하게 당겨진 얇은 원단이 그의 불룩한 앞섶을 미처 가리지 못한 상태임은 이미 알고 있었다. 다만 그 불룩한 것도 그녀가 발을 올리기 전까지는 분명 흥분 상태가 아니었다.

그런데 셰리의 발이 닿자 겨우 몇 번 숨을 내쉬는 그 짧은 시간에 급격하게 부풀어 오른 것이 선연하게 드러났다. 어느새 사타구니 근처로 가 닿은 그녀의 가는 발목을 잡아 저지하려다 끝내 실행에 옮기지 못한 토르의 주먹에 힘이 들어갔다.

전혀 기대하지 않았다면 거짓말이지만 애초에 이런 의도로 아가씨의 방을 두드린 게 아니었던 토르는 조금 당혹스러웠다. 원래 이렇게까지 민감하지는 않았던 것 같았는데…… 다소 냉랭한 분위기마저 감돌았던 이 와중에 제 것이 멋대로 커지는 바람에 슬쩍 셰리의 눈치를 보았다.

종종 그가 선을 넘을라치면 보였던 싸늘한 얼굴은 온데간데없었다. 예전처럼 짓궂은 표정을 한 아가씨의 모습에 저도 모르게 안도의 한숨이 섞인 신음이 터져 나왔다. 다행히 오늘의 이 행동으로 저를 내치지는 않으시겠구나. 본능적으로 직감하자마자 눈치 없는 제 아래는 더욱더 팽팽하게 존재감을 드러냈다.

"내가 뭘 했다고 이렇게 빨라? 백작저에서는 혼자 안 했어?"

"……흡."

고집스럽게 입을 앙다물고 고개를 흔드는 토르를 바라보던 셰리의 발이 가장 뜨거운 열기를 피워 내는 그곳으로 꾸물꾸물 기어올랐다. 그러자 결국 그가 아가씨의 발목을 가볍게 잡아 제지했다.

"오늘, 오늘 그 영식도 만나고 오셨으면서 이러시면."

"레이한테 질투했어?"

"당연히……!"

그동안 참아 왔던 울컥한 감정을 주체하지 못하고 큰소리를 내려던 토르가 다시금 입을 꾹 다물었다. 아까의 불안하게 흔들리던 눈빛은 자취를 감추었다. 어느새 아래의 열기가 고스란히 옮아 붙은 욕정이 속눈썹 아래에서 아슬아슬하게 넘실거렸다.

한순간에 바뀐 토르의 분위기에 어쩐지 셰리는 제 배꼽 부근이 뭉근하게 뭉치는 기분이 들었다. 에드윈과 함께 사라졌던 지난밤의 일도 그렇고 갑작스럽게 이루어진 레이먼드와의 데이트까지 묻고 싶은 게 많았을 것이다. 그런데도 입도 벙긋 못 할 정도로 속으로만 삭이는 것을 알고 있었다. 그런 모습만은 그녀가 친밀하게 다가오는 것을 극도로 경계하던 예전의 우직한 모습과 꼭 같았다.

그러나 역시 이미 어른의 밤을 알아 버린 이후라 그런지 약간의 성적 접촉만으로도 반응하는 몸을 숨길 수 없었나 보다. 이성과 본능의 경계에 선 보석안과 마주한 셰리의 심장이 기분 좋게 도근거렸다. 아, 역시 지나치게 제 취향인 사내다.

"이제 슬슬 아프지 않아?"

"괜찮, 습니다."

여전히 그녀의 발목을 살짝 그러잡은 채로 토르는 언뜻언뜻 분한 기색을 감추지 못해 숨을 몰아쉬었다. 그토록 셰리에게 서운해했음에도 너무도 쉽게 발정하는 제 몸이 믿기지 않는 기색이었다.

"아까는 그냥 넘어갔지만, 감히 내 명령을 어긴 벌을 받아야지?"

"그, 그건……. 훗, 예."

이른 복귀에 대해 무어라 더 변명하려던 토르의 눈이 질끈 감겼다. 제가 왜 그랬는지 뻔히 다 알고 있으면서도 야속한 그녀의 처사에 뭐라 한마디 해 보지도 못하는 스스로가 한심스러웠다. 그런데도 그 '벌'이라는 것을 내심 기대하고 있는지 제 분신은 거의 한계까지 부풀어 올랐다.

진(前) 약혼자가 아가씨의 근처를 맴돌아노, 새로운 남자가 그녀의 곁에 서 있는 것을 보아도 셰리에게 끌려가는 이 마음을 도저히 자제할 수가 없었다. 한번 자각하기 시작하자 벌써부터 거세게 뛰는 심장이며, 급격하게 혈관을 타고 흐르는 성적 흥분이 뇌를 찌릿찌릿하게 자극했다.

"바지랑 속옷, 다 벗지 말고 약간만 내려 봐."

"내, 내일 일찍부터 일정이 있으시지 않습니까."

"하, 누가 하게 해 준대? 벌이라니까?"

"윽."

당연하게 삽입을 전제로 한 토르의 발언에 셰리가 코웃음을 쳤다. 바로 얼마 전만 해도 넣을 듯 말 듯하면서도 종내에는 삽입을 허락해 주어서인지 제법 건방진 소리를 하는 모양이다. 그렇다면 이번에는 절대 끝까지 못하게 해야겠네.

본심을 간파당한 민망함과 더불어 여전히 그녀의 앞에서 제 것을 바로 노출시키기에는 쑥스러웠던 토르가 머뭇거렸다. 그러나 셰리가 잡힌 발목에 힘을 주어 제 중심으로 발을 옮기려 하자 서둘러 벌떡 일어났다. 뒤이어 바지와 드로어즈를 쑤욱 끌어 내렸다.

그 바람에 급격하게 공기 중에 노출된 거대한 물건이 꺼덕이며 토르의 아랫배와 배꼽 약간 위를 치고 지나갔다. 제 몸에 닿은 충격만으로도 자극이 느껴졌는지 잠시 인상을 찌푸렸다. 그가 천천히 그녀의 앞에 무릎을 꿇어앉았다.

"해 봐."

"어떤 것을, 말씀하시는지……."

"혼자 하는 거. 이번에는 그거 보여 주는 게 벌이야."

"……."

노골적인 희롱에 토르의 얼굴이 순식간에 벌겋게 달아올랐다. 제 은밀한 곳을 적나라하게 보여드린 채 앉아 있는 것도 수치스러운데 수음까지 요구하시다니. 차라리 지난번 마차에서처럼 발로 어루만져 주시는 것이 훨씬…….

"못 하겠으면 도와줄까?"

"……."

남자들이 스스로 성욕을 해소하기 위해 손장난을 한다는 사실을 알고는 있었다. 하지만 이렇게 대놓고 가까이에서 보게 되는 것은 셰리도 처음이었다. 이것저것 다양한 성경험이 많은 남자라 해도 자위하는 모습을 남에게 보이는 것은 쉽지 않은 일인진대 하물며 토르는 오죽하랴.

그의 말대로 내일 이른 시간부터 황궁으로 가야 했기에 셰리는 토르에게 작은 도움을 주기로 했다. 토르는 쿵쿵거리는 맥박에 맞추어 계속해서 흔들리는 커다란 제 것을 애써 외면했다. 고개를 모로 돌린 그의 뺨에 셰리의 자그마한 손이 다시금 올라왔다.

"소리, 많이 내는 편이야?"

"훗! 그다지 많이는…… 아니, 잘 모르겠습니다."

열이 올라 뜨끈한 볼에 대어진 서늘한 손바닥의 감각 때문인지 토르의 몸이 약하게 떨렸다. 수음을 할 적에 스스로의 신음 소리에 집중해 본 남자가 과연 몇이나 될 것인가. 정신없이 셰리의 손바닥에 얼굴을 부비며 토르의 눈가가 또다시 붉게 물들었다.

"으응, 손으로 그거 잡아 봐."

"예…… 아흑."

제 손과는 확연히 다른 보드라운 손바닥에 취해 아가씨가 시키는 대로 했다. 익숙하게 기둥을 한 손에 움켜쥔 토르의 입에서 한숨 같은 신음이 터져 나왔다. 눈을 감고 그녀의 손바닥에 얼굴을 묻으니 아까처럼 죽을 것 같은 부끄러움은 한결 가신 듯했다.

한쪽 손을 그에게 내어준 셰리의 시선이 제 것을 쥐어 감싼 토르의 사타구니 사이로 향했다. 제 손에는 다 잡히지도 않을 정도로 굵었던 것이 그의 커다란 손에서는 안정적으로 잡히는 광경이 낯설면서도 신기했다. 저와 함께하지 않는 밤에는 저렇게 스스로를 위로했을까.

이미 꽤 흥건할 정도로 흘러내린 말간 액체가 윤활유 역할을 해 주었는지 천천히 위아래로 슥슥 움직이고 있었다. 토르의 손에서 눈을 떼기 어려웠다. 조금 말라서 뻑뻑해질 즈음이면 뭉툭한 선단으로 손이 올라와 찔끔거리며 뱉어진 액을 발라 다시 속도를 올렸다.

"으으, 하아……. 후으, 읔."

잘생긴 미간을 슬쩍 좁힌 채로 필사적으로 성감을 끌어올리는 얼굴을 멍하니 바라보다 셰리가 나머지 한 손으로 토르의 머리를 가볍게 쓸었다. 정수리부터 옆머리 쪽을 스치느라 가볍게 만져진 민감한 귀에 가해진 감각 때문인지 한차례 앓는 소리를 낸 그의 손이 더욱 빠르게 움직였다.

그림으로 그리라고 해도 이렇게 청초하면서 남자다운 얼굴은 표현해 내기 어려울 테지. 미려한 낯이 그녀의 작은 손안에서 마구 비벼졌다.

끝은 아직도 살짝 젖어 있지만 대강 말라 보들보들한 머리카락 사이로 손가락을 넣었다. 그러자 토르의 한쪽 눈이 찡그려졌다. 그러더니 바닥을 지탱하고 있던 다른 손을 들어 여태껏 볼에 머무르고 있던 셰리의 손을 잡아 제 입으로 가져다대었다.

"응, 앗! 토르!"

"아, 하아. 너무, 부드러워요. 훗, 셰리 님…… 냄새."

"핫, 잠깐만. 간지러워."

그녀의 손에 무아지경으로 입술을 문지르던 토르가 손바닥 오목한 곳에 쪽쪽 입을 맞추기 시작했다. 그러면서도 비비적거리는 움직임은 멈추지 않아서 손바닥이 축축하게 젖어 들었다. 간지러운 촉감에 셰리의 허리가 뒤틀렸다.

"잠깐, 잠깐!"

"조금만, 조금만 더……."

아까 그의 일변한 눈빛을 본 이후 천천히 쌓여 가던 배꼽 아래 열감이 화악 하고 퍼져 나가는 기분이 들었다. 아, 이래서 시작을 말았어야 했는데…….

이제는 쪽쪽거리는 것만으로 만족하기 힘들었는지 토르가 엄지 아래의 도톰한 살 부위를 소리 내어 빨아 당겼다. 혀와 입술을 이용하여 제 욕심을 채우느라 타액으로 질척이는 소리가 퍽 야릇했다.

숨길 생각도 없이 노골적으로 헐떡이는 낮은 신음에 어느새 미약하게 끙끙대는 숨소리가 섞여들었다. 잠시 제 본능과 내일의 일정, 남은 체력을 가늠하는 이성 사이의 짧은 갈등을 끝낸 셰리가 잡힌 제 손을 힘겹게 잡아 뺐다.

"후, 셰리, 셰리 님. 왜……."

"어차피, 이렇게 할 거라면."

잠시 고민하던 그녀가 잠옷 치마 사이로 손을 넣어 제 속옷을 끌어 내렸다. 어딘가 물고 빨 것이 필요하다면 꼭 손바닥이 아니어도 되지 않을까. 이 행위가 토르에게 수치심을 주려던 벌이라는 생각도 잊은 채 셰리가 치맛자락을 슬쩍 걷어 올리며 그에게 눈짓했다.

"……여긴, 싫어?"

"아뇨, 아뇨. 오히려……."

이미 눈을 감고 아가씨의 아래를 핥는 상상을 하고 있었다는 말을 가까스로 삼켰다. 토르가 급하게 치마 아래로 고개를 들이밀었다. 변덕스러운 셰리의 마음이 바뀌기 전에 빨리 그가 원하는 바를 얻어 내고 싶었다. 그렇기에 그는 다소 덜 벌어진 허벅다리를 잡아 벌리며 덤벼들었다.

"읏!"

"하, 흐으. 역시 이 냄새가 더……."

토르의 머리가 다리 사이로 들어오자 셰리는 자연스럽게 몸이 뒤로 눕혀졌다. 그런 그녀의 아래에 바로 말캉한 입술이 와 닿았다. 감격 어린 목소리로 입을 달싹이는 바람에 불어넣어진 뜨거운 숨이 셰리의 은밀한 곳을 자극했다.

일정 수준 이상으로 흥분하면 이성을 잃는 것은 여전한지 토르가 혀를 내어 매끈한 살덩이를 갈라 파고들었다.

"핫!"

셰리의 허리가 뒤틀리자 잡고 있던 허벅지를 꽉 눌러 버둥거리지 못하게 고정했다. 그가 잠시 멈춰 있던 손으로 꿈틀거리는 기둥을 잡고 위아래로 다시 움직였다. 아까 아가씨의 작고 보들보들한 손도 좋았지만 미끌미끌한 점막이 주는 느낌과 새큼한 액체는 확실히 본능적인 부분을 더 충족시키는 감각을 주었다.

선심 쓰듯 내밀어진 손에 의지하던 때와는 달리 아가씨의 달콤한 신음 소리를 들으며 움직이는 손이 더욱 빨라졌다. 그 속도에 맞추어 셰리의 아래를 핥아 대는 혀와 입술은 집요하리만큼 질구 위 가장 예민하게 솟아오른 곳을 자극했다.

"흐앙, 으응! 그만! 아흑, 토르!"

"후으, 흐…… 윳!"

토르가 조금도 속도를 늦추지 않고 강하게 그녀의 성감을 이끌어내는 데에만 집중한 탓에 셰리는 급격하게 절정까지 끌어올려졌다.

토르는 계속해서 누르고 있던 허벅지에서 손을 떼어내고 허공으로 허우적대는 한쪽 손을 잡아 깍지를 끼었다. 그리고 그 역시 제 이름이 섞인 신음에 드디어 저 자신을 해방시켰다. 그렇게 허리를 들썩이며 몇 번이나 토정을 하고도 토르는 진한 사정감의 여운에 취해 숨을 몰아쉬었다.

"흐으으, 흐아앙. 하아, 응."

"후아, 하. 헉, 헉."

차마 한 손으로는 다 받아 내지 못한 희뿌연 액체가 가득했다. 시트에 닿지 않도록 조심하며 토르가 힘겹게 제 머리를 아가씨의 밀부로부터 떼어 냈다. 황도로 올라와 내내 이어진 일정과 그녀의 마음을 어지럽혔던 일련의 사건들로 피로가 쌓였던 탓인지 셰리는 그대로 기절하듯 잠에 빠져들었다.

* * *

마차 안에 앉은 셰리가 작은 손거울을 꺼내 연신 제 얼굴을 비추어 보았다. 제 이름보다 더 많이 들어 왔던 말이 아름답다는 이야기였지만 오늘 아침, 제 치장을 도와주던 메이드들의 호들갑이 더 유난이었던 탓이었다.

관료들과 일정 작위 이상의 고위 귀족들이 모인 자리에서 승전에 대한 논공행상이 완료되고 나면 뒤이어 연회가 계획되어 있기에 셰리도 이른 시간부터 한껏 치장에 공을 들였다.

'우리 아가씨이시지만 정말 너무 아름다우셔서……. 굳이 이 피부에 뭔가를 발라야 할까요?'

'그럼 볼에 이 정도만 옅게 칠하는 건 어떻게 생각하셔요?'

'꺄, 드레스와 잘 어울릴 것 같아요. 아, 셰리 님께서 황도에 늘 계셨으면 좋겠어요.'

'…….'

뭘 입어도, 어떤 머리를 해도 잘 어울리는 외모를 지녔기에 기실 셰리는 세간에서 유행하는 복식이나 헤어스타일, 화장 방식에 대해 크게 관심이 없었다. 단지 어렸을 때부터 공작 부인과 주변인들이 저를 꾸며 주며 즐거워하는 모습이 보기에 나쁘지 않았기에 그저 두고 볼 뿐.

오늘따라 유난히 피부에서 빛이 난다며 호들갑을 떠는 그녀들의 말에도 별다른 감상이 들지 않았는데……. 로비에서 기다리고 있던 토르의 떨리는 눈동자와 살짝 벌어진 입을 본 이후로는 제가 입은 드레스와 느슨하게 땋은 머리카락을 자꾸만 만지작거리게 되었다. 한참을 멍하게 바라보고만 있던 토르가 급하게 다가와 마차에 오르는 것을 도왔다.

지난밤에는 서로의 은밀한 곳을 속속들이 보여 놓고서 고작 손을 잡은 걸로도 토르는 유난히 비들비들 떨어 댔다. 얼굴은 간신히 평정을 유지하는 듯 보였지만 자꾸만 애꿎은 제 입술을 물었다가 풀어내며 달싹이는 것을 보아하니 무언가 하고 싶은 말이 있어 보였다.

어젯밤 잠든 셰리의 몸을 닦아 내고 새 속옷까지 입혀 얌전히 이불까지 덮어 줘 놓은 이는 틀림없이 그일 텐데. 아직도 그녀에게 말 한마디 제대로 꺼내기가 조심스러운 모양이었다. 마침내 그의 손을 잡고 마차 위에 올라 옆을 스쳐 지나가는 순간 토르가 작게 속삭였다.

'……싫습니다.'

'뭐?'

'안 가셨으면, 좋겠습니다.'

어제 제대로 벌을 주긴커녕 벌을 빙자한 상을 주어서 제 호위 기사가 기고만장해진 것일까. 주위에 시립한 사용인들을 잠시 둘러본 셰리가 입꼬리만 억지로 올린 채 그에게 잡힌 손을 빼 어깨를 가만히 토닥였다.

둘의 표정 변화가 크게 없었던 데다가 서로에게만 들릴 정도의 작은 목소리였으니 집사장인 데릭만 아니면 그들의 사이를 눈치챈 이들은 없을 테다. 하지만 언제나 조심하는 것이 옳았다.

'오늘은 승전 기념 무도회까지 있으니, 많이 늦어질지도 몰라. 다들 기다리지 말고 일찍 잠자리에 들도록 해. 알겠지, 데릭?'

'예, 셰리 님.'

'……'

데릭을 부르며 셰리는 토르의 어깨에 힘을 주어 한 번 더 토닥였다. 그러고는 다리에 휘감긴 치맛자락을 일부러 펄럭이며 마저 마차 위로 올랐다.

마차 문이 닫히는 틈새로 어쩐지 울음을 억지로 참는 것 같은 보랏빛 눈망울과 마주한 것 같았다. 하지만 셰리는 더 이상의 대꾸나 눈 맞춤을 돌려주지 않았다.

* * *

예상했던 대로 논공행상은 이미 알고 있던 내용들을 형식적으로 확인하는 자리에 지나지 않았다. 역시 적진 깊숙하게 혈혈단신으로 침투해 우두머리인 탈라크를 죽인 에드윈이 가장 큰 치하를 받았다. 동시에 그동안 출전으로 미뤄 두었던 소공작 지위까지 황제 폐하에게 공인받으며 사실상 그를 위한 행사인 것처럼 느껴지기도 했다.

옆얼굴로 가장 따갑게 와 닿는 시선이 누구인 것인지 굳이 확인해 보지 않고도 알 수 있었다. 하지만 오랜만에 등장한 셰리를 주시하는 이들이 워낙 많았던 터라 다행히 이상하게 여겨지지는 않을 것 같았다.

짧은 만찬을 마치고 이어진 연회에서 셰리는 아버지인 후작의 에스코트를 받으며 다정한 모습으로 등장했다.

"세상에, 이게 얼마 만인가요. 공녀 전하! 정말 몰라보게 아름다워지셨네요."

"그동안 잘 지내셨나요?"

"그럼 이제 다시 황도 사교계로 돌아오시는 거지요?"

아까의 전공을 논하는 자리와 다르게 백작가 이상의 귀부인과 그 자제들이 참석하여 보다 들뜬 분위기가 홀 안에 가득했다. 그리고 어느새 훤칠한 청년으로 자라났을 뿐 아니라 전쟁 영웅이 되어 돌아온 젊은 소공작 에드윈을 향한 선망의 시선들이 끈질기게 따라붙었다.

소공작으로 참석하는 첫 연회라 그런지 이마가 보이도록 깔끔하게 넘긴 채였다. 그의 흑발이 연회장 안의 모든 빛을 다 흡수한 것처럼 유난히 검었다.

머리색과 대조되는 창백하리만치 흰 피부와 짙은 눈썹, 소년 시절보다 깊어진 눈매가 어딘지 눈길을 사로잡는 대단한 미남자였다.

확실히 제가 기억하던 모습보다 젖살이 빠져 날카롭게 각이 선 턱이며 미묘하게 위태로워 보이는 분위기가 더해져 낯선 기분마저 들었다. 그날 밤 보인 불안정한 상태를 잘 길무리했는지 몰라도 목 끝까지 올라오는 갑갑해 보이는 까만 제복과 금색 단추의 조화가 퍽 잘 어울렸다. 하지만 에드윈은 쉽사리 말을 붙이기 어려운 기세를 내뿜고 서 있었다.

한 명쯤은 용기를 내어 그에게 춤을 청해 볼 만도 한데. 그의 태도 때문인지 아니면 한 공간에 있는 셰리를 의식해서인지 어느 누구도 에드윈에게 감히 말을 걸지 못했다.

이 좋은 날 군이 저렇게 음울한 분위기를 풍겨서 영애들이 다가오지도 못하게 해야 했을까.

'저래서야 다른 영애와 혼인은 할 수나 있을지 모르겠네.'

사회성 없는 성정은 나이를 먹어도 그대로였다. 셰리가 속으로 작게 혀를 찼다. 듣자하니 죽을 위기를 넘겼다고 하던데 어쩌면 그렇게 변한 게 없는지 모를 일이다. 이제 저와는 상관없는 일이지만 그래도 어린 시절 함께 자라 온 옛 친우로서의 작은 우려가 잠시 고개를 내밀었다가 이내 사라졌다.

조금 더 시간이 지나고 나면, 저도 다른 이와 가정을 이루고 에드윈도 새로운 연을 맺을 때가 올 거다. 그러면 서로 못다 한 이야기를 이성적으로 나누고 과거를 털어 낼 수 있게 되지 않을까.

그렇게 이번에도 셰리는 제 좋을 대로 결론을 내렸다. 그리고 피곤한 기색이 역력한데도 오랜만에 딸과 추는 춤으로 만면에 기꺼움을 감추지 못하는 아버지에게 마주 웃어 보였다.

그렇게 첫 춤을 추는 시간이 지나고 나자 분위기는 한층 더 달아올랐다. 그 속에서 셰리는 제게 다시금 꽂히는 시선을 알아챘다. 잠잠하다 했더니 그녀가 첫 춤을 마치길 기다린 모양이었다. 오랜만이라며 의례적인 인사를 건네는 다른 이들의 인사를 적당히 받아주며 근처의 테라스로 몸을 숨겼다.

안에 누군가 있다는 의미로 차락- 커튼을 내린 셰리가 한숨을 내쉬면서 의자에 몸을 기댄 지 얼마 안 되었을 때였다.

"……올라가도 돼?"

며칠 전에도 익히 들었던 낮은 목소리가 들릴 리 없는 곳에서 들려왔다. 이른 아침부터 계속된 일정으로 잠시 눈을 붙이고 있던 셰리가 반짝 눈을 뜨고 주위를 살폈다. 테라스 내부로 누군가 들어온 것은 아니니 말소리가 들릴 만한 곳은 한 군데 밖에 없었다. 몸을 일으켜 난간을 짚어 아래를 내려다보았다. 셰리의 시야에 금빛 단추가 가장 먼저 눈에 들어왔다.

"어떻게……!"

새된 목소리가 새어 나오려는 것을 겨우 막았다. 그녀와 눈이 마주치자 주위를 몇 번 더 두리번거리던 에드윈이 가볍게 몸을 놀려 난간을 타고 순식간에 2층 테라스로 올라왔다. 연회 초반이라 정원과 테라스에 나와 있는 이들이 없었기에 가능한 일이었다.

"지금, 뭐 하는 거예요."

"놀라게 해서 미안. 지난번에 그렇게 헤어지는 바람에 미처 이야기하지 못한 게 있어서……."

"우리 얘기는 그때 다 끝난 거 아니었어요?"

지금은 주변에 사람이 없었지만 언제 다른 테라스로 누군가가 나타날지 모른다. 셰리가 불안한 듯 눈을 굴렸다. 도대체 어느 사이에 연회장을 빠져나와 정원까지 온 건지.

가만히 서서 그녀를 내려다보는 에드윈은 다행히 지난번보다는 훨씬 침착해 보였다. 멀리서 볼 때와는 다르게 셰리의 바로 지척에서 빤히 바라보는 눈빛이 어쩐지 부담스러웠다. 그런 만큼 혹시 모를 일에 대비해 그녀가 한 발짝 뒷걸음질 쳤다.

"저번에도 말했지만 나는, 더 할 말 없어요."

"그, 지난번에는 내가 너무 성급했어. 한 번만 더 기회를 줘. 폐하와 독대를 해서…… 읍."

"미쳤어요?"

뒷걸음쳤던 것이 무색하게 셰리가 금세 바짝 붙어 섰다. 그러고는 무작정 손을 들어 그의 입을 막았다. 어찐지 가장 큰 공훈을 세웠음에도 폐하도 에드윈도 원하는 것이 있는지에 대해 일언반구도 없이 넘어간다 했다. 하지만 에드윈이 제아무리 황제의 조카라 해도 독대한 내용을 함부로 발설하는 것은 후에 문제의 소지가 있는 사안이었다.

"좋아요. 아버지께 말씀드리고 빠져나올 테니 제 개인 휴게실에서 만나요."

뒤늦게야 셰리는 제가 그에게 너무 가까이 다가가 격의 없이 입에 손을 댔다는 것을 깨달았다. 슬그머니 팔을 내렸다. 원래 이렇게 막무가내로 구는 성격이 아니었는데. 전쟁이 그를 바꿔 놓은 것인지 소년 시절보다도 묘하게 철이 없어진 듯했다.

"응, 응! 바로 갈게."

에드윈은 그녀의 노려보는 눈초리와 냉랭한 목소리에도 아랑곳하지 않았다. 눈에 띄게 얼굴이 밝아진 그의 고개가 위아래로 크게 끄덕였다.

올라올 때처럼 손쉽게 벽을 타고 정원에 무사히 착지한 에드윈을 확인한 셰리가 커튼을 걷고 테라스를 나섰다. 마침 몹시 기분이 좋아 보이는 폐하와 제 아버지를 금방 발견할 수 있었다. 그리고 그 곁에는 한때 가족처럼 함께했던 그분도 있었다.

"폐하, 카셰이라. O. 미하르쉘 인사드립니다."

"오, 셰리. 황도로 올라 왔는데도 인사를 오지 않아 조금 섭섭했단다. 이 녀석, 다 컸다고 말투도 딱딱하게 변하고……. 서운하구나."

"언제 적 이야기를 하시나요. 이제는 일곱 살 꼬마도 아닌걸요."

손에 들린 빈 술잔에다 어린 시절 이야기를 또 하시는 것으로 보아 황제는 이미 술기운이 오른 듯했다. 그런 황제에게 무례하지 않을 만큼 응대를 하던 셰리가 제 아버지의 곁에 서 있는 공작에게도 고개를 숙였다.

"각하, 오랜만에 뵙습니다."

"……그래, 많이 컸구나."

공작저에서 자라다시피 할 때조차 공작 부인을 제외하면 그렇게 다정한 성정은 아닌 분이었다. 그래서 다소 데면데면한 인사에도 셰리는 고개만 끄덕인 채 지나가려 했다. 그녀가 조금씩 비틀거리는 폐하를 부축하는 아버지에게 먼저 자리를 뜨겠노라 말하려는 순간이었다.

"미안하다."

"……."

애써 눈을 마주치지 않았던 아까와 다르게 셰리는 고개를 들었다. 그녀의 시야에 어느새 약간의 세월의 흔적이 내려앉은 공작의 회한 어린 눈빛이 들어왔다. 무엇에 대해 미안한지 굳이 말하지 않아도 그가 언급하지 않은 행간의 의미를 알아듣고도 남을 사이였다. 에드윈이 일방적으로 파혼을 말하기 전만 해도, 어쨌든 그들은 느슨하게나마 가족이나 마찬가지였으니까.

세간에서는 공작이 정이 없는 냉혈한이라고들 했다. 하지만 그토록 귀애하는 제 부인 외에 하나뿐인 아들인 에드윈에게도 아닌 척 각별한 것을 알고 있었다. 엄한 듯 대해도 결국은 에드윈의 편을 들어주시는 분이니 지금의 상황도 어렴풋이나마 파악하고 있을 테다.

더 적극적으로 아들의 기행을 막아 줄 법도 한데 그러지 않는 것은 공작 각하도 제 자식이 가장 귀한 아버지이기 때문이겠지.

"아버지. 휴게실에서 조금 쉬다가 먼저 돌아갈 테니, 제 걱정은 하지 마셔요."

"그래. 나머지는 이 아비가 알아서 하마. 쉬고 있거라."

그렇게 돌아서는 셰리의 뒷모습에 에드윈과 꼭 닮은 어두운 남빛 눈동자가 길게 달라붙었다.

"몸이 좋지 않아 좀 쉬다가 갈 것이니 근방에 사람들을 좀 물러 줬으면
좋겠는데……."

"지시대로 하겠습니다."

지난번 데뷔탕트 때는 에드윈이 찾아올 것이라는 예상을 하지 못한 데다
참석자 대다수가 그녀보다 지위가 낮은 이들 뿐이라 굳이 시중인을 멀리
물리지 않았었다.

그러나 오늘의 연회에는 황제 폐하를 비롯한 황족들뿐 아니라 고위 귀족
들이 모두 참석한 자리였다. 혹시 모를 구설수가 생길 여지는 미리 차단하
는 게 좋았다. 게다가 제 신분에 기대어 매번 입막음시키기도 한계가 있을
것이 뻔하니.

황족과 비견될 만큼 화려한 제 개인 휴게실에 들어섬과 동시에 셰리는
문을 닫으며 기대어 섰다. 에드윈이 무슨 말을 꺼내려 했는지에 대한 궁금
증보다 마지막으로 스쳤던 그의 아버지인 공작의 한마디가 그녀의 심사를
더 복잡하게 만들었다. 결국 제가 스스로 해결해야 할 일이었다. 하지만 어
떻게……?

토르도 그렇고 여태 그녀가 겪어 왔던 대부분의 이들은 저보다 지위가 낮은
자들이었다. 물론 그들은 처음부터 셰리의 심기를 거스르지도 않았지만.

그런 그녀였기에 저와 비교적 동등했던 공자에서 이제는 어엿한 소공작이
된 에드윈의 막무가내인 행동을 막을 만한 방도가 딱히 떠오르지 않았다. 성
년을 넘겨 제가 꽤 성장했다고 생각했는데…… 이런 일에는 여전히 대처가
미숙했다. 아직 그와 이야기를 나누지도 않았는데도 벌써 피곤해지는 기분이
들었다.

그녀가 제 이마를 짚고 있던 그 순간, 짧은 노크 소리가 들렸다. 그리고
강한 힘에 의해 문에 기대어 서 있던 셰리의 몸이 그대로 떠밀렸다. 분명

그녀의 무게가 온전히 문에 실렸을 텐데도 너무나 가볍게. 에드윈이 문 뒤의 셰리를 발견하고 미안한 얼굴을 했다.

"아……. 괜찮아?"

"됐어요. 오는 길에 누군가 보기라도 한 건 아니겠죠?"

"사람 기척은 하나도 없었으니 걱정 안 해도 될 거야."

물론 셰리가 밀려났다고 해 봤자 에드윈이 문을 열고 들어온 딱 그만큼뿐이었다. 하지만 어쩐지 대화도 나누기 전에 밀리고 시작하는 느낌이 들었다. 그녀의 얼굴에 일순 불쾌한 기색이 스쳤다. 이내 익숙하게 표정을 갈무리해 낸 셰리가 드레스를 부러 터는 척하다 몸을 바로 세우고 내부의 소파로 먼저 발걸음을 옮겼다. 조심성 없이 열고 들어왔던 기세와 다르게 에드윈은 소리 나지 않게 문을 닫고 그녀의 뒤를 조용히 따랐다.

"다른 사람이 들을 수도 있는 공간에서 폐하와의 독대 사실을 발설하려 하다니 경솔해지셨네요."

"……근처에 다른 기척은 없었어."

기사들의 무위에 대해 셰리가 아는 바는 없었다. 에드윈 또한 손꼽히는 실력자라 하니 그의 말이 틀린 것은 아닐 터였다. 하지만 일반인인 제가 그런 기척이 있는지 없는지 알게 무언가.

"그래서, 제게 하고 싶은 말이 뭔가요."

"나와 혼인하자, 셰리. 너만 동의한다면 방법이 있……."

"뭐, 라고?"

여태 있었던 모든 일들이 마치 아무것도 아니라는 양 당당하기까지 한 모습이었다. 셰리의 입에서 저도 모르게 반말이 튀어나왔다. 그런 그녀의 반응에 눈을 동그랗게 떴던 에드윈이 이내 입꼬리를 길게 늘려 미소 지었다.

"이제 둘 다 성인인데 예전처럼 반말로 돌아가는 게 더 좋긴 하지."

"싫어요."

"아, 바꾸는 게 싫으면 굳이……."

"당신하고 혼인하고 싶지 않다고요."

마치 셰리가 단박에, 그것도 이렇게 단호하게 거절하리라고는 생각지도 못했다는 듯 에드원의 얼굴이 일순 황망함으로 물들었다. 표정 변화가 적은 그에게서 좀처럼 보기 어려운 광경이었다. 그러나 에드원을 똑바로 바라보는 셰리는 싸늘한 눈빛을 유지할 뿐이었다.

황제와의 독대를 운운하기에 무언가 대단한 이야기를 하려나 싶었더니. 겨우 하는 말이 저와의 혼인이었나? 오래토록 닫혀 있던 후작저를 개방해 가면서까지 대대적으로 약혼 발표를 한다는 말에 그의 몸이 달았던 모양이지.

수도를 떠나 있던 공백이 길어서일까. 에드원은 아직도 제 외숙부인 황제를 잘 모르는 듯했다. 대외적으로는 잘 웃는 낮에 자비롭다고 알려졌지만 황제는 속에 도마뱀이 여럿 들어앉은 듯 노회한 정치가였다.

과거에는 제 딸보다 아끼는 막내 여동생인 공작 부인의 간절한 청으로 임시로나마 약혼이 이루어진 것이었다. 하지만 과연 이번에도 '그' 황제가 순순히 허락할 것인가.

당시의 셰리는 갓 태어난 아기에 불과한 데다 세간에서 당연히 후작이 후처를 볼 것이라 생각했기에 가능했던 약혼이었다. 하지만 지금은 어떤가. 그러나 후작의 유일한 자식이자 후계자인 셰리가 이미 그 넓은 동부 영지를 실질적으로 경영해 나갈 만큼 유능한 인재라는 사실을 황제가 모를 리가 없다.

거기에 더해 린데카이르 공작가와의 혼약으로 그 영향력이 더 커진다면……. 더더욱 황실에서 반가워할 턱이 없었다.

심지어 소공작인 에드원은 이제 '전쟁 영웅'이라는 타이틀까지 거머쥐었다. 물론 두 가문의 수장들과 막역한 친우인 만큼 그들의 충성심을 의심하지는 않을 것이다. 그러나 그렇다고 해서 황제가 셰리와 에드원까지 믿지는 않을 것이 뻔했다.

게다가 지금의 황태자는 순진하여 이상주의자의 면모가 있으니, 더더욱 다음 황제의 치세에 후환을 남겨 두고 싶지 않을 터.

"왜, 왜……?"

"지난번 연회에서 내가 곧 약혼 발표를 한다고 했을 텐데요."

"그건, 그저 정략혼이잖아! 우리와는 달라!"

이미 황제의 의도를 어렴풋이 추측해 낸 셰리의 표정은 못내 차가웠다. 그녀와의 혼인을 위해 전쟁에 출정했다고 했으니 독대 자리에서 그가 청했을 내용이야 뻔했다. 오늘 에드윈이 소공작의 지위를 받은 것으로 미루어 짐작하건대 아직 소후작이 없는 후작가에 방계를 들이고 그를 새로운 후계자로 인정받게끔 하여 그녀의 손발을 묶고자 했을지도 모르지.

'감히, 내게서 미하르쉘을 빼앗아 가려고 해?'

태어나서 단 한 번도 제 미래가 차기 후작이 아닐 것이라고는 생각해 본 적 없는 셰리의 얼굴이 더욱 냉랭하게 굳었다.

"나와 당신은 뭐가 달랐는데요?"

"우린, 우린……."

말문이 막힌 에드윈이 저도 모르게 뒷걸음질을 쳤다. 파혼하던 그날 밤을 제외하면 딱히 무어라 말할 신체 접촉조차 없는 그들의 관계는 연인이라고 할 수도 없었다. 그는 셰리의 유년 시절을 온전히 지켜 주겠다는 이유만으로 그녀가 성년이 되기를 기다려 오느라 제 마음을 비춘 적도 없었으니.

"그래도, 그래도……."

그렇게 주춤거리며 물러서는 에드윈을 따라 셰리는 마주친 눈을 피하지 않은 채 한 걸음씩 다가왔다. 그녀보다 머리 하나 반은 더 큰 데다 실전으로 다져져 이전보다 훨씬 우람해진 몸을 하고서도 에드윈은 셰리의 움직임 하나하나에 민감하게 반응하며 겁을 내었다.

그러다 어느덧 그의 정강이에 소파의 한 면이 닿았다. 결국 소파에 걸려 그 위에 주저앉았다가 재빠르게 몸을 일으킨 에드윈이 무작정 셰리의 앞에 무릎을 꿇었다.

"왜요, 나랑 자서요?"

"……"

연회장의 모두가 선망의 눈길로 바라보던 소공작이 제 앞에서 무릎을 꿇었다. 그것도 벌써 두 번씩이나. 그러나 그에 대한 감흥을 느낄 새도 없이 셰리의 노골적인 언사에 창백해졌다가 벌겋게 달아오른 얼굴이 먼저 눈에 들어왔다.

황제의 진짜 의도도 파악하지 못하면서 무언가 원하는 대답을 얻어 냈다고 착각이라도 한 걸까. 득의양양하게 그녀에게 혼인을 운운하더니……. 아까 홀 안에서는 그렇게 주목을 받으면서도 표정 하나 변하지 않던 남자가 겨우 이 정도로 동요하는 꼴이 우스웠다.

셰리가 몸을 숙여 제게 얼굴을 가져다대자 목줄기가 빳빳하게 굳은 에드윈이 고개를 뒤로 물렸다. 그 와중에도 목울대가 두드러진 긴 목선이 우아했다.

그러고 보니 그는 저보다 두 살이나 많으면서 생긴 것과 다르게 유달리 순진한 구석이 있었다. 상냥한 어머니에, 아닌 척해도 제 아들에게 관심이 많은 아버지까지. 결핍이라고는 겪어 본 적 없이 무난한 어린 시절을 보내서일지도 모른다.

그래도 전쟁터에서는 그 치열한 최전선에 섰었다고 들었는데 저보다 훨씬 작은 셰리가 뭐가 그렇게 무서워서 목까지 꺾어 가며 겁을 내는 걸까.

"읏."

셰리가 이제는 숫제 목이 아니라 어깨까지 뒤로 넘어가기 시작한 에드윈의 가슴을 밀었다. 그가 상체만 어정쩡하게 소파로 뉘어졌다. 그러고는 눈을 피하다 못해 그녀에게서 아예 돌려 버리다시피 한 그의 고개 옆 소파 위로 셰리가 한쪽 다리를 올려 짚었다. 새빨간 구두 힐이 제 눈앞에 뻗은 모습을 본 에드윈은 급기야 눈을 질끈 감아 버렸다.

"나, 나한테도 그럼 기회를 줘."

"기회는 저번에도, 그리고 오늘도 줬어요."

"그거, 그거 말고. 나랑도, ……면 그럼, 혼인하자고 하지 않을게."

"뭐라고요?"

그녀에게 들리지도 않을 만큼 목소리가 작아졌다. 셰리가 그에게로 다시 몸을 가까이 기울였다. 그러자 에드윈이 한 번 더 꿀꺽 침을 삼켜 목울대를 울리고는 그녀의 발이 올라오지 않은 방향으로 몸을 반쯤 일으켜 세웠다. 그가 천천히 눈을 떴다. 긴장한 빛이 서린 결연한 눈동자가 사정없이 흔들렸다.

"나에게도 너, 너의 밤을 줘. 그러고도 네가 싫다면 더 안 조를게."

"……."

결국, 조금 더 직설적인 단어를 입 밖으로 꺼내는 것은 실패했다. 에드윈은 제가 한심하게 느껴져 입술을 힘주어 깨물었다.

"저, 저번에는 내 처음을 가져갔으니까 나한테도 줘."

"나도 그때가 처음이었어요."

"윽……."

낭패한 기색이 어린 그의 얼굴을 느릿하게 훑어보던 셰리가 기울어졌던 허리를 다시 곧게 펴며 잠시 생각에 잠겼다. 처음, 처음이라. 그때 에드윈의 처음을 취한 것은 제 유년 시절을 끝내는 하나의 마침표에 불과했다. 약간의 분함과 일말의 오기 같은 감정도 다소 섞여 있기는 했지만 그게 다였다.

그 이상으로 제게 의미 있는 것은 아니어서였을까. 지금 이 순간까지도 그녀 역시 처음이었다는 사실을 굳이 의식하지 않고 살아왔다.

'그깟 처음이 뭐라고. 그런 건 경험하기 전이나 의미가 있지.'

정작 해 보고 나서 셰리가 느낀 감상은 생각보다 별것 아니었다는 것 정도였다. 그래도 그는 저와 같은 고위 귀족이라 흔히들 말하는 '첫날밤'이라는 것에 연연하지 않을 줄 알았는데……

이미 지나간 그 '처음'이라는 것에 그렇게까지 의미 부여를 해서 미련을 갖고 있다면 차라리 이 기회에 해결하는 것도 나쁘지 않겠다 싶었다. 에드윈은 제 권력으로는 찍어 누를 수 없는 상대인 만큼 그가 자발적으로 단념하게 만드는 게 중요하니까.

기세 좋게 먼저 말을 꺼내 놓고도 이것마저 셰리에게 거절당할까 내심 전전긍긍하여 에드윈의 눈동자가 속절없이 흔들렸다. 한참 동안이나 말도 없이 저를 빤히 쳐다보는 그녀 때문에 입 안은 물론이고 입술까지 버석하게 마르는 기분이 들었다.

"좋아요, 그럼 약속은 꼭 지켜요."

"아……. 그럼, 그러면 내가 적당한 때를 골라서……."

또다시 다소 창백해졌던 얼굴이 화색을 띠는 것과 동시에 에드윈이 바닥을 짚고 일어서려 했다. 처음에 기대했던 바와 완전히 같은 방향으로 흘러가진 않았지만 그래도 이렇게라도 그녀를 잡아 둘 연결고리를 하나씩 만들어 두는 것으로 족했다. 폐하께서 셰리의 파혼과 혼인 승낙을 조건으로 거셨으니 이렇게 접점을 계속 만들어 가면 언젠가는…….

그렇게 일어서려는 에드윈의 몸이 다시 주저앉혀졌다. 아까와는 달리 무방비한 상태인 데다 일어나려던 힘이 역으로 제지당한 탓에 조금은 우스운 모양새로 소파에 상체가 뉘어졌다.

"굳이 그럴 필요가 있나요? 여기서 해결하죠."

"뭐, 뭘 해결해. 나중에, 나중에……."

제 가슴께를 찍어 누른 셰리의 무릎에 차마 손을 대지 못한 채 그가 세차게 도리질을 했다. 백년 전쟁을 끝낸 전쟁 영웅을 발아래에 깔아뭉겠다는 묘한 상황 때문인지, 별다른 느낌이 들지 않는다던 감상이 무색하게 다시금 예의 그 가학심이 고개를 들었다.

부끄러움과 긴장으로 범벅되어 가슴팍이 거세게 오르락내리락하는 에드윈의 상태를 알았다. 그럼에도 불구하고 여전히 무릎에 힘을 주어 꾸욱 누른 채로 셰리는 답답하게 채워진 그의 목 부근 금빛 단추에 손을 대었다. 그러자 차마 그녀와 눈을 마주치지 못하고 고개를 돌리고 있던 에드윈의 몸이 크게 튀어 올랐다.

"무슨! 안 돼, 안 돼!"

"밤을 달라는 게 이런 뜻 아니었어요?"

"지금 여기서 말고, 나중에 다른 곳에서……. 그, 그래. 아직 마음의 준비도 안 됐고."

셰리가 벌써 반쯤 풀어내 버린 목깃 부근을 필사적으로 말아 쥔 에드윈이 더듬더듬 아무 말이나 내뱉기 시작했다. 그러고 보니 예전에도 유난히 제 몸을 보여 주는 것을 부끄러워하며 까탈스럽게 굴긴 했다. 힘줄이 솟아 더욱 하얗게 변한 손등을 응시하던 셰리가 저도 모르게 한숨을 내쉬었다. 정말이지 예전과 하나도 변한 것이 없었다.

"……."

"모, 몸도 청결하지 못하고. 그리고, 그리고……."

"그럼 저기서 씻고 나오면 되겠네요."

셰리의 엄지손가락이 가리키는 곳을 힐끔 바라보는 에드윈의 얼굴에 적나라한 낭패의 기색이 떠올랐다. 최고급 휴게 공간을 하사받은 덕택에 이곳에는 제대로 된 욕실도 구비되어 있단 사실을 잠시 잊고 있었다.

잔뜩 당황한 터라 에드윈은 더 이상의 제대로 된 핑계를 대지 못하고 입술만 달싹거렸다. 그러다 셰리의 얼굴에 옅게 서린 짜증을 알아챘다. 더불어 가슴에 누르던 무릎의 힘이 느슨해진 것을 느끼고 못내 초조해졌다.

"씻을게, 씻고 나올 테니 잠깐만 시간을 줘."

그녀의 허락이 떨어지자마자 부리나케 욕실로 줄행랑쳤다. 그리고 꼭 그만큼 빠르게 샤워를 마친 에드윈이 짙은 색의 가운을 걸치고 머뭇거리며 침대로 다가왔다. 어찌나 급했는지 채 마르지 않은 새카만 머리카락 끝에 물방울이 대롱거리며 달려 있었다.

공작저의 사용인들이 정성을 다해 빗어 넘겼을 앞머리가 촉촉하게 젖어 그의 이마를 덮었다. 그렇게 잔뜩 흐트러진 머리카락을 보자 2년 전의 에드윈과 그 모습이 자연스레 겹쳐 보였다.

그날 밤과 같이 가운의 벌어진 틈을 생명줄처럼 부여잡은 에드윈의 눈에는 이미 슬립 차림으로 기다리는 셰리가 들어왔다. 그녀를 보고 주춤주춤 뒷걸음질을 치는 꼴이 다시 지난했던 그때를 반복하리라는 확신을 주었다. 셰리가 다급하게 입을 열었다.

"괜찮아요. 어두워서 잘 안보이니까."

이곳이 공작저도 후작저도 아닌 황궁 한복판인 것을 감안할 때 어떻게든 잘 구슬려서 대강 해치워야 했다. 그리고 적어도 동이 트기 전에는 이곳을 떠나야 했다. 일부러 조명도 최대한 어둡게 미리 낮춰 놓았는데 여전히 방어적인 태도가 마뜩잖았다.

셰리의 눈초리가 점차 사나워졌다. 그리고 그녀가 무어라 쏘아붙이기 직전이 되어서야 머뭇거리던 에드윈이 결심한 듯 입을 열었다.

"한 가지만 더……. 적어도 둘만 있을 때는 에드윈이라고, 불러 주면 안 될까?"

그까짓 호칭이 뭐라고. 저번부터 그를 딱딱하게 부를 때마다 눈에 띄게 상처받은 기색이더니 내내 그것이 마음에 걸렸던 모양이었다. 토르는 오히려 제대로 된 영식 대접을 좋아하는 것 같았는데.

"그래요, 에드윈. 시간이 없으니 빨리 와요."

"……."

에드윈의 얼굴이 눈에 띄게 밝아진 것이 느껴졌다. 하지만 정작 셰리에게는 바뀐 호칭이든 바뀌지 않은 호칭이든 그다지 큰 의미가 없었다. 적당히 그를 달래 관계를 맺고 이 지긋지긋한 대치를 끝내고 싶을 뿐이었다.

조금 발그레해진 얼굴로 수줍게 셰리의 앞에 선 그의 팔을 잡아 침대에 눕혔다. 그러자 에드윈의 얼굴이 금세 화르륵 붉어졌다. 그 모습을 본체만체하며 그녀가 아직도 가운을 붙들고 있는 손등 위로 살포시 손을 겹쳐 올려 잡았다.

아직, 아직은 마음의 준비가 덜 되었지만 이 이상 시간을 끈다면 셰리가 또 짜증을 낼지도 모른다. 에드윈이 쭈뼛거리며 가운을 여미었던 제 손의 힘을 겨우, 풀었다. 그런 순진한 반응에 셰리가 여상한 말투로 말을 건넸다.

"그때는 처음이라서 그랬다고 쳐도 지금은 아니잖아요."

"그, 그때는 너무 급하게 지나갔고……. 애초에 난 너 이외의 여자는, 몰라."

웬만한 여자보다 훨씬 희고 창백한 피부 탓에 그의 목덜미는 어느덧 빨갛게 물들었다. 부끄러운 기색을 적나라하게 내보인 에드윈이 더듬더듬 말을 이었다. 오히려 당황한 건 셰리였다. 그동안 그가 여자 경험이 있었는지에 대해 깊게 생각해 보지도 않고 으레 그러려니 하고 던진 말이었다.

"그럼 그 뒤로는, 한 번도?"

"……."

제가 알기로는 아예 경험하지 못했다면 모를까, 한 번 경험하고 나면 다시 예전의 모르던 시절로 돌아가지는 못한다고 하던데. 에드윈 정도의 미모에 신분을 가진 남자가 여자를 안고자 한다면 영애들뿐 아니라 옆 왕국의 왕녀까지도 마다하지 않을 것이다. 실제로 팔란 왕국의 왕녀는 에드윈에게 관심이 지대하다고 들었다.

정작 파혼을 당했던 저는 이후의 시간 동안 여러 남자를 만나고 알아 왔는데. 마치 수절이라도 한 듯한 그의 말에 셰리가 일순 할 말을 잃고 아랫입술을 깨물었다. 저번부터 어렴풋하게 염두에 두고 있던 가정이었지만 정말로 저를 마음에 품었던 걸까. 그 긴 약혼 기간 내내 친우 이상의 감정은 내비치지도 않는 것 같더니 도대체 언제부터?

순식간에 복잡해진 심경을 내비치지 않으려 호흡을 가다듬은 셰리가 짐짓 다정한 목소리를 내었다.

"좋아요, 일단은 가만히 있어요."

"이, 이번에는 조금 천천히 하면 안 될……까."

언제라도 다시 가운을 여밀 준비를 하는 것처럼 벌어진 깃 사이를 맴도는 에드윈의 손을 잡아챘다. 그녀가 천천히 손깍지를 끼워 잡았다. 최대한 빨리 해치우고 싶었는데. 그럼 이게 두 번째 관계이니만큼 조금쯤은 그를 배려하며 진행해야 할 성싶었다.

예전에 몇 번 잡아 보았던 손보다 더 거칠고 두툼해진 느낌이 못내 낯설었지만 셰리는 아무렇지 않은 표정을 유지했다. 그렇게 에드윈의 팔을 머리맡 쪽으로 올리고 제 얼굴을 서서히 가져다 대었다.

수줍음과 긴장으로 얼룩진 그의 표정을 보자 잠시 누군가가 스쳐 지나갔다. 하지만 고개를 저어 떠오르려는 상념을 털어 냈다. 아무리 생각해도 이게 가장 쉽고 빠르게 해결하는 방법이었다.

"입술, 너무 꽉 물고 있지 말고 약간만 벌려요."

"으, 응."

깍지를 낀 손에 단단하게 힘이 들어가는 것이 느껴졌다. 이 남자, 원래 이렇게 고분고분한 타입이었나. 꼭 필요한 말을 할 때가 아니면 내내 꾹 다물려만 있던 에드윈의 입술이 아주 약간 벌어졌다. 바르르 떨리는 마른 입술을 응시하던 셰리가 그대로 입을 맞추었다.

말캉한 살덩이가 예고도 없이 와 닿는 느낌에 에드윈의 몸이 파득 흔들렸다가 서서히 안정을 찾아갔다. 진득하게 아랫입술부터 비벼서 버석한 입술을 촉촉하게 만든 셰리가 천천히 혀를 밀어 넣었다. 그 바람에 또다시 마주 잡은 손에 힘이 들어갔다. 이내 그녀와의 입맞춤에 몰입했는지 그 움직임도 잦아들었다.

"웃, 읍."

둘 다 처음이었던 예전과 다르게 셰리의 일방적인 우위로 시작된 키스였다.

에드윈이 따라오기가 벅찼는지 제대로 숨을 내뱉지 못하고 헉헉거렸다. 지나치게 빠르게 몰아친 흥분에 비해 몸의 감각이 아직 따라오지 못해 버거운 모양이었다. 아직 혀를 그다지 깊게 넣지도 않았는데······

"괜찮아요, 숨 쉬어요."

"흡, 흐."

헐떡이는 에드윈의 볼을 가볍게 어루만지며 그가 진정하길 기다려 주었다. 뒤이어 셰리가 뻣뻣하게 굳은 몸 위로 올라왔다. 얇고 매끄러운 슬립 차림의 그녀가 제 몸을 타는 감각에 또다시 에드윈의 호흡이 멎었다.

그런 그의 머리를 차분하게 쓸어 주면서 셰리가 에드윈의 목선으로 입을 가져다대었다. 아까 목을 꺾을 때부터 내내 그녀의 시선을 앗아 가던 바로 그 길고 하얀 목이었다. 가볍게 쪽쪽대며 내려갔다.

"하으. 자, 잠깐."

그래도 입을 맞출 때보다 정신을 차린 모양이다. 셰리에게 목을 다 내어 주고 벌벌 떨기만 하던 에드윈의 나머지 한쪽 팔이 그녀의 허리를 감쌌다. 잠깐만 기다려 달라는 말과 생각이 다른 듯한 그의 반응에 셰리가 피식 바람 빠지는 웃음을 뱉었다.

"흐웃. 갑자기 왜······."

"그렇게 너무 세게 잡진 말고요."

"으응."

살짝 닿은 숨결에도 민감하게 반응하며 그녀의 허리를 힘주어 잡았다. 역시 초보라 힘 조절이 미숙했다. 셰리가 고개를 들어 주의를 주었다. 제법 단호하게 가르치듯 말하는 그녀의 말에도 뭐가 그리 좋은지 색색거리는 숨을 내쉬는 에드윈의 얼굴에 미소가 가득했다. 어둑한 사위 속에서 짙은 남색 눈동자가 기대감으로 반짝이는 것이 확연하게 눈에 띌 정도였다.

아까 연회장에서와는 완전히 다른 사람이라고 해도 믿을 만큼 기쁨을 전혀 감추지 못했다. 그 헤벌쭉한 낯에 괜히 셰리가 머쓱한 기분이 들었다.

언제부터인지는 몰라도 정말 제게 마음이 있었나 보다. 그렇다고 해도 이제 와서 달라지는 건 아무것도 없는데…….

애초에 지금의 이 행위도 그와 더 이상 엮이기 싫은 그녀가 가장 손쉬워 보이는 수단을 선택한 것뿐이었다. 아무리 셰리라고 해도 누군가의 순정을 제 이해관계에 따라 마구 휘두르는 것이 마음 편할 리 없었다.

애써 불편한 마음을 억누르며 깍지 낀 손을 풀어 낸 셰리의 양손이 에드윈의 가운을 급하게 젖혔다. 그리고 아까 타고 내려오다 미처 이어지지 못한 목선을 따라 다시금 말랑한 입술을 가볍게 눌렀다.

"셰리, 윽, 셰리…….."

"……."

의외로 목을 훑는 감각에 약한 타입인지 셰리의 허리에 손을 두른 그의 팔에 힘이 주어졌다 풀리길 반복됐다. 저도 모르게 힘을 주었다가도 그녀가 했던 말을 기억하고 또 슬며시 힘을 빼는 모양이었다.

셰리는 어딘지 민망한 마음이 들어 그런 에드윈의 상태를 알아채지도 못한 채, 거의 마구잡이로 그의 목을 거쳐 쇄골, 윗가슴께까지 입을 맞췄다. 어릴 적부터 내내 들어 왔던 익숙한 목소리가 야릇한 신음을 섞어 제 이름을 속삭이는 게 그녀의 기분을 퍽 이상하게 만들었다.

제가 무엇을 하고 있는지 의식하지 못하고 토르에게 하듯이 익숙하게 가슴 언저리에 막 입을 가져다 대려던 셰리의 상체가 억지로 쑥 들어 올려졌다. 안 그래도 흰 피부라 볼과 목을 붉게 물들인 게 더 티가 나는 에드윈이 바들거리면서도 그녀의 허리를 단단하게 힘주어 감싸 올렸다.

"왜, 그래요?"

"이번에는 내가, 내가 하고 싶어."

"뭘……? 앗!"

순식간에 셰리의 몸을 들어 침대로 눕히고 그 위로 올라탔다. 에드윈이 잔뜩 긴장한 낯으로 그녀를 내려다보았다.

어떤 일이든 반드시 스스로 해 보고 싶어 하는 그 성향이 잠자리에서도 여전한 듯했다. 서툰 데다 죽을 것처럼 부끄러워하면서도 고집을 피우는 모습은 어린 시절의 그 어느 때와 꼭 같았다. 그에 마음이 약해진 셰리는 한숨을 내쉬면서 고개를 끄덕였다.

"누, 눈 감아 줘."

"휴, 알았, 읍."

그녀가 어쩔 수 없다는 표정으로 두 눈을 내리깔자마자 에드윈이 저돌적으로 들이닥쳤다. 어찌나 긴장했는지 셰리가 제대로 준비할 틈도 주지 않고 돌진한 탓에 2년 전 그날 밤처럼 그의 이가 딱, 소리를 내며 부딪쳤다.

"악, 뭐 하는 거예요!"

"윽."

다행히 그렇게 세게 들이받은 것은 아니라 상처가 나지는 않았다. 하지만 그때와는 달리 능숙한 입맞춤에 익숙해진 셰리는 황당한 표정을 감추지 못했다. 첫 키스도 아니고 방금도 제가 기껏 이끌어 주었는데…… 이건, 서툴다고 말할 수준을 벗어났다.

"아, 그게 아니라……."

"그냥 가만히 있어요. 내가 알아서 할게요."

"……."

작정하고 저를 깔아뭉개고자 한다면 단번에 압사시킬 수도 있을 만한 커다란 덩치를 하고서 에드윈이 시무룩하게 어깨를 움츠렸다. 마치 부친인 공작 각하께 혼이 났을 때처럼 의기소침해 보여 또다시 셰리의 마음이 조금 느슨해졌다.

그가 아카데미에 다니느라 만나지 못한 기간도 제법 길었는데도, 워낙 오래 알아 온 사이였다. 그렇다 보니 다 자란 모습에서도 언뜻언뜻 비치는 예전의 추억들이 문제였다.

"입을 내밀지 말고 아까처럼 자연스럽게 입술만 조금 벌려 봐요."

"으, 응."

고개를 숙여 그녀와 눈을 마주하며 에드윈이 아까의 키스로 번들거리는 입을 작게 열었다. 그런 그의 얼굴을 마주한 셰리는 잠시 멈칫했다.

이전보다 깊어진 눈가로 높게 솟은 콧대가 음영을 드리우고 있었다. 그런데다 이제 막 타오르기 시작한 욕망이 그의 눈을 까맣게 보이게 만들었다. 거기에 새하얀 피부와 대조되게 살짝 벌려진 붉은 입술이 퍽 자극적으로 느껴졌다. 그런 모습들만은 확실히 이제 어린 시절을 운운할 수 없을 만큼 다 자란 성인 남자가 되어 있었다.

천천히 심호흡을 하며 에드윈의 목덜미로 손을 뻗어 제게 이끌었다. 속으로 무슨 생각을 하는지는 모르겠지만 입을 맞추는 그 순간까지 눈을 뜨고 버티려다 실패한 듯했다. 마지막에 질끈 눈을 감아 버린 그가 조금은 귀엽게 느껴졌다. 파드득 떨리는 긴 속눈썹에 잠시 시선을 빼앗겼던 셰리가 이윽고 목 뒤로 넣은 손에 힘을 주었다.

"하, 으읍."

조심스럽게 겉으로만 달싹이던 입술이 더욱 벌어지고 아까의 입맞춤을 가까스로 기억해 낸 에드윈의 혀가 셰리의 입 안으로 천천히 넘어왔다. 한두 번의 경험으로 능숙하게 잘 해내는 토르가 특이한 것이었지 일반적으로 에드윈 정도가 보통이었다.

그래도 제대로 호흡도 못하던 좀 전과는 달리 그도 제법 익숙하게 즐기고 있었다. 에드윈의 정신이 팔린 틈을 타 셰리가 이미 활짝 열린 가운을 아예 밀어젖혔다.

"흐읏, 학! 잠깐, 잠깐만. 천천히, 천천히……."

"이번에도 옷 안 벗고 하겠다는 말은 아니죠?"

"버, 벗을게. 벗으려고 했어."

부랴부랴 허리끈을 풀어 낸 에드윈이 셰리의 눈치를 보며 반쯤 흘러내린 가운을 천천히 벗어 내렸다. 그러다 이미 슬립의 어깨끈을 내려 헐벗은 그녀의 모습에 기겁하며 제 가운으로 가렸다.

"제발, 제발. 이번에는 내가 하게 해 줘."

"또 멈추면 안 하겠다는 뜻으로 알 거예요."

"……"

음울한 표정으로 고개를 끄덕이는 에드윈의 꼴이 못내 처량했다. 하지만 그에게는 불행히도 셰리는 고작 그 정도로 자비를 베푸는 성정이 못 되었다.

"웃, 만져도 괜찮다니까요."

"……"

겨우 달래서 가슴에 손을 올리게 하는 것까지는 성공했으나 에드윈은 여전히 미련할 정도로 수줍음을 많이 탔다. 그 탓에 이번에도 정점은 만지지도 못했다. 이미 꽤 오랜 시간 얕은 자극이 쌓인 터라 온몸에 올라온 뭉근한 감각이 제대로 터지지도 못해 셰리의 인내심이 점차 한계에 달했다.

토르는 침대로 끌어들이기까지 오래 걸렸다 뿐이지 정작 벽을 무너뜨리고 나서는 그녀가 버거워할 정도로 제 욕구를 들이밀었다. 아, 그러면 이미 저와 능숙하게 즐기고 있었을 텐데. 외모로는 둘 다 우열을 가리기 어려울 만한 미남이었지만 그렇게 셰리는 또다시 제 호위 기사를 떠올리고 말았다.

잔뜩 달아오른 몸으로도 차마 그녀의 가장 예민한 곳들을 만질 엄두를 내지 못했던 에드윈이었지만 셰리가 다른 생각에 빠진 것만은 어렵지 않게 알아챘다. 저와 이렇게 맨살을 맞대고 있으면서도 또 그놈 생각을 할지도 모른다는 불안감과 질투가 여태 미적거리던 그를 움직이게 했다.

"앗, 으응."

서툴게나마 셰리의 가슴을 덥석 문 에드윈이 천천히 제 입 안에 들어온 동그란 과실을 혀로 맛보았다. 예상치 못하게 가해진 자극에 뒤틀리려는 가느다란 허리를 꽉 붙든 그가 눈을 치켜뜨며 셰리의 반응을 보아 가며 혀를 세워 핥았다.

"아……. 학!"

여태껏 왜 망설였나 싶을 정도로 이리저리 몸을 비틀며 신음을 흘리는 그녀의 모습이 자극적이었다. 이미 여러 번 한계까지 부풀었다 약간씩 사그라들기를 반복하던 제 것이 드디어 아플 정도로 팽팽하게 당겨 왔다. 혀를 내어 할짝거리는 것만이 아니라 입을 대고 쪽쪽대는 방법도 셰리를 느끼게 할 수 있다는 사실을 깨달았다. 그가 힘을 주어 빨아들이려는 순간이었다.

"흐, 훗. 흔적, 흔적 남기면 안 돼!"

차근차근 은근하게만 몰려든 성감이 쌓인 상태에서 갑자기 강도 높은 자극이 가해지자 셰리는 머리끝이 쭈뼛하게 설 정도로 흥분했다. 그래도 완전히 이성을 잃은 것은 아니었다. 여전히 정식 배우자가 아닌 자의 흔적을 용납하지 않는 그녀만의 원칙을 가까스로 떠올렸다.

그러자 기껏 용기를 내어 지난번에는 시도해 보지 못했던 접촉을 마음껏 즐기려던 에드윈의 얼굴이 새빨갛게 익었다. 급기야 셰리의 유실을 머금은 입을 떼내고 그녀의 가슴 사이에 얼굴을 묻은 채로 웅얼거렸다.

"……라."

"하아, 으응? 뭐, 라고요?"

제 가슴에 고개를 폭 묻은 채로 귀까지 벌겋게 물들인 그의 말을 들으려 셰리가 살짝 상체를 들어올렸다. 그 바람에 셰리의 의문 섞인 시선과 눈가가 불그스름해진 남색 눈동자가 마주쳤다. 아까의 적극적인 태도는 온데간데없이 그녀의 어떠한 한마디가 에드윈의 쑥스러움을 다시금 일깨운 모양이었다.

"그런 거, 어차피 할 줄도 모른다고."

"……"

세상에, 포악하기로 유명한 야만족 우두머리인 탈라크를 일격에 찔러 죽인 남자가 고작 키스 마크 하나 남기지 못해서 부끄러움에 몸을 떨고 있었다. 웬만한 유형의 남자는 다 만나 봤다고 생각했던 셰리에게조차 그 수줍음이 옮을 정도로 그가 어쩔 줄 몰라 하는 것이 느껴졌다.

정작 에드윈은 지난 2년 동안 후회 속에서 그리워하기만 한 그녀의 살결과

음성이 실제로 제게 닿아 있다는 감격에서 헤어 나오질 못하고 있었다. 비록 방금 전에는 제 의지라기보다 질투로 한순간 저지르다시피 한 행위였지만 그래도 어쩐지 셰리가 제 손길에 반응해 주는 것이 눈물 나게 기뻤다.

'이, 이제는 뭘 더 해야 하지?'

곰곰이 생각해 보니 저번에도 가슴을 어루만져 주고 나서는 그, 아래에 손을 대었던 것 같다. 슬슬 드로어즈 안에 갇힌 제 물건의 둔통이 심해져 오자 조바심이 들었다. 그렇게 그때의 기억을 더듬더듬 되살린 에드윈의 손이 셰리의 아래로 향했다.

지금까지의 전적으로 보건대 한참은 더 걸릴 줄 알았던 그의 적극적인 모습에 셰리의 눈이 동그래졌다. 물론 이제는 서툴기 그지없는 손길이 슬쩍 와 닿는다고 해서 별로 놀라지도 않는 그녀이기에 에드윈이 하는 양을 가만히 지켜보았다.

"아, 어……."

그때는 서로 어색한 분위기였던지라 제대로 젖지도 않았던 모습만 기억하던 에드윈이 순간 바보 같은 소리를 내었다. 예전과는 달리 이런저런 스킨십과 과감한 성적 자극에 익숙해진 셰리의 아래는 이미 준비가 되어 있었다.

멍청하게 저를 응시하기만 하는 그를 보고 셰리가 멋쩍게 미소 지었다.

"그냥, 해도 될 것 같은데……."

"아니, 아니야. 전부 다 제대로 할래. ……알려 줘."

보통의 남자들은 삽입이 목적이라 전희가 줄어들면 줄어들수록 좋아한다고 알고 있었는데. 다시 한번 제 상식이 박살나는 것을 느끼며 셰리는 그저 살갗에 갖다 댄 수준인 에드윈의 손을 잡아 조금 더 깊숙하게 밀어 넣었다.

"손을, 이용해도 되고. 입을 써도 되고요."

"하으, 아. 느낌이……."

정작 느껴야 할 사람은 저인데, 에드윈은 마치 제 것이 만져진 것처럼 감격했다. 그가 이내 결심한 듯 셰리의 아래로 가 자리를 잡았다.

역시 손보다는 아래를 함께 살펴볼 수 있는 입을 선택한 걸까. 첫 관계에서는 서로 자세한 성생활에 무지했기에 그 존재도 모르고 지나쳤던 단계이기도 했다. 이미 속옷이 벗겨져 드러난 밀부를 떨리는 눈으로 응시하는 그의 어깨로 셰리가 천천히 한쪽 다리를 걸쳐 올렸다.

"어렵게 생각하지 말고 키스하듯이 하면 돼요."

"⋯⋯."

설마설마했더니 정말로 어떻게 해야 하는지를 몰라 멈춰 서 있었던 모양이다. 그 말에 크게 목울대를 울리며 눈을 감았다 뜬 에드윈의 눈동자 위로 형형한 빛이 맴돌았다. 결심하자마자 촉촉하게 젖은 비부에 바로 입술을 묻은 그 때문에 항상 겪어도 익숙해지지 않는 감각이 셰리의 등줄기를 타고 올랐다.

"하아, 으응. 그렇게, 그렇게. 잘하고 있어요⋯⋯."

비록 익숙한 혀 놀림은 아니었으나 이미 어제 토르가 잔뜩 자극해 놓은 덕이 컸다. 부어 있던 매끈한 살덩이가 더욱 민감하게 반응했다. 정확하게 그녀가 느끼는 부분만 할짝이는 것이 아니라 정말로 키스하듯 입술을 움직여 가며 무작정 강하게 혀를 찔러 넣는 움직임에 셰리의 허리가 들썩였다.

"힉, 흐앗. 그, 그렇게는 하지 말고!"

도리질을 치며 시트를 쥐어뜯는 셰리의 손을 힐끔 본 에드윈이 이번에는 빨갛게 익어 톡 튀어나온 가장 예민한 성감대로 엄지를 가져다 대었다.

"아, 학!"

손이나 입 하나만 사용하라고 했는데 제대로 알아듣기는 한 것인지 모르겠다. 둘 모두를 사용해 문질러 대는 통에 그의 어깨 위에 걸쳐져 있던 셰리의 다리가 주르륵 미끄러졌다. 지독하게 학습 능력이 떨어지던 여태까지와는 달리 기사로서의 순발력을 여기서 발휘한 듯 에드윈의 나머지 손이 빠르게 그녀의 허벅지를 다시 잡아 올렸다.

"흐아아, 아앙. 웃, 흐응!"

분명히 서툴기 그지없는 데다 강약 조절도 제대로 되지 않은 움직임이었지만 셰리를 얕은 절정에 올려놓기에는 충분했다. 높아지는 신음 소리에도 눈 하나 깜짝하지 않다가, 그녀의 허리가 위로 뻣뻣하게 들려 굳어지고 나서야 그때까지 핥아 대던 에드윈의 혀와 손이 드디어 멈추었다.

"이제, 이제 해도 되는 거 맞지?"

"……하아, 후. 으응, 맞아."

부지불식간에 반말을 내뱉은 셰리의 몸이 축 처졌다. 그러는 동안 그가 측면으로 몸을 돌린 채 바들바들 떨리는 손으로 주섬주섬 제 드로어즈를 벗어 내렸다. 흐릿해진 시야로 받은 숨을 쉬어 가면서도 그런 에드윈을 주시하고 있던 그녀의 눈이 일순 놀라움으로 크게 뜨였다.

"아? 어……. 그, 그거."

"좀, 이상한가?"

이상한 것은 아니었다. 남성기의 표준적인 모양이 정해져 있는 것도 아닌 만큼 사람마다 다양하다는 사실은 셰리도 이미 알고 있었다. 다만…….

이미 음낭이 당길 만큼 바짝 일어선 그것을 바라보던 그녀의 시선이 탄탄한 배와 가슴, 길게 뻗은 목을 타고 올라갔다. 그러고는 비록 벌겋게 물들었으나 단정하고 금욕적인 에드윈의 얼굴로 향했다. 차갑고 예민하게 생긴 미모 아래 저런 아래를 가지고 있었다니.

지난번에는 셰리도 처음이었고, 그가 끝끝내 제 것을 제대로 보여 주지 않으려 했기에 기억에 남아 있지 않던 생김새였다. 게다가 요즘의 그녀는 조금 그을린 피부색임에도 모양 자체가 워낙 매끈해서 예쁘다는 생각까지 드는 토르의 것에 익숙해져 있었다.

그런데 정작 새하얀 피부에 웬만한 여자보다도 어여쁜 외양을 지닌 에드윈의 것은…….

일반적인 남성의 것보다 훨씬 큰 건 알고 있었다. 그래도 저렇게 힘줄이

굵게 돋은 모양새인 줄은 몰랐다. 거기다 원래가 창백한 피부색인 터라 그 음영이 더욱 두드러져서 셰리는 조금 질린 듯한 기분이 들었다. 역시 남자는 아래를 벗겨 봐야 안다지만 이건 괴리감이 너무 컸다.

놀란 표정으로 제 것을 물끄러미 바라보고만 있는 셰리 때문에 안 그래도 쑥스러웠던 에드윈은 그만 혀라도 깨물고 싶은 기분이 들었다.

전쟁터에서조차 공자 대접을 바랄 수 없었기에 병사들과 함께 씻어야 할 때도 있었다. 맹세코 다른 사내의 것을 자세히 보려고 본 건 아니었다. 하지만 그때의 의도치 않은 경험으로 제 물건이 조금 독특한 모양이라는 것을 인지했기에 그도 그녀의 시선이 의미하는 바를 쉽사리 알아차릴 수 있었다.

결국 그 큰 손으로도 다 가려지지 않는 아래를 어설프게 덮은 채로 에드윈의 시선이 불안하게 방황했다. 그것을 눈치챈 셰리는 어물쩍거리는 그의 나머지 한쪽 팔을 잡아당겼다. 그래 봤자 토르만큼 당황스러운 크기까지는 아니니 그다지 걱정되는 것은 아니었다.

그렇게 쭈뼛거리며 그녀에게 끌려온 에드윈을 침대에 눕히려는 순간, 순순히 잘 따라오던 그가 몸에 힘을 주어 버렸다.

"왜, 왜?"

"누워요. 나머지는 내가…….."

"아니. 이번에는 내가, 내가 제대로 하고…… 싶어."

지금까지의 과정을 보아할 때 역시 토르와 처음 했을 때처럼 셰리가 위에서 삽입을 이끌어 주는 것이 가장 빠를 터였다. 그러나 저렇게 계속해서 제가 하겠다고 고집을 부리니 뭐, 그 정도는 양보해 줄 만하다고 생각한 셰리가 다시 시트에 등을 대고 누웠다.

여전히 제 것을 가린 채 에드윈이 무릎걸음으로 그녀에게 다가왔다. 그리고 드디어 셰리의 세워진 다리 사이로 자리를 잡았다. 방금 전까지 그렇게 혀를 내어 핥아 놓고도 또 그놈의 부끄러움 때문에 아래를 바라보질 못해서 얼굴이 새빨갰다. 그녀의 눈만 죽어라 응시하고 있었다.

한 손으로 제 물건을 잡고 더듬더듬 입구를 찾아 문지르던 에드윈의 홍조가 얼굴, 목을 지나 윗가슴께까지 번져 나갔다. 그런 그의 아래에 누운 채로 고스란히 그 순진한 수치심을 목도해야 하는 셰리마저 몸 둘 바를 모를 만큼 긴장이 전염됐다.

　"흐으, 훗."

　"아니, 약간만 아래로 내려 보세요."

　"이, 이렇게?"

　제대로 된 경험도 없는 데다 끝까지 죽어도 아래로는 시선을 내리려 하질 않으니 삽입에 성공할 턱이 있나. 결국 이번에도 셰리가 엉덩이를 살짝 들어 각도를 맞춰 주었다. 몇 번 더 그 부근만 빙빙 돌긴 했지만 드디어 빠끔하게 열린 입구를 찾아냈다.

　"으응, 거기. 이제 거기로 넣으면, 윽."

　"하아아, 큭."

　이번에는 제 힘으로 끝부분을 밀어 넣는 데에 성공한 에드윈의 이마에 땀방울이 송골송골 맺혔다. 어찌나 긴장했었는지 그는 벌써부터 발끝이 저릿저릿한 기분이 들었다. 부드럽고 매끈한 살덩이 안에 제 선단의 일부분이 파묻힌 것은 알았지만 이제부터는 또 어찌해야 할지가 막막했다. 그러고 보니 처음에 셰리와 할 때 그녀가 많이 아파했던 것 같은데…….

　"훗, 셰리……."

　더 이상 알려 줄 것이 없으리라 생각한 것이 무색하게 또 길을 잃은 표정으로 저를 바라보는 에드윈 때문에 셰리의 미간이 약간 좁혀들었다. 도대체, 이 남자는 혼인을 할 수 있긴 있을까. 공작가에서는 유일한 후계자에게 성교육도 해 주지 않는 것인가.

　이왕 하는 것, 조금 더 그에게 친절을 베풀기로 결심한 셰리는 에드윈의 것을 삼키려 들썩이는 제 아래를 자제하며 입을 열었다.

　"읏, 넣을 때 입을 맞추면서, 긴장을 풀어 주고 나서 하는 방법, 도 있어요."

"아까처럼?"

이미 빠듯하게 벌어지기 시작한 몸을 진정시키느라 셰리는 아무렇게나 빠르게 고개를 끄덕였다. 에드윈이 바로 몸을 숙였다. 그래도 이제는 제법 익숙하게 그녀의 입술을 머금었다. 그와 동시에 허리를 크게 당겨 겨우 끝만 담그는 수준이었던 제 것을 그대로 셰리의 안으로 박아 넣었다.

"힉! 으읍!"

"으훗, 핫."

눈으로 봤을 때 겉으로 울퉁불퉁하게 튀어나온 힘줄도 그렇고 유난히 경도가 대단한 제법 큰 물건이었다. 그런 것이 순식간에 제 몸을 꿰뚫자 셰리의 몸이 파드득 떨리다가 그대로 굳어 버렸다. 갑자기 예고도 없이 아래에 밀려들어온 묵직한 양감에 등줄기를 빳빳하게 굳히면서도 그녀는 입 안에 들어온 에드윈의 혀 때문에 이를 악물지 못했다.

시작도 전에 예상치 못한 부분에서 기를 빨린 기분이 들어 셰리의 눈앞이 하얗게 질렸다. 이, 이 남자가. 키스를 해서 서로의 긴장을 푼 다음에 삽입하라는 소리였지, 둘 다 동시에 하라는 말이 아니었는데 또 잘못 이해하고 저지른 모양이었다.

반면에 처음부터 끝까지 자력으로 셰리의 안에 진입한 에드윈은 서서히 치밀어 오르는 성감보다도 어딘지 모를 감격과 뿌듯함에 젖어 있었다.

드디어, 드디어 해냈다. 지난번에는 오롯이 그녀를 안는다는 느낌보다 그저 셰리의 '나름대로의 끝마무리'에 이용당한 기분이었다. 물론 그것만으로도 좋기는 했지만 제 힘으로 해냈다는 성취감에 지금이 진정한 첫 경험이라는 생각이 들었다.

"훗."

그렇게 그는 홀로 감상에 젖어 제 품에 안긴 셰리를 가만히 껴안고만 있었다. 갑작스러운 깊은 삽입에 어느덧 익숙해진 그녀가 뒤늦게 정신을 차렸다.

"하아. 안, 움직여요?"

"잠시만, 잠시만 이렇게 있을게. 저번에 못다 한 거…… 다 해 보고 싶어."

간절한 에드윈의 호소에도 불구하고 다리 사이에 커다란 이물감이 움직임도 없이 자리하고 있는 감각은 제법 불편했다. 그래서 셰리는 제 다리를 그의 허리에 감아 먼저 허리 짓을 시작했다.

"으읏, 잠깐, 잠깐만."

"아흑, 으응."

결국 그녀의 도발에 버틸 재간이 없던 에드윈은 그에 응해 어색하게나마 몸을 움직였다. 셰리의 허리가 움직이는 박자와 미묘하게 어긋나는가 싶더니 그래도 어느 순간 적응하여 움직임을 맞춰 갔다.

역시 불규칙하게 돋은 힘줄들이 억지로 제 안을 들쑤시는 감각이 기묘했다. 게다가 보기 드물게 단단해서 내부의 압력으로도 쉽게 조여지지가 않았다. 그래도 그가 경험이 있어서 느긋하게 시작을 했다면 이렇게 날붙이로 들쑤셔지는 기분은 들지 않을 텐데.

"흐아아앙, 아앗. 흡, 으흐응!"

한번 적절한 리듬을 찾아내자 체력 좋은 기사들이 으레 그렇듯 에드윈도 절대 속도를 줄이지 않았다. 셰리가 시트를 쥐어뜯듯이 붙잡고 신음을 내질렀다.

앙앙대다 못해 거의 흐느끼다시피 하는 그녀의 목소리에 에드윈은 더욱더 흥분했다. 그리고 무작정 제 본능이 이끄는 대로 몸을 흔들었다. 순진하게도 본능에게 의심 없이 이끌려 간 대가로 결국 어떠한 제어 장치도 없이 절정으로 이어졌다.

"큿, 으윽."

"아응, 학! 하읏."

속절없이 울컥울컥 토정을 해 내면서도 에드윈의 허리는 약간의 속도만 줄어들었을 뿐, 계속해서 움직였다. 셰리 안의 촉촉한 애액과 다른 점도 높은 미끈한 체액이 섞여들어 둘 사이를 마찰하게 하는 감각은 또 다른 기분을 자아내게 했다.

분명히 제 안에 깊게 처박는 느낌과 종합해 볼 때, 사정한 것이 틀림없었다. 그런데도 속도를 줄이지 못하는 에드윈의 이마가 땀으로 흥건해졌다. 설마하니 제가 사정한 것도 모르고 계속 무리하는 건가? 셰리는 저와 맞닿은 가슴팍으로 팔을 집어넣어 그를 제지했다.

"으응, 에드윈! 에드윈, 그만!"

"하아, 흐으, 윽."

급기야 그녀가 주먹을 말아 쥐고 세게 등을 두드리자 에드윈의 허리 짓이 잦아들었다. 움직임이 서서히 멎으며 그의 넓은 등판과 이미 흥건히 절어 있던 이마에서 급격하게 땀이 솟아올라 축축해졌다. 그래도 셰리의 위에 완전히 쓰러지지 않으려 힘을 주고 버틴 에드윈이 학학거리며 남은 가쁜 숨을 뱉어 냈다.

"아직, 남았어. 이건, 이건 한 번이 아니고."

"알았어요, 알았어. 일단 좀, 빼 봐요."

얼굴 전체를 벌겋게 물들인 에드윈이 땀이 맺힌 짙은 눈썹을 찡그리며 겨우 그녀와 저를 분리해 냈다. 그런 그의 팔을 잡아 제 옆에 눕힌 셰리는 땋았던 모양만 겨우 흔적으로 남아 헝클어진 머리카락을 한쪽으로 넘기면서 입을 열었다.

"사정하자마자 바로 하는 거 아프지 않았어요?"

"……."

"역시, 아프죠?"

"으응."

다소 노골적인 셰리의 단어 선택이 부끄러운 것인지, 이미 파정을 했는데도 불구하고 미련하게 계속 허리 짓만 고집한 게 부끄러운 것인지 에드윈이 팔을 들어 제 얼굴을 가렸다. 그 모습이 어쩐지 딱하게 느껴진 그녀가 한 번 더 기회를 주기로 마음을 먹었다.

그래, '밤'을 달라고 했으니 오늘 밤 전체를 주는 셈치면 되는 것이다. 아직 동이 트려면 한참 멀었기도 하고.

그의 가슴팍의 움직임과 호흡이 안정을 되찾은 것을 본 셰리는 제 몸을 일으켜 에드윈의 위로 올라탔다. 가볍지만 확실하게 느껴지는 여체의 무게에 그가 팔을 내리고 의문 섞인 표정으로 셰리를 바라봤다.

"밤, 을 달라면서요?"

"……응."

더 이상의 별다른 언급 없이 셰리는 벌써 회복되어 꺼덕거리는 에드윈의 것을 붙잡아 제 아래에 맞추어 비집어 넣었다. 설마 하는 얼굴로 바라보던 그가 아주 드물게 보여 주던 놀란 눈으로 셰리의 허리를 잡았다.

"윽, 왜, 왜?"

"하흐, 별로예요? 싫은가요?"

"……아니."

그녀의 허리를 잡은 손에 서서히 힘이 풀리는 것과 동시에 완전히 내려앉은 셰리가 눈을 질끈 감았다. 역시, 역시 조금 특이한 감각이었다. 토르만큼 크고 깊게 닿지는 않지만 모양이 특이해서인지 느껴지는 성감이 기묘했다. 게다가 한 번 사정하고도 그 단단함은 여전히 대단해서…….

셰리의 허리를 가볍게 잡은 채 또다시 제 것에 가해지는 빠듯한 압박감과 말캉한 내부의 살덩이의 촉감으로 전율하던 에드윈이 바르르 몸을 떨었다. 하, 성대를 긁는 한숨 같은 신음이 저절로 나올 정도로 기분 좋은 쾌락이었다.

제 색깔로 돌아가는가 싶었던 잘 뻗은 쇄골 주변의 흰 피부가 또다시 붉게 물들었다. 그 모습을 위에서 바라보는 셰리도 어쩐지 심장을 간질이는 기분이 들었다. 이윽고 내부에 꼭 맞게 완전히 들어찬 감각을 느끼며 천천히 허리를 앞뒤로 움직였다.

"흐응, 이건 어때요. 이것도 나쁘지 않죠?"

"훗, 하아……. 조, 좋아."

새까만 머리카락과 더불어 짙어지다 못해 검게 보이는 눈동자에 촉촉하게 물기가 어렸다. 셰리는 에드윈이 새삼 잘생겼다는 생각이 들었다. 하긴, 뭘 잘 모르던 어린 시절에도 제 약혼자였던 그가 참 잘났다고 느끼긴 했다. 이렇게 일이 꼬이고 서로가 어긋날 수밖에 없어서 안타깝긴 하지만 에드윈도 꽤 괜찮은 남자였는데.

그의 반응을 보아 가며 몸을 앞으로 당겼다 뒤로 물리는 셰리를 바라보는 에드윈의 마음에 조금 분한 기분이 차올랐다. 저는 그녀가 주는 자극에 그저 허덕이며 따라갈 뿐인데 이토록 여유롭고 능숙한 모습이라니. 도대체 제가 없던 셰리의 시간 동안 무슨 일이 있었을까. 2년 전에는 똑같이 서투르고 모자라기만 했었는데 말이다.

제가 주도했을 때는 정신없이 앞으로 돌진하기만 했다면 지금은 딱 알맞은 온도로 내부의 흥분을 서서히 덥혀 나가는 감각이 기꺼우면서도 약이 올랐다.

감질나게 갈비뼈 안쪽을 긁어내려가는 성감을 음미하며 숨을 고르던 에드윈의 생각이 문득, 그녀의 잘생긴 호위에게로 튀었다. 그 순간 그가 숨을 크게 들이마시는가 싶더니 셰리의 허리를 잡은 손에 힘을 주어 저를 그녀의 안에 강하게 쳐올렸다.

"악!"

"훗."

그리고 당연하게도 그에 대비하지 못한 그녀는 외마디 비명과 함께 에드윈의 가슴 위로 고꾸라졌다. 스스로 시작한 허리 짓이지만 셰리의 내부에 깊이 처박히며 전신을 타고 오르는 성감을 이기지 못한 그의 입에서도 비슷한 신음이 터져 나왔다.

그 뒤로 이어진 것은 아까와 비슷하지만 조금 더 서로에게 익숙해진 추삽질이었다. 발끝부터 시작해 제 머리 끝까지 저를 잡아먹으려 드는 본능과 쾌락을 어렴풋이 통제하게 된 에드윈이 드디어 강약을 조절하며 셰리의 몸을 파고들었다.

그러다 슬슬 다가오는 쾌락의 임계점엔 아직 저항하기 힘든 그가 또다시 셰리를 꽉 끌어안은 채로 제 모든 것을 그녀의 안에 있는 힘을 다해 쏟아부었다.

"하으아, 흐응."

"흡, 흣. 아학."

아까는 정신없이 끌려 들어갔던지라 제대로 느끼지 못했던 사정감을 한껏 음미했다. 에드윈이 띵하게 울리는 머리를 뒤로 젖히고 숨을 몰아쉬었다.

'아, 역시 하룻밤으로 끝낼 수 없어.'

애초에 이번 기회를 토대로 삼아 셰리와의 접점을 늘려 가려는 생각이었지만 다음의 기회가 올 때까지 참을 수 있을까……. 역시 어제 그녀의 호위 기사와 이야기를 해 보았어야 했다. 껍데기뿐인 그 약혼자 놈이 아니라 실질적으로 셰리의 곁을 지키고 있는 그 백작가 영식과 먼저 조율을 했어야 했다.

제 몸 위에 쓰러져 나른한 숨을 토해 내고 있는 그녀의 흘러내린 머리카락을 귀 뒤로 넘겨 주며 에드윈이 작게 이를 갈았다.

이대로는 포기 못해. 제가 어떤 각오로 그 죽음의 경계를 넘어 돌아왔는데……. 마음 같아서는 이대로 셰리를 달랑 안아들고 저만 아는 곳에 가둬 두기라도 하고 싶었다. 모두가 제 지위와 이번에 세운 공적을 부러워한다지만 정작 그가 정말 원하는 것을 얻기에는 한참 모자랐다.

에드윈은 제가 그녀에게 원하는 것이 몸보다는 마음이라고 생각했었다. 그랬기에 체면 불구하고 그 호위 기사에게 먼저 다가갔던 것이니. 하지만 이제는 솔직하게 인정하기로 했다. 온전한 마음과 더불어 그는 셰리의 몸까지 욕심이 났다. 그런 깨달음과 동시에 당장이라도 셰리를 산 채로 집어삼킬 것 같은 독점욕이 에드윈의 전신을 타고 흘렀다.

다만 그 지독하게 배타적이며 질척한 욕망과는 또 달리 그는 여전히 그녀의 뾰족한 말투와 샐쭉한 표정만으로도 심장이 덜컥 내려앉는 스스로를 잘 알았다. 그런 제가 어찌 셰리의 미움을 각오하고 저 하고픈 대로 일을 벌일 수 있을까.

결국 그가 택할 수 있는 선택지는 이미 정해진 것이나 다름없었다. '셰리의 정부'라는 마지막 선택지.

"으응."

"……."

격한 두 번의 정사로 금방 곯아떨어진 품 안의 셰리를 꼬옥 안았다가 풀어 낸 에드윈의 만면에는 미소가 가득했다. 더 큰 욕심이 없다면 거짓말이지만 굳이 셰리의 분노를 사서 상황을 악화시키느니 길게 보고 신중하게 행동하는 것이 필요했다.

이번의 대화로 다시 한번 절실하게 느끼지 않았는가. 셰리와의 관계를 특별하게 생각하는 저와 달리 그녀에게는 자신이 그렇게까지 큰 의미가 없었음을. 게다가 차라리 제가 소공작의 지위를 포기했으면 했지, 그녀가 후작가를 포기할 리가 없다는 것 역시.

어느덧 땀이 식어 서늘해진 셰리의 등 위로 이불을 덮으며 소중하게 끌어안은 에드윈이 복잡한 심경이 고스란히 드러난 눈을 감았다.

* * *

아직 제대로 동이 터 온다기도 애매한 새벽의 끄트머리 즈음, 셰리가 번쩍 눈을 떴다. 그러고는 제가 누군가의 맨가슴 위에 잠들어 있다는 사실을 발견하고 상대가 누군지부터 확인했다.

"아……. 에드윈."

이어 곧바로 창가로 시선을 돌려 아직 캄캄한 새벽이라는 것을 깨닫고 안도의 한숨을 내쉬었다. 다행히 지금 바로 채비하여 후작저로 향하면 늦지는 않을 것 같았다.

에드윈과 지난밤 관계를 하다 어떻게 곯아떨어졌는지도 모르게 잠이 들었다는 사실을 떠올린 것은 그 다음이었다. 아무래도 딱딱한 가슴팍 위가 불편해서 일찍 눈이 뜨인 모양이다. 이제는 두 번째인 그의 곤히 잠든 모습을 잠시 바라보다 셰리는 조심스럽게 몸을 일으켰다.

세상에, 서로의 체액이 말라붙은 몸을 보아하니 어제 둘 다 그대로 잠든 듯했다. 하긴 이제 겨우 성경험이 두 번뿐인 공작가 후계자가 제대로 뒷마무리 하는 법을 알 리가 없다. 간밤에는 관계조차 어떤 순서로 해야 할지 몰라서 헤매는 기색이지 않았나.

셰리는 방에 붙은 욕실에서 씻어 내고 갈까 잠시 고민했다. 그러나 차라리 저택으로 빨리 돌아가 닦아 내는 게 낫겠다는 결정을 내렸다. 그렇게 이전의 어느 날처럼 삐그덕거리는 몸을 겨우 추슬렀다. 대강 개어 두었던 제 옷을 입은 그녀가 잠든 에드윈의 머리맡으로 다가섰다.

저를 향한 그의 애정을 확인한 밤이 될 줄은 몰랐다. 서로가 그렇게 엇갈리기 전에 조금이라도 그 감정을 알았다면, 무언가 달라졌을지도 모르겠지만.

'아무튼 이제 에드윈의 부탁을 들어주었으니 더 이상 혼인하자며 공개적으로 매달리지는 않겠지.'

제가 아는 그는 다행히 한 입으로 두말할 정도로 최악인 남자는 아니었으니까.

약혼 발표까지 남은 시간이 얼마 없었다. 이렇게 몸으로 달래 놓았으니 이 다음에 그가 다시 만남을 청하면 그때는 또 무언가 방법을 찾아야 할 테다. 적어도 오늘은 황제 폐하의 승낙을 공론화하는 것만은 막았다는 데 의의를 두어야 할 성싶다. 이게 제가 혼자의 힘으로 해결할 수 있는 최선이었다.

2년 전의 그날처럼 희끄무레한 새벽빛을 받아 빛나는 새하얗고 매끈한 얼굴을 가만히 들여다보고 있자니 무언가 잡힐 듯 잡히지 않는 기시감이 들었다. 그 밤엔 그걸로 정말 끝이라고 생각했었는데. 그렇다고 그때처럼 볼에 입을 맞춰 줄까 하는 생각은 들지 않았다. 그저 손을 들어 곤히 잠든 그의 볼을 닿을 듯 말 듯 살짝 스쳤다.

그렇게 뒤돌아서려는 순간, 셰리의 손목이 잡혀 몸이 돌려졌다.

"큼. 도, 돌아가려고?"

"네, 공자도 일어난 김에 어서 돌아가는 게 좋겠네요. 제 휴게실에서 나오는 모습을 누군가 보기라도 하면…….."

"에드윈이라고 불러 주기로 했잖아."

"……네, 에드윈."

잡힌 손목을 빼려는 셰리의 시도를 가볍게 막은 에드윈이 이불로 제 몸을 가리고 일어섰다. 제대로 잠도 자지 못한 데다 이제는 슬슬 황궁을 빠져나가 야 한다는 생각에 초조해진 그녀는 에드윈이 원하는 대로 너무도 쉽게 그의 이름을 입에 담았다.

"그러니까, 지난밤에는 더 하고 싶었는데……. 네가 잠드는 바람에."

"에드윈, 잊었나 본데 나는 레이먼드와 곧 약혼할 거예요."

"알아."

다른 남자와 약혼하겠다고 담담하게 말하는 셰리의 말에 또다시 에드윈의 심장이 지끈거렸다. 이제 이런 억지도 받아주지 않겠다고 작정했는지 그녀의 어조가 평온하기 그지없어 더욱더 가슴이 답답해져 왔다.

"나는 당신 이후에도 남자가 있었어요. 모른다고는 하지 않겠죠?"

"그것도, 알아."

"……."

안다고? 다 알면서도 폐하와의 독대를 운운하며 다짜고짜 혼인하자고 해? 셰리와 말을 이어 가고부터 천천히 숙여진 그의 고개가 이제는 완전히 꺾여들었다. 하지만 그저 괘씸한 마음이 앞서 더 이상 안쓰럽게 느껴지지도 않았다.

"알면서도 이런다는 건 내 정부라도 되고 싶다는 뜻인가요?"

"아!"

반쯤은 농담으로, 반쯤은 그를 조롱하고자 던진 말에 에드윈이 고개가 번쩍 들어 올렸다. 거멓게 죽어 있던 눈동자에 서서히 빛이 돌아오는 것을 본 셰리의 미간이 설핏 찌푸려졌다. 설마…….

"나는, 네가 허락만 해 준다면……."

"혹시 다른 생각을 하고 있을까 봐 말해 주는 건데, 피임하고 있으니 허튼 생각은 안 하는 게 좋아요."

"아냐, 그런 게 아니라. 정말 나는 정부로도 만족해."

터무니없을 뿐 아니라 무모하기까지 한 에드윈의 폭탄 발언에 그녀의 얼굴에 슬슬 짜증이 어리기 시작했다.

제국에 단둘뿐인 공작가의 유일한 후계자에다 황제의 조카인 그였다. 게다가 제국의 골칫거리였던 전쟁을 종식시킨 전쟁 영웅이기도 했다. 그런 그가 후작가의 부군도 아닌, 정부가 된다고 한다면 어느 누가 믿을 것인가.

"공작 각하와 부인께서 가만히 계실 것 같나요?"

"그건…….."

"나는 혼인하고 나면 정부를 둘 생각이 없어요. 그건 내게 사생아도 없을 거란 소리예요. 아이로 발목 잡을 생각이라면 그만둬요."

혹시 셰리가 제가 상정시키려고 시도했던 사문화된 특별법에 대해 알았던 것인가 싶어 뜨끔한 에드윈이 간절한 눈빛으로 무릎을 꿇었다. 언감생심 그녀와의 아이를 바라서 정부로 삼아 달라고 한 것이 아니었다. 그저 제가 이번 관계를 통해 셰리의 곁을 떠날 수 없다는 사실을 깨달았을 뿐이었다. 정말로 그것뿐이었다, 아직은.

"그럼, 그때까지만이라도. 혼인할 때까지만이라도…….."

"……."

"폐하께서 네가 동의하면 혼인할 방도를 마련해 보시겠다고 해서 그랬어. 하지만 네가 원하지 않는다면, 그래서 그자와 혼인을 하겠다면 그땐 정말로 깨끗하게 물러날게."

셰리가 그대로 저를 뿌리치고 나갈까 봐 걱정이 되었는지 에드윈은 숨도 쉬지 않고 빠르게 읊어 냈다. 그러고는 꼭 그날 밤의 마지막처럼 애절함을 가득 담아 그녀를 마주했다. 그날은 셰리도 마음이 약해질세라 그 눈빛을 애써 끊어 내고 등을 돌렸지만 이번에는 그게 쉽지 않았다.

게다가 폐하와의 독대 내용에 대해서 더 자세히 들어 볼 필요가 있어 보였다. 도대체 고위 귀족이 후계자 둘을 혼인시킬 수 있는 그 방도가 무엇인지 듣고 황제의 의도를 파악해야 했다.

다만, 벌써 동이 터 오고 있어 이불만 대충 두른 채 벌거벗은 그와 더 이상 입씨름하고 있기엔 시간이 부족했다. 몸도 씻어 내지 못한 터라 아버지께서 귀택하시기 전에 무조건 돌아가야 한다. 집사인 데릭에게라면 괜찮지만 새벽이슬을 맞으며 귀가한 사실을 사용인들이나 토르가 알아챈다면.

아, 토르.

갑자기 잊고 있었던 제 호위가 떠오르자 일말의 죄책감으로 가슴이 따끔거렸다. 새벽같이 일어나는 것으로 알고 있는데 그러면 저의 부재를 이미 알아챘을지도 몰랐다.

일단은 제 급한 용무를 해결하기 위해, 셰리는 조금 비겁하지만 에드윈을 정리할 때를 나중으로 미루기로 했다.

"그래요, 알았으니 나중에 연락할게요. 지금은 돌아가야 할 것 같아요."

"나중에, 언제?"

"올린 상회를 통해 서신을 보낼게요. 에드윈도 어서 정리하고 여길 나가요."

"응, 응!"

그에게서 제 손목의 자유를 찾자마자 셰리가 부리나케 휴게실을 나섰다. 나가며 단 한 번도 뒤돌아보지 않은 그녀가 못내 야속했지만 그래도 다음 만남을 확답 받았다는 것만으로 그는 만족했다. 얇은 재질의 커튼 너머로 방까지 길게 스며드는 새벽빛에 에드윈이 창가를 힐끗 바라보았다. 그는 손에 쥔 이불을 놓지 않은 채 침대 위로 벌렁 드러누웠다.

그녀와 제 체액으로 지저분해진 시트 위인 데다 지난밤에 있는 대로 쏟아낸 저릿한 감각이 뒤늦게 몰려왔다. 하지만 아무래도 좋았다. 셰리는 제 아버지와 어머니가 허락하지 않을 것이라 단언했지만, 글쎄.

'특히 어머니라면…….'

아니, 아버지 역시 아닌 척하면서도 셰리를 각별하게 여기시니까.

아직 그녀의 체취가 채 가시지 않은 시트에 코를 박으며 에드윈이 눈을 감았다. 셰리를 얻지도 못하는 소공작의 지위 따위, 하찮게만 느껴졌다. 어차피 제가 여태 생사를 넘나들던 전쟁터 또한 공자의 신분조차 필요 없는 곳이 아니었던가.

포근한 시트와 이불, 아직 남아 있는 그녀의 잔향. 그리고 밤새 그의 팔 안에 느껴지던 충족감 가득한 그 감각을 천천히 음미하며 에드윈은 침대에 더 깊이 몸을 묻었다.

XII. 내 아가씨의 약혼식

다행히 황궁의 이른 새벽은 고요하기 그지없었다. 후작가 마차가 있을 마차 보관소에 도착하기까지 누군가를 마주치지 않았다는 사실에 셰리의 입에서 안도의 한숨이 터져 나왔다. 그렇게 그녀는 설렁줄을 두어 번 당기자마자 종소리를 듣고 나온 마부를 재촉하여 후작저로 빠르게 향했다.

"아, 이게 무슨 일이야. 도대체⋯⋯."

황도의 잘 닦인 길을 따라 마차가 안정적으로 달리기 시작해서야 셰리는 푹신한 마차 등받이에 몸을 깊게 묻었다. 그러고 보니 급하게 나오느라 몸에 옷을 걸치는 데 급급해 드레스가 엉망인 줄도 몰랐다. 누군가와 마주치기라도 했다면 당장 반박의 여지 없이 소문의 주인공이 되었을 뻔했다.

"곧 저택 안으로 진입합니다."

마차 안에 웅웅 울리는 마부의 목소리를 듣고 셰리는 드레스를 펴내려는 더 이상의 시도를 포기했다. 역시 몸까지 씻어 내진 못하더라도 욕실에서 옷매무새 정도는 확인하고 나왔어야 했는데⋯⋯. 에드윈을 뿌리치고 일단 그 자리를 뜨는 데 급급해서 허둥대기만 한 스스로에게 짜증이 솟았다.

거기에 더해 무심코 쓸어 넘긴 몇 가닥의 머리카락 덕에 정상이 아닌 게 드레스뿐만이 아니란 사실까지 떠올랐다. 이제 와서 거울을 꺼내 볼 정신이 없어 대충 손으로만 매만져 보았지만 제 머리는 적당히 빗어 넘길 수가 없는 상태였다. 그렇다고 평생 해 본 적도 없는 머리 손질을 이제 와서 셰리가 할 수도 없는 노릇.

결국 마차가 멈추는 것과 동시에 땋은 머리 끄트머리를 고정시켜 두었던 리본을 풀어내는 것이 최선이었다. 하지만 머리 모양을 고정시키느라 사용인들이 무언가를 발랐는지 쉽사리 원래처럼 돌아오질 않았다.

이제 더는 지체할 시간이 없는데…… . 혹시 아버지께서 먼저 귀가하셨을 경우의 수도 염두에 두어야 하고. 만약 이유를 물으시면 무어라 대답해야 하지?

반쯤 패닉 상태에 빠져 이미 정차한 마차에서 내려야 한다는 사실도 잊은 셰리의 귀로 정중한 노크 소리가 들려왔다. 그래. 일단, 일단은 내려야 했다.

급히 마차 문을 열자 이른 새벽임에도 불구하고 집사복을 완벽하게 차려입은 데릭이 그녀를 향해 고개를 숙였다.

"셰리 님."

"아, 데릭. 안 자고 기다렸어?"

"저택에 주인이 계시지 않는데 어찌 먼저 잠을 청하겠습니까."

다행이다. 아버지도 아직 귀택하지 않으신 모양이었다. 최대한 티를 내지 않으려 애쓰는 듯했지만 누가 보아도 저택을 떠날 때와 확연히 다른 셰리의 모습에 집사의 미간이 살짝 좁혀 들었다. 손짓으로 마부를 돌려보낸 데릭은 저택 로비로 이어지는 현관이 아닌, 사용인들이 드나드는 작은 문으로 그녀를 안내했다.

"아직 일과가 시작되지 않아 깨어 있는 자들은 없을 겁니다. 피곤하실 테니어서 쉬십시오."

"응, 고마워. 데릭……. 나중에, 나중에 말해 줄게."

그녀의 밤 생활에 대해 후작령의 집사장이자 제 형제인 가우렌에게 언질을 받기는 했을 테다. 하지만 이렇게 노골적으로 밤을 보내고 온 저를 보는 것은 처음이니까. 지난번 토르와 정원에서 시간을 보냈을 때는 쪽문으로 아무도 모르게 올라갔었다.

제 저택에서 일하는 사용인들과 시시콜콜하게 제 사생활에 대해 공유할 필요까지는 없다. 그러나 집사인 데릭은 단순한 사용인이 아니었다. 그는 이미 몇 대에 걸쳐 충성을 바쳐 온 미하르쉘 가문의 가신이자 미래의 제 보좌관이나 마찬가지인 자였다. 그러니 에드윈과 예상치 못하게 밤을 보낸 것도 늦기 전에 이야기를 해 두어야 했다. 그런 필요성을 머리로는 충분히 납득하고 있었다.

'하지만…….'

가우렌과 달리 데릭은 셰리가 갓난아기일 시절부터 알아 온 자였다. 아무리 제가 이미 성인이 되었다고 해도 아주 어릴 적부터 보아 온 가족 같은 이에게 이런 내밀한 이야기까지 해야 된다는 사실이 못내 민망했다. 어디까지 이야기를 해야 하는 거지?

이런저런 생각을 하며 급하게 계단을 오르느라 셰리는 그녀의 방 앞에 쭈그리고 앉은 커다란 형체를 뒤늦게야 발견하고 멈칫했다. 서서히 새벽빛이 새어 들기 시작한 창가의 역광을 받아 시커멓게 보이는 것의 정체가 무엇인지는 굳이 확인해 보지 않고도 직감적으로 알아차리기에 충분했다.

방금 전까지 집사인 데릭에게 무어라 말을 꺼내야 할지 고민하던 것은 아무것도 아니게 느껴질 정도로 심장이 덜컥 내려앉았다. 그 탓에 셰리는 제멋대로 흘러내리는 엉킨 머리카락을 아무렇게나 움켜잡은 모습 그대로 그만 자리에 우뚝 서 버리고 말았다.

"토르?"

"셰리 님……."

천천히 몸을 일으켜 세우는 그의 모습이 마치 영원처럼 느껴질 만큼 느리게 눈앞에서 재생되고 있었다. 늘 그녀의 앞에서는 저자세로 수그리곤 했던 토르인지라 이렇게 존재감이 커다랗게 느껴지는 것이 새삼스러웠다.

이제야 사위가 어슴푸레하게 밝아 오고 있으니 적막한 복도에서 한참을 기다리고 있었을 테다. 얼마나 오랫동안 목소리를 내지 않고 있었는지 마치 목이 꽉 졸린 듯 낮고 거친 음성이 셰리를 얼어붙게 만들었다.

에드윈과 함께 있는 동안 이따금씩 토르의 생각이 떠오르지 않은 건 아니었다. 하지만 어쩐지 제가 부정이라도 저지른 기분이 들었다. 그와는 연인도 무엇도 아닌데……. 필사적으로 아무렇지 않은 태도를 고수해 보려 했지만 과연 토르가 어떤 얼굴을 하고 있을지가 못 견디게 신경 쓰였다. 이게 죄책감이라는 감정일까.

천천히 셰리에게 다가오는 그의 얼굴로 새벽 어스름을 서서히 밝히는 빛줄기가 한 가닥 비추었다. 토르의 얼굴에 언뜻 분한 기색이 스쳐 지나간 것도 같았다. 하지만 잘못 봤나 싶을 정도로 그것은 금세 지워졌다. 대신 그의 얼굴엔 그녀가 유난히 약한, 울먹울먹한 표정이 덧씌워져 있었다.

토르 역시 셰리에게 가까이 다가갈수록 설마설마했던 최악의 가정이 딱 맞아떨어지는 것 같아 아래로 늘어뜨린 주먹에 힘을 주었다. 예전이라면 몰랐겠지만 이제는 그도 알았다. 옷차림과 귀가 시간으로 미루어 보아 아가씨는 다른 자와 밤을 보내고 왔다는 사실을.

약혼자인 레이먼드는 참석할 수 없었으니 역시 에드윈 공자일까? 그것도 아니면 또 다른 제3의 인물?

어제 아침 한껏 꾸미고 나가셨을 때부터 괜스레 초조해져서 아무도 없는 그녀의 방 앞을 서성이기만 했다. 셰리의 명으로 2층에는 사용인들이 드나들지 않기에 망정이지, 누가 보기라도 했다면 이상하다고 생각했을지 몰랐다. 이를 보다 못해 집사인 데릭이 주의를 주기 전까지 그 당연한 사실도 인지하지 못할 만큼 토르의 속은 엉망진창이었다.

저를 두고 마차에 오르는 셰리가 지나치게 아름다워서 눈을 떼기 어려운 동시에 불안했다. 그래서 결국 참지 못하고 그녀를 붙잡아 봤지만 돌아온 것은 일말의 망설임도 없는 거절 뿐. 가지 말라 붙잡았다고 해서 제 말을 들어주시리라는 기대는 하지 않았다. 그래도 한 번은, 적어도 한 번은 망설이기라도 하실 줄 알았는데…….

그렇다고 해도 그런 셰리를 원망하는 건 아니었다. 그보다는 여태 그녀에게 겨우 그 정도의 존재밖에 되지 못하는 자신이 한심했다. 저는 약혼자인 레이먼드만큼 박식한 것도 아니요, 전 약혼자였던 에드윈처럼 지위가 높거나 권력을 갖고 있지도 않았다.

"여기서 뭐 해?"

생각 같아서는 저 하나만으로는 만족을 못 하셨냐고 치맛자락이라도 붙잡으며 여쭙고 싶었다. 그것도 아니면 이제 제가 동정이 아니라서? 동정이던 시절 셰리와의 관계를 망설이게 했던 걱정과 불안이 마침내 현실이 되어 그를 짓쳐 눌러 왔다.

아가씨는 아침에 보았던 화사한 화장이 거의 다 지워져 피곤해 보이는 얼굴이었다. 하지만 그조차도 셰리의 수려하고 고결한 외모를 가리지는 못해서 토르는 이를 악물었다. 제게 배우는 게 빠르다고 그렇게 다정하게 말해 주셨는데……!

'안 돼, 얼굴에 드러내면 안 돼.'

한편 제 감정을 숨기는 데 안간힘을 쓰느라 미처 그녀의 말에 대답하지 못하는 토르의 사정까지 셰리가 알 리 없었다. 다만 그가 침묵하는 이유만큼은 충분히 짐작이 되어 저도 모르게 옅은 한숨이 새어 나왔다. 그러자 와중에 그 미약한 소리에 반응한 토르의 어깨가 움찔 떨렸다.

그렇다고 언제까지고 복도 위에서 대치하듯 서 있을 수만은 없는 노릇. 결국 침울한 얼굴로 여전히 묵묵부답인 그가 버티고 선 제 방 문 앞으로 셰리가 먼저 움직였다.

토르의 지근거리까지 다가서서야 셰리는 제가 부자연스럽게 엉킨 머리카락을 여태 부여잡고 있다는 걸 깨달았다. 그러나 지금 손을 떼어내면 더 엉망이 되어 흘러내릴 것 같아 머리카락을 잡은 왼손에는 되레 힘이 더 들어갔다. 부디 토르가 눈치채지 못하길 바라며 셰리는 짐짓 아무렇지 않은 표정을 가장한 채 문고리로 다른 손을 뻗었다.

그 모습을 빤히 보고 있던 토르가 그녀에게로 성큼 다가갔다. 너무 오래 앉아 있는 바람에 저릿한 감각이 올라오기 시작한 다리를 억지로 이끌었다.

"⋯⋯."

제 이름을 한 번 부른 것을 제외하고는 심상치 않은 분위기로 굳게 입을 다물고 있던 그가 가까워지자 셰리는 문에 등을 댄 채로 멈칫했다. 완전히 동이 트지 않은 어두운 복도에서 위압감마저 느껴지는 커다란 그림자가 문에 기대선 그녀의 몸을 완전히 잠식했다.

제 저택인데도 불구하고 한순간 도망갈 공간을 찾던 셰리의 얼굴 위로 토르가 천천히 팔을 짚었다. 그러고는 그녀의 손아귀의 힘이 느슨해진 사이 빠져나온 엉킨 머리카락 가닥을 천천히 풀어내기 시작했다.

"그렇게 잡아당기시면, 셰리 님이 아프지 않습니까."

"⋯⋯."

"무작정 당기지 말고 엉킨 부분부터 하나씩, 풀어내시면 됩니다."

여전히 목이 멘 것 같은 음성이었다. 하지만 어느새 냉정을 찾은 토르의 목소리가 머리 위에서 들려왔다. 천천히 고개를 들어 그의 표정을 목도한 셰리의 얼굴이 약간 울듯이 일그러졌다. 그사이에 무언가를 포기하기라도 한 듯 표정이 사라진 토르의 얼굴을 발견해서였다.

애정까지는 기대하지 말라고 했던 건 분명 저였는데 정작 토르가 그 말을 충실하게 이행하자 서운해지는 제 마음을 그녀 스스로도 알 수가 없었다. 한 때는 무심하고 초연한 표정이 좋았었는데⋯⋯. 오늘은 어쩐지 그 얼굴이 셰리의 가슴께를 묵직하게 짓누르는 기분이 들었다.

그녀의 시선을 느끼기는 했으나 필사적으로 눈을 피해 헝클어진 머리카락을 푸는 데에만 집중하던 토르의 손가락이 잠시 셰리의 것과 스쳤다. 순간, 깜짝 놀란 셰리가 겨우 그러잡고 있던 머리채마저 놓치고 말았다. 멍해진 그녀의 표정과 더불어 얼기설기 흐트러진 풍성한 머리카락이 어깨 앞으로 쏟아지는 모습은…… 더없이 무방비해 보였다.

그렇게 마음을 다스렸음에도 불구하고 토르는 저 살짝 벌어진 작은 입술까지 눈에 담고 나자 아가씨를 제 손에 옴짝달싹 못하게 얽어매고 싶은 충동이 솟아올랐다. 짧게 숨을 들이켠 그가 재빠르게 다른 곳으로 손을 옮겼다.

"미안."

"저는, 비록 손재주는 부족하지만 셰리 님께 도움만 된다면……."

결국 마지막은 끝까지 잇지 못하고 토르가 제 아랫입술을 지그시 물었다. 도움이 되는 것만으로 제가 만족할 수가 있을까.

게다가 이렇게 가까이 붙어서 있다 보니 이미 맡아 본 적 있는 짙은 향이 느껴졌다. 이토록 생생하고 야성적인 경쟁자의 냄새를 잊을 리가 없다.

'그 공자구나.'

서로 각자의 감상에 빠져 있는 사이, 셰리는 제가 미안하다는 말을 해 본 경험이 거의 없었다는 사실도 깨닫지 못했다. 애초에 미안할 행동을 하지 않는다기보다는 그녀의 지체 높은 신분 덕에 사과해야 할 필요성이 없었던 거였으니까. 그러나 말을 꺼낸 셰리는 물론이고 토르마저 이를 눈치채지 못했다.

여전히 머리카락을 토르에게 맡긴 채로 셰리는 제 가슴께를 짚었다. 그의 체념한 듯한 표정을 이번만 보는 것도 아닌데……. 오늘따라 왜 이렇게 마음이 수런거리는지 모를 일이다.

그녀의 엉킨 머리카락을 풀어 내리는 데 열중한 토르의 진지한 얼굴을 셰리가 힐끔 보다 입술을 깨물었다. 그렇게 그녀의 가슴 위에 얹어진 손은 약간의 망설임 끝에 토르의 손등으로 향했다. 아까 살짝 스쳐 지나간 것만

으로는 무언가 아쉬웠다. 뭐가 아쉬운지 정확하게 말할 수는 없지만 아무튼
그랬다.

그런데 그 순간, 토르가 저도 모르게 셰리의 손을 피했다. 손만 피한 것이
아니라 움찔 놀라 한 걸음 뒤로 물러서기까지 했다.

"……."

"아……."

처음이었다. 초반에 그랬듯이 부끄러워 셰리에게서 도망친 것이 아니라
명백한 거부의 의미로 제 손길을 피한 것은.

예전에는 제가 싫어 피한 것이 아닌 걸 알면서도 미적지근하게 구는 그
에게 화를 내기도 했었는데. 이상하게 이번에는 정말로 저를 밀어내는 모습
에도 화가 나기보다…… 숨이 막혔다.

오른손을 올린 그대로 굳어 버린 셰리를 보고 그제야 아차 싶었는지 토
르가 다시 그녀를 잡으려 제 손을 뻗었다. 커다란 손아귀가 작고 보드라운
손을 움켜쥐려는 찰나 이번엔 셰리가 그의 손을 쳐내듯 빼내어 버렸다.

고개를 숙이고 선 그녀를 보며 토르가 다급하게 입을 열었다.

"제가, 제가 저번처럼 목욕 시중을 들겠습니다."

"뭐?"

약간 눈가가 촉촉해진 것 같았던 셰리의 얼굴이 번쩍 들어 올려지며 금세
분노로 덧씌워졌다. 태연한 것도 정도가 있지, 목욕 시중이라고?

"정말로 속이 있는 거야, 없는 거야. 내가 누구랑 있다가 온 줄 알거나 해?"

"……."

혹시나 아래층의 사용인들에게 들릴세라 작게 소곤거리면서도 말소리에
섞여드는 거칠어진 호흡마저 숨길 수는 없었다. 언뜻 보기에는 분노한 것처
럼 보였지만 실은 셰리 자신도 제가 화가 난 건지, 괴로운 건지…… 그것도
아니면 마음이 아픈 건지 도통 가늠이 되질 않았다. 그저 토르의 무덤덤한
반응이 끔찍하게 싫었다. 차라리, 차라리 화를 냈다면!

어둡게 가라앉아 사납게 번뜩이는 올리브색 눈동자를 마주하는 토르의 상처받은 눈이 정신없이 흔들렸다.

"저는, 셰리 님께서 마음을 숨기라 하시면. 얼마든지 숨길 수 있습니다."

"……."

"그러니 곁에서 물러서라는 말만, 그것만은……. 다시는, 다시는 질투하지 않겠습니다."

마지막 말을 하면서 잇새로 무언가 갈리는 듯한 소리가 새어 나왔다. 하지만 이번에는 토르가 끝까지 말을 이었다. 그렇게 결심과도 같은 말을 토해 내고 결국 그는 두 눈을 꽉 감았다. 셰리의 시선에서 스스로를 차단해 버렸다.

그제야 셰리는 그가 겨우 제 손 한번 피했다고 상처받아 토르를 몰아붙이고 있었다는 걸 깨닫고 입을 다물었다. 밤을 새우고 들어온 자신을 본 토르의 마음이 아무렇지도 않았을 리가 없는데…….

애초에 서로가 서로에게 가진 감정의 크기가 다른 만큼 셰리는 그의 심정이 어땠을지 감히 짐작도 할 수 없었다.

두 눈을 감은 채로도 무언가를 참아 내느라 파르르 떨리는 그의 기다란 속눈썹을 한참 바라보던 셰리가 저도 모르게 천천히 손을 올렸다. 그렇게 그대로 토르의 뺨을 감싸 주려다 아직 제게 에드윈의 흔적들이 남아 있다는 사실을 문득 떠올렸다. 그에 생각이 미치자 셰리의 손은 이내 바닥으로 힘없이 떨어졌다.

"나중에, 나중에 할 이야기가 있어. 이건……. 그럴 만한 이유가 있었어."

더듬거리며 변명하면서도 셰리의 얼굴이 일순 자괴감으로 물들었다. 좀 시간이 걸리고 신경 써야 할 것이 많아지긴 하겠지만 분명히 다른 방법을 찾으려면 찾을 수도 있었을 테다. 순전히 그녀의 편의를 위해 가장 쉬워 보이는 방법을 선택한 건 셰리, 자신이었다.

게다가 그럴 만한 이유라니. 이런 식이라면 일방적으로 파혼을 선언했던 에드윈과 제가 뭐가 다르단 말인가. 그때 그도 어쩔 수 없는 이유라며 스스로를 합리화했었다.

"예……."

탁하게 쉬어 기어들어 가는 목소리로 토르가 겨우 대답했다.

탁, 그대로 문을 닫고 들어와 기대어 선 셰리가 주르륵 미끄러져 앉았다. 그제야 지금까지 굳이 의식하지도 못했던 다리 사이에 달라붙은 체액이 끈적하게 느껴졌다.

사용인들에게 제가 하는 행동의 이유를 하나하나 알려줄 필요가 없다고 생각하는 건 여전하다. 그러나 토르는, 토르에게만은 이상하게 설명하고 이해받고 싶었다.

토르는 제 약혼자도, 심지어는 연인도 아니었다. 그리고 앞으로 그렇게 될 예정도 아니었다. 그런데 왜 이런 마음이 들까. 심지어 에드윈과의 일을 설명하다 보면 황제와의 독대 사실도 말해야 할 텐데…….

그에게 이유를 말해 주겠다고 한 제 행동은 정말 잘한 것이었을까.

어린 나이부터 영지 관리에 더불어 강도 높은 후계자 수업을 소화하느라 잠을 줄여 가며 몰두했을 때도 이런 막막한 감정은 느껴 본 적이 없었다. 그녀는 언제나 자신감에 가득 차 있었고 설령 실수하더라도 제 결정을 후회하진 않았다.

해답을 알고 싶지만 그 누구도 답을 내줄 수 없는 문제인 걸 안다. 그래서 끊임없이 저를 괴롭히는 양가적인 감정에 가슴이 더욱 답답했다. 두 손으로 연거푸 마른세수를 하던 셰리가 문을 짚고 가까스로 몸을 일으켜 욕실로 향했다.

* * *

예상과는 달리 토르와 둘만 이야기할 시간은 쉽사리 생기지 않았다. 이제 정말로 얼마 남지 않은 약혼 발표 준비와 더불어 5일간 계속된 승전 기념행사의 마지막 날 연회에는 반드시 참여해야 했기 때문이다.

이 마지막 연회에는 황족이 참여하는 것은 물론이고 귀족 도감에 이름을 올린 가문이라면 누구든 참가 자격이 있었다. 그리고 하급 귀족이라면 모를까, 미하르셸 후작가와 같은 고위 귀족가의 참여는 필수였다.

그 탓에 셰리는 마차를 타고 황궁으로 가는 내내 귀찮은 기색을 지우지 못했다. 그러나 금박으로 화려하게 장식된 하얀 마차에서 내릴 때가 되자 그러한 못마땅한 표정도 싹 지워져 옅은 미소만이 그녀의 입가에 머물렀다.

"앞으로 나흘 후면 미하르셸 저택에 방문할 수 있겠군요."

"저리 출중한 미모의 약혼자라니……. 과연 탁월한 선택이셔요."

"감사합니다. 갑작스러운 초대이지만 부디 자리를 빛내 주시길."

정식 약혼이야 후작령에 내려가서 계약서를 마무리 지은 후 공증을 거쳐 진행하겠지만 약혼 발표 파티라는 명목으로도 수많은 축하가 쏟아졌다. 먼저 도착해 있던 레이먼드와 팔짱 낀 채 들어서며 셰리는 우아하게 고개를 끄덕였다.

물론 이제 시선을 숨길 생각이 없어 보이는 에드윈 때문에 잠시 미간이 찌푸려지긴 했다. 그러나 저를 주시하는 눈길은 그뿐만이 아니었다. 높은 연단에 착석하여 호탕하게 웃음소리를 내면서도 황제는 저와 에드윈을 주목하고 있었다.

턱밑까지 차오르는 긴장을 조용히 삼켜내며 셰리는 에드윈의 집요한 시선을 외면한 채 외려 레이먼드와 더욱 다정한 모습을 과시했다. 약혼을 앞둔 기쁨을 가장하랴, 그를 여기저기 소개하느라 바쁜 셰리는 차마 토르에게까지 생각이 미치지 못했다.

한편 그런 셰리와 노란 머리를 지그시 노려보던 에드윈은 구석에서 조용히 와인을 홀짝이는 토르를 발견했다. 과연 멀리서 보아도 황도를 들썩이게 할 만한 미남자였다. 본가인 백작 가문에 만남을 청하는 서신들이 제법 몰려든다고 들었는데 그 어떤 영애도 대답을 얻은 것 같지는 않았다.

재빠르게 제 손에 들린 술잔을 비워 낸 에드윈은 새로운 와인을 가지러 가는 척하며 토르의 곁으로 다가갔다. 후작가에만 처박혀 도통 바깥출입을 하지 않는 자라 지금의 기회를 놓치면 앞으로 또 언제 틈이 생길지 알 수 없었다.

"연회장 바깥 복도를 나서자마자 두 번째 모퉁이를 돌아 세 번째 방."

"……"

그가 다가서자마자 아무렇지 않은 표정이던 토르에게서 피어오르는 옅은 적개심을 느끼고 에드윈이 헛웃음을 지었다. 며칠 전에 셰리가 저와 밤을 보낸 것을 이미 알고 있는 기색이다. 그러면 이야기가 더 쉬워지지.

시종을 시켜 빈방을 미리 체크해 두었던 터라 에드윈은 거침없이 문을 열었다. 그리고 뒤이어 들어선 토르가 성의 없게 고개를 까딱이는 모습을 보고 소파로 손짓하여 앉게 했다. 소공작인 에드윈이 충분히 할 수 있는 행동이었지만 그에게 좋은 감정이 있을 리가 없는 토르는 그의 모든 것이 고깝게 느껴졌다.

'이 향기는…….'

밀폐된 공간에 들어서니 그날 셰리의 몸에 묻어 있던 잔향과 동일한 향기가 확연하게 풍겨 왔다. 짐작은 하고 있었으나 그것이 확신으로 굳어지자 토르의 보라색 보석안이 차갑게 가라앉으며 날이 섰다.

"나는, 네게는 물러나라는 말을 하지 않겠다."

얼마 전 레스토랑에서 토르에게 접촉을 시도했을 때와는 달리 더욱 오만해진 에드윈의 태도 변화가 노골적이었다. 아직 셰리에게서 자세한 상황 설명을 듣지 못한 터라 도대체 무슨 일이 있어 이리 의기양양하게 구는지 토르는 알 수가 없었다.

어차피 주위에는 보는 눈도 없다. 게다가 본래도 셰리 앞이 아니고서는 그다지 살갑게 구는 성격은 아닌지라 토르 역시 본색을 드러냈다.

"셰리 님의 곁에 머무는 데 소공작이라는 신분이, 과연 필요할 것 같습니까?"

"……."

명확하게 짚어 이야기한 것은 아니었지만 '소공작이라는 지고한 지위 때문이라도 셰리가 당신을 받아들이지 않을 것'이라는 행간의 숨은 의미를 모를 에드윈이 아니었다.

하, 이것 봐라? 셰리의 곁에서는 한없이 순종적이고 무해한 척은 다 하더니. 감히 제 앞에서 건방지게 굴어? 한낱 사생아 출신에 한미한 백작가 영식이?

대놓고 피워 내는 토르의 살기에 요 몇 달간 잠잠했던 에드윈의 전투욕이 반응해 들끓기 시작했다. 타인의 적의를 쉽사리 알아채는 건 전쟁터에서는 그의 목숨을 구하는 데에 일조했던 중요한 감각이었지만 평화로운 황도에서는 영 쓸모가 없었다.

그러나 아직 그 날카로움이 무뎌지지 않은 에드윈의 감각이 제 앞의 당돌한 호위 역시 상당한 실력자임을 경고하고 있었다. 저 나이에, 저 정도의 실력자라면 후작가에서도 쉽사리 대체자를 찾기 어렵긴 할 터였다. 거기다 눈에 띄는 저런 외모까지…….

뭐 하나라도 어중간한 얼뜨기였다면 셰리를 호위하기에 미흡하다는 핑계로 떼어 낼 수라도 있을 텐데. 오히려 똑같이 셰리의 자비에 기댈 수밖에 없는 처지인 이상, 자신보다 저 가진 것 없는 호위가 나을지도 모른다.

"어차피…… 부군이 되는 것이 아니라면 모두 똑같은 신세 아니겠습니까."

한참 그와 대치하듯 눈싸움을 하는가 싶다가 고개를 떨군 토르의 눈에 스쳐 지나간 체념의 빛을 에드윈도 눈치챘다. 지난번 식당에서 마주쳤을 때와 달리 묘하게 자신감이 떨어진 토르의 모습이 의아했다. 따지자면 세 남자 중 가장 총애를 받고 있을 텐데……. 하지만 지금 이 천금 같은 기회를 할애하여 그것까지 파헤칠 시간은 없었다.

"그럼, 역시 그 노란 머리와도 이야기가 필요하겠군."

여전히 고개를 숙인 채인 토르의 무릎 위로 올린 깍지에 힘이 바짝 들어갔다. 그것을 무심하게 바라보며 에드윈은 방 밖으로 나가 제 시종을 호출했다.

"소공작께서 저를 무슨 일로……."

방을 들어설 때까지만 해도 웃음기가 남아 있던 레이먼드의 얼굴은 달칵, 하고 문이 닫히는 소리가 들리자마자 순식간에 싸늘히 굳었다. 문을 닫자마자 보란 듯이 일변한 그의 태도에 에드윈이 눈썹을 들어 올렸다. 이놈이고, 저놈이고 셰리의 곁에서 순한 양인 척 가면을 둘러쓴 놈들뿐이다.

'역시……'

레이먼드는 속으로 한숨을 삼켰다. 알려진 바와 달리 셰리에 한해서는 소공작이 영 다른 사람이 된 것처럼 군다 싶더라니. 그랬기에 이런 식으로 저를 불러낼 상황에 대해 레이먼드도 예상은 하고 있었다.

잠시 아가씨가 황족들과 이야기를 한 틈을 타 이곳으로 은밀하게 부르기에 무슨 일인가 했는데. 막상 와 보니 널찍한 등을 내보인 채로 제가 들어올 때 돌아보지도 않는 청록색 뒤통수는 물론이고 오늘 셰리에게서 눈을 떼지 못했던 전 약혼자 에드윈까지. 게다가 이토록 무겁게 가라앉은 방 안의 기류를 읽어 내지 못할 레이먼드가 아니었다.

벌써 그들이 저를 불러낸 의도를 짐작하고도 남았기에 무감한 눈으로 두 사람을 훑었다. 내내 싱글거리느라 쉴 틈 없이 도드라지게 위로 솟았던 눈물점마저 딱딱하게 굳은 기분이었다.

"거두절미하고 말하지. 아직 정식으로 약혼을 치른 것도 아니니 이제 그만 분수를 알고……."

"셰리 님께서 이 사실을 알고 계십니까?"

그제야 에드윈은 지금의 이 회동을 알아채고 불쾌해할 셰리의 분노가 두려워졌다. 건방지게 소공작인 제 말을 중간에 끊은 것에 화를 내야 된다는 데에는 미처 생각이 미치지도 않았다. 말없이 앉아만 있던 호위 기사 영식도 뒤늦게 셰리가 알게 될 것이 걱정되었는지 흠칫 놀라는 기색이었다.

"저를 선택한 것은 오롯이 아가씨의 선택이고 의지에 따른 것이었습니다. 외람되오나 소공작께서는 이 결정에 대해 관여할 자격이 있으십니까?"

"뭐, 라고? 너 이 새끼!"

여태 잘 갈무리했던 살기가 한꺼번에 터져 나올 정도로 분기를 이기지 못한 에드윈이 욕설을 내뱉었다. 전쟁터에서 활약한 그의 무용담이 아예 헛소문이 진 않았는지, 일반인에 가까운 레이먼드의 온몸이 찌릿거렸다.

그저 찌릿하다는 말로 표현할 수 없을 만큼 전신의 털이 곤두서고 생경한 공포로 심장이 미친 듯이 뛰었다. 하지만 레이먼드는 이를 악물고 참아냈다. 조금만 집중을 잃으면 어둡고 거대한 기세에 무릎을 꿇을 것 같았다.

그래도 레이먼드는 가까스로 눈알을 굴려 토르에게 시선을 주었다. 분명 정면에서 에드윈의 살기를 전부 맞고 있을 텐데도 그는 여전히 눈을 내리깐 채 조용히 침묵만 지켰다.

제 몸이 느끼는 두려움의 근원은 에드윈이지만, 사실 레이먼드가 이 방에서 유일하게 신경 쓰는 대상은 오직 토르뿐이었다. 기실 에드윈은 소공작이라는 지위와 권력을 차치한다면 셰리에게 별 의미가 없을 남자였다. 기껏 그의 존재감을 높게 쳐주어 봤자 지나간 첫사랑 정도일까. 아니면 그것조차 되지 못할지도 모르고…….

"훗. 토르 경은, 어떻게, 생각하십니까."

그제야 일반인에게 지나친 살기를 뿜어낸 것을 자각했는지 에드윈이 씩씩거리며 기세를 거두었다. 그동안 레이먼드는 조용히 앉아만 있던 토르에게 말을 걸었다.

아까만 해도 그랬다. 그를 두고 황족들이 위치한 간이 응접실 장막 너머로 들어가면서도 셰리의 눈은 끊임없이 토르를 찾고 있었다.

"저는……."

레이먼드가 등장한 이후 고개만 숙이고 있던 토르가 그제야 얼굴을 들어 입을 열었다. 대답은 레이먼드를 향한 것이었지만 그의 시선은 맞은편에 앉아 있던 에드윈을 향했다. 목이 멘 듯 낮고 거친 음성에 토르에게 눈을 돌렸던 에드윈이 움찔했다.

심상치 않은 음성에 더해 그 모습까지 모두 목도한 레이먼드의 눈매가 가느스름해졌다. 그의 시야에서는 여전히 토르의 널찍한 등만 보일 뿐이었으니.

"저는, 셰리 님의 처분에 따를 뿐입니다."

한숨 쉬듯 내뱉은 대답에 거짓은 없어 보였지만 레이먼드는 조금 의아했다. 아마 조금만 관심 있게 그들을 지켜본 사람이라면 셰리의 마음이 어디를 향하고 있는지 알아챘을 것이다. 저 눈치 없고 분위기 파악 잘 못 하는 소공작이야 아직도 스스로의 처지를 모르고 있는 것 같지만.

방 안을 꽉 채우고 있던 에드윈의 살기가 사그라들고, 드디어 굳어 있던 몸의 자유를 되찾은 레이먼드가 토르의 옆자리에 천천히 착석했다. 그가 다가서자 긴장한 듯 어깨가 살짝 움찔거리긴 했으나 말을 마친 후 다시 묵묵하게 아래로 내린 시선은 여전했다.

"아가씨가 혼인 후에 모든 관계를 정리한다고 해도요?"

"……."

애써 침착함을 가장하고는 있지만 미묘하게 힘이 들어간 토르의 아래턱과 더욱 꽉 다물어진 입에서 레이먼드는 충분한 답을 얻었다. 셰리가 이미 이 청년에게 관계의 끝을 예고했으며 그도 동의했으리라는 것을.

이 사안에 있어서만큼은 셋 중 가장 유리한 고지를 점한 건 다름 아닌 레이먼드였다. 그는 입술을 파르르 떨다 급기야 눈을 꽉 감아 버린 토르의 모습을 여유 있게 감상했다.

이렇게 가까이서 제대로 바라본 적이 없었는데……. 레이먼드는 비록 옆얼굴뿐이지만 그의 외모에 순수하게 감탄했다. 다들 엘프의 현신이니 어쩌니 하더니 저런 초연하고 인간이 아닌 것 같은 분위기가 아가씨를 사로잡은 것일까.

저도 음침한 속내와는 달리 외모만으로는 어디 가서 뒤처지는 편이 아닌데 이 청년에게는 굳이 잘생긴 것 외에도 다른 무언가가 있었다.

아카데미와 연구소 생활을 무려 십여 년간 해 오면서 배운 바가 있다. 통제할 수 없는 위험이라면 차라리 곁에 두고 보는 것이 낫다는 것. 레이먼드에게는 토르가 그런 변수로 느껴졌다.

게다가 저를 포함한 이 방의 셋이 아무리 이곳에서 떠들어 봤자 셰리의 승낙을 얻지 못하면 당장 쓰레기통에 처박힐 탁상공론에 불과했다.

굳이 제가 수그리고 들어갈 필요를 느끼지 못해서였는지 매끈한 턱을 매만지며 다소 건방지게 손가락을 두드리던 레이먼드가 한 가지 방안을 제시했다.

"저희끼리 이야기한다고 해서 답이 나올 것 같지는 않으니, 제가 한 말씀 올려도 될까요?"

물론 제게 별로 불리할 것이 없다는 계산을 모두 마친 후의 제안이었다.

제대로 안 지 얼마 되지는 않았지만, 그가 본 셰리는 사랑을 부정하지는 않을지언정 가문의 이익을 더 중시하는 전형적인 귀족적 성향을 갖고 있었다. 차라리 후에 말을 번복하여 정부를 두었으면 두었지 저와의 약혼을 파기까지 하며 사랑에 매달릴 타입이 아니다.

그런 그녀가 차후 그녀의 후계자가 될 아이의 생부를 나 몰라라 할 리 없을 테고. 게다가 그 책임감과는 별개로 아카데미와 마탑에서 영향력을 확장할 기회 역시 포기할 리가 없다. 그랬기에 레이먼드는 내심 자신이 있었다.

"나는 사실 처음부터 아가씨의 곁에 한둘의 정부 정도는 각오하고 약혼을 제안했습니다."

보통의 남성들보다 장신이었으나 타고난 무골들 사이에 있으니 셋 중 덩치가 가장 작은 레이먼드의 목소리에는 좌중을 집중시키는 힘이 있었다. 조곤조곤하고 크지 않은 음성이었지만 조용히 제 마음을 다스리고 있던 토르도, 여전히 약간 흥분 상태인 에드윈도 그의 말에 귀를 기울였다.

"만약 셰리 님을 설득할 수 있다면, 그래서 공녀님께서 수용하신다면 나 역시 정부의 존재를 마땅히 인정할 생각입니다."

아주 당연하게도 레이먼드 자신이 후작가의 정식 부군이 된다는 전제가 깔린 제안이었다. 하지만 나머지 둘은 그것까지 눈치채지는 못했다. 레이먼드의 말에 에드윈은 물론이고 이미 며칠 전 셰리와의 작은 마찰로 또다시 자존감이 떨어질 대로 떨어진 토르의 절망 어린 가슴 속에 살며시 기대감이 피어났다.

'그러면 혹시 나도……'

아직도 아가씨의 유일한 남자가 되고 싶은 제 욕심만은 완전히 놓아 버리지 못한 채였다. 하지만 레이먼드의 제안이 솔깃한 것은 사실이다. 지난 이틀간 약혼 파티 준비로 분주한 셰리를 보면서 에드윈 공자와 함께 밤을 보냈다는 서운함은 어느새 뒷전으로 밀려난 지 오래였다. 최소한 그날 새벽 그녀의 손을 피했던 이유를 변명할 기회만이라도 얻고 싶었다.

맹세컨대 그가 감히 셰리를 거절하려는 마음을 품었던 건 아니었다. 그저 이제는 시도 때도 없이 불쑥 치고 들어오는 독점욕을 들킬까 겁이 났다. 그때 셰리에게 바로 붙잡혔다면 추하게도 제 질투심을 그대로 내보였을지도 모를 일이다.

차라리 아가씨가 제가 얻을 수 있는 위치는 정부일 뿐이라고 못 박아 주신다면……. 한 번씩 억누를 때마다 그 다음에는 반발이라도 하듯 더 거세게 몰아치는 이 건방진 감정을 어떻게든 죽일 수 있지 않을까.

이런저런 생각으로 괴로워하는 토르와는 달리 에드윈의 얼굴에는 보다 단순하게 기쁜 기색이 어렸다.

"그럼, 그러면 지금이라도 내가 셰리를 여기로 데리고······!"

"지금은 안 됩니다. 그리고 그 제안은 제가 먼저 운을 띄워 보도록 하죠. 그게 가장 효과적이지 않겠습니까?"

제아무리 권세가인 셰리라고 해도 부군의 동의 없이 정부를 두는 것은 불가했다. 아무도 모르게 숨긴다면 가능하기야 하겠지만 토르와 에드윈 모두 그렇게 한낱 그림자처럼 존재감도 드러낼 수 없는 상대가 되고 싶 지는 않았다.

어느새 복잡했던 심경을 다스린 토르가 아까와는 사뭇 다른 눈빛으로 에 드윈을 마주하며 천천히 끄덕였다. 그리고 어딘지 모르게 결연한 빛을 띤 시선을 받은 에드윈 역시 저도 모르게 고개를 주억거렸다.

"다들 동의하신 것으로 알고. 그럼 저는 아가씨께서 찾으실 테니 이만 먼 저 물러가겠습니다."

"그래."

"······."

지금 당장이야 귀족 도감 끄트머리에 겨우 이름만 올라와 있을 뿐인 남 작 영식이지만 결국 셋 중 가장 우위에 선 것은 자신이다. 셰리와의 공식적 인 관계가 예정되어 있다는 사실 하나로 레이먼드는 저 잘난 사내 둘을 침 묵하게 만들었다.

제일 나중에 등장했음에도 불구하고 저보다 지위가 높은 이들 앞에서 제 멋대로 먼저 자리를 뜨는 일은 분명 예법에 어긋났다. 그러나 그런 무례를 저지르는 데도 두 남자는 그저 부러움과 질시가 섞인 시선만 제게 보 내는 것이 고작이다. 본디 타인의 시선을 그리 달갑게 여기지 않던 레이먼 드지만 셰리와 얽히면서부터 제법 즐길 줄도 알게 되었다.

그 지긋지긋하고 칙칙한 로브와 덥수룩한 앞머리를 들어내고 직면한 세 계는 여태까지와 전혀 달랐다. 스승님이 이 모든 것을 알아채기 전에 더, 더 빨리 그의 손이 닿지 않는 곳으로 올라가야 한다.

"아, 그리고 다시 한번 말씀드리지만 셰리 님께 확실하게 허락을 받을 때까지 먼저 선을 넘는 행동은 삼갈 것을 당부드립니다."

누구인지 지칭하여 말하지는 않았다. 하지만 레이먼드의 눈길이 곧바로 에드윈에게 가닿았으므로 그 경고가 누구를 향한 것인지는 명백했다. 평생 살면서 저보다 지위가 낮은 자의 명령은 처음 들어 보는 에드윈의 얼굴이 모욕감으로 일그러졌다. 그러나 결국 얌전히 고개를 끄덕였다.

등을 돌려 문을 향해 걸으면서도 제 뒤에 꽂히는 두 쌍의 눈동자가 느껴졌다. 그에 레이먼드는 다시 한번 우월감을 만끽하며 잠시 잃었던 웃음을 되찾았다.

* * *

잠깐 자리를 비운 사이에 어디론지 사라져 버린 레이먼드를 기다리면서 셰리는 잔을 들어 조용히 입을 축였다. 마침 비어 있던 테라스 안으로 들어온 덕분에 이전에 데릭과 나누었던 대화를 조용하게 반추할 수 있었다.

그러니까 지금으로부터 이틀 전, 에드윈과 밤을 보내고 들어온 다음 날이었다.

'데릭, 나한테 묻고 싶은 게 있지 않아?'

'저는 주인님의 사생활에 대해 입을 다물라고 교육받았습니다. 다만, 제가 아가씨께서 원치 않으시는 일을 수습하길 원하신다면……'

형제인 가우렌보다도 더 융통성이 없는 작자가 황도 후작저의 집사 데릭이었다. 말은 저렇게 해도 곧이곧대로 함구했다가 나중에 에드윈과 밤을 보낸 일로 문제가 생기는 것보다 미리 말해 두는 것이 나았다.

겨우 옹알이나 하는 갓난아기 때부터 알던 자라 민망했을 뿐이지. 그리고 데릭은 예전부터 에드윈과도 이미 안면을 튼 사이기에 더 주저하게 되는 까닭도 있었다.

'그러니까, 지난밤 말이야. 실은 에드윈과 함께 있었어.'

'그렇습니까…….'

생각보다 평범한 반응에 셰리가 눈을 동그랗게 뜨고 데릭을 표정을 살폈다. 태연함을 가장한 것이 아니라 정말로 여상한 얼굴이었다. 그답지 않게 늘인 말끝에는 그 정도는 예상했다는 뉘앙스마저 느껴졌다.

'알고, 있었어?'

'공자께서, 아니 소공작께서 이전에도 저택 앞에서 밤을 새고 가시지 않았습니까. 그 후로도 공작가의 가솔들이 근처를 서성이긴 했습니다.'

'그게 나랑 에드윈이 잔 거랑 무슨 상관이야.'

딱히 속일 마음은 없었으나 그래도 친밀하게 곁을 지키는 자들에게 제 사생활을 들키고 싶지 않았던 셰리의 얼굴이 뾰로통해졌다. 도대체 가우렌은 데릭에게 어디까지 이야기한 거람. 그리고 데릭은 왜 여태 티도 내지 않고!

'셰리 님께서 흘리신 우유와 빵 부스러기는 제가 제일 많이 치웠을 겁니다.'

에드윈과의 파혼 전, 풍부하고 다채로운 표정을 보여 주던 그때의 셰리로 다시 돌아온 것 같은 기분에 데릭의 굳은 얼굴에도 미소가 어렸다.

'세 살 즈음인가 제 머리를 잡아 뽑으셨던 곳은 아직도 조금 듬성듬성합니다.'

'그건! 데릭이 이제 머리가 빠지기 시작해서 그런 거 아냐?'

'……제가 아직 그럴 나이는 아닙니다.'

어떻게 말을 꺼내야 할지 눈치만 보며 차를 홀짝이느라 텅 비어 버린 셰리의 찻잔에 능숙하게 차를 부어 주며 데릭이 말을 이었다.

'그날…… 울면서 돌아오신 셰리 님의 시중을 든 것도 저였지요.'

'…….'

'제대로 끝이 난 사이가 아니었으니까요. 셰리 님께 후회를 남기지 않는 쪽이라면 저는 그것이 어떤 방법이라도 아가씨가 옳은 결정을 하셨다고 생각합니다.'

따끈하게 김이 올라오는 찻잔의 손잡이를 만지작거리던 셰리는 그 말에 조금 울컥했다. 토르에게도 차마 변명하지 못했던 제 마음을 데릭은 이미 훤히 꿰뚫고 있었다. 역시 제 침대를 덥히는 '사내'로서의 남자와 온전한 제 수족은 다른 모양이었다.

이미 토르와 제 관계에 대해 데릭이 알고는 있지만…… 그럼 최근에 자신이 토르에게 느끼는 감정들에 대해 이야기를 꺼내도 될까? 조금쯤 감상적인 기분이 되어 입을 열려던 셰리가 다시금 합, 하고 입을 다물었다.

가우렌과 데릭은 제 사람이긴 했지만 그보다는 미하르쉘 후작가에 충성하는 이들이었다. 그리고 아직 저 스스로도 토르에게 제가 느끼는 감정이 무엇인지 제대로 정의 내리지 못하지 않았나.

역시 이건 지금 말하지 않는 것이 좋겠다. 자신조차 납득하지 못하는 감정에 대해서 가문에 충실한 집사가 해 줄 말이란 정해져 있지 않을까.

사실은 괜히 이야기를 꺼냈다가 토르와의 관계를 정리하라는 권유를 받게 될 일말의 가능성이 두려워서였지만.

셰리는 이미 미지근하게 식어 가기 시작한 찻잔을 들어 얼굴을 가리며 한 번에 모두 비워 냈다.

* * *

오래지 않아 모습을 드러낸 레이먼드와 연회장 홀을 누비며 눈도장을 찍고, 두어 번 더 춤을 춘 셰리는 금세 피곤해졌다. 약혼식은 아니지만 그래도 유력 가문들이 참여하게 되었으니 약혼 발표 파티 준비를 소홀히 할 수 없었던 탓이다.

"많이, 피곤하십니까?"

"이제 나흘밖에 남지 않았으니까요."

데뷔탕트 연회에서와 달리 이제 친분을 이유로 레이먼드에게 먼저 말을 걸어오는 하급 귀족 자제들은 없었다. 그동안 소문이 돌만큼 돌았으므로 그가 대단한 권세가인 미하르쉘 후작가의 부군이 된다는 현실을 모두가 받아들인 듯했다.

비록 아직 황족들이 머무는 연단 옆 간이 응접실까지는 초대받지 못했다. 하지만 정식으로 약혼을 하고 나면 레이먼드도 셰리를 따라 인사를 하러 가게 될 참이다.

셰리보다 지위가 높은 귀족이나 고위 관료들과는 이미 인사를 나누고 약혼 소식을 알렸으니 이제 이곳을 뜬다고 해도 큰 결례는 아니었다. 거기다 마지막 날의 연회는 더 느슨하고 개방적으로 진행되는 경향이 있으므로 이미 삼삼오오 짝을 이루어 사라진 커플들도 꽤 되었다.

피곤하여 뻑뻑해진 눈을 천천히 깜박이는 셰리의 기다란 속눈썹을 감상하던 레이먼드는 문득 당사자들이 모두 모인 지금이야말로 아까의 제안을 이야기할 기회라는 생각이 들었다. 고작 약혼 발표만으로도 이렇게 준비해야 될 것들이 많은데 곧 치르게 될 약혼식은 더 바쁘게 진행될 것이 뻔하지 않은가.

이 이상 지체하면 한겨울 가장 추운 밤에 뜬 새파란 초승달처럼 생겨서 의외로 다혈질 기질이 있는 에드윈이 결국 못 참고 날뛸 가능성이 꽤 높았다. 게다가 앞으로 후작저를 들락날락하면서 호위를 맡은 토르와 마주치게 될 일이 비일비재할 터.

이윽고 결심을 굳힌 레이먼드가 시원한 음료를 이곳 테라스로 가져오겠다는 이유로 잠시 자리를 비웠다. 그리고 그 사이 눈을 붙이고 있던 셰리의 곁에 다시 돌아와 꿇어앉은 레이먼드는 천천히 그녀를 깨웠다.

"셰리 님."

"으, 응?"

"아까 제가 자리를 비운 이유가 궁금하지 않으신가요?"

"……."

은근한 기대를 갖고 물어오는 레이먼드와는 달리 셰리는 정말로 별생각이 없었다. 그도 그럴게 그가 금방 돌아온 데다 저번처럼 다른 이들과 한담을 나누고 있었을 것이라 여겼으니까. 그리고 그런 셰리의 속마음은 잠이 덜 깬 얼굴 위로 적나라하게 드러났다.

"음, 역시 아직은 제가 많이 뒤처져 있군요."

아까 잠시 시야에서 벗어난 토르는 그렇게 두리번거리며 찾으시더니. 역시 아직 제 존재는 아가씨께 그 정도로 의미 있지는 않은 모양이다.

어딘지 쓰려 오는 속을 붙잡고 레이먼드는 씁쓸해진 낯을 빠르게 감추었다. 그러고는 다시 무해해 보이는 미소를 띠었다.

"톨체르 경도, 린데카이르 소공작도 그때 갑자기 자취를 감춘 걸 알고 계십니까."

"토르……? 에드윈이 무슨 사고라도 쳤나요?"

토르의 이름이 나오자마자 셰리가 안 그래도 큰 눈을 동그랗게 떴다. 그런 그녀의 모습에 레이먼드는 좀 전까지 호기롭게 낙관했던 제 자신감이 뭉텅 깎이는 기분이 들었다.

단순히 제 우월감을 위해 괜스레 토르와 에드윈에게 좋은 기회를 준 것이 아닐까. 특히 토르에게 이렇게까지 마음을 쓰고 계실 줄은 몰랐다. 거기다 소공작과 무슨 일이라도 있었던 것인지 단박에 그가 일을 벌일 줄 알았다는 식으로 반응하시는 것도 신경 쓰였다.

"아뇨, 아직 그런 것은 아닙니다만. 그자가 아까 저와 톨체르 경을 은밀히 불렀으니, 아마 지금도 그 방에 둘이 함께 있을 겁니다."

"……어디예요? 앞장서요."

레이먼드가 음료를 위해 자리를 비우며 미리 시종을 보내 일러둔 덕에 토르와 에드윈은 셰리가 이곳으로 올 것을 알고 기다리고 있던 참이었다.

감히 제게 한마디 귀띔도 없이 측근인 토르를 마음대로 불러낸 에드윈에게 화가 났지만 셰리는 애써 침착한 척 소파에 풀썩 앉았다. 그녀를 기다리느라 기립해 있던 세 남자에게 앉으라는 말도 없이 가장 상석에 앉았건만, 그 누구도 이의를 제기하지는 못했다.

오랫동안 봐 온 덕에 지금의 셰리가 심사가 꼬인 상태인 것을 알아챈 토르와 에드윈이 속으로 발을 동동 구르며 눈치를 보았다. 그것을 모르는 건지, 알고도 모르는 체하는 것인지 그녀와 가까이에 앉은 레이먼드는 조곤조곤하게 지금에 이르게 된 사정을 설명했다.

물론 약혼자 자리에서 물러나라며 고압적으로 굴던 에드윈의 발언까지 말하지는 않았다. 하지만 익히 짐작하고도 남을 만한 정황에 셰리가 에드윈에게 눈을 흘겼다.

'내가 분명히 나중에 다시 이야기하자고 했는데, 그걸 못 참고 이렇게 일을 키워?'

어느덧 소파에 등을 기댄 채 팔짱을 끼고 레이먼드의 이야기를 경청하던 셰리의 눈동자에 열은 분노의 빛이 번쩍 튀었다. 내내 무표정이다가 갑작스레 눈꼬리를 치켜세운 건 토르 역시 정부 중 하나가 되는 것에 동의했다는 부분에서였다.

여전히 앉지 못하고 불안한 눈빛으로 셰리만 바라보는 토르에게로 그녀가 몸을 돌렸다. 그러고는 눈을 마주한 채 셰리가 하나씩 짓씹어 가듯 입을 열었다.

"그래서, 다들, 동의한 사항이고. 나만 그 제안에 응하면 날 나눠 갖기라도 하겠다는 소리야?"

"아니! 나눠 갖는다는 게 아니라, 네가 우리 셋 전부를 선택해도 우린 거기에 불만을 갖지 않겠다는…… 거야."

노려보는 것일지언정 셰리의 시선에서 소외된 것이 못내 불안했던 에드윈이 다급하게 말을 덧붙였다. 그러나 이내 그녀의 날카로운 눈초리에 찔끔하여 기어들어 가는 목소리로 끝을 맺었다.

급기야 고개를 떨구고 굳어 버린 토르에게 다시 눈길을 준 셰리는 차분한 음성으로 말을 이었다. 그러나 그 안에서 얼핏얼핏 보이는 분기조차 숨기지는 못했다.

"당신들의 합의 따위가 중요한 게 아니에요. 모든 것은 내 결정이, 내 선택이 우선인 거지, 감히…… 날 두고 셋이 작당을 해?"

"……"

"……"

"……"

함께한 시간은 가장 짧았지만 셰리가 분노하는 이유를 제일 먼저 눈치챈 레이먼드가 바로 무릎을 꿇었다. 그리고 토르 역시 그의 곁으로 다가와 신속하게 무릎을 바닥에 대었다.

두 남자의 모습을 멀뚱멀뚱 바라보기만 하던 에드윈은 셰리가 고개를 삐딱하게 기울이는 것을 보고 그제야 뒤늦게 무릎을 꿇고 앉았다.

"앞으로 모든 결정은 내가 해요. 나와의 관계를 끊어 내고 싶다면 그렇게 해. 떠난다고 해도 말리지 않아."

황제의 조카이자 전쟁 영웅인 소공작, 타고난 무위로 주목받고 있는 후작가 엘리트 기사인 그녀의 호위, 거기에 올린 상회를 실질적으로 이끌어 가고 있는 제국 아카데미 최우등 졸업자까지.

굳이 그 외모까지 언급하지 않아도 다음 세대의 제국을 이끌어 갈 쟁쟁한 인재들이었다. 그런 그들이 지금은 셰리의 발아래에서 그녀에게 내쳐질까 전전긍긍 떨기만 했다.

"하지만 지금처럼 내 의사도 묻지 않고 이딴 식으로 나온다면 셋 다, 내가 끊어 버릴 거예요."

제게 숙여진 새카만 흑발과 찬란한 금발, 그리고 오묘한 청록빛깔의 머리카락까지 천천히 훑어본 셰리의 눈길이 푸릇푸릇한 정수리에 좀 더 길게 머무르다 이내 떨어져 나갔다.

아직 제대로 된 약혼식도 하지 않았는데 벌써 제 부군이라도 되는 듯이 구는 레이먼드나 그렇게 좋게 타일렀는데도 기어코 일을 벌인 에드윈보다도, 별말 없이 묵묵부답으로 일관하는 토르가 더 괘씸하게 느껴졌다.

비록 제가 애정을 바라지 말라고 못 박아 두긴 했지만, 자신과 육체관계가 있기도 전에 그렇게 애달픈 사랑 고백까지 해 놓고!

부담스러웠던 것과 별개로, 절절하기까지 한 그날 밤의 고백에 셰리 역시 심장이 뜨끈뜨끈하게 녹아 내렸었다. 거기에 요즈음 종종 드러내곤 했던 토르의 질투나 미약하게 새어 나오는 독점욕이 그렇게 기분 나쁘지만은 않았던 게 사실이다. 나중에 어떻게 상황이 돌아가게 될지 몰라도 적어도 혼인 전까지는 곁에 두려는 마음도 먹었는데…….

이날 이때껏 셰리를 이 정도로 주저하게 만든 남자도, 후회 한번 없었던 결정들을 다시 돌아보게 만든 남자도 토르가 처음이었다.

생전 처음 겪어 보는 감정의 모양을 눈먼 손으로 더듬어 그 형태를 막 확인하려는 순간이었다. 그러나 셰리는 최후의 목전에서 뒤돌아섰다.

* * *

그리하여 후작저로 돌아가는 마차 안에 남은 셰리와 토르 사이에는 냉랭한 분위기만 맴돌았다. 마부석에 앉아 가겠다는 그를 만류하여 기어코 마차 안에 불러들인 셰리는 불편한 기색을 굳이 숨기지 않았다.

토르는 오늘 세 남자 중 거의 말을 꺼내지 않았음에도 불구하고 그녀의 노여움을 가장 많이, 그리고 정면에서 맞닥뜨리고 있었다. 하지만 그것을 억울해하기보다 제가 셋 중 가장 열등하다고 느끼고 있었던 그는 자신이 제일 먼저 셰리에게서 끊겨져 나갈까 불안한 마음에 고개조차 들지 못했다.

부족한 말재간으로 더 큰 진노를 살까 싶어 입술만 달싹이던 토르가 결국 더듬더듬 말을 이었다.

"죄송, 합니다. 나중에 말씀해 주신다고 하셨었는데…….."

"에드윈이 부른다고 그걸 냉큼 따라가?"

"…….."

비록 연회에 호위로서 참석하진 않았지만 에드윈이 저를 부른 이유가 셰리와 관계가 있다는 것을 뻔히 알고도 따라간 것은 사실이다. 거기에는 그녀의 손을 피했다가 다시 셰리에게 거부당한 것을 며칠 동안 곱씹으며 후회하고 또 후회하다 이성적인 판단이 흐려진 탓도 있었다.

그리고 기껏해야 하룻밤 정도 그녀와 함께 했을 에드윈이 으스대며 셰리에게서 떨어지라고 한다면 제가 아가씨에게 얼마나 예쁨을 받았는지 읊어 주고 싶은 마음도 없었다고는…….

하지만 모든 것을 차치하고서라도 셰리에게 알리지도 않은 채 무작정 에드윈을 따라간 것은 토르가 잘못 판단한 것이 맞았다.

설마하니 그 고고한 소공작이 셰리의 정부를 먼저 자처하고 나설 줄은 예상도 못했다. 저 잘난 남자마저 그렇게 해서라도 아가씨의 곁에 있고 싶다고 하는데 제가 거기서 어떻게 저 혼자 오롯이 셰리를 차지하고 싶다는 생각을 할 수 있겠는가.

'말도 안 되지.'

결국 조급하고 약해진 마음으로 레이먼드의 제안에 홀리듯 넘어가서 고개를 끄덕인 것이 그녀를 더 화나게 만든 것 같았다. 그러나 아둔한 제 머리로는 셰리와 아무런 사이도 아닌 자신이 선택할 수 있었던 다른 선택지를 도저히 알 수가 없었다.

더욱 침울하게 어깨를 늘어뜨린 토르를 보자 셰리는 제가 이유를 말해 주겠다고 했으면서 일언반구도 없이 방치했다는 걸 깨닫고 조금 미안해졌다. 그래, 어떻게 그가 불안해하지 않을 수 있었겠어.

셰리는 토르가 그럴 수밖에 없던 이유를 필사적으로 갖다 붙여 가며 스스로를 이해시키려 애를 썼다. 하지만 에드윈과 레이먼드가 멋대로 제시한 결정에 토르도 동참했다는 사실을 상기할 때마다 자꾸만 제 부아가 치미는 이유까진 알 수 없었다.

여전히 저는 토르에게 무엇 하나 확실하게 확인해 줄 수 있는 것이 없다. 그러면서도 종종 심술궂게 굴어서 그를 괴롭게 만든다는 사실도 잘 알았다. 이런 제가 이기적이라는 걸 알면서도 내심 토르는 변하지 않길 바랐다. 언제든 자신을 떠나도 된다고 했으면서 실은 절대 그럴 일은 없다는 말을 듣고 싶었을지도 모르겠다.

결국 잔뜩 엉켜 버린 실타래처럼 복잡해진 제 속과 어색한 침묵을 견디다 못한 셰리는 저도 모르게 주절주절 두서없이 말을 내뱉었다.

"에드윈이 황제 폐하와의 독대를 들먹이면서 청혼했어. 그러면서 기회를 달라고 하는데 당장 그를 막을 방법이 그때는 그것밖에 생각나지 않았어."

"……."

"나도 알아. 정 안 되면 아버지께 말씀드려도 됐고 또 다른 방법이 있었을지도 모른다는 거."

남자를 쉽게 여겨 왔던 지금까지처럼 손쉬운 길을 택했던 그때의 선택을 셰리는 처음으로 후회했다. 제 아무리 똑똑한 척, 이성적인 척해도 결국 토르에게 큰 상처를 주는 선택을 하고 말았다는 깨달음에 그녀가 두 손에 얼굴을 묻었다.

"전, 저는 괜찮습니다. 대신……."

"응?"

잔뜩 주눅 들었던 아까와 확연하게 달라진 토르의 목소리에 셰리가 고개를 들었다. 무언가 결심을 한 듯한 그의 눈동자가 반짝반짝 빛을 내서 셰리는 눈을 떼지 못했다.

"제게도, 그 기회라는 것을 주십시오. 그렇게만 해 주시면 저는 셰리 님께서 어떤 결정을 하더라도 따르겠습니다."

"……."

제가 무슨 결정을 어떻게 할 줄 알고…….

그러나 처음 본 그 순간부터 그녀의 시선을 빼앗았던 보랏빛 보석안이 오롯이 저만을 향해 있었다. 그에 홀린 셰리는 저도 모르게 고개를 끄덕였다.

* * *

이후의 준비는 순조로웠다. 기실 영지에서 정식으로 거행되는 약혼식이 아닌 약혼 발표 파티는 일반적으로는 생략하는 경우가 많았던지라 모두들 크게 기대하지는 않았다. 그러나 막상 열린 약혼 발표 파티는 화려했을 뿐 아니라 고택에 어울릴 만큼의 고상함마저 갖추고 있었다. 겨우 열흘 남짓의 준비 기간 만에 열렸다는 게 믿기지 않을 정도였다.

셰리는 데뷔탕트 연회에서 선언한 대로 고위 귀족뿐 아니라 그곳에 참여했던 하급 귀족들에게 초대장을 보내는 것도 잊지 않았다.

"……모쪼록 나머지 연회를 즐겨 주시기 바랍니다."

"와 주셔서 감사합니다."

미하르쉘 후작가와 올린 남작가와의 인연을 읊은 뒤, 두 집안의 보다 긴밀한 협력과 우호적 관계를 선언한 두 사람이 잔을 들어 올렸다. 샴폐인 잔이 달콤하게 맞부딪히는 소리가 홀 안을 울렸다.

오늘따라 작정하고 꾸민 셰리의 미모는 정말이지 놀라울 정도였다. 풍성하고 새빨간 고수머리를 반만 묶어 느슨하게 늘어뜨리고 자잘한 보석이 박힌 서클렛으로 장식한 머리카락은 눈부신 샹들리에의 빛을 받을 때마다 반짝였다.

아무것도 하지 않아도 빛나는 피부였으나 오늘은 진주 가루라도 섞어 발랐는지 모두의 눈길이 그녀에게 붙어 떨어지질 못했다. 새치름한 눈매를 살짝 강조하는 데에만 그친 단순한 화장이 역설적으로 셰리가 본디 가진 아름다움을 극대화시켰다. 과하지 않게 그녀의 몸을 타고 부드럽게 흘러내리는 우아한 크림색 드레스도 또 다른 포인트였지만 대부분의 시선은 셰리의 얼굴 아래까지 내려오지도 못했다.

오랜만에 황도를 찾은 아가씨의 활짝 피어난 싱그러움에 겨우 적응했던 사용인들마저 정적에 빠뜨릴 정도로 오늘의 셰리는 정말……. 그녀의 찬란함을 찬양할 더 이상의 표현력 부재에 토르는 뻐근한 심장을 누르며 천천히 버릇처럼 입술을 물었다.

아무래도 제 머리 어딘가가 이상해지고 있다. 분명 제게는 아가씨와 눈이 마주치는 것만으로도 며칠간 두고두고 되새기며 행복해할 수 있었던 시절이 있었다. 셰리의 아름다움과 고귀함을 칭송하는 말을 들을 때면 마치 제가 칭찬받기라도 한 듯 어깨에 힘이 들어가고 자랑스러웠는데.

……어느 순간부터 다른 이들이 그녀를 눈에 담는 것만 보아도 가슴 깊은 곳에서부터 어두운 감정이 스멀스멀 올라왔다. 마치 가벼운 체기 같던 답답함이 최근 들어서는 그의 목을 조르기라도 하는 듯하다. 제게 이렇게까지 음습한 마음이 존재할 것이라고는 생각지도 못했다. 더구나 그 대상이 아가씨일 줄은, 더더욱.

'왜 하필, 이런 날 이렇게까지 어여쁘실 수 있을까.'

마음을 송두리째 빼앗긴 자 특유의 과장임을 감안하더라도 셰리의 미려한 모습은 확실히 좌중을 압도했다. 그녀 또래 영애들과 영식들의 시선은 물론이고 올린 상회에 줄을 대어 보고자 참석했던 자들 역시 목적을 잊을 정도였으니.

오늘 셰리와 레이먼드의 몸에 걸치고 바른 모든 것은 차후 카탈로그로 제작되어 올린 상회를 통해 유통될 예정이었다. 고귀한 혈통을 자랑하는 귀족들이 직접 상업에 발을 들이는 것을 꺼림칙하게 여기는 인식은 여전히 존재했다.

그러나 제국을 비롯해 대륙 전역에서 상업으로 벌어들이는 막대한 황금은 그 인식을 단박에 고루한 것으로 만들기에 충분할 테다. 게다가 그동안 제국을 간간이 위협하던 야만족마저 격퇴되고 바야흐로 평화의 시대가 열렸으니, 상단의 영향력이 폭발적으로 증대될 조건마저 갖추었다.

셰리는 두 집안의 결합을 예비한 이 순간마저 철저하게 이용할 생각이었다. 그래서 식기 하나, 정원의 아치를 장식한 생화 하나까지 모두 올린 상회를 통해 준비했다. 분명히 현재 사교계의 풍조와 다소 동떨어진 느낌의 장식들도 존재했지만, 고풍스러운 저택과 어우러지자 그것은 순식간에 특별함으로 변모했다. 그리고 그 특별함은 늘 유행의 첨단에 서고자 하는 모든 귀족들의 허영심을 자극했다.

물론 셰리의 의도와는 약간 다르게 모든 하객들의 눈길이 그녀에게만 집중되어 주변으로 빠르게 번져 나가지는 못했다. 그러나 오늘의 연회를 빛낸 물품을 소개한 카탈로그가 배포되면 올린 상회가 한동안 격무에 시달리리라는 것만큼은 확실했다.

레이먼드 역시 전통을 중시하는 노부인들이 본다면 눈살을 찌푸릴 만큼 약간은 과한 옷차림이었다. 그럼에도 차려입은 의복이 다소 수수해 보였다. 그런 기이한 현상까지 초래할 정도로 화려한 그의 외모는 그 자체로 진귀한 보석과 같았다. 왜 여태 눈에 띄지 않았는지 의아한 미색과 더불어 세련된 애티튜드는 영애들의 탄식까지 이끌어 냈다.

토로도 오늘은 후작가의 경사인 만큼 고급 원단에 모처럼 화려한 자수와 술을 달아 장식한 제복을 입었다. 그러나 작정하고 꾸며 놓은 파티의 주인공과 제 옷매무새를 비교하자니 한참 부족한 것은 사실이었다. 어쩐지 미묘하게 폐부를 찔러 오는 패배감에 저도 모르게 새어 나오려는 한숨을 꾹 참아 냈다.

비록 연회장 근처에서 그녀를 호위할 역할일 뿐이지만 조금이라도 셰리의 시선 안에 들고 싶어 저 나름대로는 치장에 공을 들였더랬다. 그래서인지 홀의 외곽에 그저 서 있기만 했는데도 오늘따라 요요한 분위기까지 몸에 두른 토르에게 주목하는 인파들이 많았다. 하지만 그에게는 오직 아가씨의 관심만이 중요했다.

"저자가 바로 그……."

"역시, 그렇죠?"

게다가 토르를 향한 수군거림은 예민한 청각에 고스란히 전해져 그를 더욱 위축되게 만들었다. 미려하고 신비한 외모에 대한 경탄과 속삭임마저도 제 출신을 운운하는 것 같아 커다란 어깨가 미세하게 움찔거렸다. 이럴 줄 알았다면 평소처럼 단출하고 깔끔하게만 차려입고 저택의 후미진 곳을 순찰할 걸 그랬다.

셰리의 강렬한 색채에도 전혀 묻히지 않은 채 그 존재감을 유감없이 드러낸 레이먼드의 화사한 금발에 토르의 시선이 닿았다가 떨어졌다.

제게도 저런 눈에 띄는 색채가 주어졌더라면…….

야외에서 수련을 하느라 살짝 그을린 피부마저 레이먼드의 새하얀 낯과 비교되어 토르가 제 얼굴을 한 손으로 가볍게 쓸었다. 어딘가 우수에 찬 눈빛으로 고뇌에 빠진 미청년의 움직임 하나하나가 주위의 이목을 끌었으나 이번에도 토르에게 와닿지는 못했다.

대신 토르는 기사 수련에 매진하느라 그가 알지 못했던 귀족들의 세계의 면면을 알게 해 주는 대화에 귀 기울였다.

"미하르쉘 후작가와 올린 남작가가 혼인까지 하게 된다면 올린 상회의 영향력이 얼마나 커질지 두렵군."

"올린 영식은 차남이라던데 그가 상회를 물려받을 것도 아니지 않습니까."

"모르는 소릴! 올린 상회의 마도구 납품은 그 영식이 성사시켰다는 말이 있으니 분명 만만치 않은 작자일 테지."

"흥, 아카데미 조기 입학 말고는 별다른 실적도 없던데 그저 저 미끈한 외양으로 순진한 공녀님을 홀린 것이겠지요."

셰리를 언급하는 목소리에 옅은 열기마저 느껴지는 것으로 보아 그녀의 옆자리를 탐냈던 자가 무리에 끼어 있었던 모양이었다.

"안 그래도 양곡을 장기간 보관하는 방법까지 알아냈다던데 이제는 서대 륙까지 진출할 계획인가."

"그것도 마도구인가요?"

"부군이 될 영식이 마탑 소속 수석 연구원이라고 하니 앞으로는 별별 마 도구가 다 나오겠지."

"이거 참, 후작가와 마탑이 더 결탁하기 전에 황실에서 무언가 제재라도 해야 되는 것 아닙니까?"

마탑과 황실이 함께 언급되자 근처에서 속삭이던 목소리가 더욱 은밀하 게 낮아졌다.

"마탑 그 별종들을 황실이 어떻게 막나. 이번에도 마탑 산하 연구소장 하 나가 사고를 쳤다던데, 그래도 기껏해야 내년에는 구금에서 풀려나겠지."

"그럼 마도구 유통을 제한하면 되지 않습니까."

"쯧쯧, 자네는 마도구 없이 살 수 있나? 게다가 마도구 판매로 제일 이득을 보는 건 황실인데……."

대부분의 귀족들이 흔히 그러하듯 대화를 나누던 이들 역시 사용인에게 는 귀가 없는 것처럼 굴었다. 그들은 황실과 마탑 사이의 관계에 대해 전혀 아는 바가 없던 토르가 가만히 듣고 있는 줄도 모르고 이런저런 이야기를 늘어놓았다.

그러고 보니 각종 수도시설이나 조명마저도 이제는 마도구가 일상 깊숙 하게 파고들어 대체하고 있는 현실이다. 그동안은 미처 생각해 보지도 못했 던 마도구의 영향력에 토르는 뒤통수라도 한 대 맞은 기분이 들었다.

그래서 아가씨는 레이먼드를 선택하셨구나. 이제 그가 셰리에게 제 필요를 호소할 만한 부분은 몸뚱이밖에 남지 않은 것일까.

그렇게 생각하자 며칠 전 자신만만했던 레이먼드의 태도가 십분 이해

되었다. 안 그래도 가진 것에 비해 낮은 편이던 토르의 자존감이 끝도 없이 아래로 툭툭 굴러떨어졌다.

그때였다. 방금까지도 등록된 마도구의 제국 내 유통을 통해 얻는 막대한 이윤을 황실이 독점하는 것이 얼마나 불합리한지에 대해 성토하던 이들의 말소리가 어느새 잦아들었다.

그에 의아해진 토르는 주변을 살피다 저를 향해 다가오는 레이먼드를 보고 잠시 허물어졌던 입매를 단단하게 굳혔다. 기둥 측면에 몸을 숨기고 있는데도 불구하고 그의 발걸음이 향하는 방향이 너무도 명확했다.

황도에 올라와 제 위치를 자각할 때마다 자존감은 끊임없이 바닥을 쳤지만, 토르는 저자에게 그것까지 들키고 싶지는 않았다. 저 하나만이면 모를까 담대하게도 제국의 소공작인 에드윈에게까지 셰리의 정부 자리를 먼저 제안한 자이니만큼 더더욱.

"오늘도 수고가 많으시군요. ……경."

오늘 하루 종일 그를 지켜봤기에 토르는 이제 알았다. 저를 마주할 때면 생글생글 웃는 레이먼드의 반반한 낯에 떠오르는 미세한 우월감을.

"……."

마땅히 축하한다고 인사를 건네야 하지만 입에 무언가라도 바른 듯 쉽사리 말이 나오지 않는다. 이유를 안다는 듯이 빙글거리며 저를 빤히 바라보는 그 여유 만만한 얼굴을 보자 약이 올랐다.

토르가 말없이 그와 시선을 마주하고 있는 사이, 지근거리에서 경솔하게 입을 놀리던 일행 중 불퉁하게 입을 다물고 있던 한 명이 레이먼드의 앞으로 나섰다.

"아, 올린 영식. 약혼을 축하드립니다."

"감사합니다. 다만, 아직 정식 약혼을 한 것은 아닙니다."

"그래도 '별다른 일'이 없는 이상 후작령으로 돌아가시면 바로 약혼을 하실 테니……."

마치 별다른 일이 생기기라도 바라는 말투였다. 어딘가의 자작가 영식이라고 했나. 짧은 시일에도 특유의 명석한 머리로 초대받은 이들의 면면을 대강 파악해 두었던 레이먼드의 눈이 가늘어졌다.

게다가 미약하게 술 냄새가 풍기는 걸 보니 남자는 벌써 꽤 취한 듯했다. 영지가 작고 척박하여 황도에 내내 머무르며 줄을 대기 위해 필사적이라고 들었는데 이 연회에 참석할 기회를 용케 잡은 모양이다.

이내 남자의 눈길이 레이먼드의 해사한 얼굴과 값비싼 옷차림을 스치듯 훑었다. 그 시선에서 아까의 발언처럼 아카데미 졸업생이라는 것을 제외하고는 잘난 외모 하나로 대단한 가문에 입성하게 된 것이 아닌가 하는 질시와 부러움이 진하게 묻어 나왔다.

대놓고 말하는 이가 없어서 그렇지 셰리와의 약혼이 결정된 이후 수없이 받아 온 눈초리 중 하나라 레이먼드는 이제 꽤 덤덤하게 받아들였다. 제 취급이 나아졌다고는 하나 아직까지는 제대로 된 영지도 없이 이름뿐인 남작가 영식에 불과한 것도 사실이었으니까.

그러나 이제 레이먼드는 그런 류의 자격지심으로 상처받지 않았다. 셰리에게 선택받은 데에 외모 덕을 보지 않았다면 거짓말일 테다. 하지만 단순히 외양뿐이라면 제 앞에 서 있는 토르가 보다 먼저 고려되었을 것이다.

종종 아카데미의 문턱도 넘어 보지 못한 자들 중에서 졸업생들을 신분만으로 찍어 누르려는 시도가 없는 것은 아니었다. 하지만 연구소를 포함해 마탑의 이름 아래에 있는 모든 기관은 철저한 실력제로 운용된다. 이쪽은 단순한 아카데미 입학과는 달리 신분이 통용될 여지마저 완전히 차단된 세계였다. 신분이 통하지 않는 철저한 실력제였다.

알면서도 그를 낮잡아 본다는 것은 현실감각이 떨어진다는 말과 진배없었다. 그도 아니면 그 정도의 정보조차 닿지 못할 만큼 권력의 중심부에서 멀어진 자이거나.

눈앞의 남자에게서 빠르게 흥미를 잃어버린 레이먼드의 옆으로 그자의 일행이 초조한 기색을 내비치며 다가왔다.

"이 녀석이 술이 많이 취한 모양입니다."

"그러게나 말일세. 아, 그럼 혼인도 후작령에서 이루어지겠군요."

셋 중 가장 신분이 높아 보이는 남자가 레이먼드에게 건방지게 굴었던 영식을 빨리 치우라며 다른 이에게 눈짓했다. 여전히 끌려 나가지 않으려 버티는 사내에게 레이먼드의 시선이 오래 머무르자 그들은 더욱 초조해진 것 같았다.

"오늘 공녀님과 영식이 나란히 서 있는 모습을 보자니 미래가 기대되지 뭡니까."

"……그렇습니까."

이 틈을 타 기둥 안쪽으로 깊숙하게 몸을 숨기려는 토르에게로 레이먼드의 눈이 잠시지만 분명하게 스쳐 지나갔다. 마치 그가 듣고 있는지 아닌지를 확인하는 것처럼.

"아, 그러니까. 그러니까……. 그렇지! 두 분께서 후계를 보신다면 제국에서 가장 아름다운 아기님을 볼 수 있지 않겠습니까?"

제 발언이 레이먼드의 관심을 그다지 끌지 못한다는 것을 알아챈 남자가 횡설수설 말을 이어 나갔다. 아직 약혼도 제대로 치러지지 않은 시기에 후계자가 언급되자 그제야 레이먼드의 고개가 그를 향해 돌아갔다. 그리고 이곳에서 멀어지려 급히 발걸음을 옮기던 토르도 남자의 말에 멈칫했다.

"저와, 셰리 님의 후계 말씀이십니까."

드디어 그 새파란 눈동자에 자신이 들었음을 알고 신이 난 남자는 이때다 싶어 손을 비비기 시작했다.

"모두가 벌써 그날을 기다리고 있답니다. 두 분 모두 출중한 외모이시니 어느 쪽을 닮더라도……."

"셰리 님의 아이이니 머리색만은 분명히 붉겠죠."

"아아! 그렇죠, 그렇죠! 후작가의 직계는 역시 홍염 같은 머리카락 아니겠습니까."

기사들의 기세에 대해 거의 아는 바가 없는 레이먼드가 느끼기에도 토르가 몸을 숨기고 선 기둥 안쪽으로 열기가 느껴지는 것 같았다. 정부가 되라는 제안에도 더없이 초연한 것처럼 굴더니 역시 후계 문제에까지 그럴 수는 없던 모양이다. 특히 본인이 서자 출신이었던 만큼 아이 이야기에는 민감할 수밖에 없을 터였다.

애초에 그가 의도했던 방향의 대화는 아니었지만 외려 토르가 제 처지를 깨닫게 하는 데에는 더없이 효과적이었다. 그래서 레이먼드는 다시 볼일이 없을 것 같은 하급 지방 귀족 사내에게도 빙긋 웃음을 지어 주었다.

"성별에 관계없이 셰리 님을 많이 닮았으면 좋겠습니다."

"붉은 머리카락에 영식을 닮은 파란 눈이라니……. 벌써 대륙의 모든 화가들이 그 모습을 그리지 못해 안달이 나겠습니다, 그려. 허허허."

"……."

그리고 한순간 레이먼드의 눈가로 쏘아지듯 시린 시선이 강하게 닿았다가 떨어져 나갔다. 이번에는 굳이 돌아보지 않아도 누구의 것인지 명백했다.

XIII. 호위 기사의 도발

'오랜 친우'라던 에드윈이 약혼 발표 파티에 불참했지만 다음 날 그는 보란 듯이 마차 한가득 선물을 보내 왔다. 그 덕에 다시 한번 공작가와 후작가 사이의 불화설에 불을 지펴 보려던 호사가들의 관심은 금세 사그라들었다.

몇 년 만의 황실 주최 연회에, 그동안 가문의 문을 닫다시피 한 미하르쉘 후작가의 저택 개방까지. 모처럼 황도 사교계는 전에 없이 북적거렸다.

많은 비용을 들여 황도로 올라온 지방 귀족들은 중앙 사교계에 편입될 기회를 놓치고 싶어 하지 않았다. 게다가 굳이 셰리와 같이 유력 가문 후계자의 혼사 문제가 아니더라도 사교계에 새로이 등장한 인사들 덕에 웬만한 사건이 아니고서야 화젯거리로 길게 오르내리지 못했다.

그래서 셰리는 모두의 이목이 제게 집중된 이때, 아카데미와 마탑으로의 공식 방문을 서둘렀다. 명목상은 아카데미와 마탑 모두에 적을 둔 레이먼드와의 약혼을 알리기 위함이었지만 다른 계산이 전혀 없다고 할 수는 없었다.

그동안 미처 생각지 못했는데 레이먼드를 보고 나니 적당한 인재를 미리 자금력으로 포섭해 두는 일에 아카데미만 한 곳이 없었다. 일단 신분이 아닌 실력으로 아카데미에 입학한다는 사실만으로도 절반의 검증은 끝난 셈이니까.

황도로 되돌아온 이상 사교계에 얼굴은 비추어야 했기에 셰리는 시간을 쪼개어 간단한 오찬 초대에 응하고 돌아왔다. 그런 그녀의 시야에 멀찍이 세워져 있는 남작가의 마차가 들어왔다.

"올린 영식이 응접실에서 기다리고 있습니다."

"아직 약속한 시간도 아닌데 벌써?"

셰리와 집사 데릭의 대화에 그녀의 손을 잡아 마차에서 내리는 것을 돕던 토르의 몸이 순간 움찔했다. 약혼 발표 파티 이후 벌써 일주일가량이 지났는데도 그때 느낀 패배감은 여전히 그의 심장을 선뜩하게 파고들었다.

셰리의 옆자리를 당당하게 버티고 선 다른 이의 존재만으로도 숨이 턱턱 막힐 정도로 괴로웠는데. 그날 토르는 제가 아가씨의 곁에 계속 머무르게 된다면 그녀와 그 남자의 아이까지 감수해야 한다는 사실을 처음 깨달았다. 그건, 그저 셰리가 저 아닌 사내와도 친밀한 관계가 된다는 것과 비교할 수도 없을 만큼의 충격이었다.

붉은 머리카락에 유리구슬 같은 새파란 눈동자.

거기까지 상상하자 주변의 시간이 정지하고 홀 안 모든 공기의 흐름이 일제히 제 목줄을 꽉 틀어쥐어 질식시키기라도 하려는 것 같았다. 마침 옆의 기둥에 몸을 기댈 수 있었기에 망정이지, 주위에 아무것도 없었다면 볼썽사납게 주저앉을 뻔 했다.

제가 그 끔찍한 현실을 견딜 수 있을까. 더한 지옥을 두 눈으로 목도하고 미쳐 버리기 전에 차라리 떠나는 게 낫지 않을까.

깜박깜박, 시야가 까맣게 점멸했다가 돌아오는 짧은 순간에도 토르의 머리와 가슴은 서로 다른 답을 내놓았다. 그러나 언제나와 같이 그는 또다시 제 마음이 이끄는 대로 속절없이 끌려가는 선택지를 고르고야 말았다.

곁에서 고통받더라도 셰리의 눈과 손길이 닿는 그 찰나의 달콤한 감각을 포기할 수가 없다. 어쩔 수 없이 다른 남자와 혼인을 하시지만 언젠가 아가씨의 진정한 애정을 받는 것은 어쩌면, 어쩌면 제가 되지 않을까. 그런 털끝만큼의 가능성이라도 존재하는 이상 자신은 절대로 먼저 셰리를 끊어 낼 수 없었다.

그리고 이젠 제 마음이, 제 감정이 너무 멀리 와 버렸다. 계속되는 고뇌조차 이미 확고한 사실을 재확인해 주는 데 지나지 않는다는 걸 토르는 지나치리만큼 잘, 알았다.

한편 레이먼드가 와 있다는 사실을 알자마자 급격하게 흔들리는 토르의 눈을 본 셰리가 조심스레 제안했다.

"그럼, 토르는 오후 일정은 다른 호위에게 맡기고……."

"아닙니다. 제가 이후까지 수행하겠습니다."

얼마 되지 않는 시간동안 무슨 결심을 했는지 토르의 눈빛이 다시 단단해졌다. 그러고는 여전히 제게 잡힌 채인 셰리의 손을 다시 한번 힘주어 잡았다.

"레이, 왜 이렇게 일찍 왔어요."

"오랜만에 셰리 님을 뵙는다고 생각하니 어쩐지 설레서……."

후작저의 가장 좋은 응접실로 안내받은 레이먼드는 폭신한 소파에 기대앉아 그녀를 기다리고 있었다. 커다란 창문을 통해 쏟아져 들어오는 햇빛이 그의 화려한 금발을 타고 반짝이며 흘러내렸다. 그러나 셰리의 이목을 끈 것은 신성하기까지 한 외양보다도 진심을 다해 눈을 휘어 웃는 얼굴이었다.

끝까지 잇지 못한 말이 사실인지 잠이라도 설친 양 눈 밑이 살짝 거뭇해 보였다. 그러나 워낙 화사하게 웃는지라 어두운 그늘마저 이내 그 미소에 묻혀 사라졌다.

"음, 옷을 갈아입어야 할 것 같은데. 얼마 걸리지는 않을 테니 제 방 응접실에서 기다리겠어요?"

"아, 셰리 님의…… 방, 말입니까."

"후작령의 제 방보다는 조촐하지만 이제 레이는 그냥 손님이 아니니까요."

눈을 동그랗게 뜬 채 쑥스러워하는 레이먼드의 모습에 셰리도 어쩐지 머쓱한 기분이 들었다. 하지만 곧 약혼하기로 공표까지 했는데 계속해서 손님용 응접실에만 머물게 할 수는 없으니까.

어찌 되었든 혼인을 하고 나면 그녀에게 유일한 남자가 될 자이므로 서서히 익숙해져야 한다. 머리로는 알고 있는데도 조금 전에 보았던 토르의 쓸쓸한 표정이 다시금 셰리의 눈앞을 어지럽혔다. 재빨리 눈을 깜박여 그 모습을 마저 털어내었다.

"그럼 나는 그 옆의 투왈렛 룸에서 갈아입어야 하니, 집사를 보낼게요."

"천천히 준비하셔도 됩니다. 기다릴 수 있습니다. 시간은, 많으니까요."

진심으로 즐겁다는 듯 올라간 입꼬리와 깊게 패어 들어간 볼우물은 확실히 매력적이었다. 빠른 눈치로 가끔 저렇게 의미심장한 말을 꺼내 그녀를 가늠하려 들어서 그렇지, 확실히 레이먼드만 한 부군감은 없었다.

처음 보았을 때부터 기이할 정도로 호감을 보이는 것이 늘 마음에 걸리기는 했다. 하지만 제 외모로 인한 개연성을 한두 번 겪는 셰리가 아니었다. 게다가 종종 드는 기시감을 제외하고는 딱히 트집을 잡기도 애매하다. 그래서 이번에도 그녀의 의심은 오래 이어지지 못했다.

'그래, 다른 것도 아니고 좋아한다는데 뭘. 굳이 의심할 필요도 없지.'

잠시 고개를 갸우뚱하던 셰리는 응접실을 나오자마자 맞닥뜨린 집사에게 지시를 내리고 서둘러 자리를 떴다.

* * *

"들어와."

오찬을 위해 입은 드레스를 벗어 내는 데 어려움을 겪고 있던 셰리가 때

마침 들려온 노크 소리에 반색하며 사용인을 들였다.

"화장은 됐으니까 이걸로 빨리 갈아입혀 줘."

"……."

"아니, 먼저 이리 와서 여기 리본부터……."

셰리는 등허리 부근에 매인 끈을 풀어내려 낑낑대다 대답이 없자 무심코 뒤돌아보았다. 그런 그녀의 얼굴에 금세 아연한 기색이 어렸다.

"토르?"

"예, 셰리 님."

투월렛 룸의 문을 등지고 선 토르의 보랏빛 눈동자가 기이하게 짙었다. 가라앉은 낯과는 대조적으로 셰리의 부름에 여상하게 대답한 토르가 성큼 성큼 그녀에게로 다가왔다.

"뭐, 뭐 하는 거야. 여길 왜 들어와?"

"저번에 주신다던 그 '기회'. 지금 받아도 되겠습니까?"

"갑자기 무슨……. 지금?"

"금방, 끝낼 수 있습니다."

도대체 뭘 금방 끝낸다는 소린지. 단단히 각오한 듯한 토르의 기세에 밀려 말을 잃은 셰리의 허리 뒤로 그의 두 팔이 불쑥 뻗어 나왔다.

"잠깐! 뭘 하려고!"

"옆방 응접실에 그 영식이 와 있습니다."

"……."

그러고 보니 본래 하나의 큰 공간이었던 셰리의 응접실을 쪼개어 만든 간이 투월렛 룸은 다른 방에 비해 방음이 약했다.

그녀의 뒤로 손을 뻗어 간단하게 품 안에 가둔 토르의 가슴을 셰리가 반사적으로 밀어냈다. 원래 이런 적이 없는 그였기에 이런 모습이 낯설면서도 놀랐는지 심장이 불규칙하게 뛰었다.

"내가 말한 건 이런 '기회'가 아니었어!"

토르의 박력에 제가 밀렸다는 것을 애써 부정하며 셰리는 눈을 치켜뜬 채 작게 속삭이듯 질책했다. 한 줌도 되지 않을 미약한 힘으로 그를 밀어내며 짐짓 화난 척하는 얼굴마저 어여뻐 보여서 토르는 작게 침음을 흘렸다.

멀리서 바라볼 때나 많은 이들이 있는 자리에서는 손끝에도 닿지 못할 것 같은 고고한 공녀님이지만……. 이렇게 둘만 있거나 침대 위에서의 저와 아가씨는 그저 한 사람의 여자고 남자일 뿐이었다.

잔뜩 당황하여 발그레해진 볼을 보아하니 제 목적과 다른 걸 생각하고 계신 것 같다.

그러나 자신이 아무리 요즘 질투로 머리가 복잡하다고는 해도 이성을 잃지는 않았다. 차라리 스스로의 사랑과 감정에 취해 앞뒤 재지 않고 부딪혀 오는 성정을 가졌다면 훨씬 덜 괴로웠을까.

자조적인 미소를 매단 채 토르의 손이 셰리의 등 뒤에서 분주하게 움직였다. 몇 번 해 보았다고 어느새 그녀의 리본 장식을 풀어내는 데에도 익숙해졌다.

"리본, 풀어 달라고 하시지 않았습니까."

"……고작 리본 풀어 주는 데에 기회를 쓴다고? 내가 바보 줄 알아?"

'고작 리본'이라는 셰리의 말에 토르는 얼음덩어리라도 삼킨 듯 가슴께가 서늘해졌다. 여태껏 아가씨와 깊은 관계가 된 것을 후회한 적은 없다. 하지만 종종 이렇게 저와 셰리의 감정의 무게가 확연하게 다름을 느끼게 될 때면 어쩔 수 없이 속이 쓰렸다.

비록 이번이 그녀의 환복을 도우려는 순수한 목적이었다고 해도, 평소에도 제게 주어진 단둘만의 시간은 흔하지 않았다. 그런 그에게 '기회'란 아꼈다가 적재적소에 쓰일 수 있는 게 아니었다. 언제 끝이 날지 모르는 관계에서 그 기회가 어떻게 그대로 증발해 버릴 줄 알고.

침울해하던 것도 잠시. 실컷 버둥거리다 지쳤는지 제 두 팔에 매달린 아가씨를 보자 또 불쑥 나쁜 충동이 솟아올랐다. 그러나 그는 정말로 그럴 의도로 셰리에게 찾아온 것이 아니었다.

그저, 단지 그저 생각이 났을 뿐이다. 며칠 전, 에드윈의 향을 잔뜩 묻히고 귀가했던 아가씨의 모습이……. 그리고 그렇게 진하게 향이 배어들기 위해 두 사람이 했을 그 무언가를 상상하고 질투로 찢어질 것 같았던 제 심정이.

얼마 전 약혼 발표 파티에서 자신만만하기만 했던 레이먼드에게도 그걸 알게 하고 싶었다. 그때, 토르의 상념을 비집고 의아한 기색의 목소리가 들려왔다.

"음? 토르. 향수 뿌렸어?"

순간 자신의 진짜 목적을 들킨 것만 같아 토르의 얼굴이 당황으로 굳었다. 차라리 지금이라도 그녀에게 솔직하게 털어놓는 게 낫지 않을까. 그런데 그 와중에도 셰리가 제 자그마한 변화를 알아줬다는 사실에 또다시 미약한 기대 감과 설렘이 슬며시 고개를 들었다.

"……네, 셰리 님께서 이런 향을 좋아하신다고 들어서."

평소 토르의 머리색처럼 상큼하고 싱그러운 체취는 아니었지만 조금 묵직한 우디 향도 그와 제법 잘 어울렸다. 딱히 어떠한 향에 호불호가 갈리지 않는 셰리인데도 그의 체취와 섞인 이런 독특한 느낌이 나쁘지 않다는 생각을 했다.

안 그래도 엘프처럼 생겼다고 소문이 자자한데 숲속에 들어온 것 같은 이런 내음이라니. 잎사귀가 무성하게 들어찬 커다란 고목 아래 서늘한 그늘에서 눈을 감고 기댄 기분이다.

"윽……. 셰리 님."

셰리가 저도 모르게 그의 목덜미에 얼굴을 가까이 했던 모양이다. 갑작스럽게 좁혀진 거리와 오랜만의 접촉으로 토르의 얼굴이 빨갛게 달아올랐다. 늘 그러듯 그녀를 밀어내려다 순간 눈빛을 바꾼 토르가 셰리를 그대로 꼭 끌어안았다.

"앗! 왜 그래?"

"아무것도 묻지 말고 이대로 계셔 주시면 됩니다. 제게는 이 정도 기회면 족합니다."

"······."

그제야 셰리는 제 생각과는 달리 토르가 그렇게 음흉한 마음을 품고 그녀를 찾은 것은 아니란 걸 깨달았다. 잠깐 둘이 이야기를 나눌 시간조차 없었으니 이러한 신체적 접촉도 토르에게는 간절한 일이었을까. 그도 그럴 게 최근엔 이런저런 일이 많아 그와 닿을 일이 좀처럼 없었다.

"미안해, 미안해. 토르."

"······아닙니다."

입으로는 괜찮다고 하면서 셰리의 목덜미로 더욱 깊게 파고드는 것을 보아 토르의 마음고생이 짐작되어 그녀의 마음도 아려 왔다. 그래서 반쯤은 충동적으로 팔을 뻗어 그의 목 뒤를 감싸며 힘껏 매달렸다.

까치발을 들어 불안정하게 바들거리면서도 토르에게 닿고 싶어 하는 셰리를 알았는지 그가 구부정하게 자세를 낮춰 주었다. 덕분에 폭 안길 수 있어 편안했다.

이 따뜻하고 안온한 감각은 도대체 뭘까. 왜 여태 토르 외의 남자들에게는 이런 느낌을 받지 못했을까.

관계를 하며 깊게 몸이 얽혀 들어야 느껴지던 체취에 비해 향수의 향이 다소 진하긴 했지만 셰리는 그것마저 좋았다.

남자와의 접촉은 관계로 이어지는 중간 단계일 뿐이라고 생각했는데 이렇게 단순한 포옹 자체만으로도 충족되는 기분이 드는구나.

몸의 경험은 많아도 토르에 비하면 지나치게 때늦은 감이 있는 생경한 감정이 셰리에게도 찾아왔다. 이대로 서로 껴안고만 있어도 좋은 거라면 혼인 후에도 토르는 곁에 둬도 되지 않을까.

그 역시 정부라도 되겠다는 선택지를 골랐으니 제가 마음만 바꿔서 레이먼드에게 동의만 얻으면 이 느낌을 잃지 않을 수 있지 않을까.

사람의 마음이라는 것이 참으로 간사해서 다른 길이 존재한다는 것을 알게 되니 그 길로도 가 보고 싶은 마음이 생긴다. 그래서인지 그날 화를 냈던 것이 무색하게도 괜찮다는 생각은 어느새 그의 품 안에서 완전히 녹아 사르르 사라졌다. 대신.

"음?"

"아……."

점점 더 깊숙하게 안기다 보니 저절로 토르의 다리 사이로 파고들게 되어 새롭게 느껴지는 감각이 있었다. 셰리의 몸에 와 닿는 묵직하고 뜨거운 이 질량감이 익숙했다. 그녀와 깊은 관계가 되기 전도 아니고 이미 해 볼 만한 것은 다 해 본 사이인데, 그저 가벼운 포옹만으로 이렇게……?

셰리가 제 상태를 알아챘다는 것을 깨달은 토르가 몸을 뒤로 물리려 애를 썼다.

"셰리 님. 팔 좀……."

"정말 이렇게 껴안고만 있어도 괜찮아?"

"윽. 이제, 이 정도면. 저는 괜찮……."

"고작 이걸 하겠다고 '기회'를 달라고 했단 말이야?"

토르가 차마 먼저 그녀의 팔을 떨치지 못하는 것을 뻔히 알기에 셰리는 빙글거리며 더 깊숙하게 품 안으로 파고들었다. 결국 참지 못한 그가 허리를 빼려 하자 급기야 셰리는 한쪽 다리를 들어 토르가 가장 피하고자 했던 곳을 가볍게 스치기까지 했다.

"제발, 제발. 셰리 님. 저는 셰리 님께서 생각하는 그런……. 읏."

"으응, 간지러워."

셰리에게 희롱당하면서도 혹시 아가씨가 불편해할까 여태 굽힌 몸을 펴지도 못하는 토르의 목소리가 절박하게 그녀의 귀를 간지럽혔다.

차라리 그에게 음흉한 속내가 있어서 제게도 기회를 달라 운운한 거였다면 셰리의 은근한 유혹을 순수하게 기뻐하기라도 했을 텐데…….

계략이라고 하기도 민망한 이 급조된 계획은 조금 전 레이먼드가 도착했다는 말에 충동적으로 떠올랐을 뿐이었다. 옅은 제 체취 대신 짧은 시간 동안 즉각적인 효과를 낼 방법으로 선택한 게 향수를 마구 뿌리는 것이었으니 만큼. 심지어 처음에는 끌어안는 것 같은 직접적인 신체 접촉조차 계획된 것이 아니었다.

당연하게도 즉석에서 급조된 이 어설픈 작전엔 셰리가 갑작스러운 그의 포옹을 어떻게 받아들이고 반응할지는 고려되지 않았다. 그래서 그녀가 순순히 받아들여 주는 것을 넘어 역으로 토르를 유혹해 오자 머뭇거리면서도 그 이상의 욕심이 불쑥 솟았다.

예를 들어, 앞으로 레이먼드와 약혼을 하고 결혼을 하더라도 아가씨의 침대 위를 덮히는 남자는 저뿐이었으면 좋겠다는 것이라든가……

최근의 자신은 정말로 어딘가가 고장이 나 버린 게 분명했다. 아가씨가 그저 저를 품어 주시는 것에 만족하던 모습은 온데간데없어지고 셰리의 과거와 현재, 미래까지 갖고 싶어 안달이 나 있었으니까. 그러한 제 변화에 불을 당긴 건 에드윈과 레이먼드의 존재였다. 특히, 레이먼드의 노골적인 도발을 알아채지 못할 만큼 토르는 바보가 아니었다.

아까 잠시 끊어졌던 토르의 상념이 다시 이어졌다.

안 그래도 레이먼드에게 지독한 열패감을 갖고 있는 그다. 하지만 귀족 간의 결합은 으레 그러려니 여기고 셰리와 그 자의 혼인 이후를 생각하지 않으려 애썼다.

그랬는데, 며칠 전 아가씨의 약혼 발표 파티에서 들었던 이야기는 더 이상 토르를 가만히 있지 못하게 만들었다. 아직 몇 년은 더 남았으리라고 막연하게 생각했던 셰리와 제 관계의 끝이 선연하게 느껴져서 도저히 가만히 있을 수가 없었다.

"셰리 님."

"응?"

요 며칠간 그의 속을 송두리째 뒤집어 놓았던 것도 모르고 아가씨는 여전히 방글방글 웃으며 올려다보셨다. 그런 그녀의 모습에 토르의 입가에도 결국 작은 웃음이 번졌다. 저의 처음이라는 처음은 모두 가져가 놓고 다른 남자에게도 곁을 내주는, 야속한 분인데.

얼굴만 마주하고 있으면 그동안 고뇌하고 괴로워했던 모든 것이 아무래도 상관없어지는 것 같은 건 어째서일까. 아직도 제가 아가씨에게 좋아한다고 고백하고 그녀도 같은 마음이라며 마주 안아 주는 상상을 하곤 한다. 하지만 이제는 그런 오래된 망상을 재현해서 다시 셰리에게 외면당했을 때, 버텨 낼 자신이 없었다.

"이 정도는 나한테 그냥 해 달라고 하면 되잖아. 더 하고 싶은 말, 정말 없어?"

토르가 무슨 생각을 하는지 짐작도 하지 못하기에 셰리는 그가 '기회'를 고작 이렇게 사용하고 끝낸다는 것을 믿을 수 없었다. 처음에는 어땠는지 몰라도 방금 몸 상태를 보았을 때 분명 더 바라는 게 생겼을 텐데.

굳이 육체적인 요구가 아니라도 저를 유일한 정부로 삼아 달라 청할 생각은 전혀 하지 않는 걸까. 차라리 노골적인 독점욕을 한 자락 내비쳤다면 그녀도 한 번쯤은 재고할 용의가 있었다. 그날 마차에서 봤던 토르의 결연한 눈빛이 떠오르자, 어쩐지 제가 더 아쉬웠다.

토르는 욕망과 두려움 사이에서 아슬아슬하게 줄을 타며 마지막의 마지막까지도 망설이면서 입술만 달싹이다 입을 열었다.

"들어주실지 아닐지 모르는 일에 귀중한 기회를 낭비할 수야 없지요."

"……."

비꼬려는 의도 따위는 느껴지지 않은 덤덤한 음성이었다. 하지만 역설적으로 잠시 느슨해졌던 그의 팔에 힘이 들어갔다. 그리고 동시에 셰리는 더욱 강하게 끌어안겼다.

"저는, 이걸로도 만족합니다."

여태 토르만큼 곁에 두고 자주 찾았던 남자는 없었다. 아마 그는 알 수 없는 일이겠지만, 정말로 셰리는 관계 당시의 목적만 달성하면 한번 지나간 남자 따위는 기억도 못 하는 편이었다. 그렇게 한번 스쳐 간 이들도 어쩌면 저는 특별하지 않을까 하는 기대로 눈을 반짝이던데 너는 왜 욕심을 내지 않는 걸까. 다그치듯 묻고 싶은 마음이 턱밑까지 차올랐다.

그러나 셰리는 침음과 함께 그 다그침을 삼켜 내는 데 성공했다. 토르 말대로 그가 애원한다고 해서 들어주지도 않을 말이면서. 제가 지금 그를 몰아붙이는 일이 얼마나 기만적인 행위인지 다시금 깨달은 탓이다. 뭐가 그를 이렇게 겁쟁이로 만들었을까.

"그럼 왜 지금이야?"

레이먼드가 방 너머 기다리는, 얼마 남지도 않은 시간을 틈타 굳이 몰래 들어올 이유가 있었나.

순간 제 추악한 감정과 의도를 들켰나 싶어 토르가 움찔했다. 솔직하게 말해 볼까? 당신에게 내 흔적을 남겨서 저 남자에게 내보이고 싶어서라고.

"평소엔 뿌리지도 않던 향수까지 이렇게 범벅을 해서는……."

점차 굳어가는 토르의 뒷머리를 도닥거리며 셰리는 점차 사실에 가까운 추론을 이어 갔다.

"이렇게 토르 냄새에 날 절여서 레이먼드 앞에 과시라도 하고 싶었어?"

"과시, 과시까지는 아닙니다. 그저……."

토르가 처음부터 혼자 이런 깜찍한 짓을 계획하고 떠올린 것은 아니었다. 아마 며칠 전의 그였다면 레이먼드와 셰리의 뒷모습을 바라보며 기껏해야 주먹을 꽉 쥐고 입술을 깨무는 것이 고작일 터였다. 셰리가 에드윈의 체향을 잔뜩 두르고 귀가해 그의 속을 발칵 뒤집었던 일이 없었다면 절대 혼자서는 생각해 내지도 못할 발상이었다.

하지만 역시, 아가씨는 다 알고 계셨다. 그럼 이제 과연 어떤 반응을 보여 주실까. 화를 내실까?

애써 기억하지 않으려 했지만 이전에 섣불리 몰래 고백했다가 그녀의 시야 밖에 밀려났던 일이 다시금 떠올랐다. 그에 토르의 눈이 고통스러움으로 물들다 못해 끝내 꽉 잠겨 들었다.

"······죄송합니다."

모른 척해 주고 싶어도 참으로 투명하게 보이는 의도가 아닌가. 잔뜩 긴장한 토르의 뒤통수를 여태 쓰다듬던 셰리는 제가 화가 나지 않았다는 사실에 내심 놀랐다. 아마 이전 같으면 선을 넘었다면서 당장에 그를 밀어내 버렸을 텐데.

그렇지만 겨우 생각해 낸 것이 저를 꽉 껴안아서 향기를 묻히는 것이라니. 화가 나기는커녕, 셰리가 그의 순정을 배반한 대가치고는 너무도 가볍고 하찮은 질투라서 귀엽기까지 했다. 약은 구석이 없는 성정의 에드윈조차 그녀의 곤란한 처지를 이용해서 밤을 요구했었는데······.

어쩐지 기특한 마음이 들어 셰리는 그의 목을 감은 팔에 힘을 준 채 뺨에 촉, 하고 가볍게 입을 가져다 대었다.

"아. 저는 이런 건, 이렇게까지는······."

"정말 이 정도도 바라지 않는 거야?"

"······."

거짓말을 하니 입을 꾹 다물어 버리는 성격도 이전엔 답답하게만 느껴졌는데······. 언제부터 그런 마음이 들지 않게 되었는지 모를 노릇이다.

서로의 침묵이 길어지자 다급해진 토르가 무어라 변명이라도 하려 입을 열려는 순간, 셰리가 먼저 고개를 기울여 그에게 입을 맞췄다.

"읍!"

깜짝 놀라 동그랗게 눈을 뜬 토르의 시야에 이미 살포시 감긴 셰리의 눈이 들어왔다. 그다음으로는 발갛게 달아오른 눈가에 시선이 닿았다. 그가 익히 잘 아는 작고 도톰한 입술을 열심히 움직여 제 입을 어떻게든 온전히 삼켜 보려는 시도가 그렇게 사랑스러울 수가 없다.

건방지다며 혼을 내시는 게 아니라 이렇게 제멋대로이기까지 한 제 마음을 받아 주시면 이다음에는 제가 어디까지 더 욕심을 내게 될까 두려웠다. 하지만 그런 생각과는 달리 너무도 오랜만에 느끼는 말캉하고 달콤한 감각에 취해 토르 역시 정신없이 셰리의 숨을 함께 들이켜며 매달렸다.

"으응, 흡."

그럴 의도가 없었다고 계속 강조했던 것이 무색하게 셰리보다 토르가 더 절박하게 그녀에게 매달렸다. 며칠 굶다가 흰 빵을 허겁지겁 맛보는 아이처럼 이미 제 입술로 셰리를 가득 덮고도 더 간절하게 그녀를 갈구했다. 조금만 더, 여기서 좀 더 깊게 파고들고 싶었다.

두껍지 않은 벽 너머 아가씨를 기다리고 있을 레이먼드며, 불과 몇 분 전 문 밖에서 노크를 망설이면서 초조하게 서성였던 사실 따위는 새까맣게 잊었다.

셰리의 가냘픈 등허리를 소중하게 감싸고 있던 토르의 팔에는 어느새 힘이 들어가 그녀의 몸을 제게 더 가까이 붙이지 못해 안달이었다. 아이 다루듯 가볍게 셰리를 안아 올린 토르는 부드러운 입술 안쪽의 감각에 여전히 취한 채 저도 모르게 소파로 발을 옮겼다.

'……뭔가 달라, 역시.'

단순한 성욕 때문이 아니라 마음이 아릿해져 올만큼 그녀 자체를 원하는 감정이 오롯이 느껴졌다. 셰리는 어쩐지 눈물이 날 것만 같았다. 간간이 넘어오는 입맞춤 사이의 숨결이 어느 때보다도 달다.

"음……?"

그래서 셰리는 제 몸이 어느새 소파에 앉은 토르의 위로 안착해 있다는 사실도 뒤늦게야 인지했다. 안정적인 자세를 취하게 되자 혀를 밀어 넣어 오는 토르를 잠시 제지하고 고개를 떼어냈다. 그리고 그녀는 사랑에 들떠서 어쩔 줄 모르는 보랏빛 눈동자와 마주했다.

단순한 애욕뿐 아니라 질투로 인한 미약한 광기로 번들거리는 그의 눈이 셰리의 심장을 뛰게 만들었다. 이전까지의 저는 누군가의 이런 짙은 감정이 느껴질라치면 숨부터 막혀 했다. 그런데 언제부터인가 토르가 미처 감추지 못하고 내비치는 진득한 독점욕 끄트머리를 엿보게 되어도 불쾌하지 않았다.

"아……!"

셰리의 시선이 제게 꽂혀 유심히 살피고 있다는 것을 눈치챘는지 토르는 흠칫 놀라 그녀의 등을 끌어안았다. 미처 갈무리하지 못한 날것의 감정이 눈에 그대로 드러났을지도 모른다. 거기까지 생각하자 불안함에 약간 흐느끼는 음성이 토르의 앙다문 잇새로 새어나왔다.

그 와중에도 다음에 올 단계를 학습한 그의 분신은 주인의 의지와는 다르게 제 존재감을 여실히 드러냈다. 게다가 셰리의 반응을 기억하고 제멋대로 뭉근하게 비벼 대기까지 한다.

"앗! 토르……."

뜨겁고 단단한 남자의 품에 꽉 끌어안긴 채 점차 더 부풀어 오르는 아찔한 감각에 그대로 노출됐다. 그래서인지 셰리의 몸에도 점차 열기가 옮았다. 술이라고는 한 방울도 마시지 않았음에도 이성이 점차 흐려지기 시작했다. 하지만 그녀는 온전한 제 의지로 그 흐름을 굳이 붙잡지 않았다.

토르의 품에서 고개를 떼어 낸 셰리의 눈동자는 오히려 그 어느 때보다 또렷하게 빛이 났다.

"나, 하고 싶어."

"예? 뭐, 뭘……."

방금 전까지만 해도 그녀를 집어삼키고 싶다는 듯 집요하게 응시하던 눈빛은 오간 데 없었다. 토르는 당황해서 말까지 더듬었다. 그제야 제가 허락도 없이 셰리를 껴안고 있었다는 사실에 생각이 미쳤다. 그것도 너무 오래.

이층 계단을 오르던 시중 담당 사용인에게 집사가 찾는다고 거짓말까지 해서 얻은 시간이었다. 그러니 곧 데릭이 이상한 것을 눈치채고 이곳으로 찾아올지도 몰랐다. 아무리 데릭이 저와 그녀의 관계를 묵인하고 있다고는 해도 이런 상황까지 그냥 보아 넘기진 않을 테다. 미혼 시절의 불장난에 그치는 것이 아니라 아가씨의 약혼자를 기만하려 하는 호위를 어느 가문의 집사가 그냥 보아 넘길까. 이제는 정말로 셰리의 환복을 도와야 한다.

영원히 놓아주지 않을 것처럼 그녀를 허리를 잡고 있던 손에서 힘을 뺀 토르가 허둥대기 시작했다.

"그, 이제는…… 옷도 갈아입으셔야 하고."

"그럼, 넣기만 할까?"

"아니, 누가 오기라도 하면……."

벌써 귓가가 벌겋게 물들었으면서 토르는 괜히 두리번거리며 상체를 뒤로 빼려 했다. 그런 그의 어깨 위로 셰리의 두 팔이 느긋하게 걸쳐졌다. 토르의 마음을 다 안다는 듯 빙글거리는 웃음도 함께.

"아까 문 잠그지 않았어?"

"……."

"왜 잠근 건데?"

다시금 가까이 다가온 셰리의 시선을 피하느라 갈피를 잡지 못하는 토르의 붉은 부끄러움이 목덜미까지 퍼져 나갔다.

"저는, 저는…… 입만 맞춰 주셔도 만족……."

"좀 전엔 껴안는 걸로 만족한다며?"

"……."

시간이 지날수록 미묘하게 한 단계씩 범위를 넓혀 나가는 '만족'을 들먹이자 토르의 입이 그대로 다물렸다. 셰리와 눈을 마주치지 못하면서도 눈치를 보는 게 내심 기대하는 기색이다.

다른 이들에게는 그렇게 무심하게 굴면서 종종 제게만 이런 식으로 보여 주는 그의 얼굴이 썩 마음에 들었다. 저보다 두 살이나 연상이라는 것이 믿기지 않을 만큼 귀여웠다. 그래서 셰리는 아주 약간 더 억지를 부려 보기로 했다.

"좋아, 토르는 가만히 있어. 딱 열까지만 세고 뺄게. 그건 괜찮지?"

"열, 열까지라면⋯⋯."

이전에도, 지금도 이렇게 딱 붙어 은근한 목소리로 종용하는 아가씨에게는 이길 재간이 없다. 결국 누르고 또 누르던 열기가 끝내 얼굴까지 올라와 확 퍼져 나갔다. 광대 부근과 눈가가 불긋해지는 것과 동시에 그는 셰리의 어깨에 제 얼굴을 묻었다.

항상, 이런 식이었다. 무슨 결심을 했던 간에 자신은 아가씨의 유혹에 속절없이 무너졌다. 아니, 사실 이런 전개를 바라는 마음이 가슴 속 깊이 없었다고는 장담하지 못하겠다.

"응, 딱 열까지만 셀게."

그 커다란 덩치를 해서는 응석이라도 부리듯 셰리의 어깨에 기대는 모습마저 그녀의 마음을 흡족하게 만들었다. 이것이 부끄러움을 많이 타는 토르의 허락임을 지난 수개월 간의 경험으로 그녀는 이미 알고 있었다.

마주 보고 토르 위에 앉아 있던 자세를 유지한 채로 그의 어깨를 짚었다. 가까이서 보니 제 것보다 두세 배는 넓어 보인다. 무수한 수련으로 발달한 어깨를 천천히 쓸다 손가락을 쇄골 아래로 옮겼다. 긴장과 흥분으로 할딱거리는 널찍한 가슴팍에 이르자 셰리에게 얼굴을 기댄 상태로도 토르의 몸이 파들 떨려 왔다.

어차피 아가씨의 뜻대로 하게 될 거라면⋯⋯.

이렇게 된 이상 조금이라도 빠른 결정이 그녀와 오래 닿을 수 있게끔 한다는 걸 지금의 토르는 안다. 물론 오랜만인 셰리와의 은밀한 접촉에 그의 자제력이 이미 바닥을 보이기 시작한 탓도 있었다.

"벗겨 줄까?"

"아뇨, 아뇨. 다만⋯⋯."

어느새 배 위를 배회하기 시작한 셰리의 손을 제 손아귀에 넣은 그가 천천히 고개를 들었다. 작달막한 그녀의 두 손은 너무도 손쉽게 잡혔다.

아가씨의 마음도 이렇게 사로잡을 수만 있다면 얼마나 좋을까.

"바지만 벗어도 되겠습니까?"

"응?"

"다 벗으면, 셈하는 걸 잊을 것 같습니다."

"아."

또 어느 순간인가 대담한 토르의 버튼이 눌린 모양이었다. 만약 눈이 말을 할 수 있다면 제 앞의 저 아름다운 눈동자는 과연 어떤 욕망을 속삭이려나. 분명 아까와 비슷하게 미처 정제되지 않은 감정이 담뿍 투사되는데도, 토르는 이번엔 시선을 돌리지 않았다. 심지어 참을 수 없을 것 같다는 건방진 발언인데도 어조만은 평정을 찾은 듯 담담하기 그지없었다.

평소 같으면 분명, 그 정도도 자제하지 못하냐면서 핀잔을 주고도 남았을 테다. 그러나 이상하게도 어쩐지 그녀의 고개가 먼저 토르의 눈길을 피해 이리저리 틀어졌다. 그런 셰리의 모습에 여전히 한 손으로 그녀를 틀어쥔 토르의 눈동자 안에서 작은 불꽃이 튀었다.

언제나 능숙하고 여유로운 모습만 보여 주던 셰리의 당당함이 싫었던 적은 없었다. 정말 이래도 될까 싶은 제 망설임과 자격지심이 문제였을 뿐. 오히려 답답한 저를 강단 있게 이끌어 주기만을 내심 바라던 때가 더 많았다.

그랬는데, 요즘 들어 아가씨는 제 앞에서 당황하는 모습이 잦았다. 바로 지금처럼 이렇게 시선을 못 맞추거나 하는 일 말이다.

이전까지와는 확연히 다른 반응이 제게는 묘한 기대를 불러일으키게 만든다. 그래서 더욱더 지금의 기회를 놓칠 수 없었다. 아니, 놓치기 싫었다. 그래, 앞으로 이런 기회가 얼마나 남았을지도 모르는데…….

"셰리 님, 몸을 조금만 일으켜 주시겠습니까."

"으, 으응."

그 말에 여태 토르의 허벅지 위에 앉아 있던 셰리가 소파에 무릎을 댄 채 엉거주춤하게 상체를 바로 세웠다. 그러자 급히 바지의 버클을 풀어내리던 토르의 손이 멈춰 세워졌다.

과연 하의를 완전히 벗어 냈을 때 제가 겨우 열 번만으로 참아 낼 수 있을까. ……확신할 수 없다.

결국 버클을 내버려두고 바지 앞섶을 여미고 있던 단추를 풀어냈다. 삽입하기에 최적의 상태인 것보다 약간의 불편함은 남겨 두는 게 이성을 제어하는 데 유리하다는 것을 익히 겪어 봤기 때문이다. 그러고는 여전히 민망한 표정으로 고개를 돌린 셰리의 턱에 슬며시 입술을 가져다 대었다.

"바로…… 하시면 아프실 수도 있는데."

"웃, 천천히 넣으면 되지."

셰리의 매끈한 턱에 몇 번 가볍게 촉촉 와 닿던 토르의 입술이 아까 느꼈던 보드라움을 찾아 위로 천천히 올라왔다. 조금 전의 키스로 약간 부풀어 오른 아랫입술을 삼키기 직전, 무언가 떠올린 토르가 머뭇거리며 입을 열었다.

"그럼 세는 건……."

"다 들어가면 내가, 내가 셀 거야."

"……예."

제 크기를 보고 나면 아가씨의 마음이 바뀔세라 한 손으로 셰리의 목 뒤를 받쳐 가볍게 입을 맞추었다. 물론 그녀의 시선을 돌리는 것도 잊지 않았다. 느긋하게 작은 입술 안의 점막을 지분거리며 나머지 한 손으로는 급하게 드로어즈를 헤집어 제 것을 억지로 끄집어냈다.

크기가 크기인지라 앞섶을 풀어헤친 것만으로는 존재감을 드러낼 공간이 빠듯했다. 지금이라도 바지를 내리고 완전히 해방시켜 마음껏 그녀의 안에 들어가고 싶은 충동이 거셌지만 간신히 참아 내는 데 성공했다.

"정말 이대로, 할까요?"

"흡, 속옷은 내가……."

"제가 해 드리겠습니다."

어조와 내용만 들으면 침착하기 그지없었지만 그는 어느 때보다 신속하게 대답했다. 그렇게 마지막으로 허락을 받아 낸 토르가 그녀의 골반에 매인 가느다란 속옷 끈을 서둘러 풀어내 소파 뒤로 던졌다.

조금 전까지만 해도 분명히 좀 더 참을 수 있을 것 같았는데…… 옷 속에 억눌려 있다 공기 중에 노출된 제 것이 빨리 좁고 따뜻한 안쪽에 들어가고 싶다며 안달이 나 그를 부추겼다.

여전히 손길은 조심스럽고 정중했으나 토르는 평소의 그답지 않게 급하게 셰리를 자신의 위로 주저앉혔다. 덕분에 둘의 따끈한 맨살이 비껴 나가듯 맞부딪혔다.

"아, 흐. 좋아. 우리, 오랜만이지?"

"네, 읏."

토르의 눈빛과 키스만으로 이미 조금은 질척하게 젖은 아래였다. 그런 그곳의 갈라진 틈이 금세 익숙하게 그의 물건을 타고 올라갔다 내려왔다. 서로의 몸이 닿자 급격하게 혼탁해진 보랏빛 눈동자를 음미하던 셰리가 비벼 대던 하체를 슬쩍 들었다. 그러고는 토르의 뭉툭한 선단 부분에 제 입구를 맞추었다.

"읏. 이렇게 바로 넣으, 넣으시면……."

"쉬이, 가만히 있어야 해?"

매끈한 살덩이에 약간의 힘이 주어지자 아직은 꽉 다물린 입구의 주름이 토르의 가장 예민한 앞부분을 자극했다. 지난 며칠간 잊고 지냈던 본능에 가까운 성감이 뒷목을 타고 솟구치는 기분이 들어 토르의 입에서 나른한 한숨이 토해졌다.

"하아……."

"으응, 읏."

셰리의 몸은 충분히 준비되지 않았다는 걸 그녀와 그 모두 알았지만 굳이 지적하지 않았다. 굳게 닫힌 비부를 살살 달래 가며 틈을 찾아낸 셰리는 무작정 내부를 향해 비집어 벌려 넣었다.

이전과 달리 부족한 준비로 더욱 빠듯해진 내벽이 집어삼켜지는 입장인 토르에게도 가감 없이 느껴졌다. 몇 번 있었던 그와의 경험에도 불구하고 끄트머리마저 셰리에게는 여전히 벅찬 크기다.

신음을 참으며 억지로 밀어 넣느라 가녀린 허리가 이리저리 흔들렸다. 그 탓에 대부분의 매듭이 풀어헤쳐져 허물어지다시피 한 드레스가 셰리의 어깨를 타고 위태롭게 흘렀다.

토르는 멍하니 그것을 바라보다 하늘하늘한 재질이라 조금만 힘을 주면 쉽게 찢어지겠다는 생각을 했다. ……안 돼, 그만 생각해야 한다. 아직 제대로 시작도 안 했는데 벌써부터 자제력이 바닥을 긁는 기분이 든다. 점점 거칠어져 오는 숨을 참으며 가볍게 눈을 감았다. 이러면 안 되지만 자꾸 나쁜 생각이 났다.

"아, 아웃."

"윽."

겉으로 드러난 살덩이만 비빌 때는 그래도 어느 정도는 젖었다고 생각했는데 막상 진입하기 시작하자 제 속살을 억지로 잡아 벌리는 느낌이 생생하게 느껴졌다. 함뿍 젖고 녹진해져 그를 매끄럽게 받아들일 때와는 확연하게 다른 날것 그대로의 감촉이 생소했다.

토르는 토르대로 아가씨의 몸 안으로 빨려 들어가는 감각만 겪다가 처음으로 접한 주름 하나하나를 더듬어 길을 내는 느낌이 생경했다. 이것은 마치…….

그래서 첫 경험 때처럼 숨도 제대로 쉬지 못하고 셰리를 받아들였다.

"으……윗! 흡! 셰리, 셰리 님."

"흐응. 가, 가만히 있어 봐. 아직 움직이면, 안 돼."

안쪽의 빽빽한 돌기가 천천히 달라붙어 오기 시작하자 토르는 늘 하던 대로 단번에 그녀의 몸 안으로 파고들고 싶은 충동이 점점 더 거세어지는 걸 느꼈다. 참느라 힘줄이 잔뜩 돋은 채 셰리의 허리만 부여잡았던 토르의 손이 슬금슬금 위로 올라오기 시작했다.

얇고 부드럽지만 아가씨의 맨살과 접촉을 방해하는 옷감이 거슬렸다. 그러나 이건 아직까지 그의 이성을 간신히 유지하게 해 주는 최후의 보루 같은 것이라 토르는 가쁘게 숨만 내쉬며 떠오른 충동을 행동에 옮기지 않았다.

이제 겨우 끄트머리만 빠끔하게 들어갔을 뿐인데…….

철저하게 준비된 셰리의 몸에 먹혀 가는 경험도 좋지만 이렇게 설익은 내부로 진입하는 적당한 저항감도 나쁘지 않다는 생각이 들었다. 오히려 억지로 길을 내는 기분이 들어, 요즘 들어 음습해진 제 욕망을 꽤 충족시켜 주는 것 같기도 하다.

한편 셰리는 가장 도톰하고 보드라운 머리 부분을 지나 다시 완만하게 두꺼워지는 구간까지 단숨에 넣기가 버거워 잔뜩 애를 쓰고 있었다. 어떻게 든 삼켜 보려 허리까지 들썩이며 겨우 머금은 끄트머리만 깔짝대자 셰리의 가슴 바로 밑 가냘픈 몸통을 잡은 토르의 손에 힘이 들어갔다.

"아, 안 됩니다. 큭."

"아직, 숫자 안 셌어. 으응, 움직이면 빠져."

셰리는 파르르 떨면서도 토르의 위로 걸쳐 앉은 다리를 더 넓게 벌렸다. 그러고는 그의 어깨를 짚고만 있던 팔을 뻗어 목 뒤로 둘렀다.

조금만, 더 넣고 나서 하나부터 세야지.

손과 팔의 살갗에 닿은 토르의 목덜미를 따라 할딱이는 맥동이 고스란히 느껴진다. 아까부터 따뜻하다고 느꼈던 그의 몸이 이제는 데일 듯이 뜨겁게 달아올라 셰리도 등줄기에 뜨끈한 전율이 흘러내리는 것 같았다.

"후으, 흐……."

그렇게 토르가 온몸으로 뿜어내는 열기로 저를 집어삼키기 전에 그녀가 먼저 그에게 입을 맞추었다. 그와 동시에 확 내려앉았다.

"읍!"

"흐응, 응."

버클도 풀지 않은 바지와 서로 마주 안은 자세 때문에 평소처럼 뿌리 끝까지 틀어박히지는 않았다. 그러나 순식간에 좁은 내벽 안으로 성큼 받아들여져서인지 토르의 눈이 크게 뜨였다. 그것도 잠시, 이윽고 눈동자 바깥부분부터 서서히 쾌락으로 물들어 가기 시작했다.

가장 두꺼운 부분을 고스란히 삼킨 채 둘은 서로의 입술을 적시며 숨결을 나누었다. 혀까지 격하게 얽기보다 지금처럼 보드라운 점막을 마주 부비는 것이 아래에서 뭉근하게 가해지는 자극을 온전히 느끼기에 적당했다.

어느 정도 익숙해진 기분이 들자 셰리는 그의 몸을 끌어안고 허리를 들썩였다. 삽입할 때의 묵직한 둔통만 견디면 이렇게 먼저 넣고 서서히 몸을 달구는 방식도 나쁘지 않은 것 같았다.

타액으로 범벅이 되어 부은 입술을 떼어 내며 그녀는 제 상체를 살짝 들어 올렸다가 다시 쑤욱 빨려들 듯이 그에게 가까이 붙었다.

"학!"

"웃, 하나."

역시 위아래로 훑듯이 움직이는 감각이 토르에게는 더욱 자극되는 모양이었다. 제 몸통을 부서져라 잡아 오는 걸 보아하니.

"하아, 이렇게, 다 넣을 때마다 한 번인 거야. 알았지?"

"……."

제 멋대로 허리를 쳐올리고 싶은 충동과 싸우느라 머릿속이 곤죽이 된 것만 같은 토르는 정신없이 고개를 끄덕였다. 내벽을 타고 흐르는 애액이 배어 나오기 시작한 걸 보면 처음보다는 나아진 상황이었다. 하지만 역시 충분한 전희를 거쳤던 이전과 비교했을 때 턱없이 좁고 뻑뻑해서 함부로 허리 짓을 시도할 수가 없었다.

게다가 제가 감싸 안고 있는 아가씨의 몸통은 두 손에 다 잡힐 만큼 너무 가느다래서 무식한 제 것을 그대로 쑤셔 넣기에 망설여졌다. 정원에서의 일

이후로 꽤 오랜만의 삽입이라 이대로 참기에는 약간 괴로운 게 사실이다. 하지만 그마저도 황홀한 느낌이어서 토르는 이번만큼은 온전히 제 몸을 그녀에게 맡기기로 했다. 제게 참는 건 익숙했으니.

실은 여기서 본능을 틀어막지 않으면 어느 순간 셰리를 엉망으로 아래에 깔고 짐승처럼 헐떡일지도 모른다는 확신에 가까운 예감이 들었던 탓이다.

"앗! 아응. 둘!"

"흡……."

아무리 결심을 했다고 해도 매순간 파도처럼 밀려오는 극심한 충동에 맞서 싸우기는 어려운 법. 결국 토르는 끙끙대며 얕게나마 허리 짓을 시작하고야 말았다.

미지근한 온도로 서서히 끓어오르기 시작한 물처럼 방 안은 숨죽인 신음 소리와 격정이 한데 어우러져 달아올랐다.

말랑한 살결을 가득 쥐던 감촉을 잊지 못해 계속해서 셰리의 가슴 밑 언저리만 맴돌던 토르가 끝내 포기하고 치마 안으로 손을 넣어 그녀의 엉덩이를 받쳐 들었다. 비록 옷 위라고는 해도 가슴에까지 손을 대게 된다면, 그때는 저 자신을 믿을 수가 없었다. 그러나 차선으로 택한 맨살의 엉덩이도 보드랍기 그지없어 토르는 제 오판에 아랫입술을 더욱 세게 깨물어야 했다.

"흐앙. 세, 셋!"

그가 안정적으로 엉덩이를 받쳐 주자 홀로 버티고 섰던 셰리의 몸에서 힘이 풀려 나가 느슨해졌다. 덕분에 셰리는 아래에 가해지는 감각에 오롯이 집중했다.

전희가 없는 관계의 시작은 다소 거칠게 쓸리며 시작된다는 것을 알게 되었다. 그러나 그래서인지 역설적으로 토르 것의 모양이 손으로 더듬기라도 한 듯 섬세하게 느껴졌다. 딱 입구까지만 적셔진 몸으로 받아들이기엔 벅찬 크기라 셰리의 눈가에 생리적인 눈물이 맺혔다.

그렇다고 싫은 건 아니었다. 아랫배부터 천천히 조여 들어 퍼져 나가는 성감과는 다른…….

"으응!"

"큭, 넷!"

셰리가 아래로 움직이는 타이밍에 맞춰 위로 치고 올라온 토르 탓에 그녀의 입에서 다소 큰 신음이 튀어나왔다. 뒤늦게 제 입을 막고 눈을 동그랗게 뜬 셰리가 작게 타박했다. 방금의 숫자는 토르가 세었다는 것도 잊을 만큼 놀란 기색이었다.

"여기 벽이 얇단 말이야! 레이먼드한테 들릴…… 수도 있어."

"흐으, 그렇, 습니까."

그 말에 셰리와 끝까지 닿고 싶어 하는 저를 방해하는 바지가 걸리적거리는 걸 간신히 참고 있던 토르의 눈빛이 기묘하게 일변했다. 갑자기 꿰뚫듯이 치고 올라온 성감을 진정시키느라 그의 어깨에 기대어 가쁜 숨을 내뱉던 셰리의 몸이 번쩍 들렸다.

"가, 갑자기 뭐야."

"이것도 제게 주시는 '기회'에 포함되는 것이겠지요?"

"으응, 그렇……지?"

"그럼."

여태 그녀가 하고 싶어 하는 대로 봐주고 있었을 뿐이라는 듯 토르는 너무도 가볍게 셰리를 들어올렸다. 그러고는 지금껏 제가 등을 대고 앉아 있던 소파에 그녀를 내려놓고 몸을 돌린 자세로 소파 헤드를 잡게 했다.

"뭘 하려고?"

"제가 숫자를 세게 해 주세요."

천천히 뇌를 절여 오던 쾌락에 더해 조금 전의 급격한 성감으로 토르의 말이 무엇을 뜻하는지 미처 빠르게 이해하지 못한 셰리의 고개가 가볍게 끄덕여졌다.

"숫자? 숫자 정도는 괜찮…… 힉!"

"하, 다섯."

그녀의 드레스 자락을 급하게 걷어 올린 토르가 뒤에서 그대로 찔러 들어왔다. 아까의 움직임으로 꽤 눅진하게 풀린 내부가 이번에는 큰 무리 없이 그를 받아들였다.

"하아, 후으. 이 자세가 더…… 좋아요."

"아흐읏."

낮고 거칠게 할딱이는 토르의 숨소리가 셰리의 귓가로 바로 와 닿았다. 그러고 보니 토르도 관계 시 제법 신음을 내는 편이었다. 게다가 중간부터는 종종 이성을 잃고 날뛰곤 했다는 사실이 뒤늦게 떠올랐다. 그럴 때는 지나칠 정도로 순종적인 평소와는 다르게 그녀의 말 중 본인에게 유리한 내용만 선택적으로 받아들인다는 것도.

그럼, 그럼 지금은…….

"셰리 님, 셰리 님. 큭……."

"흐응, 안 돼. 그렇게, 세게 다 넣으면! 읍!"

"여섯."

소파 헤드를 잡고 있던 한쪽 팔을 떼어내 뒤로 뻗어 제지해 봤지만 오히려 토르에게 잡혀 무용지물이 되었다. 뒤에서 끌어당겨지는 바람에 그와의 접합부가 더욱 밀착되는 역효과만 불러일으킨 것 같았다. 그나마 다행히도 남은 한 손을 빠르게 제 입에 대어 소리가 높아지는 걸 막을 수 있었다.

간발의 차이로 새된 비명을 삼켜 낸 셰리가 분한 마음을 담아 뒤를 돌아보았다. 감히, 기회를 빙자해서 나를 갖고 놀아?

하지만 잔뜩 열이 올라 새빨개진 눈가와 촉촉해진 눈동자가 자신을 쏘아보자 토르는 그것만으로도 이상하게 조금 오싹한 흥분을 느꼈다. 괜스레 어깨를 으쓱였다.

이성이라는 컵 안에 가득 담긴 충동은 아슬아슬하기는 해도 어떻게든 넘치지 않게 조절할 수 있을 것 같다고 여겼다. 이제 동정을 벗어난 지도 한참 되었고 때 이른 사정감조차 어느 정도는 참을 수 있게 되었으니까. 그래서 아가씨가 원하는 대로 제 몸을 맡기고 열 번 정도는 능히 자제할 수 있으리라 생각했다.

셰리의 입에서 잠시 잊고 있었던 '레이먼드'가 나오기 직전까지는.

간신히 균형을 맞춰 두었던 이성과 본능의 추가 기울어지는 것은 순간이었다. 이미 균열이 시작된 틈 사이로 흘러나온 충동은 토르 스스로도 놀랄 만큼 영악했다. 제 입으로 다시금 그 '기회'를 운운할 줄은 몰랐다.

차라리 방금 그 신음이 그 자의 귀에도 들어간다면……

평소의 저로서는 생각지도 못할 건방진 발상에 토르는 입을 꽉 다물고 마음을 가다듬었다. 이런 음습하고 추악한 제 모습이 들킬까 두려워서 꽁꽁 감추려고 했건만.

"너……!"

"……일곱."

"흡, 읏!"

한번 그의 의도를 알아차린 셰리는 이제 방심하지 않았다. 그게 못내 아쉬워 토르가 저도 모르게 입맛을 다셨다. 후에 아가씨에게 질책 당할 것을 알면서도 모처럼 제게 주어진 '기회'를 놓치고 싶지 않았다. 그러나.

"그만, 둘까요?"

"……."

아직 토르 안에 남은 순종적인 모습이 불쑥 튀어나와 애처롭게 셰리에게 매달렸다.

토르가 일단 관계를 시작하면 어느 순간부터 정신을 못 차리고 다소 강압적으로 구는 면모를 보인다는 걸 알고 있었다. 하지만 바로 지금처럼 안타까운 얼굴로 애원하는 그를 온전히 내칠 수 없는 자신이 가장 문제였다.

"흑, 흥. '기회'를 준다고 한 건 나니까……. 대신, 빨리 끝내."

"네……."

결국 여느 때와 같이 완벽하게 취향인 토르의 얼굴에 약해져 셰리는 그대로 입을 막은 채 볼만 붉히며 고개를 돌렸다. 종종 보여 주는 이런 제멋대로인 모습까지 마음에 들다니 도대체 왜.

"핫, 으읍!"

"여덟."

그녀의 허락을 얻어 거리낌이 없어졌다는 듯 지금까지와는 다르게 강하게 꿰뚫어 들어오는 이물감에 결국 셰리의 몸이 무너졌다. 허리에 힘이 빠져 엎드린 채로 바들거리면서도 입에서는 손을 떼지 않았다.

아무리 레이먼드가 저와 토르의 사이를 알고 인정해 주겠다고 했지만 그가 있는 바로 옆방에서 이러는 건 너무……. 이전의 제가 술 취해 잠든 토르를 뒤에 남겨 두고 이름 모를 남자와 잠자리도 했었다는 사실은 까맣게 잊은 지 오래였다.

방금 그가 강하게 짓쳐 누른 탓에 드레스가 더욱 풀어헤쳐져 셰리의 하얀 등을 훤하게 내보였다. 바들바들 떠는 그녀의 입에서는 밭은 숨만 겨우 새어 나왔다. 그 모습에 겨우 이어 붙인 그의 이성의 벽이 다시 흔들렸다.

그래서 끝까지 신음을 참으려는 시도를 어떻게든 무너뜨리려 셰리의 몸에 저를 더 가깝게 꾸욱 눌러 붙였다.

"흑!"

더 이상 들어올 곳이 없을 만큼 그녀를 몰아붙이고도 깊숙하게 이어지는 쾌감에 결국 셰리의 눈가를 따라 눈물이 흘러내렸다.

그러나 그 사실을 알 리 없는 토르는 이제 그 다음으로 제게 닥쳐온 충동과 필사적으로 다투고 있었다. 이 정도의 건방짐도 봐주시는 '기회'라면 가능하지 않을까.

아가씨가 약혼을 하고, 결혼을 해서 완전히 제 곁에서 멀어지기 전에 단 한 번만이라도 좋아한다고 고백하고 싶었다. 아니.

'……사랑합니다.'

목구멍을 타고 꾸역꾸역 넘어오는 말을 삼키느라 토르의 눈가도 벌겋게 달아올랐다.

그리고 셰리 님도 만약 저를 마음에 두셨다면…….

저자나 린데카이르 공자가 아니라 제가 그녀의 유일한 남자가 될 수는 없는 걸까. 유일하지 않으면 언제 버림받을지 모른다.

불현듯 드는 불안함에 저도 모르게 셰리의 작은 몸을 추켜세워 꽉 안았다. 자신의 품에 갇힌 이 작은.아가씨가 아니면 안 되는 제 마음을 어떻게 해야 할지 모르겠다. 어느새 토르의 감은 눈을 비집고 새어나온 눈물이 셰리의 등 위로 방울방울 떨어졌다.

"이름, 제 이름 불러 주세요."

"으읏, 토르……?"

"네, 셰리 님."

연달아 들이치는 쾌락에 완전히 절어 셰리의 눈꺼풀이 무겁게 깜박였다. 힘이 빠져 흔들거리는 그녀의 몸을 꽉 껴안은 토르의 허리가 다시 뒤로 빠졌다가 강하게 들이받았다. 다만 이번에는 다른 손으로 셰리의 입을 대신 막아 주는 것을 잊지 않았다.

"아학……!"

"큿, 아홉."

저런 달콤한 목소리로 불러 주는 제 이름을 들으니 더 참기가 어려워졌다. 잠깐 쉬는 동안 셰리의 내부가 완전히 풀렸는지 속살이 미끌거리며 그를 붙잡아 당겨 왔다.

아까 자세를 바꾸면서라도 버클을 완전히 풀고 바지를 벗어 내렸어야 했다는 뒤늦은 후회가 들었다. 그러나 그러려면 셰리의 안에서 빠져나가 또한 번의 횟수를 낭비해야 했기에 토르는 뿌리 끝까지 박아 넣는 쾌감은 다음으로 미루기로 했다.

게다가 촉촉하게 부어올라 간헐적으로 움찔거리며 그의 것을 조이는 것을 보아하니 제 아가씨는 어느새 절정이 머지않은 듯했다.

입을 막은 커다란 손에 매달려 정신없이 토르를 받아들인 셰리도 제 끝이 얼마 남지 않았음을 직감했다. 조금만, 조금만 더 하면 될 것 같은데……. 이제 몇 번 남았지? 아니, 꼭 숫자를 세어야 할까?

"셰리 님. 고개를 잠시 뒤로……."

"음?"

저로 인해 몰아치듯 주입된 정염을 견디다 못해 예쁘게 달아오른 얼굴과 마주하자 토르는 참지 못하고 입을 맞췄다. 그녀의 입을 막았던 손으로 자그마한 턱을 틀어쥐고 제게로 단단하게 고정시켰다.

아래가 이어져 있다는 것도 깜박 잊을 만큼 거칠게 서로의 혀가 오고 갔다. 미처 삼키지 못해 셰리의 입가에 고인 타액을 토르는 기쁘게 핥았다. 그러고는 제 두툼한 혀를 밀어 넣는 것과 동시에 마지막 숫자를 속으로 읊었다.

'열.'

"으……."

여태까지 중 가장 단단하고 세게 밀고 들어온 거대한 양감에 셰리는 저도 모르게 입 안에 들어온 것을 깨물었다. 그녀의 내벽이 급격하게 이완되었다 수축되는 감각이 느껴졌다. 이제 몇 번의 허리 짓이면 완전히 만족시켜 드릴 수 있을 것 같다.

토르는 제 혀가 깨물려 타액에 섞여든 약간의 비릿한 맛에도 아랑곳하지 않았다. 겨우 이 정도로 맞닿은 입을 떼고 싶지 않아서다.

그렇게 그가 제게 주어진 횟수 이상을 탐하려는 순간이었다.

"셰리 님. 이제 마무리 지으셔야 합니다."

"아……!"

노크 소리와 함께 그저 없는 집사의 목소리가 들렸다.

그제야 열에 들떠 초점이 몽롱하게 풀렸던 셰리의 눈동자에 빛이 돌아왔다.

셰리는 그녀의 턱을 잡고 있던 토르의 손을 떼어내고 상체를 일으켜 세워 저와 그를 분리해 냈다.

"으, 훗."

"……큭."

아직 원하던 만큼의 쾌락을 뽑아 내지 못했다며 제 내부가 그의 기둥에 찰싹 달라붙어 떨어지려 하지 않았다. 하지만 그들에게 주어진 시간과 기회는 여기까지였다.

억지로 떼어 내는 과정조차 둘 모두의 미간이 찌푸려질 정도의 자극이었다. 크기가 작아지기는커녕 단단함조차 잃지 않은 토르의 것을 빼내기 위해 한참 몸을 잡아끌어야 했다.

아직 완전히 해소되지 못한 흥분이 셰리의 아랫배에 눌어붙었지만 그녀는 부들대는 다리에 힘을 주어 일어섰다. 그러고는 거의 걸쳐지기만 한 드레스를 아무렇게나 끌어내려 벗어 내고는 미리 준비된 단정한 원피스에 몸을 욱여넣었다.

"하, 이게…… 왜 안 되지."

셰리가 덜덜 떨리는 손으로 등 뒤의 단추를 잠그려 했으나 계속해서 손가락이 엇나갔다. 그런 셰리의 손을 부드럽게 잡아 내린 뜨거운 손은 차분하게 한 번에 단추를 끼워 넣는 데 성공했다.

"토르……."

"제 억지를 들어주셔서, 감사합니다."

담담한 듯 고요한 평소의 목소리였지만 차마 돌아볼 용기가 나지 않았다. 투왈렛 룸 어딘가에 놓여 있던 빗을 가져와 셰리의 머리를 부드럽게 빗어 내린 토르가 뒤에서 그녀를 가볍게 끌어안았다.

"다녀오십시오. 기다리고 있겠습니다."

"……갔다 올게."

그 말을 하면서 그가 어떤 표정을 짓고 있었을지 궁금했다. 하지만 결국 셰리는 엄습해 오는 두려움을 이기지 못했다. 입술을 꾹 깨물고 끝까지 뒤돌아보지 않은 채 그녀는 원피스 자락을 팔랑이며 그대로 투왈렛 룸을 나섰다.

"……."

레이먼드에게 저와 셰리의 사이를 과시하고 싶은 충동이 온몸을 뒤덮었었다. 분명 그랬는데도 결국 토르는 제 손으로 아가씨의 입을 대신 막아 신음을 흘리게 두지 않았다. 물론 그녀의 것이라면 무심코 내뱉는 숨결 하나도 넘겨주고 싶지 않은 욕심도 있었지만 그보다는…….

셰리의 몸과 마음만이 아니라 그녀가 소중히 여기는 명예조차도 온전히 지키고 싶은 제가 있었다. 그녀를 이루고 지금의 아가씨를 키워 온 환경까지도 모두 제가 사랑하는 여자의 모습이었으니.

별 대단한 자도 아닌 저와의 치정으로 아가씨에게 두 번째 파혼이라는 불명예를 안겨 드리고 싶지 않았다. 아무렇지 않은 척했지만 린데카이르 공자나 파혼이 언급될 때마다 미묘하게 굳는 셰리의 입가를 제가 눈치채지 못할 리가 있을까.

그렇게 그녀가 떠나간 문간만 바라보다 끝내 고개를 떨구고 주먹만 꾹 말아 쥔 토르에게 데릭이 다가왔다. 묵묵히 바닥만 보고 선 그의 눈앞으로 불쑥 로브가 내밀어졌다.

"경은 우선 이걸 걸치고 옷을 갈아입는 게 좋겠군."

그제야 의아한 표정으로 토르는 데릭과 시선을 마주했다. 셰리와 후작 각하를 제외한 사용인들에게는 무표정을 고수하던 집사의 미간이 눈에 띄게 찌푸려졌다.

대담하게도 아가씨와 이곳에서 밀회를 가진 주제에 울 것같이 순진한 눈망울은 또 무어란 말인가.

데릭은 입을 여는 대신 토르의 앞섶에 눈짓을 했다. 그제야 토르는 무슨 일이 있었는지 누구라도 단번에 알아챌 수 있을 만큼 서로의 체액으로 얼룩져 푹 젖은 바지 앞섶을 발견했다. 지금껏 셰리의 옷매무새를 다듬어

주느라 미처 신경 쓰지 못한 제 차림새에 토르의 얼굴이 뒤늦게 벌겋게
달아올랐다.

* * *

정말 놀랍게도 셰리가 투왈렛 룸에서 보낸 시간은 고작해야 30분 남짓에
지나지 않았다. 그 정도면 숙녀의 치장 시간치고는 그리 오래 걸린 것도 아
니기에 그녀는 가슴을 쓸어내리며 안도했다. 그래서 제 방 응접실로 들어간
순간 레이먼드의 눈매가 가늘게 접혀 들었다는 걸 눈치채지 못했다.

"그럼, 출발할까요?"

"아……. 지금 말입니까."

레이먼드가 의아한 목소리를 냈다. 하지만 예상에 없던 토르와의 관계로
잔뜩 당황한 셰리의 머릿속은 일단 빨리 저택을 나서야 한다는 생각으로
가득했다. 그래서 그에게 처음으로 들인 응접실을 대강이나마 소개해 주어
야 한다는 형식적인 관례조차 잊고 말았다.

모처럼 허락받은 셰리의 개인 공간을 안내받지 못한 것은 아쉬웠지만 지
금처럼 어딘가 다급해 보이는 그녀에게는 제대로 된 설명을 듣기란 요원해
보였다. 게다가 이르게 도착하면 그만큼 아카데미나 제 연구실을 둘러볼 시
간을 더 벌 수 있겠지.

그리고 무엇보다…….

"하긴, 다음 기회가 또 있을 테니까요."

요 며칠간 질리게 지었던 눈웃음을 다시 매단 채 레이먼드가 작게 속
삭였다.

셰리가 이미 꽤 마음을 주고 있는 호위를 두고 저를 선택한 이유를 그는
늘 잊지 않았다. 기왕 이렇게 된 것, 이번에 제가 연구하고 있는 프로젝트
들에 대해 어필하는 기회로 삼는 것도 괜찮을 듯하다.

본디 태생적으로 갖고 태어난 것이 별로 대단치 않은 자에겐 두 가지 길이 있다. 그 자리에 만족하고 주저앉거나 제 존재 가치를 부각시키려 스스로 노력하거나. 그리고 레이먼드는 누구보다도 그 '노력'에 익숙한 부류였다. 이제는 스승의 '그늘'도 벗어날 수 있게 되었으니…….

서두르는 셰리를 따라 계단을 내려가 로비에 다다르자 그때까지 어쩔 줄 모르고 안절부절못하던 메이드 하나가 반색하며 다가왔다.

"셰리 님! 치장은……."

"응? 아냐. 그냥 이대로 갈 거야."

셰리는 제가 이미 준비된 새 원피스를 갖춰 입고 토르가 머리도 빗어 준 상태임을 떠올렸다. 그랬기에 언뜻 보면 화려하게 꾸미진 않아도 수수하게나마 격식에 크게 어긋나는 차림은 아니었다. 더구나 아카데미에 가는 목적을 상기해 볼 때 지나친 치장은 오히려 위화감만 줄 게 뻔했다. 그래서 셰리는 빙긋 웃어 주며 빠른 걸음으로 메이드를 스쳐 지나갔다.

하지만 늘 가까이에서 그녀의 얼굴을 다듬어 주던 메이드의 눈에는 흐트러진 모습이 가감 없이 보였다. 오찬을 위해 해 주었던 옅은 화장이 거의 지워져 지금의 아가씨는 맨얼굴이나 다름없었다.

하지만 메이드는 특별한 용건이 있을 때를 제외한 사용인들의 2층 출입 금지 당부를 떠올리고 무슨 일이 있었을지 감히 짐작하지도 못한 채 그저 발만 동동 굴렀다.

그런 그녀의 앞에 도달한 레이먼드가 비스듬하게 턱짓을 했다.

"셰리 님을 위한 치장 도구는 내게 주면 되네. 내가 마차에서 전달해 드리지."

"앗, 그럼 부탁드리겠습니다."

레이먼드의 자연스러운 하대에 메이드는 기다렸다는 듯 꽤 묵직해 보이는 가방을 선뜻 건넸다. 가방을 받아든 레이먼드는 빠른 걸음으로 로비를 통과하는 셰리의 뒤를 좇아 긴 다리로 성큼성큼 따라붙었다. 그런 두 사람의 모습을 황홀하게 바라보던 다른 사용인들의 입에서 탄성이 터져 나왔다.

"저분이 부군이 되시면 필시 셰리 님을 꾸미는 즐거움을 알아주실 거야."

"그런데 왜 진작 치장을 도와드리지 않았어?"

"아, 그게……."

아까까지만 해도 울상이던 메이드의 얼굴에 금세 곤란함이 어렸다.

후작령에서 함께 올라온 아가씨의 호위 기사가 제게 급히 집사께서 찾는다고 했다. 그 말에 그녀는 급히 데릭을 찾았더랬다. 다행히도 얼마 지나지 않아 레이먼드를 응접실로 안내한 후 티 포트를 챙겨 손님맞이 준비를 하던 집사는 금방 발견할 수 있었다.

그러나 무슨 일이 생겨도 평소 무표정으로 일관하던 그의 엄격한 얼굴이 찌푸려지자 그제야 그녀는 무언가 잘못된 것을 느꼈다. 그렇게 다시 급하게 셰리의 방이 있는 2층으로 올라가려는 메이드를 제지한 데릭이 엄중히 경고했다.

'지금의 이 일을 함구하도록. 톨체르 경이 말한 대로 너는 내가 부른 것이다. 알겠나?'

그렇게 집사가 그녀를 대신해 2층으로 올라간 지 한참 만에 셰리 님은 약혼자가 될 영식과 내려왔다. 제가 없이도 아가씨께선 무사히 환복은 마치신 것 같았지만 함께 있었을 데릭과 그 기사는 보이지 않았다. 다소의 의문점이 메이드의 마음속에 싹을 틔웠다. 그러나 그녀는 고개를 힘껏 저어 막 자라나려는 의혹의 새순을 짓밟아 없애 버렸다.

무릇 귀족저에서 일하는 사용인들에게 쓸데없는 호기심이란 독이나 다름없다. 저는 그저 이 고풍스럽고 아름다운 후작저에서 주어진 제 역할만 다하면 되는 것이다.

그렇게 생각을 정리한 메이드는 동료 사용인들에게 어색한 웃음을 지으며 얼버무렸다.

"셰리 님께서 많이 피곤해하셔서…… 잠깐 쉬신 모양이야."

"하긴, 요즘 일이 너무 많으셨지."

"맞아. 그래도 황도에 오래 머물러 주셨으면 좋겠다."

어느덧 사용인들의 대화는 셰리의 빠듯한 일정과 건강을 염려하는 방향으로 흘러갔다. 그 자리엔 사용인들의 틈에 끼어 고개를 끄덕이는 충직한 메이드로서의 그녀만 남았다.

셰리는 레이먼드가 뒤에서 따라오는지 확인하지도 않고 로비 앞에 준비된 마차로 서둘러 오르려 했다. 드레스보다는 훨씬 간편한 원피스 차림이라 딱히 에스코트가 필요 없었기 때문이다. 익숙하게 받침대를 밟고 오르려는 그녀의 곁으로 레이먼드가 다가와 정중하게 남은 한 손을 내밀었다.

"이제 셰리 님께는 약혼자가 있다는 것을 잊으시면 섭섭합니다."

"……고마워요."

셰리가 제 손을 잡고 마차를 타는 동안 주변을 힐끔힐끔 살피던 레이먼드가 이내 그녀의 뒤를 이어 착석했다. 사방이 밀폐된 내부의 푹신한 좌석에 제 몸이 깊게 파묻히자 그제야 안심한 셰리는 입술을 비집고 나오려는 한숨을 삼켰다.

'눈치 못……챘겠지?'

티 나지 않게 레이먼드를 힐끔 곁눈질했다. 늘 그렇듯 그는 눈물점이 도드라지는 예의 그 미소로 화답해 주었다. 다행히 가벽이 그렇게까지 허술하지는 않았던 모양이다.

한편, 셰리를 마주한 채 입꼬리를 끌어 올린 레이먼드는 아까부터 미묘하게 제 신경을 건드리던 위화감을 찬찬히 되짚어 보고 있었다.

도대체 반 시각 동안 무슨 일이 있었던 것일까. 코가 있는 자라면 누구나 알 수 있을 만큼 진한 남성용 향수 내음을 잔뜩 묻히시고. 응접실 문을 열자마자 훅 하고 풍겨 온 낯선 향이 아까부터 거슬렸다.

거기다 무뚝뚝한 얼굴로 셰리의 곁을 수행하던 그 호위 기사와 집사가 동시에 나타나지 않았다. 사적인 외출도 아니고 가문의 후계자로서 아카데미와 마탑을 방문하는 일에 집사마저 마중을 나오지 않다니.

모로 보아도 제게 유리한 일은 아닐 것 같아 레이먼드의 입매가 슬며시 비틀어졌다. 여태 확신하지 못했는데 적어도 집사까지는 셰리와 토르의 관계를 알고 그 뒤를 봐주고 있는 모양이다.

역시 그 호위 기사를 포용하는 면모를 보여 주는 것이 정답일까.

"이번에 셰리 님의 호위는 함께하지 않습니까?"

머리가 좋은 레이먼드가 못 외울 리 없건만 그는 가능하면 토르의 이름을 특별히 지칭하지 않았다. 게다가 그럴 때면 레이먼드의 어투는 언제나 어딘가 냉랭한 구석이 있어 셰리의 어깨가 움찔 떨렸다.

그러고 보니 셰리는 그가 언급할 때까지 토르가 저를 따라 나오지 않았다는 사실이 이상하게 여겨질 것이라고는 생각지도 못했다.

"아, 토르는⋯⋯."

그녀의 입에서 무심코 친근한 애칭이 불리자 눈가를 좁히던 레이먼드는 다시 예의 그 미소를 되찾았다.

"하긴 아카데미와 마탑만큼 안전한 곳이 또 없긴 하지요."

"그, 그렇긴 하죠."

"그나저나 오늘도 직전까지 일정이 있으셨다고 들었습니다. 도착할 때까지 눈 좀 붙이셔도 괜찮습니다."

"⋯⋯그럼, 잠깐만 쉴게요."

더 이상 캐묻지 않아 그제야 마음을 놓은 셰리가 다시 등받이에 깊숙하게 몸을 기대었다. 그러고는 속에서 차오르는 숨을 천천히 내뱉었다. 그녀가 마음 놓고 쉴 수 있도록 일부러 마차 창문으로 시선을 돌린 레이먼드의 머릿속이 복잡하게 돌아갔다.

역시, 호위 기사가 언급되자 셰리는 눈에 띄게 당황했다. 이런 저런 정황으로 짐작하건대 제가 응접실에 방치되어 있는 사이 그와 접촉이 있었다는 건 기정

사실이라고 보아야 했다. 그 접촉이 어디까지인지는 몰라도 저렇게 진하게 향이 배어들었으니 단순히 옆에 서 있는 정도로는 어림도 없을 것이다.

마차 창틀 위를 두드리던 레이먼드의 손가락이 불편한 그의 심기를 반영하듯 조금씩 빠르게 까닥였다. 무심코 창문에 비친 셰리의 상태를 살피던 그의 눈이 그녀와 마주쳤다.

"아, 저는 괜찮으니 편하게 쉬셔도 됩니다. 피곤……하시죠?"

그 말에 셰리가 지레 놀라 펄쩍 뛰었다.

"아니, 아니. 그 정도로 피곤하지는……."

"며칠 내내 오찬이며 티 파티에 참석하셨다고 들었습니다."

피곤하다는 말에 너무나 자연스럽게 토르와의 방금 전 정사를 떠올렸던 셰리의 얼굴에 낭패의 기색이 깃들었다. 하지만 이내 표정을 갈무리해 낸 그녀는 흐릿하게 미소만 지었다. 토르는커녕 집사에게마저 제대로 된 인사도 없이 도망치듯 저택을 떠나 놓고서 아직도 머릿속에는 온통 아까의 일로 가득했던 모양이다. 제 마음인데도 이렇게까지 의지로 제어되지 않는 경험은 처음이라 셰리는 티 나지 않게 입 안의 살을 깨물었다.

다시 그녀를 향해 눈부시게 웃어 주던 레이먼드는 창문으로 시선을 돌렸다. 슬금슬금 그의 눈치를 보던 셰리의 시선이 이내 레이먼드가 규칙적으로 두드리는 손가락에 가닿았다. 그러고 보니 애초에 기사인 토르나 에드원과는 달리 레이먼드의 손은 참 희고 고왔다. 굳은살이나 상처 하나 없이 죽 뻗은 손가락이 과연 학문하던 자 특유의 것이었다.

'가만, 저런 손을 내가 어디서 봤더라?'

그렇게 그의 손을 멍하게 바라보던 셰리의 눈꺼풀이 깜박였다. 그러다 점차 다시 뜨이는 주기가 느려지더니 그대로 가볍게 내려앉았다.

한편 토르에게 어디까지 허용해 줄지를 잠시 고민하던 레이먼드는 창문에 비친 셰리의 꾸벅꾸벅 조는 모습을 발견했다. 그리고 이내 눈을 돌려 어딘가에 비친 것이 아닌 진짜 그녀를 담아 낸 그의 눈동자가 잘게 흔들렸다.

별다른 장식 없이 부드럽게 빗어 내기만 한 것 같은데도 결 좋은 머리카락이 그녀의 고개를 따라 흘러내린다. 그러자 문득 예전에 셰리와 관계하면서 반지를 빼내던 순간이 떠올랐다. 그때도 이상하다고 느꼈지만 지금 와서 생각해 보면 더 이해되지 않는 일투성이였다.

일단 관계를 하고 나서는 처음으로 겪어 본 여체에 홀려서 그렇게 되었다고 치자. 그렇다면 관계를 하기 전, 셰리가 먼저 입을 맞춰 왔을 때 왜 그는 그녀를 밀어내지 못했을까. 아니, 실은 그전에 손이 내쳐졌을 때부터 뭔가 이상했다. 그때는 셰리의 본모습도 아니었으니 외모에 반해서 그런 것도 아니었고.

그저 입술이 닿는 순간 스스로도 이해할 수 없을 만큼의 충동과 강렬한 끌림이 느껴졌다. 한 가지 분명한 건 시작은 단순한 성욕과 다른 무언가였다는 사실이다. 마치 마력석에 넣을 마력을 정제하는 과정에서 쓰이는 촉매를 투입했을 때처럼……

물론 이후의 관계는 순전히 스스로의 성적 흥분으로 이루어진 일이었다. 그는 자신이 흥분제 없이도 아래를 세울 수 있는 위인인 줄 처음 알았다. 심지어 억지로 주입된 약제와 달리 자연스럽게 흥분해 달아오르는 기분은 생각보다 훨씬…… 좋았다. 처음으로 제 몸이 혐오스럽지 않게 느껴졌다.

그녀를 겪고 자신의 몸이 남성으로서 기능을 하게 된다는 것을 알게 되었지만 그 외에는 이전과 똑같았다. 스승님의 그 역겨운 실험에 동원된 자들의 행위를 볼 때는 여전히 아무런 감흥도 들지 않았다. 마치 초목들의 접붙이기 경과를 보는 것처럼 무감각하게 연구 데이터만 기록할 뿐.

이전부터 알던 사이도 아닌데 잠시만 틈이 생기면 그날의 관계를 떠올렸다. 뭔지 모를 기운이 제 핏줄을 타고 온몸을 샅샅이 훑었던 감각은 생각하는 것만으로도 짜릿했다. 그게 쾌락이라는 감정일까.

'으응, 응. 기분……조하.'

'핫, 윽…… 으윽.'

"······."

열에 들떠 달콤하게 늘어지던 예쁜 목소리. 그리고 다시 생각해 봐도 익숙해지지 않는, 목구멍을 긁는 듯한 제 목소리. 흥분과 자괴감이 뒤섞인 상념이 떠오르면 보고 있던 데이터 시트를 내려놓고 마른세수를 한 것도 여러 번이었다.

그래도 그녀와의 관계가 한 번뿐일 때는 틈틈이 생각나는 정도였다. 두 번째 관계를 하고나서부터는 셰리에게 끌리다 못해 갈망하게 되는 저 자신을 억누르기가 힘들 지경이었다.

하루, 이틀······. 그렇게 일주일이 지나자 도저히 가만히 앉아 있기 힘든 갈증이 찾아왔다. 아무리 이런 쪽에 둔한 저라도 알았다. 이것은 보편적인 성욕이 아니었다. 그보다는 좀 더 복잡하고 특이한 '증상'이었다.

스스로를 제어하는 데 한계가 오자 그는 반쯤 미친 상태로 그날의 아가씨를 찾아 나섰다.

그러나 한참이 걸리더라도 기꺼이 찾아 헤매려던 각오가 무색하게 레이먼드는 쉽게 셰리를 찾아냈다. '만개한 장미처럼 화려한 붉은 머리카락에 빛나는 올리브색 눈동자를 가진 대단한 미인'이라고 하면 모두들 카셰이라 공녀를 가장 먼저 입에 올린 덕분이다.

게다가 제가 아카데미에 재학하던 시절, 모두의 선망의 대상이었던 에드윈 공자의 전 약혼자였다는 사실까지 알게 되는 데까지 채 하루가 걸리지 않았다.

황제의 조카인 데다 아주 당연하게 날 때부터 다음 대의 공작의 자리가 예비되어 있는 검술학부의 엘리트. 아무리 햇빛을 보아도 그을리지 않는 창백한 낯마저 공자를 따르는 무리들에게는 그를 특별하게 여기는 지점이 되었더랬다.

아카데미 졸업반이던 마지막 학기에 연구실의 잡무를 함께 맡느라 검술학부 건물을 지나갈 일이 있었다. 검술학부뿐 아니라 정치학부, 자유학예학부,

심지어 마법학부 학생들까지 대수련장에 몰려 있어 레이먼드는 그답지 않게 시선을 주었다.

그렇게 아카데미 내에서 가장 커다란 대수련장의 중앙에는 마주 본 이에게 칼을 겨누며 막 대련을 끝낸 에드윈 공자가 있었다. 대련 상대가 항복 선언을 하자 그의 귀를 먹먹하게 할 만큼 커다란 함성과 함께 모두들 공자를 연호하던 그 광경.

'에드윈! 에드윈!'

'와아아아아!'

땀 한 방울 흘리지 않은 듯 산뜻한 모습으로 바로 검을 거두어 미련 없이 뒤돌아선 그의 모습이 레이먼드의 뇌리에 깊게 남았다. 에드윈은 누구보다 환하고 밝은 햇살 아래 저가 가진 재능을 유감없이 뽐냈다. 그리고 그에게 는 재능의 과실을 감히 부당하게 탐하려는 자도 없었다.

'손 한번만 흔들어 주시지…….'

'저런 무심한 모습이라서 더 멋있는 거야.'

대수련장이 떠나가라 들리는 환호성이 공자의 귀에는 닿지도 않는지 무표정하게 휙 걸어 나갔지만 모두들 그런 그의 무성의한 태도가 익숙해 보였다.

다른 이들의 진심 어린 호의에 반드시 반응해 주지 않아도 비난받지 않는다.

왜냐고? 그는 제국에 단둘뿐인 공작가의 후계자니까.

영지도 없는 남작가의 차남과는 출발선부터 달랐다.

레이먼드는 모두들 자리를 뜨는 와중에도 멍하니 에드윈이 사라진 수련장 입구만 바라보았다. 아직 더위가 채 가시지 않은 이 계절에도 우중충하고 두꺼운 로브를 둘러쓰고, 스승님이 싫어한다는 이유로 앞머리를 길러 제 얼굴조차 드러내지 못하는 저와는 다른 세계의 사람이었다. 그런 자신이 그와 같은 세계로 발을 내딛었다.

아니, 최소한 셰리 님과 관계된 일에서라면 제가 앞서 있다. 에드윈이 '소공작'인 이상 절대 얻을 수 없는 그녀의 옆자리는 자신의 것이었다.

물론 시작은 저의 처음을 가져간 운명의 아가씨를 찾기 위해서였다. 그렇게 기다리던 그녀가 그동안 그를 열등감에 몸부림치게 했던 좁디좁은 울타리를 부수어 줄 귀한 공녀님이었던 건 정말로 뜻밖의 사실이었다. 그에 더해 에드윈의 전 약혼자일 줄이야.

'올린 남작가 차남이 '그' 최연소 입학생이라고요?'

'입학하고 나서는 별다른 성과가 없어서 몰랐는데, 역시 미하르쉘 후작가의 안목은 남다르군요.'

'외모도 훌륭하고……. 저런 인재가 어디에 숨어 있었을까요?'

셰리의 약혼자로 내정되자 손바닥 뒤집듯 바뀐 주위의 평가와 대접에 레이먼드는 일말의 허탈함마저 느꼈다. 유년 시절을 모두 바쳐 지금까지 노력한 성과보다도 약혼으로 결정된 제 위상 변화가 더 씁쓸했다.

그런데도 신분 상승의 달콤함에 금세 적응한 제게 놀랍기까지 했다. 그 적응이 어찌나 빨랐는지 전쟁영웅으로 금의환향한 에드윈을 보고도 의외로 레이먼드는 위축되지 않았다. 공자가 알려진 바와 다르게 아직도 셰리에게 목을 매고 있다는 사실을 알고부터는 미묘한 우월감마저 들었다.

심지어 공자, 아니 소공작은 지난 황실 연회 마지막 날 다소 무례하게 구는 레이먼드에게 입 한번 제대로 뻥긋하지 못했다. 몇 년 전까지만 해도 그는 에드윈을 먼발치에서 뒷모습만 겨우 볼 수 있는 위치였는데…….

먼저 자리를 뜬 제 뒷모습을 빤히 응시하는 시선에 이름 모를 희열까지 느껴졌다.

"……'토르'입니까."

그런데 이제 와서 의외로 별것 아니라고 생각했던 셰리 곁의 호위 기사가 신경이 쓰인다. 정부의 존재를 각오한 것은 사실이다. 하지만 그는 생각보다도 더 아가씨의 총애를 받고 있는 것 같았다. 지금만 해도 그렇다.

자세히 보지 않으면 알기 힘들 수도 있겠으나 레이먼드는 눈썰미가 꽤 좋은 편이었다. 셰리는 애초에 짙은 화장을 즐겨 하지 않는 편이라 안심했던 모양이다. 하지만 응접실에 뛰어들 듯 들어온 그녀의 평소보다 불그스름하게 달아오른 눈가며, 붉게 부푼 입술이 곧바로 레이먼드의 시선을 사로잡았다.

한 번도 안 겪어 봤다면 모를까, 그는 이미 셰리와 밤을 두 번이나 보낸 경험이 있다. 게다가 적다고 할 만한 실제 경험 외에도 레이먼드는 그 빌어먹을 실험 때문에 정사 때의 신체 반응에 대해 질릴 만큼 잘 알았다.

물론 약에 취해 억지로 성감이 끌어올려진 자들과 달리 셰리의 발그레한 볼과 미묘하게 흐트러진 모습은 유혹적이기까지 하다는 점이 달랐다. 이제는 시간이 지나 흥분이 가라앉았는지 보기 좋게 홍조를 띠고 있던 얼굴이 조금 창백해 보였다. 그러나 촉촉하게 부은 입술만은 그대로라 그의 눈길이 길게 머물렀다.

마치 금단 현상처럼 셰리를 미친 듯이 원했던 보름 남짓의 시간이 지나자 몸 안을 거세게 헤집고 다니던 기운은 거짓말처럼 잠잠해졌다. 그렇다고 그녀에게 욕정했던 남자로서의 저 자신은 사라진 게 아니어서 레이먼드의 고운 미간이 잠시 찌푸려졌다.

밀폐된 공간 안에 둘만 남게 되자 그가 익히 알고 있는 아가씨의 체취와 섞인 진한 우디 향이 자꾸만 레이먼드를 자극했다.

그가 아는 '토르'는 기사인 것을 감안해도 타고난 커다란 체격에 설익은 소년 같은 얼굴을 가진 남자였다. 나이가 딱 다섯 살만 더 어리거나 몸집이 작았다면 여자인지 헷갈릴 만큼 보기 드물게 청초한 미남이었다.

지난번에 이야기를 나눠 본 바로는 말수도 적고 얌전한 성격 같더니 제게 위기감이라도 느낀 걸까.

"으응."

푹신한 좌석에 기대어 잠이 든 셰리가 뒤척이며 작게 신음을 흘렸다.

"아……."

단둘만 남은 마차 안.

마킹이라도 한 것처럼 다른 남자의 흔적을 잔뜩 묻히고 잠든 아가씨.

그리고 그녀를 연모하고 필요로 하는 한 남자.

레이먼드는 오랜만에 제 아래가 슬슬 반응을 보인다는 걸 인지하고 두 손에 얼굴을 묻으며 거칠게 쓸어내렸다. 셰리와 함께 제 공간을 방문할 기대에 부푼 나머지 시간을 들여 정성껏 단장했던 머리가 흐트러지는 것도 아랑곳하지 않았다.

정부 한둘 정도는 각오했다는 말을 했던 제 입을 찢고 싶었다. 아가씨의 관심과 애정을 다른 남자에게 송두리째 넘겨 준 채 저는 과연 이름뿐인 부군과 차기 후작의 친부 자리로 만족할 수 있을 것인가.

레이먼드는 여태 셰리와 어떻게든 혼인만 한다면, 그래서 후작가의 위세를 빌려 제가 마탑과 아카데미에 대한 영향력만 손에 넣는다면, 그 이상의 것은 크게 욕심내지 않을 거라 여겼다. 그래서 여태 그녀에게 잠시간 미쳐 있었던 과거를 잊고 오만하게도 셰리를 '이성적인 호감이 드는 사업 파트너' 정도로 평가해 왔다.

그녀에게 빠진 건 이미 오래전 인정해 버렸으니, 셰리가 제게 그 애정을 돌려줄 것이라 기대하지 않기 위해 그동안 필사적으로 이성적이고 관대한 척 스스로를 속였다. 그래서 아가씨의 정부 몇 정도는 담대하게 품어 주겠노라고 호기롭게 먼저 나서지 않았나.

그건 그토록 저는 그렇게 되지 않겠노라고 경멸했던 스승님이 제게 심어둔 세뇌 탓일지도 몰랐다.

'여자는 마물이나 다름없어. 마물에게 홀려서 몸만 망가지는 줄 아느냐? 겨우 떼어내도 마음까지 망가뜨리지, 끄윽. 항상 냉철한 이성으로 잘 판단해서 그 마물들을 경계해야 된다 이 말이야.'

저를 처음 본 날부터 계집애 같은 그 낯짝 좀 가리라며 발작적으로 굴던 스승님은 유난히 여성을 어려워했다. 본인 입으로는 여자를 싫어하는 거라고 했지만 제가 보기에는 혐오감과 결을 달리하는 또 다른 두려움이 느껴졌다.

아직도 성관계를 하면 마력이 새어 나간다고 믿는 자들이 있는 마탑 소속 연구소라 그런지 몰라도 연구원들 대부분은 성생활에 거부감이 컸다. 하지만 그런 속설 같은 믿음 때문이라기엔 그의 스승은 정도가 과했다.

몽정도 하지 않은 유년 시절부터 귀에 못이 박이게 들었더니 결국 그 자가 지껄이던 말들이 제게 영향을 주긴 주었던 모양이다.

냉철한 이성은 무슨, 스승님이야말로 낮밤 가리지 않고 마시는 술에 절어 한때 반짝반짝 빛났다던 지성은 녹이 슬고 금이 간 지 오래였을 테다. 다행히 그가 구금된 덕분에 더 이상 그 추레한 몰골을 스승이랍시고 셰리에게 보여 주지 않아도 된다는 사실은 위안이 되었다.

"아카데미 안으로 진입합니다."

근처에 상시 개방되는 작은 문이 아니라 고위 귀족이나 귀빈이 올 때만 열리는 아카데미의 거대한 정문이 열렸다. 커다랗고 단이 높은 마차에 탄 덕분에 창문 너머 이쪽을 바라보는 많은 시선들을 위에서 바라보게 되었다. 얼마 전의 저도 저 올려다보는 시선들 중의 하나였다. 아카데미의 정문이 열리는 일은 기껏 해야 일 년에 서너 번에 불과한 광경이니.

새로운 감회에 젖어 있는 그와 달리 셰리는 여전히 깊게 잠이 든 채였다. 고귀하게 태어나 그 누구의 견제도 없이 이 모든 것을 당연하게 누려 온 공녀님이 아닌가. 제게는 특별한 이 순간도 그녀에게는 별다른 일이 아닐 수 있었다. 일말의 박탈감이 엄습하긴 했으나 셰리는 제가 가진 특권에 취해 의무를 도외시하는 부류가 아니란 건 레이먼드도 잘 알았다.

오래 두고 본 건 아니었지만 저보다 다섯 살은 어린 그녀가 이미 맡은 책임의 무게가 만만치 않았다. 쿠션에 감싸인 체구만 볼 때는 이렇게 작고 여리기 그지없는데…….

잠에 취해 무릎 아래로 떨어진 저 작은 손으로 제게 더 큰 세계를 안겨 줄 분이다.

그녀의 후광을 빌어 미하르쉘의 이름을 얻는 것만으로 만족하고 주저앉
을지는 더 고민해 볼 문제다. 하지만 레이먼드는 그날 조용하고도 형형하게
눈을 빛내던 토르를 기억해 냈다.

역시, 이건…… 저를 향한 도발이라고 봐도 되겠지?

끝까지 말하지 않으려고 했는데, 생각이 바뀌었다.

XIV. 몸과 마음의 방향

아카데미 내부로 진입해 대로를 달리기 시작하자 레이먼드가 한껏 다정한 목소리로 셰리를 깨웠다. 조용하지만 귓가로 바로 와 닿는 나직한 목소리에 그녀의 길고 풍성한 속눈썹이 흐릿한 보석안을 내놓았다. 셰리가 몽롱해진 눈을 깜박이며 초점을 잡아 가는 모습을 뇌에 새기기라도 하는 듯 그의 시선이 집요하게 꽂혀들었다.

"이제 일어나셔야 합니다, 아가씨."

"아……. 내가 너무 오래 잤나요?"

"피곤하셨을 테니까요."

아까의 조금 굳은 듯한 미소와 달리 그가 볼우물이 쏙 팰 정도로 입꼬리를 끌어당겨 웃었다. 잠이 덜 깬 눈으로 봐도 적응이 되지 않을 만큼 화사한 얼굴이라 어쩐지 눈이 부시다고 느끼며 셰리가 시선을 피했다. 그러고 보니 평소 부르던 호칭과 다른 걸 들은 것 같은데……. 하지만 그녀는 제가 잠결에 잘못 들었다 여기고 넘어갔다.

레이먼드의 말대로 계속해서 이어지는 사교계의 일정에다가 오늘 짧지만 강렬했던 토르와의 관계까지. 제가 피로가 좀 쌓이긴 한 모양이다. 그래도 그를 앞에 두고 이렇게까지 푹 자 버리다니.

저택에서는 경황이 없어 자세히 보지 못했는데 오늘의 그는 제법 근사하게 꾸민 차림새였다. 제가 일전에 마차에 실어 보냈던 옷 중 하나인 금색 실로 화려하게 수가 놓인 흰색 정장이 레이먼드와 잘 어울렸다. 연회복이 아니긴 해도 꽤 격식을 차린 디자인과 나른하게 생긴 미남이 만나자 어딘가 모르게 위험한 느낌이 났다.

그의 금발에 흰 옷이면 성직자 느낌이 나지 않을까 생각하고 골랐는데 탐스러운 금발이 흘러내리듯 느슨하게 목 뒤로 묶인 모습은 어쩐지 퇴폐적이었다. 역시 저 살짝 처진 눈매에 야살스러운 눈물점 때문인 것 같다.

그렇게 그의 공들인 차림에 비하면 저는……

얼굴에 피곤한 기색이 나타났나 싶어 제 볼을 쓸어 보는 셰리의 손등으로 지나치게 매끄러운 살결이 그대로 느껴졌다.

'아……'

그러고 보니 옷과 머리만 신경 쓰느라 얼굴 상태가 어떤지 미처 거울 한 번 보지 못했다. 그녀와 마주친 이들 모두 별 반응이 없었던 것으로 보아 처참한 상태는 아닌 것 같지만. 내심 불안해진 셰리가 힐끔거리며 마차 창문에 제 얼굴을 비춰 보았다.

그런 그녀의 앞으로 레이먼드가 불쑥 거울을 내밀었다.

"걱정 안 하셔도 여전히 아름다우십니다."

"그래도 레이의 스승님을 만나러 가는 길인데……"

"아, 그것은 걱정하지 않으셔도 됩니다. 지금 제 스승님은 연구소에 계시지 않습니다."

"음……?"

인체 실험의 범위를 넓히다가 '사고'를 낸 연구소장의 구금 소식은 최근 꽤 화제가 되었다. 하지만 셰리는 그런 그가 제 스승임을 모르는 눈치였다.

이렇듯 그녀에게 자신이 별다른 의미가 되지 못한다는 사실을 깨달을 때마다 심장이 따끔해져 왔다. 이제 약혼은 기정사실인데도 저는 정말 약혼자에 대한 표면적인 관심 말고는 아가씨의 흥미를 끌지 못한 듯했다.

그럼 지금 셰리의 마음을 꽉 붙잡고 있는 것은 그 호위일까.

거울에 비친 적나라한 제 민낯에 셰리의 미간이 살짝 찌푸려졌다. 그 모습을 본 레이먼드가 씁쓸한 목소리로 말을 이었다.

"많이 신경 쓰이십니까?"

"흐응, 조금."

지금 아가씨의 대답은 치장에 관한 거라는 걸 알면서도, 신경 쓰이는 호위 기사를 향한 말인 것만 같았다.

어느새 그녀의 애정을 다른 이와 나눈다는 상상만으로도 이렇게 불쾌한 기분이 드는데, 정말 며칠 전의 저는 무슨 생각으로 두 남자에게 정부를 제안했을까.

정식으로 부군이 되면 셰리의 모든 총애와 관심이 제게로 가장 많이 쏠릴 것이라고 당연하게 여긴 오만함의 발로였을지 모른다. 그녀가 이것저것 제 사정을 많이 봐준 덕분에, 잠깐이지만 등에 업은 셰리의 위세를 제가 이루어 낸 것이라고 착각했던 탓이다.

이대로라면 부군이라는 타이틀 따위는 공식 석상에서 그저 그녀의 옆자리를 얻는 빈껍데기에 지나지 않을 수도 있다. 하지만 그자들은 어떤지 몰라도 제게 여자로서 의미가 있는 사람은 이제 셰리뿐이었다.

결혼식까지, 아니, 후작령에서 약혼식을 올릴 때까지만이라며 한가하게 손 놓고 기다릴 수만은 없어졌다. 이미 약혼을 한 상태라고 해도 셰리가 작정하고 엎으려 한다면 제 자리는 내일 당장 사라질 수 있다. 조금 더 확실하게 인정받을 계기가 필요했다.

"마침 제가 셰리 님의 치장 도구를 전달받았습니다."

레이먼드가 아까 메이드로부터 건네받은 묵직한 가방을 제 무릎 위로 올리며 입을 열었다. 그 말에 셰리가 손바닥을 맞부딪치며 반색했다. 그러나 이내 눈썹을 축 늘어뜨리고 곤란한 표정을 지었다.

"나는 스스로 내 얼굴을 꾸며 본 적이 없는데……."

"간단한 정도의 꾸밈이라면 제가, 해 드려도 될까요?"

"레이는 화장해 본 적이 있나요?"

"……대강 사용해 본 적이 있습니다."

이래봬도 그는 제법 큰 상회의 차남이다. 돈이 될 만한 물품을 골라내는 안목을 타고난 덕에 올린 상회의 주력 상품은 대부분 레이먼드가 제안한 것들이었다.

딸깍, 가방의 입구를 열어 안에 든 치장 도구들을 살피다 그가 마차 바닥에 주저 없이 두 무릎을 꿇었다. 기껏 차려입은 흰색 정장 바지가 더러워질지도 모르는데도 레이먼드는 전혀 개의치 않았다.

"레이?"

"잠시만 눈을 감아 주실 수 있겠습니까."

"아, 그래요."

같은 남자도 움찔하게 할 만큼 커다란 덩치의 토르만큼은 아니지만 레이먼드도 일반적인 남성보다 훌쩍 키가 큰 장신이었다. 그래서인지 그가 셰리의 앞에서 무릎을 세우자 눈높이가 얼추 맞았다. 갑작스레 훅 다가온 해사한 얼굴에 당황하던 그녀의 두 눈이 얌전히 감겼다.

셰리의 기분을 좋게 해 주려 한 빈말이 아니라 제 눈앞의 아가씨는 자다 일어나 화장기가 거의 없는 얼굴조차 숨이 막힐 정도로 예뻤다.

그러고 보니 카셰이라 공녀라고 하면 이미 십 대 초반부터 제국 제일의 미인이 될 거라고 소문이 자자했다. 거기에 영특하고 단호한 판단력까지. 공작가와 필적하는 권세를 가진 후작가의 후계자가 아니었다 해도 어떤 남자가 그녀를 마다할 수 있을까.

여태 단 두 번뿐이지만 저 같은 이와 밤을 보내 주신 것조차 원래는 영광으로 알 일이다. 그에 만족할 줄 모르는 제 욕심이 자꾸 커져서 그것이 문제지.

"시간이 없으니 피붓결과 입술만 손대겠습니다."

잠에서 깬 지 얼마 되지 않아 더 촉촉하게 반짝거리는 피부를 잠시 주시하던 레이먼드가 가루분을 브러시로 덜어내 가볍게 그녀의 얼굴에 얹었다. 그러자 조금 앳된 느낌이 있던 피부가 뽀얗고 투명하게 그의 손끝에서 피어났다.

모질 좋은 브러시가 훑고 지나가는 보기 좋게 동그란 이마, 적당한 숱으로 단아하게 난 눈썹, 신비로운 눈동자를 안으로 숨긴 볼록한 눈두덩, 지나치게 높지도 낮지도 않은 조화로운 콧대와 오뚝한 코끝, 갸름한 턱선……

이렇게 가까이에서 셰리를 자세히 본 적은 처음이라 붓을 움직이는 레이먼드의 손이 일순 힘을 잃고 미끄러졌다. 한순간 그 양순해 보이던 호위 기사가 그녀를 자신에게 보내며 어째서 필사적으로 제 흔적을 남기려 했는지 납득했다. 정말로 누군가를 좋아한다는 건 그를 독점적이고 배타적으로 소유하고 싶다는 욕망과 떼어 낼 수 없는 감정이었다.

"앗, 간지러워."

"다 끝났습니다. 이제 입술만 바르면……. 턱을 잠시, 아."

다 끝났다는 말에 반짝 뜨인 셰리의 눈동자를 코앞에서 목도한 그의 입이 살짝 벌어졌다. 생각보다 너무 가까이 있었던 터라 민망해진 그녀의 눈이 다시 감겼지만 레이먼드는 손끝까지 저릿하게 느껴지는 두근거림이 멈추지 않아 연신 마른침만 삼켰다.

이제는 눈에 띄게 덜덜 떨리기 시작한 손으로 미리 골라 두었던 화사한 색감의 립 제품 뚜껑을 열었다. 립 제품을 묻힌 자신의 약지를 도톰하게 부푼 셰리의 입술 근처로 겨우 가져다 대긴 했으나 도저히 제정신으로 발라 드릴 수가 없을 것 같았다. 거기에 한동안 잠잠했던 충동이 핏줄을 타고 스멀스멀 올라오는 게 느껴졌다.

결국 레이먼드는 그녀의 손에 던지듯 화장품을 넘기고 도망치듯 마차 밖으로 달아났다.

"나, 나머지는 아가씨께서 마무리해 주시면 됩니다. 저는 먼저 나가 있겠습니다."

셰리가 미처 잡을 새도 없이 쏜살같이 나가며 마차 문을 닫아 버린 터라 그녀는 잠시간 황당한 표정으로 앉아 있었다.

그러고 보니 레이먼드가 아직 동정이라고 했었나. 제게 이성적인 호감이 있는 것은 알았지만 엉뚱한 곳에서 생각보다 순진한 반응을 보여 의외라는 생각이 들었다.

나이가 몇인데 겨우 이 정도로…….

어딘지 짓궂은 미소를 띤 채로 거울을 보며 그가 골라 둔 제품을 대강 슥슥 바른 셰리가 작게 탄성을 내뱉었다. 세상에, 입술 하나만 발라도 진한 화장이 부럽지 않게 얼굴이 확 살아나는 탁월한 색 선정이었다. 사업 감각이 뛰어난 것은 이미 알고 있었지만 이런 쪽에까지 안목이 훌륭할 줄이야.

외모만 보면 여자 꽤나 울리게 생겼으면서 정말 공부와 연구만 했던 모양이다. 셰리 나름대로 이것저것 조사해 보았지만 기숙사와 연구실, 종종 상회 지부에 들를 때를 제외하고는 사생활이랄 것이 없는 남자였다.

마지막으로 기억에 남은, 하얀 얼굴에 떠오른 홍조와 크게 뜨인 새파란 눈동자를 다시 떠올린 그녀가 키득거리며 제 차림을 다시 점검했다. 드레스가 아닌 원피스 차림이라 별다르게 매만질 것은 없었지만 기다란 치맛자락을 정리하던 그녀의 얼굴이 금세 사색이 되었다.

속옷을 깜박했다.

소파에 걸쳐져 있던 그대로 주워 입느라 미리 준비되어 있던 속바지는 어떻게든 입었다. 하지만 속옷은 토르가 벗겨 내던진 이후로 다시 챙기지 못했다는 사실이 그제야 떠올랐다. 깜짝 놀라 다리를 오므리자 허벅지 안쪽에 하얗게 말라붙은 흔적까지도 느껴졌다. 토르는 끝까지 가지 못했으니, 이건 아마도 자신의 몸에서 나온 흔적이겠지.

일순간 창백해진 셰리의 귀로 조심스러운 노크 소리가 들려왔다.

"뭔가 불편한 것이라도 있으십니까?"

"아니, 아뇨! 먼저 학장실로 간다고 했죠?"

"아, 네. 그렇습니다."

이왕이면 아카데미 안을 천천히 걸으면서 제가 수학했던 곳에 대해 알려 주고 싶었지만 바로 학장실로 향해야 할 듯싶었다. 레이먼드는 방금 전까지만 해도 붉게 달아올랐던 얼굴에 씁쓸한 미소가 걸리는 것을 막을 수 없었다.

* * *

아카데미 학장은 전형적인 학자의 얼굴을 한 이였다. 약간 마르고 볼이 움푹하게 들어간 데다 미간에는 깊은 일자주름이 팬 초로의 남자가 눈을 가늘게 뜨고 셰리에게 악수를 건넸다.

"제가 올리비아의 이름을 받은 공녀님을 다 뵙는군요."

"……."

"아, 학장님. 안녕하십니까."

초면부터 저를 어려워하는 기색이 없는 평민을 만난 것은 처음이라 셰리는 잠시 멈칫했다. 그러나 언제 주춤했었나 싶을 만큼 곧바로 그의 손을 가볍게 잡았다 놓았다. 뒤이어 그녀가 반갑게 인사하는 레이먼드를 돌아보았다.

"자네가 앞머리를 시원하게 깐 얼굴은 거의 10년 만에 보는 것 같은데, 레이먼드 군."

"……이제 뭐라고 핀잔 줄 사람이 없으니까요."

셰리를 향해 다소 경계하는 눈빛을 보내던 남자의 얼굴이 레이먼드를 보고는 인자하게 풀렸다. 저를 대할 때와 딴판으로 변해서는 레이먼드의 어깨를 도닥이는 것이 꽤 친한 사이처럼 보였다.

"레이……와 친해 보이시네요. 저는 괜찮으니 제게도 편하게 대해 주셔요."

고위 귀족 중에서도 황녀에 준하는 대접을 받는 셰리의 존댓말에 학장은 새삼스럽다는 눈빛을 보였다. 그렇게 잠시간 응시하던 그가 헛기침을 하며 그들을 소파로 안내했다.

"이 늙은이가 여태 길러 낸 제자 중 손에 꼽히는 인재라오. 공녀님께서 보내 주신 후원금은 잘 받았소."

시작은 평민이었을지 몰라도 학장의 자리에 올랐으니 단승 작위일지언정 폐하께 직접 자작위를 하사받은 학자였다. 게다가 아카데미 내에서는 형식적이나마 신분에 얽매이지 않게 되어 있었다. 그래서 제 아무리 에드윈이라고 해도 재학 시절에는 교수들에게 존댓말을 써야 했다. 그러니 셰리가 그의 사회적 위상을 존중하는 의미로 존대를 한다 하여 격식에 어긋나는 것은 아니었다.

그런 데다 셰리가 보낸 후원금은 그냥 그런 '후원금'의 수준을 아득히 뛰어넘었다. 아마 모르긴 몰라도 그 돈으로 최신식 건물 한둘은 당장 착수가 가능할 것이다.

"아카데미 측에서 적절하게 사용해 주실 것을 의심치는 않으나, 제가 제안을 드려도 될까요?"

"들어 보고 결정하겠소."

곁에 앉은 레이먼드가 안절부절 못하는 기색이었지만 그녀는 외려 활짝 웃으며 고개를 끄덕였다. 과연 소문대로 셰리 같은 대귀족에 고귀한 혈통에게도 꼿꼿하기 그지없는 자였다. 오히려 여타 다른 기관의 책임자들처럼 비굴하게 나왔다면 실망스럽기 그지없었을지도.

학장이 되자마자 그가 제일 먼저 한 일은 신분보다 시험으로 입학할 수 있는 전형을 획기적으로 늘린 것이었다. 듣기로는 아카데미에 굳이 입학할 필요가 없는 고위 귀족들보다 지방의 하급 귀족들의 반발이 컸다고. 그러나 그는 이에 굴하지 않고 폐하와 담판을 지어 통과시킬 정도로 소신 있는 행보를 이어 간 걸로 유명했다.

"후원금의 일부는 학생들의 장학금으로 쓰실 계획이시죠? 저는 후원 받는 학생들의 명단을 받아 보길 원합니다."

"장학금 수여 기준은 아카데미의 재량이오. 본원에서는 개인적인 후원도 허용하고 있소만."

역시 나이를 먹어도 꼬장꼬장한 기질은 어딜 가지 않는 모양인지 그녀의 제안을 단칼에 거절하는 모습에 셰리가 속으로 쓰게 웃었다.

한편, 겉으로 보아서는 할아버지와 손녀뻘인 두 사람의 신경전에 레이먼드의 얼굴이 어색하게 굳었다. 제 약혼자가 될 공녀님이라고 해서 살갑게 대해 줄 기대는 하지 않았지만⋯⋯. 정말 여전하신 분이다.

"장학금은 학비와 기숙사비에 한정되어 있다고 들었습니다. 명단을 제공해 주신다면 이미 후원한 금액에 더해 교습에 들어가는 기타 비용과 학생들의 생활비까지 추가로 지급하도록 하지요."

이미 적지 않은 후원금에 더해 장학생들에게 추가 비용을 지원하겠다고 하자 학장의 마른 턱이 파르르니 떨렸다. 과거에 그 역시 교습 지원금까지 장학금을 확대하고자 했지만 결국 반대에 부딪혀 통과되지 못했었다.

대륙 최고의 아카데미인 만큼 단순하게 학비와 기숙사비 이외에 막대한 비용이 필요했다. 제 아무리 입학 기준이 평민들에게도 유리하게 바뀌었다고 해도 이후 발생하는 금전적 고충에 자퇴하는 아까운 인재들이 많았다. 종종 그 비용을 스스로 벌어 보려는 이들도 있었지만 일까지 병행하며 원하는 성적을 내기에는 아카데미의 수준이 녹록치 않았다.

"⋯⋯원하시는 기준이 성적순입니까?"

갑자기 학장의 말투가 극히 정중하게 변하자 셰리가 씨익 웃으며 그와 눈을 마주했다.

"아니요, 학장님이 보기에 꼭 도움이 필요한 학생들을 선발해 주세요. 그에 대해서는 아카데미를 전적으로 믿고 일임하겠습니다."

불과 5분 전만 해도 셰리를 탐탁지 않게 보던 학장의 눈에 감동의 빛이 서렸다. 조금만 더 감격하면 그녀의 손이라도 잡을 기세였다.

"대신, 그 학생들에게 미하르셸 후작가의 지원이라는 사실은 반드시 밝혀 주셔야 합니다."

"……."

순식간에 그의 눈을 밝히던 감동이 사그라지려던 찰나, 셰리가 쐐기를 박았다.

"물론 졸업 때까지 아카데미의 기준을 충족하여 장학금을 지원받는 학생에 한해서는 미하르셸 후작가의 이름으로 추천장을 써 준다는 조건입니다."

"감사합니다!"

결국 반백의 학자는 제 가려운 곳을 적절하게 긁어 주는 어린 후원자의 손을 체면 불구하고 덥석 잡고야 말았다.

이후 형식적으로 아카데미의 재정 상태와 졸업생들의 진로 현황에 대해 설명을 들은 셰리와 레이먼드가 마탑 방문을 위해 일어섰다. 처음과 달리 레이먼드가 함께 있다는 것도 잊을 만큼 그녀에게 푹 빠진 학장이 셰리를 따라 방을 나서려는 그에게 작게 속삭였다.

"내 처음에 네 답안지를 보았을 때도 느꼈지만 너의 현실 감각은 인정하지 않을 수가 없구나. 학자에게 필요한 건 골방에 처박힌 지성뿐만이 아니지."

"아, 그건……."

이 모든 걸 계획해 둔 게 아니라 실은 몸부터 시작된 관계였다는 말은 차마 나오지 않아 레이먼드는 가만히 입을 달싹이기만 했다.

"다음 대의 미하르셸 후작가는 더 번성하겠구나. 약혼을 축하한다, 레이먼드 군."

"……감사합니다."

* * *

아카데미에서 마탑까지의 거리는 그다지 멀지 않았다. 하지만 아카데미 내부의 마법진으로 이동할 수 있는 흔치않은 기회를 셰리는 놓치지 않았다. 과거 마도 시대의 유물이나 다름없는 마법진을 이용해 마탑 앞마당으로 이동한 셰리의 입에서 감탄사가 터져 나왔다.

"이곳이 지어진 지 육백 년이 넘었다는 마탑이군요."

"마탑주께서 계셨다면 마탑 내부도 둘러보실 수 있었을 텐데, 아깝네요."

마탑 내부로 출입할 수 있는 건 마력 보유자이거나 마탑주의 허가를 받은 자들뿐이었다. 그렇기에 셰리는 아쉬움을 삼키고 근처에 지어진 연구소로 향했다. 아카데미와 달리 버선발로 마중 나온 연구소 행정처장은 손을 싹싹 비비며 그들을 맞았다.

"아이고, 카셰이라 공녀님. 저희 모두는 공녀님의 연구소 방문을 진심으로 환영합니다."

"반갑군요."

"안녕하십니까. 처장님."

"그래, 그래. 아, 레이먼드…… 수석도 잘 왔네."

역시 거액의 후원금이 전달된 이후라서일까. 연구소 로비에 마중 나온 관리부처 직원들의 얼굴은 하나같이 밝았다. 새로 구입한 것으로 보이는 빳빳한 정장을 입은 직원들 뒤에서 흰 가운을 걸친 채 얼굴이 시커멓게 죽은 연구원들이 마치 빛과 어둠만큼 대조되어 보일 정도로.

처음에는 셰리의 강렬한 외양에 놀라 할 말을 잃었던 환영 인파들은 그녀의 뒤에서 목례하는 레이먼드의 이름을 듣고 웅성거리기 시작했다. 걸어다니는 송장처럼 삭막해 보였던 연구원들의 얼굴에도 놀라움이 서린 채 저들끼리 소곤거렸다.

"저 사람이 '그' 레이먼드 수석님이라고? 맙소사."

"머리색은 똑같은 것 같은데……."

"누구 수석님 얼굴 본 적 있는 사람 있어?"

연구소에서도 일전에 본 적 있는 사진에서처럼 앞머리로 얼굴을 가리고 지냈는지 레이먼드에게로 모두의 시선이 화살처럼 쏘아졌다. 정작 황궁 연회에서는 수많은 눈길에도 담담하던 그가 민망한 듯 손등으로 제 턱을 쓸었다.

대부분의 대화는 음침하게 얼굴을 반이나 가리고 다니던 수석 연구원의 화려한 반전 외모에 대한 감탄이었으나.

"……소장의 개가 다른 주인을 찾았네."

낮게 흘리듯 읊조린 악의 어린 목소리를 들은 셰리가 고개를 돌렸다. 하지만 많은 사람들 중에서 목소리의 주인을 찾아내기란 요원했다. 깍깍거리는 소리에 묻혀 레이먼드는 듣지 못한 듯했으나 그녀의 미간이 찌푸려졌다.

'소장? 이번에 구금되었다는 그 소장?'

조금 더 실마리가 되는 대화를 듣고 싶었지만 행정처장이 연구소 전경을 견학시켜 주겠다며 재촉하는 바람에 셰리는 발걸음을 옮겼다. 마지막으로 그녀가 올려다 본 레이먼드의 얼굴에는 어느새 처음의 쑥스러움이 지워지고, 비뚜름한 웃음이 걸려 있었다.

셰리는 문외한이 보기에는 비슷비슷해 보이는 랩실을 지나 대외 인사를 위해 마련된 코스를 대강 훑어보았다.

"아카데미도 들렀다 오느라 조금 피곤하군요. 공식 일정은 여기까지 하도록 하죠."

"아, 그러면 귀빈용 응접실로 가시겠습니까? 하핫."

여태 쉬지 않고 시설에 대한 자랑을 늘어놓던 남자가 눈을 빛내며 탐욕스럽게 웃었다. 간혹 셰리가 묻는 연구 성과에 대한 대답은 다른 연구원에게 시킬 정도로 그 자는 도무지 아는 것이 없는 듯했다.

"그보다는……. 내가 레이먼드의 연구실을 방문해도 되겠지요?"

"어, 연구실은 아무나 들어갈 수 있는 곳이……."

여태 그녀가 질문을 할 때가 아니면 그저 유령처럼 조용히 따라다니기만 하던 연구원 하나가 레이먼드의 눈치를 보며 난색을 표했다. 연구실에 일반인의 출입이 제한되는 걸 몰랐던 셰리가 그 자의 시선을 따라 뒤를 돌아보았다. 그러나 정작 그녀와 눈이 마주친 레이먼드는 빙긋 웃는 얼굴로 어깨를 으쓱이며 상관없다는 표정을 지었다.

'너무 무리한 부탁을 했나?'

굳이 레이먼드의 연구실에 들러야 할 이유가 있는 건 아니니 셰리가 방금 전의 제 발언을 철회하려는 순간이었다. 아까부터 영양가 하나 없는 소리만 반복해서 지껄이던 행정처장이 과장되게 목소리를 높였다.

"어허! 공녀님께서는 아무나가 아닐세."

처음부터 느꼈지만 행정처장은 전형적으로 금전적인 면에만 관심을 기울이는 자였다. 마탑 산하의 연구소인 데다 황실에서도 꽤 많은 자금 지원을 받고 있을 텐데도 막대한 후원금을 낸 셰리에게 지나칠 정도로 비굴하게 굴었다.

'레이가 실권을 쥐게 되면 제일 먼저 잘려 나가겠구나.'

연구소장이 부재중인 상황에선 그에게 반박할 만한 인사가 없는지 너무나 손쉽게 셰리는 레이먼드의 사적인 공간으로 안내받을 수 있었다.

"와, 여기서 레이가 연구하는 건가요?"

"프로젝트나 큰 실험은 다른 곳에서 하지만 개인적인 연구는 주로 이곳에서 하고 있습니다."

책장에 빼곡한 서적들하며, 벽면마다 늘어서 있는 수납장과 넓은 책상을 보고 셰리가 두리번거렸다. 어쩐지 제가 알고 있던 연구실과는 달리 서재처럼 깔끔하게 정리되어 있었다.

"생각보다 깨끗한데요."

"셰리 님께서 방문하신다고 하셔서 혹시나 싶어 며칠 동안 정리했습니다."

환기를 위해 열어 두었던 창문을 닫기 위해 레이먼드가 잠시 창가로 다가선 틈을 타 셰리는 그의 책상 위에 놓인 물건을 발견하고 들어올렸다.

"이건 뭐죠? 동그란 테 안에 유리를 박아 둔 건가요?"

"마력 흐름을 보게 해 주는 안경입니다. 마력 보유자가 아니라면 맨 눈으로 흐름을 볼 수 없어서요."

"아하……."

과연 까만 테 한쪽 면에는 손톱만 한 붉은 마력석이 박혀 있었다. 어떻게 사용하는지 몰라 이리저리 돌려보기만 하는 셰리의 곁으로 레이먼드가 슬며시 다가왔다. 그러고는 그녀의 손을 가볍게 감싸 쥐어 올바르게 씌워 주었다.

"어, 별로 다를 게 없어 보이는데요?"

"아마도 지금 이 방 안에 마력으로 작동하는 물품이 없어서 그럴 겁니다."

"그럼 이 안경만 쓰면 마법 아티팩트는 다 감별할 수 있겠네요?"

안경이라는 것을 처음 써 보는 터라 코받침이 익숙지 않아 주르륵 흘러내린 채로도 신기하다는 듯 입을 헤 벌린 모습이 귀여웠다. 어딘가 있을지 모르는 마력의 흐름을 잡아내 보겠다는 양 눈을 찌푸린 셰리의 모습에 결국 그의 입에서 웃음이 터져 나왔다.

"크흡. 네, 네에. 구동될 때만이긴 해도 설계된 회로를 따라 마력의 흐름이 보이게 될 테니까요."

제게는 일상이 된 물건을 서투르게 걸친 아가씨를 보자 레이먼드의 미소가 잠시 흐려졌다. 이왕이면 자신이 입던 흰 가운을 입혀 보고 싶은데…….

저도 모르게 가운을 어디에 뒀는지 기억을 더듬던 레이먼드의 팔이 쭈욱 잡아당겨졌다. 그리고 셰리가 여태 쓰고 있던 안경을 그의 얼굴에 가까이 가져다대었다.

"앗, 셰리 님."

"레이 거니까요. 한번 써 봐요."

"전 안경이 별로 안 어울리는……."

"평소 일할 때의 레이의 모습은 이렇군요. 잘 어울리는데요? 이렇게 보니 정말 학자 같네요."

까만 뿔테 안경을 쓴 레이먼드의 모습은 어딘가 생소해서 그녀는 그의 주위를 빙글빙글 돌며 발끝부터 머리끝까지 훑어보았다. 여기에 아까 그 연구원들과 같은 흰 가운을 입고 앞머리까지 덥수룩하게 가리면 확실히 지금의 레이먼드와는 다른 사람처럼 보일 만했다.

부지불식간에 마력 안경을 쓰게 된 레이먼드는 숨을 멈추고 잠시 굳었다. 제 의지가 아니라 억지로 씌워진 안경은 처음 그것을 착용했던 날의 기억을 떠올리게 해 머릿속이 하얗게 비어 버리는 것만 같았다. 잠시 만끽하던 해방감 위로 다시 족쇄가 철커덩 소리를 내며 그의 몸을 옥죄는 기분이 들었다.

'마력 보유자도 아닌 놈들이 마도구에 대해 뭘 안다고. 넌 이거부터 해.'

"저기, 레이? 레이먼드?"

"……."

누가 봐도 하얗게 질린 레이먼드의 얼굴을 의아하게 응시하다 셰리가 다시 그의 안경을 벗겨 내었다. 너무 친근하게 굴었나.

눈앞에서 그녀의 얼굴을 마주하자 레이먼드의 눈동자에 빛이 돌아왔다. 곧이어 잠시간 멈췄던 숨이 격하게 내뱉어졌다.

"아, 놀랐나요."

"아니, 아닙니다. 아까 어디까지 이야기했죠?"

어딘지 모르게 그가 허둥대는 모습에 셰리가 의아한 표정으로 대답했다. 제가 그 안경이라는 것을 썼을 때는 별다른 것이 느껴지지 않았는데 레이먼드에게는 뭐가 보였나?

"음? 구동될 때만 마력의 흐름이 보인다고……."

"그렇습니다. 그러니까, 아, 그렇지. 셰리 님의 마법 반지 같은 경우도 구동되지 않을 때는 그저 반지일 뿐이지만 손가락에 착용하여 작동 중일 때는 그 흐름이 보이게 됩니다."

횡설수설하며 제대로 숨도 쉬지 않고 빠르게 내뱉은 레이먼드가 가슴께를 부여잡고 천천히 심호흡을 했다. 늘 느긋하고 여유 있어 보이는 평소 모습과는 다르지만 알아듣기 쉬운 설명에 셰리가 손바닥에 제 작은 주먹을 맞부딪혔다.

"신기하네요. 이럴 줄 알았으면 가지고 나오는 건데."

"하아……. 셰리 님. 전, 잠시 마실 것이라도…… 가지고 오겠습니다."

그녀의 대답도 듣지 않은 채 비척거리며 연구실을 빠져나가는 레이먼드의 발걸음이 다급해보였다. 그런 그의 등을 바라보며 셰리는 고개를 갸웃저었다.

역시 그 '소장'이라는 사람과 무슨 일이 있긴 있었던 것 같다. 아까의 적의가 느껴지던 시선과 비아냥도 신경 쓰이고…….

안경이 씌워지자마자 핏기가 쑥 빠져나간 듯 창백해지던 레이먼드의 얼굴이 생각나 그녀는 책상 위에 아무렇게나 던져진 안경에 눈길을 주었다. 그런데 방금 전 제가 느꼈던 기묘한 위화감은 뭐였을까?

셰리가 다시 안경으로 손을 뻗으려는 찰나, 노크 소리와 함께 연구실 문이 열렸다.

"수석님, 시제품이 나와서. 앗, 공녀님. 귀빈실에 계신 줄로만 알고……."

"내가 레이의 연구실 구경을 하고 싶다고 했네. 그쪽은 레이의 동료인가?"

"아, 안녕하십니까. 개발 1부의 책임 연구원인 해리스라고 합니다."

"해리스……."

제가 변장을 할 때면 사용하던 가명과 같은 이름에 셰리의 미간이 찌푸려졌다. 그런 그녀의 태도에 잔뜩 겁을 먹은 마른 체구의 연구원은 흘러내린 안경을 고쳐 쓰고 인사만 남긴 채 빠르게 도망쳤다.

"그럼, 저는 이만 가, 가 보겠습니다."

"……."

레이먼드고 방금 전의 해리스라는 연구원이고 다들 공황이라도 온 것처럼 귀빈인 저를 방치한 채 나가 버리다니. 그런 셰리와 함께 남겨진 것은 유난히 소심해 보이던 남자가 바닥에 떨어뜨려 상자에서 빠져 나온 그 시제품뿐이었다.

그대로 바닥에 놓아둘 수는 없어 셰리는 짙은 분홍빛의 길쭉한 물체를 손에 쥐어 보았다. 역시 한쪽 끝에는 붉은색 마력석이 박혀 있었다. 그녀의 손바닥에 와 닿는 감촉이 제법 보들보들했다. 이건 뭐에 쓰는 물건이지?

제가 가진 아티팩트인 마법 반지는 손가락에 끼운 후 마력석을 일정한 패턴으로 두드리는 방식으로 발동했다. 그 외에도 대부분의 마도구는 접촉으로 작동하기에 여러 번 눌러 보았지만 아무런 반응이 없었다. 그래서 얌전히 책상 위에 올려놓으려던 참이었다.

'……셰리 님의 마법 반지 같은 경우도 구동되지 않을 때는 그저 반지일 뿐이지만……'

'……해리스라고 합니다.'

그런데…… 자신이 레이먼드 앞에서 마법 반지 이야기를 한 적이 있던가?

일정 횟수 이상 사용하고 나면 마력의 재충전이 필요한 현재의 마도구들과는 달리 셰리가 가진 반지 아티팩트는 과거 마도 시대의 물건이었다. 사용 후 어느 정도의 시간만 흐르면 공기 중의 마나를 흡수하여 저절로 필요한 마력을 확보하는 고급 마도구였다.

유력 가문마저도 마도 시대에 만들어진 아티팩트를 그다지 많이 소유하고 있지는 못했다. 게다가 그 몇 안 되는 것들 중에서도 살상력이 큰 마도구들은 황실에 압류되어 있는 실정이다. 그래서 종종 가보로 전해지는 아티팩트는 셰리가 갖고 있는 마법 반지처럼 외양을 바꾸어주는 등 자질구레한 기능이 있는 것들뿐이었다.

대외적으로는 미하르셸가가 어떤 아티팩트를 소장하고 있는지도 알려지지 않았을 텐데 레이먼드는 어떻게 알았지? 저도 모르게 손에 잡힌 분홍색 물체를 주물거리며 생각에 잠긴 셰리의 얼굴에 경악이 스쳐 지나갔다.

"설마……?"

그러고 보니 아까 마차에서도 그렇고, 예전 스프링클러로 물벼락을 맞았을 때도 레이먼드는 저를 '아가씨'라고 지칭했다. 후작가에 고용된 사용인이 아니면 입에 올릴 일이 없는 단어가 아닌가.

제게 '아가씨'라고 부르며, 얼굴을 바꿔 주는 마법 반지의 존재를 알고 있는 동시에 그녀의 정체까지 알고 있는 사람은 셰리가 알기로는 한 명뿐이었다.

지금은 까마득하게 먼 예전의 일로 느껴지는, 트라나이츠 바의 마스터.

그리고 셰리와 이미 두 번이나 관계를 한…….

"죄송합니다. 셰리 님. 제가 아까는…….""

"악!"

마침 문을 열고 들어오는 그의 목소리에 셰리가 화들짝 놀라 소리를 질렀다. 그런 그녀의 반응에 레이먼드는 들고 있던 쟁반과 팔에 걸쳐 둔 정장 재킷을 서둘러 서랍장 위에 던지듯 올려두었다. 이내 빠른 걸음으로 다가서며 그가 조심스럽게 입을 열었다.

"무슨 일이 있으셨습니까?"

"너, 너……!"

[……아름다운 장미를 허락 없이 꺾은 사례는 무엇으로든 하겠습니다.]

그 느끼한 쪽지를 쓰고 사라진 남자가 레이먼드였다고?

하지만 전에는 동정이라고 했는데?

'오히려 저는 셰리 님 외의 여자는 전혀…….'

아니, 생각해 보니 그가 제 입으로 자신이 동정이라고 말한 적은 없었다. 게다가 만약 예전에 저와 관계를 했던 그 마스터가 맞다면 틀린 말도 아니었다.

순식간에 머리를 스치고 지나가는 섬광 같은 깨달음에 셰리는 제가 손에 들고 있던 길쭉한 시제품을 레이먼드를 향해 겨누고 있다는 사실도 잊었다. 그리고 그는 셰리의 손에 들린 물체를 알아보고 다시 얼굴이 새파랗게 질렸다.

"잠깐만요, 셰리 님. 그, 그건 어디서 나셨습니까? 진정하시고, 제게 주시면 됩니다."

"거기 멈춰……요. 일단 질문에 대답부터 해……요."

아직 확실하지 않은 일에 반말을 해야 할지, 지금까지처럼 존대를 해야 할지 갈피를 잡지 못한 채로 셰리가 주춤주춤 뒷걸음질 쳤다. 등 뒤가 책상으로 막혀 더 이상 물러날 곳이 없자 그녀가 눈에 힘을 주어 레이먼드를 노려보며 입을 열었다.

"나, 알죠?"

"셰리 님."

몰캉한 물체를 무기 삼아 여전히 저를 향해 가리킨 셰리를 보고 그는 다가가던 걸음을 멈추었다. 그러고는 아연한 낯을 숨길 생각도 못한 채 얌전히 두 손을 들어 올렸다.

안 그래도 오늘쯤 시제품이 제게 전달될지도 모른다는 생각에 급하게 달려왔는데 한 발 늦은 모양이다. 무엇 때문에 아가씨가 화를 내고 계신 건지는 몰라도 마력석이 눌려 작동되기 전에 회수해야 했다.

오늘 하루 그녀에게 저의 쓸모를 한껏 어필하려 노력했는데, 저 물건 하나로 그동안 쌓아 온 이미지를 망칠 수도 있겠다는 생각이 들어 레이먼드는 다급해졌다.

그래서 셰리가 불시에 꺼낸 한마디에 표정 관리를 할 여유가.

"트라나이츠 바(bar) 마스터, 당신이지?"

"아……."

전혀 없었다.

표정 관리가 다 무엇인가. 심지어 레이먼드는 입을 떡 벌린 황망한 얼굴을 그대로 내보였다. 굳이 대답을 듣지 않아도 그의 표정에서 답을 얻은 셰리가 비틀거리며 한쪽 손으로 책상을 짚었다.

"왜, 왜 속였어요?"

"속이려고 한 게 아닙니다. 아가씨께서 함구하길 원하셔서……."

"그건! 그저 지나가는 관계로 남을 때의 이야기지. 약혼까지 하게 된 마당에……. 그럼 언제 말하려고 했어요?"

"……."

레이먼드의 고개가 푹 숙여지자 셰리는 기가 막혀 헛웃음을 뱉었다. 제가 알아내지 않았다면 결혼을 하고도 함구할 작정이었나 보다. 괘씸한 마음에 그녀가 손에 쥔 물건을 흔들며 그를 향해 삿대질을 했다.

"그럼, 어디까지 알아요?"

"그때 데리고 오셨던 술 취한 호위와 깊은, 관계가 되신 것 같은……."

그러고 보니 두 번째 관계에서는 만취한 토르를 뒤에 둔 채 그와 관계를 가졌더랬다. 그것도 제 기억으로만 두어 번.

"하……."

"곧 말씀드리려고 했습니다. 정말입니다, 아가씨."

셰리가 물체를 쥔 손으로 이마를 짚자 기겁한 레이먼드가 다가와 그녀의 손에 잡힌 것을 빼내려 했다. 그러자 셰리는 갑작스러운 와중에도 쥔 것을 빼앗기지 않으려 손아귀에 힘을 주었다.

그 과정에서 누군가의 손이 마력석에 닿았던 모양이다.

지이이이이잉-징-지잉-지이이이잉-

"이게, 뭐죠?"

"……."

그녀의 손이 저릿저릿할 만큼 세찬 진동이 느껴져 셰리는 물끄러미 레이먼드를 올려다보았다. 그리고 학장의 총애와 기대를 한 몸에 받았던 엘리트 수석 연구원의 절망으로 일그러진 얼굴과 마주했다.

* * *

"스스로 성욕을 해소할 수 있게 도와주는 도구? 그러니까 한마디로……
자위 도구인 거네요?"

"……네."

아까부터 바닥을 향해 있던 레이먼드의 고개는 셰리의 직설적인 언급에
더 처참하게 아래로 고꾸라졌다. 아까 셰리를 안내해 준 행정처장이 뭐라고
했더라. 이곳은 제국의 미래와 번영을 이끌어갈 최전선에 선 희망이라
고 했던가. 그런 말만 믿고 거액의 후원금을 제공한 후원자에게 가장 먼저
보이게 된 결과물이, 자위 도구라니.

"흐음."

"……."

셰리의 침음에 레이먼드는 갑자기 목이 콱 졸리는 느낌이 들었다. 그의
길쭉한 손가락이 거칠게 넥타이를 약간 끌어내렸다. 레이먼드는 할 수만 있
다면 조금 전 제 손으로 닫아건 창문을 다시 열고 뛰어내리기라도 하고 싶
은 심정이었다. 셰리와 나란히 소파에 앉은 채로 그는 어떻게 하면 더 명예
로운 죽음을 맞을 수 있을지 진지하게 고민했다.

자위 도구의 상업화 프로젝트는 순전히 다른 연구의 추가 자금 마
련을 위해서 착수한 사업이었다. 연구소 밖의 사람들이 흔히 생각하듯
일상생활의 질을 높인다든가 제국의 수호 같은 거창한 대의명분과는
거리가 멀어도 너무 멀었다.

다른, 다른 훌륭한 마도구 제품들도 많은데 왜 하필 저 시제품이 오늘 완
성되어서는……. 따지자면 이 프로젝트의 시작은 획기적인 실험을 하겠다
면서 두어 달에 한 번씩은 고가의 연구 자재를 박살내는 마탑의 인간들 때

문이 아닌가. 평소에도 희귀한 마력 보유자라는 이유로 거들먹거리는 꼴이 보기 싫었지만 레이먼드는 이제 그들에게 살의마저 들었다.

예쁜 핑크색의 길쭉한 도구를 황당한 표정으로 훑어보는 셰리도 내심 어이가 없기는 마찬가지였다. 굳이 이런 도구의 힘까지 빌릴 필요가 있나?

"그럼 레이도 이걸 이용하나요?"

"아뇨, 아뇨! 이건 여성용 도구입니다."

펄쩍 뛰며 손을 젓는 레이먼드를 보자 문득 떠오른 의문에 그녀는 별다른 의도 없이 툭 질문을 던졌다.

"여성용이라면, 남성용도 있다는 뜻이네요?"

"아……. 그렇, 그렇습니다."

탄식과 함께 수치심에 몸부림치는 그의 이런 모습은 처음이라 셰리는 빙글거리는 얼굴로 집요하게 물었다.

"그런데 이건 왜 이렇게 생긴 거죠? 딱히 남성기같이 보이지도 않는데."

처음부터 이 기구의 정체를 눈치채지 못한 것은 모양 탓도 있었다. 만약 노골적으로 남성의 물건처럼 생겼다면 아무리 자위 도구에 대해 잘 모르는 그녀라 해도 섣불리 그것을 들고 레이먼드에게 들이댔을 리 없었다.

"그건, 개량형이라 그렇습니다. 하……. 셰리 님. 일단 그 물건은 제게 주시고."

"이것도 올린 상회를 통해 유통되나요?"

"테스트 후에 한정 수량만 생산하여 반응을 본 뒤, 상시 판매를 염두에 두고 있습니다. 여기, 상자 안에 넣으시면 됩니다."

손을 달달 떨며 본래 제품이 들어 있던 상자를 열어 재촉하는 그를 힐끔 쳐다본 셰리의 눈에 작은 글씨가 빼곡하게 쓰인 종이가 들어왔다. 차마 레이먼드가 말릴 새도 없이 쪽지를 들고 빠르게 읽어 나가는 그녀의 모습에 시종일관 허옇게 질려 있던 얼굴은 숫제 잿빛이 되었다.

"기존 제품보다 디자인 개선, 경량화가 이루어진 버전으로 삽입 시 위생적으로 관리할 수 있게……. 삽입? 이거 삽입도 하는 거였어? 그래서 길쭉하게 생겼구나."

"셰리 님. 제발, 제발……. 이제 그만."

안 그래도 살짝 처진 눈매가 울듯이 일그러져 눈물점 부근까지 발그레해진 레이먼드의 모습은 그녀의 가학심을 미묘하게 자극했다. 평소라면 곤란해하는 그의 태도에 못 이기는 척 다른 이야기로 화제를 돌렸을 테다. 하지만 셰리는 조금만 더 레이먼드를 곯려 보기로 했다. 여태 제게 트라나이츠 마스터라는 사실을 숨긴 것이 괘씸하기도 했으니.

"레이가 직접 감수한 물품이라니 상업성은 이미 보장됐나 보군요. 미하르쉘 후작가도 투자자로서 이 제품에 대해 더 알고 싶은데요."

"……."

작정한 듯이 진한 올리브색 눈동자를 빛낸 셰리가 느슨하게 다리를 꼬며 자세를 고쳐 앉았다.

그렇게 띄엄띄엄 이어진 레이먼드의 설명을 들어 본 그녀는 반쯤 장난으로 듣기 시작했던 제품 설명에 내심 감탄했다.

마탑은 물론이고 마력 보유자가 아닌 연구원 사이에서도 마탑의 특성이 옮아 온 것처럼 왜인지 모르게 금욕적인 분위기가 일반적이라고 했다. 가장 이성적이며 오직 데이터로만 판단할 것 같은 집단인 연구원들마저 생식 활동 이외의 성관계는 마력이나 기력이 흘러나간다는 인식에 사로잡혀 있었다.

실제로 육체적 관계는 생각보다 상당한 체력 소모를 수반한다. 물론 햇빛도 제대로 보지 못하고 연구소에 처박혀 낮도 밤도 없이 연구만 하는 위인들이 체력이 좋을 리는 만무했다. 성관계 시 마력과 기력이 빠져 나간다고 굳게 믿는 그들이 좀더 '효율적'인 방법을 강구하게 된 건 자연스러운 수순이었다.

그렇다 보니 본래 마탑의 마력 보유자들을 위해 내부에서만 개발되었던 자위 도구가 연구소의 개발자들을 중심으로 본격적으로 연구되었고 그 결과, 꽤 반응이 좋았다더라.

마탑과 연구소에서만 필요한 수량만큼만 수시로 만들어지던 자위 도구를 일반인들에게도 팔아보겠다는 발상을 한 사람이 레이먼드라고 했다. 최적의 결과를 내는 데에 급급해서 상업성이 전혀 고려되지 않은 기존의 제품을 처음부터 재설계한 사람 역시 그였다.

그렇게 황실의 재가를 받아 작은 팀을 꾸려 완성한 결과물이 바로 셰리가 들고 있는 제품이라는 것까지가 그의 설명이었다. 처음에는 여전히 극복하지 못한 부끄러움 때문에 간헐적으로 끊기던 레이먼드의 목소리가 중반부 이후로는 다시 안정을 찾은 듯 매끄러운 대화를 이어 갔다.

"으흠, 삽입 기능까지는 알겠어요. 그런데 아까 같은 진동 기능은 왜 넣은 거죠?"

"그건……."

그를 놀리려는 게 아닌 순수한 의문이라 레이먼드는 더 곤란했다. 하긴 성직자도, 마력 보유자도 아닌 귀한 가문 여식인 셰리가 굳이 조잡한 도구로 성욕을 달랠 일이 뭐가 있었겠나. 보통은 집사 선에서 적당히 건전하게 성생활을 즐길 만한 믿음직한 자를 엄선해 주었을 테다.

매번 막대한 투자금과 더불어 전폭적으로 상회를 지원해 주는 투자자의 앞에서 레이먼드는 조금 더 뻔뻔해지기로 했다. 그냥 모른 척 넘어가 주시기는 이제 요원한 일이 된 것 같으니 빨리 알려 드리고 이 화제에서 벗어나는 것이 최선이다.

"아래를, 자극하는 용도입니다. 이렇게 마력석을 두드리면 작동하고, 여러 번 누르면 박자가 바뀝니다."

"오, 아래를?"

절대 도구를 넘겨주지 않으려는 셰리 때문에 그는 그녀의 손을 감싸 쥔 채 마력석을 접촉하여 작동 시범을 보였다. 레이먼드의 커다란 손에 안정감 있게 둘러싸여서 그런가, 아까보다는 적당한 진동으로 흔들리는 물체가 신기했다. 그래서 셰리는 호기심으로 눈망울을 반짝이며 그에게 물었다.

"내가 해 봐도 돼?"

"나중에 완제품이 나오면 후작저로 미리 하나 보내겠습니다."

"아니, 지금."

다시 기구로 시선을 돌린 바람에 그녀는 뜨악한 레이먼드의 표정을 알아채지 못했다. 하지만 셰리는 정말로 자위 도구에 대해 아는 바가 하나도 없었기에 한 말이었다. 이런 조그만 도구가 남녀 간의 은밀한 접촉만큼의 쾌락을 이끌어 낼 수 있을 것이란 기대도 없었으니까.

작동을 위해 레이먼드의 손아귀를 벗어나 자그마한 제 손바닥 위로 도구를 가져다 댄 셰리의 얼굴이 찌푸려졌다. 그녀의 손으로 옮겨 오자 급작스레 진동이 멈춘 데다 아무리 마력석을 문지르고 두드려 봐도 반응이 없었다. 이래서야 물건이 팔리기나 할까 모르겠다.

도저히 작동 장면까지는 못 보겠는지 잔뜩 붉어진 얼굴로 그녀에게서 아예 고개를 돌려 버린 레이먼드를 팔꿈치로 쿡쿡 찔렀다.

"이거 고장 난 거 아냐?"

"예? 아까는 분명히 작동했는데……."

불량이 아닌가 하는 말에 그가 급히 다시 손을 겹쳐 잡고 마력석을 두드렸다. 그러자 기다렸다는 듯 얕은 진동이 셰리의 손바닥 위로 퍼져 나갔다.

"뭐야, 레이가 하니까 되잖아? 아……."

그 순간 손 위를 미묘하게 간지럽히는 감각과 함께 확 퍼지는 열기에 그녀의 눈이 잠시 초점을 잃었다. 손바닥부터 시작되어 몸 안을 내달리는 묘한 기운이 셰리의 숨을 천천히 달구기 시작하는 찰나, 그녀가 퍼뜩 정신을 차렸다.

뭐지, 방금 느껴진 건?

"흠. 그래서, 이거 어디에 댄다고?"

간신히 평정을 가장하며 셰리는 아무렇지 않은 척 의뭉을 떨었다.

"원래는 이렇게, 아래에 위치시키면."

한편 레이먼드는 기구가 어디서 오작동이 난 건지 다급하게 되짚어 보느라 정신이 없었다. 경량화를 위해 최대한 단순하게 회로를 재설계하는 과정에서 사람에 따라 다른 구동 방식이 필요한 회로로 인식된 건 아닐까.

제가 알고 있는 모든 알고리즘을 떠올리느라 그의 머릿속이 순식간에 복잡해졌다. 그래서 여태껏 실험 과정 중 늘 유지하곤 하던 사무적인 태도로 그녀의 아래를 향해 무심코 겹친 손을 이끌었다. 지금까지 셰리와 제대로 시선을 마주치지도 못할 정도로 부끄럼을 탔던 것이 무색하게 망설임 하나 없는 동작이었다.

"앗! 어, 학. 이거, 이거 뭐야."

그렇게 아무런 마음의 준비를 할 틈도 없이 저릿한 진동이 원피스 아래 민감한 곳으로 고스란히 느껴지자 셰리는 퍼뜩 몸을 떨며 도구를 떼어 냈다.

"아니, 죄송, 죄송합니다. 저도 모르게……."

그제야 제가 한 행동을 자각한 레이먼드가 서둘러 셰리의 손을 놓고 옆으로 물러났다. 자신의 연구실이라는 장소적 특성에다 최근까지 그를 지긋지긋한 야근에 시달리게 한 제품이 눈앞에 있다 보니 잠시 분별력을 잃었던 모양이다.

"다시 작동을 안 해. 왜 이러는 거야? 써 보고 싶은데."

"제가, 나중에, 꼭, 보내 드리겠습니다. 그러니……."

방금 전 바로 옆에서 엉겁결에 듣게 된 셰리의 신음 때문인지 몰라도 레이먼드는 제 숨이 점차 거칠어지는 게 느껴졌다. 또, 이 정상적인 성적 흥분이 아닌 불가사의한 끌림. 오랫동안 잠자고 있던 정염이 핏줄 안에서 깨어난 듯 부글부글 끓기 시작했다.

그런 그의 변화도 모르고 새로운 문물의 발견에 잔뜩 고무된 셰리가 레이먼드의 팔을 잡고 흔들었다.

"내가 누르니까 안 되는데 레이가 하니까 되네? 다시 해 봐. 되게 이상한 느낌이었어."

"……후회하지 않으시겠습니까?"

아까와는 달리 잔뜩 가라앉은 쇳소리 같은 목소리가 그녀의 어깨 너머로 들려왔지만 셰리는 별로 개의치 않았다. 어차피 이미 서로 갈 데까지 다 간 사이에 이제 와서 내외할 것도 없지 않은가. 그보다는 신기한 마도구가 그녀의 탐구욕을 더 자극했다.

"괜찮아. 끝까지 하는 것도 아니고 한 5분만 사용해 보지, 뭐."

"5분은, 짧은 시간이 아닙니다. 버티실 수 있겠습니까."

자위 도구를 잘 모르는 문외한인 셰리의 입에서 5분이라는 말이 쉽게 나왔다. 이미 여러 번의 실험을 통해 그 위력을 잘 알고 있는 레이먼드가 피식 웃자 발끈한 그녀가 새초롬하게 눈을 치켜떴다. 그렇게 쳐다보아도 귀여울 뿐이지만.

그의 어이없다는 듯한 웃음에 더해 '버틴다'는 말이 나오자 셰리는 괜히 오기마저 생겼다. 레이먼드보다 나이는 한참 어렸지만 제가 여태 경험한 것만 따져도 이 조잡한 도구쯤은 능히 이겨 내고도 남았다.

어느새 이 상황을 일종의 대결쯤으로 인식한 그녀의 얼굴에 자신만만한 기색이 떠올랐다.

"내가 5분 넘게 버티면 이거 개발한 팀원 전부한테 성과급 줄게, 어때?"

"그럼……."

셰리의 허락도 받았겠다, 서서히 몸 안으로 퍼져나가는 예의 그 충동에 반쯤 먹힌 그가 볼우물이 깊게 패도록 웃었다. 어린 짐승의 재롱을 보는 듯 하던 아까의 웃음이 아니라 어딘지 위험해 보이는 모습에 그녀가 잠시 움찔했다.

'옷 위니까 괜찮……겠지?'

그런 셰리를 번쩍 들어 올려 제 다리 사이 소파에 앉힌 그가 그녀의 허리에 두른 팔을 치우지 않은 채로 속삭였다.

"연구소 월급은 박봉이지요. 고생한 팀원들의 성과급을 위해서 봐드리지 않을 겁니다."

"레이야말로 괜히 봐주니 마니 그런 말 하지 마. 정확히 재."

제 배와 허리를 조이고 있는 그의 팔이 생각보다 탄탄한 근육질이라는 사실에 셰리는 내심 놀라 눈을 동그랗게 떴다. 그 틈을 타 레이먼드는 도구의 마력석 위를 매만졌다. 그러자 아까 들었던 지이잉거리는 진동이 껴안긴 팔을 통해 느껴졌다. 아니, 그가 직접 제 아래를 자극하도록 둘 생각은 아니었는데!

"잠깐! 내가, 내가 할 거야. 줘 봐."

"……."

그러나 방금 전까지도 격렬하던 진동은 셰리가 빼앗듯이 가져간 직후 또다시 멈추었다. 이런 현상은 설계 시 의도된 바가 아니기에 레이먼드도 미간을 찌푸렸다.

"이거 봐. 불량품이라니까."

"이상하군요. 제가 누를 때는 정상 작동을 했는데……."

다시 그의 손에 넘겨지자 거짓말처럼 구동되는 도구를 보고 레이먼드가 저항값 재설정이 필요하겠다는 둥 혼잣말을 했다. 다만 그녀는 알 수 없는 말이라 그의 하얀 손에 잡힌 분홍색 물체에 시선을 고정할 뿐이었다.

레이먼드가 만질 때만 작동한다면 그의 손을 잡고 제가 원하는 대로 움직여도 되지 않을까. 그렇게 생각을 마친 셰리가 제 손을 함께 얹어 긴 치맛단 위 은밀한 곳으로 물건을 가져다 대었다.

자신의 손에 잡혔을 때도 그렇고, 레이먼드의 손에 잡힌 걸 보아도 저속한 느낌이 들지 않게끔 디자인되어 있었다. 역시 그의 감각은 인정해야…….

"앗!"

"이게 제일 약한 단계입니다."

속옷을 입지 않아서인지 원피스와 속바지 너머로 바로 진동이 느껴져 셰리는 다리를 움츠렸다. 그런 그녀의 귀 근처로 입을 가져다 댄 레이먼드가 나직이 웃으며 셰리를 안은 팔에 힘을 주어 더 가까이 끌어당겼다.

"그만할까요?"

"읏. 하, 한 단계 높여도 될 것, 같은데?"

남은 한 손으로 허벅지 위의 치맛자락을 있는 힘껏 움켜쥐고도 아무렇지 않은 척하는 셰리의 모습에 그의 웃음이 더 진해졌다.

굳이 강도를 더 올리지 않아도 제 품에 안긴 작은 몸이 뒤틀리기 시작하는 것으로 보아 얼마 가지 못하고 포기 선언이 나오지 않을까. 기구가 아닌 어설프기 그지없는 제 손으로도 금방 느끼는 몸을 가졌으면서 지기 싫어하는 성격 탓에 버티는 모양이다.

뒤에서 끌어안고 있자니 아까보다는 한층 옅어진 우디 향이 그의 후각을 자극했다. 게다가 언뜻언뜻 보이는 셰리의 고운 옆얼굴이 함께 눈에 들어왔다. 아가씨에게 진하게 우디 향을 묻힌 청록빛 머리칼의 호위는 곁에 머무르며 매번 그녀의 이런 모습을 보는 걸까.

지금처럼 언제든 교체될 수 있는 호위 자리보다야 제가 제안한 정부 자리가 훨씬 나은데도 그것만으로는 만족하지 못했던 모양이다. 저와 함께 마차를 탄다는 걸 뻔히 알면서 이렇게 노골적인 도발이라니.

여전히 가슴께 어디쯤에서는 성욕과 뒤섞인 파괴적인 충동이 찰랑찰랑 차올라 위험하게 넘실댄다. 그러나 이미 셰리가 없는 동안 극한까지 몰려 참아 본 경험 덕분에 그는 이를 악물고 이성을 놓지 않으려 노력했다.

원래대로면 5분 동안 버텨 보겠다는 그녀의 제안도 부드럽게 돌려 거절했을 테다. 이번엔 그저 토르가 제게 먼저 걸어 온 도발 때문에 충동적으로 응했을 뿐. 일전에는 어쩔 수 없었다 해도 셰리와의 다음 관계는 가능하면 결혼을 한 후 정식으로 하고 싶었다.

"흡, 으응. 힉."

"……."

입을 꼬옥 다물고 필사적으로 참는 것 같지만 워낙 예민한 몸을 가져서 인지 벌써 어쩔 줄 몰라 하는 게 고스란히 느껴졌다. 지난번에도 아래가 쉽게 젖는 편이었는데 원피스가 걱정되었다. 물론 그런 걱정을 하면서도 제 팔 안에서 셰리가 신음을 참아 내는 모습을 놓치기 싫어 도구의 작동을 멈추지 않는 자신이 모순되었다는 건 알고 있다.

"치마가 젖지 않게 잡아 드릴까요?"

"으응, 응. 응."

이제는 끙끙거리는 소리가 신음인지 허락의 의미인지 모를 지경이었다. 고개를 아래위로 격하게 끄덕이는 셰리의 반응을 긍정이라고 받아들인 레이먼드가 잠시 기구를 떼어내고 학학 숨을 뱉어내는 그녀의 몸을 제 허벅지 위로 올렸다. 그러고는 힘이 빠져 고꾸라지려는 셰리의 허리에 다시 팔을 단단하게 감았다.

"며, 몇 분 지났어?"

"아직 2분도 채 되지 않았습니다. 힘들면 그만두셔도 됩니다."

"아냐! 이, 이 정도는……."

레이먼드에게 뒷모습만 보인 채라 얼굴이 보이지 않는 것이 다행이었다. 아마 모르긴 몰라도 제 볼이 꽤 붉어졌을 듯했다. 하지만 여기서 그만두기에는 어쩐지 아까웠다.

아까 토르와 완전히 해소하지 못한 성욕이 바닥에 끈적끈적하게 눌어붙어 있다가 기회를 발견하자 순식간에 몸집을 불려 셰리의 이성을 마비시켰다.

약하지만 지속적이고 규칙적인 진동 때문일까. 직접적으로 자극되던 아래의 뭉근한 성감 말고도 레이먼드와 겹쳐 잡은 손끝에서부터 찌릿한 감각이 스며드는 기분이다. 이전에는 단순히 술에 취해서 이성을 잃은 탓이라고 생각했는데 술을 입에 대지 않은 지금도 몽롱한 기분에 젖어 정신을 차리기 힘들었다.

그러는 레이먼드 역시 말로는 그만둬도 된다면서 손을 멈추지 않았다. 제 위에 앉은 셰리의 치마 끝자락을 붙든 채 여직 숨을 몰아쉬는 그녀의 귀에 속삭였다. 모든 곳이 예민한 아가씨였지만 제가 기억하기로 귀도 꽤 민감했다.

"이렇게 앉으면 제 눈에는 안쪽까지 안 보일 겁니다. 딱 그만큼만 치마를 걷어 드릴까요?"

"으, 치마 안쪽으로 하려고?"

"이대로 하면 옷이 젖을 텐데요."

"안 돼, 젖으면……."

겨우 2분 남짓한 도구 사용의 반응이라고 보기에 셰리는 과하게 흐트러진 모습이었다. 그러나 레이먼드 역시 제정신이라고 하기엔 판단력이 꽤 흐려진 상태였다. 그래서 그녀의 다소 지나친 반응에도 전혀 이상함을 느끼지 못했다.

여태 잡고 있던 치마 끝자락 안으로 그의 손이 기어들었다. 이미 종아리 위까지 끌려 올라간 상태라 무릎을 가볍게 매만지다 천천히 옷자락을 모아 쥐었다. 맨 다리에 와 닿는 따뜻하고 건조한 손바닥의 느낌에 파들거리던 셰리가 고개를 뒤로 살짝 젖혔다. 그 바람에 그녀의 귀가 바로 뒤에서 기다리고 있던 레이먼드의 입술에 닿았다.

"아, 흐."

"몸에 흔적을 남기면 안 되겠죠?"

"으응."

이전에도 들었던 주의사항을 상기하며 그가 묻자 셰리가 끙끙거리며 고개를 끄덕였다. 아까의 부르르 떨리는 물건으로 아래를 자극하던 느낌이 사라지니 어쩐지 갈급한 기분이 들어 그녀가 레이먼드를 재촉했다.

"빨리, 빨리이."

셰리가 놀라지 않도록 감질나게 걷어 올리던 손길이 무색하게 그는 기다렸다는 듯 치맛자락을 확 잡아끌어 손 안에 가득 쥐었다. 드레스만큼은 아니어도 긴 치마였기에 그의 팔 안으로 셰리와 함께 잡힌 옷자락의 양은 상당했다. 그래서 시야가 가려진 레이먼드의 손과 함께 다시 가동된 도구를 잡아 아래로 가져다대는 것은 그녀의 몫이었다.

아, 역시 그가 잡은 기구와 맞닿은 것만으로도 몸이 오싹오싹할·만큼 떨린다. 지금 레이먼드와 은밀한 장난을 즐기는 곳이 연구실의 소파 위라는 사실도 잠시 잊을 정도로 비이성적인 감각이 셰리의 몸을 점령했다.

아까보다 민감해진 셰리의 등에 밀착한 그의 얇은 셔츠 너머 제법 단단한 몸이 고스란히 느껴졌다. 제 허벅지 위에 걸터앉은 채 두 다리를 축 늘어뜨리고 나른한 한숨을 토해 내는 셰리의 모습은 레이먼드 역시 한껏 동하게 만들었다.

"흔적만 안 남으면 되는 거지요?"

"흐응, 응. 괜찮, 괜찮……. 핫!"

결국 참지 못하고 그가 제 입가에 가까이 닿은 셰리의 귀에 입술을 가져다댔다. 입술의 부드러운 살로만 잘근잘근 물어 가며 귓바퀴를 더듬던 움직임이 바깥의 윤곽을 따라 아래로 내려갔다. 그리고 마침내 말랑말랑한 귓불에 닿자 레이먼드는 이를 드러내어 세게 빨아당겼다. 속바지 위이기는 하나 밀부에 계속해서 은근하게 와 닿는 기구의 감각과 더불어 연약한 귓불이 세게 빨리자 셰리의 허리가 다시 무너졌다.

"아학, 으응!"

"기분, 좋으신가요?"

"윽, 몰라……!"

여전히 새침한 그녀의 말투에 불쑥 심술이 돋은 레이먼드가 마력석을 두드려 진동의 강도를 높였다. 그 바람에 그에게 깊숙하게 안겨 있던 셰리의 허리에 힘이 들어가는 동시에 휘어지며 파드득 떨렸다.

"힉! 그, 그만."

"아직 5분이 안 되었는데요."

"흐웃. 이거…… 이상, 해."

입으로는 그만두라고 하면서도 레이먼드가 도구를 살짝 옆으로 치워내자 그녀의 손이 다시 가장 느끼는 제 안쪽으로 이끌었다. 개량 전 버전으로도 꽤 호응이 좋았으니 지금의 시제품은 더 은근한 성감을 주는 동시에 쉽게 절정에 이를 수 있게 할 수 있을 터였다.

한참 츕츕 소리를 내며 셰리의 부드러운 귓불을 빨던 그가 어느새 짙은 분홍빛으로 물든 귓바퀴를 따라 혀로 파고 들어갔다. 노골적으로 질척거리는 소리가 그녀의 청각마저 온통 지배해 셰리의 몸이 끊임없이 들썩거렸다.

"지금, 그만두시면, 하아, 성과급을 주셔야, 합니다."

"훗, 흐앙. 으응!"

간헐적으로 들리는 레이먼드의 헐떡임에 더해 뜨거운 혀와 입술로 제 귀가 타액 범벅이 되어버려서인지 셰리는 그가 무슨 말을 하는지 도무지 알아들을 수가 없었다. 작은 기구 말고는 손가락 하나 대지 않았는데도 잔뜩 느껴 버린 게 조금은 약이 올랐다. 하지만 이 이상 하다가는 몸뿐만 아니라 머릿속까지 이상해질 것 같았다.

그러나 이제 한 터럭밖에 남지 않은 이성의 마지막 경고는 너무 미약하기 그지없어서 금세 사그라들고 말았다. 결국 게걸스레 그녀의 이성을 잡아먹은 본능과 충동은 조금 더 강렬한 쾌락을 주입하라며 셰리를 부추겼다. 그 바람에 어느새 당장 삽입해도 무리 없을 만큼 그녀의 내부가 달콤한 액체로 가득 차올랐다.

레이먼드가 말한 대로 치마를 끌어올리지 않으면 얼룩이 남았을지 모를 정도로 아래가 젖어드는 건 순식간이었다. 얇은 속바지가 축축한 살에 들러붙어 약간 쓸리는 느낌마저 들었으니.

"레, 레이?"

"예, 아가씨……."

"속바지, 응, 속바지 벗겨 줘."

"……."

그만두라고 하기는커녕 제 손으로 속바지를 벗겨 달라며 울먹이는 목소리를 듣자 레이먼드의 남아 있던 이성이 기어코 한 가닥씩 끊기기 시작했다. 끌어안고 있던 치맛자락을 셰리의 손에 쥐여 준 그가 훤히 드러난 맨살의 허리를 더듬어 내리며 속바지를 밀어 벗겨나갔다.

옷 뭉치 때문에 시야가 막힌 터라 조심스럽게 돌돌 말아 허벅지 즈음까지 벗겨내자 이미 푹 젖은 하얀 속바지가 그제야 눈에 들어왔다. 이제 슬슬 더워지는 날씨 탓에 얇아진 속바지의 중앙 부분에 끈적하게 묻어나온 투명한 액체를 보고 레이먼드의 입에서 까득, 이 갈리는 소리가 새어 나왔다. 아, 정말 참으로 참기 힘든 광경이 아닌가.

유독 셰리에게만 참을성이 없는 제 물건은 아까 그녀를 자신의 앞에 앉혔을 때부터 부풀어 있는 상태였다. 거기에 창문을 닫아 밀폐된 공간 안이라 셰리 특유의 야한 내음이 순식간에 확 풍겨왔다.

예전에 맛을 보아 익히 알고 있는 그리운 냄새가 그의 후각마저 지배하자 레이먼드는 돌아 버릴 것 같은 기분이 들었다. 성과급이든 5분의 시간 제약이든 함께 달아오른 그들에게는 아무런 의미도 없는 일이 되어 버렸다.

기왕 이렇게 된 바에, 아가씨의 아래라도 제대로 만족시켜 드리는 일이 더 유익하지 않을까. 맨 정신의 레이먼드였다면 떠올리지도, 하지도 못할 자기 합리화가 그의 머릿속을 완전히 장악했다.

"셰리 님, 더…… 기분 좋게 해 드릴까요?"

"후으, 응, 이것보다 더?"

"네, 훨씬."

레이먼드의 손을 통해 느껴지던 찌릿한 감각은 그녀의 손을 타고 역류하듯이 흘러들어가 이미 셰리의 심장 언저리를 뱅뱅 돌고 있었다. 시간이 지날수록 아래의 자극에 어느 정도 익숙해져 가는 그녀가 아무렇게나 고개를 끄덕였다. 어떤 것이 됐든 지금의 저를 확실하게 절정으로 올려 줄 자극이 필요했다.

역시 아까 토르와의 관계 중에 하다 만 것이 문제였을까. 게다가 이상하게도 이전 에드윈 때와는 달리 토르에 대한 죄책감마저 흐릿해졌다. 이 마도구가 무언가 제게 이상한 영향을 준 게 틀림없다.

"그럼……."

그렇게 셰리가 허락의 의사를 표하자마자 순식간에 그녀의 시야가 뒤집혔다. 치맛자락을 품에 안은 채 소파에 등을 대고 누운 셰리의 몸 위로 레이먼드가 올라와 하얀 허벅지를 손에 쥐었다.

갑작스럽게 눕혀졌는데도 그녀의 눈동자는 쾌락을 동반한 독특한 감각에 취해 초점이 잡히지 않아 몽롱하기만 했다. 평소의 레이먼드라면 이것 역시 무언가 이상하다고 생각했겠으나 그는 이미 맨살의 비부에 시선을 빼앗긴 채였다.

분명히 속바지만 조심스레 벗긴 걸로 기억했다. 그런데 셰리의 아래는 아무것도 걸친 것이 없이 적나라하게 가장 연약한 곳을 내보이고 있었다.

'그래서 아가씨의 냄새가 그렇게 강하게…….'

"아, 흐아……. 하아. 레이?"

마치 마법에라도 걸린 것처럼 눈을 떼지 못하던 레이먼드가 진동을 멈추지 않은 채 여전히 가늘게 떨리는 도구를 다시 손에 꽉 쥐었다. 원래는 꽤 건조한 편이던 그의 손바닥에서도 땀이 배어난 듯 말랑한 촉감의 기구가 착 달라붙었다. 이미 촉촉하게 부어오른 곳에 가볍게 가져다 대자 셰리의 가쁜 숨이 멈추며 허리가 튕겨 올라왔다.

"흐흭! 아응, 흐읏!"

그런 그녀의 보드라운 양쪽 허벅다리를 천천히 위로 들어 올리며 레이먼
드가 비부로 고개를 들이밀었다.

"혼자 사용하는 용도로 만들었지만 아가씨 덕에 새로운 사용법을 하나
더 알게 되었네요."

"웃, 아래는 아직 안……."

처음 느껴 보는 새로운 자극으로 머릿속이 노곤노곤해진 와중에도 직전에
있었던 토르와의 정사를 상기해 낸 셰리가 두 손을 저었다. 그러나 허벅지를
쓸어내리듯 위로 젖히다 이미 한참 전에 말라붙은 하얀 자국을 발견한 그의
눈동자에 새파랗게 불이 붙은 게 먼저였다.

그제야 그녀의 속옷이 입혀져 있지 않았던 이유를 어렵지 않게 짐작해
낸 레이먼드의 혀가 아까부터 그를 자극하던 원천으로 바로 가닿았다.

"아앗! 시, 싫……어! 흐응, 으흣."

이미 볼록하게 부어올라 가장 잘 느끼는 돌출된 부위에 기구를 가져다댄
채 말간 액체가 흘러나오는 입구에는 혀를 내 지분거렸다. 그러자 셰리의
눈가가 붉게 물들었다. 약하지만 규칙적으로 울리는 진동으로 그녀의 배 안
쪽까지 저릿저릿했다. 거기에 레이먼드의 혀와 입술 점막이 제 아래를 헤집
자 셰리는 눈앞이 깜박깜박 점멸하는 것 같은 느낌까지 들었다.

"하, 이거 뭐야……. 조금만, 조금만 더 하면……. 이번에는, 흣."

소파 시트를 쥐어짜듯이 잡아당기는 그녀의 모습에 레이먼드는 아가씨의
절정이 얼마 남지 않음을 직감했다. 그래서 그는 기구를 든 손에 살짝 힘을
주고 완전히 붉게 익어 속살을 드러낸 동그란 성감대에 마찰하듯 비볐다.
그와 동시에 입을 밀착하여 소리가 날 정도로 세게 빨아 댔다.

기구에 막혀 근처의 제한된 구역과 질구만 빙글빙글 돌던 혀가 움찔거리
는 입구의 끝을 천천히 적시며 파고들자.

"그, 그만! 웃……! 흐, 흐윽. 하응, 응. 으응."

셰리의 전신에 힘이 바짝 들어가고 발끝이 오므라들었다. 첫 구동인데

너무 오래 켜 둔 탓인지 마력석 주위뿐 아니라 도구 전체에 보라색 빛무리가 은은하게 퍼졌다. 그러나 레이먼드가 구동을 멈추자 연기처럼 흩어졌다.

"핫, 하아. 흡, 흐응."

커다란 눈동자에 눈물을 그렁그렁하게 매단 채 색색 숨을 몰아쉬는 셰리의 아랫배를 천천히 쓰다듬으며 그가 허벅지에 말라붙은 지 오래된 하얀 흔적을 혀로 핥았다.

"천천히, 숨 쉬세요."

"후, 후으……."

얕은 절정 이후 후희를 즐기듯 그녀의 다리에 남은 이전 남자와의 흔적을 말끔하게 먹어치운 레이먼드가 만족스러운 웃음을 지었다. 이럴 줄 알았으면 진작 제 정체를 밝힐 것을 그랬다. 제가 이미 아가씨와 밤을 보낸 적이 있다는 걸 알게 되면 그 호위는 어떤 반응을 보일까.

여전히 달뜬 얼굴을 한 채 가쁘게 내쉬는 숨에 셰리의 가슴이 오르락내리락했다. 바지 주머니를 뒤져 손수건을 찾아낸 레이먼드가 꽤 성공적인 데뷔를 치른 시제품을 슥슥 닦아 그녀의 손에 쥐여 주었다.

"5분이 되기 전에 그만이라고 하셨으니 내기는 제가 이긴 건가요?"

아랫도리는 피가 몰려 팽팽해진 게 아플 정도였지만 이미 힘이 풀린 것 같은 셰리의 모습에 그는 이대로 관계를 끝내려 했다. 갑자기 그녀가 손에 쥐어진 물체를 스스로 제 아래에 넣으려고 하지만 않았다면.

"자, 잠깐만요. 아가씨. 이건……."

"흐응, 아까 삽입, 도 할 수 있는 거라고, 하지 않았어?"

물론 레이먼드 덕에 잔뜩 느끼기는 했지만 얕은 절정만으로는 부족했다. 아까는 이해하지 못했던 쪽지의 문구들을 이제야 알 것 같았다. 한 번 위기는 넘었지만 제대로 해소되지 못해 가슴 언저리와 배꼽 근처를 맴도는 것 같은 조급함이 새롭게 셰리를 사로잡았다.

"그렇기는 하지만. 이런 조잡한 도구를 귀한 분의 몸 안에 넣기에는……."

"아직, 읏, 부족한데. 그럼 다른 건?"

"……."

"하, 흐으……. 넣고, 싶어."

배와 가슴을 거쳐 얼굴까지 올라온 열기가 끝내 셰리의 눈가에서 터지듯 번져 기어코 눈물이 흐르게 했다. 손에 꼬옥 쥐고 있던 치맛자락까지 몸부림치다 놓쳐서 잔뜩 흐트러진 셰리의 모습은 겨우 잠재웠던 그의 욕망을 부추기기에 충분했다.

결혼할 때까지는, 적어도 약혼식을 할 때까지는 참으려고 했는데…….

그렇다고 그녀의 몸 안에 저런 인공적인 도구를 밀어 넣고 싶지는 않았다. 결국 이 연구실 안에서 다른 대체재는 단 하나뿐이었다.

"그럼, 기왕에 넣으실 거라면, 도구 대용으로 제 몸도 괜찮으시겠습니까?"

"해도, 돼? 관계하면 마력이……."

반쯤 흐릿해진 눈으로도 아까 그가 해 준 설명을 떠올린 셰리가 반문했다.

"그건 미신일 뿐이고, 어차피 저는 마력 보유자도 아니니 괜찮습니다."

"그러면, 으응, 좋아."

레이먼드는 제게로 뻗어온 하얀 두 팔을 빤히 보다 거의 흘러내리다시피 한 넥타이를 거칠게 풀어 내렸다. 정장과 한 세트로 만들어진 넥타이라 그런지 부드러운 실크 소재였다. 한 손으로 셰리의 양 손목을 휘어잡은 그가 약간은 얼기설기 어설프게 묶어 그녀의 머리맡까지 밀어 올렸다.

"앗?"

"제게 주시는 성과급은 이것으로 받아도 되겠습니까?"

아까부터 참아 온, 아니 지난 몇 달은 족히 참아 온 레이먼드의 인내심과 이성이 결국 처참한 꼴로 무너져 내렸다. 다른 남자로 인한 흔적을 모두 없앴으니 이번에는 그녀에게 저를 각인시킬 차례 아니겠는가.

순식간에 짙은 욕정으로 어둡게 변한 그의 눈을 보고 셰리는 덜컥 겁이 났다. 그러나 그도 잠시, 민감해질 대로 민감해진 아래에 와 닿는 뜨겁고 말랑한 촉감에 신음을 내뱉었다.

"흐응, 뜨거워."

"역시 저런 도구와는 다르지요?"

"응……."

연속으로 닥쳐 온 쾌감과 알 수 없는 갈증으로 머릿속이 곤죽이 된 와중에도 문득 셰리의 머릿속에는 아까 본 토르의 얼굴이 맴돌았다. 아까, 토르…… 울지 않았었나.

'나, 이래도 되는 걸까.'

사실 따지고 보면 레이먼드는 정혼자이니 누가 보더라도 토르와의 관계에 더 죄책감이 들어야 마땅했다. 그런데 이상하게 애인도, 정부도 아닌 한낱 호위 기사가 상처받아 울 것이 더 걱정이 되다니. 확실히…… 뭔가 이상하다.

뒤이어 좀 전까지만 해도 그녀의 온몸을 타고 흐르던 찌릿찌릿한 기운들이 서서히 흩어지기 시작했다. 그러자 셰리는 드디어 제가 도대체 무엇을 하고 있었나 되짚어 볼 정신이 들었다. 정말로 아까는 뭣에 홀리기라도 한 듯이…….

"아가씨 안에 제 것 말고 다른 건 안 들어갔으면 좋겠습니다."

"윽, 레이! 잠깐……."

시선은 그를 향해 있지만 묘하게 초점이 맞지 않은 눈동자였다. 그것만으로도 셰리가 다른 생각을 하고 있음을 레이먼드는 이번에도 기민하게 눈치챘다. 그래서 제법 뭉툭하고 두꺼운 제 것의 끄트머리를 잔뜩 부풀어 오른 입구로 먼저 밀어 넣으며 은근한 독점욕을 드러냈다.

"학! 뭐야, 왜 이렇게, 응!"

"후, 너무 조이는데……. 아가씨, 약간만 힘을 풀어 주시면."

이미 크기 자체도 웬만한 남자들의 기를 죽일 정도인 그의 남성은 특이하게 앞부분이 더 두툼했다. 그래서인지 몰라도 셰리는 아까의 절정으로 완전히 팽창한 내부를 억지로 누르고 들어오는 느낌에 절로 미간이 찌푸려졌다.

'예전에 관계했을 때도 이런 느낌이었나?'

그때도 지금처럼 정신이 혼미했던 데다가 술까지 마셔서 사실 잘 기억이 나지 않았다. 그러나 가장 두꺼운 끄트머리가 어떻게든 비좁은 틈을 파고 들어오자 식어 가던 몸에 다시 열기가 돌았다.

머리 위로 놓인 두 손목은 마음만 먹으면 금방 풀릴 만큼 여전히 느슨하게 묶인 채였다. 그러나 그조차 풀어 낼 힘이 들어가지 않을 만큼 압도적인 양감이었다. 심지어 레이먼드는 아래에 느껴지는 대로만 미루어 짐작해 보아도 굉장한 크기이면서 에드윈이나 토르와는 달리 헤매지도 않았다.

"흡! 내가, 처음이라면서! 어떻게 이렇게…….."

비록 원피스로 허리 윗부분부터는 가려져 있지만 아가씨가 제 넥타이로 결박된 채 자신을 받아내고 있었다. 그 모습이 더욱 흥분되어 레이먼드는 어깨를 으쓱였다. 그러고는 허리를 살짝 뒤로 빼었다가 한 번에 쭉 그녀를 꿰뚫으며 몸을 숙여 셰리의 의문에 기꺼이 답해 주었다.

"왜요, 경험이 없으면 무조건 헤맬 것만 같은가요?"

"응……! 하, 하읍. 흐읏."

에드윈은 물론이고 토르와 마찬가지로 레이먼드 역시 셰리와의 경험이 처음이었다. 하지만 그는 '실험'과 '연구'라는 명목으로 성관계가 무엇인지 제대로 알지도 못할 무렵부터 여러 종류의 정사 장면을 목격해야만 했다. 애초에 그들과는 경험치가 달랐다.

입구 부근도 그의 이마에 땀이 맺힐 정도로 진입이 어려웠지만 어느 정도 들어간 이후 역시 내부의 저항이 엄청났다. 이내 레이먼드의 입에서는 숨길 수 없는 신음이 새어 나왔다. 더, 더 깊이 들어가야 한다. 셰리의 허리를 붙잡은 채 가장 깊은 곳에 닿고 싶어 하는 본능대로 그는 엉덩이에 바짝 힘을 주어 뿌리 끝까지 천천히 밀어 넣었다.

"하, 하아……. 좋아요."

"으응! 움직이지, 마."

그녀의 내벽이 제 것의 존재를 인정할 때까지 잠시간 기다리며 레이먼드는 엄지를 들어 올렸다. 그러고는 셰리의 눈가에 매달린 눈물을 조심스레 훔쳐내었다.

매번 제가 하는 결심을 어처구니없는 방식으로 무너뜨리는 이 아가씨를 어쩌면 좋을까.

어쩔 때는 푸르고 짙은 피가 흐르는 대귀족의 면모를 유감없이 보여 주다가, 또 어느 때는 꼭 제 나이 또래에 맞는 발랄한 모습으로 저를 웃게 만들었다. 그리고 이렇게 엉망으로 흐트러진 얼굴과 몸으로 저 역시 한 명의 남자일 뿐이라는 것을 재확인시켜 주기도 한다.

약간은 거칠게 삽입된 남성을 드디어 그녀가 오물오물 물어오기 시작하는 게 느껴졌다. 그 감각을 고스란히 느끼며 레이먼드는 마차 안에서부터 눈길이 갔던 셰리의 입술에 제 입을 가져다 대었다. 지나친 성감으로 울음을 터뜨린 터라 다시 도톰하게 부풀어 오른 입술이 견딜 수 없이 어여뻤다.

사랑스러워 견딜 수 없다는 표정으로 제게 숙여지는 레이먼드의 얼굴을 빤히 바라보다 셰리는 불현듯 그가 입을 맞추려 한다는 사실을 깨달았다. 놀라 휙 고개를 돌렸다. 그 바람에 레이먼드의 입술은 그녀의 뺨에 미끄러지듯 눌렸다.

"아……. 안 되나요."

"으응, 입술. 지금 입술 색이 마음에 들어서 지워지면 싫어."

급하게 아까 바른 립 제품 핑계를 대었지만 기실 그가 키스하려는 순간 떠오른 토르의 얼굴과 죄책감이 셰리의 심장을 꽉 조였던 탓이었다. 딱히 입맞춤에 별나게 굴었던 적은 없었는데도 정작 삽입은 허용하면서 어딘지 모르게 거부감이 들었다.

볼이 잔뜩 붉어진 채 더듬더듬 변명하는 그녀의 모습에 레이먼드는 아쉽다는 표정을 감추지 못했다. 그리고 그러면서도 제 허리를 천천히 돌려가며 움직이기 시작했다. 충분하다 못해 넘치는 전희로 완전히 풀린 셰리의 내부는 매 순간 머리끝이 쭈뼛 설 만큼 극도의 쾌감을 그에게 선사했다.

왜 육체적인 관계를 하면 마력이 흘러나가니 어쩌니 하는 낭설이 여전히 유효한지 조금은 알 것 같았다. 아가씨의 안을 들었다 나오며 저 역시 제 몸이 산 채로 잡아먹히는 기분마저 들었으니까. 감당하기 어려운 쾌락에 숨이 턱턱 막히지만 도저히 그만둘 수가 없는 마력마저 느껴졌다. 전신이 노곤노곤해지고 피가 빠르게 도는 것 같은…….

제대로 산소를 공급받지 못한 머리가 점차 멍해지고 있었으나 아무래도 좋았다. 모든 게 다, 좋았다.

다만, 한 가지. 입었을 때는 예쁘지만 벗기기 어려운 원피스 차림인 게 아쉽긴 했다. 그러나 이곳을 나갈 때 적어도 겉모습만은 멀쩡해야 했기에 레이먼드는 일말의 아쉬움을 목 안으로 깊숙이 누르며 허리 짓을 이어갔다.

"아, 하앗……. 흐읏."

"그럼, 귀는, 괜찮, 습니까."

어느새 두 음절을 넘기지 못하고 뚝뚝 끊길 만큼 빨라진 추삽질에 셰리는 또다시 눈앞이 흐려졌다. 하루에 두 남자와 하는 것은 처음이라 그런지 몰라도 이제 정말로 몸에 힘이 들어가지 않았다. 레이먼드에게 잡힌 두 손목과 허리가 속절없이 흔들리며 착실하게 그녀를 절정으로 이끌고 있었다.

아까 물고 빨았던 귀와는 반대쪽을 정성들여 지분대던 그의 허리 놀림이 점점 더 빨라졌다. 레이먼드는 셰리의 입술만큼이나 작고 도톰한 귓불을 빠는 데에 완전히 몰입한 듯했다.

하, 좀 전까지만 해도 그렇게 원하던 삽입으로 인한 진짜 절정인데. 어쩐지 예전만큼 순수하게 쾌락에 기뻐하지 못하는 제 자신이 낯설었다.

"흐…….아가씨. 안에, 안에 해도 됩니까."

"으응."

셰리는 정신없는 와중에도 제 올리브색 눈동자에 쾌감과 이름 모를 감정으로 눈물이 고이는 게 느껴졌다.

거친 숨을 연신 몰아쉬며 움직이지 않으면 죽을 것같이 몰아치던 레이먼드의 등줄기가 빳빳하게 굳어 오기 시작했다. 그리고 여태 다정하게 입 안에 넣고 굴리던 그녀의 귀 깊은 곳으로 혀를 밀어 넣는 동시에 그가 파정했다.

"큭."

"흡, 흐아. 아아……."

여러 번 불끈거리며 제 안쪽으로 더 깊이 밀어 넣지 못해 안달인 움직임이 여느 때보다 적나라하게 느껴졌다. 그리고 다음 순간, 아까 도구를 사용할 때 느꼈던 찌릿찌릿하고 열기 있는 감각이 온몸으로 화악 퍼져 나가 셰리의 몸이 크게 흔들렸다.

마치 발끝부터 시작해 머리끝까지 뜨겁게 피가 도는 것 같은 나른한 기분이 제 의식을 잡아먹는 걸 느끼며 그녀의 눈꺼풀이 느릿하게 뜨였다 감겼다.

역시, 레이먼드도 토르와는 달랐다. 도대체 뭐가 다른 거지.

그럼…… 모든 일이 이대로 흘러가도 되는 걸까, 이게 제가 진정으로 원하는 걸까.

가물가물해지는 의식 너머로 까무룩 정신을 놓으며 셰리는 난생 처음 남자와의 관계 후 지독한 허무감을 느꼈다.

XV. 호위 기사의 고뇌

"으음……."

한쪽 뺨에 베고 누운 딱딱한 무언가가 불편하면서도 묘하게 따뜻했다. 그래서 셰리는 저도 모르게 투정부리듯 볼을 비볐다. 그러다 흐릿한 시야 사이로 보이는 낯선 방 안의 모습에 그녀의 눈이 크게 뜨였다.

"어, 뭐야."

모르는 곳에 누워 있는 제 상황에 놀라 위를 올려다보니 벌써 어스름해진 방 안에서도 빛을 잃지 않은 금발이 가장 먼저 눈에 들어왔다. 그리고 그 흐트러진 금발을 따라 올라가자 한쪽 팔을 눈가에 올리고 잠든 남자의 얼굴이 보였다.

"……."

무슨 일이 있었는지 기억을 더듬던 셰리는 그제야 제 몸 위에 무언가가 덮여 있다는 걸 깨달았다. 예전에 보았던 까맣고 질 좋은 도톰한 로브. 낑낑대면서 겨우 반쯤 몸을 일으켜 소파 너머 창문을 보니 어느새 해가 뉘엿

뉘엿 넘어가 땅거미가 반쯤 내리깔려 있었다.

'지금 몇 시지?'

분명히 그리 늦지 않은 오후쯤 연구실에 왔는데 벌써 저녁때가 된 모양이다. 그럼 후작저로 도착하면 시간이……!

"으, 허리 아파."

화들짝 놀라 일어서려던 셰리가 찌릿한 통증이 오는 허리를 부여잡고 나지막하게 신음을 흘렸다. 이거, 예전에 레이먼드인지 모르고 관계했을 때도 이러지 않았었나. 거칠기로는 토르도 만만치 않은데 하루 만에 그 둘 모두를 상대했더니 제 몸이 감당하기 힘들었던 듯하다.

뻐근해진 허리를 쭈욱 늘이며 그녀가 버둥대자 그제야 레이먼드는 잠에서 깨어 제 곁의 셰리를 발견했다. 앉은 채로 옆에 있는 셰리를 그대로 껴안아 가볍게 이마에 입을 맞춘 그의 입에서 잔뜩 갈라진 목소리가 새어나왔다.

"아, 아가씨."

"응?"

제 침실이 아닌 곳에서 눈을 떠 갑작스럽게 끌어 안겨졌다. 그런 데다 뒤이어 이마에 닿는 낯선 감각에 그녀는 굳어 버렸다. 화들짝 놀란 셰리의 모습에 그제야 아차 싶었는지 그가 팔을 풀고 그대로 물러섰다.

"……죄송합니다. 자다 깬 얼굴을 보니 저도 모르게……."

"아……. 어, 그래, 그래요."

그저 스쳐 지나가는 줄 알았던 지난 두 번의 관계는 그렇다 쳐도 이제는 약혼이 기정사실인 사이인데……. 심지어 여긴 침실도 아닌 마탑 연구실이 아닌가. 그건 그렇고, 방금 스킨십은 너무 자연스럽지 않았나? 여러모로 제가 여태 알던 동정남과 달라도 너무 다른 반응이다.

숨 막히는 어색한 침묵이 계속되자 견디지 못한 셰리가 일어나려는 참이었다. 그때까지도 무릎 위에 올려진 손을 쥐었다 펴며 어쩔 줄 몰라 하던 레이먼드가 그녀의 손을 잡아 제 가슴에 얹었다.

일어서려다 끌어당겨진 힘으로 다시 주저앉게 된 셰리는 제 손바닥에 와 닿는 도근거림에 숨 쉬는 걸 잠시 잊었다. 게다가 좀 전부터 줄곧 얼굴을 들지 못하는 그의 흘러내린 머리카락 사이 붉어진 귓가가 그녀의 눈을 사로잡았다.

"이런 건 생각보다 이르긴 했지만……. 저는 저번도, 이번에도 너무, 너무 좋아서."

"……."

평소의 레이먼드답지 않게 말을 더듬거렸다. 그런 그의 심장 박동이 점점 더 거세게 셰리의 손바닥을 파고들었다.

"언젠가는 이게 저와 아가씨의 일상……이 되는 날이 오겠죠?"

"……."

스러져 가는 노을을 함빡 머금은 레이먼드의 금발이 오렌지 빛으로 물들었다. 대답이 없는 셰리의 눈치를 보느라 슬쩍 고개를 든 그의 긴장한 눈길이 그녀에게 닿았다가 빠르게 다시 바닥으로 떨어졌다.

인정한다. 미학적으로 꽤 까다로운 편인 제 눈에도 참 잘생긴 남자였다. 거기에 동정답지 않은 능숙함과 센스는 셰리의 몸을 빠르고 익숙하게 달구었다.

레이먼드는 제가 부군감에게는 크게 기대하지 않았던 능력 면에서까지 출중했다. 아니, 제가 중점을 두고 있는 올린 상회의 영향력 확대에 이보다 적합한 이가 없을 정도로 완벽했다. 심지어 저런 남자와의 사이에서 나온 후계라면 얼마나 영특한 아이가 나올지 벌써부터 모두들 기대하고 있을 정도니.

그런데, 그뿐이었다.

아까의 서로 제정신이 아닌 듯했던 몸의 열기가 한바탕 몰아치고 지나가자 마치 제3자의 일처럼 객관적인 눈으로 평가하고 있는 저 자신을 발견했다.

뒤늦게나마 황도 모두의 주목을 받고 있는 잘난 남자가 고작 제 손목을 부여잡은 채 떨고 있었다. 제법 큰 덩치가 무색하게 안쓰러워 보일 법한데도 셰리는 그다지 큰 감흥이 느껴지지 않았다. 관계 자체는 꽤 만족스러웠는데 왜일까.

계속되는 손아귀의 미세한 떨림과는 반대로 얇은 셔츠 너머 느껴지는 심장 박동은 갈빗대를 뚫고 튀어나오기라도 할 듯 점점 더 거세어졌다. 이렇게 폭주하다 덜컥 멎어 버리기라도 할까 봐 겁이 날 정도다.

"그렇게 생각하니, 참을 수 없이 설레서…… 그만."

"아."

그제야 셰리는 제가 그에게 설렘을 느꼈는지 되짚어 보았다. 그러니까, 레이먼드와 혼인을 하고 난 후 작가가 얻을 이점 외에 다른 요소를 생각해 본 적이 있었나. 그의 외모와 다정한 성격은 이 정도면 만족한다 싶은 정도였지, 반드시 레이먼드가 아니면 안 된다는 그런 건…….

'도대체 무슨 생각을 하는 거야.'

계속해서 뻗어 나가려는 의식의 흐름을 그녀는 억지로 차단했다. 이 정도면 귀족 간의 결합에서 중요하게 보는 조건으로는 차고도 넘치는 상대임은 분명하다. 대체 불가능한 요소까지 넣어 고려하는 건 일반적으로 정부를 고를 때도 하지 않는 생각인데.

"큼, 그렇게 생각해 주다니 고마워, 아니, 고마워요."

"……편하신 대로 불러 주셔도 괜찮습니다."

고개 숙인 레이먼드의 입가에 잠시 씁쓸한 미소가 맴돌았으나 그녀는 미처 그것까지 보지는 못했다. 그의 손아귀 힘이 느슨해진 틈을 타 꼼지락거리며 몸을 일으킨 셰리는 제 아래에 무언가 입혀져 있단 걸 깨달았다.

"속옷? 뭘 입힌 거야?"

"연구소에는 여분의 옷가지들이 상비되어 있는 편입니다. 셰리 님께서 착용하시던 것에 비하면 질은 다소 떨어지지만……."

레이먼드는 말을 잇지 못하고 머뭇거리다 앞에 놓인 탁자 위, 천에 감싸인 꾸러미를 손으로 가리켰다.

"입고 오셨던 속바지의 상태가 썩……."

"아, 아아. 괜, 괜찮아. 그래, 고마워."

그의 말을 빠르게 끊어 내어 대화를 종료시킨 셰리의 눈이 질끈 감겼다. 가슴 절절한 레이먼드의 고백에는 오히려 멀쩡한 얼굴을 했었는데! 아까 그의 손길과 몸 아래서 정신없이 앙앙거리던 제 모습이 기억나자 부끄러워 절로 볼이 붉어지는 게 느껴졌다.

결국 한 손으로 새빨개진 낯을 급히 가린 그녀의 반응에 레이먼드는 바람 빠지는 듯한 소리를 내며 웃었다. 그러던 그가 셰리의 남은 손을 제게로 끌어 당겨 살포시 잡고 손가락 마디에 입을 맞췄다.

"저는 되도록 결혼식 때까지 기다리고 싶습니다."

"……."

"물론 오늘처럼 먼저 유혹해 오신다면, 어쩔 수 없겠지만요."

얼굴을 가렸던 손가락 사이를 빠끔하게 벌려 바라본 레이먼드의 얼굴은 유난히 반짝반짝 빛이 났다. 어느새 노을마저 어둑한 어둠에 삼켜져 제대로 된 빛 한 점 없는데도 그의 파란 눈동자가 시리게 빛을 발했다. 그럴 리는 없지만 레이먼드의 눈이 제게 마법이라도 거는 것처럼 시선을 떼기 힘들었다.

그러나 그런 그가 그녀에게 곧게 전하는 감정은 셰리의 숨을 막히게 했다. 아주 예전에 토르가 그녀에게 제 입술을 누르며 몰래 했던 도둑 고백 때와 비슷한 느낌이었다.

"……이제, 가야겠어."

"데려다드리겠습니다."

여전히 로브를 걸친 셰리를 따라 일어선 그가 먼저 문을 열고 밖으로 안내했다.

그렇게 이곳에 도착했을 때처럼 아카데미로 이어지는 마법진으로 향하는 통로를 함께 걸으며 셰리가 문득 떠오른 의문을 내뱉었다.

"그러고 보니 연구실에 우리 둘만 이렇게 오래 있었는데 괜찮은 거야?"

"음, 여기는 세간의 그런 일반적인 오해가 생기지 않는 곳이라서요. 괜찮을 겁니다."

그리고 이미 결혼이 예정된 약혼 관계인데 그건 오해가 아니지 않느냐는 말은 그의 혀 아래로 깊숙하게 파묻혔다. 가까스로 삼켜 낸 반문을 뒤로 하고 레이먼드는 그녀를 안심시켜 주기 위해 말을 이어 갔다.

"남녀가 연구실에 함께 있었다는 것만으로 일일이 스캔들이 난다면 아마 프로젝트의 절반 이상은 아직도 답보 상태일 테니까요."

"그렇지? 거기다 여긴……."

아까 그가 해 준 말로 미루어 볼 때 연구소 내에는 자발적으로 금욕적인 분위기가 유지되고 있을 테니. 그제야 셰리는 한숨을 돌리며 발을 재게 놀려 마법진이 새겨진 공간으로 들어섰다. 바닥에 새겨진 마력석을 순서대로 활성화시킨 레이먼드가 마침내 이동의 룬이 새겨진 마법진을 발동시키려던 순간이었다.

"수석님! 헉헉, 이런 때에 죄송하지만 회로 설계 좀 급하게 검토해 주셔야겠는……데요."

아까 그녀도 보았던 유난히 큰 안경을 쓴 해리스 연구원이 헐레벌떡 그들을 쫓아왔다. 마지막에 가서는 목소리가 현저하게 작아진 그가 안경을 추켜올리며 레이먼드의 눈치를 보았다. 셰리의 시야에서는 레이먼드의 금발 뒤통수만 보였으나, 해리스를 향한 그의 얼굴은 급격하게 냉랭해져 있었다.

"당분간 급한 일은 전부, 처리해 둔 걸로 아는데?"

비록 목소리뿐이어도 싸늘해진 음성에 셰리의 눈이 동그래졌다. 저를 대할 때와는 완전히 다른 그의 말투가 유난히 차가웠다. 결국 안 그래도 소심해 보였던 해리스 연구원의 어깨가 움츠러들었다. 어쩐지 아까도 그렇게 금방 겁을 집어먹더라니…….

몰랐는데 레이먼드는 달콤하기 그지없는 외양이면서 연구소에서는 꽤 엄격한 편이었나 보다.

"……개, 개발 2팀에서 하고 있던 최종 실험에서 자꾸 마력 유, 유출이 심하게, 딸꾹, 일어나서…… 꿉!"

"그걸 왜 자네가…… 후, 알았어. 곧 간다고 전해."

앞머리를 없앤 지 시일이 꽤 지났는데도 무의식중에 훤한 이마를 쓸어 넘기려 헛손질을 한 레이먼드가 깊은 한숨을 내쉬었다. 급기야 끅끅거리며 딸꾹질을 시작한 해리스는 그 틈을 타 달아나듯 도망쳤다. 한동안 심호흡을 하며 마음을 다스리는 듯하던 그가 뒤를 돌아 굳은 미소를 셰리에게 내보였다.

"소장이 없다 보니 안이해진 모양입니다."

이제 레이먼드가 제법 익숙해져서인지 화를 꾹꾹 눌러 담으면서도 그녀 앞에서는 미소를 잃지 않으려는 모습까지 훤히 파악됐다. 그렇게 셰리에게 다가온 그가 대충 걸쳐져만 있던 로브의 단추를 하나하나 꼼꼼하게 잠가 주었다.

"아무래도 밤에는 조금 쌀쌀하니까요. 아까 미리 연락을 넣어 두었으니 이미 마차가 준비되어 있을 겁니다."

"으응. 그런데 레이, 바쁜 거 아냐?"

"그 얼간이들, 아니, 어차피 제가 가서 전부 다 재검토해야 될 테니 괜찮습니다."

마지막 단추를 잠그며 레이먼드의 입에서 빠득 이 갈리는 소리가 난 듯했다. 하지만 그는 제 로브에 완전히 둘러싸인 셰리의 모습에 이내 만족스러운 미소를 지었다.

"죄송합니다. 제가 내일이라도 꼭 후작가로 찾아뵙겠습니다."

"아냐. 내일은 나도 좀 이른 시간부터 정찬에 티타임까지 일정이 있어서……."

아무리 그래도 날씨가 꽤 더워지고 있는데 목 끝까지 빼곡하게 채워진 로브 단추를 빤히 바라보던 셰리가 애써 입꼬리를 끌어 올렸다.

"……."

물론 실제로도 그녀가 바쁜 일정을 보내고 있다는 걸 안다. 하지만 완곡하게 돌려 말하는 거절 같아 레이먼드는 계속해서 입맛이 썼다. 단추를 다 잠가 주고도 못내 미련이 남아 잡고 있던 로브의 옷깃이 그의 손에서 쉽게 빠져나갔다. 나비처럼 팔랑팔랑 로브 자락을 휘날리며 혼자 마법진 위로 올라탄 셰리는 가볍게 손 인사를 했다.

"다음에 또 봐요."

"……그럼, 아카데미로 가는 마법진을 구동합니다. 코드21 승인 완료."

한가운데에 박힌 이동 룬의 핵심으로 이어지는 마력석까지 모두 순서대로 발동시키고 나자 바닥의 마법진을 따라 마력이 어지럽게 휘몰아치기 시작했다. 그리고 이내 그 흐름이 모여 그녀의 모습을 집어삼켰다.

순식간에 희미한 빛무리만 남기고 다시 고요함이 내려앉은 공터를 말없이 바라보던 레이먼드가 괜히 허전한 손을 쥐었다 폈다.

마음 같아서는 잡고 싶었는데……. 또 놓쳤다.

여태 잘 참아 왔는데, 오히려 관계를 하고 나니 또다시 급격하게 그녀에게로 기울어지는 마음을 더 주체하기 어려웠다. 제 아가씨는 가까워졌다고 생각하면 어느 순간 신기루처럼 손가락 사이를 빠져나가 버린다. 이번에는 그도, 그녀의 탓도 아니었지만.

"젠장……."

레이먼드는 미련이 뚝뚝 떨어지는 눈으로 어느새 빛이 모두 사그라든 빈 공간을 잠시간 더 주시했다. 그러다 바람소리가 날만큼 홱 몸을 돌려 떨어지지 않는 발걸음을 재촉했다.

그는 연구소 로비에 들어서자마자 벌벌 떨며 안절부절못하는 해리스 연구원을 발견했다. 아마 개발 2팀에서 반드시 레이먼드를 데려오라고 지시라도 한 모양이지. 아까 그렇게 부리나케 도망쳐 놓고 여태 그를 기다리는 것을 보니.

가타부타 말도 없이 저를 지나쳐 실험실로 먼저 향하는 레이먼드의 뒤를 해리스가 빠르게 따라붙었다. 여전히 레이먼드의 무표정한 입매가 딱딱하게 굳어 있기까지 했지만 그런 얼굴마저 적응이 안 될 정도의 미모라 해리스는 얼떨떨했다. 아주 가끔 몇 년에 한 번 정도 잠든 수석님의 맨 얼굴은 본 적 있기는 했어도 이렇게 멀끔하게 꾸민 모습은 처음 봤다.

게다가 곧 약혼을 한다는 그 인형 같은 공녀님의 앞에서 난생 처음 보는 표정으로 녹아내릴 듯이 웃는 수석님은 무섭기까지 했다. 저와 연구원들에게 늘 보여 주는 태도와 완전히 정반대라 목소리만 달랐다면 숫제 다른 사람이라고 착각할 정도였다.

"리시안셔스 프로토 타입을 내 연구실로 가져온 게 자네인가?"

"넵? 네, 네에…… 끅!"

큰일 났다. 겨우 멎었던 딸꾹질이 레이먼드의 쌀쌀맞은 음성에 다시 시작된 모양이다. 평온한 어조이지만 저렇게 낮은 목소리를 낼 때의 그는 조용히 분노한 상태라는 걸 해리스는 몇 년간의 경험으로 아주 잘 알았다. 그래서 불쌍한 책임 연구원 해리스는 속으로 찔끔 눈물을 흘렸다.

'오늘은 무조건 철야다.'

습관적인 야근과 철야로 말라비틀어진 눈물샘에는 이제 약간의 습기도 비치지 않았다. 바짝 마른 눈가를 괜스레 비비던 해리스에게 레이먼드는 고개도 돌리지 않고 빠르게 지시 사항을 읊었다.

"그건 그렇고 리시안셔스의 회로에도 문제가 있는 것 같던데. 설계도대로 제작하지 않은 건가? 저항값을 다시 설정해야 되겠어."

"네? 아직 회로 최종 검토 단계가 아니라서 이번에는 디자인과 재질

검토만 하려고 만든 시제품이었는데요?"

"그럼 디자인과 재질은 이제 됐으니 저항값 범위 측정 데이터부터 다시 작성해 와."

일반적인 생고무보다 촉감과 내구성면에서 월등한 재료를 구하느라 얼마나 고생했는데……. 벌써 다음 단계 검토라니. 레이먼드가 원하는 재질을 구현하기 위해 피땀 흘렸던 지난 몇 주간을 생각하자 해리스의 눈가가 거짓말처럼 습해졌다. 마른 수건도 비틀어 짜면 몇 방울은 나온다더니 정말이었나 보다.

"흐, 흡. 그럼 오늘 보여 드린 제품에 마력을 충전하여 실험 진행하겠습니다."

"……잠깐."

바쁘게 또각거리며 연구소 복도를 걷던 레이먼드의 발걸음이 순식간에 멎어 뒤돌려졌다. 절약을 위해 어둡게 낮춰 둔 조명 아래, 음산하기까지 한 미남의 얼굴에 해리스는 저도 모르게 주춤주춤 뒷걸음질을 쳤다.

"왜, 왜 그러시는……."

"오늘 그 시제품, 마력이 충전된 거 아니었어?"

"예? 어차피 여성용이고, 이번엔 디자인과 재질만 검수 받느라 충전 안 된 마력석이었는데요."

자꾸만 흘러내리는 커다란 안경을 연신 추켜올리며 열심히 주절거리는 해리스의 말에 그는 머리를 한 대 얻어맞은 것만 같은 기분이 들었다.

"수석님께 보여 드리고 통과되지 못하면 정제된 마력이 아까우니까요. 구동 시간과 마력 누수 검토는 이 다음 단계에서……."

레이먼드는 이제 흡사 유령이라도 본 것처럼 얼굴이 창백해졌다. 그런 그의 모습에 해리스는 속으로 히익거리며 다시 시작되려는 딸꾹질을 필사적으로 억눌렀다.

"텅 빈…… 마력석이었다고, 그럼?"

"아, 어읍. 뭔가 문제라도 있었나요? 끅!"

이번에는 도대체 며칠짜리 야근이 될지 가슴을 졸이며 자신의 눈치를 보는 해리스는 아랑곳없이 레이먼드는 제 입을 손으로 막은 채 기억을 더듬어 보았다.

시제품으로 온 그 도구는 분명히 제대로 구동하고 있었다. 다만 그가 잡았을 때와는 달리 셰리 님의 손에서는 전혀 반응이 없었다. 하지만 보라색의 마력 흐름이 너무 뚜렷하게……. 아니, 제가 그때 마력 안경을 쓰고 있었던가?

"……."

그의 얼굴이 이제는 당장이라도 쓰려질 것처럼 하얗게 탈색되었다. 입을 막고 있던 손이 바들거렸지만 도저히 떨림을 주체하기 어려웠다.

'말도 안 돼.'

아주 간혹 후천적으로 마력이 발현되는 자들이 있긴 했다. 그러나 그것도 2차 성징 즈음인 십 대 때의 이야기였다. 그리고 레이먼드는 제가 마력 보유자가 아니라는 사실을 누구보다 잘, 알았다.

"수석님? 혹시 몸이 안 좋으시면……."

"아니다, 일단 가지."

여전히 창백한 낯과 간헐적으로 떨리는 손, 덜덜거리는 입술을 티 내지 않기 위해 아랫입술을 꼬옥 깨물기까지. 여러모로 레이먼드는 누가 보든 정상이 아닌 상태였다.

예전에는 분명 간절하게 제가 마력 보유자가 되길 원하던 시절도 있었다. 똑같은 마법 공학 전공자라고 해도 마력 보유자가 되어 마탑의 소속이 되는 자와 아닌 자의 차이는 명확했으니까. 비록 가진 마력이 쥐꼬리만 하다고는 해도 마력 보유자들이 비(非)마력 보유자들에게 공공연하게 드러내는 우월의식과 차별은 마탑과 연구소 내의 또 다른 신분 체계와 다름없었다.

하지만 그는 순전히 제 노력만으로 수석 연구원의 자리까지 올라왔다.

거기에 이제 미하르쉘 후작가의 부군이 된다면 연구소와 아카데미에서의 영향력까지 쥘 수 있게 된다. 과거 마도 시대처럼 서클 체계를 만들 만큼도 되지 못하는 한 줌의 마력 따위 없어도 그만이었다.

하필, 하필 왜 지금이지? 왜 이제 와서……!

이를 악물고 필사적으로 평정심을 유지하려는 레이먼드의 눈가가 분노로 붉게 일그러졌다.

* * *

레이먼드의 말대로 아카데미 측 마법진이 그려진 공터를 벗어나자마자 바로 그녀가 타고 온 후작가의 마차가 눈에 띄었다. 종종 마법진을 이용하고 나면 멀미를 겪는 자들도 있다고 들었는데 가까운 거리를 이동해서인지 셰리는 아무렇지 않았다. 약간 몸이 축축 처지고 무거운 듯도 하지만 이건 오늘 제가 너무 무리한 탓일 테다.

홀로 마차에 착석한 그녀는 이대로 눈을 붙이려다 목까지 바짝 채워진 레이먼드의 로브에 시선을 주었다. 확실히 아카데미와 연구소가 교외에 위치한 곳이라 밤에는 좀 서늘하긴 했다. 하지만 그보다는…….

'갑갑해.'

결국 그가 정성스럽게 채워 주었던 단추를 전부 풀어 낸 셰리는 로브를 이불 삼아 덮은 채 후작저에 도착할 때까지 정신없이 곯아떨어졌다. 체력적인 한계와는 다르게 전신이 노곤노곤해진 상태라 집사인 데릭이 깨울 때까지 그녀는 한 번도 깨지 않고 푹 잠들었다.

저를 깨우는 데릭의 목소리에 여전히 몽롱한 눈을 겨우 들어올렸다.

"셰리 님, 도착했습니다. 방으로 올라가시겠습니까?"

이미 해가 다 넘어간 후 출발해서인지 생각 외로 밤늦은 귀가가 되어 버렸다. 일과 시간 이후의 귀택에 대해서는 모든 사용인들이 나올 필요는 없다고 미리 못 박아 둔 덕분에 셰리를 마중 나온 것은 데릭과 사용인 두엇 정도가 다였다.

정중한 집사의 목소리에 그제야 정신을 차린 그녀는 급히 내리려다 맞은편 좌석에 놓인 치장 도구 가방에 눈길이 닿았다. 그렇게 잠시 고민하던 셰리가 아까 유독 마음에 들었던 립 제품만 챙기고 데릭에게 가방을 가리켰다.

"이건 내가 가져가니까 나머지는 담당 메이드한테 갖다 줘."

유난히 단이 높은 마차에 맞추어 제작된 발받침을 한 칸씩 밟아 내려선 그녀가 저도 모르게 마중 나온 이들을 훑었다. 무의식중에 찾던 이의 모습이 보이지 않자 셰리의 표정이 약간 시무룩해졌다. 그런 그녀의 옆에서 가방을 챙긴 데릭이 작게 속삭였다.

"톨체르 경은 오늘 오후 내내 수련에만 매진했다고 합니다."

"아아……. 뭐, 딱히 누굴 찾는 건 아니야. 아버지는?"

"국경 지역 재건에 들어가는 예산 책정 건으로 오늘도 황궁에서 주무신다고 연락을 주셨습니다."

아버지야 평소에도 재무부의 일로 저택에 들르시는 일이 손에 꼽을 정도였다. 거기에 전쟁 직후인 지금은 더 바쁘신 듯했다.

그보다 아무리 제 귀가 시에 일일이 마중 나오지 않아도 된다고 했대도 호위 기사인 토르는 좀 나와 봤어야 하는 거 아닌가? 내심 서운한 마음에 삐죽 튀어나오려는 입을 꾹 다물고 셰리는 일부러 쿵쿵거리며 제 방 계단으로 올랐다.

그런 그녀의 뒤를 따르던 데릭이 여상한 말투로 입을 열었다.

"아가씨의 사생활에 주제넘게 나서는 줄은 압니다만, 한 말씀 올려도 되겠습니까?"

"뭔데? 데릭은 그래도 되는 사람이잖아."

계단을 오르다 말고 셰리가 그를 돌아보자 데릭이 잠시 난처한 기색으로 턱을 긁었다.

"셰리 님께서 톨체르 경을 너무 봐주고 계신 것 같습니다. 아까도 담당 메이드에게 거짓말을 하여 따돌리고 투왈렛 룸에 들어갔던 모양입니다."

"……그래?"

"다행히 올린 영식은 눈치채지 못한 듯하지만, 이곳은 후작령도 아니니 이대로는 안 된다는 말씀을 드리고 싶었습니다."

그러고 보니 아까 그렇게 토르와 대담하게 이런저런 짓을 해 놓고서 데릭과 그에 대한 이야기를 나누는 건 지금이 처음이었다. 바로 다음의 일정을 위해 레이먼드와 도망치듯 저택을 떠났으니.

게다가 데릭이 주제 넘는다며 운을 띄웠지만 그의 정중한 간언은 온전히 셰리를 생각해서 하는 말이란 걸 잘 안다. 무엇보다 단순한 집사를 넘어서 데릭은 그녀에게 막내 삼촌 같은 자가 아닌가. 사실 오늘의 저는 하루 종일 뭐에 씌기라도 한 듯 너무 즉흥적으로 행동하긴 했다.

진지한 얼굴로 셰리가 고개를 끄덕이자 데릭이 여태 굳어 있던 표정을 풀고 슬며시 미소를 지었다.

"그래서……."

"응?"

"오늘의 무례에 대해 셰리 님께 직접 사과하라는 의미로 톨체르 경을 응접실에 대기시켜 놓았습니다."

"어, 토르를?"

방금 전까지만 해도 심각한 표정으로 서 있던 게 무색할 만치 제 공간에 토르가 와 있다는 말을 들은 셰리의 얼굴이 순식간에 밝아졌다. 눈앞에서 그 변화를 주의 깊게 바라보던 집사가 결국 픽 웃음을 흘리며 그녀의 등을 떠밀었다.

"어서 들어가 보십시오."

"응! 잘 자, 데릭."

저도 모르게 신나서 제 방 응접실을 문을 연 셰리는 불도 켜지 않은 어둑

어둑한 응접실의 모습에 잠시 멈칫했다. 너무 늦게 돌아와서 기다리다 못해 토르가 나가 버린 걸까. 바로 옆의 조명에 손을 올리려던 그녀가 무언가를 발견하고 멈칫했다.

커튼을 치지 않은 창문 틈으로 스며든 달빛 덕에 소파에 앉아 있는 거대한 인영이 눈에 들어왔다. 누구인지 제대로 알아보지도 못할 만큼 그저 까만 덩어리에 불과한 모습이었지만 셰리의 가슴이 먼저 그를 알아보고 반응하기 시작했다.

겨우, 겨우 반나절 조금 넘게 떨어져 있었을 뿐인데 아무래도 저는 토르가 보고 싶었나 보다. 아까 그가 마중 나오지 않아 서운했던 감정이 어느새 사르르 녹아 흔적도 없었다.

하긴 토르는 매일 새벽에 일어나고, 제 호위를 하면서 수련도 게을리하지 않았다. 게다가 오늘은 아까 저와 그런, 그런 것도…….

갑자기 볼이 화르르 달아오르는 것 같아 서둘러 손등으로 제 뺨을 매만진 셰리가 조심스레 발소리를 죽이고 다가섰다.

예상대로 토르는 그녀를 기다리다 지쳐 소파 위에 앉은 채로 잠든 모양이다. 살짝 숙여진 고개 아래 감긴 눈을 확인한 셰리가 훤하게 비어 있는 그의 널찍한 품에 천천히 제 몸을 밀어 넣었다. 마치 제가 채워야 완전해지는 것처럼 딱 알맞은 온도로 데워진 공간이었다. 그렇게 눈을 감고 살포시 토르의 가슴에 기대며 그녀는 작게 소곤거렸다.

"다녀왔어."

그러자 가슴팍에 가까이 가져다 댄 셰리의 귀로 기분 좋게 도근도근 뛰는 심장 박동이 느껴졌다.

'으음? 약간, 빠른 것 같은데.'

일반적으로 기대되는 것보다 빠른 박자였다. 어리둥절해진 그녀가 기사들은 신진대사가 빨라서 심장도 좀 빨리 뛰는 게 아닐까 생각할 무렵, 점점 더 심장 박동이 빨라졌다. 아니, 이 정도는 누가 됐더라도 좀 비정상인데……?

이제는 숫제 쿵쿵 울리는 심장소리에 무언가 이상하다는 느낌을 받은 셰리가 무심코 고개를 들었다. 그러다 졸음기라고는 하나도 없이 까맣게 가라앉아 가만히 그녀를 내려다보는 보랏빛 눈동자와 조우했다.

"앗, 깨어 있었어?"

"조금 전에, 일어났습니다."

오랜만에 입을 연 자 특유의 낮게 가라앉은 목소리로 대답하는 그 때문에 셰리는 조금 부끄러워졌다.

'참, 그러고 보니 기사는 일반인보다 귀가 밝았지.'

그럼 다녀왔다는 말도 다 들었겠다 싶어 어쩐지 얼굴이 화끈거렸다. 여직 토르에게 안겨 있다는 걸 뒤늦게 깨달은 그녀가 품에서 벗어나려 몸을 뒤틀었다. 그러자 힘을 주어 셰리를 다시 깊게 껴안은 그가 그녀의 어깨에 턱을 괴며 한숨처럼 속삭였다.

"어서 오세요, 셰리 님."

그 말을 듣자 셰리는 더 이상 애써 벗어나려 움직이지 않았다. 아니, 움직일 수 없었다는 게 더 정확한 표현일 테다. 이제 낮은 물론이고 밤에도 제법 후끈해져 오는 날씨였지만 따끈따끈한 토르의 몸이 싫지 않았다. 머뭇 거리다 결국 팔을 뻗어 마주 안자 그가 셰리의 어깨에 더욱 깊이 제 얼굴을 묻었다.

아, 이 느낌. 그저 안고만 있어도 마음 가득 충족감이 차오르는 것 같다. 이제야 집에 돌아온 느낌이 들었다. 후작령에서 토르를 처음 만나고 한껏 유혹 했을 때부터 수십 번은 더 안아왔는데 왜 이렇게 요즘 들어 다른 느낌이 들까.

토르의 등을 토닥이며 몸을 조금 떼어내어 올려다보자 아까보다 더 어두 워진 사위에도 불구하고 기쁨으로 반짝이는 눈이 보였다. 거기에 더해 더없 이 소중한 것을 바라보는 듯한 감정이 고스란히 느껴졌다.

왜 몰랐을까. 여태껏 그가 저를 바라보는 시선 속에는 단순한 성욕만 있 는 게 아니었다는 걸. 아니, 실은 진작 알고 있었다. 그저 토르의 마음을 받아 줄 수 없다는 핑계로 제가 제대로 마주하지 않은 것뿐.

잠시 그와 진득하게 시선을 마주하던 셰리는 갑작스런 의문이 들었다. 그럼 토르와의 키스도 무언가 다를까? 아까 레이먼드가 제게 시도했을 때는 거부감이 들었는데…….

그의 등을 붙잡고 있던 팔을 들어 토르의 목을 감싸 몸 안쪽으로 매달렸다. 그와 동시에 제게 집요할 만큼 시선을 고정한 그의 입술에 가볍게 입을 맞췄다. 따뜻하고 촉촉한 입술이 서로 붙었다가 떨어지는 소리가 어쩐지 낯부끄러웠다. 그리고 토르와는 거부감이 생기긴커녕.

'좋아, 달아.'

아주 잠시의 접촉만으로도 충분히 알 수 있을 만큼. 이내 입술을 떼어낸 셰리가 무어라 말을 이어 가려던 참이었다.

"토르, 있잖……. 읍, 으응."

그녀와 닿았던 간격이 잠시 멀어진 틈을 견디지 못했는지 셰리를 간절하게 끌어안은 그가 입술을 파고들었다. 부드러운 입술 위를 가득 덮어 한참 동안이나 지분대던 토르가 조심스레 제 혀끝을 그녀에게로 밀어 넣었다. 천천히 진입해 온 정성이 무색하게 셰리의 혀끝이 스치자 그는 다시 조금 광폭하게 그녀의 입안을 잡아먹기라도 할 듯 헤집었다.

그렇게 토르는 짙은 키스에 푹 빠져 셰리의 숨결을 탐닉하느라 정신이 없었다. 그 와중에도 그녀를 더듬거리다 일그러뜨리기라도 할 것처럼 꽉 껴안기까지 했다.

급작스럽게 시작된 거친 입맞춤에 서로의 숨이 거칠어지는 것은 금방이었다. 여태 불안해하며 아가씨를 기다리던 그가 무자비하게 쏟아 내는 애정을, 셰리는 받아내는 데만도 급급했다. 그래서 둘 중에 먼저 정신을 차린 쪽은 토르였다.

"……."

어느새 저는 자그마한 그녀의 뒤통수를 소중하게 붙들고 셰리의 입 안을 제 것처럼 휘젓고 있었다. 아까 제대로 끝을 보지 못한 정욕이 이미 온몸을 활활 태우고 있었지만 오늘 아가씨의 일정이 만만치 않았다는 사실을 겨우 상기해 냈다.

'안 돼, 자제해야 해.'

방 안이 어두운 데다 잠시 졸다 깨어난 지 얼마 안 되어서 그런가, 제가 평소와 달리 대담하게 굴었던 듯싶었다. 그리고 어쩐 일인지 셰리 님까지 이런 저를 기꺼이 받아 주시니.

갈 곳 없는 흥분과 달구어질 대로 달구어진 제 중심이 여기서 멈추면 안 된다고 악다구니를 썼지만 토르는 겨우겨우 저를 아가씨와 분리해 냈다.

하지만 입술은 어떻게든 떼어 냈어도 작고 부드러운 몸까지 한 번에 다 떼어 내기는 아쉬웠다. 그래서 셰리의 머리까지 감싸 품 안에 넣고 제게 와 닿는 모든 감각을 머릿속에 새기기라도 할 듯 온몸으로 가득 품었다.

아……. 이대로 시간이 멈추면 얼마나 좋을까. 그러면 아가씨는 약혼도, 결혼도 하지 않으실 수 있을 텐데. 이렇게 저와 계속 지내시면 안 되는 걸까. 제 팔 안에 완전히 안긴 아가씨가 알게 되면 경을 치게 될 생각이라는 걸 알지만 나날이 커지는 욕심은 이제 그저 억누르기에도 한계가 오기 시작했다.

그렇게 토르의 따뜻한 몸에 안긴 채 편안해진 기분까지 들자 그녀는 어느새 다시금 노곤해졌다. 아까 풍기던 우디 향도 나쁘지 않았지만 역시 지금처럼 원래 나던 풋풋한 체취가 더 좋았다. 결국 셰리의 입에서 작은 하품이 비집고 나왔다.

"하암, 으음."

"아!"

그러자 토르가 놀라 품에서 그녀를 떼어 냈다. 편안한 자세로 그에게 기대고 있다가 갑작스러운 움직임에 놀란 셰리는 눈을 동그랗게 떴다.

"오늘, 많이 피곤하시죠. 잠자리를 봐 드릴까요?"

"으응. 그럼 난 씻고 올게."

졸음이 덕지덕지 묻은 눈으로 대강 고개를 끄덕인 셰리가 침실과 이어진 욕실에 들어갔다. 그녀를 따라 침실까지 들어온 토르는 두 손으로 제 얼굴을 감싸 쥐었다.

셰리가 저택에 없는 동안은 그에게 지옥과도 같은 시간이었다. 사실, 정신을 차릴 수 없을 만큼 많이 불안했다. 집사인 데릭에게 아가씨의 총애를 믿고 선을 넘지 말라는 훈계를 듣고서야 그는 마음을 가다듬기 위해 훈련장으로 향했다.

오랜만에 수련할 시간을 많이 확보하긴 했지만 무슨 생각으로 검을 휘둘렀는지 알 수가 없었다. 마지막 대련 때는 하마터면 동료에게 상처를 입힐 뻔했을 정도로.

뉘엿뉘엿 해가 넘어가기 시작할 때부터는 입 안이 바짝 말라 왔다. 배에서 소리가 나는 걸 보면 허기가 지는 게 분명한데 아무것도 먹고 싶지가 않았다. 그렇게 저녁도 거르고 초조하게 후작저 현관 앞마당만 서성이는 저를 발견한 데릭이 잔소리하지 않았다면……. 그녀가 올 때까지 내내 그러고 있었을지도 모른다.

'톨체르 경. 이럴 거면 아가씨의 응접실로 가서 기다리는 게 낫지 않겠습니까. 아까의 거짓말을 직접 사죄드리기도 해야 할 테고요.'

'아, 죄송합니다.'

그래서 그는 그녀의 소파에 주저앉은 채 죄 없는 입술만 짓씹었다. 시간이 지날수록 점점 더 커지는 불안함은 그의 온몸과 심장마저 칭칭 옭아매 누가 툭 건드리기만 해도 울음이 터질 것 같았다.

셰리 님의 환복 시간을 거짓말로 훔쳐내어 제 사리사욕을 채웠다. 비겁하게 아가씨가 제게 주신 '기회'까지 이용해서……. 하지만 바로 옆방에 그녀의 약혼자가 와 있고 그와 함께 먼 길을 떠난다고 생각하니 도저히 참을 수가 없었다.

그 영식이 저에게 셰리 님의 정부가 되겠냐는 제안을 했을 때 처음에는 당황스러웠고, 그 뒤로는 제법 솔깃한 제안에 마음이 끌렸다. 하지만 뒤이어 찾아온 감정은 무력감과 열등감이었다. 저런 제안을 먼저 당당하게 할 수 있는 것도 그만이 셰리의 곁에 설 수 있는 유일한 남자이기 때문일 테니.

아카데미와 연구소에서 무슨 일이 생길 리는 없지만 토르가 우려하는 건 몇 시간 동안 마차 안에 둘만 있을 거란 사실이었다. 예전이라면 모를까, 이미 마차 안에서도 충분히 은밀한 관계가 가능하다는 걸 그 스스로 겪어 보지 않았나.

"미치겠군."

만약 제가 셰리 님의 유일한 연인이었다면 그는 기꺼이 그녀를 믿었을 테다. 하지만 과거에도, 지금도, 그리고 미래에도 토르는 그토록 원하는 제 아가씨의 연인조차 될 수 없는 처지였다. 약혼 발표까지 한 상대가 있는 이상 그는 영영 셰리의 연인이 될 수 없다. 그래서 저는 감히 셰리 님에게 다른 남자와는 친밀한 관계를 맺지 말아 달라고 요구할 수가 없었다.

비단 그런 요구뿐일까. 아주 예전에 그는 아가씨에게 제 몸을 맡기는 조건으로 '좋아한다'는 말조차 금지 당하지 않았나. 올린 영식과 무슨 일이 있었는지 묻는 건 명백히 그 선을 넘는 언동이었다. 그러니 저는 그저 이렇게 너무 늦지 않게 제게 돌아와 주신 것만으로 감사하는 게 고작이다.

불안함으로 잔뜩 벼려져 예민해진 감각을 하루 종일 온몸에 두르고 있다 보니 아가씨의 체취가 남은 응접실에서 깜박 졸고 말았다. 그러다 아래층 로비에서 들리는 인기척에 거짓말처럼 눈이 뜨였다.

셰리 님이었다.

집사와 무어라 작게 말을 주고받으며 조금 심술이라도 난 듯 발을 구르는 소리가 들렸다. 그렇게 계단을 오르는 발자국 소리가 천천히 가까워지자 점점 눈시울이 뜨거워지면서 주인의 존재를 알아차린 심장이 요란하게 뛰기 시작했다.

이제 와서 응접실을 환히 밝히고 문가에서 그녀를 맞이하기에는 시간이 너무 없었다. 게다가 데릭이 메이드를 속인 일을 사죄드리라고 했지만 무슨 말을 어떻게 꺼낼지도 여태 생각하지 못했다. 그저 셰리를 기다리느라 그리움과 초조함에 젖어 머리가 텅 비어 버렸던 탓이다.

'응! 잘 자, 데릭.'

그래서 결국 토르는 마치 계속 자고 있었던 양 두 눈을 꼭 감고 입술만 파르르 떠는 비겁한 방법을 선택했다. 왜 여기에서 자고 있냐고 물으면 뭐라고 대답을 해야 하지. 진작 준비해 두었어야 할 변명들을 잘 돌아가지 않는 머리로 더듬더듬 떠올리고 있을 때였다.

'다녀왔어.'

그렇게 말하면서 품 안에 조심스레 밀려들어온 작은 움직임에 그의 숨이 멎었다. 제대로 준비해 둔 대답이 하나도 없어 자는 척을 해서라도 회피해야 한다는 생각 따위는 까맣게 잊었다. 제 품에 안기고도 남는, 작지만 큰 존재감에 토르는 눈을 질끈 감았다.

'역시 아가씨가 아니면 안 돼.'

그러니 지금은 얌전히 입을 다물고 제게 주어진 이 시간을 온전히 누려야 했다.

토르가 그녀의 베개를 잠들기 편안한 각도로 뉘자마자 욕실 문이 열리고 셰리가 잠옷을 입은 채 걸어 나왔다. 따뜻한 물로 씻어서인지 금세 꾸벅꾸벅 졸기 시작하는 그녀의 머리카락을 보드라운 타월로 꼼꼼하게 말리고 침대에 눕혀 이불을 덮어 주었다.

그렇게 그가 셰리를 잠시 응시하다 몸을 돌려 나가려는 순간이었다.

"그럼 안녕히……."

"오랜만에 같이 잘까?"

토르는 그녀에게 잡힌 제 손목을 한참이나 뚫어져라 쳐다보았다. 이런 일은 동정인 저를 유혹하기에 바쁠 때 이후 처음인 듯싶었다. 그때도 토르는 사실은 아가씨에게 이미 푹 빠져 있었으면서 괜한 고집을 부리며 흔들리지 않으려고 무진 애를 썼었다. 하지만 그렇게 생각하면서도 설레는 마음을 숨기기 어려웠는데, 지금은……

아무리 그래도 후작령이면 모를까, 지금의 황도에서는 조심해야 했다. 아까 집사에게 당부 받은 바도 있고.

차마 제가 먼저 그녀의 손목을 털어 내지는 못하고 토르는 바로 무릎을 꿇었다. 그렇게 누워 있는 셰리와 눈높이를 맞춘 그가 아직도 제 손목을 잡고 있는 자그마한 손가락을 하나씩 떼어 내며 소중하게 입을 맞췄다.

"내일 정찬 약속이 또 있지 않으십니까. 그리고 여긴…… 황도니까요."

"뭐어, 그렇긴 하지만. 새벽에 토르가 먼저 일어나면……"

그녀의 말에 솔깃해져 또다시 자기 합리화를 시작하려는 스스로를 다그치면서 토르가 급하게 입을 열었다.

"실은 제가 셰리 님께 고백할 일이 있습니다."

"고백?"

고백이라는 말에 뭔가 싶어 반쯤 감겼던 셰리의 눈이 반짝 뜨여졌다. 거기에 미약하지만 심장도 뛰기 시작한 듯했다. 갑자기 이 시간에, 이 장소에서 고백이라니……. 제가 알고 있는 그 '고백'인가.

'아, 셰리 님.'

아까는 졸음이 조롱조롱 매달려서 몽롱한 표정이더니 갑자기 반짝이기 시작한 눈망울이 참을 수 없이 사랑스러웠다. 저도 모르게 입꼬리를 약간 올리던 토르가 헛기침을 하며 목소리를 가다듬었다.

"아까 투왈렛 룸에서 말입니다."

"응. 그래, 그래."

"제가 셰리 님의 메이드를 거짓으로 속이고 들어갔습니다. 죄송합니다, 앞으로는 이런 일 없도록……"

"아……"

그의 입에서 나오는 말이 제가 기대한 것과 다르자 셰리는 저도 모르게 실망했다. 도대체 무얼 기대했는지, 왜 기대했는지 스스로도 설명할 수 없지만 마치 바람 빠진 공처럼 기분이 가라앉았다.

"그거라면 아까 데릭이 말해 줘서 알고 있어."

"……죄송합니다."

"됐어, 이미 지나간 일이기도 하고. 대신 아까 일로 '기회'는 다 쓴 거야."

묵묵히 고개를 끄덕인 토르가 마지막으로 손가락에 촉 입을 맞추고 몸을 일으켰다. 그러자 다급해진 셰리가 그의 손을 잡아 다시 주저 앉혔다.

"그게…… 다야?"

"네?"

"으응, 아니야. 이만 가 봐. 내일은 토르도 일찍 일어나야지."

어느새 새침한 말투로 톡 쏘아붙이고는 돌아누워 버린 그녀의 모습에 토르는 당황하여 잠시 굳었다. 제가 뭘 놓쳤나 아무리 곰곰이 생각해 보아도 도저히 알 수가 없었다. 결국 약간 흘러내린 이불을 다시 잘 덮어 주고 그는 꾸벅 고개를 숙여 인사한 후 몸을 돌렸다.

침실 문이 닫히는 소리가 날 때까지 고개를 돌리지 않던 셰리는 그제야 토르가 나간 곳을 뚫어져라 응시했다. 도대체 저는 무슨 말을 기대했던 걸까. 토르가 제게 애정을 고백한다고 하면, 그게 뭐. 그의 마음을 알게 된다고 해도 자신이 그에 답을 해 줄 수도 없는데…….

다시 확 돌아누운 셰리의 심장이 따끔따끔하게 아파 왔다.

* * *

다음 날 셰리가 정찬에 참여하기로 약속한 장소는 세이란 백작저의 후원이었다. 미하르쉘 후작가에는 안주인이 부재한 만큼 이제 성인이 된 그녀는 귀부인들의 모임도 소홀히 할 수 없었다. 아무래도 미혼의 영애들이 없이 귀부인들만 참석하기에 오늘 셰리의 옷차림은 나이보다 성숙해 보이도록 꾸며졌다.

단순한 드레스에 액세서리로 포인트를 주는 현재 한창 유행하는 차림이 아닌, 십여 년 전 성행했던 고풍스러운 디자인의 드레스로 골라 입었다. 거기에 셰리의 나이와 어울리는 자잘하고 화려한 레이스가 덧대어지자 적당히 품위 있으면서도 발랄한 복장이 되었다. 평소 곱게 빗어 내리기만 했던 풍성한 붉은 머리카락을 옆머리부터 꼬아 느슨하게 반묶음으로 늘어뜨린 그녀의 모습은 오늘도 후작저의 사용인들을 행복하게 만들었다.

옅은 화장만 한 채 어제 레이먼드가 골라 주었던 립 제품으로 마무리한 제 얼굴은 셰리가 보아도 마음에 들었다. 차분한 색의 드레스와 대조되는 입술 색이 그녀의 하얀 피부를 한층 생기 있어 보이게 했다. 역시 타고난 감각 하나는 탁월한 남자였다.

"……."

"……."

그다지 멀지 않은 백작저까지 호위로 토르를 대동하면서도 셰리는 일부러 그에게 아무 말도 걸지 않았다. 어제부터 아가씨가 원하는 것이 있는 게 분명한데 정확하게 말을 해 주시지 않고 입까지 꾹 다물어 버리시니 토르는 애가 탔다.

백작저까지의 거리가 멀어서 중간에 쉬어 간다든가 하는 핑계가 생기면 자연스럽게 말이라도 걸어 볼 만한데, 얼마 되지 않는 거리라 그마저도 불가했다. 좀체 말주변이 없는 데다 마음까지 불안해지니 그의 입술은 그저 버석하니 말라서 달싹거리기만 했다.

오늘도 너무 아름다우시다고 말해 볼까. 사실 아름다운 걸로 치면 매일 매시간 매분 매초마다 그러지 않을 때가 없는 아가씨라 제게는 말하는 게 의미가 없을 정도인데……. 그렇게 그는 최대한 머리를 굴려 진부하지 않은 찬사를 궁리하면서 셰리의 뒤를 따랐다.

어느새 백작가 정문을 통과하여 정원 초입에 도착하자 그제야 그녀가 토르를 향해 고개를 돌리며 다소 건조한 목소리로 입을 열었다.

"여기서부터는 백작가의 내밀한 곳이니 더 이상 호위할 필요 없어. 쉬면서 대기하도록 해."

"아······."

결국 한마디도 꺼내지 못한 토르의 표정이 금세 울적해졌다. 제법 냉랭하게 말을 꺼내 놓고도 그런 그의 얼굴을 보자 급격하게 마음이 약해져 셰리는 눈을 질끈 감았다 떴다.

어쩜 밤에 둘만 있을 때와는 이렇게 다른지······. 그때 투왈렛 룸에 몰래 들어온 패기는 어디론가 가 버린 모양이다.

조금 더 적극적으로 굴지 못하는 토르를 못마땅해하면서도 차마 발걸음을 떼지 못하고 있던 그녀의 앞에 익숙한 얼굴이 나타났다.

얼핏 보면 은발에 가까운 플래티나 블론드에 옅은 하늘색 눈동자. 창백하리만치 새하얀 피부가 누군가를 생각나게 하는 여인이었다. 거의 2년 만에 보는 모습에 셰리의 눈동자가 속절없이 흔들렸다.

그런 그녀의 얼굴을 보자마자 보석 같은 눈동자에 눈물을 그렁그렁하게 단 여자가 가까이 다가와 셰리를 무심코 껴안으려다 멈칫했다. 그러다 셰리의 앞에서 허리를 꼿꼿하게 펴고 턱을 당겼다.

"오랜만에 뵙습니다, 공작 부인."

"오, 셰리······."

지나치게 격식을 차린 셰리의 딱딱한 말투에, 예법에 한 치 어긋남도 없는 절까지 받고 나자 기어코 그녀의 눈가가 붉게 물들었다. 그런 둘을 뒤에서 멍하니 바라보고 있는 잘생긴 청년을 뒤늦게 알아차린 부인이 셰리의 손을 잡고 부드럽게 이끌었다.

"정찬까지는 아직 시간이 조금 남았답니다. 오랜만인데 내게 시간을 내어 주지 않겠어요? ······공녀."

그 말에 저도 모르게 셰리는 힐끔 뒤돌아 토르를 바라보았다. 여전히 반쯤 넋이 나간 듯한 그의 모습에 입을 굳게 일자로 다물었던 그녀가 적당히 사교적인 미소를 띠며 고개를 끄덕였다.

"물론입니다, 부인."

정원 입구에서 서서히 멀어져 가는 둘의 뒷모습에 토르는 점차 심장이 쿵쾅거리고 손끝이 차가워지는 기분이 들었다. 실제로 가까이서 뵌 적은 없지만 황실의 상징이라고도 할 수 있는 백금발에 옅은 물빛 눈동자를 지닌 여인이었다. 황제가 제 자식보다 귀이 여긴다는 막내 여동생이자 현재 린데 카이르가의 안주인이라는 에드원 소공작의 모친이 틀림없었다.

게다가……

'어릴 적부터 아가씨를 손수 키운 어머니나 다름없는 분.'

그의 가슴이 또 다른 불안으로 술렁이기 시작했다. 설레거나 좋아서 두근거리는 것과는 명백하게 다른, 등줄기가 차갑게 당겨오는 두려움과 같은 감각이 그를 덮쳐 왔다.

제가 알지 못하는 과거의 셰리를 알고 있는 사람이었다. 게다가 그녀에게 소중한 존재임이 틀림없을 분이 제게서 아가씨를 멀리 데려가 버릴까 봐 겁이 났다. 하필 에드원 소공작이 셰리에게 적극적으로 다가오자마자 은둔하다시피 했던 공작 부인이 나타난 게 우연일까.

그렇게 토르는 이제는 정원 너머로 사라지는 둘을 하릴없이 바라보기만 했다. 그러다 점점 지끈거림이 심해지는 심장 어림께를 지그시 누르며 이를 악물고 발길을 돌렸다. 적어도 황도에서는 의심받을 행동을 해서는 안 될 테니까.

* * *

"내가 세이란 백작 부인에게 미리 부탁을 했어요. 이 정찬 모임에 내가 오는 걸 비밀로 해 달라고."

"……네."

"우리, 2년 만이죠?"

"……네."

얼굴을 보기 전까지는 몰랐는데 막상 공작 부인과 마주하고 나자 미리 대비하지 못한 그리움이 셰리의 가슴 너머로 넘실댔다. 여전히 몸이 약한 분이라 휴양과 근신을 반복하고 계시다고만 들었는데……

"어쩜 이렇게 예레나를 쏙 빼닮았는지. 머리카락 색만 빼면 완전히……"

셰리를 처음 발견했을 때부터 차오르던 눈물이 공작 부인의 아름다운 눈 안에 다 담기지 못하고 이내 후두둑 떨어져 내렸다. 굵은 눈물방울이 흘러내리는 와중에도 그녀는 셰리를 놓치기라도 할세라 눈도 깜박이지 않았다.

결국 셰리가 들고 있던 손가방을 뒤져 손수건을 건넸다. 기쁘기 그지없다는 표정으로 그녀의 손수건을 받아 눈물을 찍어 낸 공작 부인이 손수건을 돌려주지 않은 채 제 손에 꽉 쥐었다.

"고마워요."

"예전처럼 말씀 편하게 하세요."

"그럴까, 그럼?"

"예……"

제 최초의 기억부터 자신을 팔 안에 안고 어르던 분이었다. 겨우 2년 남짓 못 보았다고 해서 제게 존댓말을 쓰는 게 더 어색하고 불편했다.

"내가 없는 사이에 셰리는 완전히 여자가 되었구나. 네가 커 가는 모습을 전부 곁에서 지켜보고 싶었는데……"

말을 이어 나가면서도 공작 부인은 도무지 울먹거림을 그칠 줄 몰랐다. 여전히 가느다랗고 마른 몸에 마음까지 여리기 그지없는 분. 그녀는 전혀 변하지 않은 것 같았다. 저는 2년 사이에 완전히 다른 사람이 되었는데……

자신이 더는 부인이 알고 있던 소녀 셰리가 아니란 걸 아시면 어떤 반응을 보이실까.

속으로 한숨을 삼키며 셰리가 먼저 공작 부인의 손을 마주 잡았다.

"울지 마세요, 부인."

"우리 아기가, 내 아기가…… 이렇게 다 커서 날 위로해 주고. 처음 봤을 때는 품에 겨우 들어올 정도로 작았었는데……."

그런 셰리의 모습에 결국 공작 부인은 거의 말을 잇지 못할 정도로 눈물을 펑펑 쏟아 냈다. 한참 동안 거의 오열하다시피 하는 그녀의 등을 가볍게 두드려 진정시키려 애를 쓰던 셰리의 근처로 누군가가 어색한 표정을 한 채 다가왔다.

"저, 저어……."

그녀와 공작 부인이 있는 곳은 정원 내부의 제법 은밀한 공간이었다. 그런 곳에서 들릴 리 없는 타인의 음성이라 셰리는 빠르게 표정을 수습하고 일어섰다. 옷차림을 보아하니 이번 정찬에 동원된 백작저의 사용인인 듯했다. 여전히 진정하지 못한 공작 부인이 아니라 제가 상황을 정리해야 했다.

"세이란 백작 부인께 오늘의 정찬은 참석하지 못할 것 같다고 말을 전하게. 내 추후 다시 뵙겠다고."

"앗! 예, 예."

"그리고 따뜻한 캐모마일 티 두 잔을 이리로 가져다주고. 지금 본 것은 함구하는 게 좋을 거야."

"물론입니다! 그, 그럼……."

아직도 완전히 울음을 그치지는 못한 채 간헐적으로 훌쩍거리는 공작 부인을 셰리는 제 등으로 가리고 섰다. 그렇게 그녀가 사용인을 내보내고 뒤돌아보자 부인의 눈에는 겨우 멈췄던 눈물이 다시 그렁그렁 매달려 있었다.

"정말, 넌 예레나의 딸이구나."

"……백작저 사용인들의 교육이 잘 되어 있길 바라야겠지요."

안 그래도 말이 나오기 쉬운 황도의 중앙, 그것도 다른 귀족의 저택에서 이런 모습은 오해를 사기 딱 좋았다. 셰리의 말에 담긴 의미를 알아챘는지 공작 부인이 남은 눈물까지 모두 훔쳐내고 자세를 바로 했다.

"셰리 네가 황도에 올라왔다고 하기에 연회에서라도 만나 보고 싶었는데. 그이가 참석하질 못하게 하더라고."

"다른 귀족들 앞에서 이렇게 우실 걸 각하께서도 아실 테니까요."

남편인 공작의 이야기를 하자 금세 뺨이 발그레해진 그녀가 소녀처럼 얼굴을 감싸 쥐었다. 두 분은 여전히 금슬도 좋으시군.

"나이가 몇인데 아직도 이렇게 나잇값을 못하는지 모르겠구나. 그건 그렇고 어쩜 이렇게 더 예쁘게 잘 컸니."

제 얼굴과 마주하며 또다시 울먹이기 시작한 공작 부인의 모습에 셰리가 재빨리 입을 열었다.

"이제 밖에 나가면 부인과 자매로 볼 만큼 컸죠?"

"어머, 얘는⋯⋯."

씩 웃으며 눙치듯 던진 그녀의 말에 여전히 볼이 붉은 부인이 맑게 웃었다. 그래, 지난 2년 동안 변하지 않은 사람이 한 명이라도 있는 게 어디인가. 다행히 얼마 전에 에드윈과 제가 밤을 보낸 걸 아시는 기색은 아니었다.

"내가 예레나에 대해서 네게 말한 적이 없지?"

"⋯⋯제 어머님 말인가요?"

어머니라고 말하면서도 너무 낯선 어감이라 셰리는 예레나라는 이름을 입 안에서 한 번 더 굴려 보았다. 초상화 외엔 얼굴도 모르는 어머니보다는 눈앞에 앉아 있는 공작 부인이 제겐 더 어머니 같았다. 어머니라고 하면 떠오르는 기억은 언제나 공작 부인이 제 이름을 부르며 팔을 벌리는 모습이었으니까.

"네가 성인이 되면, 아니, 적어도 데뷔탕트를 할 수 있는 나이가 지나면 말해 주려고 했는데⋯⋯. 그 아이가 일을 그렇게 만드는 바람에."

"……."

그 나이 즈음의 셰리라면 에드윈의 일방적인 파혼 선언에 상처받아 마음이 조각조각 나 있을 시기였다. 확실히 그때는 뒤도 돌아보지 않고 어머니의 본가인 공국으로 가 버렸다. 이제는 까마득한 예전처럼 느껴지는 과거였지만 그때를 떠올리면 여전히 입맛이 썼다.

"미안하구나. 목적은 너와 함께 있고 싶어서라고 했지만 그런 식으로 멋대로 행동하게 둬서는 안 됐는데……. 내가 몸이 약해 요양하느라 그 아이를 제대로 훈육하지 못한 탓이야. 꼭 제 아버지처럼 자라 버렸어."

"이제는 과거의 일일 뿐인걸요."

"……."

아무리 그녀가 순수하고 순진해 보여도 황실의 일원인 데다 제국에 단둘뿐인 공작 부인이었다. 셰리의 말이 무슨 뜻인지 모를 정도로 어리숙하진 않았다. 직감적으로 제 아들과는 끝을 낸 셰리의 마음을 알았는지 공작 부인의 눈동자가 어둡게 가라앉았다.

"참, 예레나와 그이가 약혼할 뻔한 사이인 건 아니?"

"예?"

에드윈의 아버지인 그 냉랭한 공작과 제 어머니가 결혼이라니……. 순간 셰리의 얼굴에 질린 듯한 표정이 스쳐 지나갔다.

"어머, 얘는. 그이가 표현이 서툴러서 그렇지 속은 여린 사람이야."

"아, 예……."

그건 공작 부인 한정으로 보여 주는 모습일 거란 말을 꾸욱 눌러 삼킨 셰리의 눈이 잠시 흐릿하게 끔뻑였다.

"그이가 소공작이던 시절, 내가 황실 연회에서 보고 먼저 한눈에 반했거든. 그런데 그때 말 한번 걸어 보지도 못하고 끙끙대기만 하던 날 도와준 사람이 예레나였어."

그때의 추억을 더듬는 듯 공작 부인의 눈이 회상에 잠겨들었다. 아까

한바탕 눈물을 쏟아내어 화장이 거의 지워진 얼굴인데도 마치 제 또래의 풋풋한 소녀 같았다. 이제 완연하게 푸르른 신록을 바라보며 조용조용하게 말을 이어 나가는 부인의 이야기에 셰리는 귀를 기울였다.

공작 부인이 소심한 막내 황녀였던 시절, 그녀의 사교계 적응을 도우며 지금의 공작과 이어지도록 도와준 게 셰리의 어머니라고 했다.

"올리비아라는 무거운 이름을 받고도 예레나는 참 밝고 구김살이 없는 친구였어. 어린 나이에 배워야 할 것도 해야 할 것도 많았을 텐데 힘든 내색 한번 없었거든."

"……."

초상화로 남은 어머니의 모습이야 질리도록 보았지만 이렇게 어머니와 가까운 사람에게서 그녀가 어떤 사람이었는지에 대해 듣는 것은 사실상 처음이었다.

어릴 적 아버지인 후작각하께 어머니에 대해 생각 없이 물었던 적이 있었더랬다. 하지만 몇 년이 지났어도 아직 상처를 극복하지 못한 아버지의 울 것처럼 일그러진 얼굴을 보고 어린 셰리는 다시는 어머니에 대해 묻지 않았다.

게다가 공국에 있을 때 뵈었던 할아버님은 모든 이야기의 결말을 제국 놈들의 파렴치함을 성토하며 욕설로 끝맺으셨기에 별다른 감동을 받을 틈이 없었다.

"나였다면 그 이름을 짊어지기는커녕 매일 방에서 울기만 했을 거야."

올리비아는 공국의 후계 선출에 막대한 권한을 지니는 만큼 공국의 여러 사안에 대해 종종 의결권을 행사해야 했다. 이미 어린 시절부터 차근차근 후계자 수업을 받아 온 지금의 셰리에게는 그리 힘든 일이 아니었다. 하지만 그녀 역시 예전에는 어린 나이에 큰 결정을 해야 한다는 책임감이 종종 부담스러웠다. 단지 제게 주어진 책임마저도 귀찮아하기보다 즐기는 성향이라 생각만큼 버거워하지 않았을 뿐.

"그렇게 나와 그이를 이어 주고 약혼 상대를 잃은 예레나는 공국의 일족 중에서 남편을 고르거나 타국의 왕족을 알아봐야 했어. 네 할아버님 되시는 대공께서 오죽 깐깐하시니?"

"깐깐하다는 말로 표현하기엔 넘치는 분이시죠."

그러다 당시에는 소후작이었던 셰리의 아버지와 사랑에 빠지게 되었다고 했다. 그 바람에 제국과 공국이 한바탕 난리가 났었고. 신성 제국의 피를 이은 공국의 일족도 아닌, 고작 제국 후작가의 후계자가 성녀의 후손을 탐했다며 대공은 제국을 향해 전쟁이라도 불사할 듯 굴었다고 했다.

"하지만 결국 예레나는 대공 각하를 설득해서 황제 폐하의 결혼 재가를 받는 데 성공했단다."

"'그' 대공 각하를요?"

셰리는 어쩌면 제 어머니가 자신의 생각보다 더 대단한 사람이었을지도 모른다고 생각했다. 저도 만만치 않은 성격이지만 대공 각하와의 갈등은…… 회피하는 게 최선이었다. 바로 얼마 전 그녀의 약혼자 후보를 정할 때만 보아도 그렇지 않았는가. 레이먼드가 시기적절하게 지원하지 않았다면 아마 할아버님의 의도대로 되었을 테다.

"네가 태어나길 기다리며 대공 각하께서 일주일에 한 통씩 꼬박꼬박 태어날 아이의 이름을 지은 서신을 보냈다는 걸 아니?"

"남자아이일지, 여자아이일지 모르는 데도요?"

"한 번은 남자아이의 이름을, 한 번은 여자아이의 이름을 번갈아 가며 지어 보내셨다고 하더라고. 예레나가 어찌나 곤란해하던지……. 후후."

일반적인 제국민들과는 다른 제 특이한 이름의 비밀이 대공 각하였다는 사실에 셰리가 아연한 표정을 지었다. 그런 그녀의 손을 고쳐 잡으며 잠시 희미하게 웃은 공작 부인이 차마 떨어지지 않는 입을 떼어 말을 이었다.

"……예레나가 널 무사히 이 세상에 내어놓고, 그렇게, 가게 되었을 때, 대공 각하께서는 네가 올리비아의 이름을 받았다는 이유로 공국의 공녀가 되어야 한다고 주장하셨어."

"⋯⋯요즘도 그렇게 말씀하세요."

"아직도? 정말 그분도 여전하시구나. 제국은 공국과 더 이상의 마찰을 원하지 않으니 그저 어린 너만 공국에 후계자로 넘겨주면 되는 일이라 황제 폐하는 내심 그러길 원하셨다고 해."

"⋯⋯."

제 일이지만 셰리는 당시 황제의 판단이 그르지 않다는 생각이 들었다. 사실 제국으로서는 이미 명목상으로만 남은 성녀의 후손 따위에서 별다른 의미를 찾을 수 없었을 테니까. 오히려 성녀의 핏줄을 훔쳤다고 주장하며 사사건건 시비를 거는 공국의 처사가 피곤했을 테다.

"그리고 남은 후작이야 재혼⋯⋯을 해서 후사를 보면 될 테니까."

셰리의 눈치를 보며 공작 부인이 조심스레 이야기했지만 이미 어른인 그녀는 그 정도의 말로 상처받지 않았다. 지금처럼 제가 성녀의 이름과 후작가의 후계 자리를 동시에 가진 상황보다는 오히려 공작 부인이 해 준 말이 더 타당하고 일리 있었다.

공작 부인은 셰리가 별다른 반응을 보이지 않자 안심한 듯 약간은 밝아진 목소리로 장난스러운 목소리를 냈다.

"그때 내가 난생 처음으로 그 무서운 오라버니 폐하 앞에서 드러누웠잖니, 호호. 셰리를 공국에 보내면 나도 콱 죽어 버릴 거라고⋯⋯."

"부인께서요⋯⋯?"

여태 평온한 표정을 유지하던 셰리의 눈이 처음으로 동그랗게 뜨였다. 얌전하고 현숙한 귀부인의 표상 같은 공작 부인이 황궁에서 떼를 썼다니. 미혼의 황녀 시절도 아니고 심지어 그때는 에드윈이 두세 살은 되었을 때였다.

"아, 이건 에드에게는 비밀이다?"

놀라서 입을 벌리고 굳은 셰리의 얼굴이 재미있었는지 그녀가 한쪽 눈을 찡긋하며 제법 큰소리를 내어 웃었다. 늘 조용조용하던 공작 부인의 웃음

소리가 청량하기 그지없어서 결국 셰리도 같이 웃음을 터뜨리고 말았다. 아무도 제게 그런 과거의 일들에 대해 이야기해 주지 않아서 모르고 있던 사실이었다.

"후, 하아……. 이렇게 웃어 본 게 얼마만인지."

"그러게요."

웃느라 눈꼬리에 매달린 눈물을 훔쳐내며 공작 부인이 셰리의 손등을 천천히 도닥였다.

"다른 가문의 유일한 후계자를 그냥 데려올 수는 없어서 내가 폐하께 간청드려 널 에드윈의 약혼녀로 임시로나마 허락을 받았던 거야. 솔직히 나 역시 후작이 새로운 부인을 들일 거라고 생각했거든."

"그때의 아버지는 아직 젊으셨으니까요."

"그래, 그런데 나는 도저히 널 새로 들어올 후작 부인이라는 여자 밑에서 키우게 할 수가 없었거든."

지금껏 막연히 사랑만 받고 자라 세상물정 모를 거라 여겼던 공작 부인의 눈빛이 단단하게 셰리를 향해 있었다. 그건 셰리를 향한 애정을 넘어 먼저 떠나보낸 친우에 대한 일말의 책임감과도 맞닿아 있었다.

"그러다 너와 에드가 잘 지내는 걸 보고, 그럴 수 없다는 걸 알면서도 너희 둘이 결혼하길 바랐어. 그러면 너와 나는 진짜 가족이 될 수 있을 거라 믿었거든."

다시 눈물이 차오르기 시작한 옅은 호수 같은 눈으로 공작 부인이 싱긋 웃었다.

"결국, 내 욕심이 셰리 너를 상처 입혔어. 미안하구나."

우는 것도 아니요, 웃는 것도 아닌 미묘하게 찡그려진 얼굴을 바라보다 셰리는 그녀에게 잡힌 제 손을 빼내어 공작 부인의 품으로 달려들었다. 오랜만에 안긴 품에서는 늘 그녀가 그리워했던 어머니의 향기가 났다. 절 낳아 주신 분도 어머니였지만, 셰리에겐 공작 부인 역시 제 어머니였다.

"부인의 욕심 덕분에 저는 한 번도 제가 어머니가 없다고 생각하지 않고 자랐어요. 감사합니다, 어머니."

"흐, 그래. 내 아가. 너는 영원한 내 아기란다."

마주 안은 그녀의 어깨가 공작 부인의 흐느낌으로 흥건하게 젖어 갔다. 하지만 셰리의 감은 눈에서도 끊임없이 눈물이 방울방울 떨어져내려 얼굴을 함빡 적셨기에 전혀 눈치채지 못했다.

결국 서로를 껴안고 엉엉 울음을 터뜨린 둘은 직접 캐모마일 티를 가지고 나타난 안주인 세이란 백작 부인의 등장에 겨우 진정할 수 있었다.

세이란 백작 부인은 비록 셰리의 어머니와는 별다른 친분이 없었으나 공작 부인의 놀이 친우였던지라 종종 예레나를 볼 기회가 있었다고 했다. 굉장히 침착하고 차가운 성정을 지녔다고 알려진 백작 부인이 셰리를 가까이서 보고 눈이 휘둥그레졌다.

그 모습에 셰리와 공작 부인 모두 다시 웃음을 터뜨렸다. 역시 자신이 돌아가신 어머니를 많이 닮긴 한 모양이다.

정찬을 거른 그들을 위해 세이란 백작 부인이 간단한 식사를 준비하러 간 사이 공작 부인은 다시 셰리의 손을 맞잡았다.

"에드와 마주치는 게 불편하다면 다른 곳에서 만나는 것도 좋아. 실은 그이도 널 많이 보고 싶어 한단다."

"음, 각하께서요……?"

마지막으로 연회에서 마주쳤던 공작의 모습을 상기하며 셰리는 떨떠름한 표정을 지었다. 평소와 비슷하게 무뚝뚝한 얼굴이셨는데……. 아니, 미안하다는 말을 할 때는 미간을 조금 찌푸리기까지 하지 않으셨나. 물론 공작 각하에 대한 일이라면 미묘하게 한 꺼풀 덧씌워 유리하게 해석하는 경향이 있는 부인이니 셰리는 이번에도 그렇게 여기기로 했다.

"그런데 아까 입구에 서 있던 기사는 누구니? 그 기사가 요즘 유명한 그

'토르 경'이니?"

"네? 토르라고요?"

'토르'는 셰리가 그의 허락도 없이 마음대로 지어 낸 애칭이었다. 그러니 그녀가 아닌 다른 이들은 '베거티 영식'이라거나 '톨체르 경'이라고 불러야 마땅했다. 게다가 '유명한'이라니, 누구에게 유명한지는 딱히 더 듣지 않아 도 짐작이 가는 상황이다. 셰리마저 그의 얼굴과 몸을 볼 때마다 매번 감탄 하는 형국이니 다른 영애들은 오죽하랴.

불쾌함으로 미미하게 굳은 셰리의 얼굴을 유심히 관찰하던 공작 부인이 빙그레 미소를 지었다. 역시 아까 자신이 본 대로 그 청년 기사가 셰리의 마음을 사로잡은 모양이다. 비록 아들인 에드윈과 이어지지 못한 건 너무나 아쉬웠지만 부인은 셰리가 본인이 좋아하는 남자와 행복해지길 바랐다.

"우리 셰리는 '토르 경'을 좋아하는 모양이구나?"

"예? 제가요?"

갑작스러운 부인의 말에 깜짝 놀란 셰리가 펄쩍 뛰어올랐다. 그러면서도 차마 아니라고 손사래 치지는 못하는 저 자신에게 더 놀라 멍하니 입만 벌 리고 있었다. 그런 그녀의 태도에 더욱더 확신한 공작 부인이 셰리의 이마 위로 흐트러진 머리카락을 천천히 쓸어 넘겨주었다.

"아무리 춤을 신청하고 만남을 요청해도 그 기사는 단답으로 거절한다고 하더구나. 그런 무심한 남자가 글쎄, 누가 '토르'라는 애칭으로 부르면 득달 같이 쫓아가서 '톨체르 경'이라고 불러 달라며 눈을 부라린다던데? 그 반응 이라도 보려고 영애들이 그를 '토르 경'이라고 부른다더라고."

"⋯⋯."

아무래도 예전의 제가 시가지에서 반가운 마음에 크게 '토르'라고 외쳤던 걸 누군가 들었던 듯했다. 그래도 그렇지 친한 사이도 아니고 초면부터 마 음대로 애칭을 부른다고? 정말이지, 무례하기 그지없는 자들이 아닌가. 토 르와 처음 대면했던 당시 멋대로 애칭을 지어 불러 댔던 과거의 저 자신은 까맣게 잊은 셰리였다.

"만약 예레나가 지금 상황을 본다면 어떻게 했을 것 같니?"

"어머니께서요? 글쎄요."

"예레나 성격대로라면 좋아한다고 솔직하게 말하지도 못한다면서 지금쯤 네 작은 등짝을 빨갛게 만들어 놨을지도 모르겠구나, 호호."

태어나서 누구에게도 등을 맞아 본 적 없는 고귀한 신분이었던 셰리의 입매가 애매하게 일그러졌다. 단 한 번도 상상해 본 적이 없어 모르겠지만 여태 들은 이야기로 추측해 본다면 확실히 그랬을지도……. 아니, 저는 아직 토르를 좋아한다고 인정한 게 아닌데!

"부인께서 생각하시는 그런 게 아니에요. 저는 귀족이고 귀족 간의 결합은 철저히 가문의 이익을 따져서……."

"셰리."

"예."

어느새 공작 부인은 엄격한 눈으로 그녀를 응시하며 허리를 바로 세워 앉았다. 그 모습이 마치 자녀를 훈육하는 어머니 같아서 셰리 역시 어쩐지 주눅이 들었다.

"틀린 말은 아니야. 하지만 그건 가문 간의 결합이 아니면 힘을 키우기 어려운 자들이나 그런 거지. 미하르쉘 후작가가 굳이 그렇게까지 해야 하는 가문이니?"

"아뇨, 아버지가 아니더라도 제가 그렇게 두고 보지만은 않을 거예요."

"예레나는 네 아버지와 혼인해서 널 가진 걸 자기 인생에서 가장 잘한 선택이라고 했어. 뭐가 되었든 예레나는 네가 행복하길 바랐을 거야."

* * *

세이란 백작 부인과 셋이서 함께 간단한 식사를 마친 후 다시 후작가로 향하는 마차에 오른 셰리는 생각에 잠겼다. 그녀를 기다리며 불안함에 낑낑 대다 저도 모르게 마차 안까지 올라 타 버린 토르가 맞은편에 앉아 간절하게 응시하고 있었지만 그것조차 눈치채지 못할 정도였다.

공작 부인의 말이 맞았다. 게다가 전(前) 호위 기사였던 한스 역시 셰리에게는 충분한 권력과 지위가 있으니 남자 하나 정도는 마음 가는 대로 골라도 된다고 하지 않았던가. 그때는 그저 그가 다른 여자들에게 속삭이듯 제 귀에 듣기 좋은 소리만 한다고 여겼었는데.

'남자 하나 정도라……'

그제야 셰리는 제 앞에서 안절부절못하는 남자를 발견했다. 베거티 변경백의 막내아들, 계승권과는 멀지만 그렇기에 오히려 후계에 대한 뒤탈이 없다. 게다가 베거티 백작령과 맞닿은 산림 지대는 아직 개발이 덜 되어 충분히 발전 가치가 있는…….

자꾸 습관대로 토르라는 남자 자체가 아니라 그가 가져다 줄 이득과 조건으로 뻗어 나가는 생각의 흐름에 그녀가 고개를 저어 털어 내었다.

그럼, 토르는 제게 어떤 남자일까.

처음 시작은 저 잘난 외모에 성인이 된 지 훌쩍 지난 나이에도 동정이라는 점, 그리고 한스가 넌지시 알려 준 대로 훌륭한 물건을 갖고 있다는 사실에 호기심이 생겨서였다. 그래서 유혹해서 제 남자로 만들었다. 하지만 혼인하고는 정부나 애인을 두지 않기로 결심했으니 언젠가는 놓아주어야 했다.

그렇게 제 손을 떠난 토르는 어디로 가게 되는 거지? 후작가에 여전히 적을 두고 있긴 하겠지만 그도 누군가와 혼인을 하고, 아이를 낳고……. 거기까지 생각이 미친 셰리는 저도 모르게 손에 들고 있던 손가방을 우그러뜨리듯 세게 쥐었다.

'누구? 누구랑? 아까 공작 부인이 말했듯 그를 토르라고 부르는 영애 중 한 명과?'

그녀의 손에 들린 손가방은 이제 불쌍할 정도로 구겨져 있었다.

"셰리 님, 셰리 님?"

"어, 으응?"

"뭔가 불편한 곳이 있으신가요?"

"아니! 전혀 아무렇지 않은데?"

다소 과하게 발끈하는 셰리의 반응에 그가 떨떠름한 표정으로 그녀의 손안에서 처참한 꼴이 된 손가방을 향해 눈짓했다. 그제야 제가 생각보다 민감하게 반응했다는 사실을 깨달은 셰리가 힘을 풀어 손가방을 꾹꾹 눌러 폈다.

"그냥, 잠시 다른 생각 좀 하느라……."

"……."

공작 부인을 만나고 온 후 무언가 달라진 아가씨의 모습에 토르는 애가 탔다. 에드윈 소공작의 어머니인 만큼 그에 대한 이야기를 했을지도 모른다. 게다가 마지막에 서로를 배웅하며 다음 만남을 기약하는 둘의 모습은 마치 모녀지간 같아 보였다.

다정하게 셰리를 껴안으며 그녀의 등을 토닥이다 저와 잠시 눈이 마주쳤던 공작 부인. 부인이 보였던 은근한 웃음이 계속 뇌리를 떠나지 않았다. 그건 도대체 무슨 의미였을까.

'그런데 오늘 토르는 왜 이러는 거지?'

그제야 셰리의 의아한 시선이 그를 향했다. 간신히 정자세로 앉아 있지만 금방이라도 다리를 달달 떨 것처럼 토르는 불안정해 보였다. 불안해하더라도 그건 제가 불안해할 일인데 왜 그가 저러는지 모를 일이다.

문득 셰리는 제가 토르의 취향에 대해 전혀 아는 바가 없다는 사실을 깨달았다. 그러고 보니 그도 그녀를 만나기 전까지 동정이었다 뿐이지 신체 건강하고 멀쩡한 남자일진대 이상적으로 생각하는 여성상이 있을 법했다.

궁금한 것을 그다지 참아 본 적 없는 셰리답게 그녀는 이제 초조함으로 아랫입술을 질겅질겅 씹는 토르에게 질문을 던졌다.

"토르는 어떤 여자를 좋아해?"

"예?"

"음, 그러니까. 머리색이라든가 키라든가 아니면 성격 같은 거 있잖아. 특별히 선호하는 타입이 있어?"

"……."

갑작스러운 셰리의 말에 그는 머릿속이 텅 비는 듯했다. 어떤 여자를 좋아하냐니. 제게는 아가씨밖에 없다는 걸 잘 아시면서. 갑자기 왜 이런 걸 물으시는지…….

순간 토르가 번개라도 맞은 것처럼 퍼뜩 하나의 가능성을 떠올려 냈다. 생각해 보면 저 이전의 호위였던 한스 경도 셰리가 만남을 주선한 여성과 결혼한다고 하지 않았나. 설마, 제게 선호하는 여성상을 물으시는 것도?

정말로 이제 저를 떼어 낼 생각을 하시는 건가 싶어 토르의 눈가가 서운함과 막막함으로 붉게 물들었다. 이렇게 벌써?

갑자기 그의 눈매가 축 처져 물기가 어리기 시작했다. 그러나 토르의 입에서 어떤 말이 나올지에 집중하느라 셰리는 이를 눈치채지 못했다. 그의 입술이 달싹거리다 무어라 말하려는 찰나, 조금 선뜩한 생각이 든 셰리는 질문을 바꿔 물었다.

"토르는 내가 왜 좋아? 어디가 좋아?"

"네?"

만약 그의 입이 저와 다른 타입의 여성상을 읊는다면 도저히 견딜 수가 없을 것 같았다. 아직 토르에 대한 마음을 솔직하게 인정하고 싶지 않으면서도 그가 저 외의 여자에 대해 아주 약간의 여지라도 남기는 건 용납할 수 없었다.

미처 대답하기도 전에 다른 질문으로 입막음 당한 토르는 곧 울 것 같은 표정이 되었다. 정말 제 마음을 다 아시면서 이런 심술은 왜 부리시는 건지.

셰리 님이 왜 좋냐고, 어디가 좋냐고 누군가 묻는다면 그는 그저 할 말이 이것밖에 없었다.

'그냥, 다…… 좋습니다.'

처음 보았을 때부터 있는 줄도 몰랐던 제 이상형은 그날, 셰리로 고정되었다. 그녀가 제게 이상적인 여자라서 끌리고 좋아하는 게 아니었다. 그저 셰리였기에 좋았고 그녀가 아닌 여자는 생각해 본 적도 없었다.

하지만 사실대로 말하면 저번처럼 제 진심이 튕겨져 나올까 봐 두려웠다. 그때는 약혼 상대도 딱히 정해지지 않은 상태였지만 이제는 올린 영식과의 약혼도 앞두고 있다. 제 대답 여하에 따라 달라질 자신의 처분이 불안했다.

그렇게 토르가 입을 우물거리며 답변을 미루는 동안 어느덧 마차는 후작가에 도착했다. 원하는 말을 듣지 못해 조금은 뾰로통해진 셰리는 그를 내버려둔 채 내릴 준비를 서둘렀다.

"아……."

열린 마차 문 사이로 비춰 들어오는 쨍한 햇빛이 유난히 눈이 부셨다. 아까 공작 부인과 함께 너무 울었던 탓일까, 갑자기 현기증이 몰려왔다. 마차 밖으로 한 발자국 내딛는 순간 눈앞을 뱅뱅 돌던 현기증은 급격하게 셰리의 몸을 집어삼키고, 그녀의 의식은 아래로 추락했다.

그렇게 쓰러진 셰리는 꼬박 일주일이 지나도록 눈을 뜨지 못했다.

XVI. 세 남자, 세 갈래의 길

에드윈은 대체 제가 무슨 정신으로 말에 올라탔는지 하나도 기억이 나지 않았다. 마침 안장과 등자가 준비되어 있던 말 하나를 무작정 끌어내어 후작 저로 내달릴 뿐이었다. 자신이 타고 있는 말이 검은색인지, 갈색인지 그런 사소한 건 그의 인식 범위에 들어오지도 못했다.

어느새 시아에 고풍스러운 후작가 저택이 보이기 시작하자 때늦은 불안 감으로 에드윈의 심장이 뛰기 시작했다.

'아니야, 아니지? 셰리.'

2년 전의 에드윈과 지금의 그는 약간의 외양 변화 정도로 운운할 수 없을 만큼 완전히 다른 사람이었다. 적어도 삶과 죽음의 무게를 절실히 알게 되었 다는 점에서 에드윈은 더 이상 온실 속의 도련님이 아니었다. 아무리 감각을 무디게 달아 두려고 해도 하루가 멀다 하고 죽음을 맞닥뜨려야만 하는 곳이 그가 있던 전방이었으니까. 그게 아군이든 적군이든 말이다.

거대한 크기임에도 불구하고 새것처럼 반짝반짝 잘 닦인 후작가의 정문이 에드윈의 눈앞으로 다가왔다. 그러자 그는 달리던 속도를 줄일 생각도 않고 그대로 말에서 뛰어내렸다. 안 그래도 뒤숭숭한 저택 내의 분위기에 바짝 긴장하고 있던 문지기들이 그를 제지했다.

"주인님이나 집사의 허가 없이는 들어가실 수 없습니다, 소공작님."

"열어, 내 눈으로 직접 봐야 해."

아직도 전장에서 구르던 예기가 다 빠지지 않아 에드윈의 기세는 병사들조차 움찔하게 만들만큼 흉흉했다. 그래도 허락 없이 누구도 들이지 말라는 명이 있었기에 그들은 눈물을 삼키며 소공작에게 달라붙어 온몸으로 막았다.

한둘도 아닌 대여섯 명의 병사들이 무작정 에드윈을 옴짝달싹 못하게 잡자 아무리 전쟁 영웅인 그라도 맨몸으로는 그들을 제압하기 힘들었다. 제게 위협을 가하는 게 아니니 병사들에게 폭력을 행사할 수도 없고.

결국 엎치락뒤치락하던 그들의 작은 소란은 집사인 데릭이 정문까지 나타나서야 잠시 멎었다. 완강한 병사들과의 몸싸움으로 잔뜩 헝클어진 머리를 쓸어 넘기고 있던 에드윈이 데릭을 알아보고 눈을 빛냈다.

"데릭! 아니, 집사! 셰리는, 셰리는 어떻게 된……."

"지금부터 그에 대해 한마디라도 더 하신다면, 영원히 후작저에 발도 들이실 수 없을 겁니다. 이건 이 저택의 관리자로서 드리는 말씀입니다."

단호한 데릭의 태도에 에드윈이 주위의 병사들을 보곤 그대로 입을 다물었다. 그 역시도 일주일이나 지나서 우연히 알게 된 사실이었다. 후작가의 유일한 후계자가 쓰러졌다는 사실이 알려져서 좋을 리 없었다.

"……얼굴만 보고 가면 안 되겠는가?"

여전히 굳게 닫힌 후작저의 창살을 두 손에 쥐고 간절하게 속삭이는 에드윈의 모습에 데릭의 눈썹이 꿈틀거렸다. 지난번 아가씨의 뒤를 쫓아왔을 때도 어딘가 위태위태해 보이더니 이제는 다른 병사들 앞에서 눈물이라도 쏟을 듯 절박해 보였다. 정작 셰리 님과 약혼 중일 때는 이렇게 절절매지는 않았던 듯한데, 왜 이제 와서.

제 귀한 아가씨만큼 아주 어린 꼬마 시절부터 보아 온 도련님이었다. 하지만 특별한 이유가 있지 않은 이상 그에게만 예외를 허용할 수는 없었다. 이제 에드윈은 셰리의 약혼자도 아니었으니.

"죄송합니다. 셰리 님과 관계없는 자를 들일 수 없습니다."

"……."

집사의 단호한 거절보다도 '셰리와 관계없는 자'라는 말이 에드윈을 거세게 후려쳤다. 매일같이 2년 전의 섣부른 파혼을 후회하고 있었다. 하지만 지금처럼 제 어리석었던 결정의 여파를 고스란히 돌려받을 때마다 새삼스럽게도 매번 생살을 쥐어뜯기는 것처럼 아팠다.

그렇게 데릭이 정중한 인사와 함께 몸을 돌리려는 순간이었다.

에드윈의 뒤를 따랐는지 급박하게 도착한 공작가의 사병 하나가 숨을 헉헉거리며 집사에게 서신 하나를 건넸다. 이맛살을 찌푸리며 서신을 읽어 내린 데릭이 에드윈에게 창살 너머로 은밀하게 속삭였다.

"사용인들이 드나드는 쪽문을 아시지요? 공작저로 돌아가는 척하시면서 그쪽으로 아무도 모르게 오십시오."

"알았어."

에드윈은 직감적으로 제게 불리하지 않은 일이란 걸 알아챘다. 득달같이 몸을 일으켜 공작가의 사병과 함께 말에 올라탔다.

그는 얼마간의 시간이 흐른 후 집사가 건넨 로브를 입고 은밀하게 후작저 안으로 들어섰다. 말없이 데릭의 뒤를 따르면서 에드윈은 여전히 불안하게 뛰는 제 가슴을 꾹 눌렀다.

"지금부터 소공작께서는 개인 자격으로 후작저를 방문하신 게 아니라 그날 마지막으로 셰리 님을 만나고 오신 린데카이르 공작 부인을 대리하고 계신 겁니다."

"……."

아마 말도 없이 뛰쳐나온 자신 때문에 어머니께서도 후작저를 방문하겠다고 하셨나 보다. 하긴 공작 부인까지 저택으로 밀고 들어온다면 일이 더 커질 게 분명하다. 그러니 일단 저 하나로 구색 맞추기를 하려는 모양이지. 제게도 서신을 보여 달라기엔 집사는 물론이고 후작저 전체의 공기가 너무 가라앉아 있어 그는 말없이 고개만 끄덕였다.

* * *

그러고 보니 일주일 전 그날은 어머니가 모처럼 들뜨고 기뻐 보이던 날이었다.

2년 전 셰리가 공국과 후작령으로 떠나 버린 이후, 어머니는 황도의 공작저에 오면 늘 방에서만 두문불출하다시피 하셨다.

그런 분이 아버지의 퇴궁을 마중하러 로비에도 나오고, 다이닝 룸까지 내려와서 저녁 식사도 함께하였더랬다. 특별한 날이 아니면 끼니는 알아서 해결하던 에드윈은 아버지의 명령에 어쩔 수 없이 다이닝 룸으로 향했다.

제가 들어서자 어머니는 잠시 멈칫하는 듯하다 다시 아버지를 향해 즐겁게 입을 열었다.

"오늘 보니 세이란 백작저에 정원사를 새로 들였다던데 솜씨가 아주 좋더라고요."

"당신이 마음에 들면 이곳에 와서 일하게 할까?"

"에이, 아니에요. 아무리 그래도 우리 가문 정원사가 내 취향을 제일 잘 아는걸요."

"……."

늘 그렇듯 자신들만의 세계에 푹 빠진 아버지와 어머니를 내버려 두고 에드윈은 묵묵히 식기를 들어 식사에 전념했다.

오늘의 어머니는 오랜만에 만난 친우의 저택에 들렀다가 황도 부티크 거리에 들러 이것저것 구경하고 오신 모양이었다. 제가 본 걸 일일이 설명해 주는 어머니가 귀찮을 법도 한데 아버지는 단답으로나마 맞장구를 쳐 주며 고개를 끄덕이고 계셨다.

에드윈이 슬쩍 눈치를 보아하니 이번에도 어머니가 공작저를 나서는 순간 부터의 모든 일정과 동선을 이미 아버지는 파악하고 계신 것 같았다. 분명히 처음 들었다면 알 수 없는 것마저 훤히 알고 있는 듯한 대답이 여러 번 나왔는데……. 어머니는 여전히 별 이상함을 느끼지 못한 눈치셨다.

제국의 막내 황녀와 공작의 사랑 이야기야 모르는 이가 없으니 다들 그 금슬을 부러워한다지만 정작 자식인 제게는 큰 감흥이 없었다.

아주 어릴 때부터 에드윈에겐 이미 약혼자인 셰리가 있었고, 사랑을 느 끼기에 그녀는 저보다 두 살은 어린 꼬마였다. 둘 다 성인이 된 지금에야 그 정도의 나이 차이는 별것도 아니게 되었지만……. 그맘때의 아이들이 으레 그렇듯 두 살은 상당히 큰 격차로 다가왔었다.

그러다 이성적인 호감이 애정으로 발전할 즈음, 셰리와 자신은 이루어지 지 못한다는 현실부터 깨달아야 했다. 결국 사랑이라는 감정도 서로 결실을 맺을 수 있을 때나 달콤한 게 아니겠는가.

지난 황궁 연회 이후, 에드윈은 셰리의 약혼 발표 파티에 결국 참석하지 못했다. 그녀와 밤을 보냈던 새벽까지만 해도 이유 모를 자신감에 가득 차 서 얼마든지 아무렇지 않은 낯을 보여 줄 수 있을 거라 생각했었는데, 그게 안 됐다. 차마, 거기까지 가서 멀쩡한 얼굴로 축하해 줄 자신이 없었다. 제 자리였던 셰리의 옆자리에 다른 남자가 서 있는 모습을 상상하는 것만으로 도 얼굴이 절로 일그러졌다.

'약혼 발표 연회에서 보셨죠? 어쩜 그렇게 잘 어울리는지…….'

'부군 될 영식이 공녀님께 아주 푹 빠졌던데?'

'머지않아 후계 소식도 금방 들려오겠어요, 호호.'

거기다 당장 황궁에만 가도 그들의 약혼 소식을 떠들어 대는 사람들이 넘쳐 났다. 그때마다 저는 그저 도망치듯 그 자리를 비우는 것밖에 할 게 없었다.

……괴로웠다.

얼마 전, 기사단에 격려차 들르신 폐하를 뵈었지만 저를 향해 빙글빙글 웃고 계실 뿐이었다. 마치 그럴 줄 알았다는 듯. 그 웃음의 의미가 자신과 셰리는 아무리 해도 안 된다는 뜻처럼 느껴져 순간 가슴이 꽉 조이고 숨이 막혔다.

다시금 그때의 감정이 폐부 깊숙이 스며들어오자 에드윈은 하는 둥 마는 둥 했던 식사를 끝내고 냅킨으로 입을 닦으며 일어섰다. 에드윈만 제외하고 화기애애한 다이닝 룸에 끼익, 하고 의자가 끌리는 소리가 이질적으로 울려 퍼졌다.

"그럼 저는 이만 올라가 보도록 하겠습니다."

그가 식사를 다 마치지 않고 일어서는 데도 웬일로 반가운 얼굴인 어머니의 표정이 수상하긴 했다. 하지만 그는 미련 없이 다이닝 룸을 나섰다.

아, 그러고 보니 아버지께 제가 황도에 작은 저택 하나를 구입했다고 말씀드려야 했는데……. 혹시라도 셰리와 비밀리에 만남을 가질 경우를 대비해 구입한 건물이었다. 지금이야 그녀가 약혼 준비로 바빠 연락이 없겠지만 다음에는, 꼭 연락을 준다고 했으니까.

꽤 심사숙고하여 고른 여러 후보지들을 하나하나 전부 직접 돌아보며 결정한 곳이었다. 작지만 꽤 아늑해 보였고, 간소하나마 정원도 딸린 아름다운 저택이었다. 정원 울타리에 화려하게 핀 장미 넝쿨을 보자마자 에드윈은 바로 이 집이라고 생각했다. 후작저와 공작저에서 그렇게까지 멀지 않으면서도 조금은 한적해서 얼마든지 밀회를 즐길 수 있는…….

이미 대금은 치러 두었으니 제반 제출 서류를 처리하는 데에 아버지의 허락만 있으면 되었다. 집사를 통해 서재에 전달된 서류를 내일까지 결재해 달라고 말씀드렸어야 했는데. 그만 깜박했다.

그렇게 다시 다이닝 룸으로 들어가려던 그가 살짝 연 문틈 새로 들리는 대화에 멈칫했다.

"바쁘신 건 알지만 언제 시간을 좀 비워 주셔요."

"무슨 일이 있는 거요?"

"있다마다요! 당신도 그 아이를 좀 만나 보셔야 해요. 다음에 만날 때는 같이 가요. 얼마나 예쁘게 컸던지……."

'그 아이'라고 지칭하는 어머니의 목소리가 다정하기 이를 데 없어서 에드윈은 본능적으로 그게 누구인지 알아챘다.

"나는 이미 연회장에서 보았소."

"하지만 인사만 하고 마셨다고 했잖아요. 가까이서 보면 예레나가 그 나이쯤이던 때의 판박이더라니까요. 아닌가, 더 예쁜 것 같기도 하고."

"확실히 란델 대공녀와 많이 닮기는 했더군."

'예레나', '란델 대공녀'……. 모두 그녀와 관계있는 단어였다. 요즘 들어 그의 머릿속을 점령하고 있는 단 한 사람.

"거기다가 이 손수건 좀 보세요. 이제는 다 커서 절 먼저 안아 주기도 하고, 이렇게 손수건도 건네주고."

"그러고 보니 아까부터 당신 눈이 좀 붉더군. 울었소?"

"아이참, 너무 좋아서 운 거예요. 그게 중요한 게 아니라……."

어쩐지 오늘 어머니가 과하게 들떠 보인다 했다. 확신에 차 벌컥 문을 열고 들어선 에드윈의 얼굴은 붉게 상기되어 있었다. 제 아들 몰래 셰리 이야기를 늘어놓다가 멈춘 공작 부인이 짐짓 엄한 목소리를 내어 에드윈을 질책했다.

"올라간다더니, 그렇게 문을 갑자기 열면 어떡하니."

"어머니……. 셰리, 셰리를 만나셨다고요?"

에드윈의 말에 무어라 더 꾸중을 하려던 공작 부인의 입이 굳게 다물렸다.

"에드윈."

고집스레 입을 열지 않는 공작 부인 대신 공작의 차가운 목소리가 에드윈의 귓가를 파고들었다.

"저도, 다음에, 셰리를 만나실 때, 저도……."

목이 막혀 띄엄띄엄 말을 잇던 에드윈의 음성이 결국 끊겨 사그라들었다. 여태 잘 참고 있던 감정들이 한꺼번에 솟구쳐 올라오는 기분이 들었다. 그제야 제가 셰리의 다음 연락을 얼마나 기다리고 있었는지 깨달았다.

"넌, 아직은 안 돼."

차마 말을 잇지 못하고 수그러든 에드윈의 고개를 보는 공작 부인의 마음도 그리 편치는 않았다. 아직도 저렇게 셰리를 향한 마음이 절절한데. 심지어 날이 갈수록 더 심해지는 것 같기도 했다.

제 배 아파 낳은 아들이 이토록 괴로워하는 모습이 보기 좋은 건 아니었다. 하지만 그렇다고 어렵게 다시 이어진 셰리와의 끈도 놓을 수가 없었다. 게다가 그 아이에게 마음에 둔 남자가 없다면 모를까, 이미 상당한 애정을 쏟는 상대가 있어 보였다.

설상가상, 에드윈은 황도로 귀환한 이후 셰리와 관련한 일로 그 아이를 곤란하게 만든 적이 벌써 여러 번이었다.

지켜보는 제 마음도 아프지만 에드윈이 마음 정리를 하지 않는 이상 공작 부인은 그를 도와줄 생각이 없었다. 그래도 셰리를 이만 단념하라는 모진 말까지는 도저히 나오지가 않았다. 그저, 시간이 지나면…… 지금의 지독한 열병도 좀 흐릿해지지 않을까 기대할 뿐.

"……."

어느새 키도 덩치도 훌쩍 다 커 버린 아들의 고개 숙인 모습과 그걸 안타까운 눈으로 바라보는 부인 모두를 담은 공작의 눈이 가느스름하게 좁혀졌다.

비록 티를 내지는 않았지만 공작은 그날 연회장에서 셰리와 에드윈이 동시에 자취를 감춘 걸 알고 있었다. 게다가 에드윈은 그렇게 사라져서 아침 해가 다 떠서야 귀가를 했더랬다.

저도 애달픈 사랑을 해 보았기에 아들의 마음이 이해가 가지 않는 건 아니었다. 하지만 자신과는 달리 제 아들은 애초에 공식적인 관계로 이루어질 수 없는 사이였다. 물론 그렇다 해도 부인이 강력하게 원했다면 에드윈이 과거에 찾아냈던 법률안을 상정이라도 해 보았을 테다. 그러나 부인은 그런 걸 원하는 것 같지는 않았다.

방금 전까지만 해도 화기애애하게 달아올랐던 다이닝 룸을 휘감은 침묵에 공작은 며칠 전 연회에서 본 제 친우의 딸을 떠올렸다.

'각하, 오랜만에 뵙습니다.'

……확실히, 예전에 비하면 셰리의 말투는 훨씬 딱딱해졌다. 제 허벅지 근처에 겨우 올 만큼 작은 아이일 때는 어땠더라.

'공작님! 오늘은 부인과 꽃반지를 만들었어요!'

그 역시 가만히 보고만 있어도 절로 웃음이 나는 깜찍한 소녀가 싫지 않았다. 에드윈을 낳은 후 한 번의 유산으로 더 쇠약해진 제 부인을 이끌고 햇살 아래의 정원을 산책하게 해 주는 이가 셰리였다.

그뿐이랴, 원체 입도 짧고 먹는 양도 적은 부인은 어린 셰리의 식습관을 위해 함께 식사를 하느라 끼니를 꼬박꼬박 챙겨 먹었다. 어느 순간부터는 편식을 하지 않게 되었는데도 일부러 부인에게 이것저것 먹이기 위해 음식을 가리는 체하던 맹랑한 꼬마였다.

그런 모습을 보며 내심 기특하다고 생각했다. 저와 부인 사이에 딸아이가 있다면 저런 느낌일까 생각해 본 적도 있었다. 몸이 약한 부인에게 부담을 주게 될까 봐 한 번도 입 밖으로 꺼내 본 적 없는 말이지만.

워낙 셰리를 제 몸처럼 아끼고 예뻐하는 부인이기에 셰리와 에드윈 사이의 후사를 보면 또 얼마나 좋아할지 보고 싶기도 했다.

하지만 거기까지였다. 이 모든 것은 제 부인이 원할 때만 가능한 일이었으니.

그래서 공작 역시 그대로 입을 다물었다. 어쩌면 아들의 간절한 소원을 들어줄 수 있었음에도.

다이닝 룸에서 거절당한 날 이후, 에드윈은 전략을 바꾸었다. 꼭 필요한 일이 아니면 제 어머니에게 말도 걸지 않던 그가 따라다니며 부탁을 해 보기도 했다.

물론 어머니는 단호하게 거절했다. 거기에 자꾸만 어머니를 귀찮게 하면 당장이라도 약혼자를 구하겠다며 협박 아닌 협박을 하는 아버지까지.

결국 에드윈은 어머니가 언제 외출을 하는지 호시탐탐 주시하는 방향으로 선회했다.

그렇게 셰리와 어머니가 만나고 돌아온 지 일주일 정도 되었던가. 아버지가 퇴근하기 훨씬 전부터 어머니는 안절부절못하고 계셨다. 로비에서 이제나저제나 서성이던 그녀는 사용인들이 보고 있는데도 불구하고, 막 퇴궁한 아버지의 품에 안겨 울먹였다.

"셰리가, 셰리가 연락이 안 돼요. 참석하기로 한 티 파티도, 모임도 전부 취소했다고 하고. 후작저에 서신을 보내 봐도 약혼식 준비로 바빠 그렇다는 말만 돌아오고. 우리 아기가 나한테 그럴 리가 없는데……."

"……."

로비에 함께 서 있던 에드윈은 집사와 아버지가 눈짓을 주고받으며 사용인들을 모두 물리는 모습을 목격했다. 뭔가, 이상했다.

"당신도 알잖아요. 아무리 바빠도 직접 답장 정도는 보내 줄 아이인데……. 이상해요."

"……."

평생 무뚝뚝하게 별다른 표정 변화가 없이 살아온 제 아버지였지만 그래도 아들인 에드윈은 알았다. 아버지는 뭔가 알고 계신다. 품에 안긴 부인의 등만 토닥거리며 침묵을 지키는 모습이 무언가 이상하다는 걸 어머니도 이번에는 아신 듯했다.

"안 되겠어요. 내가 직접 후작저로 가 볼 거예요."

"가도 못 만날 거요. 의식을 차리지 못한 지 좀 되었다고 하니까."

그 소리에 멀찍이서 지켜만 보고 있던 에드윈이 끼어들었다.

"그게…… 무슨 소립니까, 아버지."

그사이 공작 부인의 얼굴은 금세 눈물범벅이 되었다. 이미 예레나와 판박이로 닮은 셰리의 얼굴을 보고 온 공작 부인은 과거 제 친우의 비보를 들었던 날과 자꾸만 겹쳐지는 걸 막을 수가 없었다.

"아는 거, 전부…… 전부 말해 줘요. 케이."

혼인 후 에드윈을 낳고서는 좀체 부르지 않았던 애칭으로 불린 공작의 눈이 크게 흔들렸다. 결국 눈가가 잔뜩 젖은 채로도 단호한 눈빛으로 올려다보는 공작 부인을 감싸 안은 그가 근처의 응접실로 향했다.

응접실 문이 닫히고 에드윈까지 소파에 앉자 피곤한 듯 미간을 손가락으로 꾹꾹 누르던 공작의 입이 마침내 열렸다.

"당신을 만나고 그 길로 후작저에 도착하자마자 쓰러졌다고 하더군."

"말도 안 돼! 그럼 벌써 일주일째란 소린데. 왜, 왜 말하지 않았어요?"

자리에서 벌떡 일어나 제 가슴을 탕탕 치는 부인을 진정시키며 공작이 달래듯 말을 이었다.

"하필 당신을 만나고 돌아오다가 그리 되었으니 알았다면 자책할 것이 아니오."

"그래도, 그래도……."

"다행히 독으로 인한 것도 아니라 하고. 벌써 은밀하게 황궁의까지 다녀갔다는데 몸은 지극히 정상이라고 했소. 그저 알 수 없는 이유로 깨어나질 못하고 있다고 하더군."

"케이, 아니겠죠? 그때, 그때처럼……."

"란델 공국에서 일족을 담당하는 의사도 이미 왔다갔다고 하니 괜찮을 거요. 이러다 당신이 먼저 쓰러져, 제발."

공작은 제 품에서 흐느끼는 부인을 꽉 껴안으며 혹시라도 그녀가 쓰러지기라도 할까 전전긍긍한 기색이었다. 말없이 이야기를 듣고만 있던 에드윈이 불쑥 질문을 던졌다.

"제가 매일같이 황궁 기사단에 출근하는데도 아무 소식도 듣질 못했어요."

"약혼 준비를 한다고 후작도 벌써 일주일째 휴가 중이니 그럴 거다. 폐하께서도 소문이 나지 않게 막아 주고 계시지만 기간이 길어지면 알려지는 건 시간문제지."

그때, 갑작스러운 충격과 오열로 무리가 왔는지 공작 부인의 몸이 크게 휘청였다.

"부인!"

그렇게 공작이 급하게 그녀를 안아드는 사이, 에드윈은 자리를 박차고 바람처럼 응접실을 빠져나갔다. 팔 안의 부인을 챙기느라 그를 제지하지 못한 공작이 목소리를 높였다.

"안 돼, 에드윈! 돌아와!"

* * *

집사를 따라 어느덧 그녀의 방문 앞까지 선 에드윈은 자꾸만 눈물이 새어 나오려는 눈가를 꾹꾹 눌렀다. 계속 싫다고 했는데 제가 미련을 못 버리고 맴돌며 곤란하게 만들어서 그런 건 아닐까 하는, 그런 말도 안 되는 생각까지 들었다.

"로브는 방 안에 들어가서 벗으시면 됩니다."

그렇게 문을 열고 들어서자 이미 응접실 소파에 앉아 있는 토르와 레이먼드가 그의 눈에 먼저 들어왔다. 인기척이 나자 일단 돌아보긴 했으나 아직 로브를 둘러쓴 에드윈을 보고 의사라고 생각했는지 힘없이 고개를 돌린 둘의 얼굴이 핼쑥했다.

그러고 보니 톨체르 경은 셰리의 호위이니 모를 리가 없고, 올린 영식은 약혼자가 될 자이니 역시 모를 리가 없었을 테다. 결국, 자신만 모르고 있었구나. 정말 이제 저는 셰리와 아무것도 아닌 사이구나 싶어 눈시울이 다시 뜨거워졌다. 이전처럼 약혼 관계였다면 제일 먼저 제게 연락이 왔을 텐데.

로브를 벗어 얼굴을 드러내자 에드윈을 알아본 토르와 레이먼드의 눈에 일순 경계심이 스치고 지나갔다. 그러나 그마저도 찰나에 불과한 데다 이미 피로가 쌓일 대로 쌓인 그들은 에드윈에게 인사조차 하지 않았다.

물론 공식적인 방문도 아닌 마당에 에드윈 역시 그들에게 군이 인사를 받고 싶지 않았다. 그는 이미 두 남자가 각자 하나씩 차지한 소파 외에 다른 쪽에 외따로 떨어진 소파에 자리를 잡았다. 에드윈이 완전히 착석하자 근처에서 정자세로 서 있던 데릭이 티 포트를 들고 와 건조하게 입을 열었다.

"마지막까지 함께 있었다는 이유로 공작 부인께서 방문을 요청하신다기에 대리인으로 소공작을 들인 겁니다. 소란을 피우시면 즉각 후작저에서 나가셔야 합니다."

"알고 있어."

에드윈의 앞에 놓인 손님용 찻잔에 미지근해진 옅은 홍차를 따라 주는 데릭에게 그가 조용히 말을 걸었다.

"어떻게 된 거지?"

"아시다시피 독도, 질병도 아닙니다. 오히려 몸은 지극히 건강한 상태이신데, 의식만 회복하지 못하고 있습니다."

전체적으로 어둡게 가라앉은 분위기인 탓에 에드윈은 집사와 조용히 문답을 주고받았다. 집사와의 대화도 그렇고 셰리와 어려서부터 약혼자로 함께 자라서인지 후작저의 모든 게 익숙해 보이는 에드윈의 모습에 토르와 레이먼드는 미약하게 질투가 났다.

결국 이미 신경이 예민해질 대로 예민해진 레이먼드가 참다못해 톡 쏘아붙였다.

"여기는 제가 지키고 있을 테니 셰리 님께서 깨어나시면 따로 연락드리겠습니다."

"건방지군. 네가 셰리의 약혼자가 되었다고 소공작인 나를 능멸하려 들어?"

잔뜩 독이 오른 건 에드윈도 마찬가지라서 그 역시 이를 드러내고 낮게 으르렁댔다.

"……아가씨의 침실 바로 앞입니다."

마찬가지로 참다못한 토르의 나직한 목소리에 둘의 입이 다물렸다. 현재 셰리의 총애를 한 몸에 받고 있는 자라는 이유만으로 에드윈도, 레이먼드도 그에게 감히 신분과 지위를 운운하지 못했다.

다시금 조용해진 분위기 속에서 토르는 깍지 낀 손 위로 이마를 대고 고개를 숙였다. 그도 그럴 게 두 남자가 제 눈치를 보고 있다는 걸 자각하지도 못할 만큼 토르는 머릿속이 엉망이었다. 눈을 감아도 도저히 잊히지가 않았다.

새침한 표정으로 먼저 일어난 셰리는 마차 문을 열고 환하게 빛이 쏟아지는 앞으로 나아가다 그대로 고꾸라졌다. 제가 보고 있는 바로 눈앞에서 아가씨가 아래로 떨어져 사라지는 그 순간, 토르의 시간은 거기서 멈춰 버렸다.

자신의 역할은 셰리 님 곁을 지키는 호위인데, 아무것도 하지 못했다. 무력했다. 그녀가 그렇게 되기 직전까지 저는 오늘따라 심술궂게 구는 아가씨가 그저 야속하다고만 생각했다.

'제발, 이제 그만 일어나 주세요. 셰리 님.'

설령 다시 내쳐진다 해도 그때 드리지 못한 대답을 꼭 할 테니.

곁에서 데릭은 그 셋의 대치를 흥미롭게 바라보았다.

결국 결혼은 레이먼드와 하게 되시겠지만 이대로라면 토르를 곁에 두실 가능성이 높아 보였다. 그럼 저 역시 이에 대한 대비를 해야 할 텐데. 아가씨께서 깨어나시면 우선 에드윈 소공작의 처분은 어떻게 할지 여쭈어봐야 할 성싶었다.

셰리는 평소 집사인 데릭과 가우렌이 저를 그녀 자체로 아끼는 게 아니라 가문의 후계자이기에 충성하는 거라 여기고 있었다. 그러나 그건 반은 맞고 반은 틀린 생각이었다.

그들이 후작가에 적을 두고, 미하르쉘 가문을 위해 일하는 건 맞지만 어디까지나 그들에게는 주인이 곧 가문 그 자체이기도 했다. 주인께서 원하는 게 있다면 스스로를 망치는 일이 아닌 한 늘 최선의 방법을 찾아 보필하는 건 당연했다.

손님들의 비어 있는 찻잔에 마저 차를 채워 준 데릭은 초조하게 응접실 문을 바라보았다. 그나저나 급히 나가신 후작 각하께서는 언제 귀택을 하실는지.

그때 문이 열리고 검은 로브를 둘러쓴 인영이 급하게 들어섰다. 그리고 며칠 새 얼굴이 많이 상한 후작이 그 뒤를 따랐다. 방 안에 들어와 후드를 벗은 남자는 은발에 호박색 눈동자였다. 그런 그의 모습에 레이먼드가 벌떡 일어섰다. 여기에 있을 수 없는 사람인데 무슨 일이지?

“어떻게, 여기에…….”

“너는……. 뭐, 인사는 됐어. 지금은 급한 일이 따로 있으니.”

손바닥을 뻗어 레이먼드의 움직임을 제지시킨 남자가 후작과 집사를 대동하고 바로 셰리의 침실로 들어갔다. 아주 잠깐이지만 열린 문틈 사이로 보이는 어둑어둑한 침실 광경에 세 남자 모두 얼굴이 잿빛으로 물들었다. 제발, 무사히 눈만 뜨길.

아까 서로 견제하던 날카로운 분위기가 무색하게 응접실에 덩그러니 남겨진 셋 사이에는 침묵만이 맴돌았다. 아무 말도 없었으나 저마다 초조한 기색은 감추지 못했다. 찻잔을 들어 단번에 들이켠 에드윈이 레이먼드를 향해 물었다.

“지금 들어간 자가 누구지?”

“……기밀이므로 말씀드릴 수 없습니다.”

“정말 건방지군. 발칙하게도 셰리의 정부 자리를 먼저 제안할 때부터 알아봤지만.”

또다시 날을 세우는 에드윈에게 레이먼드는 이전과 달리 참지 않았다. 지금의 상황도 상황이거니와 이제 셰리에게 더 이상 숨길 비밀이 없으니 거리낄 게 없었다.

"죄송하지만, 그 제안은 소공작님을 염두에 두고 드린 제안이 아닙니다."

무뚝뚝한 어조로 빠르게 대답한 레이먼드의 눈길이 이내 토르를 향해 닿았다. 그러자 에드윈이 쓸데없이 반짝이는 금발을 노려보면서도 반박은 하지 못하고 입술만 깨물었다.

그렇게 가벼운 말다툼을 하던 두 남자는 문득 말없이 손깍지를 끼고 그 위로 고개를 떨군 토르에게 시선을 주었다. 며칠 제대로 먹지도, 자지도 못한 얼굴일 테지만 여전히 그 미모만큼은 빛이 날 정도였다. 저 외모로 셰리의 관심을 끌었단 말이지?

괜스레 샘이 난 에드윈이 툭 내뱉었다.

"나한테는 셰리가 처음이자 마지막 여자야."

"음……?"

"……."

뜬금없기까지 한 발언에 토르와 레이먼드는 고개를 들어 에드윈을 응시했다. 둘의 시선이 동시에 제게 와 닿자 조금 겸연쩍은 얼굴을 하면서도 에드윈이 말을 이어 나갔다.

"난 어릴 적부터 셰리 외의 여자는 없었고, 앞으로도 그럴 생각이야. 당신들과는 달라."

제 순정이 셰리만을 위한 것이라는 사실이 퍽 자랑스러운 듯 마지막에 이르러 에드윈은 가슴을 한껏 내밀었다.

"저 역시도 셰리 님이 처음입니다만."

"이하동문입니다."

레이먼드는 물론이고 묵묵하게 듣고만 있던 토르도 질 수 없다는 기색으로 맞받아쳤다.

약혼자라는 공식적인 지위도, 셰리의 관심으로도 밀리는 듯하니 제 순정과 순결이라도 내세워 우위를 점해 보려 했던 에드윈의 얼굴이 굳었다.

톨체르 경은 스물두 살, 저와 동갑이라고 들었다. 신분이 낮으니 자연스레 하대했지만 올린 영식은 이제 스물다섯 살이 아닌가. 아무리 마탑 산하에서 연구만 했다고 해도 스물다섯 살이나 된 잘생긴 남자가 여자를 모른다고?

제가 내세울 거라고는 셰리에게 처음을 주었다는 사실뿐인데……. 에드윈이 낭패한 표정으로 입을 다물었다.

아니, 그보다 호위 기사인 데다 유난히 친밀하게 굴었던 톨체르 경은 이미 셰리와 깊은 관계가 있었을 거라 예상한 바였다. 그러나 올린 영식은 아직 정식으로 약혼도 하지 않은 사이인데? 저 화려하고 미끈한 외모로 셰리를 꾀었나 싶어 에드윈은 레이먼드가 괘씸하게 느껴졌다.

마침 그때 침실 문이 열리고 은발의 남자가 큰 보폭으로 휙휙 걸어 나왔다. 생각보다 빠른 진찰 종료에 셋은 의아한 얼굴을 했다. 그런 데다 열린 문틈으로 들리는 후작과 집사의 목소리에는 안도와 기쁨이 묻어 나왔다.

"다행입니다, 정말."

"진작 란델 공국에 먼저 연락할 것을……."

그대로 후드를 둘러쓰려다 기다렸다는 듯 달려드는 세 남자의 시선에 잠시 멈칫한 은발의 남자가 셋 모두를 유심히 둘러보았다. 그러다 레이먼드를 한참 훑어보는가 싶더니 이내 그의 앞에 가 섰다.

"너, 손 좀 줘 봐."

"왜 그러십니까."

미약한 경계심을 내비치면서도 남자의 정체를 알기 때문인지 레이먼드는 순순히 손을 내밀었다. 그런 그의 손바닥 중앙에 제 손가락을 모두 올려 포갠 은발의 남자가 잠시 눈을 감았다. 무얼 해도 권태롭고 의욕 없어 보이던 얼굴에 일순 놀라운 기색이 스쳐지나갔다.

양쪽 눈썹을 한껏 좁혀 가며 레이먼드의 손바닥에 집중하던 남자가 드디어 눈을 떴다. 아까와는 달리 거의 샛노랗게 보이는 눈동자로 그는 레이먼드를 뚫어져라 응시했다.

"너……. 일단 따라 나와 봐. 집사! 여기 다른 방으로 좀 안내해 줘."

"예."

그렇게 레이먼드를 데리고 나가려는 남자의 앞을 토르가 날래게 가로막았다.

"올린 영식은 후작가의 손님입니다. 이유를 말씀해 주셔야 합니다."

은발의 남자는 제 앞을 막고 서서 버티는 장신의 잘생긴 기사를 잠시간 살폈다. 그러더니 웃음기 하나 없던 흰 얼굴에 흥미롭다는 미소가 걸렸다.

"얼씨구, 잊혀진 종족의 후예까지? 이번 대의 올리비아는 수완도 좋지."

"네……?"

빙글빙글 웃던 남자는 그게 무슨 말인지 몰라 어리둥절해하는 토르의 가슴을 손가락 하나로 슥 밀어냈다. 그리고 옆에 서 있는 레이먼드에게 눈짓하더니 그의 부름에 대기하고 있던 집사와 함께 빠져나갔다.

"……."

토르는 잠시간 얼이 빠진 얼굴로 가만히 서 있었다. 꽤 단단하게 힘을 주고 버텼는데 정말 어이없게도 손가락 하나에 가볍게 밀린 저 자신을 믿을 수가 없었다.

어느새 셰리의 침실에서 나온 후작은 여전히 초췌한 얼굴이었지만 표정만은 마치 다른 사람처럼 밝았다. 조금 전과 완전히 달라진 낯에는 미미하게 흥분한 기색마저 어려 있었다. 뚜벅뚜벅 걸어온 후작은 어정쩡하게 서 있는 에드윈의 어깨를 툭툭 쳤다.

"에드윈, 와 있다는 말은 이미 들었다. 공작저로 돌아가서 자네 부친과 모친에게 이제 걱정하지 않아도 된다고 전해 주거라."

"후작 각하."

정확한 이유를 말해 주지 않는 후작에게 무슨 일인지 묻기 위해 에드윈이 가까이 다가섰다. 그런 그를 잠시 제지하며 후작은 이번엔 멍하게 굳은 토르에게 말을 걸었다.

"톨체르 경, 자네도 너무 오래 자리를 지켰어. 이제 숙소로 돌아가서 휴식을 좀 취하도록 해."

"하지만……."

수상한 은발의 남자와 함께 들어갔다 나온 후 갑작스럽게 바뀐 분위기는 토르도, 에드윈도 좀처럼 납득하기 어려웠다. 결국 에드윈이 다급하게 캐물었다.

"그럼, 이제 셰리는 괜찮은 겁니까?"

응접실 안에 저와 톨체르 경, 에드윈밖에 없다는 걸 확인한 후작이 고개를 끄덕였다.

"비정제된 마력과 셰리가 타고난 성력이 충돌해서 그렇다더군. 아마 최근에 마탑과 연구소에 다녀온 영향인 듯싶어. 하루 이틀이면 눈을 뜰 거라고 하셨으니 금방 털고 일어날 걸세."

마력과 성력의 충돌 현상으로 이렇게 오래 앓아누울 정도면 이번 대의 올리비아인 셰리는 꽤 많은 성력을 품고 있을 터라고 했다. 이 정도의 성력을 타고 났다면 평생 웬만한 질병 걱정은 없을 거라는 말까지 듣고 후작은 꽤 기분이 좋은 상태였다.

지금에야 신성 제국이 쇠락하고 특히 황도에는 성력이 뭔지 잘 모르는 사람들도 많았지만 후작은 동부 출신이었다. 옛 신성 제국의 영토였던 동부에서 성력을 타고났다는 건 신에게 선택받은 아이라는 의미라 여전히 특별하게 여겨지고 있었다.

"그런데 올린 영식은 어디로 갔지? 그분을 따라 나간 건가."

황제나 공작, 대공 정도가 아니면 말을 높일 일이 없는 후작이 극존칭을 사용했다. 곁에서 듣고 있던 에드윈이 의아한 기색으로 마침 궁금했던 남자의 정체를 물었다.

"'그분'이라니요? 아까 그 남자가 도대체 누구란 말입니까."

"은발에 호박색 눈동자. 누군지 정녕 모르겠나?"

"설마…… 마탑주?"

에드윈이 아연하게 내뱉은 말에 옆에서 묵묵히 듣고만 있던 토르 역시 놀란 얼굴이 되었다. 그러고 보니 이제야 깨달은 게 무색할 정도로, 그는 온몸으로 마탑주라고 외치고 있는 듯한 외양이었다.

정작 마탑에도 몇 년에 한 번 나타날까 말까 한 인물이었다. 얼굴을 아는 사람이 극히 적었던 탓에 머리색과 눈 색을 제외하면 초상화조차 남아 있는 게 없었다.

마탑주에 대해서는 왕국이 제국이 되던 시절부터 몇백 년을 살아왔다는 소문도 있고, 고대의 비밀스러운 가문이 대를 이어 그 자리를 계승한다는 등 여러 소문이 있었다. 하지만 그 모든 소문엔 하나의 공통점이 있었다. 마탑주는 성별에 상관없이 늘 에일 듯 시린 은발에, 사람 같지 않은 진한 호박색 눈동자를 갖고 있다는 것.

어릴 적 동화로나 전해 듣던 마법사와 마탑주의 존재를 직접 확인한 토르는 꿈같은 이야기에 어안이 벙벙했다.

게다가 성력이라니……. 셰리 님의 '올리비아'라는 미들 네임은 그저 공국의 직계 후손이라는 상징적인 의미만 담고 있는 줄 알았는데. 정말로 성녀의 후손인 데다 성력까지 그녀에게 계승되고 있었다니. 그럼 몇백 년 전 신성 제국이 건재하던 시절이라면 성녀로 추앙받았을 거라는 소리인데…….

'역시 단순히 공국 출신이라 황녀에 준하는 대우를 받는 게 아니었구나.'

제가 생각보다 더 엄청난 분을 마음에 품었는지도 모르겠다.

"나도 이제 한숨 돌리고 눈을 좀 붙여야겠군."

피곤한 얼굴로 관자놀이를 꾹꾹 누르던 후작이 먼저 나가고, 어느새 돌아온 집사 데릭이 토르와 에드윈을 바깥으로 안내했다.

데릭의 재촉에 응접실을 나서며 토르는 완전히 닫히지 않은 침실 문

틈새를 힐끔거렸다. 아가씨가 잠들어 있는 캄캄한 방이 서서히 제게서 멀어져 갔다.

역시, 제가 욕심내기에는 너무 귀한 분이 아닌가.

요즘 들어 자신에게 보여 주는 셰리 님의 달콤한 눈빛과 태도에 일말의 희망을 품었던 제가 한심했다. 그녀와 저의 격차를 느낄 때마다 마음의 바닥 언저리에서 어둠이 시커멓게 아가리를 벌리며 뻐끔거렸다. 아무리 지금은 백작 영식으로 인정을 받았다고 하나 그 안에서 저는 여전히 백작가의 어린 사생아였다.

셰리가 타고난 성력에 대해 이야기를 듣기 전만 해도 아까 은발 남자가 뇌까리고 지나간 말에 대해 생각하고 있던 토르였다. 하지만 '잊혀진 종족의 후예'라고 했던 말이 묘하게 그의 신경줄을 건드리던 사실마저도 까만 얼룩만 남기고 금세 사라져 버렸다.

* * *

레이먼드는 아까부터 저를 바라보며 미소를 지우지 못하는 남자의 시선에 그저 눈만 내리깔고 있었다. 용건이 있을 때마다 마탑을 들락거리는 그조차 여태 딱 두 번밖에 뵙지 못한 분이다. 처음은 11년 전, 마지막으로 본 건 2년 전.

2년 전, 마력을 획기적으로 절약하는 회로를 개발해 낸 공로를 치하받는 자리였다. 특이하게도 그날은 마탑주가 직접 개발에 참여한 연구원들의 얼굴을 보고 싶어 했다.

늘 그렇듯 저와 다른 연구원들이 몇 개월, 아니 훨씬 전부터 밤을 새며 이루어 낸 성과의 가장 달콤한 과실은 소장에게 돌아갔다. 다른 이들 모두 소장의 탁월한 능력을 추켜세우기 바빴다.

'거기, 너. 이름이 뭐지.'

그러나 조용히 후드를 둘러쓰고 있던 마탑주는 진짜 공로를 세운 이들을 정확하게 찾아내어 직접 이름을 물었더랬다. 그 덕에 레이먼드는 이후 수석 연구원으로 승진할 수 있었다.

그때 가까이서 이름을 대답하느라 스쳐 지나가듯 본 얼굴이 제 앞에 있었다.

"그래서 일주일 전 즈음에 했다고?"

"큽……! 뭐, 뭘 말씀이십니까?"

어색함을 이기지 못하고 찻잔을 들어 목을 축이던 레이먼드는 사레가 들려 캑캑댔다. 레이먼드의 새하얀 얼굴이 찻잔에 담긴 홍차처럼 붉게 달아올랐지만 은발의 남자는 전혀 개의치 않는 듯 여상한 목소리로 말을 이었다. 몇 년 전에도 느꼈지만 말을 돌려서 하는 법이 없는 분이다.

"도대체 얼마나 한 거야? 아주 올리비아 몸 안에다가 정제되지도 않은 마력을 온통 퍼부어 놨던데."

"제가, 제가요?"

호박색 눈동자에 질린 기색이 스쳐지나가자 레이먼드가 급하게 손을 내저었다.

"아니, 아니. 저는 한 번밖에……."

"아무리 올리비아가 무방비하게 받아들였다고 해도 관계 한 번에 그 정도로 마력이 스밀 수는 없어. 도대체 뭘 한 거야?"

뭘 하다니. 그저 새로 개발된 마도구로 조금…….

"아……."

그제야 레이먼드는 자위 도구를 작동시키는 데에 제 마력이 들어갔을지도 모를 거란 사실을 깨달았다. 마력석에 넣는 정제된 마력이 아니라 그의 순수한 마력으로만 구동시켰다면 그만큼 누수된 마력 양도 어마어마했을 테다.

여러 정황상 뒤늦은 발현이 일어났을지도 모른다는 확신에 가까운 추측이 그의 머릿속을 내내 맴돌긴 했다. 하지만 차마 확인해 볼 용기가 나지 않아 애써 묻어 버렸다. 이런 사례는 듣도 보도 못했으니까. 분명히 저는 스무 살이 훌쩍 넘어서까지도 마력 보유자가 아니었다. 제가 뭔가 착각한 게 틀림없다. 그렇게만 믿어 왔다.

'하지만 그게 착각이 아니었다면……?'

무언가를 깨달은 얼굴 뒤로 혼란스러워하는 그의 낯을 유심히 보던 마탑주가 레이먼드에게 손을 내밀었다. 남자의 행동이 아까와 같은 행위를 요구하고 있다는 걸 알고 레이먼드는 순순히 제 손을 겹쳐 올렸다.

"보아하니, 본인이 마력 보유자인 걸 몰랐나 본데."

"저는…… 마력 보유자가 아닙니다."

아까와는 다르게 손을 타고 들어온 무형의 기운이 아랫배와 심장을 쓸고 지나가는 느낌이 간지러웠다. 그에 견디지 못하고 레이먼드는 눈을 살짝 찌푸렸다. 여전히 눈을 감은 채로 레이먼드의 내부의 상태를 찬찬히 훑어보던 남자가 다시 샛노란 눈동자를 내보였다.

"아니긴, 벌써 체내에서 안정화까지 모두 마쳤어. 그것도 꽤…… 상당한 양이군. 다른 쭉정이들이랑은 다르게 서클까지 만들어질 정도면."

"서클……."

서클이라니, 아카데미 시절 마법학부 수업에서나 들어 봤던 명칭이었다. 본래대로라면 마법사도, 마력 보유자도 아닌 레이먼드와는 아득하게 거리가 먼 단어였어야 했다.

"거기다가 계속해서 주변의 마나를 끌어당기고 있는 모양인데, 어림잡아 3서클은 가볍게 넘겠어."

"그럴, 그럴 리가. 마법사는……."

교과서에서나 보던 엄청난 이야기에 레이먼드의 얼굴이 끝내 파리하게 질렸다.

제대로 된 마법을 쓸 수도 없는 단순한 마력 보유자와 다르게 몸 안에 서클 체계를 이루고 있으면 마법사라고 인정을 받았다. 과거 마도 시대에는 황궁 마법사가 되려면 적어도 6서클의 경지를 이루어야 된다고들 했다. 그러나 지금에 이르러서는 6서클은커녕 서클 자체를 이루는 자가 전무하다시피 했다. 아마 제가 알기로 마지막으로 등장했던 마법사가……

"백 년 전이지."

그의 마음을 읽기라도 한 듯 다시 호박색으로 돌아온 남자의 눈동자가 가늘게 접혔다.

"자세한 건 더 들여다봐야 알겠지만 꽤 근시일 내에 그릇이 만들어졌더군. 올리비아와의 관계 때문인가. 아주 최근은 아니고 적어도 몇 달은 된 거 같은데?"

"그게 무슨……."

"너도 아카데미에 다녔으니, 성력과 마력의 충돌 현상 정도는 들어 봤을 테지."

물론이다. '들어 봤다'뿐인가. 레이먼드는 재학 내내 마법학부에서 수석을 차지할 정도의 수재였다. 최우등 졸업을 했기에 지금의 연구소에도 들어올 수 있었고.

간단히 설명하자면 성력은 신의 힘으로서 과거 신성 제국의 사제들은 그 신의 힘을 빌리는 자들이었다. 한편, 마나는 자연을 이루는 힘으로서 대기 중에 녹아 있다고 알려져 있었다. 그 마나를 몸 안의 서클을 통해 제 것으로 받아들여 고유의 마력으로 사용할 수 있는 자들이 마법사였다.

성력과 달리 마법은 자연적인 마나를 소모하는 과정에서 반작용을 일으키게 되므로 인위적인 것이라 여겨졌다. 그래서인지 정치적인 이유 외에도 과거 마탑과 신성 제국 간의 대립은 필연적일 수밖에 없었다.

실제로도 정제되지 않은 거대한 마력과 풍부한 성력이 한 번에 부딪치면 반발 작용이 일어났다. 작정하고 서로의 몸 안에 반대되는 속성을 주입하는 게 아니라면 그 다음으로 충돌하는 현상이 나타나기 쉬운 방법은 깊게 몸을 결합하는, 성관계였다. 성관계를 하면 마력이 새어 나가니 어쩌니 하는 속설이 마탑 내에서 괜히 횡행하는 게 아니었다.

물론 지금처럼 두 가지 힘 자체가 미미해진 시대에 와서는 의미 없는 과거의 낭설에 불과하게 되었지만.

"아주 예전에 마법사 집안의 자제 하나가 사제와 몸을 섞었다가 마법사로 발현했다는 보고가 있기는 했지. 그게 정말로 가능한 사례일 줄이야."

모로 보아도 기껏해야 이십 대 초중반으로 보이는 남자가 매끈한 제 턱을 쓰다듬으며 회상에 잠겼다. 여전히 타인의 마력이 훑고 지나간 심장 언저리가 간지러워 이맛살을 찌푸린 레이먼드가 의아한 기색으로 물었다.

"하지만 학계에선 그런 사례에 대한 연구가 전혀 없던데요."

"아아, 그거. 그 마법사로 발현한 놈이 마력 폭주로 금방 죽었거든."

흥미로운 얼굴을 한 그의 눈동자 언저리가 다시 노랗게 물들기 시작했다. 은발의 남자가 손깍지를 낀 채 그 위로 턱을 올리며 레이먼드를 똑바로 주시했다.

"너도 서클이 자리 잡기 전에 성력과의 충돌을 계속 겪었다면 죽었을 거야."

"……"

그 말에 이제는 마탑주의 마력이 완전히 빠져나간 가슴 언저리가 싸늘하게 식었다.

레이먼드는 그제야 제가 셰리와 처음 관계를 하면서 느꼈던 기이한 끌림과 이후의 참을 수 없는 충동이 떠올랐다. 그때도 성욕과는 결을 달리하는 이상한 증상이라고 생각했는데 역시 정상이 아닌 상태였던 모양이다.

그를 보며 처음의 초연하고 무심한 표정은 사라지고 히죽히죽 웃기 시작한 마탑주는 꽤 즐거워 보였다.

"인간으로서 참아 내기 힘든 충동이라고 하던데, 네놈의 자제력이 널 살렸구나."

"……셰리 님은 어떻게 되신 겁니까."

"이번 대의 올리비아가 제법 성력을 타고났기는 해도 성녀 수준은 아니야.

기껏해야 평사제를 약간 상회하는 수준이지. 저 정도의 비정제된 마력을 받아들인 게 처음이라 그래. 그래도 금방 털고 일어날 거야."

남자의 여상한 목소리에 레이먼드는 안도의 한숨을 크게 내뱉었다. 다행이다. 하지만 결국 저로 인해 이렇게 쓰러지신 게 아닌가. 그럼, 이제는 어떻게 되는 거지?

"그럼, 앞으로도 저와 관계를 가지시면 계속 쓰러지시는 겁니까."

다급한 그의 물음에 은발의 마탑주는 손사래를 치며 고개를 저었다.

"애초에 성관계로 주입되는 마력이 그렇게 많은 것도 아니고. 이번처럼 억지로 때려 붓지만 않으면 그저 조금 나른한 정도로 끝날 거야. 그것도 한두 번만 지나면 완전히 적응되겠지."

"아……."

앞으로도 셰리와 관계를 가질 때마다 이런 일이 생길까 가슴 졸이던 레이먼드의 얼굴이 확 하고 밝아졌다. 그렇다면 다행히 부군 자리는…….

"그래도 결혼 전에 밝혀져서 다행이지. 아까 들어 보니 정식 약혼식은 아직이라면서?"

"예?"

"한낱 쭉정이인 마력 보유자도 마탑과 황실에서 관리하는데 마법사의 혼사는 이제 네가 정할 수 있는 일이 아니야."

레이먼드의 무릎 위에서 덜덜 떨리기 시작한 주먹을 힐끔 보며 마탑주가 무심하게 말을 이어 갔다. 일반인도 아니고 마탑 연구소에서 일하는 그가 모를 리가 없건만, 왜 저렇게까지 경악하는지…….

"하지만, 하지만 저는 이미 약혼 발표도 했고."

"약혼 발표가 아니라 결혼해서 애가 있어도 황제가 무효화시킬걸? 그리고 넌 다른 사람이면 몰라도 올리비아랑은 애 못 만들어."

쐐기를 박듯 단호하게 선언하는 목소리에 레이먼드의 얼굴이 새하얗게 질렸다. 아까는, 아까는…… 관계는 가능하다고 했으면서.

"아니, 생각해 봐. 성력도 마력도 핏줄로 이어지는 건데, 네 아이가 올리비아의 배 속에서 열 달이나 자라야 한다고. 운이 좋아서 마력 보유자가 아닌 애면 괜찮겠지. 근데 그 애가 마력 보유자면?"

"……열 달 내내 모체의 성력과 충돌하겠군요."

그다지 자세히 설명하지 않아도 금방 이해하는 레이먼드의 총명함에 남자는 웃음이 멈추지 않았다. 마법사로 발현까지 한 데다 연구소에서 일할 정도의 좋은 머리라니, 참으로 키울 맛이 나는 마법사가 아닌가. 비록 핏기 하나 없이 푸르죽죽해지는 얼굴은 그다지 마음에 안 들었지만.

"그래! 네가 아카데미 최연소 입학생이라고 했었나? 거기다 마법학부 출신이라고 하니 처음부터 가르칠 필요는 없겠군. 지금 당장이라도 황실에 마법사로 등록하고……."

"태어날 아기가 마력 보유자가 아닐 확률은……!"

"어디까지나 확률일 뿐이야. 혹시라도 그 애가 마력 보유자면 열 달 내내 올리비아가 저렇게 시체처럼 누워 있을 텐데? 무사히 태어난다고 해도 갓난애가 마력 폭주를 견뎌 낼 수 있을 것 같아?"

"제가, 마법사가 되지 않는 방법은 없습니까?"

이제 마탑주는 계속해서 미련을 보이는 레이먼드에게 짜증난 표정을 숨기지 않았다. 물론 그가 보기에도 아까의 올리비아는 보기 드문 미색이긴 했다. 하지만 그렇다고 군이 그녀와의 결혼을 고집할 일인가. 어차피 서로 후사를 볼 수도 없는데…….

그깟 결혼보다는 백 년에 한 번 나올까 말까 한 마법사가 되었다는 사실에 감격하는 게 보통 아닐까. 마탑 연구소에서 일한다면 누구보다도 그 가치를 잘 알 텐데 별로 좋아하는 기색도 없는 한심한 놈이었다.

타고날 때부터 쓸모없는 감정 따위 알지 못하게끔 태어난 존재인 제계는 저런 스쳐 지나갈 감정들이 낭비처럼 느껴졌다. 하지만 저 금발 청년을 잘 달래서 후계로 삼으려면 조금쯤 장단을 맞춰 주어야겠지.

"좋아, 황실과 마탑에 알리는 건 나중으로 미루어 주지. 대강 정리가 끝나면 마탑 꼭대기의 내 방을 찾아와."

"서클, 서클이라는 걸 부수면…… 그러면!"

"하, 이미 자리 잡은 서클을 무슨 수로? 자살이라도 하겠단 소리야? 그릇이 깨지면 네 생명력까지 다 새어 나갈 텐데."

"……."

은발의 남자는 이 어리고 재능 있는 금발 마법사의 절망을 이해하기 힘들었다. 남들은 타고나지 못해서 안달인 마력을, 그것도 서클까지 만들 수 있는 정도의 능력을 포기하겠다니.

임신만 하지 않으면 올리비아와의 관계가 불가능한 것도 아니고, 제 핏줄을 갖고 싶다면 다른 모체의 태를 빌려서 낳으면 될 텐데 말이다. 물론 후자의 경우는 황실의 인가를 받긴 해야겠지만.

"황실의 인정을 받고 나면 지금까지와는 완전히 다른 삶을 살게 될 거야. 기쁘지 않아?"

"이런 식으로는……. 이건 제가 원한 게 아닙니다."

"너, 저번에 봤을 때는 그 소장 놈을 완전히 벌레 보듯이 보고 있었잖아. 그런 놈 따위 앞으로는 네가 발끝으로도 부릴 수 있다니까?"

저 못지않게 반반한 얼굴이 거멓게 죽어 있는 모습을 혀를 차며 바라보던 마탑주가 다시 후드를 둘러썼다. 하여간 수명이 짧은 종족이라 그런지 인간은 부질없는 감정에 너무 쉽게 흔들렸다.

"이번 달 말까지 말미를 주지. 더 이상은 나도 못 기다려 줘."

넋이 나간 듯한 금발의 인간은 마탑주이자 위대한 종족인 제가 나가는데도 인사 한마디 없이 무례하게 앉아만 있었다. 이름이, 레이먼드라고 했나?

"마법사 레이먼드라……. 기억해 두지."

XVII. 호위 기사가 원하는 것

셰리는 마탑주가 예고한 대로 그로부터 얼마 지나지 않아 눈을 떴다. 그저 매일 아침 눈을 뜨듯 평소와 다를 것 없는 기상이었다. 늘 하던 대로 눈을 비비려던 그녀가 제 오른손이 움직이지 않는단 걸 눈치챘다.

그렇게 자연스레 오른쪽으로 눈길을 돌린 셰리는 자신의 침대 위에 머리를 대고 잠들어 있는 토르를 발견했다. 같이 자자고 할 때는 황도에서는 그러면 안 된다면서 거절하더니 언제 이렇게 들어왔담. 게다가 이렇게 손까지 꼬옥 부여잡고.

"토……, 흠."

무심코 토르를 불러 깨우려던 그녀는 마치 한참동안 목을 쓰지 않은 사람처럼 제 목이 잠겨 있다는 걸 알았다. 그러고 보니 평소랑 다르게 꼼꼼하게 쳐진 커튼 때문에 밤인지 낮인지도 알 수가 없었다. 그저 협탁에 놓인 희미한 조명 하나가 겨우 사물의 윤곽만 더듬어 볼 수 있게 할 뿐.

'내가 마차에서 잠들었었나?'

세이란 백작저에서 공작 부인을 만나고 돌아가는 마차에 토르와 함께 올라 귀택하던 것까지는 생각이 나는데. 그래도 간만에 푹 자고 일어났는지 몸은 어느 때보다도 개운했다. 어쩌면 다음 날 일정이 없어서 아무도 깨우러 오지 않은 걸지도 모르겠다.

"……."

토르에게서 손을 빼내 보려 했지만 생각보다 꽉 잡혀 있었다. 제 손은 보이지도 않을 만큼 커다란 손아귀 안에 완전히 쥐어져 있는 게 꽤 절박해 보이기까지 했다. 게다가 셰리의 침대 위에 얼굴을 기대고 잠든 토르의 미간은 조금 찌푸려져 있었다. 잠든 옆얼굴마저 이렇게 잘생겼는데 주름이 생기면 안 되지.

셰리는 저도 모르게 잡히지 않은 왼손을 들어 그의 미간을 슥슥 매만져 주었다. 그러자 갑작스럽게 번쩍 눈을 뜬 그가 경계심 어린 보랏빛 눈동자를 그대로 내보였다. 여태까지 잠에서 막 깬 토르의 날카로운 반응을 두어 번 겪었던 터라 그녀의 몸이 빳빳하게 굳었다. 그래도 이번에는 그가 지금까지 와는 달리 금방 정신을 차린 모양이었다.

빤히 저를 내려다보는 그녀를 발견한 토르의 눈동자로 삽시간에 반짝거리는 물기가 차오르기 시작했다. 보는 사람이 섬뜩할 정도의 경계심은 처음부터 없었던 것처럼 사라진 지 오래였다.

"큼, 토르……?"

제 이름이 불리자 희미한 불빛 아래에서도 확연히 티가 날 만큼 눈가가 붉어졌다. 거기에 여직 셰리를 쥐고 있던 손에는 더욱 힘이 들어갔다. 그래도 그녀의 목소리가 갈라진 걸 용케 알았는지 토르는 서둘러 셰리의 손을 놓고 협탁에 놓인 포트를 쥐었다. 그에게는 무거울 리 없는 포트이건만 컵에 물을 따르는 손이 벌벌 떨렸다.

간헐적인 떨림이 멈추지 않는 손으로 컵을 건넨 토르는 그녀가 꼴깍꼴깍 물을 마시는 모습까지 전부 다 눈에 새길 듯 바라보았다. 텅 빈 컵을 돌려

받은 그가 제게 뻗어진 셰리의 손을 다시 꼭 쥐고 그 위로 이마를 대었다.

"곧, 일어나실 거라고 했지만 너무 불안해서……."

"음?"

쓰러졌던 기억이 없는 그녀는 의아한 표정으로 저택에 돌아왔을 때를 떠올리려 애썼다. 그렇게 셰리가 멍하니 있는 사이, 토르가 여전히 덜덜 떨리는 팔로 그녀를 조심스럽게 껴안았다. 약간이라도 방심하면 셰리가 바스라지기라도 할 듯 소중하기 그지없는 몸짓이었다.

"좋아합니다. 전부 다, 그냥 다…… 좋아요."

"토르……."

당황한 그녀가 무어라 제지하려 하자 토르는 팔에 힘을 주어 더 꽉 껴안으며 계속해서 고백을 이어 갔다.

"다른 남자와 약혼을 하셔도, 결혼을 하셔도 좋습니다. 더는 안아 주지 않으셔도…… 저는 괜찮습니다. 그저, 곁에만 있게 해 주세요."

"잠깐, 갑자기 왜 그래."

갑작스레 훅 덮쳐 온 따뜻한 온기에다 맞닿은 심장의 두근거림까지……. 급작스럽지만 이상하게도 예전과 달리 기분이 나쁘지 않았다. 아니, 오히려 조금은 기쁜 것 같기도 하고.

"사랑합니다, 셰리 님."

그 말을 하면서 토르가 깊게 끌어안는 바람에 이제는 서로의 상체가 떨어진 틈이 없을 정도로 완전히 포개졌다.

아주 예전에 고백을 들었을 때처럼 이번에도 그녀의 머릿속이 텅 비는 듯했다. 다만, 그때는 그 말을 듣고도 차갑고 냉정하게 가라앉았었다면 이제는 다르게…….

"으응, 나도."

"……."

"앗, 잠깐. 그게 아니라."

예상치 못했던 셰리의 대답에 그가 멍해진 틈을 타 그녀는 서둘러 몸을 떼어 냈다. 그러고는 머리맡에 놓인 설렁줄을 급하게 여러 번 잡아당겼다. 제가 대체 무슨 말을 들은 건가 싶어 되짚어 보느라 토르는 셰리의 손길에 쉽사리 밀려났다. 그리고 그 자세 그대로 굳었다.

겨우 돌아가기 시작한 머리로 삐걱대는 목을 돌려 그게 무슨 뜻이냐고 물으려는 찰나, 침실 문이 벌컥 열렸다.

"셰리 님!"

"깨어나셨습니까."

헐레벌떡 뛰어 들어온 집사와 주치의로 인해 토르는 그렇게 침대 맡에서 문간까지 조금 더 밀려났다. 진찰에 방해가 될까 침실 문 근처까지 주춤주춤 물러난 그가 조금은 몽롱한 표정으로 아까의 말만 반복해서 떠올렸다.

'으응, 나도.'

뭐가, 뭐가 '나도'라는 거지. 불안하다는 말? 자신은 괜찮다는 말? 아니면…… 사랑한다고 한 말?

거기까지 생각이 미치자 토르의 얼굴이 순식간에 확 달아올랐다. 모두의 관심이 막 일어난 셰리에게 쏠려 있는 게 다행이었다. 하지만 혹시라도 누가 볼세라 그는 한 손으로 제 얼굴을 가렸다.

설마 좋아한다고, 사랑한다고 고백했는데 이런 저를 내치지 않고 받아주신 건가.

믿기지 않는 현실에 아가씨의 얼굴을 힐끔거리던 토르는 마침 그녀와 눈이 딱 마주쳤다. 그러자 셰리가 볼을 붉히며 그녀답지 않게 시선을 피하는 것이 아닌가. 그런 아가씨의 모습에 토르의 심장이 터질 듯이 부풀어 뛰기 시작했다.

제가 잘못 본 게 아니라면…… 맞지? 맞는 거겠지?

깨어난 셰리가 아무런 이상이 없이 지극히 건강하다는 주치의의 소견을 들은 후 환복을 도울 메이드를 부르고 토르와 집사는 응접실로 물러났다.

아까부터 시종일관 잔뜩 붉어진 얼굴로 어쩔 줄 모르는 토르의 태도에 데릭은 눈썹을 들어 올렸다. 아가씨가 깨어나셔서 기뻐하는 것이라기엔 무언가 다른 느낌인 탓이었다.

이미 상당히 늦은 밤이어서 결국 토르는 셰리에게 다시 묻지 못하고 제 숙소로 돌아가야 했다. 하지만 불안함에 젖어 잠 못 들던 여태까지와는 달리, 그날 밤 그는 설레는 가슴을 누르느라 잠을 이루지 못했다.

* * *

아가씨가 쓰러진 날 이후로 토르는 제대로 잠을 이룬 밤이 없었다. 종종 몸이 버티지 못해 잠시 졸더라도 겨우 벼룩잠을 자는 게 다였다. 거기다 그녀가 깨어난 지난밤엔 다른 이유로 뜬눈으로 밤을 지새우기까지 했다.

그랬건만, 토르의 얼굴에는 누가 보아도 알 법하게 묘한 화색이 돌았다.

그는 새벽 훈련도 하는 둥 마는 둥 셰리가 있을 본관 건물 방향만 내내 바라보기 일쑤였다. 그 때문에 선배 기사에게도 어디에 정신을 파느냐며 혼이 난 건 물론, 엄하기로 소문난 선배 앞에서도 내내 웃는 낯이었던 탓에 다른 동료 기사들의 이상하다는 시선을 받아야 했다. 하지만 그런 와중에도 토르는 수시로 비어져 나오는 미소를 참기가 어려웠다.

"오늘 톨체르 경, 좀 이상하지 않아?"

"나도 몇 년을 봐 왔지만 저렇게 실없이 웃는 모습은 처음 본다."

셰리가 쓰러져 정신을 차리지 못한 일은 측근의 몇몇만 아는 사실이었다. 그래서 대부분의 이들은 아가씨가 그저 몸살을 앓는다고만 알았다. 그러니 그가 먼저 나서서 그 아가씨가 무사히 자리를 털고 일어난 건 물론이요, 제 고백을 들어주셨노라고 설명할 수도 없는 노릇이었다.

결국 아침을 반도 먹지 못한 토르는 깨끗하게 씻고 평소보다 옷차림에 더 신경 쓰는 게 고작이었다. 바지 주름 하나까지 손으로 털어내어 반듯하게 펴낸 그가 설레는 마음을 안은 채 드디어 본관으로 향했다.

"아……."

그리고…… 본관 로비에서 레이먼드와 마주쳤다.

막 방문한 듯한 레이먼드의 얼굴은 유달리 초췌해 보였다. 그러나 그의 그런 모습까지 걱정해 줄 계제가 아닌 토르는 그저 레이먼드의 존재만으로도 기분이 싸늘하게 가라앉는 듯했다. 아까까지만 해도 피곤한 몸과는 달리 내내 구름 위를 떠다니는 느낌이었던 머릿속이 마치 누군가 찬물이라도 부은 듯 순식간에 고요해졌다.

만약 셰리 님이 저와 같은 마음이라는 게 사실이라고 해도, 그럼…….

'이자와의 약혼, 결혼은 어찌 되는 거지?'

이전까지는 반쯤 자포자기한 마음이었다. 하지만 어느 정도의 가능성을 발견한 지금엔 그를 향해 전에 없던 적개심마저 들었다.

"톨체르 경, 그렇게 볼 것 없습니다. 어차피……."

무언가 말을 이으려던 레이먼드가 멈칫하여 잠시 우물거리는 사이, 집사 데릭이 그들의 곁으로 다가왔다. 데릭의 안내로 레이먼드가 로비를 지나 셰리의 방으로 향하자 토르는 빠르게 그의 뒤를 따랐다.

이전 같으면 애꿎은 입술만 깨물면서도 기꺼이 바깥에서 기다렸을 터였다. 하지만 이젠 그와 아가씨를 단둘이 있게 두고 싶지 않았다. 자신도 이 정도는 욕심낼 자격, 있지 않을까. 말없이 고개를 숙이고 걷는 토르의 눈빛이 자못 형형했다.

마침 응접실에서 늦은 아침을 먹고 있던 셰리는 레이먼드의 방문에 고개를 들었다. 그러다 레이먼드의 뒤로 나타난 토르와 눈을 마주치고 또다시 시선을 돌리고 말았다.

토르와 전혀 다른 이유로 사흘간 잠을 이루지 못한 레이먼드의 입에서는 바람 빠지는 듯 허탈한 숨이 새어나왔다. 두 사람 간의 미묘한 기류를 알아챈 제 눈치 빠름이 원망스러워서.

그래, 어차피 이런 식이면 약혼과 결혼을 한다고 해도 제가 얻는 건 겉껍데기에 불과할지도 몰랐다. 그래도 그것만이라도 붙들고 싶었는데, 이제는 그도 안 된다고 하니…….

냅킨으로 입을 톡톡 두드려 닦아 정리한 셰리가 레이먼드를 자리에 앉혔다.

"내가 거의 열흘이나 누워 있었다고……요? 마력과 성력이 충돌해서요?"

그의 정체를 알게 된 저번부터 자연스럽게 나오려는 반말을 셰리는 가까스로 틀어막았다. 그러고 보니 아직 토르는 저와 레이먼드의 관계에 대해 모를 텐데.

"……음."

역시 제가 알던 아가씨답게 말을 돌려하는 법이 없었다. 사실대로 지금 여기서 고해야 하나 말아야 하나 고민하던 레이먼드의 시선이 토르에게 닿았다. 누가 아가씨의 호위 아니랄까 봐 제 존재에도 아랑곳없이 셰리의 뒤에서 그녀의 뒤통수만 뚫어져라 바라보고 있다. 언젠가는 모두 알게 되겠지만 지금 당장 이 자리에서 토르에게 패배한 기분을 느끼고 싶지는 않았다.

"둘이서만 이야기할 수 있을까요?"

그래서 레이먼드는 토르를 힐끔 눈짓하며 셰리에게 그를 내보내 달라 청했다.

그 말에 토르가 세상이 무너지기라도 한 듯 애원하는 얼굴로 셰리를 응시했다. 그러다 이내 원망스러운 기색이 가득한 눈을 들어 레이먼드를 노려보았다. 그런 토르의 모습을 뻔히 보았으면서도 셰리는 여전히 그와 시선을 제대로 마주하지 못한 채 입을 열었다.

"그럼 토르는…… 잠깐만 나가 있어."

다시 한번 묘하게 부끄러워하는 그녀의 태도에서 레이먼드는 아까부터 설마설마하던 의혹을 확신으로 굳혔다. 지금부터 이야기할 제 결단에도 불구하고 어쩐지 허탈했다. 못내 속이 쓰렸다.

차마 떨어지지 않는 발걸음을 억지로 떼어 돌아선 토르가 천천히 문을 닫았다. 다만, 마지막 순간까지도 셰리가 번복할 것을 기대했는지 문고리 돌아가는 소리가 어딘지 모르게 진득했다.

확실하게 문이 닫힌 걸 재차 확인한 레이먼드는 낮은 목소리로 조심스레 입을 열었다.

"그날, 연구실에서 저와 함께했던 시간……을 기억하십니까?"

그러고 보니 토르의 고백에만 여태 정신이 팔려 있어서 그렇지, 레이먼드와 이런저런 부끄러운 짓을 하다 결국 끝까지 했더랬다. 그때는 뭔가 술에 취하기라도 한 듯 그저 속절없이 충동에 끌려갔었는데……. 잔뜩 붉어진 낯으로 입술을 깨문 셰리가 작게 고개를 끄덕였다.

그 귀여운 모습이 저와의 관계를 떠올리고 있다는 건 너무나 명백해서 레이먼드도 볼우물을 패며 미소 지었다. 정말, 이런 체질만 아니었어도 평생 저 모습은 제가 독점할 수 있는 거였는데. 아쉬웠다. 아니, 아쉽다는 말로 표현하기 어려울 만큼 억울했다. 순식간에 레이먼드의 표정이 미세한 균열이 난 채로 흐려졌다.

"죄송합니다. 셰리 님께서 쓰러지신 이유는 저 때문입니다."

"뭐?"

울컥 차오르는 분한 마음을 꾹 내리누르며 레이먼드는 바닥에 그대로 무릎을 꿇었다. 어찌되었든 자신 때문에 아가씨가 쓰러진 건 맞았으니까.

"어떻게 설명을 시작해야 할지는 잘 모르겠지만……."

* * *

"……."

그렇게 대강의 사정을 전해들은 셰리는 말없이 생각을 정리했다.

그러니까 바에서 만나 자신과 최초로 관계를 가진 후로 그가 마력 보유자로 발현되었고. 이후 만나지 못한 기간 동안 완전히 각성을 해서 백 년에 한 번 나올까 말까 한 마법사가 되었다는 말이지?

그쪽 분야에 문외한인 셰리조차 마법사가 얼마나 대단한 존재인지는 알았다. 거기다 자신에게는 성력이 있었다니. 대공인 할아버님이 제가 성녀의 후손이라고 할 때는 그저 흘리듯이 듣고 잊었던 게 사실이다. 그런데 정말로 성력이 존재하고 누군가에게 영향을 줄 수도 있었다고 했다.

레이먼드는 마탑주가 우려했던 마력 폭주나 셰리가 저와의 사이에서 아이를 가지면 위험할 수 있다는 사실까지는 차마 말하지 못했다. 셰리에게 괜한 죄책감을 얹어 주고 싶지 않았을뿐더러 아직도 일말의 희망을 놓지 못한 탓이다. 굳이 후계 문제가 아니더라도 저와의 관계 자체는 이어 나가 줄지 모른다는 가능성까지 없애고 싶지 않았다.

"그럼 나한테 그동안 호감이 있었던 것도 그래서인 거야?"

"그건 아닙니다. 제가 아무리 잘 모른다 해도 그런 '증상'과 감정까지 착각하지는 않습니다."

여태 부드럽고 다정스레 말하던 레이먼드가 보기 드물게 단호한 어조로 부정했다. 그래 놓고도 셰리가 불쾌할까 염려했는지 그의 표정이 조금 절박해졌다.

"태어나서 무언가를 이토록 간절하게 원해 본 건 처음이었습니다."

"나는…… 레이에게 뭔가 특별하게 해 준 게 없는걸."

"저도 제가 이렇게 누군가에게 금방 빠져들게 되는 사람인 줄은, 몰랐습니다."

레이먼드의 자조적인 고백이 금방이라도 끊어질 듯한 목소리가 되어 새어나왔다. 아이러니하게도 셰리는 그런 그의 고백이 꼭 제 자신이 하고 싶었던 말을 대신 해 주는 것 같다는 생각을 했다.

여태까지는 좋아한다는 자각만 피하면 될 거라고 여겼다. 그래서 자꾸만 제 시선을 붙잡는 토르가 천천히 스며들어오는걸 그저 두고만 봤다. 늘 모든 남자들에게 공평할 수 있다고 자부했다. 그런데 도대체 언제부터 제게 토르만이 특별해지기 시작했는지…….

지금은 상상도 하지 못할 무뚝뚝하고 무감한 얼굴로 '톨체르 경'이라 불러 달라는 그에게 무작정 애칭을 붙였을 때부터? 어쩌면 멀리서 그를 처음 보고 '엘프' 같다고 생각했을 때부터일지도 모른다.

가끔은 토르의 맹목적인 애정이 부담스러워 떨쳐내야 한다고 모질게 마음먹었던 적도 있었더랬다. 하지만 그를 밀어내면서도 자신을 완전히 포기하지는 못하도록 자꾸만 작은 여지를 남겼던 것. 그게 제 안의 진심이 아니었을까.

'그렇다고 쳐도 제정신이 아니네.'

아무리 그렇다고 해도 지금 이 상황에서까지 토르를 떠올리다니. 지금 제 앞에서 누구보다 간절한 얼굴로 자신을 갈구하는 레이먼드를 두고서…….

비록 서로가 같은 감정은 아니라지만 셰리는 지금 이 순간을 오래 끄는 게 그에게 무례하다는 것쯤은 알았다. 그리고 레이먼드의 마음을 온전히 그에게로 되돌려 주는 말 이외에 다른 변명이나 여지를 남기는 건 비겁하다는 사실도.

"미안해, 레이."

아, 역시 거절이구나. 굳이 후계 이야기까지 꺼내지 않았으나 아무래도 저로서는 아가씨에게 부족한 모양이었다. 마지막의 마지막까지 기대한 만큼 손끝이 차갑게 식어 갔지만 레이먼드는 애써 웃음을 지었다.

"대신 마무리는 제가 할 수 있게 해 주시면 안 될까요?"

그제야 그는 마탑주가 제게 이달 말까지 정리할 말미를 주었다는 이야기를 꺼냈다. 주위에 마법사는 고사하고 마력 보유자조차 흔치 않았기에 셰리는 이후의 과정에 대해 아는 바가 없었다. 하지만 마지막만은 입꼬리가 달달 떨릴 정도로 동요하고 있으면서도 제게 부담을 주지 않으려는 레이먼드의 뜻대로 하게 해 주고 싶었다. 그래서 짐짓 아무렇지 않게 평소 같은 목소리를 내어 그와의 대화를 이어 갔다.

"그럼 마법사로 등록하게 되면 레이는 어떻게 돼?"

"글쎄요. 이제 마탑 소속으로 옮겨 가게 되겠지만 연구소에서 하던 프로젝트도 아직 마무리하지 못한 게 많아서요."

그렇게 그녀는 레이먼드가 편히 말할 수 있게 배려해 주었다. 그런 모습까지 어느 것 하나 그의 호감을 불러일으키지 않는 게 없었다. 레이먼드의 가슴이 다시 뻐근해졌다. 물론 거기까지는 셰리가 의도한 부분이 아니었지만.

한편 셰리는 오히려 확실하게 제 마음의 행방을 깨닫고 나자 조금 여유가 생겼다. 그래서 앙증맞은 코끝을 찡긋거리며 약간은 짓궂게 되물었다.

"그때 나랑 하던 그 물건도……?"

다시 그때로 누군가 시간을 돌려준다면 이번에는 들키지 않도록 치밀하게 숨길 수 있을 텐데. 버리고 버려도 자꾸 불쑥 솟아오르는 미련에 레이먼드는 급기야 가슴이 따끔따끔하게 아려왔다. 그러나 아가씨가 기껏 환기해 준 분위기를 다시 어색하게 만들고 싶지 않았다.

"약속했던 대로 그 기구는 시판용이 나오면 가장 먼저 보내 드리겠습니다."

"아니! 그게 아니라."

"개발자인 제게 사용법을 배우셔도 좋고요."

씩 웃으며 눙치듯 말하는 자신의 태도에 아가씨는 농담인 줄 아는 듯했다.

그래, 당장은 안 되겠지만 제 자제력은 마탑주께서도 인정한 바 있지 않은가. 후계는 포기하더라도 기회가 생길 때까지 언제고 기다릴 수 있었다.

"비록 제겐 셰리 님이 처음이었지만 저희가 잘 맞는다는 것쯤은 알고 있습니다."

"그건……."

차마 그것까지 부정하지는 못한 셰리가 가볍게 눈을 흘겼다. 처음부터 동정답지 않게 능숙한 그였는데 어떤 여자인들 느끼지 않을 수 있을까.

"저 때문에 또 파혼을 하시게 되어 죄송스럽습니다."

"아니야. 이건, 그런 파혼이 아니라 레이가 마력 보유자가 돼서 그런 거니까."

"그럼 새로 약혼자 후보를 추리실 건가요?"

"그건 아직…… 잘 모르겠어."

순간 또다시 토르의 얼굴이 떠올랐으나 셰리는 말끝을 흐렸다. 제 마음이야 이제 확실했다. 하지만 약혼자는 고사하고 어제 무심코 그의 고백에 대답을 해 버린 것도 어떻게 수습할지 정하지 못했는데…….

그 바람에 누군가를 떠올린 듯한 표정이 그녀의 얼굴에 그대로 다 드러났다. 씁쓸하게 웃으며 레이먼드가 셰리의 머리카락으로 손을 뻗었다. 그러고는 어깨 앞으로 넘어온 머리카락을 쓸어 넘겨 주면서 다정하게 입을 열었다.

"이번에는 다른 건 생각하지 마시고, 셰리 님의 마음에 충실한 상대를 고르시는 건 어떨까요?"

"내 마음?"

"네. 셰리 님의 의지로, 셰리 님이 원하시는 대로."

손가락에 감기는 붉은 머리카락 덕에 싸늘하게 식어 가던 손끝이 다시 덥혀지는 느낌이었다. 역시 자신은 이 아가씨가 아니면 안 될 것 같은데……. 세상은 끝까지 제게 잔인도 하지. 그때, 또렷한 목소리가 가라앉아 가는 레이먼드의 정신을 끌어올렸다.

"레이도 내 의지로 고른 상대야."

맑고 곧은 올리브색 시선이 제게 바로 와닿자 레이먼드는 그만 할 말을 잃었다. 고귀한 신분에 대귀족 가문의 후계로도 손색이 없는 분이 종종 보여 주는 이런 솔직한 태도가 저를 미치게 하는 걸 알고는 계실까.

"하지만 결국 마음은 주지 않으실 거였잖아요."

"……."

익히 예상했지만 셰리는 대답하지 못했다. 그 모습에 레이먼드가 쓰게 웃었다.

"혼약 상대와 마음까지 통한다면 가장 이상적인 게 아닐까요."

"그 마음이란 건 영원한 게 아니잖아. 그리고……."

만약 그 마음을 준 상대가 먼저 떠나기라도 하면 어떡해.

셰리의 눈꼬리와 고개가 금세 울적하게 아래로 처졌다.

어릴 적부터 주위의 모든 이가 그녀를 사랑해 주어 모난 곳 없이 자란 건 맞았다. 하지만 어머니의 부재를 완전히 의식하지 않기란 불가능했다. 유일한 사랑인 어머니를 떠나보내고 일에만 매달리는 아버지……. 제게 티를 내지 않으려 부단하게 애를 쓰셨지만 아버지의 시간은 이미 그때에 멈추었다는 걸 알았다.

본래 사랑에 무감하게 타고난 제 성격 탓도 있겠지만, 그래서 무의식중에라도 특정한 누군가에게 마음을 다 내주지 않으려 했을지도 모른다. 그게 혼약 상대라면 더더욱.

사랑이나 이성적인 감정이 없었어도 유달리 정답게 지냈던 에드윈 역시 그렇게 하루아침에 아무것도 아닌 사이가 되었지 않은가. 연인으로서 에드윈과 함께 시간을 보낸 건 아니었지만 파혼한 후 얼마간의 시간 동안 꽤 고통스러웠다. 만약 정말로 그를 사랑하기라도 했다면 얼마나 더 아팠을지 짐작하기도 싫을 만큼.

"그럼, 톨체르 경을 보내 줄 수 있으십니까?"

"……."

그 말에 셰리의 고개가 번쩍 들렸다. 아까와는 달리 혼란스러운 빛이 가득 어린 그녀의 뺨을 한번 쓸어 준 레이먼드는 애달프게 눈가를 접었다.

"잡으세요. 잡을 수 있을 때 잡지 않으면 평생 후회하실 겁니다."

사실은 스스로에게 하는 말이 아닐까 싶을 정도로 그의 목소리에 진한 감정이 담뿍 묻어났다.

"레이는…… 괜찮아?"

이런 말을 나에게 해도?

비록 혀 아래로 꾹 눌러 담았지만 그녀만 주시하고 있는 레이먼드가 숨겨진 뒷말을 눈치채지 못했을 리 없었다. 다시 조금은 싱글거리는 낯으로 돌아온 그가 목소리를 낮춰 속삭였다.

"음, 제가 겪어 보니까요. 저는 그렇더군요."

"예전부터 생각했는데……. 레이는 진짜 어른 같다."

"앞으로도 어른 같은 말 더 많이 해 드릴 테니, 절 곁에 두시겠어요?"

"뭐야?"

장난인 듯 아닌 듯 은근한 말에 셰리의 눈이 샐쭉하게 길어졌다.

"어떻게 매일 한 사람과만 좋을 수 있겠어요. 사실 셰리 님만 괜찮다고 하시면 톨체르 경이나 린데카이르 소공작도 다 받아들일걸요?"

"글쎄, 그건 좀."

"아가씨께 적법한 후계자를 안겨 드릴 수 있는 건 저뿐이라고 생각했었는데……. 사실 좀, 아니, 많이 아쉽네요."

그 말에 발갛게 달아오른 그녀의 얼굴을 보며 레이먼드가 몸을 일으켰다. 무언가 결심한 표정으로 갑작스레 일변한 그의 모습에 셰리의 눈동자가 잘게 흔들렸다. 이제 와서 뭔가 허튼 수작을 부릴 남자는 아닌데.

"역시……. 저와의 후계에 대해 진지하게 생각해 보신 적 없으셨지요?"

'저는 꽤 기대했는데 말입니다.'

그렇게 응접실에서 밖으로 이어지는 문 쪽으로 걸어 나가며 레이먼드가 입을 열었다.

"올린 상회와 마탑 일에 대해서는 걱정 안하셔도 될 겁니다."

"하지만 아직 혼전 계약서를 쓴 것도 아니고, 이젠 혼약도……."

"동일한 조건으로 그럼, 다른 걸 받게 해 주시면 되지 않겠습니까?"

잡았던 문고리를 놓은 뒤 레이먼드가 돌아섰다. 그러고는 발걸음을 돌려 다시 셰리를 향해 걸어왔다.

"뭔데? 들어보고 결정할래."

저번의 성과급도 그렇고 이제 셰리는 레이먼드에게 섣불리 먼저 허락하면 안 된다는 사실을 학습한 모양이었다. 생각보다 빠른 아가씨의 성장에 웃어야 할지, 울어야 할지.

"딱 한 번만 입 맞춰 주시면 안 될까요. 저번에 못해서 너무 아쉬웠는데."

몸까지 여러 번 섞었는데 입맞춤 한 번 정도는 괜찮지 않을까 싶다가도 여태까지와 달리 망설여졌다. 한번 자각하고 나니 시도 때도 없이 토르 생각부터 하게 된 탓이다. 예상은 했지만 그녀의 얼굴에는 훨씬 더 알기 쉽게 당혹스런 표정이 걸려 있었다. 그런 셰리의 모습을 내려다보던 레이먼드가 픽 웃음을 흘렸다.

"그럼, 제가 알아서 받아 갈……."

그 순간, 쾅, 문이 열리며 토르가 들어섰다.

딱 보아도 눈가가 붉게 물들어 홀로 고뇌의 시간을 보내고 있었음이 여실하게 드러난 얼굴이었다. 한층 짙어진 보랏빛 눈동자 안에는 레이먼드에 대한 질투와 조급함이 한데 뭉쳐 휘몰아치고 있었다.

"안 돼."

게다가 가까스로 참아 낸 울먹울먹한 목소리 위로는 전에 본 적 없는 단호함이 실렸다.

"안 돼요, 셰리 님."

그리고 성큼성큼 걸어와 레이먼드와 셰리 사이를 비집고 들어가 섰다.

"토르……."

"본처의 견제가 너무 심하니 오늘은 이만 물러가 보도록 하겠습니다."

레이먼드는 아무렇지 않은 듯 양 어깨를 으쓱여 보였다.

그렇게 그는 그대로 깔끔하게 뒤돌아 방을 나섰다. 그러나 문을 닫자 느긋하고 여유 있던 발걸음이 점점 빨라지고 장난스러운 미소가 걸려 있던 얼굴은 울듯이 일그러졌다.

＊ ＊ ＊

"셰리 님, 어제는……."

"잠깐! 말하지 마. 아직, 기다려 봐."

손까지 내밀어 제지하는 셰리의 행동에 토르는 금세 시무룩한 표정을 지었다. 그 모습에 그녀의 마음이 다시금 약해졌다. 제가 저 표정에 약하다는 사실을 이미 알고 이용하는 걸지도 모른다. 어쩜 매번 저렇게 시의적절하게 써먹는 건지.

"싫다는 건 아니고. 으, 아무튼 기다려 봐. 생각 좀 해야겠으니까."

아까 레이먼드가 이달 말까지 기한을 받았다고 했다. 이달 말이라니, 그들의 약혼식은 다음 달 초쯤 후작령에서 거행될 예정이었다. 이미 초대한 사람들은 어쩔 것이며 무엇보다……. 토르는 어떡하지?

'내 감정을 인정한다고 해도 토르의 고백을 받아주면 이제 우리는 무슨 사이가 되는 걸까.'

셰리는 두 손에 얼굴을 묻고 혼란스러운 기색을 애써 가렸다. 그런 그녀의 모습을 보고 주저하던 토르가 이번엔 먼저 용기를 내어 셰리를 가볍게 감싸 안았다. 늘 하던 대로 그녀의 결정만 따르기보다 모처럼 허락도 없이 아가씨 앞에 나선 참이었다.

그러나 그렇게 호기롭게 끓어오른 마음이 채 식기도 전에 토르는 다시 한번 주춤했다. 자신이 셰리의 앞길에 도움이 못 되더라도 방해물만은 되고 싶지 않았다.

"저는 정말 곁에만 있어도, 그걸로 만족합니다."

어차피 간절하게 원하는 것마저 애써 아닌 척 억누르는 건, 이미 제게 익숙한 경험이었으니까.

"……내가 못 해."

"네?"

"내가 그걸로 만족 못 한다고!"

무슨 뜻인지 몰라 멍청한 표정으로 내려다보는 그의 입술에 셰리가 입을 쪽 맞췄다. 그러자 삽시간에 토르의 얼굴이 붉게 타올랐다. 그녀의 등을 껴안은 손가락이 그 이상의 것을 하고 싶어 연신 꼼지락거렸다.

"기다려. 이번에는 내가……. 내 의지로, 내가 원하는 대로 결정해 볼 거야."

레이먼드가 살짝 문을 열어 두기 전까지의 대화는 듣지 못한 토르가 어리둥절한 표정으로 고개를 갸웃거렸다.

* * *

"왜 저까지 아티팩트를……."

정말로 모르겠다는 표정으로 엉거주춤하게 서 있는 토르를 슬쩍 노려본 셰리가 억지로 그의 손가락에 반지를 끼웠다. 그러자 청록색 머리카락이 비교적 흔한 갈색으로 변했다. 거기에 보석처럼 빛나던 보랏빛 눈동자까지 평범한 진한 고동색으로 변했건만.

"바꾼 의미가 별로 없는 거 같은데?"

토르의 손에 끼워진 건 셰리의 아티팩트와 다르게 이목구비까지는 바꿀 수 없는 마도구였다. 그래서 그런지 흔한 색들의 조합에도 토르의 미모는 빛을 잃지 않았다. 애초에 큰 기대는 하지 않았으니 그저 본래 모습보다 튀지 않는다는 사실에 만족해야 하려나. 게다가 평민들이 입을 법한 단출한 옷차림인데도 본래 타고난 체격이 너무 크고 훌륭했다.

결국 처음 목표로 했던 토르의 존재감 지우기는 실패한 듯했다. 그나마 그의 얼굴이 황도에선 일부 귀족들 사이에서만 알려져서 다행이지. 처음부터 눈에 띄게 잘생겼다고 생각했는데도 제 마음을 인정한 후부터 셰리는 그의 미모가 나날이 새로웠다.

"또 내가 능력 있는 여자 취급 받겠네."

그녀는 이전에 칸토 지방의 시장에서 받았던 시선을 똑똑히 기억했다. 번화한 시장 바닥을 일순간 조용하게 만들 만한 미청년과 잘 봐줘야 귀염 상인 소녀. 답이 정해진 거나 마찬가지인 조합이었다.

"아닙니다. 저번에는 제 머리색 때문에 주목받은 거라."

"정말로 그렇게 믿고 있는 거야?"

"……."

그럼 다른 이유가 있냐는 듯 순진무구한 눈망울을 보자 셰리는 한숨을 폭 내쉬었다. 자신이 그의 얼굴이나 울먹거리는 표정을 좋아하는 걸 아는 눈치기에 본인 외모의 파급력에 대해서도 인지하고 있는 줄 알았는데.

"그럼 지금처럼 머리색만 바뀐다고 해서 다들 토르에게 관심이 없을 거라고?"

"그건……. 저는 덩치도 좀 크고."

끝내 고개를 푹 숙여 버린 그의 모습에 맞은편에 앉은 셰리가 혀를 찼다. 그녀가 익숙하게 제 아티팩트를 중지에 끼우자 셰리의 붉은 머리카락 역시 흔한 갈색으로 바뀌었다. 게다가 이번엔 토르와 달리 이목구비마저 달라졌다.

유려하게 솟아 있던 콧대가 평평해지고 전반적으로 흐릿한 인상이 되는 광경은 봐도 봐도 신기했다. 그러나 얼굴이 바뀌어도 당당하고 다채로운 표정은 변함없이 귀여워서 토르의 입가가 쉽게 허물어졌다.

대외적으로 셰리는 무리한 일정으로 인한 컨디션 난조로 알려져 있었기에 미리 잡아 두었던 약속들을 취소할 수 있었다. 그래서 모처럼 생긴 여유 시간을 이용해 토르와 마차를 타고 외출하던 참이었다.

오늘 탄 마차는 평소에 타고 다니던 것보다 작은 데다 후작가 문장도 그려지지 않았다. 겉으로 보면 일반 운송 마차와 비슷했다. 그러나 내부의 승차감은 고급 마차에 뒤지지 않도록 제작되었다. 게다가 본격적이진 않아도 일정 수준의 공격은 버텨 낼 수 있는 방어 룬까지 새겨진 마차이기도 했다.

"어디를 가시려 하는지 여쭈어봐도 되겠습니까? 황도 상점 거리는 이미 지나쳤는데……."

"황도 중앙 시장으로 갈 거야. 가 본 적 있어?"

어쩐지 평민들이 즐겨 입는 복식을 입으라고 하셨더랬다. 황도 중앙 시장은커녕 어릴 적부터 주목받는 외모 덕에 사람 많은 곳은 꺼려 왔던 토르가 가만히 고개를 저었다.

하지만 칸토 지방의 시장이라면 예전에 셰리와 함께 가 본 경험이 있었다. 비록 짧은 시간이었지만 그곳에서 아가씨와 이런저런 일도……. 괜스레 붉게 달아오르는 귓불을 만지작거리며 그는 마차 창밖을 내다보는 셰리를 지그시 바라보았다.

실은 이대로 칸토 지방이든 어디든 함께 떠나 버리고 싶다고 말한다면 아가씨는 어떤 반응을 보여 주실까. 지금처럼 모습을 바꾼 채로면 다들 알아보지도 못할 텐데.

당장은 조금 막막하겠지만 그래도 몸으로 하는 일은 뭐든 자신이 있으니 둘이 먹고 살 만큼은 벌 수 있지 않을까. 게다가 그는 어려서부터 검술에도 제법 소질이 있다는 말을 들으며 자랐다. 용병으로라도 일하면 아가씨와 아이 한둘 정도는 제가 건사할 수 있을 테고.

어느새 구체적으로 뻗어 나간 생각의 가지 틈으로 셰리가 불쑥 얼굴을 들이밀었다.

"다 왔어. 안 내려?"

"아……."

방음 마법 또한 걸려 있는 마차여서인지 마차 문을 열자마자 왁자지껄한 소음이 가장 먼저 스며들어 왔다. 거기에 훅 끼쳐 들어오는 활기 가득한 모습이 쏟아지는 햇살과 더불어 토르의 눈길을 사로잡았다. 겨우 두 번째인 시장 구경에 그가 갈피를 잡지 못하고 있는 사이, 셰리가 웃으며 손을 내밀었다.

"그렇게 두리번거리면 누가 봐도 처음 시장 구경 나온 사람이잖아."

"황도는 칸토 지방과는 또 다르군요. 몰랐습니다."

엉겁결에 잡은 손을 이끌어 그녀가 토르를 인파 틈으로 안내했다. 그제야 제가 아가씨와 손을 맞잡고 있었다는 사실을 알아챈 그가 슬며시 손아귀 힘을 풀었다.

"왜?"

"누가 보기라도 하면."

"밖인데 뭐 어때. 이러려고 변장까지 했는데."

그 말에 토르는 도저히 원래의 셰리라고는 할 수 없는 갈색머리 소녀의 얼굴을 한 번 더 힐끔거렸다. 확실히 외양이 거의 바뀌어 버리다시피 했지만, 그 안에서도 제가 은애하는 아가씨와의 닮은 점을 수없이 찾아 낼 수 있었다. 지금 저렇게 입꼬리가 한껏 올라가 사랑스럽게 웃는 모습까지.

결국 미미하게 얼굴을 붉힌 토르가 그녀의 손을 꽉 붙잡았다. 제게 가득 잡힌 작은 손을 타고 마음 안쪽에서부터 몽글몽글한 감정이 차올랐다.

마차에서 내린 지 얼마 안 되어 벌써 둘만의 세계에 취해 버린 그와 다르게 셰리는 오늘따라 유난히 사람들 사이를 헤쳐 나가기가 쉽다는 사실을 깨달았다. 역시 아무리 흔한 색으로 범벅을 해 놔도 눈에 띄는 토르의 외모 때문인 모양이다. 그에 확신을 더해 주는 건 둘 모두에게 쏟아지는 눈길들이었다.

셰리에게는 본래 제 것도 아닌 옆얼굴이 화끈거릴 만큼 따끔거리는 질시의 눈빛이, 토르에게는 강렬한 무언의 열망을 담은 시선들이 쏟아져 내렸다. 칸토 지방에서는 그나마 그가 가진 특이한 색채들에 대한 신기함도 포함되어 있었다면 황도에서는 조금 더 노골적인 의미가 가득해 보였다.

"뭐야, 저 조합은."

"남매 아냐? 머리색이 똑같은데……."

"남매가 저렇게 다르게 생겼다고?"

이래서 아티팩트의 성능이 너무 뛰어나도 문제다. 여태 변장을 하면서 만족스럽지 않은 적이 없던 후작가의 가보가 셰리는 처음으로 못마땅해졌다.

감히 저를 천하의 괴도 취급하는 듯한 눈빛은 마음에 들지 않았지만 역시 토르는 제 눈에만 잘생겨 보이는 게 아니었나 보다. 모두의 시선에서 그를 가리고 싶은 마음이 드는 한편, 이런 남자가 제게만 매달린다는 사실을 한껏 과시하고도 싶었다.

그런 생각이 그대로 드러났는지 우쭐한 표정으로 가슴을 내밀어 걷는 그녀를 바라보는 토르의 얼굴에 미소가 피어났다. 아가씨가 너무 귀여워서 처음 와 보는 황도의 시장거리가 눈에 들어오지도 않을 지경이다. 이런 모습을 보면 고귀한 신분과 세력까지 지닌 대귀족이 아니라 그저 또래의 스무 살 아가씨 같았다.

"방금 들어온 싱싱한 베룸 지방 오징어가 있어요!"

"오늘까지만 반값!"

"일단 구경만 한번 해 보고 가시라니까!"

각종 지역에서 모인 작물과 다양한 거리 음식까지. 모든 물건이 몰려들어오는 황도의 시장다웠다. 외지인들이 많았던 항구 도시인 칸토 지방과는 분위기가 여러모로 달랐다.

황도의 중앙 시장이다 보니 규모도 클 뿐 아니라 다른 지역과 비교 자체를 할 수 없을 만큼 많은 인파로 북적거렸다. 전승 기념행사와 맞물려 황도에 본래 살고 있던 사람들마저 눈이 팽팽 돌아갈 정도로 붐비고 있었다.

그래서 토르는 그저 속절없이 셰리가 이끄는 대로 끌려다녀야 했다. 발길이 닿는 대로 걷다 그녀의 시야에 작은 가판대가 잡혔다. 조잡한 장신구를 파는 소규모의 노점인 모양이었다.

'그러고 보니 프러포즈는 내가 먼저 해야겠지? 프러포즈에 뭐가 필요하더라?'

가문의 이름으로 혼담을 넣고 약혼 기간을 거쳐 혼인식에 이르는 과정까지는 빡삭했지만 셰리는 이런 프러포즈에 대해 제대로 생각해 본 적이 없었다. 사랑이 아니라 철저히 서로의 이익을 따져 조건을 교환하는 과정에서 프러포즈 같은 낭만이 끼어들 여지가 있을 리가.

'적당한 이벤트와 반지…… 정도면 될까.'

그러면서 그녀는 단단하게 얽혀 있는 저와 토르의 손을 슬쩍 바라보았다. 자신과 달리 약간 그을린 피부색을 가진 그였기에 둘이 손잡고 있는 모양새가 더 도드라져 보였다.

제 것과 비교해 보면 확실히 토르는 손가락도 꽤 크고 두꺼웠다. 늘 저 손으로 제 몸을 어루만졌더랬다. 별로 티는 내지 않지만 은근히 손길이 길게 머무는 가슴하며, 배와 허리를 거쳐 조금 더 아래의 은밀한 부분까지. 그에 생각이 미치자 셰리의 볼이 잠시 발그레해졌다.

"으흠흠."

"왜 그러십니까?"

"아, 아냐."

그러고 보니 제 장신구와 반지 같은 건 늘 맞춤 제작이었는데……. 그래서 치수에 대해 고민해 본 적이 없는 셰리로서는 그저 눈대중만으로 가늠하기 어려웠다. 딱 보아도 보통 남성들보다 손도 큼지막한데 어떻게 눈치채지 못하게 사이즈를 알아낼 수 있을까.

골똘히 생각에 잠긴 채 가판대의 액세서리를 살펴보느라 셰리는 자신이 그의 손을 놓았다는 사실도 몰랐다.

갑자기 허전해진 손을 쥐었다 펴 보는 토르의 곁으로 제법 색이 고운 오렌지빛 머리칼의 여자가 다가왔다.

"연인과 나오셨나요?"

미남미녀가 많은 황도에서도 꽤 시선을 사로잡을 만한 미색이었다.

"아니. 이분, 아니, 이 여성은 저와 연인이 아니라……."

그런 미인의 외양 때문이 아닌 '연인'이라는 단어에 당황한 토르가 허둥 댔다. 아직 버젓이 약혼자가 있는 셰리와 차마 거짓으로라도 연인이라고 하지 못했다. 그렇다고 귀족 아가씨를 호위하고 있다는 사실을 말할 수도 없었으니.

결국 제대로 대답을 하지 못하고 얼버무리는 그를 보던 여자의 얼굴에 화색이 돌았다. 무슨 사이인지는 몰라도 연인은 아니란 게 확실하니까.

"황도분이 아니군요?"

"그렇, 습니다."

긴장해서인지 북부와 동부 억양이 미묘하게 섞인 목소리가 토르에게서 새어 나왔다.

아까 지켜볼 적엔 남자의 잘난 얼굴에만 정신이 팔려서 몰랐는데……. 가까이서 보니 커다란 키와 어울리는 탄탄한 체격인 데다 옷에 가려진 몸도 훌륭해 보였다. 서 있는 자세를 보아하니 평민은 아닐 테고 북동부 어딘가에서 황도를 방문한 기사님인가.

아무리 평범한 옷을 걸쳐 입어도 가려지지 않는 귀티와 세련된 외모를 볼 때 꽤 괜찮은 가문의 기사거나 도련님일지 몰랐다. 황도에서 나름 미인 소리를 듣는 자신의 눈에 차고도 남는 남자였다. 같이 동행한 저 앳된 여자는 아무리 봐도 평범해 보이는데……. 옷도 그렇게 고급 재질은 아닌 걸로 봐서 돈이 많은 것 같지도 않고.

지금 주위에서 호시탐탐 기회를 노리는 다른 이들과 마찬가지로 여자는 그들이 무슨 사이인지 못 견디게 궁금했다.

한편, 가판대의 물품을 둘러보다 치수뿐 아니라 디자인이나 보석의 색까지 신경 써야 한다는 사실을 깨달은 셰리는 무심코 질문을 던졌다. 당연히 그가 바로 제 옆에 서 있을 거라 생각했기에.

"토르는 여기서 어떤 색이 좋……."

뭐야, 어디 갔어.

주위를 두리번거리던 그녀의 눈이 금세 샐쭉해졌다. 약간 떨어진 거리에서도 다른 이들보다 머리 하나는 훌쩍 큰 토르는 쉽게 발견할 수 있었다. 다만.

'뭐야, 언제부터 토르 주위에 이렇게 여자들이 많아졌지?'

그때, 우왕좌왕하던 토르의 곤란한 시선이 그녀와 마주하고 그대로 굳어 버렸다. 그 모습에 바로 옆에 붙어 무어라 말을 걸던 오렌지색 머리카락의 여자 역시 셰리를 향해 고개를 돌렸다.

제법 예쁘장한 여자가 토르의 곁에 서 있는 모습을 보자 셰리는 제가 어디에 있는지도 잊고 그만 홧김에 반지 아티팩트를 빼 버릴 뻔했다. 게다가 자신을 은근히 무시하듯 훑어보는 여자의 눈빛이 어쩐지 기분 나빴다.

그러게 토르의 문제는 엘프 같은 머리색 때문이 아니라니까! 괜히 이렇게까지 쓸데없이 잘생기게 태어난 게 바로 그의 근본적인 잘못이었다.

설상가상으로 토르의 고향인 베게티 영지나 셰리의 미하르쉘 영지와 달리 황도의 여자들은 더 저돌적인 듯했다. 점점 더 마뜩잖게 변해 가는 셰리의 얼굴을 보고 어느새 새하얗게 질린 그가 여자를 향해 툭 내뱉었다.

"제가 일방적으로 사랑하고 있습니다."

"뭐요? 당신이 뭐가 부족해서요?"

"……죄송합니다."

토르는 긴 다리를 재게 놀려 제 주위를 둥글게 감싸고 선 인파를 척척 헤치고 나왔다. 그러고는 아가씨의 눈치를 보며 가까이 붙었다. 아무리 눈치가 없는 그라고 해도 지금 셰리의 기분이 매우 저조하다는 것쯤은 알았다.

"다리 아프지는 않으십니까?"

"나온 지 얼마나 됐다고."

괜히 근처에 모여 있는 여자들을 한번 노려봐 준 그녀가 가판대를 벗어나 발걸음을 옮겼다.

"키도 크고 늘씬하던데."

"예? 누가요?"

안 그래도 아티팩트로 납작해진 이목구비 탓에 평소보다 더 앳되게 보이는 외모와 작은 키가 신경 쓰인 참이었다. 정말 몰라서 하는 소리인가 싶어 그를 올려다보며 셰리가 툴툴거렸다.

"요즘은 연상이랑 사귀는 게 유행이라던데 토르도 그래?"

"아닙니다! 저는 셰리 님 말고는 눈에 들어오지도 않고……."

연상인 여성과의 만남이 유행인지도 몰랐다며 횡설수설하는 토르의 모습에 셰리는 새어 나오려는 웃음을 꾹 참았다. 조금은 바보 같아도 제게 쩔쩔매는 토르를 보는 게 좋았다.

여전히 겉으로는 새침한 표정을 유지하던 셰리가 금세 다른 가판대를 찾아냈다. 이번에는 아가씨의 곁에서 절대 떨어지지 않겠다는 비장한 각오로 토르가 그녀의 옆을 굳건히 지켰다.

"어서 오십쇼."

아까의 가판대도 그렇지만 시장 바닥에서 파는 것들인 만큼 저렴한 데다 보석으로 치장된 건 더더욱 아닌 액세서리였다. 그렇다고 금이나 은으로 만들어진 것도 아니었다. 굳이 따지자면 싸구려 금속이 섞인 주물로 된 가락지에 가까웠다.

어차피 반지 자체를 산다기보다 토르의 손가락 치수를 자연스럽게 알아내기 위한 탐색이 목적이었다. 그렇기에 셰리는 처음부터 반지의 질은 별로 신경 쓰지 않았다.

특정한 디자인이나 색에 상관없이 다양한 사이즈로 만들어진 반지를 그의 손가락에 끼워 보며 사이즈를 체크하던 참이었다.

그때, 셰리의 눈에 그래도 제법 세심하게 문양을 그려 넣은 반지가 들어왔다. 한눈에 보아도 마무리가 조금 투박한 데가 있지만 어쩐지 그녀의 눈길을 끌었다. 게다가 토르의 손가락에 잘 맞을 것 같다는 예감이 들었다.

그렇게 홀린 것처럼 들어 올려 그의 왼손 약지에 무작정 끼워 본 반지는 제자리라는 듯 꼭 맞아떨어졌다.

"셰리 님."

"쉿, 밖에서는 해리스라고 부르라니까. 토르는 이거 어때? 조이거나 헐렁하거나 하지 않아?"

"……제게 사 주시려고요?"

"뭐, 완전히는 아니어도 그런 셈이지."

진짜는 프러포즈 때 끼워 줄 생각이니 이건 그저 사이즈 맞춤용일 뿐이지만.

그래도 셰리가 제게 무언가를 골라 사 주었다는 생각에 토르의 얼굴이 환하게 밝아졌다. 자신의 확대 해석일지도 모르겠지만 다른 것도 아닌 반지였다. 아가씨가 한참을 심사숙고해서 고른 상징적인 물건이 제 왼손 약지를 묵직하게 휘감고 있는 게 마냥 기뻤다.

* * *

"진짜 잘 먹네."

"아, 더 드시겠습니까?"

"아냐, 나는 배불러."

오늘 하루 같이 다니며 셰리는 새로운 사실을 많이 알게 되었다. 토르는 의외로 채소를 고기보다 더 잘 먹으며, 딱히 가리는 건 없었지만 굳이 따지자면 해산물을 더 즐기는 듯했다. 여태 토르에 대해 제대로 아는 게 없었던 것 같아 그녀는 잠시 반성의 시간을 가졌다.

그런 셰리와 반대로 그는 그녀 자신보다도 아가씨의 취향에 대해 속속들이 잘 알고 있었다. 딸기는 그럭저럭 좋아하지만 산딸기의 진한 향은 선호하지 않는다는 세심한 부분까지.

"오늘 저녁 여섯 시에 중앙 광장에서 '젊은 라이우스의 슬픔' 연극을 시작합니다요! 지금 와야 자리가 있다구요!"

"토르, 연극 본 적 있어?"

"아니요. 그런 쪽으로는 전혀 기회가 없어서요."

비록 레이먼드와 셰리가 오페라를 관람할 때 프라이빗 좌석 뒤를 지키긴 했지만 제대로 보았다고 하기엔 애매했다. 그 당시의 토르는 질투심을 뛰어넘는 무력함에 절어 겨우 벽에 기대어 서 있는 게 고작이었으니.

"나도 저런 공연은 끝까지 본 적 없는데 같이 보러 갈까, 응?"

그때의 기억으로 미묘하게 가라앉은 그의 팔을 잡아당기며 셰리가 가볍게 졸랐다. 그래, 귀족만을 대상으로 하는 값비싼 오페라든 평민들이 즐기는 노천 연극 공연이든 무슨 상관일까. 이렇게 지금 제 곁에는 아가씨가 계시는데.

그렇게 호기롭게 손을 잡고 중앙 광장으로 향한 지 얼마 되지 않았을 때였다. 토르는 드물게도 당황한 기색을 감추지 못했다.

오페라 하우스 같은 고급 좌석은 아니라도 의자 정도는 있을 줄 알았는데 광장에는 그야말로 아무것도 없었다. 공지 받았던 장소와 다른 곳으로 왔나 싶어 연신 주위를 살펴보았지만 여기가 중앙 광장이 맞았다. 게다가 속속들이 도착하는 관중들을 보니 시간을 잘못 안 것도 아니었다.

"토르, 뭐 해."

"아니, 어떻게 이런 곳에……."

저야 기사 수련이고 뭐고 거친 환경에서도 많이 지내보았지만 아가씨는 아니었다. 아무리 셰리가 대귀족답지 않게 소탈한 성격이라고는 해도 고귀한 분을 이렇게…….

하지만 안절부절 못하는 토르를 이상하다는 듯 올려다본 셰리는 아무렇지 않게 무대가 잘 보이는 중앙 부근에 털썩 주저앉았다.

"셰, 아니, 해리스 님!"

"보기 싫으면 지금 나가야 해. 이런 자리는 한 번 앉으면 나중에 못 일어나."

"그게 아니라."

토르의 바지 자락을 꾹꾹 잡아당긴 그녀가 결국 그를 앉히는 데 성공했다. 황도의 중앙 시장에서 가장 큰 광장인 만큼 비교적 깨끗하게 잘 관리된 돌바닥이라 먼지는 심하지 않았다. 하지만, 그래도…… 이렇게 바닥이 찬데.

"그럼 좀 불편하시더라도 제 다리 위에 앉으시겠습니까?"

"뭐? 안 그래도 토르는 크니까 뒷사람들한테 눈치 보인단 말이야."

그게 아니면 아가씨를 절대 차가운 바닥에 앉힐 수 없다고 토르가 평소답지 않게 고집을 부렸다. 그 바람에 결국 그들은 광장 측면으로 자리를 옮겼다.

오페라 하우스처럼 관람자들의 편의를 반영한 좌석이 없는 터라 중앙이 제일 잘 보일 텐데. 셰리가 일말의 아쉬움을 삼켰다. 그래도 토르의 다리 위에 앉아 따뜻한 품 안에 안겨 있으니 그건 그것 나름대로 안온한 느낌이 들었다.

"아, 이제 시작할 모양입니다."

"으응."

바로 뒤에서 나직하게 들려오는 목소리에 셰리는 귀가 조금 간지러운 기분이 들었다. 늘 침대로 끌어들여서 어떻게 해 볼 생각만 하느라 이런 시간들이 절대적으로 부족했다는 걸 실감했다. 그럼 앞으로는 이게 일상이 될 수 있는 걸까. 셰리의 가슴 안에서도 작은 비눗방울 같은 간지러움이 부풀어 오르다 톡톡 터져 나갔다.

일전에 레이먼드와 함께 보았던 오페라는 귀족들을 대상으로 했기에 그들 세계에서 금기시되는 사생아가 악역으로 나왔더랬다. 그러나 시장에서 평민들을 위해 쓰인 연극은 달랐다. 어딘가에서 들어 봤음직한 소설의 제목을 멋대로 차용한 주제에 그 내용도 결말도 같은 구석 하나 없었다.

연극은 어느 귀족의 사생아인 남자 주인공이 갖은 구박과 냉대에 슬퍼

하다 결국 귀족 세계로의 편입을 포기하고 진정한 사랑을 찾아 떠난다는 내용이었다. 오페라만큼 깊은 철학적 교훈은커녕 구성도 어딘지 어설프고 음향 효과는 차라리 없는 게 나은 수준이었다.

게다가 소품은 누가 보아도 재활용한 티가 나서 조잡한 데다가 배우들의 연기조차 정교함과는 거리가 멀었다. 그래도 여름밤의 훈훈한 공기와 솔직하고 즉각적인 관객들의 반응이 어우러져 광장은 뜨겁게 달아올랐다.

그리고…….

'토르가 있으니까.'

이번에는 함께 있는 토르 덕에 시간 가는 줄 모르고 즐거웠다.

벌써 다섯 번째로 대사를 잊어버리고 말을 더듬는 주연 배우의 모습에 셰리는 웃음이 나왔다. 그러다 무심코 토르를 향해 뒤를 돌아본 그녀의 얼굴에서 미소가 사라졌다. 같이 재미있게 보는 줄 알았던 그의 시선이 내내 셰리에게 꽂혀 있었다는 걸 깨달아서.

아티팩트로 변장해 고동색으로 변한 예쁜 눈동자가 짙어진 건 날이 저물었기 때문만은 아닐 테다. 그녀와 눈이 마주치자 토르가 그저 얹어져만 있던 셰리의 손을 마주 잡아 깍지를 끼웠다.

"아……."

누가 먼저랄 것도 없었다. 그저 닿은 시선의 흐름이 서로의 입술로, 숨결로 얽혀 옮아가는 건 몹시 당연하게 느껴졌다.

하필 잡힌 손이 왼손이어서인지 셰리의 손가락에 와 닿는 금속 반지의 감각이 선명했다.

* * *

"누, 누가 보기라도 하면."

토르가 잔뜩 긴장해서 목울대를 울렁였다. 벌써 방 안까지 들어온 주제에

문에 딱 달라붙어 주저하는 그의 팔을 잡아끌며 셰리는 불퉁하게 대꾸했다.

"그래서 변장한 거잖아. 그리고 토르는 누가 알아보더라도 나는 못 알아볼걸. 이렇게 완전히 다른데?"

풍성한 갈색 머리카락을 쓸어 넘긴 그녀가 토르의 가슴팍에 바짝 달라붙었다. 여차하면 허리에 팔을 감아 끌어서 억지로라도 문짝에서 떼어낼 생각으로.

"저는 셰리 님 말고는 다른 여자와 만나지 않을 건데, 소문이라도 나면……."

아아, 그쪽이었어?

저와 연인처럼 실컷 시장 구경을 하고 고급 여관에까지 들어가는 모습이 들킬까 걱정하는 줄 알았더니. 혹시 자신이 다른 여자를 만난다는 소문이 날까 시무룩해진 모양이었다. 커다란 어깨가 축 처진 꼴이 불쌍하긴 했지만 셰리는 어쩐지 그 말에 기분이 좋아졌다.

그래서 침실에 들어가면 벗으려던 원피스의 단추를 끌어내리고 오른손에 끼워져 있던 반지 아티팩트를 급하게 빼냈다. 속옷만 제외하고는 몸에 걸친 모든 걸 훌훌 벗어 내리는 셰리의 머리카락이 끝에서부터 붉게 물들어 갔다. 그러자 토르의 눈동자가 금세 몽롱하게 변했다.

처음 보았을 때부터 지금까지 제 시선과 심장을 사로잡은 유일한 분이었다. 아마…… 앞으로도 그렇겠지.

결국 셰리가 다가와 안길 때까지 기다리지 못하고 먼저 아가씨의 몸에 손을 대었다. 희고 매끄러운 피부에 손가락이 감겨드는 기분은 언제나 황홀했다.

"앗, 토르?"

"입…… 맞추고 싶어요."

허락을 구하는 게 아니라 앞으로 입을 맞추겠다는 예고였던 모양이다. 그녀가 조금이라도 제 손아귀에서 빠져나가면 누군가에게 빼앗기기라도 할세라 토르는 절박하게 끌어안았다. 그러고는 커다란 몸을 기꺼이 숙여 셰리의 숨결을 탐하기 시작했다.

* * *

찰박찰박-

셰리가 작은 발을 디뎌 욕조 안으로 들어가자 아슬아슬하던 물이 끝내 넘쳐흘렀다.

"……."

토르의 덩치가 이렇게까지 컸었나. 고급 여관의 욕조는 부유한 손님들의 취향에 맞춰 상당히 크게 제작되는 걸로 알고 있는데, 그가 혼자 앉아 있는 것만으로도 그 큰 욕조가 가득 찬 느낌이 들었다.

그리 밝지 않은 조명인데도 불구하고 뭐가 그리 부끄러운지 허리에 두른 수건을 걷지 않은 게 참 토르다웠다. 대담하게 나오려다가도 상대가 저렇게까지 노골적으로 쑥스러워하면 그런 감정은 옮아가는 법이었다. 어쩐지 이쪽도 볼이 화끈거리는 기분이었다.

하얀 나체로 제 품에 안겨드는 아가씨의 모습을 차마 보지 못해 토르는 이를 악물고 고개를 돌렸다. 그런 그의 뺨은 이미 붉게 익은 지 오래였다. 거기에 더해 셰리는 제 몸을 슬며시 그의 가슴 위로 올려 누르기까지 했다. 그러자 뿌드득, 이 가는 소리가 욕실에 울려 퍼졌다.

"아, 셰리 님……. 흑, 씻고 침실로 가는 편이."

"참을 수 있어?"

"……."

광장에서도 그렇고, 아까 방 문 앞에서도 그런 키스를 해 놓고…….

정작 일단 시작하면 정신 못 차리고 끝을 보려는 게 누군데. 하여간 마음에도 없는 내숭은 처음부터 변한 게 없었다. 결국 이번에도 자신이 먼저 이끌어 줘야 하나.

욕실의 습기로 촉촉하게 젖은 청록색 머리카락 사이로 셰리가 손가락을 넣었다. 갈색 머리카락도 차분해 보여서 나름의 분위기가 있었지만 역시 토르는 이런 푸릇푸릇한 머리색이 제일이다. 이를 악무느라 힘이 들어간 그의 볼 쪽으로 셰리의 손가락이 천천히 미끄러졌다. 그러고는 토르의 고개를 제 쪽으로 돌렸다.

"나 좀 봐."

"하, 오늘은, 좀, 참기 힘들어서……."

빈말이 아닌 듯 지척에서 까맣게 가라앉은 보라색 눈동자가 사납게 번뜩였다. 사실대로 말하자면 늘 참기 힘들긴 했다. 하지만 오늘따라 고양되는 흥분을 가라앉히기가 유난히 더, 힘들었다.

비록 본래의 모습을 감췄다고는 해도 광장의 모두가 보는 앞에서 보란 듯이 입맞춤까지 나누고 말았다. 타인의 기감에 예민한 기사인 만큼 여기저기서 꽂히는 시선들이 그의 신경을 자극했을지도 모른다. 자그마한 뒤통수를 끌어안은 채 모두에게 자랑이라도 하고 싶은 기분에 휩싸이는 건 순식간이었다.

정말 이대로 아가씨만 답삭 끌어안고 도망이라도 치고 싶었다.

자신만 셰리에게 애정을 품은 게 아니라는 사실을 확인한 이후로 입이 근질근질해서 참을 수가 없었다. 한때는 제 애타는 마음을 아가씨가 알아주기만 해도 좋겠다고 여겼는데……. 막상 서로 감정이 통하고 나자 더 커다란 욕심이 심장에 뿌리를 박고 자라고 있었다.

그래서 여기서는 안 된다고 생각하면서도 토르는 제게 다가오는 셰리의 젖은 입술을 구태여 막지 않았다.

"읏."

"안 참으면 되지."

아, 증기로 반들반들해진 점막이 제게 비벼진다. 그와 동시에 자신의 가슴을 꾹 누르는 뭉근한 살덩이가 느껴졌다. 습관대로 셰리의 허리와 등 부근으로 손을 올려 쓰다듬자 달콤한 신음이 서로의 입안에서 구르다 턱을 타고 흘러내렸다.

"흡. 토르도 잘 못 참잖아. 앞으로 이렇게 둘만 나올 일이 언제 또 있을지…… 앗!"

물론 셰리로서는 굳이 둘만 밖으로 나와 후작저 외의 장소에서 숙박할 일이 있겠냐는 뜻으로 한 말이었다. 그러나 여전히 레이먼드와의 약혼이 틀어진 걸 모르는 토르는 그 말에 그만, 눈이 돌았다.

어느새 죽어도 아래에서 치우지 않을 것 같던 수건이 젖은 채로 욕조 밖에 널브러져 있었다. 그럼 제 아래에 지금 이렇게 뜨겁게 비벼지는 건…….

문 앞에서 속옷까지 벗겨지며 이미 여기저기 그의 손과 입이 닿은 후였다. 그렇지만 삽입 자체는 하지 않았던 만큼 입구가 억지로 벌려지는 감각이 빠듯하게 느껴졌다.

"하아, 훗. 물속에서, 넣게?"

"……혹시, 비정상적인가요?"

으응, 그건 아니지만. 물속에서 해 본 적은 없는데…….

예민한 살을 비벼대다 서서히 내부로 진입해 오는 묵직한 이물감은 물속인데도 불구하고 더 선명했으면 했지, 결코 덜하지 않았다. 자연스럽게 셰리가 그의 어깨 부근을 잡고 있던 손에 힘을 주었다.

"아, 하으. 으응, 천천히."

"셰리 님, 긴장하지 말고 약간만, 훗, 힘을 풀어 주시면."

익숙하지 않은 장소라 그녀가 긴장해서인지 오늘따라 조금 더 뻑뻑한 느낌이 들었다. 저는 정말로 욕실에서는 몸만 씻고 나머지는 침실에서 하고 싶었지만 이젠 어쩔 수가 없다.

결국 잘 들어가지 않는 끄트머리만 살짝 걸친 채로 토르가 셰리의 가느다란 허리를 잡아 세웠다. 그러고는 이미 실컷 만지고 핥아 빨갛게 예민해진 하얀 가슴의 돌기를 입 안에 넣었다.

"힉, 흐웃."

물밖에 나와 있던 터라 식어 가고 있던 몸에 따뜻하고 축축한 혀가 닿자 셰리의 허리가 파들 떨렸다. 그러자 끝에 걸려 들어가지 않을 것 같았던 그의 앞부분이 야금야금 젖은 틈새로 파고들기 시작했다.

다시 축축해진 그녀의 내부로 빠듯하게 먹혀들어가는 느낌에 핥고 있던 가슴에 이를 세울 뻔한 토르는 겨우 정신을 차렸다. 그러고 보니 아가씨는 예전부터 몸에 흔적을 남기는 걸 허락하지 않았다. 필사적으로 자제력을 끌어올린 토르가 셰리에게서 잠시 입술을 떼어냈다.

"윽, 셰리 님. 아직도 몸에 흔적은 안, 됩니까."

"으응, 안 돼. 훗, 결혼하기 전에는……."

그럼, 자신은 평생 그녀의 몸에 제 흔적 하나 남길 수 없게 되는 걸까.

이상하게 갑자기 바짝 약이 오른 토르는 방금 전까지와 달리 과감하게 과실에 이를 대었다. 여태 자극이 덜하도록 살살 핥기만 했던 곳에 강한 감각이 급작스럽게 닿았다. 다만 그에게도 일말의 이성은 남아 있었는지 잘근잘근 무는 것에 그쳤다.

그러나 그녀의 아래를 비집고 들어오는 뜨거운 양감은 통제할 수 없이 거대했다. 그 때문에 셰리는 미처 허리를 비틀어 피하지도 못하고 아래위로 가해지는 쾌감에 흐느끼는 듯한 소리만 흘려야 했다.

"흐, 흐아아……. 너무, 너무, 으응!"

끊임없이 흥분을 끌어올리려는 가슴 쪽의 지분거림과 더불어 은근하게 그녀의 허리를 주저앉히던 토르의 손길이 드디어 결실을 맺었다. 결국 마지막은 참지 못하고 빡빡한 공간을 다소 억지로 열어젖힌 감이 있었으나 뿌리까지 박아 넣는 데에 성공하고야 말았다. 그의 입에서 나른한 신음이 터져 나왔다.

"하아, 물에서 하면, 이런 느낌이군요."

"앗, 아직 움직이지, 훗."

천천히 허리를 움직이기 시작하는 토르의 어깨에 셰리가 매달렸다. 그 바람에 그가 여태 집요하게 물고 빨며 매만지던 가슴과 그 정점이 한꺼번에 단단한 몸에 문질러졌다. 바짝 선 돌기가 닿는 동시에 부드러운 살덩이가 이지러지듯 제게 달라붙자 토르는 어딘지 모르게 오싹한 기분이 들었다.

'아, 이런 느낌 들기 시작하면 못 멈추는데.'

결국 셰리의 몸을 끌어안고 격하게 움직이는 바람에 욕조의 물이 사방으로 튀기 시작했다. 철벅이는 소리가 넘치는 물 때문인지 이제는 식어 가는 욕조보다 더 뜨거워진 두 사람의 몸에서 나는 소리인지 모를 노릇이었다. 물속이라 허리 짓을 할 때마다 미묘하게 느껴지는 저항감마저 즐길 정도로 토르는 거세게 몸을 쳐올렸다.

"아학, 흐아앙. 흐으응."

셰리가 삽입에 익숙해지면서 점차 흐느끼듯 내는 신음이 욕실 안을 울렸다. 그리고 서로가 깊게 연결된 감각에 더해 그 야릇한 소리까지 참아 내야 했던 토르는 그녀의 입술을 찾아 제 입 안으로 신음을 삼켜 냈다.

"읍, 훗!"

"큭."

그렇게 자신을 아가씨에게 뿌리 끝까지 묻은 그가 충족감에 온몸을 떨었다. 아무에게도 보여 주고 싶지 않았다. 그녀의 이런 모습을 아는 건 앞으로 오직 저뿐이었으면 했다. 이제 와서 가득 차다 못해 넘쳐 버린 욕심을 어떻게 해야 할까.

땀과 증기, 물로 범벅이 되어 매끈해진 피부를 그에게 완전히 갖다 대며 셰리는 숨을 할딱였다. 종종 그의 이성을 날려버리는 포인트가 무얼까 궁금해한 적이 있었는데 이번에는 확실히 알았다. 아직 약혼이 파투났다는 사실을 몰라 질투심이 토르를 움직이게 한 모양이었다.

"아까, 욕실에서는 수건 절대 안 치울 거라고 하지 않았어?"

"……."

오늘도 토르는 셰리의 유혹에 충동질 당한 들끓는 욕망 앞에 또다시 패배했다. 민망함을 감추지 못한 그의 고개가 힘없이 아래로 처졌다. 그런 토르의 잔뜩 젖은 머리카락을 정리해 주며 그녀는 가볍게 입을 맞춰 주었다. 그러고는 여태 이어진 접합부를 꾹 누르면서 허리를 둥글게 굴렸다.

"흡, 셰리 님!"

"아직 부족하지?"

"안 됩니다. 이러면 너무 금방……."

말과는 달리 셰리의 안에서 그의 분신은 순식간에 최대치로 부풀어 오르기 시작했다. 그 때문에 토르는 결국 이번에도 말없이 제 본능에게 스스로를 내어주고야 말았다.

* * *

조금 더 거칠었던 두 번째 관계를 마치고 나서 그의 가슴팍에 널브러진 셰리의 몸이 조심스레 들렸다. 이제는 제법 익숙하게 그녀를 안아 몸을 닦아 주고 가운을 입힌 토르가 침실로 향했다. 제 몸에 묻은 물기는 대충 제거했으면서 아가씨의 것은 머리카락 한 올까지도 정성스러운 손길로 말렸다.

"으응, 물. 무울."

그리고 거의 탈진 상태로 중얼거리는 셰리의 등을 받쳐 물컵을 입가에 가져다 대었다. 그와 동시에 이런 상태의 그녀에게는 컵보다는 입을 통해 마시게 하는 게 빨랐다는 사실이 떠올랐다.

처음 시작은 정말 순수하게 셰리의 목마름을 달래 주기 위한 의도였다. 하지만 여전히 아가씨가 고팠던 그의 몸은 멋대로 혀를 내어 그녀의 작은 입을 휘젓기에 이르렀다. 어느 정도의 수분을 섭취하고 정신이 돌아온 셰리가 토르의 허벅지를 찰싹 때리는 건 당연한 일이었다.

"물만 달라고 했는데 혀를 넣으면 어떻해!"

"아, 이제 습관이 되어서……. 죄송합니다."

"하여간 이런 거 배우는 건 빠르지."

죄송하다면서도 끝까지 형형한 눈빛은 사그라들지 않는다. 이 다음을 원하는 모습이 너무 노골적이었다. 결국 그녀 역시 얄미운 토르의 코끝을 살짝 깨무는 걸로 타협하고 말았다.

"앗. 그럼, 셰리 님……."

그렇게 서둘러 젖혀진 셰리의 가운 안에 언제 걸쳐졌는지 모를 얇은 재질의 속옷이 존재감을 드러냈다. 방문 앞에 버리듯 방치해 두었던 속옷까지 그가 다시 입혀 두었던 모양이다. 시작과 다르게 한번 바닥을 보인 인내심 때문인지 토르는 거친 손길로 찢어내기라도 할 듯 속옷에 손을 댔다.

"잠깐! 찢는 건 안 돼. 이대로 입고 돌아가야 한단 말이야."

"그렇, 습니까."

어딘지 조급하고 답답한 마음에 그의 숨이 점차 거칠어졌다. 하지만 토르는 다음을 기약하며 기꺼이 제 아가씨의 말에 따라 손에 힘을 풀었다.

* * *

"……."

그 뒤로 딱 한 번뿐이었지만 역시 미끄럽고 위험한 욕실보다는 안전한 침실이 그의 욕망을 해갈하는 데는 더 도움이 되었다. 아무래도 서로의 체격 차이가 현격한 데다 셰리의 체력이 따라오질 못하니 힘을 빼도 안을 수 있는 침대가 편했다.

마차를 타고 저택으로 돌아가는 길에 꾸벅꾸벅 졸기 시작하는 그녀의 고개를 살며시 제게 기대게 했다. 큰일이다. 함께 시간을 보낼수록 점점 더 아가씨가 사랑스러워졌다. 그리고 저는 점점 더 분수에 넘치는 걸 바라는 마음이 깊어지고 있다. 불쑥 솟아나는 감정을 억눌러야 할 때마다 토르는 셰리의 이마에 제 입술을 꾹 내리눌렀다.

마차는 어느새 저택 정문을 통과하고 있었다. 이제는 다시 일상으로 돌아가야 할 시간이다.

"셰리 님, 도착했습니다."

"우웅, 벌써?"

그렇게 잠에서 덜 깬 눈을 비비며 셰리는 토르에게 안기다시피 마차에서 내렸다. 자정에 가까운 시간이라 집사인 데릭만이 마중을 나와 있었다.

이미 데릭은 레이먼드와 약혼이 백지화된 것도, 이후 토르와의 관계 진전을 생각한다는 것까지 모두 알고 있었다. 하지만 셰리는 그에게 밤늦은 귀가를 보이기가 여전히 좀 부끄러웠다. 그래서 토르의 가슴팍에 더욱더 깊게 얼굴을 묻고선 집사의 의미심장한 미소를 애써 회피하려 했다.

아, 그러고 보니.

"토르, 아까 그 반지 줘."

"네?"

당연히 아가씨가 제겐 준 선물인 줄로만 알고 있던 토르의 얼굴이 아연하게 변했다. 평소 같으면 셰리의 말을 신속하게 따랐을 그였다. 그러나 이번에는 불안한 낯으로 왼손 약지를 꽉 쥐어 뒤로 숨겼다.

"왜, 왜 그러시는지."

"그냥 조잡한 물건인데 그걸 끼고 다니기라도 하게?"

"하지만……."

저는 이미 꽤 마음에 들었는데.

조잡하다고 말하는 것에도 상처받았지만 끼우고 다닐 거냐는 말에는 급기야 눈물이 핑 돌았다. 집사인 데릭이 보는 앞인데도 저절로 눈가가 붉어지기 시작하는 걸 막을 길이 없었다.

"누가 보면 연인이라도 생긴 줄 알 텐데도?"

"……."

그래서 더 갖고 싶은 거라는 말을 필사적으로 눌러 참았다. 오늘 하루 그렇게 다정하게 연인처럼 대해 주셨으면서 마지막 순간에 이러시는 아가씨가 야속하기 그지없었다.

"다음에 더 비싼 걸로 사 줄게."

그래서 그는 달콤하게 어르는 셰리의 말에도 축 처진 입매를 되돌리지 못했다.

"……아닙니다."

제3자라는 입장도 있지만 대저택의 사용인들을 관리하는 데릭의 눈에는 둘의 마음이 훤히 읽혔다. 물론 토르가 시무룩해진 모습이 안쓰럽기는 했으나 제게는 셰리 님의 의중이 우선이었다. 그래서 그는 묵묵하게 서서 빙긋 미소만 띠었다.

'톨체르 경, 아니, 이제는 곧 부군이 되시겠군.'

자꾸만 어물어물거리며 손을 내주지 않으려는 토르의 손을 잡아채어 결국 셰리가 반지를 뺐냈다. 겨우 몇 시간 끼고 있었을 뿐이지만 휑해진 왼손 약지가 너무도 허전해 토르가 계속해서 제 손가락을 매만졌다.

'다음에 언제 또 기회가 있을 줄 알고요.'

빼낸 반지를 데릭에게 건네며 무어라 속닥이는 아가씨의 뒷모습에 끝내 토르의 눈시울이 더 붉어졌다.

XVIII. 부군의 미덕

"나한테 뭐 화난 거 있어?"

"……아닙니다."

서로의 마음을 확인하고 기껏 시간까지 내어 데이트까지 마쳤건만.

토르는 그날 이후로 묘하게 시무룩한 기색을 감추지 못했다. 게다가 평소에는 늘 반듯한 자세를 유지하던 그가 멍하니 손만 만지작거리기 일쑤였다. 셰리가 뭐라고 말을 걸어도 꼭 반 박자씩 늦게 대답하는 게 정신이 나가도 단단히 나간 듯했다.

참다못한 그녀가 한소리를 하려던 찰나, 데릭이 셰리를 만류하며 넌지시 귀띔해 주었다.

"아무래도 톨체르 경은 그때 그 반지가 마음에 들었던 모양입니다. 이제 사이즈 체크도 끝났으니 다시 돌려주는 건 어떠십니까."

"뭐? 훨씬 비싸고 더 좋은 걸로 받을 텐데 그런 싸구려가 뭐가 좋다고."

그제야 그가 이상 행동을 했던 이유를 눈치챈 셰리가 괜히 툴툴거렸다.

'남자의 순정을 몰라도 너무 모르시는군요.'

사실 아가씨의 무심함을 지적하고자 하면 한둘이 아니었다. 하지만 데릭은 제가 모시는 분이 여태 애정에 고파 본 적이 없는 철저한 갑이었다는 사실을 잘 알고 있었다.

게다가 한눈에 보아도 여태까지 아가씨의 마음 한 자락이라도 갈구하던 토르와 이제야 겨우 제 마음을 자각한 셰리 둘 중 누구의 마음이 더 큰가는 명백했다. 아마 지금 당장은 톨체르 경의 조급함과 애타는 심정을 제대로 이해하기 힘드실 테지.

"톨체르 경은 그 반지가 본인 거라는 사실을 아직 모르지 않습니까. 언제 말씀하실 생각이신가요? 요즘 훈련에도 집중하지 못한다는 보고를 받았습니다."

"데릭 생각에는 언제가 좋을 거 같아?"

"빠르면 빠를수록 좋지요. 곧 올린 영식과 약혼식을 올릴 거라고 생각할 테니까요."

"아……."

셰리의 입에서 그제야 탄식이 흘러나왔다. 정작 토르의 본가인 베거티 백작가와는 비밀리에 조율을 마쳐 놓고도 미처 거기까지는 생각이 닿지 못했다.

아직 레이먼드는 마력이 발현된 마법사임을 정식으로 밝히지 않았다. 게다가 그는 평범한 마력 보유자가 아니라 백여 년에 한 번 나올까 말까한 진짜 '마법사'였다. 준비 없이 공표했다가는 마탑 내에 혼란이 초래될 게 뻔했다.

이를 방지하기 위해 마탑주와 무언가를 준비하는 모양이었다. 그렇기에 모든 건 때가 될 그날까지 황실과 마탑의 극소수만 알고 있는 기밀사항이었다.

셰리는 모든 걸 알고 있는 터라 다가오는 약혼식을 준비하면서도 여유가 넘쳤다. 그래서 아무렇지 않게 다른 남자와의 약혼을 기다리는 그녀를 보았을 토르의 마음을 미처 헤아리지 못했다. 그저 어떻게 하면 그를 깜짝 놀라게 할 만한 프러포즈를 할지 고민했을 뿐.

'역시 프러포즈 장소는 거기가 좋겠지?'

이유를 알고 나니 유난히 풀이 죽은 토르가 안쓰럽게 느껴졌다. 이제는 그에 대한 감정을 숨기지 않겠다고 스스로 결심했는데……. 역시 조금 더 노력해야 하나 보다.

짧은 반성의 시간을 가진 셰리가 미안한 표정을 한 채 그의 곁으로 다가섰다. 그러고는 아직도 왼손 약지만 만지작거리는 토르의 손을 잡아끌었다.

"토르, 조금만 더 기다려 줄 수 있어?"

"앗, 예?"

어리둥절해하면서도 아가씨가 먼저 손을 잡아 줬다는 사실에 토르의 입매가 흐물흐물해졌다. 바보 같은 얼굴로도 미미하게 볼을 붉히는 그가 귀여워서 셰리는 잡은 손등에 쪽, 하고 입을 맞춰 주었다. 그러자 단순한 토르는 이번에도 결국 입꼬리를 끌어 올려 마주 웃고 말았다.

그렇게 꼬박 사흘이 지난 어느 날, 셰리와 토르는 함께 오찬 모임에 다녀오던 길이었다. 먼 길도 아니니 마땅히 밖에서 호위를 해도 되건만 굳이 그를 마차 안으로 들인 건 셰리였다.

"내일부터 칸토 지방으로 출장을 갈 거니까, 그렇게 알고 준비하고 있어."

"네?"

칸토 지방이라면……. 셰리 님께 제 처음을 드린 별장이 있는 곳인데. 이렇게 갑자기?

사흘 전 셰리가 제 손등에 입 맞춰 준 이후로 토르는 정말 얌전히 기다리고만 있었다. 그런 그의 가슴이 불안 반, 기대 반으로 요란하게 뛰었다.

무언가를 기대하는 자신이 한심했지만 어쩔 수가 없었다. 또 혼자 기대하다 결국엔 실망할지라도 혹시나 하는 달콤한 희망을 도저히 포기할 수가 없었다.

* * *

지난번처럼 셰리는 마차 안에서도 용케 이런저런 서류를 뒤적이며 업무에 열중했다. 그런 그녀의 정수리를 가만히 들여다보며 토르는 기시감이 들었다. 그러고 보니 불과 얼마 전의 일인데도 마치 오래된 일인 듯 느껴진다. 그때보다 저도, 아가씨도 조금 더 어른이 된 느낌도 들고.

아니, 확실히 저는 어른이 되었다. 셰리 님께서 남자로 만들어 주셨으니까.

"……."

한번 어른의 즐거움을 알아 버린 제 몸은 자꾸 둘만 있으면 엉뚱한 기대를 했다. 또다시 아랫배 어딘가에서 뜨끈하게 밀고 올라오는 충동을 억지로 눌렀다. 그렇게 토르는 가만히 앉아서 셰리를 바라보았다.

그저 이렇게 보는 것만으로도 충분히 즐거웠다. 정말 이렇게 곁에서 지켜보기만 해도 좋을 것 같은데…….

'욕심내지 말자, 톨체르 베거티. 지금도 충분하잖아.'

토르는 끊임없이 스스로를 타일렀다. 그렇지 않으면 아가씨에게 추하게 매달릴 것 같은 자신을 막을 수 없을 듯해서.

짧은 기간인데도 불구하고 그동안 별장은 단장이 거의 다 끝난 모습이었다. 게다가 이번에는 저번과 달리 사용인들이 제법 모여 있었다. 셰리의 마중을 나왔다기엔 어딘지 모르게 조금은 어수선했다. 늘 숙련된 후작가의 사용인들을 보아 왔던 토르는 이상하다는 생각을 했다.

하지만 그런 생각도 잠시, 후작령의 집사장 가우렌이 마차 문을 열고 그들을 맞아주었다.

'지금쯤 후작령에 있어야 할 집사장이 왜 여기에?'

순진하고 단순한 게 매력이긴 했지만 종종 둔한 구석이 있는 토르는 어리둥절했다. 심지어 가우렌이 저를 향해 보내는 의미심장한 눈짓조차 무슨 뜻인지 도통 알아차릴 수가 없었다. 결국 토르를 이해시키는 걸 포기한 그로부터 혀 차는 소리까지 들어야 했다. 셰리는 아무렇지 않게 시치미를 뚝 떼고 이미 준비된 다이닝 홀로 토르를 이끌었다.

평소 같으면 사용인들이 보는 앞에서는 따로 식사를 했을 터였다. 그러나 이상하게도 이번엔 셰리도, 집사장도 토르더러 같은 테이블에서 식사를 하게 했다. 게다가 가우렌은 곁에서 그의 시중까지 들었다. 도대체 무슨 일인지 알 수가 없어 토르는 불안하게 눈만 굴렸다.

저녁 메뉴는 후작령에서 공수해 왔을 게 틀림없는 훌륭한 정찬이었다. 하지만 그는 제가 뭘 먹었는지도 모를 만큼 긴장감이 몰려와 정신을 차리지 못했다.

정찬을 마친 셰리가 토르에게로 몸을 조금 기울였다.

"저번에 왔을 때는 바다 제대로 못 봤지? 같이 구경 갈까?"

"하지만 이미 해가 져서 이렇게 깜깜……."

"싫어?"

"……아닙니다."

지난번 함께 걸었던 프라이빗 해변으로 이어지는 길목은 이제 완전히 정비가 끝난 상태였다. 단순히 별장의 주인만 알고 즐기기 아까울 정도로 혼신의 힘을 다해 꾸민 티가 났다. 게다가 그들이 걷는 길을 따라 은은한 마법 조명까지 설치되어 밤 산책에도 무리가 없어 보였다.

감탄을 흘리며 습관대로 혼자 팔랑팔랑 걸어 나가려던 셰리가 잠시 멈칫했다. 다시 되돌아온 그녀는 얌전히 뒤따르던 토르의 손을 잡아끌었다.

그러자 토르는 셰리의 손을 뿌리치지 못하면서도 놀라서 저도 모르게 주위를 두리번거렸다. 비록 지금은 밤이라 인기척이 느껴지지 않지만 별장 안 사용인의 수가 한둘이 아니었다.

"셰리 님. 밖에서 이렇게 손을 잡으면……."

"왜? 안 돼?"

"아뇨, 아뇨. 저는 좋지만……. 셰리 님은 약혼자도 있으신데, 괜히……."

"괜찮으니까 손잡아."

제 아가씨가 그렇다고 하시니 토르는 기쁜 마음으로 순순히 따랐다.

며칠 전 단둘만의 외출도 그렇고 이전에 이 근방 시장 구경을 하면서 나란히 걸었던 생각이 났다. 나란히 걷다 뿐인가, 셰리는 제 팔을 끌어안고 다른 이들에게 과시까지 했다. 그때 이런 호젓한 곳에서 평범한 연인처럼 지내보고 싶다는 생각을 했었는데……. 마치 그 소원을 누군가 듣고 이루어 주기라도 한 건 아닐까 싶어 토르는 얼떨떨했다.

지난날과 마찬가지로 두근거리는 심장을 누르며 셰리에게만 집중하느라 그는 제가 어디에 서 있는지도 몰랐다. 그녀의 걸음이 멎자 그제야 토르는 자신이 해변가 모래 위에 서 있다는 걸 깨달았다. 이미 캄캄해진 지 오래여서인지 멀리서 찰랑이는 까만 바다가 더욱 그의 가슴을 술렁이게 했다.

"톨체르 베거티."

셰리의 입에서 제대로 된 토르의 풀네임이 나오는 건 이번이 처음이었다. 바짝 긴장한 자세로 등과 허리를 세운 토르가 그녀를 내려다보았다. 그런 그에게 셰리는 들고 나온 주머니를 뒤적여 자그마한 케이스를 꺼내 내밀었다.

"셰리 님?"

불안한 눈빛으로 셰리와 그녀에게 들린 케이스만 번갈아 보던 토르의 눈앞에서 케이스가 서서히 입을 벌렸다. 그리고 그 안에는 어두운 바닷가에서도 충분히 식별할 수 있을 만큼 반짝이는 작은 물건이 들어 있었다.

"나, 카셰이라 올리비아 미하르셸의 반려가 되어 줘."

"예……?"

"그러니까, 톨체르 미하르셸이 되어 줘."

갑작스러운 청혼에 토르는 이제 완전히 굳어 버렸다. 그래서 멍청한 얼굴로 아무 말도 못하고 가만히 서 있기만 했다. 잔뜩 긴장한 표정으로 반지가 든 케이스를 내밀었던 셰리가 그 모습에 심통 어린 표정을 지었다.

"싫어? 싫으면 말고."

"아뇨, 아뇨. 하지만 올린 영식은 어쩌고⋯⋯."

"대답하면 말해 줄게. 무조건 받아들이라는 거 아냐. 싫으면 정말로 거절해도 돼."

"⋯⋯."

여전히 잘 돌아가지 않는 머리로 토르는 지금의 상황을 이해하려 필사적으로 노력했다.

다시, 다시 생각해 보자. 저는 그저 결혼 후에도 곁에 머무르게만 해 달라고 간청했었는데⋯⋯. 그게 어떤 과정을 거쳐 청혼으로 귀결되었는지 모를 노릇이다.

맹세코 싫어서가 아니었다. 그저 반쯤 포기한 상태에서 생각지도 못한 상황에 직면해 몸이 움직이지 않는 것뿐이었다.

"씨이, 이런 거 하는 게 아니었어."

셰리는 수치심에 벌겋게 달아오른 얼굴로 반지가 담긴 케이스를 탁 덮어 버렸다.

"자, 잠깐만요. 셰리 님. 좋아요, 저는⋯⋯ 좋아요."

그제야 다급하게 가까이 다가선 토르가 다시 케이스를 열었다. 그러고는 그녀에게 빼앗길세라 이번에는 스스로 반지를 냉큼 손가락에 끼기까지 했다.

"이제, 이제 이러면 셰리 님 곁에 계속 있을 수 있는 건가요?"

여전히 믿을 수 없다는 표정으로 아랫입술을 바르르 떨면서도 토르의 시선은 셰리에게로 집요하게 박혀들었다. 금방이라도 눈물을 떨어뜨릴 것처럼 예쁜 보랏빛 눈동자가 촉촉해졌다.

그런 그의 모습에 셰리는 괜스레 제 눈가도 시큰해지는 기분이 들었다. 발갛게 달아오르려는 코끝을 애써 찡긋거리며 눈에 힘을 주었다.

"토르가 먼저 계속 있겠다고 했으니까 약속 지켜."

"네, 네!"

셰리가 나머지 반지를 제 왼손 약지에 끼우며 그의 손등을 어루만졌다. 토르는 아직도 정확한 상황 판단이 이루어지지 않은 상태였다. 하지만 기쁨으로 심장과 뇌가 모조리 터져 나갈 것 같았다. 이거, 제가 생각하는 그게 맞는 걸까.

"셰리 님, 이게 프러포…… . 음?"

그 순간, 어디선가 탁, 하는 소리에 이어서 무언가 딸깍이는 소리가 연속으로 들려왔다. 재빨리 셰리를 제 뒤로 숨긴 토르는 본능적으로 허리춤을 더듬거렸다.

아뿔싸, 사유지 내의 프라이빗 해변이라 무기를 소지하고 나오질 못했다. 아가씨의 호위를 맡고 있으면서 내내 주제도 모르고 들떠 있느라 본분을 망각한 탓이다.

온몸의 기감을 끌어 올려 긴장한 채로 토르는 스스로에게 작게 욕설을 내뱉었다. 그런 그의 굳은 등을 그녀가 톡톡 두드렸다.

"내가 준비하라고 한 거야. 잘 봐."

침착하기 그지없는 셰리의 목소리와 반대로 토르의 입에서는 얼빠진 반문만 새어 나왔다.

"네? 이게 무슨…… ."

그렇게 딸깍이는 소리가 점점 가까이 다가오는가 싶었다. 그러더니 그들이 지나온 산책로 양 옆을 따라 서서히 빛이 번지기 시작했다. 자세히 보니 바닥에 박힌 자그마한 원형의 조명들이었다. 길을 따라 박힌 조명들이 일제히 순서대로 그들을 향해 하나둘씩 켜지고 있었다.

그렇게 둘을 향해 달려온 빛줄기가 코앞에서 다시 두 갈래로 나뉘어졌다. 그러고는 그들의 발치를 지나 양 옆으로 동그랗게 퍼져 나갔다. 가장 정점 부근에 이르러 조금 더 위로 부풀어 오르는가 싶다가 끝내 다시 아래쪽으로 옴폭 파인 모양새가 되었다. 그 빛의 향연을 토르는 망연하게 바라만 보았다.

그저 찌그러진 동그라미인 줄 알았더니 가장 위쪽 부분이 아래를 향해 모인 형태였다.

"이게, 뭡니까?"

"마도 시대보다 더 옛적에 쓰였던 문양이래. 예쁘지?"

"무언가 뜻이 있습니까?"

"응, 사랑. 이름은 하트라고 한다고 레이가 알려줬어."

'사랑'이라는 말에 토르의 입이 헤벌쭉 벌어졌다. 그러나 곧 '레이'라는 친근한 애칭이 셰리에게서 나오자 감동으로 차오르던 토르의 눈이 살포시 가늘어졌다.

"그 자와 함께 준비를 하셨다고요?"

"응? 그야…… 마도구를 공급받아야 하니까."

"싫습니다."

거의 들어 본 적 없는 불퉁한 목소리로, 부정의 대답이 토르의 입에서 나왔다. 싫으면 싫다고 해도 된다 했지만 이렇게 빠른 거절은 생각해 본 적 없는데……. 당황한 셰리가 급하게 토르의 팔을 잡았다.

"왜, 왜 싫어?"

"저는 셰리 님만의 것입니다."

"응? 아, 알지."

이전 같으면 저런 말을 하기 전에 몇 번이고 망설이고 또 망설이다 끝내 얼굴을 온통 붉히고 더듬거리면서 꺼냈을 텐데. 지금의 토르는 일견 비장하기까지 했다.

"그러니 셰리 님도 저만의 것이 되어 주세요. 그러면 청혼을 받아들이겠습니다."

늘 고분고분 제게 순하기만 하던 토르의 처음 보는 모습이었다. 그에 놀라 셰리의 입이 작게 벌어졌다. 아니, 이렇게 맹랑한 모습이라니. 건방지다기보다는 그에게도 이런 면이 있었나 싶어 말문이 막혔다.

토르가 한 말을 천천히 곱씹어 생각하던 그녀의 얼굴이 이내 환하게 밝아졌다. 그러니까 방금은 제 청혼에 대한 거절이 아니라 레이먼드에 대한 질투였던 거지?

제법 단호하게 내뱉을 때는 언제고 토르의 귓가가 곧바로 벌겋게 달아오르기 시작했다. 급기야 셰리에게 잡히지 않은 한쪽 팔을 들어 제 얼굴을 가리기에 이르렀다. 아무리 생각해도 자신답지 않은 말이었다. 그렇다고 진심이 아닌 건 아니었다.

그래서 토르는 길어지는 침묵에 그만 울고 싶어졌다.

"아니, 제 말은 그게 아니라……."

확실히 언제나 '셰리 님의 뜻에 따르겠습니다. 셰리 님께서 원하시는 대로 하겠습니다.'라고 하던 순종적인 면모와는 달랐다.

예전 같으면 싸늘하게 얼굴부터 굳혔을 텐데. 기껏 질러 놓고도 어떻게 수습해야 할지 몰라 동동거리는 모습이 귀엽게 느껴졌다. 이런 걸 보면 제가 정말로 토르를 좋아하긴 하는가 보다. 수줍게 드러낸 소유욕이 불쾌하긴커녕 의외로 꽤…… 기꺼웠다.

"응, 그렇게."

그렇게, 토르. 그러니 앞으로는 양보 같은 거 하지 말고 날 더 원해 줘, 더 욕망해 줘.

셰리는 지금까지 본 것 중 가장 어여쁘게 웃으며 그의 목에 팔을 걸었다. 그러고는 훌쩍 키가 큰 그를 제게로 잡아당겨 입을 맞췄다.

그제야 일말의 질투와 뒤따른 후회가 뒤죽박죽이 된 눈빛으로 떨고 있던 토르는 기꺼이 눈을 감았다. 그리고 언제나 그래 왔듯 저를 아가씨에게 온전히 내맡겼다.

에필로그

"갑자기 왜 그래, 이제 다 끝났잖아."

"여태 잘, 참았는데……. 흑, 흡."

푹신한 붉은 이불이 깔린 침대 위에서 토르는 굵은 눈물만 뚝뚝 흘려 댔다. 그런 그를 달래느라 셰리는 여념이 없었다. 아니, 도대체 이게 무슨 일이야.

"누가 뭐라고 했어? 에드윈이 또 시비 걸었어?"

"아닙, 아닙니다."

비록 셰리가 신부이지만 이 결혼은 토르가 그녀의 집안에 장가를 오는 형식이었다. 그래서 여느 결혼식과는 달리 간단한 피로연을 마치고 난 후 그가 먼저 신방에서 셰리를 기다렸다. 그녀는 호스트로서 결혼식에 참석한 손님 대접을 마저 해야 했으니 말이다.

본래 레이먼드였던 약혼식 상대를 토르로 바꾸는 과정에서 아주 약간의 잡음이 있기는 했다. 하지만 다름 아닌 마탑주와 황제, 미하르셸 후작가,

란델 대공국까지 나선 일이었다. 그러자 피어오르려던 구설조차 소리 없이 사그라들었다.

전면에 나서지는 않았지만 린데카이르 공작가까지 셰리의 약혼을 지지해 주었으니. 그 뒤의 과정은 그야말로 일사천리로 진행되었다. 물론 에드윈 소공작의 작은 반발이 있긴 했다. 그러나 공작과 공작 부인의 빠른 대처로 외부에 알려지지는 않았다.

그렇다 한들 결혼식을 한다 해서 모든 게 끝난 건 아니었다. 오히려 앞으로 후계자에서 후작이 될 여정을 시작하게 될 셰리에게는 시작에 가까웠다. 그래도 그녀의 길지 않은 일생 중 가장 신경 써야 했던 이벤트인 것만은 틀림없었다.

'이제 내일 정찬이랑 저녁 연회만 잘 치르면 되겠어.'

그렇게 피곤하고 지난했던 오늘의 일정이 다 끝나 셰리는 뒤늦게야 씻고 들어올 수 있었다. 이제 드디어 한숨 돌리는가 싶었다.

토르가 그녀를 보고 갑자기 눈물을 흘리기 전까지는.

"이런 날이 올 줄은, 정말, 몰라서…….."

"……."

그러니까 좋아서 울고 있다는 소리다.

결국 셰리가 한숨을 내쉬며 그가 무릎을 꿇고 앉아 있는 침대 위로 올라 왔다. 그러고 보니 결혼 준비로 바삐 움직이느라 그동안 토르를 좀 소홀히 했다. 그래서인지 불안했던 모양이다. 눈가에 맺히기도 전에 눈물이 뚝뚝 떨어져 내리는데도 토르는 셰리를 향한 시선을 떼지 못했다.

"셰리 님."

약혼식 때도 마찬가지였지만 토르는 도무지 실감이 나지 않았다. 청혼을 받았을 때만 해도 그저 셰리 님이 제 마음을 받아 주셨다는 사실에 정신을 차릴 수 없었는데……. 약혼은 물론이거니와 결혼까지 빠르게 진행되자 점점 두려워졌다. 차라리 아가씨의 총애만으로 족한 정부가 되는 게 낫다는 생각이 들 정도로.

여태 셰리와 약혼 이야기가 나왔던 자들의 면면을 떠올려 보면 토르가 그리 생각하는 것도 무리는 아니었다.

이미 소공작이라는 사실만으로도 혼담이 물밀 듯 들어오는 에드윈은 전쟁 영웅으로 귀환하여 지금은 황실의 제2기사단장을 맡고 있었다. 게다가 레이먼드는 백 년에 한 번 나올까 말까한 마법사로 인정받아 부탑주의 자리에 오르기까지 하였고.

아무리 생각해도 그런 쟁쟁한 남자들을 제치고 자신이 그녀의 부군이 된다는 현실이 믿기지 않았다. 내쳐질 각오로 했던 고백이 받아들여진 데다 셰리가 직접 공들인 프러포즈까지 받았다. 이게 정말 꿈이 아니라 실제라고……?

"아직도 실감이 안 나? 약혼하고 벌써 반년이나 지났는데."

"……어제도 셰리 님이 다른 남자와 결혼하게 되는 꿈을 꾸었습니다."

그녀의 관심을 끌어 보고자 괜히 하는 말이 아니라 요즘의 토르는 정말로 천국과 지옥을 오가는 기분을 맛보고 있었다. 도대체 자신의 뭘 보고 부군 자리까지 제게 쥐어 주시는 걸까.

"뭐가 그렇게 불안해."

"셰리 님은 너무 고귀한 분이고, 또 제게는 과분해서……."

토르는 기어들어 가는 목소리로 어느새 고개를 푹 숙인 채 띄엄띄엄 겨우 말을 이어 갔다. 그 모습을 보자 셰리는 이번에야말로 그의 습성을 고쳐 놔야겠다는 결심을 했다. 출생 문제 때문에 미묘하게 자존감이 낮은 걸 알고는 있었지만 앞으로도 이대로라면 곤란했다.

"맞아, 솔직히 토르에게는 과분하지."

평소처럼 그런 소리 말라며 달래 줄 줄 알았던 그녀가 순순히 수긍하자 토르의 눈물이 딱 멎었다. 고개를 들어 보니 허리에 손을 얹은 셰리는 조금 화가 난 표정이었다.

"네?"

"그러니까 그런 내가 토르를 선택했잖아. 그걸 알면 나한테 잘해야지. 자꾸

울면 안 우는 다른 남자 찾아갈 거야."

"아, 아닙니다. 그게 아니라……."

다급해진 그가 제 앞에 앉아 있는 셰리를 절박하게 끌어안았다.

여태 아가씨의 곁에 있던 남자들이 너무 잘난 탓에 또 못난 버릇이 나와 버렸다. 구름 위를 걷는 듯 붕 뜬 기분이다가도 저만 아무것도 가진 것이 없어 종종 불안했다. 자신감을 갖자고 수없이 스스로를 타일러도 봤지만 어느 순간, 이유 없이 자존감이 바닥을 치는 일이 반복된 탓이다.

"다른 사람 다 마다하고 내가 토르를 선택했잖아. 그거 외에 이유가 필요해?"

"……사랑합니다, 사랑해요."

"흥. 나도 그래."

짐짓 화난 체하면서도 셰리는 입을 삐죽 내밀며 그를 마주 안아 주었다.

황도에 있을 때도 그렇고, 약혼식은 물론이거니와 결혼을 하는 오늘까지도 영애들의 시선은 토르에게서 떨어지지 않았다. 그 집요한 시선들을 정말 모르는 걸까.

거기다 아무리 부군이라고 해도 고작 남자라는 이유로 부인의 권위가 제 것인 양 구는 작자들이 널렸건만. 토르는 오로지 곧은 눈으로 그녀만 바라볼 뿐, 그런 쪽에는 흥미가 없어 보였다. 셰리는 그게 참 좋았다.

"아……."

반면, 토르의 입에서는 깊은 탄식이 새어나왔다.

명색이 첫날밤인 터라 셰리는 얇고 벗겨지기 쉬운 잠옷을 걸친 상태였다. 그런 그녀를 품안에 가두고 있다 보니 제 몸이 익숙하게 반응하기 시작했다. 방금 전까지 초조함에 어쩔 줄 몰라 떨면서 울기까지 했는데. 그의 분신은 언제나 제 주인의 기분 따위 아랑곳하지 않았다.

그러고 보니 결혼식 준비를 하느라 거의 한 달째 아가씨와 관계를 하지 못한 상태였다. 그래서 제 것은 더더욱 이 기회를 놓치고 싶지 않아 하는 듯했다. 하지만 지금은 그럴 분위기가 아닌데.

안 그래도 관계 중에는 종종 자제력을 잃는 터라 여러 번 혼이 났다. 저도 제가 침대 위에서 이성을 잃고 짐승처럼 군다는 걸 알고는 있었다. 하지만 그래도 셰리의 앞에서는 최대한 숨기고 싶었다. 자신이 순진한 반응을 보일 때마다 그녀의 눈이 반짝거리는 걸 알고 있었으니까.

꼭 끌어안고 있던 팔에 슬쩍 힘을 풀어 천천히 몸을 빼는 토르의 움직임에 그녀가 의아한 표정을 내보였다. 보랏빛 눈망울을 빛내며 구슬 같은 눈물을 뚝뚝 흘릴 땐 언제고 얇은 잠옷 위로 뜨거운 열기가 스며들기 시작했다. 거기다 등 뒤에서는 무언가 참는 듯한 숨소리마저 들리는 것 같기도 하고.

"토르?"

설마 아니겠지, 하면서도 셰리가 그의 품에서 몸을 떼어내어 얼굴을 올려다보았다. 그러자 아직 몰려오기 시작한 흥분을 미처 갈무리하지 못한 토르는 진득한 욕망을 그녀에게 그대로 내보였다. 눈물이 다 말라붙어 눈가에 발간 흔적만 남은 토르의 열기를 몰라볼 셰리가 아니었다.

"으, 죄송합니다."

"으응, 아니. 어쨌든 오늘이 첫날밤이긴 하니까."

그녀로부터 하체를 최대한 멀리 떨어뜨리려는 토르의 움직임을 셰리가 막았다. 생각해 보니 오랫동안 안 했는데 오늘 정도는 괜찮지 않을까. 그러라고 있는 첫날밤이기도 하고.

양팔을 들어 그의 어깨에 걸친 셰리가 그의 볼에 가볍게 입을 맞췄다. 그러자 안 그래도 조금 달아오른 토르의 뺨이 급격하게 붉어졌다. 도대체 이 순진한 청년은 언제쯤 이런 스킨십에 익숙해질는지. 아까 본식 때는 입도 맞췄으면서……. 그것도 꽤 격렬하게.

무언가 결심한 듯 그르렁거리는 소리를 목 안으로 감춘 토르가 눈을 꾹 감았다 떴다.

"그럼 오늘 일정은 다 끝난 건가요?"

"으응, 아마도? 내일 정오까지는……. 앗!"

그 말에 순식간에 셰리를 들어 침대 위로 눕힌 그가 그녀의 몸 위로 타고 올랐다.

"그러고 보니 저번에 결혼식만 끝나면 마음대로 하게 해 준다고 하셨지 않습니까."

"내, 내가 그랬나?"

그게 한 달 전이었던가, 두 달 전이었던가. 계속해서 달라붙으려는 토르를 진정시키기 위해 대충 던진 말이었는데. 여태 기억하고 있었나 보다.

이리저리 눈을 돌리는 셰리의 턱을 살포시 잡아 고정한 그가 천천히 입술을 겹쳤다. 그리고는 부드러운 입술 점막으로 한참을 비볐다. 금방이라도 일을 벌일 것처럼 달려들 때는 언제고 다정하게 쓰다듬어 주는 것 같은 키스였다.

"흡, 으응. 왜 이렇게 천천히……?"

"……."

호흡을 위해 잠시 입을 떼어 낸 사이 그녀가 묻자 토르의 얼굴이 잔뜩 달아올랐다. 갑자기 숨이 거칠어질 정도로 동요하던 그가 눈을 질끈 감고 작게 속삭였다.

"너무, 오랜만이라. 조금 설레서……."

그 말에 아무렇지 않던 셰리의 얼굴마저 빨갛게 물들었다.

뭐야, 이제 와서 왜 이런 순진한 반응을 보이는 거야. 동정 졸업한 게 언젠데…….

둘 모두 마치 서로 첫 경험인 양 시선을 마주치지 못했다. 그저 두근두근 뛰는 심장 소리만 들릴 정도로 침묵하는 게 고작이었다.

결국 쑥스러움을 먼저 이겨 낸 셰리가 다 비칠 정도로 얇은 카디건을 벗어 내어 슬립 차림이 되었다. 차라리 정신없이 얽혀 나뒹구는 게 낫지, 이렇게 가슴이 터질 듯한 설렘은 겪어 본 적이 없어 불편하기까지 했다.

"아, 그런 건 제가."

가느다란 어깨끈을 끌어내리려 손가락을 걸자 그제야 토르가 그녀의 손을 잡아 제지했다.

"이, 이런 거 벗길 줄은 알아?"

하얗고 가느다란 제 손가락 위로 조금 그을린 색의 커다란 손이 겹쳐졌다. 셰리는 어쩐지 오늘따라 더 부끄러워졌다. 그래서 괜스레 새침하게 톡 쏘아붙였는지도 모른다.

"……아니요, 가르쳐 주지 않으셨으니까요."

여전히 눈을 마주치지 못한 채 목덜미 부근까지 예쁘게 물들인 셰리의 모습을 눈에 담은 토르의 목소리가 나른하게 낮아졌다. 동시에 슬립 끈을 잡은 손에 힘을 주었다. 그러더니.

"거 봐, 그러니까. 내가…… 꺅!"

다른 손으로 셰리가 입고 있는 슬립의 가슴 윗부분을 잡아 망설임 없이 주욱 찢어내 버렸다. 아무리 얇고 하늘하늘한 재질이라 해도 맨손으로 쉽게 찢어질 옷이 아닌데, 그의 손에서는 종이 쪼가리라도 되는 듯 쉽게 찢겨져 나갔다.

훤히 드러난 제 맨가슴에도 아랑곳 않고 셰리는 입을 벌린 채로 굳었다. 이제는 꽤 토르를 잘 안다고 생각했는데. 이거, 이런 모습 뭐야. 이렇게 옷도 찢는 남자였어?

"지금 생각하니 셰리 님과 결혼해서 이런 건 좋네요."

"뭐, 뭐가?"

"제가 셰리 님을 안는다는 걸 숨기지 않아도 되니까요."

셰리의 어떤 언동이 또다시 토르의 불씨를 당긴 모양이었다. 한층 더 어둡게 진해진 보랏빛 눈동자가 느른하게 떠 그녀의 몸을 천천히 훑었다. 여전히 가슴을 가릴 생각도 못하고 하염없이 저만 바라보는 아가씨의 놀란 표정이 귀여웠다. 이렇게 해도 된다는 걸 알았다면 진작 이럴 걸 그랬나.

찢어지다 만 슬립을 따라 희고 납작한 배까지 토르의 손가락이 천천히 미끄러졌다. 그러다 힘을 주어 나머지 부분을 전부 뜯듯이 갈라놓았다. 이제 아래의 속옷만 빼고는 반라의 상태가 됐는데도 그녀의 흡뜬 눈은 원래대로 돌아올 생각이 없어 보였다.

"종종 셰리 님이 저보다 신분이 높아서 다행이라는 생각을 합니다. 아니었다면……."

토르가 빙긋 웃으며 말끝을 흐렸다.

'무슨 뜻이야, 그거.'

너무 당황한 나머지 잔뜩 얼어 셰리는 반박조차 하지 못했다. 종종 결혼을 하고 나면 돌변하는 남자들이 있다고는 들었는데, 그건 이런 종류는 아니지 않나.

여태까지와 다른, 조금은 위험한 취향에 눈을 뜬 기분을 만끽하며 토르는 그녀의 눈꺼풀에 얕게 입을 맞추었다. 그제야 파르르 떨리며 셰리의 양쪽 눈이 감겨들었다. 그리고 그 위에는 부드러운 입술이 연달아 와 닿았다. 그 말랑한 감각을 느끼는 것도 잠시, 아래에서 위로 쓸어올리듯 잡힌 가슴 때문에 결국 그녀의 입에서 신음이 튀어나왔다.

"으응."

"저한테 배우는 게 빠르다고 말씀하셨지요?"

그랬었나. 늘 속으로만 생각한 줄 알았는데 무심코 토르에게 솔직하게 말해 버렸나 보다.

눈꺼풀에서 이마, 콧대, 코끝을 거쳐 양쪽 볼을 쪼듯이 입맞춤이 쏟아졌다. 그와 동시에 그의 손이 셰리의 가슴을 조심스레 어루만졌다. 오랜만이라 그런가, 약간 애가 탄 그녀가 칭얼대듯 토르의 목에 팔을 걸었다.

"키스해 줘."

"……."

반쯤 충동적으로 옷을 찢었지만 혹시나 아가씨가 놀랐을까 봐 소극적으로 매만지던 토르의 이성이 그 순간 반쯤 뜯겨 나갔다. 심장을 간질이던 설렘이 지나간 자리에는 익숙한 쾌락을 기억하는 본능이 능청스레 자리를 채웠다.

"읍, 으으응."

무턱대고 작은 입 안으로 들어온 토르의 혀가 달콤한 살덩이를 손쉽게 찾아냈다. 다음으로 그의 손이 다소 급하게 가슴 위로 솟은 정점으로 향했다. 아직 보드랍게 풀려 있는 과실을 집요하게 매만지자 천천히 단단해지는 게 느껴졌다.

아, 아가씨도 흥분하기 시작했구나.

말랑말랑한 살결을 마음껏 주무르는 감각을 만끽하며 토르의 입술이 그녀의 목선에 안착했다. 늘 피부에 흔적을 남기면 안 된다고 강조하는 바람에 가볍게 훑어 내리기만 했었는데……. 토르는 경황이 없는 중에도 예전의 아가씨가 했던 말을 기억해 냈다.

분명히 고급 여관에서 묵었던 그날, '결혼할 때까지는 안 된다'고 했었다. 그렇다면 이제는 결혼했으니 다르지 않을까.

"셰리 님, 목에…… 안 되나요?"

"훗, 목은, 안 돼! 내일 목이 파인 드레스, 입을 거란 말이야."

'목은 안 된다'는 건 다른 곳은 된다는 뜻일 테지. 그는 이제 제게 유리한 방향으로 해석하는 데에 매우 익숙해졌다.

"……그럼, 어디까지 파인 옷입니까."

"아마 여기? 여기 정도까지?"

그가 잠시 상체를 떼어 낸 사이, 셰리가 손가락을 들어 윗가슴 부근까지 라인을 따라 주욱 그었다. 토르는 옷이 가려지는 경계 부분을 되짚어 주는 손가락을 집요하게 응시했다.

"보이는 부분만 아니면 괜찮은 거겠지요?"

"자, 잠깐. 나 그…… 자국 남기는 건 한 번도 안 해 봤는데……."

그 말에 토르의 절반밖에 남지 않은 이성이 다시 한 움큼 뜯겨 나갔다. 아까 제가 무슨 복에 겨운 투정을 부렸는지 모르겠다. 아가씨의 선택을 받아

이렇게 부군 자리를 얻어 그녀를 독점하게 되었는데 말이다. 그것만으로도 제게는 분에 넘치는 처사였다.

셰리가 짚어 준 라인 바로 아래의 가슴에 입술을 댄 그가 긴장한 낯으로 그녀를 힐끔 올려다보았다. 누군가가 제 몸에 흔적을 남기는 건 처음인 셰리의 눈빛 역시 미묘하게 떨렸다. 늘 모든 것에 능숙해 보이는 아가씨의 흔치 않은 모습이었다. 어쩐지 그에 흥분이 된 토르가 손을 올려 방금 전까지 매만지던 분홍빛 정점을 조금은 거칠게 쓸었다.

"아, 하앗!"

그러고는 은은하고 좋은 향기가 나는 살결에 입술을 대고 세차게 빨았다. 이제 셰리 님은 모두가 인정하는 제 여자다. 그 사실만으로도 파정할 수 있을 것처럼 기뻤다. 토르의 입술이 천천히 내려가 이제는 완연히 봉긋하게 올라온 과실을 머금었다.

"히윽, 흐응. 응!"

따뜻하고 축축한 입술과 뭉근하게 내리누르며 핥는 혀의 감각은 여전히 셰리의 머리끝을 삐쭉 서게 할 만한 쾌락을 선사했다. 몸 안쪽에서부터 서서히 뜨겁게 돌기 시작한 성감에 그녀의 허리가 비틀리기 시작하자 토르는 제 팔 안에 아가씨를 온전히 가두었다.

* * *

"하아, 흐아아……."

온몸이 완전히 녹진녹진하게 풀린 셰리의 팔다리가 힘없이 늘어졌다. 평소보다 더 집요하고 착실하게 전희를 하는 바람에 벌써 지친 기분이 들었다. 처음에는 금방이라도 잡아먹을 것처럼 굴더니…….

"이제, 넣어도 되겠지요?"

"으응, 응."

머리끝부터 발끝까지 토르의 손과 입이 닿지 않은 곳이 없었다. 벌써 두어 번은 가벼운 절정마저 느꼈을 정도로. 아니, 서너 번이던가. 나른하게 쳐진 눈꺼풀을 천천히 깜박이던 셰리의 몸에 다시 약간의 긴장감이 돌았다. 드디어 제 것을 꺼낸 토르가 그녀에게 가까이 가져다 댄 게 느껴져서다.

"아프면 말씀하세요."

"으응."

그렇게 한참을 물고 빨았는데 아플 리가…….

"읏! 아파."

"아……."

매번 그의 사이즈가 남다르다는 걸 쉽게 잊었다. 게다가 거의 한 달만의 관계였다. 겨우 익숙해졌던 셰리의 몸이 다시 닫히기엔 충분한 기간이다. 끄트머리의 진입부터 느껴지는 저항감에 토르의 미간이 찌푸려졌다.

결국 약간이나마 머금었던 끝을 빼내어 그녀의 질척한 살덩이에 슬며시 비벼대었다. 충분히 시간을 들여 아래를 달래듯 문지르자 도톰한 입구가 빠끔거리며 그를 삼킬 준비를 했다.

과연 후작가의 촉망받는 엘리트 기사답게 최적의 타이밍을 놓치지 않은 그가 제 물건을 밀어 넣었다.

"아흑, 으응."

"천천히, 후, 할까요?"

너무 묵직한 양감에 다시 긴장하기 시작한 셰리의 아랫배를 살짝 쓸어주며 토르가 조심스레 물었다. 생각보다 더 빡빡해 입구부터 조이는 터라 아랫입술에 피가 나도록 깨물어야 했다.

"이제, 아프진 않은데……. 약간, 흐응, 버거워서."

"우선은 반만 넣겠습니다."

토르는 잔뜩 조이는 내부로 밀어 넣으려 허리에 힘을 주는 동시에 아가씨의 몸을 제게로 천천히 끌어당겼다. 한참을 파고드는 느낌에 몸을 떨며 셰리가 기겁하듯 외쳤다.

"으응, 반만 넣는다면서……!"

"……아직입니다."

약속대로 반 정도만 넣은 토르는 이마를 타고 흐르는 땀을 팔을 들어 대강 닦아 냈다. 잇새로 아드득, 이 갈리는 소리가 새어나왔다. 너무 오랜만이라 자제하기가 힘들었다. 마음 같아서는 제멋대로 넣고 전부 다 잡아먹고 싶었다. 하지만 참아야 했다. 이 고비만 넘기면 함께 즐길 수 있을 테니까.

"하아, 조, 좋아."

곧이어 그녀의 신음에서 아픔이 사라진 걸 귀신처럼 알아챈 토르는 제 안의 짐승을 기꺼이 개방했다.

* * *

"아, 이제 그만! 벌써 몇 번째야."

힘이 없어서인지 셰리는 바르작거리며 시트를 붙잡고 침대 헤드 쪽으로 기어 올라갔다. 그런 그녀의 발목이 쑥 잡아당겨졌다. 한참을 끙끙거리면서 올라간 게 무색하게 너무도 단번에 끌려 내려왔다.

"횟수는 제한 두지 않으셨잖습니까."

"이, 이렇게 많이 할 줄은 몰랐, 윽! 흐응."

쭉 미끄러져 엎어진 채 그대로 삽입되는 바람에 약한 둔통이 느껴졌다. 아무리 여러 번 해도 막 삽입될 때 묵직하게 꿰뚫리는 느낌에는 도무지 익숙해지지 않았다.

"하아, 전부 다 해 보고, 싶어요. 훗."

안 그래도 빠른 학습 능력을 자랑하는 토르가 또 어디선가 다양한 체위를 공부해 온 모양이다. 아까부터 쭈뼛거리면서도 여태 해 보지 않은 새로운 자세를 하고 싶어 하는 걸 보니.

"흐아아앙, 그렇게, 읏! 꾹 누르면, 으응, 싫어!"

"아, 깊게 들어가서 좋아요."

평소 자극당하던 부위와 방향이 아니어서인지 예상치 못한 감각이 속수무책으로 밀려들어왔다. 그 탓에 셰리는 절정에 올랐다가도 다시 더 높은 절정에 다다르는 속도가 점점 더 빨라졌다. 반복되는 기분 좋은·감각에 눈물로 잔뜩 젖은 그녀의 눈꺼풀이 느리게 깜박였다.

'처음부터 잘못 건드린 것 같아.'

하지만 언제나 후회는 아무리 빨라도 늦는 법이었다.

* * *

"……."

그나저나 흔적을 남겨도 된다고 했지만 이렇게까지 하면 어떡해. 셰리가 짚어 준 부근만 제외하고 온몸에 열꽃이라도 돋은 듯 빼곡하게 흔적이 들어차 있었다. 몸에 힘이 하나도 없어서 목욕 시중을 받아야 할 것 같은데 이런 민망한 꼴을 어떻게 보여 주라는 건지.

평소에 목욕 시중 받는 걸 즐기지 않는 그녀인 만큼 너무 적나라하게 남은 정사의 흔적을 내보일 생각에 볼이 화끈거렸다. 여태껏 저는 토르의 독점욕을 너무 우습게 본 게 아닐까.

꽉 끌어안긴 탓에 전부 확인해 보진 못했지만 제 등과 허리에서도 입을 떼지 않았더랬다. 그렇다면…… 아마 앞쪽과 상황은 비슷할 터였다.

셰리는 고개를 들어 고른 숨소리를 내며 잠든 토르의 턱을 노려보았다. 화를 내고 싶어도 저 수려한 낯만 보면 제대로 혼내기가 힘들었다. 예쁘고 잘생긴 것만 보고 자란 제 눈에도 차고 남는 미모인데 다른 이들은 그를 보고 어떻겠는가. 그녀 앞에서는 큰 덩치를 어쩌지도 못하고 순식간에 절절매는 모습만 보이니 다들 이런 토르는 모르겠지.

문득 그를 보고 황홀한 표정을 짓던 영애들이 다시 생각나자 셰리는 조금 심통이 났다.

"흥."

결국 간밤과 새벽까지 저를 괴롭힌 그에 대한 복수 겸 왜인지 모를 부글거림으로 그녀는 토르의 가슴에 이를 세웠다. 그러고는 안기면 바로 입이 닿는 윗가슴 부근에 입술을 가져다대고 힘껏 빨아 당겼다. 입술이 약간 얼얼해질 즈음 입을 떼어내자 일그러진 모양의 작지만 붉은 자국이 생겼다.

신기한 마음에 손가락을 들어 슥슥 매만져 보았다. 어쩐지 제 이름이라도 새겨 놓은 듯한 기분. 이래서 다들 상대의 몸에 흔적을 남기고 싶어 하는구나.

아직 자고 있으면 목에도 한번…….

그렇게 무심코 고개를 든 셰리는 졸음기 하나 없는 보랏빛 눈동자와 마주했다. 거기다 묘하게 열기가 일렁거리는 게, 이거 어쩐지 기시감이 느껴지는데.

"아, 토르. 깨어 있었어?"

"힘들다고 자꾸 우셔서, 겨우 자제했는데."

"그게…… 자제한 거라고?"

토르에게는 미안하지만 그녀는 질린 기색을 감추지 않았다. 평소 그가 하는 횟수를 고려해 기껏해야 서너 번 정도 하리라고 생각해서 허락한 거였다.

그러나 셰리는 여태 그를 몰라도 너무 모르고 있었다는 사실만 깨달았다. 애초에 그런 방면으로는 타고난 데다 토르는 기사 집단 내에서도 괴물 같은 체력이라는 소리를 듣곤 했다. 애석하게도 그것까지 그녀가 알 리는 없었으니.

곧이어 그는 셰리를 끌어안아 제 몸에 더욱 바짝 붙이며 나른한 신음을 토해 냈다. 그러자 자연스럽게 뜨거운 무언가가 배꼽 즈음에 와 닿았다. 이미 준비된 부피감이 지나치게 선명해서 그녀는 저도 모르게 진저리를 쳤다.

"이제, 이제는 더 못 해."

"천천히 할게요."

기껏 깨끗하게 닦아 둔 아래가 서서히 벌어졌다. 그리고 토르가 다시 제 것을 밀어 넣었다. 분명히 자신의 몸인데도 그의 손이 닿자 기다렸다는 듯 묵직한 물건을 낼름 삼켜 냈다.

"아, 흐윽."

그렇게 힘들었는데 어느새 거짓말처럼 달아오르기 시작하는 스스로에게 기가 막혔다. 하, 그렇지만 그건 둘째치고라도 정말로 여태까진 토르가 저를 봐주고 있었나 보다. 결혼하자마자 이렇게 돌변할 줄은 꿈에도 생각도 못했다.

약간은 버겁고 커다란 그의 사랑을 받아내기만 급급해하던 셰리의 고개가 끝내 뒤로 넘어갔다.

'한 명도 이렇게 힘든데, 무슨 정부를 더 둔다고…….'

힘이 없어 가물가물해진 눈꺼풀이 파르르 떨렸다. 창문으로 새어 들어오는 빛을 보면 벌써 동이 트고 있는 것 같은데. 겪어도 겪어도 기분 좋은 쾌감에 셰리의 입에서 가쁜 신음이 연이어 터져 나왔다.

"하, 아응. 좋아, 좋아아. 토르……."

"제가, 더 좋아합니다. 큿, 셰리 님."

* * *

결국 오후 늦은 시간으로 예정되어 있던 정찬은 저녁 무렵으로 미뤄지고 야 말았다.

Fin.

외전 1
성녀, 그리고 잊혀진 숲의 종족

셰리는 맹세코 몰랐다, 이렇게 빨리 소식이 올 줄은.

"축하드립니다, 공녀님. 일고여덟 달 후면 미하르셀의 후계를 뵙겠군요."

후작가 주치의의 축하 인사가 떨어지자 집사장인 가우렌이 가장 먼저 입을 틀어막았다. 사실 그녀는 이미 어느 정도 예감하고 있어서인지 생각보다 담담하게 받아들였다.

"황도의 후작 각하께 바로 연통을 넣겠습니다."

"그, 그럼 딸인가요, 아들인가요?"

토르가 놀란 눈을 끔뻑이며 때 이른 질문을 했다. 그런 그의 손을 꾹 내리누르며 셰리는 작게 타박했다.

"그건 태어나 봐야 알지. 지금은 배도 아직 안 나왔는걸."

"미리 아는 방법은 없습니까?"

다급한 얼굴로 재차 다그치는 토르의 말에 주치의가 곤란한 표정을 지었다.

"글쎄요, 혹시 공녀님께서 무언가 꿈을 꾸셨다면 단서가 될 수는 있겠지만 그것도 확실한 건 아닙니다."

"제가 채소도 많이 먹고 그랬는데……."

셰리는 그가 내심 딸을 바라고 있다는 사실을 알았다. 이전에 지나가는 말로 태어날 아이가 어떤 성별이었으면 좋겠느냐 물은 적이 있었다. 그때 토르는 얼굴 전체를 화악 붉게 물들이며 작은 목소리로 대답했었다.

'첫 아이는…… 아무래도 차기 '올리비아'인 쪽이.'

혹시 자신 때문에 성녀의 후손이라는 혈통이 끊기게 될까 봐 조바심을 내는 눈치였다. 아마도 예전에 그녀가 쓰러졌을 때, 정말로 핏줄을 타고 성력이 유전된다는 사실에 크게 감명을 받은 듯했다.

'내가 딸을 못 낳으면 일족 중에 차기 올리비아를 지정할 수 있다는데도 그러네.'

애초에 어느 정도 유의미한 성력이 발현되는 일도 흔한 일이 아니라고 했다. 역대 올리비아들 중 성력 보유가 인정된 건 다섯도 채 되지 않았다. 그저 딸에서 딸로 핏줄이 이어지다가 종종 그녀처럼 돌연 성력을 타고 날 뿐.

하지만 토르는 저 때문에 딸을 낳지 못하게 될까 봐 지나치게 걱정했다.

사실 전혀 근거가 없는 걱정은 아니었다. 애초에 토르의 아버지인 베거티 백작만 보아도 슬하에 딸 하나 없이 아들만 여섯이었다. 대대로 베거티 백작가에는 아들만 많이 태어나는 게 일반적이라고 했다.

* * *

그러고 보니 지난주에 마탑주를 만났을 때 꽤 의미심장한 말을 들었다. 그는 토르가 '잊혀진 종족의 후예'라며 그에게 이것저것 시켰더랬다.

"톨체르 경이라고 했나? 그럼 이 나무 꼭대기로 올라가 볼 수 있겠어?"

"예?"

몇 년 만에 다짜고짜 후작령까지 찾아온 마탑주가 가장 처음 한 말이 저거였다. 게다가 그가 가리킨 건 후작령에서 가장 오래된 나무였다. 아마도

족히 수백 년에서 천 년은 되었을 법한.

"토르는 다람쥐가 아니에요. 애초에 사람이 저런 나무 위로 어떻…….아?"

"역시."

기가 막힌 셰리가 투덜거리는 사이, 놀랍게도 토르는 커다란 나무 위를 다람쥐처럼 타고 올랐다. 순식간에 꼭대기의 나뭇가지까지 도착한 그에게 마탑주가 손짓을 했다.

"됐다, 됐어. 이제 내려와."

목소리를 크게 해도 들릴까 말까한 높이인데 너무 쉽게 말하는 거 아닌가. 셰리의 얼굴이 이내 황당함으로 물들었다. 차라리 푹신한 짚더미를 가져와서 그 위로 안전하게 떨어지는 게…….

"…….."

토르는 눈 깜짝할 사이에 땅과 가장 가까운 나뭇가지에서 바로 뛰어내렸다. 심지어 착지하는 데에 소리도 크게 나지 않았다. 그대로 셰리의 곁에 다가온 그는 성긴 나뭇잎과 가지 사이를 파고들어 올라가느라 엉망이 된 머리카락을 슥슥 빗어 냈다.

그녀의 시선을 느끼고 흐트러진 앞머리를 쓸어 넘긴 토르가 씩 웃자 셰리의 입이 작게 벌어졌다. 정말, 그 와중에도 쓸데없이 잘생겨서는.

"놀라셨습니까? 기사라면 다들 이 정도는…….."

"무슨 소리야. 기사가 다 네놈 같으면 한 부대만 모여도 드래곤까지 죽이겠다."

은발의 마탑주가 기겁하는 표정을 지으며 제 팔뚝을 쓸었다. 그러더니 토르에게 나무를 향해 눈짓을 했다.

"무슨 목소리가 들리지는 않고? 귀로 들린다기보다는 머릿속에 울리는 그런 음성 같은 거 없어?"

"잘, 모르겠습니다."

"음. 역시 너무 많이 희석되어서 거기까지는 불가능한가."

혼자서 알 수 없는 말을 중얼거리던 그가 드디어 셰리에게로 눈길을 주었다. 평소에는 영롱한 호박색이던 눈동자가 테두리부터 노랗게 물들었다. 어느 순간 동공이 파충류의 것처럼 잠시 길쭉해졌다가 다시 원래대로 돌아왔다.

"올리비아가 네 아들을 낳으면 다시 오마."

"저, 저희가 아들을 낳습니까?"

토르의 눈이 휘둥그레졌다. 마치 앞으로 태어날 아이의 성별을 마탑주가 미리 점지해 주기라도 한 듯 진지해진 얼굴이었다.

"딸은, 저희 슬하에 딸은 없겠습니까? 기왕이면 남자아이보다는 여자아이가……."

"내가 무슨 신탁을 받은 것도 아닌데 어떻게 알아? 그리고 말조심해. 벌써 듣고 있을 수도 있어."

마탑주가 평범한 인간이 아니란 사실은 셰리도 어렴풋이 알고는 있었다. 가문의 후계자들만 볼 수 있는 옛 기록만 보아도 저자는 약간의 외형 변화 말고는 달라진 게 없었으니까. 하지만 자신과 토르가 최근에 2세 계획을 세우기 시작한 것까지 알아챌 줄이야.

사실 셰리는 지난밤에 조금 특이한 꿈을 꾸어서 신경을 곤두세우고 있던 참이었다.

"예? 뭐, 뭘 듣고? 누가?"

"……안 그래도 다음 주쯤 주치의를 불러 볼까 했어요."

"하여간 이번 대 올리비아는 참 수완이 좋아."

여전히 둔한 토르는 셰리와 마탑주 사이에서 혼란스레 눈만 굴리고 있었다.

매일 밤, 매일 아침마다 그녀를 놔주질 않는데 생기지 않는 게 이상하지 않을까. 하긴 그렇다 해도 둘 다 피임차를 끊은 지 두어 달밖에 안 됐으니 예상보다 좀 빠르긴 했다.

"어, 어, 어? 셰리 님? 설마?"

"아직은 몰라. 확실한 것도 아니고."

그녀의 앞으로 바짝 붙어 선 토르의 눈망울이 금세 울먹울먹해졌다. 그러고는 셰리의 어깨를 감싸 안지도 못하고 그 위에서 손가락만 움찔거렸다. 감격해서 그녀를 꽉 끌어안고 싶은데 혹시 제 힘이 지나쳐 문제가 생길까 걱정하는 눈치였다.

"정작 오늘 아침에는 내가 그렇게 사정해도 모른 척 계속하더니. 이제 와서 그러는 거야?"

"아니, 그건······. 셰리 님께 이런 귀한 일이 생길 줄 모르고."

"아직 모른다니까."

"하지만 마탑주께서, 어? 어디 가셨지."

어느새 후작성 뒤편의 동산 위에는 셰리와 토르만 남아 있었다. 올 때도 그렇더니 갈 때도 도무지 제멋대로인 자였다.

그러니까, 그렇게 된 이야기였다.

마탑주가 다녀간 이후로 토르는 그녀의 발이 땅에 닿는 것도 못 견뎌했다. 그동안 셰리는 아직 아이가 생겼는지 알 수 없는 데다 설령 생겼다고 해도 이렇게 자신을 유리 인형 다루듯 할 필요 없다고 수없이 타일렀다. 하지만 그의 귀에는 들리지 않는 모양이었다.

결국 그녀가 토르의 과보호를 더 이상 견디지 못하고 조금은 이르게 주치의를 불러 확인하기에 이르렀다.

* * *

"그럼, 아기님은 붉은 머리겠죠?"

"자기 자식한테 아기님이 뭐야."

"하지만······ 셰리 님의 뒤를 이어 후작가의 후계자이자 차기 올리비아가 되실 분인데요."

셰리는 저 대신 그가 임신한 게 아닐까 진지하게 고민했다. 이제 겨우 3개월 남짓이라 그녀의 배는 납작하기만 한데. 이 안에 새 생명이 자라고 있으리라고는 도저히 실감이 나질 않았다. 왜 자꾸 아기가 딸일 거라고 확신하는지. 게다가…….

'그 꿈은 뭐였을까.'

마탑주가 갑작스레 찾아오기 전날 밤. 품에서 놓아주질 않는 토르 때문에 까무룩 잠이 들었을 무렵이었다.

"여긴……, 뭐야."

생전 처음 와 보는 공간이라 셰리는 어렵지 않게 꿈이란 걸 알아챘다. 거기다 숲이지만 보통의 숲은 아닌 듯했다. 마치 사람의 손길이 닿은 지 몇백 년은 족히 넘은 원시림 느낌이 났다. 거기다 그녀가 발을 내딛자 마치 숲이 환영하기라도 하는 것처럼 넝쿨을 치워 길까지 내주었다.

그렇게 숲이 이끄는 대로 걷던 셰리의 발걸음이 닿은 곳은 기이할 정도로 넓은 공터였다. 아니, 그 공터에 커다란 아름드리나무 한 그루가 있기는 했다. 수려한 가지와 나뭇잎이 바람에 천천히 흔들리고 있었다. 후작령에서 가장 오래된 나무보다도 몸통이 더 크고 굵어 보였다. 단순한 수령의 문제가 아니라 무언가 깨끗하고 정순한 기운이 나무로부터 뿜어져 나왔다.

"전설 속에서나 나오는 세계수 같네."

비록 생각해 왔던 세계수의 이미지보다는 조금 작았지만.

따스한 햇볕이 내리쬐는 공터로 마치 홀리기라도 한 듯 그녀는 나무를 향해 걸어갔다. 눈이 시릴 만큼 밝은 와중에도 따갑거나 무더운 느낌이 전혀 없이 그저 포근하기만 했다.

게다가 발걸음은 이제껏 겪어 본 적이 없을 정도로 가볍기 그지없었다. 만일 구름 위를 걷는다면 이런 느낌이겠지. 솔직히 말해서 셰리는 지금껏 제가 맨발이라는 사실도 모르고 있었다.

'확실히 꿈이긴 꿈이구나.'

평소보다 짙어진 공기의 밀도를 느끼며 그녀가 나무의 그늘 아래까지 진입했을 때였다.

갑자기 나무에서 탐스러운 붉은 열매 두 개가 떨어져 내렸다. 그리고 거짓말처럼 그 두 개의 열매는 셰리의 손에 안착했다. 여태 그녀의 손에 쥐어지길 기다렸다는 듯이.

"역시 이런 건 먹어야 하는 건가?"

어차피 꿈이니까 독이 들었다거나 못 먹는 건 아닐 테지.

사과도, 복숭아도 아닌 생전 처음 보는 과일이었다. 조금의 망설임도 없이 셰리가 양 손에 쥐어진 과일을 한 입씩 베어 물었다. 그러자 점점 더 사위를 밝히는가 싶던 태양 두 개가 그녀의 시야로 달려들었다.

'태양이 두 개라고?'

솔직히 말해서 태양이 두 개인지는 확인하지 못했다. 하지만 하늘 위를 둥둥 떠다니던 빛의 구였기에 셰리는 무심코 태양이라고 생각했다. 그리고 그 빛덩이들이 그녀에게로 충돌하듯 흡수된 순간, 셰리는 발작적으로 몸을 떨며 눈을 떴다.

"셰리 님?"

"꾸, 꿈이었어."

"무슨 꿈을 꾸셨길래 이렇게 땀을……."

다정하게 이마에 맺힌 땀을 닦아 주는 토르의 품으로 그녀가 더욱더 파고들었다. 도대체 무슨 꿈이었을까? 이 시기에, 이런 꿈이라면……. 역시, 그거려나.

"아, 셰리 님. 그렇게 가까이 붙으시면 제가 좀……."

"응?"

그제야 셰리는 그의 몸이 조금 전보다 더 뜨끈뜨끈해진 걸 눈치챘다. 새벽

동이 어스름하게 터올 때까지 그렇게 괴롭혔으면서 여기서 더 하겠다고?

매일 그녀와 한 침대를 쓰면서도 토르는 언제나 며칠 굶은 사람처럼 목말라 했다. 신혼 초면 모를까, 벌써 혼인한 지도 3년째였다. 하지만 역시 제일 문제인 건, 거절하면 더 밀어붙이지 않는 토르인 걸 알면서도 못 이기는 척 받아주는 자신이었다.

* * *

"원래, 원래 이렇게 배가 커지는 겁니까?"

임신을 했는지도 의심스럽게 평평하던 셰리의 배는 6개월째에 접어들자 급속하게 불러오기 시작했다. 처음에는 신기해하며 조심스럽게 그녀의 배를 쓸어 보던 토르도 무언가 이상한 걸 느낀 듯했다. 아무리 셰리의 체구가 다소 왜소하다고는 해도 너무 과했다.

"으음. 확실한 건 출산을 해야 알겠지만 쌍생아일 확률도 배제할 순 없겠군요."

그러자 셰리 곁에서 상시 대기하게 된 후작가 주치의도 조심스레 쌍생아 가능성을 언급했다. 물론 그녀는 이번에도 크게 놀라지 않았다.

'역시 그 꿈이 맞았나 봐.'

제국에서는 쌍생아의 탄생을 상서롭게 생각하는 풍조가 있었다. 잉태하기도 어렵지만 산모와 아기들이 출산 과정을 무사히 견뎌내기 힘들어서였다. 그래서 일단 태어난 쌍생아는 그 가문이나 마을의 행운이라고까지 여겨졌다.

하지만 셰리가 제가 꾸었던 꿈을 아무에게도 말하지 못한 건 다른 이유였다.

'두 개의 태양이라니.'

어느 시대를 막론하고 태양은 지존을 뜻했다. 하나의 태양이라면 대귀족가의 후계자라고 어떻게든 얼버무릴 수 있었을 테다. 그러나 두 개의 태양을 받아 낸 꿈이라면 상당히 위험한 해석이 될 수 있었다.

아기의 아버지인 토르는 백작가의 계승권과 거리가 멀었다. 그리고 셰리의 가문 역시 후계자의 자리는 단 하나뿐이었다. 그렇다면 남은 하나의 태양은 어디로 향할 것인가.

"이렇게 작은 몸 안에 아기님이 둘이나 있다니요. 제가, 제가 자제했어야 했는데……."

"저기, 토르. 토르가 자제한다고 달라질 문제가 아니야."

요즈음의 셰리는 무거운 몸 때문에 주로 침대나 소파에 앉아서 생활했다. 그런 그녀의 곁을 떠나지 못하고 끙끙대던 토르가 결국 셰리의 무릎 위로 젖은 눈가를 묻었다. 왜인지 몰라도 출산이 다가올수록 두려워하는 건 그인 듯했다.

역시 당분간 그 꿈 이야기는 혼자만 아는 게 좋겠다.

* * *

앗, 안녕하세요? 제 이름은 라루스 미하르쉘입니다. 저는 다음 달에 일곱 살이 되고요. 음, 저희 가족으로는 할아버지가 두 분, 할머니는 한 분. 그리고 엄마와 아빠, 마지막으로 망아지 한 마리가 있습니다.

"루! 이거 봐! 내가 잡았어."

"엔시. 이상한 거 좀 잡아 오지 마. 물고기가 불쌍하지도 않아?"

"그치만 잡히는 걸 어떡해. 정말 싫다면 물고기도 잡히지 말았어야 하는 거 아냐?"

"……."

아, 망아지가 아니라 곰이라고 바꿔야 할 것 같아요. 책에서 봤는데 냇가에서 물고기를 잡는 건 곰이라고 했어요. 이제 곧 아빠가 올 텐데 엔시가 잡은 물고기를 보면 또 저까지 혼내시겠지요? 저는 정말 억울한데 말이에요.

"아빠!"

"……아빠."

"잘 놀고 있었어? 아니, 엔시. 이게 뭐니."

"물꼬기!"

아빠의 한숨 쉬는 소리가 여기까지 들리는 것 같아요.

우리 집 망아지, 아니, 곰은 손에 든 물고기를 정신없이 흔들고 있어요. 엔시의 귀에는 저 물고기가 토할 것 같다고 하는 말이 안 들리나 봐요. 어서 집에 보내 줘야 할 거 같은데.

"엔시. 먹을 게 아니면 괜히 동물 친구들을 괴롭히면 안 되는 거야. 이 친구는 집에 보내 주자."

"맞아, 엔시. 지금 걔가 집에 가고 싶다고 했어."

"루는 왜 맨날 내 편 안 들어줘?"

엔시 손에 잡힌 불행한 물고기를 아빠가 집에 보내 주었어요. 으음, 무슨 말인지 전부 다는 못 알아듣겠지만 물고기는 이제 엔시를 싫어하는 거 같아요. 다시는 수면 위로 안 올라올 거래요.

아빠가 엔시의 손을 물로 닦아 주는 동안 저는 아빠 등에 매달렸어요. 참, 우리 아빠는 몸이 엄청 커요. 저도 아빠 아들이니까 어른이 되면 저렇게 클 수 있을까요?

"아빠! 엄마는요?"

"엄마는 오늘 많이 바쁘셔서 저녁때쯤 오실 거야."

"엔시는 아빠랑 노는 게 더 좋아! 엄마는 맨날 책 읽으라고 한단 말이야."

그러면서 엔시가 아빠 볼에 쪽, 뽀뽀를 했어요. 제가 매달린 아빠의 등이 잔잔하게 떨리는 걸 보면 아마도 아빠가 웃고 있나 봐요.

"웃차. 우리 꼬맹이들도 이제 집에 갈까?"

"웅!"

"네에."

엔시는 앞에, 그리고 저는 아빠 등에 업혔어요. 이제 우리가 무거워져서 엄마는 안기 힘들다고 했는데 아빠는 한 번도 힘들다는 말을 안 하네요? 아빠는 키도 크고 힘도 센가 봐요. 얼른 자라서 나도 힘 세지고 싶다아. 사실 엔시랑 팔씨름하면 제가 지거든요.

"앗! 아빠. 우리 집 앞에 누가 있어요."
"응, 손님들이 오셨어."
흠? 아앗, 잠시 잠들었나 봐요. 아빠 등이 따뜻해서 업히기만 하면 늘 잠이 오거든요. 그런데 손님이라고요? 아직도 좀 졸리지만 눈을 크게 떠 볼게요. 아빠 어깨 너머로 보니까 정말 누군가가 앞마당에 있네요.

"하여간 셰리 님을 만날 기회가 생기기만 하면 둘 다 여전히 놓치질 않는군."
"……아빠? 화났어요?"
방금, 아빠가 처음 듣는 무서운 목소리로 말을 했어요. 엔시가 잘 때처럼 이도 뿌득뿌득 갈고요. 저는 뒤에 업혀 있어서 아빠의 얼굴은 못 봤는데 왜 인지 몰라도 갑자기 추워졌지 뭐예요.

"아, 아니야. 루스. 아빠랑 엄마 친구들인데 루스랑 엔시를 보러 오셨대."
"히잉."
놀라서 아빠 등에 얼굴을 비볐더니 아빠가 엉덩이를 토닥토닥해 주셨어요.
우리 아빠가 기사단장이라고 제가 이야기했던가요? 기사는 엄청 힘세고 칼싸움을 잘하는 사람만 되는 건데 그중에서 아빠가 제일 세다는 뜻이래요. 가끔 아빠 부하들이 저희랑 놀아 줘요. 전에 어떤 수염 난 아저씨가 아빠는 원래 엄청 무서운 사람이라고 했거든요.

그때는 거짓말인 줄 알았는데 지금의 아빠는 조금, 무서웠어요.
"이야, 얘네가 그 핫도그들이야? 많이 컸네."
"소공작님. 애들 보고 핫도그라니요."

"아니, 그때 포대기에 싸서 둘 다 안고 걸어가는데 너무 소중하게 들고 있어서 난 핫도그인 줄 알았지."

핫도그요? 그거 먹는 거 맞죠? 엔시가 엄청 좋아하던 게 기억이 나요. 사실 비밀인데 엔시는 먹는 걸 엄청 좋아해요. 엄마가 전에 엔시보고 마차 바퀴도 먹겠다고 했다니까요.

"애들도 보는데 오늘은 그만하시지요. 오랜만입니다, 톨체르 경. 검기까지 쓰는 소드 마스터도 육아를 하면 그저 보통의 아빠군요."

"……."

까만 머리에 귀신처럼 얼굴이 하얀 아저씨랑 노란 머리카락을 가진 아저씨가 왔어요. 우리 아빠가 제일 잘생긴 건 맞는데, 이 아저씨들도 엄청엄청 잘생겼네요.

"아빠, 누구에요?"

"호, 이 애가 엔시아구나. 셰리 어렸을 때랑 완전히 똑같이 생겼네."

"우리 엄마 알아요?"

까만 머리 아저씨는 무릎까지 꿇고 엔시를 구경했어요.

제가 깜박하고 말을 안 했는데 엔시는 어른들이 전부 '꼬마 셰리'라고 해요. 엄마처럼 빨간 머리카락에 눈동자만 아빠처럼 보라색이거든요. 그런데 엄마랑 엄청 닮았나 봐요.

'내가 볼 땐 엄마가 훨씬! 훨씬 예쁜데.'

저 망아지 같은 모습을 보고도 모두들 엄마랑 똑같다고 했어요. 그렇다는 건 우리 엄마도 여섯 살 때는 맨손으로 물고기를 잡았다는 걸까요.

"아저씨는 이름이 뭐예요?"

"아, 아저씨? 그렇지, 아저씨긴 하지. 음……. 내 이름은 에드윈이야."

에드윈이라는 아저씨는 엔시가 엄청 신기한가 봐요. 싱글벙글 웃으면서 엔시 앞에 완전히 쭈그려 앉았어요.

"소공작께서 웃으시다니 별일이네요."

"아니, 당신들이 몰라서 그렇지. 셰리가 딱 이맘때쯤 진짜 이렇게 생겼었거든. 목소리도 똑같아."

저는 아직 아빠 등에 매달려 있었는데요. 어……, 근데 저 말을 듣고 아빠가 또 기분이 별로 안 좋아진 것 같아요.

"에으인? 으응, 아윈?"

"큭큭. 이거 봐. 셰리랑 똑같다니까."

결국 바닥에 주저앉은 채로 에드윈 아저씨는 박수까지 치면서 웃었어요. 되게 잘생긴 아저씨인데 주책이신 거 같아요. 아, 주책이라는 말은 최근에 배웠어요. '자꾸 이랬다저랬다 하면서 실없다'는 뜻이래요. 이상한 아저씨…….

저는 아빠 목을 꼭 끌어안았어요. 저런 어른은 되지 말아야지.

"아, 그러면 이 아기 님이 라루스 님이겠군요. 안녕하세요?"

한심하다는 눈으로 까만 머리 아저씨를 바라보던 노란 머리 아저씨가 저한테 인사를 했어요. 이 아저씨도 정말 잘생겼네요. 절 보면서 막, 눈을 이렇게, 이렇게 가늘게 뜨면서 웃는데 어디서 본 사람인 거 같아요. 아, 기억났다. 책에서 봤어요.

"으음, 안녕하세요. 아저씨는 천사인가요?"

"흐, 천사요? 정말 셰리 님 아기가 맞나 봅니다. 똑같은 소릴 하네요."

"둘 다 제 아이이기도 합니다."

아빠가 심통이 났나 봐요. 가끔 엄마한테 삐치면 저런 목소리를 내던데.

"제 이름은 레이먼드예요. 마탑에서 일하고 있고요."

레이먼드? 마탑? 혹시, 혹시…….

"그 마법사 레이먼드예요?"

"아……. 이미 알고 있습니까?"

저도 모르게 오른손을 내밀었어요. 레이먼드 마법사라니! 부탑주 아저씨잖아요.

"아, 악수해 주세요."

"기꺼이. 그런데, 반지가……? 흠."

아빠가 그 말을 듣고 제 손을 꽉 잡았어요. 아빠 손은 크니까 제 손이랑 반지랑 둘 다 가려지네요. 아, 그리고 이 반지는 마법 반지인데 좀 이따가 알려 줄게요.

지금은 그게 중요한 게 아니에요! 마법사래요, 마법사!

"미하르쉘의 후계자니까요. 지금부터 익숙해지도록 끼우게 하고 있습니다."

"흐음. 이 어린 도련님이 반지를요?"

와, 마법사 아저씨랑 악수했어요. 마법…… 보여 달라고 하고 싶은데 그런 건 실례겠죠? 요즘 '실례'와 '무례'에 대해 배우고 있거든요.

"엔시도! 엔시도 악수할래요. 그럼 엔시도 마법사 될 수 있어요?"

어느새 에드윈 아저씨와 눈싸움을 하고 있던 엔시도 신이 났어요. 마법사 아저씨의 바지를 막 잡아당기니까 레이먼드 아저씨도 엔시랑 악수를 해 줬어요.

"글쎄요. 저도 마법사가 되고 싶어서 된 건 아니라서."

어라, 어쩐지 레이먼드 아저씨의 표정이 슬퍼 보였다면 잘못 본 걸까요.

"여기서 이러지 마시고 들어가시죠. 곧 회의가 있지 않습니까."

"그러지."

"그래야겠군요."

엔시가 다시 아빠한테 손을 뻗었어요. 그리고 이번에도 엔시는 앞에 안 겨서, 저는 아빠의 등에 업혀서 저택에 들어갔답니다.

* * *

"으응."

낮잠 방에서 자다가 잠이 깼어요. 옆을 보니 엔시는 아직도 쿨쿨 자고 있네요. 책에서 봤는데 곰이 물고기를 잡는 건 그걸 먹고 겨울잠을 자기 위해서래요. 엔시가 진짜 곰은 아니지만…… 아무튼 책 내용이 맞는 거 같아요.

—*잠깐만 나와 봐, 친구. 위대한 존재가 오셨어.*

가끔 아무도 없을 때 바람이 말을 걸어요. 그러니까, 귀에 들리는 건 아니고. 이걸 뭐라고 설명해야 할까요? 머릿속에서 그냥 생각이 '느껴'져요. 이 친구가 말해 주는 건 틀리는 일이 없어요. 아까 엔시가 물고기를 잡았을 때도 사실 바람이 알려줘서 미리 알고 있었어요.

바람은 맨날 엔시더러 '이상한 인간'이라고 하거든요. 싫어하는 건 아닌 거 같은데 엔시한테 맞으면 힘이 너무 세서 아프대요. 무슨 뜻인지는 저도 잘 몰라요.

어쨌든 바람 친구가 시키는 대로 정원에 나왔어요. 원래 일곱 살이 될 때까지는 어른 없이 혼자 밖에 나오면 안 된다고 했는데……. 다음 달에 일곱 살이니까 여섯 살보단 일곱 살에 가까운 거 아닐까요?

뭐라고요? 엔시랑 똑같은 말을 한다고요? 저 조금 화가 나려고 해요. 그 망아지랑 저를 같다고 생각한다면 그건 오, 오……. 오해? 아니, 오글? 아무튼 잘못 생각하신 거예요.

"정말로 아들을 낳았군."

"으앗? 누, 누구세요?"

갑자기 누가 뒤에서 말을 걸었어요. 놀라서 얼른 뒤돌아봤어요.

그런데 이번에는 머리가 흰 아저씨예요. 머리가 하야면 할아버지랬는데, 얼굴만 보면 아빠랑 비슷한 나이일 거 같기도 하고.

"너, 이 나무에 좀 올라가 보련?"

"앗. 여기 뒷동산이다! 우리 언제 온 거예요?"

"나무에 올라가 보면 말해 주마."

아까까지만 해도 정원이었는데 눈 깜짝할 사이에 대왕 할아버지 나무가 있는 동산까지 왔어요. 그런데…… 누군지도 모르는데 이렇게 갑자기요?

"이렇게 큰 나무에 제가 어떻게 올라가요. 아빠가 모르는 사람 따라가지 말랬는데……."

"평소에는 잘만 올라간다고 이 녀석이 그러던데?"

백발의 아저씨가 나무를 툭툭 쳤어요. 오, 원래는 누가 자기 건드리는 거 싫어하는데 오늘은 조용하네요. 지금 와서 하는 말이지만 이 대왕 할아버지 나무는 너무 불만이 많거든요.

"어? 아저씨도 나무가 하는 말이 들려요?"

"단순한 나무는 아니고, 정령이긴 한데. 뭐 비슷하지."

어깨를 으쓱거린 아저씨가 제 앞에 다가와서 앉았어요. 와, 가까이서 보니까 이 아저씨 눈이 노래요. 눈 색깔이 이런 사람은 처음 봤어요.

"저 녀석이 하는 말이 들린다는 걸 보니 굳이 나무 위에는 안 올라가도 되겠군."

"으응, 나무 제일 위에까지 올라가면요. 엄청 화를 버럭버럭 내요. 그럴 때는 머리가 쾅쾅 울리는 기분이에요."

엔시도, 아빠도, 엄마까지도·아무도 나무의 소리를 듣지 못했어요. 그래서 나 혼자만 이상한 줄 알았거든요. 처음으로 나랑 같은 걸 듣는 사람을 만나서 기분이 좋아요.

"아, 그거? 저 녀석 꼭대기 부분에 나뭇잎이 안 나거든. 소갈머리가 빈 거 같아서 엄청 신경 쓰는 모양이야. 나이는 먹을 만큼 먹은 놈이 인간들처럼 그런 거에 민감하게 굴고 말이야."

—소갈머리라고 하지 마! ……세요.

"어? 말했다."

웬일로 조용하던 나무 할아버지가 또 소리를 질렀어요. 저한테는 맨날 씨앗 같은 놈이라면서 반말만 했는데 존댓말 쓰는 거 처음 봐요.

나무를 잠깐 보던 아저씨가 저한테 손을 내밀었어요. 잡으라는 뜻일까요?

원래는 모르는 사람은 말도 들으면 안 되고, 손도 잡으면 안 되지만…….
같은 소리를 들을 수 있는 아저씨니까 괜찮겠죠?

"응? 도마뱀?"

내 손을 마주 잡은 아저씨의 눈이 갑자기 도마뱀처럼 변했어요.

이번 여름에 엄마랑 아빠랑 엔시랑 남쪽 별장에 갔을 때 본 적이 있어요. 꼬리를 자르고 도망간다고 하는데, 이 아저씨는 꼬리가 없네요.

"건방지다."

저를 째려보다가 결국 눈을 감은 아저씨가 다시 눈을 떴어요. 아까보다 눈이 더…… 노래졌어요.

"신기하군. 제 아비는 거의 인간이 다 되었는데……."

"우리 아빠를 알아요?"

"네 아비의 아비의 아비까지도 다 알지."

우와, 그럼 진짜로 할아버지일까요? 하지만 제가 아는 할아버지는 이렇게 안 생겼는데 말이에요. 얼굴에 주름이 많아야 할아버지인 줄 알았지 뭐예요.

"올리비아의 성력 덕분인가? 게다가 오드아이라니. 그놈들이 알면 당장 이라도 데려가려고 하겠군."

앗! 혹시 내가 손에서 반지를 뺐었나? 아닌데…….

"어, 어떻게 알았어요?"

"뭐가? 그런 조잡한 아티팩트로 내 눈을 속일 수 있을 거라고 생각했나."

사실 제 눈은 양쪽 색이 달라요. 한쪽은 보라색이고 한쪽은 올리브 색이에요. 엔시는 아빠처럼 두 눈이 다 보라색인데 나만 다르게 태어 났대요. 그래서 어릴 때부터 저는 마법 반지를 끼고 다녔어요. 그러면 두 눈이 올리브색이 되거든요.

엄마랑 아빠가 이건 비밀이라고 해서 아무한테도 말한 적 없는데 어떻게 알았을까요? 심지어 바람이랑 나무 할아버지한테도 말 안했는데…….

"아저씨는 제 눈 색이 왜 다른지 알아요?"

"너, 하이 엘프가 뭔지 아느냐?"

"엘프……? 그거 우리 아빠 별명인데."

정말이에요. 우리 아빠보고 잘생겼다면서 엘프냐고 묻는 사람들이 가끔 있어요. 엘프는 인간이랑은 다른 종족인데 옛날엔 많이 있다가 지금은 없어졌대요.

"나중에, 나중에 말이다. 인간들 틈에서 사는 게 괴로워지면 나를 불러도 좋아."

"아저씨를 부르면 어떻게 되는데요?"

"경계 너머 하이 엘프들이 사는 곳으로 데려가 주마."

아저씨가 조금 슬프게 웃다가 머리를 쓰다듬어 주었어요. 제 머리색은 아빠처럼 청록색이거든요. 엄마 집안의 사람들은 다들 빨간 머리로 태어난다는데 저는 혼자 머리색도 달라요. 엔시는 머리가 아주 빨개서 조금 부러워요.

"그럼 아저씨는 어디 살아요?"

"왜?"

"어디 사는지 알아야 부르죠."

노란색 눈을 데굴데굴 굴리던 아저씨가 제 손목 안쪽에 뽀뽀를 했어요. 으앗, 역시 이상한 아저씨였을까요? 어라, 근데 아저씨가 뽀뽀한 곳에 뭔가 복잡해 보이는 그림이 생겼다가 사라졌어요.

"응? 이게 뭐예요?"

"기억해라, 어린 하이 엘프. 내 이름은 실베스테르. 이름을 부르면 특별히 네 앞에 나타나 주마."

"실베스테르?"

"혼자 남은 존재의 고독함을 내 모르는 바가 아니니."

그러고 나서 실베스테르 아저씨랑 손을 잡고 집까지 내려왔어요.

처음에는 되게 못되고 쌀쌀맞은 아저씨인 줄 알았는데 좀, 친해진 거 같아요. 그리고 생각보다는 좋은 아저씨인 거 있죠. 어떻게 알았냐고요? 너무 걸음이 빠르길래 제가 손을 꾸욱 잡아당겼더니 눈썹을 막 움직이면서도 천천히 걸어 줬어요.

그런데 나무 할아버지도 그렇고 이 아저씨도 그렇고 혼잣말이 너무 많아요. 할아버지들 특징인가 봐요. 중얼중얼.

"그나저나 이번 대 올리비아의 성력은 놀랍군. 성녀급의 차기 올리비아에다가 엘프왕이 될 자질이 있는 하이 엘프까지 낳다니. 생각 같아서는 애를 몇 더 낳아 보라고 하고 싶지만 인간 여자는 약하니 불가하겠지."

저랑 엔시가 쌍둥이라 배 속에 있을 때 엄마가 엄청 힘들었대요. 그래서 아빠가 아기는 우리 둘이 끝일 거라고 했거든요. 실베스테르 아저씨한테 이걸 말해 줄까 말까 했는데 벌써 집에 다 와 버렸어요. 대신 아까부터 궁금했던 걸 물어봐야겠어요.

"아저씨."

"왜."

"아저씨는 나무 할아버지보다 나이가 많은 거죠?"

실베스테르 아저씨가 눈을 가늘게 뜨고 뭔가를 생각하더니 고개를 끄덕였어요.

"나무 정령을 말하는 건가? 그 녀석보다는 내가 훨씬 나이가 많지."

"역시 할아버지가 맞네요?"

"……어린 개체가 못 하는 말이 없구나."

* * *

엔시와 저는 이불을 목까지 덮고 누웠어요. 항상 밤에는 아빠가 잠들 때까지 책을 읽어 주시거든요. 아빠는 목소리가 정말 좋아서 듣다 보면 잠이 잘 와요.

"아빠! 오늘은 이거 읽어 주세요."

아, 그리고 특별히 비밀 하나 말해 줄까요? 이건 저랑 엔시도 똑같이 생각하는 건데요.

아빠가 열심히 하는 건 알고 있어요. 근데 정말, 정말 연기를 못해요. 여자도, 남자도, 할머니도, 할아버지도, 호랑이랑 토끼까지 다 똑같이 읽더라고요. 하지만 아빠가 속상해할까 봐 말한 적은 없어요.

"오늘은 엔시가 고른 책 읽는 날이지? 어디 보자. 응? '호수의 정령 아가씨'?"

평소에는 저랑 엔시를 토닥거리면서 바로 읽어 주시거든요. 그런데 오늘의 아빠는 좀 이상하네요.

"이거 말고, 다른 책은 안 될까. 엔시?"

"싫어! 이거 읽어 주세요."

"……루스도 이 이야기가 듣고 싶니?"

"네."

사실 이 책은 엔시보다는 제가 읽고 싶었던 책이에요.

결국 아빠는 책장을 넘겨서 더듬더듬 읽기 시작했어요. 아빠는 우리가 매달리면 결국엔 다 들어주시거든요.

"……호수의 정령 아가씨는 목소리를 내어 주고 땅 위로 올라왔어요."

"뭐야, 엔시랑 루스 둘 다 벌써 자는 거야?"

우와, 엄마다! 깜빡 잠이 들 뻔했는데 엄마가 들어오는 소리에 잠깐 잠이 깼어요.

그런데 오늘 실베스테르 아저씨랑 뒷동산도 가서 그런가, 너무 졸려서 눈을 못 뜨겠어요. 그냥…… 눈 감고 있을래요.

"애들은 잘 때가 제일 예쁘다더니."

엄마가 엔시랑 제 이마에 뽀뽀를 해 주네요. 엄마한테서는 엄마 냄새가 나요. 엄청, 엄청 좋은 냄새.

"그건 그렇지만……. 셰리 님은 언제라도 가장 아름다우십니다."

"이제 그만 좀 해. 루스랑 엔시는 토르 자식이야."

엄마가 아빠 등을 때린 거 같아요. 짝 소리가 났거든요.

"하지만 정말인데."

많이 아파서 그런 걸까요. 아빠의 목소리가 시무룩해졌어요.

"그건 그렇고, 저에게는 입 맞춰 주지 않으십니까? 오늘 정말 힘들었습니다."

"으휴, 정말. 읍!"

"하아……."

무언가 제가 모르는 일이 일어나고 있는 거 같아요. 그치만 정말로 너무 너무 졸려요. 눈도 못 뜨겠고, 말도…… 하기, 힘들…….

"잠깐, 여기선 안 돼."

"그럼 여기가 아니면 괜찮습니까?"

"……."

"방까지 실례하겠습니다."

부스럭대다가 문이 쾅 닫히는 소리가 났어요. 아, 엄마한테 인사하고 싶었는데……. 이젠 정말 안 되겠어요. 내일, 내일 이야기할래요.

지금까지 제 말을 들어 줘서 고마워요. 안녕히 주무세요! 으하암, 모두 안녕!

IF 외전

외전 2
철없는 애송이, 돌진밖에 모르는 바보와 배운 변태

때는 셰리가 레이먼드와의 관계로 쓰러진 지 며칠 지나지 않은 시점이 었다.

"그렇게 진작 공국으로 보내라고 하지 않았느냐. 이래서 역대 올리비아들이 성물을 직접 모셨던 게다. 하여간 제국 것들은 하나같이 어리석어서는…… . 에잉."

내내 음울한 공기로 가득하던 응접실 문이 벌컥 열렸다. 갑자기 쓰러져 눈을 뜨지 못하는 셰리를 기다리던 세 남자의 고개도 함께 들렸다.

셰리의 아버지인 미하르셀 후작과 함께 후드를 둘러쓴 남자 둘이 방으로 들어왔다. 그중 한 명은 답답하다는 듯 방 안에 들어오자마자 후드를 훌렁 내렸다.

"이것들은 뭐냐. 이런 시국에 외부인을 이렇게 많이 들여? 네가 정신이 있는 게냐, 없는 게냐."

딱 보아도 꼬장꼬장해 보이는 노신사가 못마땅한 목소리로 입을 열었다.

심지어 들고 있던 지팡이로 그들을 가리키며 미하르쉘 후작을 질책하기 시작했다.

"아버님. 제가 나중에 다 설명드릴 테니, 일단 셰리부터……."

옆에서 가만히 듣고만 있던 다른 한 명도 후드를 벗고 얼굴을 내보였다. 그를 확인한 레이먼드의 눈이 동그랗게 커졌다.

"어떻게, 여기에……."

"인사는 됐다. 흠, 근래에 본 것 중 가장 재미있는 조합이군."

은발을 가진 남자의 호박색 눈동자가 레이먼드와 에드윈을 지나 토르에게로 잠시 머물렀다. 보기 드문 청록빛 머리카락과 보라색 눈이 그의 시선을 끈 듯했다. 남자는 잠시 한쪽 눈썹을 들어 올려 무언가를 생각하다 미하르쉘 후작에게 물었다.

"저건 혹시 북쪽 베거티령의 인간인가?"

"예. 베거티 백작의 여섯째 영식입니다."

"……그래?"

나이가 가늠되지 않는 매끈한 턱을 쓸던 남자가 고개를 끄덕였다. 우선 올리비아의 상태가 급하니 이쪽은 나중에 알아봐도 될 일이다.

남자의 말에 후작을 못마땅하게 바라보던 노신사의 고개가 돌아갔다. 그러고는 토르를 발끝부터 머리끝까지 주욱 훑어보았다. 특히 머리카락 사이 보일 듯 말 듯 나와 있는 귀 끝에 오래도록 눈길을 주다 입을 열었다. 사위인 미하르쉘 후작을 다그칠 때와는 완전히 딴판인 정중한 말투였다.

"베거티라면, 옛날 '그' 마을이 있던 곳이 아닙니까."

새파랗게 젊은 외양의 남자는 이런 대접이 익숙한 듯했다.

"그래. 역시 란델 대공가에는 아직 기록이 남아 있는 모양이지?"

"아버님, 실버 님? 저희 셰리부터……."

"일전에 보낸 일족의 의사가 괜찮다고 하지 않았느냐. 에잉, 하여간 제국인들은 예나 지금이나 참을성이라고는 없어서……. 앞장서거라."

"윽, 예. 이쪽으로 오시면 됩니다."

결국 란델 대공의 지팡이에 종아리를 얻어맞은 후작과 은발의 남자는 셰리의 방으로 향했다. 문이 완전히 닫히고 나서야 에드윈이 숨 막힐 듯 흐르던 정적을 깼다. 그의 시선이 복잡한 표정을 하는 레이먼드에게 고정되듯 길게 머물렀다.

"후작 각하와 대공 전하께서 말을 높이다니. 지금 들어간 자가 누구지?"

"……기밀이므로 말씀드릴 수 없습니다."

"정말 건방지군. 발칙하게도 셰리의 정부 자리를 먼저 제안할 때부터 알아봤지만."

에드윈이 왈칵 성을 냈다. 그러나 정작 레이먼드는 토르를 바라보느라 그를 신경 쓰지도 않는 기색이었다.

'베거티 백작령에 무언가가 있었던가? 그것도 마탑과 란델 공국에서만 알고 있을 정도의 기밀이 도대체 뭐지.'

레이먼드는 어쩐지 불안한 예감이 들어 괜스레 제 가슴을 꾹 눌렀다. 아마 셰리 님은 무사히 일어나실 듯했다. 그러니 은발의 그분과 란델 대공이 여유로운 태도를 보였겠지.

하지만…….

전쟁 영웅인 소공작과 아마도 마력 보유자가 되었을 자신을 그냥 지나칠 정도의 무언가가 저 호위 기사에게 있다면.

레이먼드가 슬며시 아랫입술을 물었다. 그러고는 그답지 않게 무뚝뚝한 어조로 에드윈에게 대답을 돌려주었다.

"죄송하지만, 그 제안은 소공작님을 염두에 두고 드린 제안이 아닙니다."

분명 셰리 님의 총애 외에 다른 요소가 더 생긴 거다. 아무리 손녀라고는 해도 옛 신성 제국의 명맥을 이은 란델 공국의 대공이 직접 발걸음 했다. 거기다 그가 '올리비아'와 '성물'을 언급하는 걸 똑똑히 들었다.

……이대로 물러서야 하나? 아니, 여기까지 와서 그럴 수는 없지.

특유의 빠른 머리 회전으로 대강의 계산을 마친 레이먼드의 얼굴에 결연한 빛이 서렸다.

* * *

그로부터 얼마 지나지 않아 셰리의 방문이 다시 열렸다. 아까까지만 해도 시커멓게 죽어 있던 후작의 안색과 목소리가 모두 밝았다.

"다행입니다, 정말. 감사합니다."

"처음부터 내가 골라 둔 본국 아이와 약혼했으면 이런 일은 없었을 거 아니냐."

"하지만, 아버님. 셰리에게 선택권을 주기로 약속하시지 않았습니까."

"그러게 내 밑에서 자랐으면 애초에 저런 선택을 안 했을 것 아니냔 말이다!"

후작과 대공이 티격태격하는 사이, 은발의 남자가 집사에게 손짓을 했다. 그의 호박색 눈동자는 레이먼드와 토르를 주시하고 있었다.

"……일이 다 끝났으면 난 저 녀석들과 이야기를 좀 했으면 좋겠는데."

"예, 실버 님. 금방 따로 방을 마련하겠습니다."

"아니, 당장 아무 방이나 상관없다. 여기서 저 까만 머리 애송이만 치울 수 있으면 되니까."

남자는 방 안에서 들은 대화로 금세 세 남자의 관계를 알아챘다. 보아하니 아직 서열 정리가 끝나지 않은 듯한데, 괜히 소란스러워지는 건 딱 질색이다. 그러자 지목당한 에드윈이 펄쩍 뛰며 란델 대공에게 매달렸다.

"도대체 저자가 누구길래 그러시는 겁니까, 할아버님. 저도 셰리 곁에 있을 자격이 있단 말입니다."

"이 덜떨어진 놈. 보면 모르겠느냐. 마탑주님이시다."

"예?"

"그리고 누가 네놈의 할아버님이냐. 편히 대하라고 허락한 건 네 어미에게만이다."

이를 지켜보던 미하르쉘 후작이 한숨을 쉬며 상황을 정리하러 나섰다. 란델 대공의 지팡이에 기어코 머리를 얻어맞고도 입만 벌린 채로 서 있는 에드윈을 잡아 소파에 앉혔다.

"……자네들도 앉지."

그리고 이어진 이야기는 레이먼드가 미리 예상했던 상황 중 하나와 정확히 일치했다. 그것도 가장 최악일 거라 가정했던 방향으로.

"해서 어쩔 수 없이 올린 영식과의 혼약은 이만 파기하고……."

"죄송합니다만, 후작 각하. 제가 먼저 제안을 드려도 되겠습니까?"

레이먼드가 비장한 목소리로 미하르쉘 후작의 말을 중간에서 끊었다. 무례한 행동이었으나 바로 앞에서 그의 새하얗게 질린 낯빛을 마주한 후작은 관대하게 고개를 끄덕였다. 허락을 받자마자 레이먼드가 지체 없이 바닥에 무릎을 꿇었다.

"말씀대로 약혼은 파기하도록 하겠습니다. 대신 비공식적으로라도 셰리 님의 곁에 있는 걸 허락해 주셨으면 합니다."

"……자네가 마력 보유자로 공식 인정받는 순간 혼사는 물론이고, 후사에 대한 문제까지 모든 권한이 황실에 귀속될 걸세. 내가 허락하고 말고 할 사안이 아니야."

미하르쉘 후작이 안타깝다는 듯 고개를 가로저었다. 그러자 레이먼드는 무릎걸음으로 움직여 마탑주에게 한쪽 손을 공손히 받쳐 내밀었다. 그를 바라보는 마탑주의 호박색 눈동자가 이채를 띠고 반짝였다.

"이미 짐작하고 계시지 않습니까. 한 번만 도와주신다면 기꺼이 원하시는 대로의 수족이 되겠습니다."

"……마치 너는 원하지 않았던 것처럼 말하는구나. 아주 건방지기 짝이 없어. 뭐, 네가 자격만 된다면 못 도와줄 것도 없지."

마탑주는 끼고 있던 팔짱을 풀고 레이먼드의 손바닥 위에 제 손을 가져다 대었다. 손가락 끝이 닿은 지 얼마 되지 않아 그의 동공이 세로로 길쭉해졌다가 다시 원래대로 돌아왔다.

"호오. 너, 생각보다……. 좋아, 도와주마."

"……감사합니다."

내뱉는 말과 달리 레이먼드의 얼굴에는 낭패한 기색이 역력했다. 오가는 대화로 대강의 사정을 짐작한 후작과 대공도 퍽 놀랍다는 표정이었다. 여기서 돌아가는 상황을 조금도 눈치채지 못한 사람은 에드윈과 토르 정도였다. 그래서 에드윈은 아까까지만 해도 대치하던 토르의 옆구리를 슬쩍 찔렀다.

"……갑자기 마력 보유자 이야기는 왜 나오는 거야?"

"저도 모릅니다. 뭐가 됐든 가장 중요한 건 셰리 님께서 무사히 일어나시는 일 아닙니까?"

듣다 못한 대공이 혀를 차며 설명했다. 후작과 집사에게서 이 자리의 세 남자 모두가 셰리에게 구혼했다는 말은 익히 들은 참이다. 셋 다 완벽하게 마음에 차는 것은 아니었지만 그래도 한 놈만 고르라면…….

"올린 영식이 마력 보유자로 밝혀졌으니 셰리와의 약혼은 없는 일이 되었다는 거다. 즉, 네놈들에게도 다시 기회가 생겼다는 이야기지."

그 말에 반색한 에드윈이 벌떡 일어섰다.

"그럼, 이번에야말로 제가……!"

"네놈은 공작가가 멸문하지 않는 이상 어림도 없다, 이놈아."

"크윽."

란델 대공의 지팡이가 한 번 더 매섭게 허공을 갈랐다. 아까 맞은 곳을 또 얻어맞은 에드윈이 머리를 감싸 쥐고 고개를 숙였다.

"거기 너, 베거티 가문의 아들이라 했나? 내가 네 부모를 좀 만나 봐야겠다."

"······."

마탑주의 짐작대로라면 혈통의 우수함은 말할 필요가 없을 테다. 그러나 다른 무엇보다도 제 손녀의 안위를 가장 먼저 챙기는 모습이 제법 마음에 들었다.

게다가 볼수록 젊었을 적의 자신을 보는 듯 굉장한 미남자였다. 어딘가 우수에 찬 눈빛도 그렇고 건강한 몸에 비해 아름다운 얼굴까지 말이다.

'집사의 말에 따르면 셰리가 제일 총애하는 녀석이라지? 역시 내 손녀 아니랄까 봐 안목이 높군.'

저 정도는 되어야 우리 셰리와 급이 맞고말고. 대공의 주름진 입가에 흐뭇한 미소가 걸렸다.

그 의미를 능히 짐작한 후작은 고개를 절레절레 내저었다. 여전하시군. 잘생긴 청년만 보면 왕년의 자신과 비교하시는 습관은.

* * *

'마력과 성력의 충돌 현상 때문에 쓰러졌다니. 요즘 세상에 도대체 누가 이런 걸 믿는다고.'

그것도 성녀의 후손인 자신이 마법사와 무절제한 성관계를 가진 게 원인이라니. 외부에는 절대 알리지 말란 당부가 오히려 현실성 없이 느껴졌다. 알려져 봤자 다들 농담 취급이나 할 텐데······.

"어휴."

셰리는 깨어난 이후로 정신이 하나도 없었다. 생각지도 못한 일들이 너무나 갑작스레 밀려든 탓이다. 열흘도 안 되는 사이에 세상이 뒤집어지기라도 한 것 같았다.

정원 테이블에 앉아 티타임을 즐기는 와중에도 며칠 전의 기억에서 벗어날 수가 없었다.

'마법사보다 백배는 귀한 성력을 타고났는데 감히 누가 뭐라고 하겠느냐. 네가 제국의 황제보다 못할 게 뭐 있누. 남자 셋이 아니라 열을 들여도 모자라거늘.'

'아버님. 셰리는 공국의 성녀가 아니라 제국의 후작이 될 겁니다. 그런 말씀은 곤란합니다.'

'에잉, 이게 다 네가 후작위밖에 없는 탓 아니냐!'

그녀가 일전에 했던 고민들이 무색할 정도의 반응이었다. 성력을 갖고 있다고 판명 나서인지 모르겠다. 아버지와 할아버님께서는 숫제 그녀가 여왕이라도 된 것처럼 구셨다.

그래도 공식적인 남편으로는 한 명밖에 세울 수 없다는 말에 셰리는 토르를 택했다. 상황으로 보나 애정의 크기로 보나 그건 별로 어려운 결정도 아니었다. 오히려 그녀가 걱정한 것은 따로 있었다.

'상식적으로 생각했을 때 누가 이런 상황을 받아들이겠어?'

정식 부군이 될 토르는 다른 두 남자와 셰리를 공유하려 하지 않을 거라 짐작했다. 그리고 에드윈이나 레이먼드 역시 그녀를 포기했으면 했지, 토르에게 숙이고 들어갈 리가 없지 않은가.

셋 다 어디 내놓아도 빠지지 않는 훌륭한 신랑감이다. 그런 만큼 자존심 때문에라도 더더욱 물러서려 하지 않을 거라고 믿었었는데.

오산이었다.

'하지만 아버지, 할아버님. 셋 중 누구 하나 포기하려고 하겠어요?'

'……한다던데?'

황당했던 그날의 기억에 셰리는 다시 한번 이마를 짚었다. 정말 열흘 사이에 무슨 일이 있었던 걸까.

그런 그녀의 손등 위로 커다란 손이 겹쳐졌다. 오랜만에 느껴지는 따스함에 셰리의 고개가 번쩍 들렸다. 걱정에 가득 찬 목소리가 다급하게 뒤를 이었다.

"셰리 님? 아직도 어디가 아프신 겁니까?"

"아……. 토르?"

"대공 전하를 따라 마탑주님도 공국으로 가셨으니 지금이라도 당장 연락을 넣으면……."

"아니, 아니야. 몸 상태는 좋아."

사실 몸만은 그 어느 때보다도 건강한 상태였다. 강제로 주입된 마력을 몰아내느라 발현된 성력이 셰리의 몸 전체를 휘감고 지나갔으니까.

그녀의 말이 사실이란 걸 깨달은 토르가 그제야 손을 떼어 내며 안도의 한숨을 내쉬었다.

"하아, 다행입니다. 저는……. 이제 셰리 님이 또 쓰러지실까 생각만 해도……."

이번에는 한쪽 무릎을 꿇고 앉은 토르가 제 이마를 짚었다. 셰리의 눈길이 그의 복장으로 가닿았다. 평소에 보던 기사단 정복이 아니었다. 귀족 영식들이 흔히 차려입는 정장 차림인 걸 보면……. 할아버님인 대공과 마탑주와 함께 베거티령에 갔다더니 방금 귀환한 모양이다.

"그러면서 깨어날 땐 내 곁에 없었잖아."

"죄송합니다. 두 분의 영지 방문 준비를 하느라."

"흥."

셰리도 잘 알았다. 아마 토르가 그녀의 곁을 끝까지 지키려고 해도 할아버님과 아버지의 등쌀을 이겨 낼 순 없었겠지.

잠시 주위를 두리번거리던 토르는 조심스럽게 셰리의 두 손을 모아 쥐었다.

"대공 전하의 말씀대로 그때의 저는 셰리 님의 곁에 있을 자격을 갖추지 못했으니까요."

"……갔던 일은 어떻게 됐어?"

여전히 바닥에 반쯤 무릎을 꿇은 채 앉아 있던 토르가 그녀와 눈을 맞추었다. 워낙 덩치 차이가 커서인지 그런 자세로도 얼추 눈높이가 맞았다.

"저는 사실, 아직도 뭐가 뭔지 잘 모르겠지만."

그 역시 뜻밖의 사실에 정신이 없기는 마찬가지였다. 설마 자신의 가문인 베거티 백작가가 정말로 엘프의 후예였을 줄이야.

아버지인 베거티 백작이 나이에 비해 유난히 젊어 보였던 것도, 남들보다 월등하게 뛰어난 운동 신경도 핏줄 덕분이었다. 그리고 토르는 엘프의 특징이 특출 나게 많이 발현된 타입이라 했다. 외모와 신체 조건까지 모두 포함해서.

'아무리 그래도 그런 쪽까지 시험해 보실 거라고는…….'

실제로 대공 전하와 마탑주께선 '후작 부군 검증'이라는 이유로 이것저것 낯부끄러운 부분까지 물어보셨다. 특히 제 것의 크기를 아시고는 완전히 납득하신 듯했다.

토르는 커다란 손을 움직여 셰리의 손등 위를 조심스레 덮었다. 그리고 평소와는 다르게 조금 더 힘을 주어 잡았다. 과감해진 그의 행동에 셰리의 눈이 동그랗게 뜨였다.

"제 몸이, 그리고 제 혈통이……."

웬만해서는 표정 변화조차 없던 입가에 미소가 떠올랐다. 거기다 아름답지만 어딘가 그늘이 엿보이던 보랏빛 눈동자는 기쁨에 차서 반짝거렸다. 늘 망설이는 기색이 역력했던 목소리에도 천천히 힘이 들어갔다. 그간 보지 못했던 새로운 모습이라 셰리는 입만 벌린 채 두 눈을 깜박였다.

"아가씨께 도움이 된다면 기꺼이 바치겠습니다."

"……그럼 토르는 이대로 진행되어도 괜찮다는 소리야?"

예상과 다른 반응에 셰리는 떨떠름하게 되물었다.

사랑한다면서? 자신이 다른 남자와 약혼한다는 소리에 세상을 다 잃은 것처럼 절망할 때는 언제고. 사실상 셋이서 자신을 공유하는 이런 관계를 받아들이겠다고?

"……."

순간 환희로 가득하던 토르의 눈동자가 짙은 색으로 가라앉았다. 그러고는 단단하게 가둬 두었던 셰리의 손을 꺼내어 손등에 입술을 꾹 눌렀다.

"그렇다고 제 욕심대로 저질렀다가……."

얇고 보드라운 살결의 피부를 토르의 입술이 천천히 훑고 지나갔다. 유려한 손가락 마디마디에 입을 맞춘 그는 마지막으로 가지런히 모은 손끝을 제 입술에 가져다 대며 눈을 감았다. 새카맣게 짙어진 눈빛이 눈꺼풀 사이로 겨우 가려졌다.

"……또 아가씨를 잃고 싶지 않습니다."

"토르……."

"누워 계시는 동안 계속 생각했습니다. 무사히 깨어나시기만 한다면 어떤 처분이든 다 받아들이겠다고요."

여전히 불쑥 치밀어 오르는 독점욕을 간신히 내리누른 토르가 천천히 눈을 떴다. 셰리 곁에 자신 외에 다른 남자를 둔다는 건 아무리 마음을 다스려도 역시 쉽지 않은 선택이었다.

그리고……

"저 때문에 셰리 님께서 무언가를 양보하고 잃으시는 것보다는 낫다고 생각합니다."

그 말에 무어라 반박하려던 셰리의 입이 그대로 다물렸다.

확실히 올린 남작가의 핵심인 레이먼드를 곁에 둔다면 상회와 마탑, 아카데미와 연구소까지 전부 그녀의 영향력 아래에 들어오게 된다. 거기에 더해 비공식적으로라도 에드윈을 받아들인다면 린데카이르 공작가와의 인연을 그대로 이어 나갈 수 있다.

방법이 없다면 모를까, 이대로 전부 포기하기엔 셰리는 욕심이 많았다.

"……고마워."

셰리는 잡힌 손끝을 움직여 토르의 입가를 누르듯 매만졌다. 제일 좋아하는 단 한 사람을 고르라면 당연히 토르겠지만, 그가 괜찮다고 한다면…….

"읏!"

그때, 토르가 혀를 내어 손가락을 휘감으며 핥기 시작했다. 퍽 오래간만인 성적 접촉에 셰리의 어깨가 움찔 떨렸다. 뜨겁게 달궈진 숨결이 그녀의 손등 위를 연신 간지럽혔다. 아닌 척하지만 토르 역시 흥분하고 있다는 게 여실히 느껴질 정도였다.

"자, 잠깐만. 토르. 여긴 밖이잖아."

"밖에서 어떻게 할 수 있는지 제게 알려 주신 건 셰리 님 아니십니까."

"그건 그렇긴 한데……."

셰리의 손을 잡지 않은 다른 한쪽 손이 의자 한 귀퉁이를 부서져라 붙들었다. 그의 손등 위로 굵은 힘줄이 하나씩 툭툭 불거졌다. 토르에게는 정원이 밖이라는 사실도 그다지 걸림돌이 되지 못했다.

그건 여태 침대에서건, 마차에서건 제 아가씨께 하나씩 배워 온 덕분이기도 하다. 처음부터 끝까지 다 말이다. 게다가 새로이 알게 된 가문의 비밀이 그를 들뜨게 했다.

'이제 가장 가까이 설 수 있는 건 바로 나야.'

이대로 고개를 숙인다면 그녀를 제 품 안으로 온전하게 들일 수 있다. 심지어 셰리 님은 말로만 무어라 하실 뿐, 제게는 조금 무른 태도를 보여 주시니까.

토르는 마른침을 삼키며 천천히 상체를 숙였다. 셋이서 그녀의 총애를 다퉈야 한다고 생각하니 자꾸 조급한 마음이 들었다.

"아……."

그러다 문득 깨달았다. 제 몸에 흐르는 피가 고대 종족의 것이라 한들, 자신은 아가씨의 기사라는 사실을. 대체 언제부터 이렇게 건방져졌을까.

탄식하며 그녀에게 바짝 붙이려던 몸을 간신히 뒤로 물렸다.

"죄송합니다. 제가 정신이 나갔나 봅니다."

"토르는……. 괜찮아."

이번에는 셰리가 그의 가슴으로 폭 안겨 들었다. 기대 반 망설임 반을 담은 채 깜박이던 눈에도 이채가 돌았다.

그래, 이게 토르지. 욕망에 달아 어쩔 줄 몰라 하면서도 그녀에게 순종하는 고지식한 호위 기사. 그토록 원하던 부군 자리를 얻게 됐는데도 그 본질만은 잊지 않은 모양이다.

"다만……. 셰리 님."

이제 토르는 두 번 머뭇대진 않았다. 제게로 기울어진 가냘픈 몸을 거부하지 않고 바짝 당겨 안았다. 그러고는 아가씨가 특히 꼼짝 못 하는 낮은 음성으로 그녀의 귀에 속삭였다.

"한 가지 부탁드리고 싶은 게 있는데……. 들어주실 수 있습니까?"

"응. 뭐, 뭔데."

가까이서 유혹하듯 조곤거리는 그의 목소리에는 기묘한 힘이 있었다. 몸 안 깊숙한 곳에 서서히 고이기 시작하는 열기에 올리브색 눈동자가 약간 흐려졌다.

"대신 제게 이 관계에 대한 모든 권한을 주세요. 그리고 신혼만큼은……. 방해받고 싶지 않습니다."

"으응, 좋아. 그렇게 해."

셰리를 껴안은 팔이 어느새 더 단단하게 죄어들기 시작했다.

* * *

"여긴……. 도대체 뭐예요."

에드윈이 그녀와의 밀회를 위해 준비한 곳이라 했다. 예상대로 그리 크지 않은 아담한 저택이었다. 대신 저택의 크기에 비해 정원이 굉장히 크고 넓다는 점이 독특했다.

"어때? 마음에 들어?"

마차에서 내리는 짧은 시간도 기다리지 못한 에드윈이 그녀를 번쩍 안아 들었다. 셰리는 기묘한 위화감에 저도 모르게 미간을 좁혔다. 처음 와 보는 저택인데도 어딘가 익숙한 탓이다.

특히 대리석으로 만들어진 아치를 휘감은 장미 넝쿨이며 분수대의 모양은 제 기억 속에 남은 것과 완벽히 일치했다. 심지어 이 장미는 공작저의 정원에서만 자라는 품종인데.

"기억나?"

"부인의 정원을 그대로 옮겨 오기라도 한 거예요?"

"그건 아니고……. 그런데 언제까지 어색하게 존댓말 할 거야. 어차피 입구에서부터는 우리 둘밖에 없어."

빙글거리며 웃는 에드윈의 낯이 얄미워 셰리는 그의 코를 콱 꼬집었다. 분명히 어렸을 때는 이렇지 않았던 것 같은데, 요즘은 나사가 하나 빠지기라도 한 것처럼 굴었다.

그렇다고 에드윈이 모두에게 잘 웃어 주는 건 아닌 듯했다. 엄연히 제국 최고의 신랑감인 만큼 그가 가는 곳마다 영애들과 귀부인들이 줄을 잇는다고 들었다. 그런데도 공식 석상이나 다른 사람들 앞에서는 여전히 싸늘하고 고고한 소공작 그대로라고 했으니.

"에드윈."

"응?"

"됐으니까 일단 내려 줘요."

셰리가 이름을 부르자 그의 입가가 단박에 흐물흐물하게 녹아내렸다. 누군가 실수인 척 옷깃을 스치기만 해도 그렇게 싫은 티를 낸다던 소문과는 완전히 다른 모습이었다.

아쉬움 가득한 얼굴로 에드윈이 셰리를 조심스레 내려놓았다. 약간 구겨진 드레스 자락을 탁탁 털면서 셰리는 새침하게 쏘아붙였다.

"반말은 우리가 같이 자랐을 때나 했던 거고요. 지금은 아니잖아요."

"뭐, 앞으로 우리가 할 일을 생각하면 아니긴 하지."

"하……."

그런 그녀의 태도조차도 좋아 죽겠다는 얼굴을 보니 그만 맥이 풀리는 기분이 들었다. 에드윈을 뒤로하고 정원을 한 바퀴 쭉 훑어본 셰리는 아연한 기색으로 입을 벌렸다.

아까의 그 장미가 입구의 장식 아치에만 있는 게 아니었다. 다른 품종과 수목도 섞여 있었으나 어쨌든 정원의 메인은 공작 부인의 장미였다. 이 꽃이 이렇게 대량으로 공작저 밖으로 나온 적이 있었나?

심지어 저 장미의 가치는 단순히 귀하다는 데에 있는 게 아니다. 황녀였던 공작 부인에게 구애하기 위해 공작이 타 대륙에서 들여왔기에, 오로지 공작가의 정원사에게 내려오는 비법으로만 피워 낼 수 있었다.

"……공작 각하께서도 아세요?"

"괜찮아. 어머니께서 알고 계시니까."

"그렇다면 통째로 불태워질 일은 없겠네요."

에드윈치고는 머리를 잘 굴린 셈이었다. 비록 아버지인 공작에게 몇 대쯤 걷어차일지는 모르겠지만.

익숙한 풍경과 향기에 셰리는 어쩐지 가슴이 뭉클해지는 기분이 들었다. 돌아가신 어머니 대신 제게 온 마음을 다해 사랑을 주시던 공작 부인과 함께 했던 어린 시절이 떠올랐다. 거기에다 에드윈에게는 엄하시지만 아주 가끔은 제 머리를 쓰다듬어 주시던 공작 각하. 그리고 국정으로 피곤해진 몸으로도 늘 웃으며 자신을 데리러 오시던 아버지까지.

너무 훌쩍 자라 버린 에드윈과 자신만 제외하면 행복했던 그때의 유년 시절로 다시 돌아간 것 같았다.

"참, 조만간에 부인께 초대장을 써야 할 것 같아요."

"응. 안 그래도 어머니는 네 소식만 기다리고 계셔."

"내일 연락을 드려야겠네요. 그럼 우리는 이만 들어가요."

더 있다가는 눈물이 날 것 같아 셰리가 먼저 몸을 돌렸다. 그러자 에드윈이 펄쩍 뛰었다.

"벌써? 아직 정원 입구밖에 안 돌아봤잖아. 저쪽 뒤에 가면 조금 더 비슷하게……."

"어차피 목적은 나랑 하러 온 거 아니에요?"

"뭐?"

"말해 두지만 난 다짜고짜 밖에서 하는 거 별로 안 좋아해요."

"그런 거 아니야!"

새빨갛게 달아오른 얼굴로 에드윈이 빽 소리를 질렀다. 그러더니 스스로도 민망한 듯 당황한 표정을 지우지 못한 채 연거푸 마른세수를 했다.

"너, 저번부터 나를 어떻게 생각하는지 모르겠지만 나는 엄연히 네 연인이거든?"

"……정부라고 하지 않았어요?"

"연인이야, 연인!"

"그런 거로 하죠, 그럼."

셰리는 웃음을 참으며 등을 돌리고 저택을 향해 걸었다. 몸은 저렇게 커다랗게 자랐지만 에드윈 역시 그대로였다. 겨우 두 살 차이에 어른스러운 척 굴다가도 정곡을 찔리면 쉽게 흥분하는 모습까지.

그럼…… 변한 건 자신뿐인가.

셰리는 아랫입술을 슬며시 깨물었다. 그때, 그녀의 허리가 단단한 팔에 감겨들었다. 곧이어 한숨을 내쉰 에드윈이 셰리의 어깨 위로 턱을 걸쳤다.

"하……. 네 냄새, 오랜만이다."

"들어가서 해요. 우리 아직 저녁도 안 먹었고……."

조금 더 깊게 셰리를 끌어안은 그가 가늘고 하얀 목덜미에 얼굴을 묻었다.

"아버지가 귀가하시면 왜 바로 어머니부터 끌어안으시는지 알 것 같아."

"왜요?"

"후, 하루의 피로가 다 풀리는 기분이야."

아이처럼 목덜미에 입술을 비비적대던 에드윈은 급기야 쪽쪽거리며 입을 맞췄다. 정말이지 그는 오래 참았다. 그녀와 그놈의 약혼에다, 결혼 준비, 남들보다 유난히 길었던 신혼여행까지.

이 날을 고대하며 저택을 꾸미는 데에 매진했으니 망정이지, 조금만 더 기다리게 했다면 후작저로 쳐들어갔을지도 몰랐을 일이다.

심지어 셰리의 결혼식 후, 작정하고 들이대는 영애들 때문에 내내 신경이 바짝 곤두선 상태였다. 같은 남자라면 힘으로 제압했겠으나 일단은 소공작이자 기사인 이상 그럴 수도 없었으니까.

'눈치껏 물러날 것이지. 하여간 성가시게……. 감히 내 눈에 여자로 보일 거라고 생각하는 건가.'

누군가는 비웃을지도 모른다. 소공작이 작위도 없는 변경백의 막내아들에게 밀린 데다 남작 영식과 나란히 정부 취급이라니. 하지만 그런 굴욕을 전부 감내할 만한 결정이었다.

오랫동안 참기만 했던 몸을 뭉근하게 데우는 품 안의 촉감에 에드윈의 눈동자가 조금 혼탁해졌다. 저도 모르게 목을 훑던 입술에 힘이 들어갔다.

"웃, 그만하라니까! 아윈!"

그제야 에드윈은 정신을 차리고 입을 떼어 냈다. 그리운 애칭이다. 가슴이 벅차오른 그가 남색 눈동자를 빛냈다.

"에드윈보다 아윈이 더 좋다. 앞으로는 그렇게 불러 주면 안 돼?"

"……일단 안에 들어가서 생각해 보죠."

셰리는 이를 악물고 대답했다. 그러면서 머리 하나보다도 더 작은 제 등과 목에 매달린 에드윈을 질질 끌며 저택의 문고리를 잡았다.

도대체 누가 이 모습을 보고 야만족 수장을 단칼에 베어 낸 전장의 괴물이라고 생각할까?

셰리는 제 허리를 꼬옥 붙들고 떨어지지 않는 에드윈의 손가락을 하나

하나 떼어내듯 잡았다. 몸만이 아니라 손도 어느새 이렇게 커졌는지 모를 일이다.

"그런데……. 다짜고짜만 아니면 밖에서 해도 된다는 거야? 악!"

결국 그녀는 전쟁 영웅의 손등을 세게 꼬집었다.

* * *

"앗."

문이 닫히자마자 에드윈은 셰리를 번쩍 들어 올렸다. 그러고는 곧바로 입술을 가져다 댔다. 숨결만 닿아도 파드득 떨던 지난날과는 완전히 달라진 모습이었다. 고개를 돌려 가까스로 벗어난 셰리가 그의 어깨를 주먹으로 통통 두드렸다.

"읍, 잠깐……. 에드윈!"

"……나한테 더 참으라는 건 너무 잔인한 거 아냐?"

셰리의 저항에 몸이 달은 에드윈이 볼멘소리를 냈다. 처음 그의 계획대로라면 오늘은 느긋하고 어른스러운 데이트여야 했다.

아버지 몰래 정원사를 빼돌려 꾸민 정원을 산책하고, 그의 부모님이 그렇듯 다정한 대화가 오가는 식사. 그렇게 쌓인 로맨틱한 분위기가 잠자리까지 이어졌어야 했다. 머릿속으로 수십 번 연습했는데…….

하지만 이제 겨우 두 번의 경험밖에 없는 그의 이성은 진작에 무너져 있었다.

언제부터였을까. 마차 안의 셰리를 발견했을 때? 아니면, 그녀를 끌어안고 살내음을 맡았을 때? 그것도 아니면 식사 중에 쉴 새 없이 오물거리는 셰리의 입술을 보았을 때부터일까.

"침대로 가서 해. 옛날처럼 괜히 떨어뜨리지 말고."

"아니, 도대체 날 몇 살짜리로 보는 거야."

에드윈은 툴툴거리면서도 착실하게 셰리의 말에 따랐다. 이 저택을 사들이고 꾸미면서 그가 가장 공을 들인 곳이 정원과 침실이었다. 처음과 두 번째를 준비되지 못한 상태에서 해 버린 게 두고두고 아쉬웠으니까.

"이제 됐지?"

조심스레 그녀를 내려놓은 에드윈이 천천히 침대 위로 올라왔다. 그의 목울대가 기대로 크게 일렁였다.

완전히 계획대로 된 건 아니지만 앞으로 기회는 얼마든지 있다. 일전에 그 호위, 아니, 톨체르 경에게 받은 일정표대로라면 제 순번은 금방 돌아온다.

"에드윈. 이번에는 이 안 부딪게 조심하고, 숨은 코로 쉬는 거 기억……. 어?"

침대로 완전히 올라온 에드윈의 어깨를 밀어 넘어뜨리려던 셰리의 눈이 동그랗게 뜨였다. 지난번과 달랐다. 에드윈은 밀려 넘어지기는커녕 단단하게 버티며 손을 뻗었다. 그리고 그대로 그녀를 끌어안았다.

매번 서툰 모습만 보이기에 앞으로 몇 번 정도는 그녀가 가르치듯 관계를 가져야 한다고 생각했는데…….

"날 이렇게 애 취급하는 건 온 대륙을 뒤져도 너뿐일 거다. 이번에는 내가 알아서 할 테니 가만히 있어."

그렇게 셰리의 턱을 움켜잡은 에드윈이 그대로 고개를 숙였다.

* * *

"흐, 으응……!"

몸과 시트가 스치며 바스락거리는 소리에 가느다란 신음이 섞여 들었다. 셰리는 얕은 절정감에 떨면서도 지금 이 상황이 믿기지 않았다.

'……에드윈 맞아?'

부끄러워서 몸을 보여 주는 것도 머뭇거리던 그가 아닌가. 그런데 벌써 몇 번이나 전희만으로 그녀를 전율하게 만들었다. 머리끝부터 발끝까지 에드윈의 입술과 혀가 스치지 않은 곳이 없을 지경이다.

하지만 잘 생각해 보면 서툴지언정 그가 그녀를 만족시키지 못한 적은 없었다. 처음에도, 저번에도.

그렇다고 한들 이건 너무 순식간에 발전했는데?

"아. 하아, 흐응."

"너 진짜 민감하구나. 예전에는 몰랐어."

셰리의 다리 밑에서 고개를 든 그가 혀로 제 입술을 훑었다. 얼마나 집요하게 괴롭히며 자극을 주었는지 아래는 부드럽게 풀리다 못해 녹아 있었다.

"이, 이런 거…… 누구한테 배웠어?"

여전히 할딱거리면서 묻는 셰리에게 에드윈이 빙그레 미소를 지었다. 역시 스승님의 말씀대로다. 바로 삽입하려는 욕심만 버리면 더 큰 걸 얻을 수 있다고 했던가.

"널 기다리는 동안 나도 성교육이라는 걸 받았지."

톨체르 경의 전임 호위 기사라면 셰리에 대해 더 잘 알 거라고 생각했던 판단이 맞았다. 한스라는 이름의 기사는 숙맥 도련님이었던 에드윈에게 훌륭한 스승이 되어 주었다.

"무슨 성교육? 훗, 잠깐……!"

덕분에 이토록 한껏 흐트러진 셰리의 모습을 볼 수 있게 됐으니까.

에드윈은 한계까지 피가 쏠리며 느껴지는 둔통에 어금니를 물었다. 그러면서 느긋하게 제 아래의 셰리를 감상했다. 뺨에 흘러내린 머리카락을 쓸어 넘기는 손길에도 움찔거리는 그녀가 사랑스러웠다. 갑갑했던 드로어즈를 벗어 내리며 천천히 고개를 숙였다.

이 정도면 이제 넣어도 아프진 않겠지?

"난 아직 완전히 포기 안 했어."

그는 부드러운 허벅지를 밀어 올리는 동시에 자리를 잡았다. 그러고는 제 것의 끝을 셰리에게 가져다댔다. 끄트머리까지 단단해진 물건에 매끈하고 촉촉한 살덩이가 느껴졌다. 그러자 등줄기에 오싹한 전율이 스쳤다. 아, 역시 이 순간이 가장 참기 힘들다.

"얼마든지 기다릴 수 있으니까."

"으응, 흡!"

셰리의 입술을 삼키며 허리를 밀어 넣었다. 가느다란 전희로 부어올라 좁아진 길을 꿰뚫는 감각이 선명했다. 한참 그녀에게 공들이느라 달아오를 대로 달아오른 제 것을 품으며 내벽이 휘감기는 그 느낌은……

"하, 미치겠네. 진짜."

"……앗, 흐윽!"

솜털 같은 손길에도 바들대던 셰리의 몸에 너무 갑작스럽고도 큰 자극이었다. 에드윈은 크기도 크기지만 표면에 굵은 힘줄이 많은 편이었다. 더구나 지나치게 단단한 편이라.

"흡, 으응. 읍!"

흐물흐물하게 풀린 가느다란 허리에 바짝 힘이 들어갔다. 느슨해졌던 온몸의 감각을 억지로 끄집어내는 성감에 셰리의 눈동자가 크게 뜨였다.

'……저번에도 이랬었나?'

남성에게 달린 것이 아니라 흡사 연약한 속살을 파고드는 쇠붙이 같았다. 안쪽과 더불어 머릿속까지 날카로운 나이프로 저며지는 듯한 쾌락에 정신을 차릴 수가 없었다.

제대로 숨을 쉬지도 못하고 헐떡이는 그녀에게서 에드윈이 입술을 떼어냈다. 한번 허리를 밀고 당기기만 해도 온몸을 떠는 모습이 자신을 더욱 들끓게 만드는 걸 알고 있을까.

문득 더 짓궂게 괴롭히고 싶은 마음이 툭 튀어나왔다.

"아직도 내가 너한테 쩔쩔매던 어린애 같아?"

"하아, 흣. 그, 그만……!"

"응? 대답해 봐, 셰리."

"흐앙, 앗! 아아."

지금까지의 관계 중 가장 격한 반응에 에드윈의 허리 짓이 더욱 거세어졌다. 빈틈없이 자신을 옭아매는 내벽에 먹히지 않으려면 더 세게, 더 강하게 몰아쳐야 했다.

양 뺨은 물론이고 새하얀 몸을 붉게 물들인 셰리는 이제 거의 흐느끼는 듯한 신음만 냈다. 에드윈은 그 소리를 듣는 것만으로도 파정할 것 같은 기분이 들었다.

진정한 남자라면 제 여자가 느끼는 모습을 보는 것만으로도 충분하다더니. 정말이었구나.

성감이 무뎌지기 시작하면 자세를 바꾸라고 배웠건만 그럴 시간조차 아까웠다. 셋 중 셰리를 가장 오래 보아 온 건 자신이다. 그리고 그는 앞으로도 얼마든지 오늘처럼 그녀를 만족시킬 자신이 있었다.

'어디서 뭘 배웠길래, 완전히 다른 사람처럼……! 윽.'

셰리의 의식이 툭툭 끊겼다 돌아오길 반복했다. 열기를 이기지 못하고 배어 나온 눈물로 눈앞이 뿌옇게 흐려졌다. 혼탁해져 흔들리는 시야로 달빛을 받아 새하얗게 빛나는 에드윈의 얼굴이 보였다.

잔뜩 흥분한 채로도 차갑고 예민하게 생긴 미모는 여전했다. 하지만 그런 곱상한 외모와 어울리지 않는 아래는 정말이지 적응이 안 돼서…….

"윽, 너무 조이지 말고."

"흐응, 힉, 아훗!"

그녀의 내부를 무자비하게 헤집었다가 빠져나가는 단단함이 다른 생각을 하지 못하게 만들었다. 큰일이다. 토르에게 제 애정을 주었기에 다른 둘에게는 느끼지 못할 줄 알았는데.

"흐……."

이제 더는 참기 어려운 사정감에 에드윈이 이를 악물었다. 셰리의 허리를 단단히 잡아 제 몸 쪽으로 완전히 맞붙였다. 그러자 이어진 접합부에서 들리는 찰박거리는 소리가 더욱 크게 들렸다.

조금만 더 깊게, 더 안쪽으로⋯⋯!

이것만큼은 누군가의 가르침을 받지 않아도 알고 있던 본능적인 움직임이었다. 에드윈의 숨소리가 점차 거칠어지고 허벅지와 엉덩이 근육에 팽팽하게 힘이 들어가기 시작했다.

"아, 으응, 흐아아!"

"큭."

다시 한번 절정에 달해 셰리의 내부가 요동치자 이번에는 에드윈도 이겨내질 못하고 자신을 쏟아부었다. 마치 이 순간을 기다리기라도 한 듯 그녀의 안쪽이 그를 남김없이 먹어치웠다.

"흐응, 으웃."

"하, 하아. 괜찮아?"

완전히 탈진한 셰리의 볼에 에드윈이 입을 맞추며 물었다. 예전에는 다 끝나도 이렇게까지 늘어지지 않았던 것 같은데. 역시 공들인 전희가 답이었나.

"에드윈⋯⋯."

나른한 목소리로 그를 부른 셰리가 긴 속눈썹을 천천히 깜박였다. 도대체 무슨 일이 있었는지 들어야 했다. 세 남자를 모두 제 손안에 쥔 그녀가 할 말은 아니지만.

"⋯⋯설마 그 성교육, 여자한테 배웠어요?"

"무슨 소리야! 난 너 아니면 서지도 않아."

펄쩍 뛰는 그에게 셰리가 눈을 흘겼다. 차라리 예전처럼 그녀에게 휘둘리는 편이 에드윈다웠는데 말이다. 심지어 그의 것은 아직도 셰리의 안에서 부피를 줄이지 않고 있었다. 하여간 기사들이란, 너무 빨리 배우고 너무 빨리 익숙해져 버린다.

신음을 참으며 셰리는 허리를 천천히 뒤로 물렸다.

"읏, 오늘은 그만하고 잘래요."

"잠깐만. 내가 닦아 줄게. 기다려 봐. 수건을 근처에 뒀는데……."

어디에서인지 몰라도 성교육을 받긴 받은 모양이었다. 예전에는 아예 알지도 못했던 매너까지 배워 온 걸 보면.

* * *

"아, 진짜 행복하다."

"……이제 더 안 할 거예요."

"응, 응."

성력 발현으로 예전보다 건강해진 몸인데도 셰리는 기진맥진 뻗어 버렸다. 에드윈이 평생 누군가의 수발 한번 들어 본 적 없다는 사실을 망각한 탓이다. 그리하여 어설프고 길기만 했던 접촉은 자연스레 두 번째, 세 번째 관계로 이어지고 말았다.

"우리 어렸을 때 같이 낮잠 자던 거 생각나?"

엉망이 된 시트도 어느새 새것으로 갈아 둔 에드윈이 셰리의 몸을 끌어안았다. 그러면서 그녀의 뺨에 제 볼을 비비는 것도 잊지 않았다.

"……그때랑은 반대네요."

"내가 어리석었어."

에드윈의 고개가 셰리의 어깨 위로 파묻혔다. 놓칠세라 꽉 껴안는 몸짓이 애처로워 보여, 결국 그녀도 마주 안고 등을 토닥여 주고 말았다.

"그럼 언제부터 날 여자로 본 거예요?"

"……."

"대답하기 싫으면 됐어요. 이제 그만 자요."

그가 입을 다물자 셰리는 더 설득하지 않고 금세 물러섰다. 오늘은 예상했던 것보다 훨씬 피곤했다. 에드윈이 이렇게까지 발전했을 줄은 몰랐는데.

"……아카데미에 입학하고 나서 4년 만에 널 처음 만났던 날."

셰리가 흥미를 잃은 듯 보여서인지 다소 다급한 목소리가 되돌아왔다. 이내 에드윈의 얼굴이 낭패한 기색으로 물들었다. 아, 이것만큼은 죽어도 고백하고 싶지 않았다. 그러면 그날 돌아가서 꾸었던 꿈과 첫 몽정마저 떠오를 테니까.

"여름방학 지나고 돌아가던 그 날이요?"

"으응."

그녀는 속으로 나이를 셈해 보았다. 그때라면 에드윈이 열여덟이고, 제가 열여섯 즈음인가. 생각보다 오래된 마음이었구나. 빨라도 아카데미 졸업을 앞둔 때일 거라고 생각했었는데.

"나 그때 열여섯이었던 건 알아요?"

"그래서 좋아하기만 하고 티도 안 냈잖아."

"하긴 그날 밤까지 우린 입도 맞춰 본 적 없었으니까요."

"……."

에드윈은 더 말을 잇지 못하고 아랫입술을 자근자근 깨물었다. 지금도 이럴진대 과연 그때 입이라도 맞췄다면 겨우 그걸로 만족할 수 있었을까. 심지어 그녀를 두고 전쟁에 나가지도 못 했을걸.

'이제 됐어. 지금부터가 중요한 거지.'

과거에 제 마음을 밝혔다면 뭔가 달라졌을지도 모른다는 후회로 가득한 밤은 이미 실컷 겪었다. 차라리 다른 가능성에 걸어 보는 게 더 생산적이다.

그가 슬며시 그녀의 납작한 아랫배를 매만졌다. 저번에 피임차를 마신다고 들은 후로 내심 궁금한 점이 있었다. 오늘도 그렇지만 있는 힘껏 안에 내보내면서 든 생각은 단 하나였다.

"만약에, 만약에 말이야."

"……으응?"

"나중에 네가 아이를 낳았는데 까만 머리나 남색 눈동자라면."

귓가에 대고 속삭이는 목소리엔 숨길 수 없는 일말의 기대감이 묻어났다.

"그 아이는 날 아빠라고 부르는 거겠지?"

여태껏 나른하게 안겨 있던 셰리가 몸을 떼어 내며 그를 올려다보았다. 설마 싶었는데 진심으로 하는 소리인가.

"혹시 말이에요. 아이가 어떻게 생기는지 몰라요?"

"뭐? 하지만 안에 했으니까 가능성은……."

"정말 아는 게 하나도 없구나."

이제 그녀는 딱하다는 눈빛으로 에드윈을 응시했다. 어쩐지 토르의 제안을 순순히 받아들인다 싶었다. 아무리 여자를 만족시키는 성교육을 받았다 한들 무슨 소용일까. 기본부터 되어 있지 않은걸.

"토르한테서 나랑 관계할 수 있는 일정표는 받았죠?"

"그놈이 왜 그런 것까지 관여하는 거야? 건방지게. 네 남편 자리를 차지했으면 됐잖아."

토르의 이야기가 나오자 에드윈은 다시금 적의를 활활 불태웠다. 셰리가 세 남자와 함께하는 일정은 이대로 따르겠다고 했기에 받아들였을 뿐이다. 그게 아니었다면 진작에 박박 찢어서 태워 버렸을 테다. 게다가 의외로 만남의 횟수가 셋 모두 공평해서 흠잡기 어렵기도 했고.

"내일 확인해 보면 알겠지만……. 에드윈이 나랑 할 수 있는 날은 전부 임신 가능성이 희박한 날짜뿐이에요."

"뭐? 피임차를 안 마셔도?"

"아마 그럴 거예요."

"이…… 이 새끼가!"

에드윈의 입에서 비속어가 튀어나오자 셰리의 눈매가 매섭게 가늘어졌다. 역시 우려하던 대로 이 철없는 소공작이 제일 문제다. 레이먼드는 어른스럽게 받아들이고 금방 수긍하던데.

“악!”

금방이라도 토르에게 결투를 신청하러 갈 기세이던 에드윈의 한쪽 볼이 세게 꼬집혔다. 뒤이어 그는 셰리의 올리브색 눈동자에 서린 분노를 확인했다. 저도 모르게 시선을 내리깔았다.

이런, 너무 흥분해서 욕을 내뱉고 말았다.

하지만 자신은 엄연히 소공작이고, 그 자식은 백작가 영식 나부랭이가 아닌가. 물려받을 작위도 없으니 셰리와 결혼하지 않았다면 기껏해야 준남작 정도에 그쳤을 기사인데.

부글거리는 그의 속을 눈치채기라도 한 듯 셰리는 볼을 잡은 손에 더욱 힘을 주었다. 제국이 추앙하는 전쟁 영웅의 희고 매끈한 볼이 작은 손안에서 형편없이 늘어났다.

“말조심해. 토르는 이제 후작 부군이야. 나랑 같이 있고 싶으면 존중하는 법을 배워.”

“……”

여전히 눈길을 피하며 반항적인 눈빛을 숨긴 그는 선뜻 대답하지 않았다.

“알았어? 대답해, 아윈.”

“……응.”

에드윈은 시무룩하게 고개를 끄덕였다.

* * *

셰리와 세 남자의 관계는 비교적 순조로웠다. 어쩐지 그녀 앞에서는 날이 갈수록 응석받이가 되어 가는 에드윈을 제외하면 말이다.

특히 가장 연장자이자 머리가 좋은 레이먼드는 그녀에게 여러모로 큰 도움이 되었다. 애초에 결혼 준비와 긴 신혼여행 일정은 그의 조력이 없었다면 불가능했을 테다.

"많이 피곤하십니까?"

"으응. 아니. 그래도 요새는 밤에 푹 잤으니까."

셰리는 레이먼드가 썰어 준 스테이크 조각을 삼키며 물끄러미 그를 응시했다. 요 며칠은 레이먼드와 함께하는 일정이 계속됐다. 하지만 다른 두 남자와 달리 그가 밤에 하는 것이라고는 서류 처리를 도와주는 일이었다.

그리고 기껏해야……

'정말 그냥 같이 있는 것만으로도 만족한다는 건가.'

하루 종일 서류나 숫자 따위와의 씨름으로 지친 셰리를 재우는 게 다였다. 그저 한 공간에서 자는 것뿐이라니. 인내심 강한 토르도 자제하는 날보다 덤벼드는 날이 더 잦았는데.

"내일부터 레이는 다시 공국으로 가서 지내겠네? 요즘 훈련은 잘 되고 있어?"

그녀의 물음에 완벽한 식사 예절을 유지하던 레이먼드의 나이프가 살짝 미끄러졌다. 뒤이어 그의 입에서 깊은 한숨이 새어 나왔다. 여간해선 힘든 기색을 보이지 않는 레이먼드인데도.

"네. 아무래도 마탑주께서는 제가 인간이란 걸 잊으신 모양입니다."

"역시 마법사는 성물이랑 접촉하는 게 많이 힘든가 보구나. 나도 어릴 때 몇 번 만져 봤는데 그냥 기분이 상쾌해지는 정도였거든."

"저도 제가 이런 식으로 해츨링 체험을 하게 될 줄 몰랐습니다."

지난 몇 달간 레이먼드는 란델 대공의 협조로 마탑주와 마력 제어 훈련을 이어 오는 중이었다. 이미 어떠한 방법으로도 이미 심장에 자리 잡은 마나 서클을 깨뜨리기는 불가능하다는 결론이 나온 탓이다.

대신 드래곤인 마탑주가 제시한 방법이 바로 이 마력 제어 훈련이었다.

"으응, 그게. 여태 공국 성에 있는 성물은 장식인 줄 알았지 뭐야."

옛 신성 제국의 직계인 만큼 란델 공국의 성물은 진짜였다. 그동안은 신성력을 주입해 줄 만한 성녀가 나타나지 않아 그저 유물로 남아 있었을 뿐.

레이먼드는 한 달 중 며칠의 시간을 내어 이 성물과 접촉해 오고 있었다. 말이 훈련이지 성력과 마력이 충돌하는 성질을 이용해서 마력 제어를 연습하는 고난의 시간이었다.

'가끔 선천적으로 마력 제어를 못하고 폭주하는 녀석들이 태어나는데, 이런 방법으로 고치곤 하거든.'

'……실버 님께서 말씀하시는 '녀석들'이 인간은 아니지 않습니까.'

'갓 태어난 해츨링들도 곧잘 하니까 괜찮을 거다. 아마도…….'

아마도라니. 절대 '아마도'라는 말 정도로 퉁치고 넘어갈 사안이 아니었다. 그는 못 해도 스무 번 이상은 죽다 살아났으니까.

마탑주와의 대화를 상기하던 레이먼드의 손에 힘이 들어갔다. 애초에 인간과 사고방식이 다른 분이라는 걸 잠시 잊은 제 잘못이다. 도대체 뭐가 '굳은살'이 생기는 방식과 동일하다는 건지.

어느 정도 제어를 하기 시작한 요즘에 와서 레이먼드가 알게 된 게 하나 더 있었다. 그건 바로 인간의 몸으로 이 훈련법을 시도한 사람도, 성공한 사람도 자신뿐이라는 사실이다.

"……."

손끝과 발끝까지 온몸이 통째로 타오르던 그 느낌은 평생 잊지 못할 듯했다. 그래도 모든 고행을 이겨 내고 살아남은 보람이 있었다. 우선, 처음에는 3서클 정도에 불과했던 마나 그릇의 크기가 비약적으로 커졌다. 거기다 요즘은 신체도 눈에 띄게 변화하는 게 느껴졌다.

레이먼드는 제 손안에서 살짝 휘어진 은제 포크를 바라보다 조용히 내려놓았다. 결국 이 실험이 성공하게 될지 아닐지는 알 수 없다. 그래도 성과가 보이는 만큼 계속 이어 나가야겠지. 만약 성공하게 된다면 제게도 기회가 생기는 거니까.

"레이? 정말 괜찮은 거야?"

"예. 이 정도는……."

걱정스러운 표정으로 묻는 셰리에게 그가 볼우물을 패며 특유의 처연한 미소를 내보였다. 얼마든지 버틸 수 있다. 이렇게 해서 아가씨에게 도움이 될 수만 있다면. 그리고 알아주시기만 한다면.

　그러나 이어진 말에 레이먼드의 얼굴에선 표정이 사라졌다.

　"나도 알아. 나한테 매여 있기엔 당신들 하나하나가 얼마나 가치 있는 남자들인지. 사실 레이마저 할아버님께 동조할 줄은 몰랐어."

　"……솔직히 말씀드려도 됩니까?"

　냅킨으로 입가를 훔쳐낸 레이먼드의 시선이 슬쩍 밀어 두었던 포크를 스쳐 곧바로 셰리에게 닿았다. 이제 뭐가 됐든 다시 예전으로는 돌아갈 수는 없다.

　"일반적으로는…… 안 괜찮습니다. 하지만 다들 선택한 겁니다. 되도 않는 자존심을 내세워 셰리 님을 영원히 잃을지, 아니면 이렇게라도 당신의 곁에 있을지 말입니다."

　"……."

　셰리는 저도 모르게 숨을 들이켰다. 평소엔 처져서 순해 보이는 눈매라도 단호한 빛이 어리니 완전히 다른 인상으로 변했다.

　"전 후회 안 합니다. 다만 아가씨께서 제게 미안하다고 느끼신다면……."

　자리에서 일어서서 다가온 레이먼드는 셰리의 앞에 한쪽 무릎을 꿇었다. 그러고는 그녀의 손등 위로 진하게 입을 맞췄다. 뒤이어 치뜬 눈동자가 유난히 새파랗게 보였다.

　"저로서는 기꺼이 그 죄책감을 이용하고 싶어지네요. 물론 그렇게 해서 마음을 편히 해 드리는 것조차 제 역할이라고 생각합니다만."

　"레이……."

　"마침 리시안셔스의 개량형 시제품이 나왔는데, 함께…… 시험해 주시겠습니까. 그거면 저는 후회하지 않을 자신이 있습니다."

　여태 꾹꾹 눌러 참았던 건 레이먼드도 마찬가지였다. 천사처럼 고귀한 외모를 가진 남자의 눈에 세속적인 욕망이 가득 들어차 있었다. 심지어 음험하기 짝이 없을 만큼 진득했다. 아무리 뻔뻔한 그녀라도 이렇게 가까이에서 노골적인 유혹을 받으면 부끄러워졌다.

금세 발갛게 달아오른 뺨을 숨기려 셰리는 고개를 돌렸다. 그러고는 새침하게 톡 쏘아붙였다.

"가만 보면 셋 중에서 레이 성격이 제일 나쁜 거 알고 있어?"

"글쎄요. 무슨 말씀이신지……."

레이먼드는 다시 성스럽게 웃으며 어깨를 으쓱였다.

* * *

문이 열리고 로브를 입은 자그마한 인영이 모습을 드러냈다. 잠시 주위를 살피다 후드를 벗은 여자의 머리색은 갈색이었다.

"오……."

여자의 손이 예전보다 더 두껍고 화려하게 바뀐 문을 매만졌다. 제법 장사가 잘 되는 건가? 하긴 미하르쉘 영지 내에서 제일 신뢰할 수 있는 고급 주류점으로 유명해졌으니까.

기다리고 있던 지배인이 반갑게 그녀를 맞았다.

"어서 오십시오. 카셰, 아니, 해리스 님."

"이번엔 상회에서 주류 유통 업무도 맡게 됐다면서? 승진 축하해."

그 말에 남자의 눈 밑이 퀭하게 어두워졌다. 직급과 봉급이 크게 오른 건 맞지만 과연 이걸 축복이라 부를 수 있을지. 그러나 현명하게도 그는 셰리 앞에서 속마음을 내뱉지 않았다.

"……덕분입니다. 바로 올라가시겠습니까? 음료는 어떻게 준비할까요."

"음……. 오늘은 그냥 달달하고 가벼운 걸로 부탁할게. 마스터는 아직 이야?"

셰리의 머릿속에 트라나이츠 바에 올 때마다 마셨던 드로코나가 스쳐

철없는 애송이, 돌진밖에 모르는 바보와 배운 변태 :: 395

지나갔다. 하지만 이번엔 참기로 했다. 당분간은 상회를 통해 줄줄이 신제품을 출시할 계획이라 과음은 금물이다.

"마스터께선 마탑과 상회를 들렀다가 누굴 급히 만나고 오신다는 전언이 있었으니 그리 오래 걸리진 않을 겁니다."

"알았어."

트라나이츠 바의 계단을 오르며 셰리는 조금 새삼스러운 기분이 들었다. 여기에서 정체도 몰랐던 마스터인 레이먼드와 두 번이나 밤을 보냈더랬다. 그것도 한 번은 진탕 술에 취해서, 또 한 번은 토르도 있는 방 안에서.

"으윽."

문득 떠오른 흑역사에 셰리가 제 이마를 짚었다. 그때 토르가 인사불성으로 취해 있었기에 망정이지, 도대체 무슨 생각으로 그런 일을 저질렀을까?

셰리는 계단을 마저 올라가 익숙한 방의 문을 열었다. 예전의 '그 방'이라고 했으니 여기서 기다리면 될 테다. 내부의 방 배치와 가구는 그날과 별로 바뀌지 않은 듯했다. 달라진 건 소파 앞에 깔린 카펫 정도인가.

셰리는 방 안을 둘러보며 갑갑한 로브를 훌렁 내렸다. 구두를 신은 채 소파로 향하던 그녀가 멈칫했다. 카펫이 지나치게 푹신해서 발목이 자꾸만 꺾였다. 망설이던 것도 잠시, 결국 신발까지 아무렇게나 벗어 버렸다.

그렇게 무심코 소파에 앉은 그녀는 갑자기 얼굴을 발갛게 물들였다. 바로 이 자리에서 벌였던 정사가 떠오른 탓이다. 둘 모두에게 익숙하면서 남들의 이목을 걱정하지 않아도 되는 곳이라고만 생각해서 수긍했던 건데…….

아랫입술을 깨물며 두 눈을 질끈 감은 셰리가 속으로 중얼거렸다.

'아, 정말……. 성격 진짜 안 좋은 거 아냐? 아니, 이건 성격의 문제가 아니라 취향이 좀…….'

* * *

"으음……."

"셰리 님, 깨셨습니까. 피곤하시면 오늘은 그냥 주무셔도 되는데."

무거운 눈꺼풀을 들어 올린 셰리의 눈에 그녀의 겉옷을 정리하던 레이먼드가 보였다. 방에 들어오자마자 대충 벗어 두었던 로브가 그의 손에서 단정하게 개어져 있었다.

"……아니야. 기다리다가 너무 많이 마셨나 봐."

부끄러워질 때마다 홀짝홀짝 마신 칵테일이 좀 과했던 모양이다. 역시 멀쩡한 정신으로 버티기엔 지나치게 낯 뜨거운 기억을 불러일으키는 장소인 게 문제였다.

어쩐지 갑갑한 느낌이 들었다. 셰리는 원피스의 목 부근을 느슨하게 잡아당기며 몸을 일으켰다. 그러다가 제 몸 위에서 흘러내리는 새하얀 가운을 발견했다.

"이게 뭐야."

"아, 가볍게 덮어 드릴 만한 게 제 가운뿐인 것 같아서……."

뒤이어 셰리의 구두를 정리하고 있던 레이먼드가 당황한 기색으로 허둥거렸다.

"이걸 입고 왔어?"

"연구소에 급히 들렀다 오느라 갈아입는 걸 깜박했습니다."

"흐음."

낯이 익다 했더니 지난번에 연구소에서 연구원들이 입고 돌아다니던 그 가운이었다. 빤히 바라보던 셰리는 가운을 끌어당겨 목깃 부근에 대고 킁킁댔다.

"앗! 셰리 님. 새 옷이긴 해도 오늘 제가 입었던 옷인데."

"……진짜 레이먼드 냄새가 나네?"

"하……."

그의 정체를 모를 때부터 좋다고 생각했던 청량한 아쿠아 계열의 향기는 그대로였다. 금세 달려왔지만 한발 늦은 레이먼드의 손이 허공에서 갈 곳을 잃고 움찔거렸다.

그러고 보니 지난번에 아가씨에게 제 가운을 입힌 채로 해 보고 싶다고 생각했었는데…….

마탑과 연구소에는 음침하고 특이한 성벽을 가진 이들이 넘쳐났다. 저 가운 역시 그런 자들이 만들어 낸 결과물 중 하나이기도 했다. 거기까지 생각이 미치자 그의 목으로 마른침이 넘어갔다. 이런 쪽으로 거부감이 없으시다면 한번 제안이라도 드려 볼까?

아닌 척해도 레이먼드는 자신의 나이를 꽤 신경 쓰고 있었다. 이제 갓 스물이 된 셰리, 그리고 나머지 둘은 스물둘. 자신만 스물다섯, 이십 대 중반이다. 외모와 경험만으로는 확실한 우위를 점하지 못하니 좀 더 자극적이고 색다른 면모로 총애를 갈구할 수밖에.

"아가씨. 그럼 신제품 시험도 하실 겸, 제 훈련의 성과도 함께 확인해 보시겠습니까."

레이먼드는 원래의 계획을 조금, 아주 조금 수정하기로 했다.

* * *

"자, 잠깐만. 진짜로 속옷만 남기고 다 벗으라고? 그리고 위에는 이걸 입고?"

"기왕 도와주시는 것, 연구소 분위기를 내 주시면 더 좋지 않겠습니까."

레이먼드의 말에 셰리는 주춤거리며 욕실 문을 열었다. 흰 가운이 넉넉하긴 했지만 제법 얇아서 움직일 때마다 속옷이 언뜻언뜻 비쳤다.

"다 입으셨……. 오."

소파 앞 탁자에 시제품들을 늘어놓고 있던 레이먼드가 뒤를 돌았다. 그러다 그녀를 발견하고는 저도 모르게 탄성을 내뱉었다. 거의 맨몸이나 다름없는 상태로 평소 제가 입는 가운을 입은 아가씨는 생각보다도 더……

"차라리 진짜로 고자가 되는 게 나았을 거 같습니다."

진지하게 낮아진 목소리에 셰리가 미간을 찌푸렸다.

"갑자기 무슨 끔찍한 소리야?"

"……그런 말을 한 사람이 있어서요. 자, 그럼 이리로 오시겠습니까."

쓸쓸한 얼굴을 한 레이먼드는 입 안쪽 살을 슬며시 지르물었다. 역시 제게 남은 답은 마력 제어 훈련뿐인가. 이런 분을 두고 당분간은 삽입 없는 섹스에 만족해야 하다니. 다른 의미에서는 고문이나 마찬가지다.

"소매를 걷어 드리겠습니다."

셰리의 손을 잡아 소파에 앉힌 그는 바닥에 두 무릎을 꿇었다. 그러고는 헐렁한 소매 끝을 잡아 천천히 접어 올렸다. 부지런히 손을 놀리면서도 레이먼드의 짙은 시선은 그녀의 얼굴과 어깨 부근을 오갔다.

새하얀 가운과 그 위로 흘러내린 붉은 머리카락의 대비가 두 눈을 어지럽혔다. 단지 그것뿐이었는데도 등줄기가 뻣뻣하게 당겨지는 게 느껴졌다. 조금이라도 접촉하기 시작하면 멈추지 못할 거라고 예상은 했지만, 벌써부터 몸이 이렇게 반응할 줄이야.

"확실히 셰리 님께는 크네요. 하지만 잘 어울리십니다."

소매를 접어 올리는 커다란 손가락이 손목과 팔 안쪽을 은근하게 스쳤다. 연약한 살갗에 건조한 손끝이 긁듯이 지나가는 감각이 제법 야릇해서 셰리는 한쪽 눈을 찡그렸다.

"읏, 내가 뭘 어떻게 도와주면 되는데?"

가까스로 신음을 참아 낸 그녀의 목소리가 조금 뾰족해졌다.

"저번과 크게 다르진 않습니다."

그러나 그런 태도와 이유까지 모두 안다는 듯 레이먼드는 의미심장한 미소를 띠었다. 덕분에 눈물점이 도드라지며 그의 얼굴은 다시금 아슬아슬하고 퇴폐적인 분위기를 둘렀다.

그 모습을 눈앞에서 목도한 셰리는 뺨이 붉어질 것만 같았다. 에드윈이나 토르와 다르게 레이먼드에게선 종종 이런 식으로 연상의 관록이라는 게 엿보이곤 했다.

거기까지 생각하자 셰리는 갑작스레 목이 타는 것 같은 기분이 들었다. 가까이 다가온 그의 어깨를 슬쩍 밀어내며 탁자 위의 물병으로 손을 뻗었다.

"일단 물 좀 마셔야겠어."

"예."

순순히 잔에 물을 따라 그녀에게 건네려던 레이먼드가 잠시 멈칫했다. 그러고는 결심한 듯 제 입에 물을 머금은 채로 얼굴을 가까이 가져다 대었다. 애써 잊어 보려 노력했지만 지난번에 거절당했던 키스는 나름 큰 상처로 남았다.

"음?"

다행히 아가씨는 이번의 입맞춤까지 거부하지 않았다. 그렇다는 건……이제 이런 관계를 온전히 받아들일 마음의 준비가 되셨다는 뜻인가. 레이먼드는 셰리의 입술을 삼키는 와중에도 끊임없이 생각했다.

"으읍. 뭐, 뭐야. 갑자기."

셰리가 얼떨떨한 목소리로 두 눈을 동그랗게 떴다. 당황하는 바람에 입을 벌린 그녀의 목구멍 너머로 넘어간 물이 반, 입가로 흐른 물이 반이었다.

"제 훈련의 성과도 알려 드린다고 하지 않았습니까."

"그럼……. 이제 해도 돼?"

혹시 뒤늦게나마 입맞춤을 제지당할까 했던 염려가 무색했다. 셰리는 다른 걸 걱정하는 눈치다. 그녀의 입가로 아깝게 흘러내리는 물줄기를 닦아 내며 레이먼드가 빙그레 웃었다.

거부감까지도 완전히 떨쳐 내신 모양이군.

"안타깝게도 아직 삽입까지는 좀 어렵습니다. 완벽하게 자제할 확신이 없어서요. 대신 다른 것들은 이젠 제어가 가능한데……. 확인해 보시겠습니까?"

특유의 나른한 얼굴로 레이먼드가 속삭였다. 표면상 그녀의 허락을 요구하는 것처럼 보이지만 이미 그의 엄지는 셰리의 아랫입술을 짓뭉개듯 어루만지고 있었다.

"벌써…… 하고 있잖아."

"하긴, 그도 그렇군요."

도저히 참기가 어려워서 말입니다, 라고 대답하며 레이먼드는 그녀의 뒤통수를 받친 채 달려들었다.

* * *

"후으, 흡! 으응……!"

셰리의 허리가 크게 휘어졌다. 아직 헐떡이며 숨을 고르는 그녀의 볼에 잘게 입을 맞추면서 레이먼드가 보채듯 말을 걸었다.

"하, 제 마력이 주는 흥분 없이도 이만하면 괜찮지 않나요."

"윗! 이럴 거면 차라리 다 벗기고 해."

그 말에 허리를 받치고 있던 레이먼드의 손이 다시 가슴 위로 슬금슬금 기어 올라왔다. 그러고는 여전히 쇄골 부근까지 단단히 채워진 가운 위로 도드라진 정점 두 개를 긁었다. 기껏 안에 입었던 가슴 가리개는 그의 손길 한 번에 풀려 나간 지 오래였다.

"하흑, 응! 언제까지 이쪽만 건드릴 거야. 에드윈이랑 둘이 짜기라도 했어?"

"……흠, 소공작은 전희에 공을 많이 들이는 모양이군요. 그 성질에 제법인데요."

낮게 중얼거리던 레이먼드가 아래로 고개를 숙였다. 얇은 가운은 속옷 색깔은 물론이고 불그스름해진 유실의 색마저 내비치게 했다. 가운째로 윗가슴부터 잘근잘근 물던 그는 한입에 정점을 삼켰다.

"흐응, 핫! 이거, 이거 이상하단 말이야."

셰리가 기겁하듯 허리를 뒤로 빼려 시도했다. 입 안에서 양껏 물고 혀를 굴려 희롱하는 바람에 더더욱 견디기 힘든 기분이 들었다. 이럴 거면 차라리 맨살인 게 나았다. 그저 입기만 했을 때는 몰랐다. 가운은 젖기 시작하자 예민한 살갗을 함께 자극했다.

'연구소에서 개발한 특수 섬유라고 하더니, 이런 용도였어?'

이런저런 경험이 꽤 있는 그녀인데도 처음 겪는 감각에는 속수무책으로 무너졌다. 그러나 예전보다도 훨씬 힘이 세진 그의 손아귀에서 벗어나기란 요원한 일이었다.

거기다 레이먼드의 손은 나머지 한쪽도 그대로 쉽게 두질 않았다. 예민해질 대로 예민해진 유두와 함께 섬유가 비벼지는 자극은 간지러우면서도 특이해서……

"아, 아학. 흐……."

그의 허벅지 위에 앉혀진 셰리는 꼼짝없이 가슴을 빨리며 떨기만 했다. 그냥……. 그냥 하던 대로 다 벗기고 맨살에 퍼부었다면 익숙하게 견뎠을 텐데.

"……으응!"

제 허리를 붙든 레이먼드의 팔을 쥐어짜듯 잡던 그녀의 몸이 또다시 뒤로 넘어갔다. 아래는 아직 시작하지도 않았건만 속옷은 다시 입을 수 없을 정도로 푹 젖은 지 오래였다.

"오랜만이셔서 그런가, 평소보다 더 잘 느끼시네요. 톨체르 경은 약속을 잘 지키는군요."

"으, 정말……."

토르와 에드윈과는 하루가 멀다 하고 사랑을 나누었다. 레이먼드의 차례에 이르러 갑작스레 금욕 아닌 금욕 생활을 하게 된 차였다. 경험이 없는 편도 아닌 셰리가 평소보다 더 흥분하는 건 당연했다.

힘이 빠진 채로 그의 팔에 기대 매달려 있던 셰리가 눈을 흘겼다. 그녀가 자고 있던 사이에 반지를 빼내어 둔 것도 그렇고, 생긴 것과 다르게 이 남자는 손이 너무 빨랐다.

"……이제 시험하기 전에 몸 풀기로는 충분한 거 아냐?"

"음, 잠시만요. 아직 제일 중요한 게 도착하질 않은 것 같아서 말입니다."

"그게 뭔데?"

셰리의 물음에 레이먼드가 멋쩍게 웃으며 제 볼을 긁었다. 일종의 '도구'로 쓸 것이긴 하지만 역시 허락은 받아 두는 게 맞겠지.

"셰리 님은 여태껏 한 번에 한 남자와만 하셨죠?"

"그게 왜?"

"그냥 궁금해서 말입니다. 혹시 일대일로 하는 관계가 아니면 불쾌하신가 해서요."

숨을 고르며 잠시 생각에 잠겼던 셰리가 천천히 고개를 가로저었다. 확실히 지금까지는 한 남자만 상대했었다. 그러나 그건 어쩌다 보니 그렇게 되었을 뿐이지, 딱히 그녀에게 어떠한 신념 같은 게 있어서 그런 건 아니었다.

"그건……. 한 사람 이상은 통제하기가 어려우니까. 두 명만 되어도 서로 양보하려고 안 할 거 아냐."

"생각해 보니 그렇군요. 그럼 저와 '도구'가 함께하는 관계도 거부감은 없으신 거네요?"

"……뭘 기다리는지 몰라도 이젠 그냥 시작하면 안 돼? 도착 안 한 건 다음에 쓰면 되잖아."

"하긴 기다리는 건 셰리 님이 아니라 그 '도구'여야 마땅하겠죠."

여전히 알 수 없는 미소를 띤 레이먼드가 그녀의 이마에 입을 맞췄다. 그러고는 셰리의 허리를 번쩍 들어 그의 가슴에 등을 기대도록 돌려 안았다.

"앗! 뭐야."

"앞에 놓인 제품들이 보이십니까?"

아까 그녀가 욕실에서 나올 때 탁자 위에 전시해 놓았던 것들이었다.

그중에는 셰리가 시제품을 경험한 뒤, 상용화되어 크게 흥행한 예의 분홍빛 기구도 자리했다.

"리시안셔스랬나. 이걸 개량해서 내놓는 거구나."

"예. 전에 셰리 님께서 말씀하신 대로 삽입용으로 쓸 때는 좀 차가울 것 같아서요. 기존의 것보다 마력 소모 효율을 올리고 온열 기능을 추가해서 출시할 계획입니다."

"흐응, 그렇구나."

셰리로서는 그다지 공감하지 못한 용도였으나 자위 기구는 엄청난 매출을 올렸다. 마력석을 동력으로 한 데다 마탑과 연구소의 인재들이 참여한 터라 꽤 값비쌌는데도 불구하고.

그녀가 개량형인 보라색 기구로 손을 뻗었다. 예전과는 달리 제대로 마력이 보충되어 이번에는 정상적으로 작동했다. 징징거리는 소리와 함께 가벼운 진동이 느껴졌다.

"거기서 마력석 부분을 길게 꾸욱 누르시면 온열 기능을 쓰실 수 있습니다."

얼마 지나지 않아 손안에 잡힌 기구는 아주 뜨겁지도, 차갑지도 않게 적당히 따뜻한 온도로 진동했다.

"아, 정말이네."

셰리가 감탄하자 레이먼드가 피식 웃으며 그녀의 머리카락을 한데 모아 앞으로 넘겼다. 그러고는 새하얗게 뻗은 목덜미에 쪼듯이 입을 맞추기 시작했다.

"윽……. 갑자기?"

"슬슬 시험해 보자고 하시지 않았습니까."

예민한 목 위를 훑으며 내려오는 감각에 셰리는 잠시 식었던 성감이 다시 올라오는 걸 느꼈다. 동시에 레이먼드가 손가락으로 다시금 그녀의 유실을 비비듯 자극했다.

"아, 흐으읏."

이미 그의 타액으로 질척하게 젖어 부푼 돌기에 와 닿는 감각이 적나라했다. 또다시 허리를 꼬며 신음하는 셰리에게로 레이먼드는 제 몸을 바짝 밀착시켰다.

진작에 바지를 뚫을 것처럼 피가 쏠린 단단한 살덩이가 느껴졌다. 그녀의 엉덩이에 대고 제 것을 문지르며 레이먼드가 속삭였다.

"아래는 전혀 하질 않아서 서운하셨죠?"

"으, 무슨……. 이걸로 시험하려고 그런 거 아니었어?"

"그렇긴 한데, 제가 너무 아쉬워져서요."

"또 저번처럼 내기 같은 걸, 훗, 하려고? 이번엔 몇 분……?"

"1분도 못 버티실 겁니다."

속옷과 가운, 레이먼드의 바지까지. 직접 살갗을 맞대고 자극하는 게 아니었다. 그런데도 그의 것이 뜨겁게 달아오른 게 적나라할 만큼 잘 느껴져 셰리는 다소 조급해졌다.

"그럼 시작할까요?"

정말 이런 도구 따위가 진짜를 대체할 수 있는 걸까.

뒤이어 레이먼드의 물건은 끄트머리가 유난히 크고 두꺼워서 삽입 시의 감각이 독특했던 기억이 떠올랐다. 아까 자신과 '도구'가 함께하는 것이 상관없냐고 물었던 게 이런 뜻이었나?

"하으, 흑, 레이. 이제 이거, 이걸로……."

가슴과 목 뒤, 질구 근처와 엉덩이 사이를 한꺼번에 자극당하자 셰리는 의식이 천천히 흐릿해지기 시작했다. 이제 남은 곳은 앞부분인데, 그럼 손에 쥔 이 기구로 어떻게든……

셰리의 허벅지에 힘이 들어가는 걸 알아챈 레이먼드가 그녀의 손에서 보라색 기구를 받아 들었다. 그러고는 일부러 만져 주지 않고 애태웠던 가장 민감한 부위로 그것을 가져다 댔다.

"하으앗, 흐응! 으웃, 힉."

가장 약한 단계로 시작했을 뿐인데도 셰리의 눈 위로는 번쩍 별이 튀었다. 지잉, 하는 소리를 내는 규칙적인 진동은 손가락이나 입술과 완전히 다른 자극을 선사했다.

"어떠세요. 이번 신제품도 마음에 드시나요?"

"레, 레이……. 흐아, 이거……. 으응!"

"아, 이렇게 반응하시면 저도 돌아 버릴 거 같은데."

레이먼드는 쉰 듯한 목소리로 아쉬움을 표했다. 대신 목에서 입을 떼고 분홍색으로 달아오른 셰리의 귓불을 잘근잘근 씹었다. 그러자 품 안에 폭 안긴 여체가 잘게 떨리다 늘어지는 게 느껴졌다. 민감한 곳을 대부분 공략해서인지 금세 또 절정에 다다른 모양이다. 굳이 몇 분을 버텼는지 재 보지 않아도 레이먼드의 승리는 명백했다.

"그럼 이번에도 제게 상을 주시는 겁니다."

"……응, 으응."

아직도 절정에 못 이겨 간헐적으로 몸을 떠는 셰리가 아무렇게나 고개를 끄덕였다. 그녀의 볼에 쪽, 하고 입을 맞춘 레이먼드가 속옷을 젖혔다. 질척한 내부에 기구를 삽입하려던 순간이었다.

"……"

작은 소리를 들은 그의 손이 그대로 멈추었다. 미간을 찌푸린 레이먼드가 셰리를 번쩍 안아 소파에 기대어 앉혔다.

"왜, 왜에……."

"잠시만요, 셰리 님. 기다리던 '도구'가 도착한 것 같아서요."

그러고는 힘이 없어 바르작거리는 그녀의 머리를 다정하게 쓰다듬었다. 곧이어 셰리의 눈앞이 캄캄하게 변했다. 무언가에 덧씌워진 느낌에 그녀의 손이 더듬더듬 제 눈 주위를 짚었다.

"……흑, 이게 뭐야?"

"이제부터는 이 안대를 쓰고 블라인드 테스트로 도와주시면 됩니다. 오직 감각으로만 느껴 보시고, 제게 답해 주세요."

그러면서 잠시 기다리라며 셰리에게 물 잔을 쥐여 주었다. 아까부터 계속 그에게 시달리기만 한 터라 셰리는 별다른 의심 없이 꿀꺽꿀꺽 물을 마셨다. 그렇게 갈증을 해소하고 서서히 이성을 되찾은 그녀의 귀로 문이 열리는 소리가 들려 왔다.

"레이?"

"네. 아가씨. '도구'가 도착했습니다. 안대는 벗지 마시고요."

"으응."

아까와는 달리 레이먼드의 목소리가 다소 딱딱해진 것 같아 셰리가 고개를 갸웃거렸다. 하지만 여전히 해소되지 못한 흥분에 그녀는 평소보다 침착하지 못한 상태였다.

"제가 깜박하고 건너뛴 단계가 있어서요."

그의 음성에 약간의 웃음기가 섞여 있었다. 곧이어 제 앞으로 다가온 레이먼드의 기척이 느껴졌다.

"걱정 마시고 제게 맡기시면 됩니다. '도구'가 준비될 시간이 필요한 것 같으니까요."

"응? 훗……!"

소파에 앉아 있던 셰리의 맨다리가 번쩍 위로 들렸다. 그리고는 무릎 뒤에서부터 따뜻한 혀와 입술이 맞붙어 오는 감각에 뒤로 고개를 젖혔다.

"아, 하으."

"기다리느라 몸이 많이 식으셨죠?"

"……."

그녀가 조금만 더 멀쩡한 정신을 유지했다면 방금 전, 미묘한 침묵이 있었단 걸 깨달았을지도 몰랐다. 그러나 제대로 된 삽입 한 번도 없이 내내 감질나는 전희로만 달구어진 셰리는 알아차리지 못했다.

그녀가 소파 헤드 위로 머리를 떨구고 할딱이는 사이, 보드라운 허벅지 안쪽을 착실하게 더듬어 온 레이먼드의 입술과 혀가 속옷에 닿았다. 축축하다 못해 속옷의 기능을 상실한 천이 함께 비벼지며 다시금 그녀의 머리털을 쭈뼛 서게 만들었다.

"흐응! 힉. 자, 잠깐."

"'도구'가 예열되는 데에 시간이 더 걸리나 보군요."

비웃음 비슷한 소리를 낸 레이먼드는 드디어 속옷을 옆으로 젖히고 직접 혀를 대었다. 엉망진창이 된 아래를 훑는 소리가 유난히 컸다. 오늘은 도구로만 하는 게 아니었나?

"으아, 레이. 잠깐만……! 훗."

그녀의 자그마한 몸부림에도 개의치 않고 레이먼드는 제 입으로 깨끗하게 흔적을 닦아냈다. 그러다가 돌연 셰리가 앉아 있는 소파 옆을 툭툭 쳤다.

"하으, 흐으……. 으응? 왜?"

"아닙니다. 이제 준비가 다 된 것 같네요."

"……."

무언가 작게 부스럭대는 소리가 들리고, 레이먼드의 침음성이 이어졌다.

"오, 이런."

이미 새빨갛게 부어오른 셰리의 비부를 잠시 응시하던 그가 손목을 걸었다.

"예상보다 큰 사이즈라 좀 더 제대로 길을 내야 할 것 같습니다. 조금만 참아 주세요, 아가씨."

* * *

그 뒤로 이어진 몇 번의 절정 끝에 셰리는 거의 옴짝달싹 못 할 만큼 축 늘어지고 말았다. 그런 그녀의 양다리를 벌린 채 안아 든 레이먼드가 다정하게 입을 맞추며 말을 걸었다.

"많이 힘드신 것 같으니 딱 한 번만 시험해 볼까요?"

"……응."

이제 셰리는 뭐가 어떻게 되든 상관없을 것 같다는 생각이 들었다. 자꾸 애만 태우고 아무것도 넣어 주질 않으니 목이 바짝바짝 말랐다.

"자, 너무 크게 소리 내진 말고요."

"……."

누구에게 하는 말인지는 알 수 없으나 또다시 예의 그 침묵이 잠시 이어졌다. 허공에 몸이 떠서 레이먼드의 가슴팍에 안긴 셰리는 긴 속눈썹을 깜박깜박 움직이기만 했다.

그러다가 불현듯 제 아래에 와 닿는 뜨거운 양감에 퍼뜩 정신을 차렸다. 부드럽고 묵직한 데다 약간의 질척거리는 액이 발라진 무언가가 그녀의 입구를 툭툭 건드리고 있었다.

"아!"

드디어……. 뭔가를 넣는 건가? 하지만 온열 수준을 넘어 과하게 뜨거운 것 같은데. 끝부분도 예상보다 훨씬 미끄럽고.

그러나 미약하게 피어오른 의심이 손쉽게 흩어져 버릴 만큼 기분 좋은 감각이었다. 게다가 계속 채워지지 않았던 공허함에 대한 갈증과 기대로 온몸의 신경이 예민하게 곤두선 채다. 허리를 세우고, 레이먼드의 목에 걸었던 팔에도 힘이 들어간 그 순간이었다.

"사람도, 데이터도 제 손안에서 통제되지 않으면 견디기 힘들어서요."

"……!"

"큭."

여태껏 그녀가 겪어 보지 못한 전율이 정수리부터 꿰뚫고 지나갔다. 노곤하게 녹아내린 안쪽으로 두툼한 끄트머리가 진입한다 싶은 순간 쑥, 하고 빨려들었다.

아픔과는 다른 극심한 쾌락에 셰리는 소리도 지르지 못하고 바들바들 떨었다. 입을 벌린 그대로 굳어 버려 숨을 멈추고 있다는 사실마저 망각했다.

"……어떠십니까? 좋으신가요."

그래서 레이먼드의 가라앉은 목소리에도 대답할 수가 없었다. 호흡을 들이쉬지도, 내쉬지도 못하는 셰리의 입술에 말랑한 무언가가 닿았다가 떨어졌다.

"숨 쉬세요, 셰리 님."

"후우, 흐으. 흑, 이거…… 너무 커."

"그러게요. 저도 저런 건 처음 봅니다."

"……."

그녀의 흉곽이 천천히 오르내리는 것을 확인하자 레이먼드는 다시 상냥하게 입을 맞춰 왔다. 셰리는 그런 그에게 매달리는 와중에 제 내부에 들어찬 것이 꿈틀거리는 걸 느꼈다. 마치 살아 있는 생물이라도 되듯이 안쪽을 파고드는 바람에 내벽이 있는 대로 짓눌렸다.

"읏, 으읍. 응!"

안대 속에서 두 눈을 흡뜬 채 셰리는 기시감에 몸을 떨어야 했다.

'어떻게, 이런 걸. 이건 꼭 토르랑 비슷……'

입이 틀어 막혀 끙끙대기만 하던 그녀에게서 잠시 떨어져 나간 레이먼드가 은밀하게 속삭였다.

"지금 생각나는 사람이 있으신 거지요?"

그리고 그 순간 셰리는 저도 모르게 온몸에 힘을 줘 꽉 조이고 말았다.

"……윽."

등 뒤에서 낮은 탄식이 들리는 동시에 안에 박혀 있던 무언가가 더 깊이 밀고 들어왔다. 게다가 내부로 뜨거운 것이 쏟아지듯 채워지는 것 같았다. 마치 이건 실제 남성의 것처럼……

"레, 레이? 이거……. 이상해."

"후, 정말……."

셰리가 더듬더듬 말을 이으며 레이먼드에게 매달렸다. 그러자 그는 잡고 있던 셰리의 허리를 들어 쑤욱, 하고 그것을 빼내었다.

"네. 이 '도구'는 사출 가능한 기능이 있어서 그럴 겁니다."

"……."

레이먼드의 단정한 미간이 팍 구겨졌다. 심지어 그의 목소리엔 평소 그녀에게 들려주는 것과 달리 핀잔하는 기색이 노골적으로 드러났다.

"……뭐가 나오는 거 같아."

"잠시만요, 아가씨. 제가 처리해 드리겠습니다."

"……."

단 한 번이었는데도 셰리의 아래로 덩어리진 무언가가 뚝뚝 흘러내렸다. 쉴 새 없이 토독토독 떨어지는 액체 때문에 결국 레이먼드는 그녀를 바닥의 푹신한 카펫 위로 눕혀야 했다.

"정말이지 이놈이고, 저놈이고 도움이 안 되는군요."

"……."

레이먼드가 '도구'라 칭했던 남자는 자괴감에 끝내 고개를 떨궜다. 그러느라 청록색 머리카락이 앞으로 흘러내려 잘 익은 뒷덜미가 보였다. 그는 여기저기 묻은 탁한 액체를 보고는 제 입을 막았다.

'오랜만인 데다 셰리 님이 너무 느끼셔서…….'

이런 말도 안 되는 제안에 화를 냈던 것이 무색했다. 너무나 쉽게 발정한 자신에게 넌덜머리가 났다. 이건, 이건…….

'당신이 이 제안을 거절하면 나는 소공작에게 똑같은 제안을 하러 갈 겁니다. 결정하십시오. 날 도울 건지 말 건지.'

'…….'

'결심이 서면 아가씨께서 갈아입을 옷가지를 가지고 트라나이츠 바로 오면 됩니다. 어딘지는 알고 있죠?'

그렇게 회상을 마친 토르가 지독한 자기혐오에 빠져 있는 동안 레이먼드는 눕혀 놓은 셰리를 부드럽게 다독여 진정시켰다. 그러고는 한심하다는 눈빛으로 토르를 응시했다.

'제대로 허리 짓 한 번 하기도 전에 파정해 버리다니…….'

셰리의 허벅지를 가볍게 위로 올린 그가 도톰하게 부푼 아래를 건드렸다. 아직도 그녀의 안에서 하얀 액체가 질금질금 새어 나오고 있었다.

마력 제어 훈련이 완전히 끝나기 전까지는 각오한 바였지만 직접 눈으로 보니 역시 기분이 더러웠다. 그래서 레이먼드는 셰리의 내부로 손가락을 세워 넣었다.

"앗! 레이……. 훗."

"생각 같아서는 다 긁어내고 제 것으로 채우고 싶군요. 그러면 어떤 표정을 할지 궁금하네요."

빠듯해진 안쪽이 다시 휘저어지는 느낌에 셰리는 신음을 흘리며 카펫을 쥐었다. 그러면서도 레이먼드의 말에서 위화감을 느꼈다.

표정? 도구에도 표정이 있나?

* * *

"학! 흐읏, 아학! 읍, 흡!"

결국 내부에 품고 있던 무언가를 다 뱉어 내고 나서야 '도구'가 다시 삽입됐다. 셰리는 레이먼드에게 끌어안긴 채 다시 격하게 흔들리는 중이었다. 이 모든 게 이번에는 도구가 뒤에서 삽입될 거라고 그가 속삭인 후였다.

'말도 안 돼. 어떻게 이렇게 사람이랑 하는 것처럼…….'

아직 제대로 된 삽입으로 절정에 이르지 못한 그녀의 내벽은 도구를 기쁘게 받아들였다.

여전히 안대를 두른 셰리의 몸이 앞에는 레이먼드, 뒤로는 토르 사이에 꽉 끼었다. 거의 흐느끼듯 흘러나오는 셰리의 신음은 대부분 레이먼드가 삼켜냈다. 삽입은 양보했어도 그 외의 것은 내주지 않겠다는 태도가 명확했다.

"……."

토르는 레이먼드의 입에 먹힌 셰리를 바라보다 두 눈을 질끈 감았다. 그러고는 뒷짐을 진 상태로 허리 짓에 열중했다. 그는 본래 관계 시에 소리를 많이 내는 편이었던지라 여러모로 참기가 힘들었다. 하지만 참아야 했다. 또 실수를 하면 다른 '도구'를 쓰겠다고 레이먼드가 협박한 탓이다.

'제기랄.'

무엇보다도 이 상황에서 쾌락을 느낀다는 사실이 그는 가장 비참했다. 굴욕감과 뒤섞인 자기혐오가 토르의 마음을 갉아먹었다. 그가 할 수 있는 일이라곤 레이먼드에게 지지 않기 위해 더 강하게 허리를 들이미는 게 다였다. 제 오만으로 빚어진 실책이니 이대로 따를 수밖에.

수재들만 모인 아카데미에서도 손꼽히는 인재라던 레이먼드는 일정표를 본 후, 단박에 토로의 의도를 간파해 냈다.

'이 일정표는 뭐죠? 소공작의 일정을 가임 가능성이 제일 낮은 날로 몰아넣고 나머지는 나와 적당히 나누어 짠 건가요?'

'그건…… 어쨌든 셰리 님께서 이 일정에 대해서는 제게 전권을 일임하셨습니다. 그러니 영식도 여기에 따르셔야 합니다.'

'하, 내가 마력을 완전히 제어하기 전까지는 허수아비일 거라 생각했나 보군요. 좋습니다. 두고 보죠.'

그가 당분간은 셰리와 온전하게 관계할 수 없다는 사실을 너무 과신했다. 마력 제어에 능숙해지기 전까진 삽입조차 할 수 없는 정부(情夫)라니. 저도 모르게 그에게 내비쳤던 우월감을 레이먼드는 읽어 냈던 모양이다.

낭패였다. 제 꾀에 제가 빠진 기분이 들었다. 그저 제멋대로 날뛰는 소공작만 통제하면 될 거라 생각해 쉽게 여겼는데……. 자신이 이 관계를 받아들이지 않으면 소공작에게 같은 제안을 할 거란 말까지 듣고 더 생각할 여유는 없었다.

'젠장.'

자신이 절대 거부하지 못하리란 걸 저 남자는 안 거다.

"……."

복합적인 감정이 어우러진 토르의 얼굴을 노려보던 레이먼드가 셰리의 몸을 더욱 세게 끌어안았다. 제 연적들을 하나씩 견제하는 일은 중요하다. 하지만 어떤 경우든 가장 소중한 건 품 안의 아가씨라는 걸 잊어선 안 된다.

가느다란 몸이 쉴 새 없이 흔들리는 모습이 보기에 가여울 지경이었다. 그래서 그는 사실상 토르에게 지시하는 말을 넌지시 내뱉었다.

"……조금 안정감 있게 도구를 고정할 필요는 있겠네요. 마치 골반 정도는 잡고 하는 것처럼요."

그러자 기다렸다는 듯 토르의 손이 셰리의 골반을 붙잡았다. 아가씨의 신음과 호흡이 적당해질 때쯤 되어서야 레이먼드는 다시 입술을 겹쳤다.

"으응, 흡……! 레이. 나, 나 이제……. 힉?"

그때, 안정적으로 추삽질을 하나 싶던 토르가 갑자기 폭주하기 시작했다. 절정에 가까워진 셰리의 내벽에 잡아먹혀 이성을 잃은 건지, 그녀의 신음에 정신을 놓아 버린 건지, 아니면 둘 다인지 알 수가 없었다.

결국 토르는 저도 모르게 흥분해서 손을 위로 움직였다. 허리와 납작한 배를 지나 계속해서 더듬어 올라갔다. 그 종착지는 레이먼드가 아까부터 물고 핥는 걸 질시 어린 눈으로 바라보던 말랑말랑한 가슴이었다.

"큭, 아아……."

익숙하게 손안에 주무른 채로 사정하려는 찰나, 레이먼드가 그 손을 탁 쳐냈다.

"아무래도 도구가 제 처지를 잊은 모양이군요."

차가운 목소리에 정신이 번쩍 든 토르의 허리가 거짓말처럼 멈췄다. 그러나 차마 셰리의 몸 안에서 제 것을 빼낼 수 없었던 그는 끝내 당황한 목소리를 내고 말았다.

"아니, 그게 아니라……."

"……뭐야. 윽. 토르 목소리?"

목소리까지 들리자 셰리는 아까부터 느껴지던 위화감의 정체를 곧바로 파악했다. 저를 잡고 있던 레이먼드의 손을 뿌리쳤다. 뒤이어 안대를 끌어내린 그녀의 눈이 크게 뜨였다. 그제야 제 뒤에 자리한 토르를 발견해서다.

"자, 잠깐만. 언제부터 우리 셋이서 한 거야?"

"……싫으셨습니까?"

"셰리 님……. 그게 아니라."

두 남자의 사이에 낀 채 셰리는 아랫입술을 질끈 물었다. 황당한 건 사실이었지만 이상하게도 화가 나거나 불쾌하진 않았다.

이미 어느 순간부터는 '도구'를 토르로 상상하면서 즐기고 있던 탓일까. 그것도 아니면 레이먼드가 일대일이 아닌 관계에 대해 물었을 때부터 이런 상황을 예상했기 때문일까.

그래서 토르가 울적한 얼굴로 몸을 빼려 할 때, 그녀는 저도 모르게 손을 뒤로 뻗어 저지했다. 솔직히 말해서 지금만큼 기분 좋았던 관계는 없었던 것 같기도 하고…….

"자, 잠깐만."

"……아하."

셰리의 표정과 태도로 레이먼드는 그녀 스스로보다도 먼저 의중을 알아챘다. 무슨 이야기를 하든 성스러워 보이는 표정을 한 채 그가 달콤하게 속삭였다.

"괜찮습니다, 셰리 님. 저것은 오늘 '도구'일 뿐입니다."

하지만 맞은편의 토르에게로 시선을 옮긴 레이먼드의 음성은 다시 엄격하게 변했다.

"뭐 하고 있습니까. 다음에는 그 도구가 소공작이 될 수도 있다고 말했을 텐데요."

에드윈을 언급하는 그의 말에 셰리의 몸이 움찔했다. 이미 충분할 정도로 토르를 겪어 본 그녀는 잘 알고 있었다. 지금의 그가 얼마나 자제한 채 레이먼드의 지시에 따르고 있는지.

'매번 이런 식이면 두 명도 좀 버거울 거 같은데.'

거기다 에드윈까지 가세했을 땐 버텨 낼 수 있을지 의문이었다. 하지만 그녀의 몸은 현실적인 걱정과는 반대로 반응했다. 이미 새로운 자극을 알아 버렸는데, 굳이 거부할 필요가…… 있을까?

"윽, 셰리 님. 조금만 힘을 빼 주셔야……."

"일단, 일단은 다 끝나고 다시 이야기해. 알겠……. 흐읏, 힉!"

그녀의 허락을 기다렸다는 것처럼 자극이 앞뒤로 달려들었다. 그에 셰리의 허리가 완전히 무너져 내렸다. 이제 더 이상 숨길 것 없이 본능에 충실해진 두 남자를 감당하기 어려웠다.

애초에 셋 모두를 받아들이기로 한 게 잘못이었는지도 모르겠다. 셰리의 의식이 깜박깜박 점멸했다가 돌아왔다를 반복했다.

에드윈은 철없는 애송이에, 토르는 무작정 돌진하기 바빴다. 그리고 레이먼드는……

'……변태일 줄이야. 그것도 제일 위험하다는 배운 변태.'

결국 마지막 절정에 이르러 그녀의 정신은 수면 아래로 까무룩 가라앉았다.

외전 ^{IF} 3
상관에서 호위 기사로 전직합니다

"저 여자가 그 '셰리' 경인가."

"그렇습니다. 추천장에 스무 살이라고 쓰여 있던 것치고는 꽤 앳된 생김 새입니다만."

"됐다. 기사에게 생김새가 무슨 상관이라고."

심드렁한 목소리와는 다르게 남자의 시선은 셰리라는 여기사의 붉은 머리카락에 잠시간 더 머물렀다. 여기에서는 기껏해야 뒤통수밖에 보이지 않는데도.

"이렇게 보니 단장과 완전히 반대네요. 왜 각하께서 굳이 행정 인력으로 발령 내셨는지 알 것도 같고요."

"······그건 또 무슨 소리야."

단장이라 불린 남자의 보랏빛 눈이 가느스름하게 접혀 들었다. 같은 남자가 보아도 참 잘난 사내라고 생각하며 부관의 입가가 능글맞게 늘어졌다.

"행정 인력으로 왔으니 단장과 지내는 시간이 많을 것 아닙니까. 나란히 서면 체격이며 머리색까지 완전히 달라 보이지 않겠습니까."

"……."

그러니까 그게 도대체 무슨 상관이라는 건지.

전혀 이해하지 못한 남자의 눈길이 창밖으로 다시 돌아갔다. 2층 집무실에선 열린 창문으로 연무장이 훤히 내다보였다.

여자는 한창 병단 내부 안내를 받고 있는 모양이었다. 제일 작은 규격의 망토가 그녀에겐 한참이나 넉넉해 보였다. 하나로 높게 묶어 올린 머리카락이 눈이 아플 만큼 붉었다.

청록색인 제 머리칼과 잠시 비교해 보던 남자가 한쪽 눈썹을 들어 올렸다.

'확실히 다른 기사들과는 좀 다른 느낌인 듯도 하고.'

정기 보고를 마치고 막 귀환한 참이었다. 정작 황도에서 뵈었을 때의 아버지에게서는 별다른 말을 듣지 못했다. 그런데 출발 직전에야 갑자기 임시 파견 기사가 올 거라고 하셨다. 영지 교류 차원이라고는 해도 제법 미심쩍은 구석이 많았다. 심지어 이런 시기에 행정직은 구태여 충원할 필요가 없을 텐데.

"오, 단장. 딜런 녀석이 저렇게 환하게 웃는 건 처음 보는데요. 늦기 전에 빨리 내려가 보셔야 하는 거 아닙니까?"

일단 지금은 곁에서 히죽대는 부관이 제일 거슬렸다.

"한스, 오늘따라 말이 많군."

단장은 나지막이 대꾸하며 한스를 노려보았다. 따지고 보면 이 갑작스러운 사태의 원인은 부관인 그의 장기 휴가 때문일 테니까.

"이크! 이쪽을 봅니다."

그때 한스가 느닷없이 창가 옆 벽으로 몸을 숨겼다. 덕분에 홀로 창문 앞에 서게 된 남자는 그 기사와 얼굴을 마주했다.

"……."

잠시지만 말을 잃었다. 놀라울 만큼 아름다운 외모에 저도 모르게 살짝 입이 벌어졌다. 평소 별다른 감정을 내비치지 않던 보랏빛 눈도 약간 더 커져 있었다.

그의 인생에서 누군가에게 이렇게까지 시선을 빼앗겨 본 적이 있었던가.

길고 남자답게 뻗은 목에서 툭 불거진 울대가 크게 일렁였다. 아까부터 뒷모습만으로도 어쩐지 눈을 뗄 수 없었는데…….

또렷한 이목구비가 작은 얼굴 안에 오목조목 자리 잡고 있었다. 꼭 누군가 정성스레 빚어 놓은 것 같았다. 거기에 보석처럼 영롱하게 반짝이는 올리브색 눈동자, 붉게 물든 입술까지. 심지어 꽤 먼 거리인데도 이 모든 것이 선명하게 보였다.

시간이 멈추기라도 한 것처럼 눈 안쪽으로 그녀가 새겨지는 기분이 들었다.

"크흠, 큼! 큼!"

그때, 바로 옆에서 들리는 작은 헛기침 소리가 남자의 상념을 깨웠다.

"단장. 딜런의 인사 소리가 들린 지 한참 지난 것 같은데……. 너무 오래 세워 두시는 거 아닙니까?"

"아."

남자는 한스의 말에 겨우 정신이 들었다. 그제야 셰리의 옆에 내내 서 있던 딜런의 존재가 눈에 들어왔다.

'이런.'

조금 피곤했나. 하긴 한스 녀석의 재촉에 황도에서부터 거의 쉬지 못하고 달려왔으니 말이다.

무심결에 한 손을 들어 제 뺨을 쓸어내리려던 남자가 잠시 멈칫했다. 딜런 뿐이면 모를까, 신입에게 초면부터 약한 모습을 보일 순 없다.

그대로 손을 내려 아무렇지 않게 팔짱을 끼었다. 그러고는 여전히 잔뜩 긴장한 낯으로 경례 중인 딜런에게 고개를 끄덕여 주었다. 물론 조금 풀어 졌던 입매를 단단하게 굳히는 것도 잊지 않았다.

"아하……."

그리고 이 모든 광경을 지켜본 한스의 한쪽 입꼬리가 짓궂게 들렸다. 혹시 이건 백작님, 아니지. 이젠 공작이 되신 각하의 큰 그림인 건가?

* * *

"자네가 오늘부터 행정직으로 발령받은 셰리 해리스 경인가. 내 이름은 톨체르 베거티다. 단기 발령이니 직위에 얽매이지 말고 편한 대로 불러도 좋다."

휘하 기사에게는 파격적인 제안이라 셰리의 눈이 동그랗게 떠였다. 베거 티령은 최북단 국경 지역이라 군기가 엄하다고 들었는데.

"네? 아무리 그래도……."

"우리 단장은 번복할 말은 절대 안 하시는 분입니다. 그러니 아가씨, 아니, 경도 안심하고 따르면 됩니다."

"……."

한스의 얼굴에 싱글벙글한 웃음이 걸렸다. 그 모습을 바라보는 토르의 미간이 설핏 좁아졌다.

'이 녀석은 아까부터 왜 이러는 거지? 조금 전에는 뜻 모를 소리만 잔뜩 하질 않나.'

아무리 임시지만 후임으로 들어온 기사에게 추파라도 던질 셈인가? 그것 도 곧 혼인을 앞둔 녀석이?

토르는 이상하게 입 안이 꺼끌꺼끌하다는 느낌이 들었다. 평소 한스의 자유로운 연애사에 굳이 참견한 적이 없었는데, 이번에는 어쩐지 조금 불쾌 해져서다.

"그렇게까지 말씀하시니, 그럼……."

그렇게 토르의 신경이 잠시 분산된 사이, 망설이는 듯 커다란 눈을 굴리던 셰리가 입을 열었다. 조그마한 입술이 달싹이다 서서히 벌어지는 모습이 그의 눈에는 느리게 재생되는 것처럼 보였다.

해맑게 웃으며 말하는 그녀의 얼굴 위로는 마침 타이밍 좋게도 햇살까지 내리쬐고 있었다. 덕분에 새하얀 살결은 눈이 부실 정도로 빛이 났다. 토르는 저도 모르게 마른침을 삼켰다.

도대체 제게 무슨 일이 벌어진 걸까.

"앞으로 '토르' 경이라고 불러도 될까요?"

붉고 앙증맞은 입술에서 그를 지칭하는 게 분명한 애칭이 흘러나왔다. 일반적으로는 무례하기 짝이 없는 언사였다. 그리고 이를 머릿속으로는 분명히 인지하고 있었다.

허락도 없이 다짜고짜 남의 애칭을 멋대로 지어 부르다니…….

그러나 토르는 오늘만 벌써 두 번째로 숨이 멎는 것 같은 기분이 들었다. 그 바람에 애칭 문제부터 먼저 지적해야 한다는 걸 잊어버렸다. 목이 멘 듯한 목소리로 가까스로 입을 열었다.

"……직함으로 부르는 게 더 좋겠군."

그러고는 슬며시 시선을 비껴 냈다. 그러니까 이건 전부 한스 때문이다. 하필 이 녀석이 자신을 '절대 번복하지 않는 남자'로 소개하는 바람에!

"네! 토르 단장!"

"……."

"그럼, 토르 단장님?"

토르의 눈가가 파르르 떨렸다. 한스는 필사적으로 웃음을 참으려 두 주먹을 꽉 움켜쥐었다. 저 잘생긴 얼굴을 두고 초면부터 이렇게 당돌하게 구는 아가씨는 처음 봤다. 아닌 척해도 단장 역시 당황한 게 느껴졌으니까. 연애에 한해서는 민감하게 반응하는 그의 촉에 신호가 왔다. 어쩐지…… 나쁘지 않다, 이런 분위기.

'이러니 저러니 해도 각하께서는 아드님의 취향을 제일 잘 알고 계셨군.'

도대체 어느 집안의 영애실까. 한스는 미친 듯이 입이 근질거렸다. 하지만 이런 때일수록 신중해야 했다. 잘못하면 제 휴가계가 박박 찢길지도 모를 위험이 있다.

"오늘은 첫날이니 이만 쉬도록 하고, 내일부터 내 집무실로 출근하면 된다."

"네!"

토르가 손을 들어 뒤쪽에 위치한 2층 집무실 창문을 가리켰다. 한스는 곁에서 여전히 의미심장한 표정을 지은 채 서 있었다. 그가 다소 과장된 자세로 인사를 건넸다.

"만나서 반갑습니다, 셰리 경. 부단장인 한스 다이먼이라고 합니다. 제가 곧 결혼을 할 예정이라 장기 휴가를 받았거든요."

"인수인계는 앞으로 일주일간 매일 오전 업무 중에 한스가 도와줄 거다."

"……."

한스라는 이름을 들은 셰리의 시선이 물끄러미 그에게로 가닿았다. 이윽고 탁한 금발을 말끔하게 넘긴 이마를 지나 가벼워 보이는 눈웃음에 이르렀다. 그녀는 저도 모르게 속으로 혀를 찼다. 물론 싸늘해진 눈빛과 달리 입가에는 미소를 유지한 채였다.

'빼질빼질하게 생긴 게……. 딱 예상했던 대로잖아?'

그러나 그런 셰리의 생각을 모르는 토르는 미간을 좁혔다. 또다. 가슴 안쪽으로 거스러미가 일어나기라도 한 것처럼 기묘한 불쾌감이 엄습했다. 태어나서 처음 겪는 낯선 기분이었다.

혹시 한스가 마음에 들기라도 한 걸까. 툭하면 마을의 아가씨들에게 경박하게 한쪽 눈이나 찡긋거리는 저런 놈을?

그가 저도 모르게 다급하게 입을 열려는 찰나였다.

"아하, '한스' 경이시군요. 결혼 축하드려요."

"어라……. 예, 감사합니다."

셰리의 반응에서 무언가를 감지해 낸 한스의 대답이 한 박자 느리게 흘러나왔다. 여자만 보면 습관적으로 휘어지던 눈매도 언제 그랬냐는 듯 원래의 모습으로 돌아왔다.

'뭐지. 이 기묘한 위화감은.'

한스가 미처 알아채기 전, 때마침 오후 일과를 마치는 종소리가 연무장까지 울려 퍼졌다. 그러자 그의 얼굴이 사색이 되었다.

"저, 그런데 단장? 이제 진짜 가지 않으면 파혼당할지도 모르는데 말입니다. 아, 그리고 제가 아까 드린 말씀은……."

"그 이야기는 이제 됐다. 네가 헛소리하는 게 하루 이틀도 아니고. 이만 퇴근해. 따지고 보면 네 휴가는 오늘부터니까."

무언가 더 이야기하려던 한스가 안도의 한숨을 내쉬었다. 귀담아 듣지 않는다고 하셨으니, 믿어도 되는 거겠지? 당당한 태도와 아까의 슬쩍 스쳐 간 눈길을 볼 때 결코 평범한 영애가 아니었다. 누구인지 제대로 알아내기 전에 실수라도 하게 되면 곤란한데. 그래서 그는 자신 이외의 이물질도 함께 데리고 퇴장하기로 마음먹었다.

"어이, 딜런. 그러고 보니 너, 오늘 저녁 순찰 당번 아니었나."

"예? 예! 그, 그렇습니다만."

"이만 가자. 나도 마을로 내려가야 하니까."

한스가 딜런의 어깨에 손을 올렸다. 이런 가엾은 녀석 같으니. 열중쉬어 자세를 취하면서도 딜런의 시선이 힐끔힐끔 신입을 향하고 있단 건 진작 알았다. 하지만 만약 그녀가 공작님께서 주선하신 영애여도, 아니라고 해도 여긴 제3자가 낄 자리가 아니다.

"……."

그때, 여전히 머뭇거리는 딜런에게로 토르의 서늘한 눈길이 닿았다. 이 녀석……. 순찰 나가던 중에 여기서 시간을 지체한 건가.

"나머지 절차는 내가 맡지. 둘 다 이만 가 봐도 좋다."

순식간에 단둘만 남게 되자 셰리의 고개가 비스듬하게 기울어졌다. 나머지 절차? 보통 그런 게 필요했었나. 아하……! 자신과 이야기라도 더 나누어 보려고? 그녀는 저도 모르게 어깨를 으쓱였다.

'안 그렇게 생겼는데. 하여간 남자들이란……'

뭐, 어쩔 수 없지. 지금 이곳에 그녀의 원래 신분을 아는 사람이라곤 없을 테니까. 듣던 대로 황도나 후작령의 누구와 견주어도 부족하지 않을 미남이긴 하다. 하지만 그렇다고 해도 여기 온 목적이 따로 있는 이상…….

"그러고 보니 깜박할 뻔했군."

"네?"

그때, 토르가 셰리를 향해 대뜸 한쪽 손바닥을 펼쳐 내밀었다. 키나 체격만큼 한참 커다란 손이었다. 물끄러미 바라보던 셰리의 고개가 이번엔 반대쪽으로 기울어졌다.

'악수는 아닌 거 같고, 뭘 원하는 거지? 아!'

얼마 전까지만 해도 백작가였던 베거티 가문은 변경 지역이 주요 영지였다. 전쟁의 공로로 새로운 넓은 영지와 공작위를 받아 현재 일가 대부분은 그곳에 머물렀다. 그래서 예전 영지인 변방은 막내아들이 맡고 있다고 들었는데…….

그러니까 이 남자는 엄연히 말해 단장이기 이전에 공자인 셈이다. 그리고 귀족 영식과 영애 간의 인사 방식은 대개 하나뿐이었다.

셰리는 다시금 그의 얼굴을 빤히 쳐다보았다. 좀 무뚝뚝한 것처럼 보였는데, 그럼 지금이라도 레이디에게 인사를 하겠다는 뜻인가? 하지만 드레스가 아닌 바지 차림으로 인사 받는 건 처음이라 셰리는 잠시 머뭇거렸다.

"설마 잊은 건가?"

"아."

셰리는 서둘러 제 손을 그의 손바닥 위로 올렸다. 그리고는 몸에 밴 습관대로 턱을 치켜든 채 도도한 눈빛을 내보였다.

"처음 뵙겠어요."

"…….".

이번에는 토르가 할 말을 잃고 물끄러미 쳐다보기만 했다. 쳐다보기만 했을까. 너무나 당당한 태도에 저도 모르게 손등에 입을 맞출 뻔했다. 순간 굽혔던 등을 그는 재빨리 원위치시켰다. 그러고는 더욱 단호한 목소리로 당황을 감추려 애썼다.

"아니, 잠깐. 이게 아니라 미하르쉘 후작가의 추천서를 말하는 거다."

"앗, 아하! 잠시만요. 하하."

"……."

셰리는 겸연쩍은 미소를 지으며 품 안을 뒤지는 척했다. 적절한 각도로 고개를 숙여 낭패한 기색을 숨기는 것도 잊지 않았다. 어휴, 이게 무슨 망신이람.

"차, 찾았다. 여기 있어요."

그런 그녀에게서 추천장을 받아 든 토르는 후작가의 인장과 실링부터 확인했다. 확실히 미하르쉘 후작가의 것이 맞았다. 파견 기간이 두 달이라는 문구까지 꼼꼼하게 훑었다.

그래, 정식으로 제 휘하에 들어온 게 아니라 말 그대로 '임시직' 부하인 셈이다.

"그럼 후작가에서도 행정직 업무를 수행했다고?"

"네! 검술보다는 그쪽이 더 적성에 맞아서요."

"그렇군."

짧디짧은 추천장을 몇 번이고 반복해 읽은 토르가 낮게 읊조렸다. 불과 며칠 전 아버지께 추가 인력은 필요 없다 말한 건 바로 자신인데, 왜 이렇게 아쉬울까.

씁쓸한 감정을 애써 삼키며 그가 다시 손을 내밀었다.

"셰리 해리스 경. 짧은 기간이지만 베거티 공작가의 프로인트 기사단에 온 걸 환영한다."

"네, 두 달간 잘 부탁드려요."

이번에는 명백히 악수를 청하는 손 모양이었다. 맞잡은 셰리가 눈을 맞추며 빙긋 웃음 지었다. 그러나 토르는 저도 모르게 고개를 틀어 시선을 피했다.

"흠, 흠흠."

손 안에 들어온 작고 보드라운 촉감이 생소했다. 천천히 스스로를 진정시킨 그의 시야에 하얀 손이 보였다. 조금 그을린 편인 제 피부색과 대비될 만큼 희었다.

'이런 작은 손으로 검을 잡을 수 있기나 한 건가. 그럼, 역시 아버지께서……?'

불현듯 아까 한스가 연무장으로 내려오며 넌지시 제시했던 가능성 하나를 떠올렸다. 안 그래도 아버지께서 승전 기념 연회에 불참한 일을 다시 언급하시지 않았던가. 무얼 걱정하시는지는 잘 알지만…….

'혹시 악수라도 하게 되면 저 아가씨의 손바닥을 잘 만져 보세요.'

'미쳤군. 내가 너인 줄 아나?'

'그게 아니라, 진짜 기사인지 아닌지 확인해 보시라는 겁니다. 확인하나 안 하나 제 말이 맞다니까요? 왜 갑자기 이 시기에 각하께서 추천장을 받으셨겠어요. 그런 이유가 아니면 저렇게 아름다운 영애가 무슨 이유로 이런 변방까지 옵니까?'

'난 결혼 같은 건 안 하겠다고 분명히 말씀드렸다.'

'아이구, 답답해라. 그러니까 자연스럽게 만나게 하려고 특별히 골라서 보내신 거죠! 솔직히 단장님 취향이 아니라고 할 수 있습니까?'

'그건……. 아무튼 내 취향이고 아니고는 상관없다. 무례한 대화는 여기서 그만두지.'

자신도 모르는 취향이 갑자기 생겨날 리가 있나.

확실한 건 아까부터 그녀의 모습 하나하나가 제 마음을 어지럽히고 있단 사실이다. 생소하기 짝이 없는 감각이 낯설기까지 했다.

그래, 이는 분명 자신과 여러 면에서 반대인 것 같다는 아까의 한스의 말 때문이 틀림없다.

"여기가 내성이긴 해도 엄연히 변경의 기사단이다. 앞으로는 기사로서의 규율에 익숙해지도록."

"넵!"

그래서 토르는 일부러 퉁명스럽게 한마디 덧붙였다. 그렇지 않으면 자꾸만 사소한 것에 동요하게 되는 제 상태를 들키게 될 것 같았다.

"그리고 또……."

처음엔 단호하고 간결했던 토르의 음성이 점차 늘어졌다. 그러면서도 여전히 셰리의 손은 잡은 채였다.

"……."

셰리는 잡힌 제 손을 가만히 바라보다 고개를 들었다. 볼수록 잘생긴 남자였다. 이 정도의 미남자라면 표정이 부족한 면마저 매력으로 느껴질 정도로. 하지만 그녀의 눈엔 보라색 눈동자가 잘게 흔들리는 게 보였다.

속으로 웃음을 삼켰다. 아까는 혹시나 했는데, 역시나였다. 어떻게든 말을 더 붙여 볼 계기를 필사적으로 찾는 걸지도 모른다. 심지어 그의 손이 점점 뜨뜻해지는 게 느껴졌다.

"저, 그런데 단장님. 손은……?"

"아."

커다란 손은 어느새 그녀를 옴짝달싹 못 할 정도로 얽어맨 상태였다. 화들짝 놀란 그가 급하게 떨어져 나갔다. 불안하게 이리저리 방황하는 눈동자에, 어쩔 줄 몰라 작게 달싹이는 입술까지. 스스로도 의식하지 못한 행동이었던 듯했다.

'뭐야, 도통 여자에 관심 없다고 하지 않았어?'

그녀에게 이곳을 소개해 준 줄리아의 말에 따르면 사실 남자를 좋아하는 게 아니냐는 소문마저 있다고 했다. 그래서 이곳에 잠시 숨어 있으려 결심했던 거고.

셰리의 올리브색 눈동자가 이채를 머금고 반짝였다. 그러고 보니 승전 기념 연회에는 아예 참석조차 하질 않았더랬다. 워낙 알려진 것도 없고 작위 계승권과도 먼 인물이라 그다지 관심을 두지 않았었는데.

……이런 상황도 나쁘진 않네.

약간의 고양감과 더불어 심장이 기분 좋게 두근거렸다. 검 끝조차 들어가지 않을 것 같은 분위기의 미남이 제 앞에서 쩔쩔매는 모습이란.

그렇게 자신이 지을 수 있는 가장 예쁜 미소를 지어 보이려던 그 순간이었다.

"잠깐."

토르가 번개 같은 손놀림으로 셰리의 손을 잡아챘다. 그러고는 손바닥을 보이게 한 뒤, 이곳저곳 만지작거렸다.

"왜, 왜 그러세요?"

"……."

셰리가 기겁하며 손을 잡아 빼려 했다. 그러나 토르는 꿈쩍하지 않았다.

처음에는 손바닥의 연약한 부분들을 꾹꾹 눌러 보는가 싶었다. 그러다 뒤집어 그의 시야 바로 아래까지 들어 올렸다. 눈가를 가늘게 좁힌 채 가까이서 관찰하는 바람에 더운 숨결이 그녀의 손등 위를 간지럽혔다.

'흐, 흥! 이제 와서 손등에 입이라도 맞추려고?'

셰리가 못 이기는 척 다시 턱을 치켜들려던 참이었다.

"희미하지만 손에 수련을 했던 흔적이 있군."

"……네? 당연하죠. 행정직 기사도 기사는 기사니까요. 기본 훈련 수료 정도는……."

"그렇군, 역시."

토르는 어쩐지 묘하게 실망한 기색을 보였다. 그러더니 방금 전과는 달리 너무도 순순히 그녀의 손을 놓아주었다.

"수고했다. 오늘은 이만 쉬고, 내일 보도록 하지."

"······예."

누가 들어도 알아챌 수 있을 것처럼 힘이 빠진 목소리였다. 그리고 그 음성만큼이나 시무룩한 걸음걸이로 연무장을 빠져나갔다. 뒤에 덩그러니 남은 셰리만이 황당한 표정을 지었다.

여기서 끝이야? 그냥 간다고? 뭐지, 이 남자는?

* * *

"지금부터 조별 대련을 실시한다. 실시!"

"실시!"

창문 너머 연무장에서 들리는 기합 소리가 요란했다. 한참 들여다보고 있던 서류를 겨우 마무리한 토르는 목 부근을 느슨해지도록 잡아당겼다.

'도무지 집중이 안 되는군.'

다음 서류 위로 손을 올리며 슬쩍 옆으로 시선을 돌렸다. 그곳에는 그의 집중력 분산에 지대한 공을 세운 신입 기사가 있었다.

새로 온 기사, 셰리 경은 생각 외로 업무에 금방 적응했다. 말이 신입이지, 토르의 몇 배나 되는 빠른 속도로 서류를 처리해 냈다. 인수인계를 하러 왔던 한스도 더 이상 알려 줄 게 없다며 사흘 만에 손을 뗐다. 뿐만 아니라, 마지막 날에는 그가 배워 가는 지경에 이르렀다.

다행히 그 과정에서 첫날 토르를 신경 쓰이게 했던 묘한 기류는 존재하지 않았다. 오히려 한스는 시종일관 기합이 바짝 든 모습으로 정중한 태도를 유지했다.

자신도 모르게 그녀에게 시선을 고정한 토르가 속으로 중얼거렸다.

'그럼 정말로 입단 시험까지 본 기사라는 건가.'

며칠 전, 인수인계를 마친 한스는 멋쩍은 얼굴로 뒷머리만 긁적였다.

'단장, 제가 저번에는 뭔가··· 잘못 알았던 것 같지 말입니다. 그러니까

완전히 잘못 안 건 아닌데, 어쨌든 잘못 안 그런 거 말입니다.'

'무슨 소릴 하는 거지. 본인이 무슨 말을 하는지 알고는 있나?'

'아니, 생각해 보면 말입니다. 각하께서도 이제 막 공작 작위를 수여받으셨으니 다른 신경 쓰실 일이 많으실 테고.'

'요점만 말해라.'

'……빨간 머리에 저 정도 미모가 흔하다고 생각하십니까? 에휴, 아닙니다. 됐습니다. 제가 단장께 무슨 말을 합니까.'

그때 무슨 뜻이냐고 끝까지 캐물었어야 했나 보다. 붉은 머리카락의 미인이라고 해 봤자 그런 류의 가십에 관심 없는 토르가 알 길이 없었으니.

그렇게 한스가 진짜 결혼 준비를 하러 휴가를 떠난 며칠간 그는 셰리를 관찰했다. 우선, 그녀는 후작가 기사단에서 행정직 기사로 일했다는 게 사실인 듯 업무 능력이 탁월했다. 첫날 직접 확인한 대로 손에는 희미하지만 훈련을 받은 흔적도 있었다.

그렇게 이런저런 정황을 종합해 볼 때.

'단기 파견 기사 그 이상도 이하도 아니라는 거군.'

황도에 계신 아버지께서 만들어 주신 자연스러운 만남의 기회도 아니라는 소리다. 다만, 한스가 머리색과 외모를 운운하던 건 도통 무슨 소리인지 알아내지 못했다.

토르의 건장한 어깨가 조금 내려갔다. 그 바람에 딱 맞게 재단해 입은 제복 셔츠가 팽팽하게 당겨져 근육이 도드라졌다.

한스 녀석이 이상한 소리를 해서 괜히 심력만 낭비한 셈이다. 단순히 앞서간 추측에 휘둘리기나 하고.

'아쉽군.'

그런데 자신은 왜 이렇게 실망하고 있는 걸까. 아니지. 평생 결혼 같은 건 하지 않아도 좋다고 생각한 자신이니까. 토르는 저도 모르게 시무룩한 얼굴을 했다. 요즘 들어 끝도 없이 기분이 가라앉았다.

그와 마찬가지일 줄 알았던 한스가 결혼을 앞둬서 그런 건가. 그것도 알게 된 지 반년도 안 된 여자와의 결혼이다. 평소 결혼이라는 제도로는 자신을 옭아맬 수 없다고 외치던 사람이었는데…….

정말 한눈에 반하기라도 했나. 그가 주장하듯 단번에 운명을 느끼는 일이 가능하긴 한 걸까. 그럼 과연 그런 일이 제게도 일어날까?

"……님? 토르?"

토르가 번쩍 고개를 들어올렸다. 한참 생각에 잠겨 있느라 눈치채지 못했다. 게다가 기분 탓인가. 어쩐지 마지막에 이름만 불린 것 같긴 한데.

그러나 바로 곁에 다가와 있는 셰리를 본 순간, 그런 사소한 일은 아무래도 괜찮게 되어 버렸다. 그래, 그게 중요한 건 아니지.

"큼. 무슨 일이지?"

"서류 위로 잉크가 계속 번지는데 모르시는 것 같아서요. 앗, 움직이지 말고 그대로 계세요."

"아……."

그제야 토르는 잉크가 새고 있던 펜촉을 발견했다. 어찌나 힘을 주어 누르고 있었는지 펜촉은 서류에 꽂히듯 박힌 채였다. 서둘러 뽑아내려는 그의 손 위로 셰리의 손이 내려앉았다. 그러고는 이미 잉크가 뚝뚝 흘러내리는 펜촉을 급히 손수건으로 감쌌다.

"이 정도면 책상까지 파인 거 아니에요? 와, 무슨 힘이……."

"돼, 됐다. 내가 잠시 정신을 팔았나 보군."

"그래도 이제 쓰기 시작한 지시서라 금방 복구할 수 있을 것 같아요!"

"……."

아, 또 웃었다. 가까이서 살포시 웃는 바람에 뺨과 귓가로 미풍 같은 숨결이 닿았다. 아주 짧은 찰나였는데도 닿은 부분의 솜털이 오스스 일어나는 느낌이 어쩐지…….

"아!"

이어지는 생각에 깜짝 놀란 토르가 벌떡 일어섰다. 아까 조금 늘려 두었던 목 부근을 잡아 뜯듯이 당기며 창문가로 물러났다. 그러고는 변명처럼 뒤늦게 중얼거렸다.

"오늘은 날씨가 좀…… 덥군."

"음, 네?"

셰리가 커다란 눈동자를 한 바퀴 굴렸다. 늦여름 끝자락이긴 해도 지금은 가을 초입에 들어선 시기다. 더욱이 북부는 동부와 달리 훨씬 서늘했다. 그런데 갑자기 덥다고? 더위를 많이 타는 건지 평소에도 옷을 좀 얇게 입고 다니는 것 같긴 하지만.

그때, 그가 옷을 잡고 펄럭이는 모습에 셰리는 잠시 시선을 빼앗겼다. 셔츠 위로도 근육질의 몸이 뚜렷하게 드러났다. 특히 그녀의 시선을 피해 비껴 선 덕에 두꺼운 몸통이 그대로 보였다.

'옆얼굴도 장난 아니네.'

남자답게 잘생긴 이마와 높고 곧은 콧대, 아직 소년티가 미약하게 남은 날렵한 턱선까지. 잠시 넋을 잃고 바라보던 그녀의 눈에 약간 붉어진 목덜미가 들어왔다. 다소 짙은 피부색이라 자세히 보지 않았다면 눈치채지 못할 뻔했다.

흐응, 그렇단 말이지?

셰리의 올리브색 눈이 살짝 가늘어졌다. 토르에겐 유감스러운 일이지만 그녀는 그다지 놀라지도, 쑥스럽지도 않았다. 자신이 어느 정도의 미인인지 아주 잘 알았으니까.

심지어 오늘 하루만 예쁜 게 아니라 평생을 빼어난 외모로 칭송받으며 살아왔다. 그런 그녀에겐 익숙하기까지 한 상황이다. 셰리는 이런 반응 정도로 절대 당황스럽거나 민망해하지 않았다.

차라리 아무 반응도 없거나 첫날 같은 뜻 모를 행동을 보이면 모를까.

'날 여자로 안 보는 것 같진 않은데, 그때는 뭐 때문에 그런 표정이었던 걸까.'

아무리 빤히 바라보아도 토르는 여전히 자리로 복귀할 생각이 없어 보였다. 뭐, 물어본다고 해서 순순히 알려 줄 성격도 아닌 것 같고. 이대로도 상관없겠지. 셰리는 품에 안고 있던 서류를 그의 책상 위로 올렸다.

한편, 토르는 달아오른 열을 식히며 필사적으로 다른 생각을 떠올리는 중이었다. 그의 인생에서 흔치 않은 강렬한 충동이 머릿속을 점령했다. 동시에 내면의 목소리가 그에게 속살거리기 시작했다.

생각해 보면 기사가 그의 짝이 되지 않을 이유는 없다. 둘 다 물려줄 작위가 없는 단승 작위뿐이라도 혼인하는 데에 문제가 되는 건 아니니까. 그리고 일반 영애가 아니라 기사라면 사교계에 전념하지 않아도 되고, 그럼 평판도 그다지 걱정할 필요가……

"하……"

토르는 입술을 굳게 다물었다. 차라리 직접 물어볼까? 아버지나 어머니께서 제 짝으로 삼길 원해서 보낸 사람이냐고? 한스도 '아닐 것 같다'라고 했지, 확실하게 아니라고 하진 않았다. 하지만 만약 정말로 아니라면……?

"……"

인정한다. 그걸 알게 될 현실이 가장 두려웠다. 토르가 저도 모르게 두 눈을 질끈 감았다.

"저기, 단장님?"

그때, 자유로워진 빈손으로 살금살금 다가온 셰리가 슬쩍 고개를 들이밀었다.

"많이 피곤하신가 봐요. 제가 일단 급한 사안이랑 중요한 사안부터 정리해 뒀는데, 그럼 내일 보시겠어요?"

가까이서 생글생글 웃는 모습에 토르는 다시금 입 안쪽 살을 슬며시 지르물었다. 애써 가라앉힌 열기가 확 솟아오르는 기분이다.

"아니, 아니다. 내가 어떻게 처리하면 된다고 했지?"

"전 내일이 휴무일이라 나머지는 이쪽에 정리해 두었어요. 일단 이거는요……."

방금 가져다 둔 서류 위를 셰리의 손가락이 하나씩 짚었다. 조곤조곤하면서 낭랑한 음성이 너무 가까웠다. 게다가 바싹 몸을 붙이니 은은하게 풍기던 좋은 향기가 한층 진하게 그를 자극했다. 이런 게 체취라는 건가?

'아, 제기랄. 이 미친놈. 무슨 생각을 하는 거야.'

그 어느 때보다 주의 깊게 듣고 있는데도 뭐라고 하는지 하나도 귀에 들어오질 않았다. 심지어 평소엔 넓다고 생각했던 집무실이 답답하기만 했다.

* * *

자리로 돌아와 앉은 셰리는 금세 다른 생각에 빠져들었다. 휴무일인 내일은 줄리아와 만날 예정이다. 그녀와의 만남이 베거티령을 택한 또 다른 이유이기도 했다. 그러다 문득 토르의 휴일에 생각이 닿았다.

'생각해 보니 토르 단장이 쉬는 모습은 한 번도 못 본 것 같은데.'

피곤해 보인다는 건 빈말이 아니었다. 아까 슬쩍 본 얼굴에도 숨길 수 없는 고단한 기색이 엿보였다. 게다가 어제 보급품을 받아 돌아오면서 무심코 바라본 집무실엔 늦은 시각까지 불이 켜져 있기도 했다. 세상에, 일과 휴식의 균형이 얼마나 중요한데!

후작가에서 기사단을 관리하는 그녀로서는 퍽 신경 쓰이는 일이었다.

"제대로 쉬긴 하시는 거예요?"

순수한 걱정에서 비롯된 질문이었다. 그러나 토르의 표정이 묘하게 변했다.

이곳 프로인트 기사단은 야만족과의 전쟁을 함께 치른 이들이 대부분이었다. 그리고 그들은 인간의 경지를 가뿐히 넘은 토르의 무위에 익숙했다. 그래서인지 몰라도 주제넘게 그를 걱정하는 부하는 없었다. 고작해야 가끔 형처럼 구는 한스 정도뿐일까.

그런 한스조차 이제는 챙기길 포기한 제 휴일인데. 그녀가 왜……?

"전시와 비교하면 충분할 정도로 쉬고 있다."

"아하, 전 내일 마을에 좀 내려가 볼까 하고요."

아, 혹시 휴일이 같으면 자신에게 무언가 부탁이라도 하려는 건가?

이름 모를 기대감으로 토르의 심장이 슬며시 뛰기 시작했다.

"아마 이곳에 올 때 보았겠지만 정문 앞길을 따라 그대로 내려가면 된다. 광장 근처에는 시장도 있고."

또, 마을에 가 볼 만한 곳이 어디 있더라. 토르는 맹렬하게 머리를 굴렸다.

"안 그래도 마침 내일 마을 구경을 도와준다는 친구와 둘러보기로 했어요."

"……."

토르의 입이 꾹 다물렸다. 갑자기 그 친구가 여자인지, 남자인지 매우 궁금해졌다. 그러나 그는 굳이 입 밖으로 소리를 내 물어보지 않았다.

"그럼, 저는 이만 퇴근해 보도록 하겠습니다. 모레 뵈어요."

"……그래."

그렇게 셰리가 떠나자마자 토르의 손에 들린 건 내일 휴무일인 자들의 명단이었다. 단기 파견으로 온 것이니 여기에 원래 알던 친구가 있을 가능성은 적다. 그렇다면 기사단에서 새로 사귄 친구일 텐데.

그가 명단에서 찾고자 한 것은 단 한 가지 사실이었다. 그러나 바람과는 다르게 그리 많지 않은 명단을 쭉 훑어 내리고도 토르는 원하는 것을 찾아 내지 못했다. 그의 시선이 종이에 못 박히듯 떨어지지 않았다.

"……."

그도 그럴 게 명단에 오른 기사들은 전부 남자였다.

* * *

"약혼자 후보 명단에 왜 안 올렸었냐고요?"

카페의 테라스에서는 광장이 한눈에 내려다보였다. 함께 차를 마시던 줄리아가 고개를 갸웃했다. 분명 처음엔 톨체르 베거티도 명단에 넣는 걸 고려하긴 했었다. 결혼 적령기의 귀족 영식이긴 하니까. 하지만……

"베거티 백작가가 공작가가 됐으니, 이제 공자님이시긴 한데, 고위 귀족과 연을 맺기에 좀……. 애매하거든요."

"위에 형이 다섯인가 있다면서? 그럼 계승권이랑 좀 멀긴 해도 나쁘진 않잖아."

"그게, 열 살인가까지는 생모인 부인이 가문에서 인정을 못 받았었대요. 당시엔 사생아라고 말이 좀 나왔었나 봐요. 셰리 님도 아시잖아요. 제국에서 사생아 낙인이 얼마나 큰 흠인지."

"하지만 이제는 부인도 공작 부인이 되셨잖아."

줄리아가 절레절레 손을 내저었다. 귀한 외동으로 자란 셰리는 상상도 못 했을 문제가 있었다. 줄리아의 목소리가 은밀하게 낮아졌다.

"그리고 지금은 여기를 맡고 계시지만요. 그게 몇 년이나 더 갈지는 모르는 일이거든요."

"그게 무슨 소리야. 기사단 단장도 맡고 있는데……."

"집안에 나이 많은 형님만 다섯이에요. 벌써 성년인 조카들도 몇 있고요. 유력 가문 영애랑 결혼하지 않는 한 가문 내의 입지는 점점 약해질 걸요."

"그래도……. 이번 전쟁에서 큰 공도 세웠다던데."

셰리는 턱을 괸 채로 입을 삐죽였다. 저런 남자가 진작 약혼자 후보로 올라왔다면 공국 영식이 제일 유력한 후보가 되지 않았을 테다. 그런 그녀를 바라보는 줄리아의 표정이 오묘해졌다.

여태껏 자신이 아무리 잘난 남자를 소개해도 본체만체하시더니……

"어머나, 여기 온 지 이제 겨우 일주일 남짓 되셨잖아요. 그분이 셰리 님 마음에 드셨나 봐요?"

"아니……. 그냥 후보로 검토 정도는 할 수 있지 않나 싶어서 그렇지."

"호홋. 확실히 미남이시긴 하죠? 저도 멀리서만 뵀는데 에드윈 공자님만큼 잘생기신 것 같더라고요."

"얼굴 하나 잘생겼다고 그런 게 아니야! 이왕이면 우리 기사단을 이끌 능력도 있으면 좋으니까."

셰리가 발끈하며 주절주절 변명을 덧붙였다. 그러자 줄리아의 미소가 의미심장해졌다. 하지만 사교계 인사들에 빠삭했던 줄리아가 후보 목록에서 일찌감치 토르를 제외한 이유는 또 있었다.

"그런데 여태 들어온 혼담을 전부 거절했다더라고요. 연회에도 도통 얼굴을 비추는 법이 없고. 내내 기사단에만 붙어 계신대요."

"하긴, 내가 휴가 기록을 봤는데 전혀 쉬질 않더라. 쉬어야 하는 거 아니냐고 물으니까 괜찮다고만 하고……."

줄리아가 의자를 바짝 당겨 셰리에게 얼굴을 가까이 댔다. 갈색 눈동자가 놀라움으로 반짝이고 있었다.

"셰리 님께는 잘해 주시나 봐요? 제가 듣기론 영애들이 아무리 말을 걸어도 대답조차 안하신다던데."

"확실히 말이 좀 없는 타입이긴 해도 대답은 꼬박꼬박 잘 해 주던걸?"

"어라……?"

사교계의 무수한 영애와 영식들을 이어 준 경험으로 줄리아는 단박에 알았다. 이건…… 되는 판이다. 여기서 제 역할은 연애 경험이 없는 둘의 등을 떠밀어 주는 것일 테고. 줄리아의 미소가 깊어졌다.

"그런데 셰리 님은 아예 가출하신 거예요? 한스 말에 따르면 두 달짜리 단기 파견이라고 하던데요."

"가출이라기엔 부모님은 알고 계시지. 그리고 줄리아 결혼식 보러 겸사겸사 온 거니까."

한숨을 내쉬며 셰리가 이마를 짚었다. 이게 다 란델 공국의 대공인 할아버님 때문이다. 여전히 셰리의 어머니인 후작 부인을 제국 귀족 나부랭이에게 빼앗겼다고 생각하고 계시는 분이니까.

그런 할아버님이 내세운 약혼자 후보도 뻔했다.

물론 겉으로는 유서 깊은 성기사 가문 출신에다 흠 잡을 데 없는 남자이긴 했다. 하지만 말끝마다 덧붙이는 게 '죽음으로 사죄하겠습니다'라니. 도대체 언제 적 성녀고, 언제 적 성기사란 말인가. 셰리는 노예처럼 구는 남자와 결혼할 생각은 추호도 없었다.

그래서 아버지와 어머니의 묵인 아래 변방의 베거티 영지로 위장 취업을 하러 온 셈이다. 아마 지금쯤 할아버님께서는 난리가 나셨겠지. 그렇게 왜 그렇게까지 제 혼사에 의욕을 불태우시는지……. 어휴.

"그나저나 한스라는 그 부단장이 결혼할 사람이라는 거지?"

"네! 어떠셨어요? 우리 그이도 잘생기지 않았나요?"

"글쎄, 제대로 본 건 아니라서. 단장이랑 나란히 있을 때 봐서 그런가."

그보다는 여자만 보면 본능적으로 살살거리는 듯한 눈웃음이 마음에 안 들었다. 그런 가벼운 남자와 비교했을 땐 토르 단장이 훨씬 더…….

"하긴 그 단장님이 여간 잘생기셨어야죠."

"뭐……. 그건 그렇고 줄리아는 너무 빨리 결혼하기로 한 거 아니야? 만난 지도 얼마 안 됐잖아. 어쩐지 좀 경박해 보이던데."

"후훗, 셰리 님은 아직 몰라서 그래요. 저랑 그이는 만난 첫날 바로 서로가 운명인 걸 알아봤는걸요."

"……침대에서 말이지?"

셰리의 표정이 떨떠름해졌다. 그러고 보니 줄리아도 황도에서 유명한 남자 사냥꾼이었다. 선수는 선수끼리 알아본다, 뭐 그런 건가.

"그 정도 조건에 이렇게까지 절 만족시키는 남자는 없다고요!"

"그래, 그래."

셰리가 심드렁한 목소리로 대답했다. 그녀의 자유로운 연애관이 부러울 때도 있었지만 지금은 아니다. 보통의 영애라면 모를까. 공국의 '올리비아'

칭호와 후작가 후계를 짊어진 셰리는 꿈꿀 수 없는 일탈이었다.

"전 갑자기 여기에 오신다기에 몰래 연애라도 해 보려고 오신 줄 알았어요. 원래 연애에는 꽤 흥미 있으셨었잖아요."

"여기서? 그래 봤자 겨우 두 달인걸."

"그러니까 더 좋죠! 두 달이면 딱 좋을 만큼 즐기고 더 정들기 전에 정리할 수 있으니까요."

"흠, 그런 거야?"

줄리아가 의자를 조금 더 움직여 셰리의 곁으로 바짝 붙었다. 분명히 서로 마음이 없는 건 아닌 듯한데…….

"만약 두 달 뒤에 돌아갔는데도 대공 전하께서 계속 그 성기사를 약혼자 후보로 고집하시면요? 그게 아니어도 황도에서는 연애하기 힘드실 걸요. 보는 눈이 워낙 많아야지요."

"그치만 생각보다 근무가 널널한 건 아니라서."

첫인상대로 토르는 공과 사가 분명한 인물이었다. 거기다 스스로에게는 가혹할 만큼 더더욱 엄격했다. 차마 그런 그가 버티는 집무실을 나와 자리를 오래 비우거나 농땡이를 부릴 수가 없었다.

"어머나? 왜 밖에서 찾으실 생각만 하셔요. 바로 곁에 상대가 있잖아요."

"누구?"

"그 '토르' 단장님이요!"

줄리아가 기다렸다는 듯 외쳤다. 아니, 눈앞에서 호감을 보이는 남자를 두고 왜 다른 곳에서 찾으실 생각을 하신담.

"아까는 애매하다고 하지 않았어?"

"그건 결혼 상대로서 그렇다는 거고요! 연애만 할 상대로 그런 남자가 또 어디 있겠어요. 자고로 여자로 태어났으면 그 정도로 잘생긴 남자랑 한 번쯤은 자 봐야 하지 않겠어요?"

"글쎄. 그러다가 틀어지면 분위기가 이상해질 거 아냐. 안 그래도 집무실에 하루 종일 둘만 있단 말이야."

셰리는 곤란한 표정을 했다. 그러나 그 말을 들은 줄리아의 눈은 이제 튀어나올 듯 커져 있었다.

부단장 한스의 연인인 그녀는 그게 얼마나 예외적인 상황인지 아주 잘 알았다. 단장이 서류 업무보다는 검술 수련에 더 매진하는 바람에 종종 야근해야 했다는 푸념까지 들었으니 말이다.

"어머. 하루 종일, '단둘'이요?"

"아니, 잠깐만. 줄리아가 생각하는 그런 거 아니야. 고지식한 사람이라 항상 창문도 활짝 열어 두고……. 하여튼 그래."

"그럼 다른 기사들은 어때요? 셰리 님이 제안하면 다들 거절하지 않을 텐데요."

다른 기사들의 맹숭맹숭한 얼굴을 떠올리던 셰리의 눈이 흐리게 변했다. 토르의 경이로운 미모를 매일 보아서 그런지, 웬만한 얼굴엔 영 감흥이 생기질 않았다.

"됐어, 귀찮게. 그나저나 줄리아는 결혼 선물로 뭐 받고 싶은 거 없어?"

셰리가 애써 화제를 돌리려 시도했다. 그러나 그 시도는 처참하게 실패로 돌아갔다. 셰리의 회유에도 줄리아는 진지한 목소리로 입을 열었다.

"분명 나중에 후회하실 거예요."

"뭐?"

"어차피 며칠 뒤에는 국경 근처의 외성으로 순환 근무를 떠나신다던데, 여자가 칼을 뽑았으면 무라도 잘라야지요."

"무? 여기 특산품이라던 그거? 갑자기 그건 왜 잘라."

"아무튼 셰리 님은 제일 크고 튼실한 걸로 골라 자르셔야 해요!"

"그러니까 내가 왜……."

셰리는 칼을 뽑은 적도, 뽑을 생각도 없었다. 하지만 줄리아의 후회할 거라는 단언은 마음에 걸렸다.

"이대로면 예레나 님께 제가 면목이 없단 말이에요! 네?"

"어머니랑 도대체 무슨 거래를 한 거야……."

* * *

셰리는 줄리아와 헤어져 혼자 시장 구경을 했다. 그러던 그녀의 얼굴에 이내 놀라운 기색이 스쳐 지나갔다. 외지인 여자 홀로 돌아다니고 있는데도 으레 예상했던 추파 따위가 없었다. 멀찍이서 힐끔대는 시선만큼은 어쩔 수 없겠지만.

'경비대 순찰도 규칙적인 것 같고. 범죄에 대한 처벌이 확실한 편인가 보네. 하루 이틀 만에 이렇게 체계가 잡혔을 리는 없는데…….'

자연스레 황도에서 보았던 베거티 공작에 대해 떠올리게 되었다. 기껏해야 사십 대로 보이는 얼굴에 다 큰 아들이 여섯이라니. 심지어 전처소생의 다섯 아들은 토르의 아버지뻘이었다.

이쪽도 계승권을 생각하면 참 복잡하겠구나.

성년이 지난 셰리에게 제국에서 혼담이 들어오지 않은 건 아니었다. 시작은 그저 어머니들끼리 친할 뿐이었던 에드윈 공자의 혼담이었다. 분명 고귀한 신분의 괜찮은 남자였지만 공작가의 외아들이라 계승에 문제가 생긴다.

뒤이은 혼담 중 제국에서 손꼽히는 상단을 가진 남작가의 차남도 있었다. 꽤 긍정적으로 검토한 것도 잠시, 대공인 할아버지께서 펄쩍 뛰시며 퇴짜를 놓으셨다.

'어디 마탑주라도 되는 것도 아니고 감히 남작가 차남 따위가 내 손녀를 넘봐?'

이대로 두었다가는 제국에 선전 포고라도 하실 기세라 추천을 부탁드린 거였다. 그런데 기껏 골라 오신 게 겉만 멀쩡한 그런 광신도 같은 남자라니.

"……."

이쪽은 갖고 있는 지위들 때문에 조건이 지나치게 까다로워서 문제였다. 하지만 저쪽은 사생아 취급을 받았었단 이유로 제대로 된 혼담이 들어오지 않는단다. 심지어 이젠 엄연한 공자인데도 말이다.

새삼 토르와 제 처지가 그리 다르지 않다고 느껴졌다.

그러던 와중, 나이 지긋해 보이는 여인 하나가 셰리에게 말을 걸었다.

"어머, 예쁜 아가씨. 이것 좀 보시우."

"이게 뭔가요? 처음 보는데……. 식물?"

"실내에 두면 공기도 맑게 해 주고 은은하게 좋은 향도 난다우. 베거티 영지에서만 자라는 신기한 풀이지. 예전에는 이곳이 엘프들의 마을이었다고 하지 않았겠수."

"그래요? ……하나 주세요."

셰리는 홀린 듯 화분을 받아 들었다. 동글동글하고 두꺼운 초록 잎에 앙증맞은 보라색 꽃이 피어 있었다. 그녀는 저도 모르게 토르 단장의 머리색과 눈동자 같다는 생각을 했다.

* * *

셰리는 집무실 불이 꺼진 걸 확인하고 건물 안으로 발걸음을 옮겼다. 품 안에는 낮에 사 온 화분이 들려 있었다. 깔끔하긴 해도 조금 살풍경한 집무실에 딱이었다.

'저녁에 미리 가져다 두면 내일 아침엔 좋은 냄새가 퍼져 있겠지?'

희미한 불빛만 타오르는 복도를 지나 집무실 앞에 멈춰 섰다.

"응?"

약간 열린 문이 의아했다. 조심스레 열면서 발을 들여놓았다. 다음 순간 눈앞에 펼쳐진 광경에 셰리는 말을 잃었다.

열린 창문가에 누군가 팔짱을 낀 채 기대어 앉아 잠들어 있었다. 마침 아스라이 쏟아지는 달빛을 고스란히 받으면서. 셰리의 동공이 서서히 커졌다.

"와……."

어제 햇빛 아래의 옆모습도 남다른 미모라고 생각하긴 했는데, 지금과는 차원이 달랐다. 밤과 달빛이 그의 아름다움을 부각시키기에 더 최적이었나 보다.

생기 있는 잎사귀같이 푸르르던 머리카락이 곤히 잠든 이마 위에 흐트러져 있었다. 보석처럼 빛나던 보랏빛 눈동자는 보이지 않았지만 눈 아래로 음영이 질 만큼 속눈썹이 길었다. 유달리 높고 날카로워 보이던 콧대에, 그 아래로 이어지는 입술까지.

늘 굳은 모습만 보여 주던 입이 살짝 벌어져 있는 모습이 유독 그녀의 눈길을 끌었다.

'예전에는 이곳이 엘프들의 마을이었다고 하지 않았겠수.'

아까 상점에서 들었던 말이 떠올랐다. 고대에 있던 엘프라는 종족이 이렇게 아름답지 않았을까.

"아."

손안에 느껴지는 화분의 감촉에 셰리는 퍼뜩 정신을 차렸다. 아쉽지만 내일 아침에 가져다 놓는 게 좋을 듯했다.

그렇게 문을 나서려 셰리가 뒤돌아섰을 때였다. 금속성의 무언가가 그녀의 옆얼굴을 지나 집무실 문에 꽂혔다.

"……다음엔 목이다. 누구냐. 얼굴을 보여."

셰리는 천천히 뒤로 돌았다. 그러고는 저도 모르게 마른침을 삼키며 숨을 멈췄다.

그곳에는 맨손으로 작은 나이프의 칼끝을 쥐고 있는 토르가 있었다. 미약하게 잠기운이 남은 보랏빛 눈동자가 매서웠다. 그녀에게는 단 한 번도 보여 준 적 없었던 살기가 전신을 예리하게 찔렀다. 그래서였을까. 다리에 힘이 풀린 셰리는 그대로 주저앉고 말았다.

"아, 셰리 경?"

그제야 정신을 차린 토르가 급하게 달려와 그녀를 부축했다. 셰리의 심장이 미친 듯이 뛰었다.

* * *

"일단은 물부터 더 마시고……."

"흐아."

셰리가 참았던 숨을 몰아쉬자 토르가 커다란 손으로 연신 등을 쓰다듬어 주었다. 셰리는 그가 쥐어 기울여 준 컵에 매달린 모양새였다. 정신없이 물을 삼키기만 했다. 그러다 둘이 지나치게 밀착되어 있단 걸 깨닫고 몸을 떼어 냈다.

"이, 이제 괜찮아요."

"……미안하군. 이 시간에 익숙한 기척이 아니라서 나도 모르게."

"아니에요."

토르의 얼굴에 낭패한 기색이 어렸다. 전쟁이 끝난 지 벌써 1년이 다 되어 간다. 그런데도 가끔 이렇게 신경이 날카로워지는 순간이 찾아왔다. 특히 오늘처럼 정신력을 많이 소모한 날에는.

"그런데 무슨 일이지? 마을 구경을 갔다고 하지 않나."

"아, 나가서 뭘 좀 사느라요. 앗! 어디 갔지?"

분명히 손에 들고 있던 화분이 보이지 않았다. 놀라서 주저앉을 때 떨어뜨렸나? 셰리가 집무실 안을 두리번거렸다.

그때, 토르가 테이블 위에 놓아두었던 작은 화분을 가리켰다.

"저걸 말하는 건가?"

"휴, 다행이다. 안 깨졌네."

토르는 누구와 함께 산 거냐고 물으려다 그대로 입을 다물었다. 자신이 무슨 자격으로 부하의 사생활에 참견한단 말인가.

"아까 복귀하는 길에 샀어요. 방 안 공기 정화에도 좋고, 머리 아프게 진한 향이 아니라서 미리 가져다 놓으려고 왔다가……."

"그렇군."

토르가 애써 평정을 유지하며 간신히 고개를 끄덕였다. 그래, 외박을 한 것도 아니고 제시간에 부대에 복귀했는데 그거면 된 거지.

"마을 규모가 꽤 큰데도 치안이 좋더라고요. 황도도 이 정도로 관리하기 힘들 텐데요. 대단하네요."

"……그런가."

느닷없는 칭찬에 토르의 귓불이 살짝 달아올랐다. 마을 주민들에게 위압감을 주지 않으면서 치안을 유지하는 일은 쉽지 않다. 더구나 영주의 가족 대부분이 부재중일 때는 더더욱. 설마하니 그런 노고를 다른 사람이 알아줄 줄은 몰랐다.

덤덤한 목소리에 쑥스러워하는 기색이 묻어났다. 보통의 영식들이었으면 그런 노력을 자랑하느라 밤새 떠벌리고도 남았을 텐데. 어쩐지 신선하게 느껴져 셰리의 눈이 반짝였다.

"그런데 왜 여기서 주무시고 계세요? 숙소로 돌아가지 않으시고……."

"……."

단답이나마 대답을 이어 가던 토르의 입이 다시 꾹 다물렸다. 차마 마을로 나갔던 그녀의 귀가를 창문 너머로 확인하려 했다는 말은 할 수 없었다. 이제 와서 하는 말이지만 공사 구별도 못 하는 한심한 모습이 아닌가.

'혼자서 일하다가 깜박 잠드신 건가.'

대수롭지 않게 생각한 셰리가 갑자기 두 손바닥을 마주쳤다. 줄리아에게 듣고 새로 알게 된 사실이 생각났다.

"참, 얼마 뒤에는 국경 외성으로 가신다면서요? 이거 하나 더 가지고 가시면 되겠네요. 추울 때는 환기하기도 힘들잖아요."

"그러지."

그렇게 대답하며 토르의 시선이 물끄러미 그녀의 얼굴을 향했다. 문득 셰리는 의문이 들어 입을 열었다. 그의 일정이 다른 기사들의 근무 스케줄과는 다르다는 걸 깨달아서다.

"그런데 규율상 외성 순환 근무는 5년에 한 번만 가면 된다고 쓰여 있는데, 왜 매년 가시는 거예요?"

잠시 말을 고르던 토르가 담담한 목소리로 대답했다.

"아무래도 다들 가고 싶어 하지 않으니까. 안 그래도 올해부터는 외성에서 종신 복무를 할 생각이다."

"그래도……. 약혼자분이 계시다면 서운해하실 수도 있잖아요. 거기다 나중에 결혼하기라도 하면……."

그 말에 토르의 얼굴이 금세 싸늘하게 굳었다.

"나는 결혼 따위는 할 생각이 없으니 상관없어. 당연히 약혼자 같은 것도 만들지 않는다."

"……그런가요. 그럼 연애 같은 것도 아예 안 하시는 거예요?"

"왜 그런 걸 묻는지는 모르겠지만……. 기대에 부응하지 못하고 상대를 기만할 바에야 처음부터 거절하는 게 낫지 않나?"

셰리의 눈매가 조금 가느스름하게 변했다. 그런 그녀의 반응에 토르가 핫, 하고 표정을 풀었다. 그저 물어본 것뿐인데 너무 정색해 버리고 말았다. 그가 서둘러 몸을 일으켰다.

"진정됐으면 일어나지. 밤이 늦었으니 숙소까지 데려다주겠다."

* * *

"……."

확실했다. 그날 이후 그녀가 변했다.

토르는 이제 목 부근의 단추를 하나 풀어 두는 게 습관이 되어 버리고 말았다. 아무리 단정하게 잠그고 와 봤자 금방 풀어 버리게 될 테니. 요즘은 더위든 추위든 잘 타지 않는 체질이 무색했다. 이상하게 더웠다. 날씨는 하루가 다르게 서늘해져 가는데도……. 기분 탓인가.

묘하게 살가워진 그녀의 태도가 기껍기도 하면서 당황스러웠다. 그러나 그런 생각과는 달리 요즘 그의 심장은 두근거리는 일이 잦았다.

무표정해도 어여쁠 사람이 시도 때도 없이 저를 보고 활짝 웃는다. 입 안이 바짝바짝 마르고 가슴이 조여들었다. 그러나 토르는 첫날의 실수를 반복하지 않았다. 그럴수록 입매를 더욱 단단하게 단속했다.

반면, 셰리는 그런 토르를 보고 이상한 승부욕을 느꼈다. 분명히 처음부터 자신에게 반한 기색이었는데……. 여전히 뒷덜미와 귓불은 쉽게 붉어졌지만 딱 거기까지였다.

오후 훈련 지휘로 불가피하게 그가 자리를 비운 사이, 홀로 남은 셰리는 책상에 손가락을 토독토독 두드렸다. 웃음기가 사라진 얼굴에 못마땅한 기색이 가득했다.

'내가 이렇게 잘해 주는데 왜 더 말수가 적어지는 거지?'

멀쩡하게 몇 마디 내뱉다가도 그녀가 눈을 마주치며 생긋 웃으면 입을 꾹 다물어 버리곤 했다.

저 꽉 막힌 남자의 입을 열 만한 게 뭐가 있을까?

후작저에서 기사단을 관리할 적에, 셰리는 신입 기사들과 친해지려 그들이 흥미 있어 하는 화제를 꺼내는 방법을 썼었다. 하지만 토르는 워낙 좋고 싫음에 대해 표현을 하지 않으니 뭘 좋아하는지조차 알기가 어려웠다.

며칠을 함께 있어도 남는 시간엔 훈련이나 무기 점검을 하는 정도였다. 지켜본 결과 별다른 취미도 없는 것 같고. 그런 점은 기사의 정석 같은 첫

인상과 완벽하게 일치했다.

줄리아에게 귀찮은 일은 싫다고 딱 잘라 말했던 셰리에게 어느새 오기라는 감정이 생겨났다. 그리고 난생 처음 정복 욕구라는 감정도.

"무기에 대해 물어봐도 그 말주변으로는 몇 마디 이어 가지도 못할 텐데. 차라리 체력도 키울 겸 간단한 훈련이나 도와 달라고 할까?"

그러나 셰리가 생각하는 '간단'과 토르의 '간단'의 기준은 같지 않았다. 얼마나 다른지 그녀가 깨닫게 되는 데에는 그리 오랜 시간이 걸리지 않았다.

* * *

"으, 으으……."

잘못된 선택이었나. 차라리 무기에 대해 물어보는 게 나았을까? 아니면 그가 지나치게 의욕적으로 나온다는 걸 알았을 때라도 그만뒀어야 했던 건 아닐까.

그나저나 여태껏 오전 업무 전 아침 훈련뿐 아니라 새벽 구보도 했다니. 토르의 경이로운 체력이 놀라웠다.

'정말로 기사다운 일 말고는 아무것도 안 하는구나.'

평소와 다르게 셰리의 업무 속도가 현저히 느려지고 있었다. 거기에 더해 책상 위로 머리를 눕히는 빈도가 높아졌다. 셰리는 저도 모르게 앓는 소리를 내며 천천히 눈을 감았다 떴다.

"……."

그제야 눈치 없는 토르도 그녀가 지쳐 있다는 것을 알아챘다. 그러고는 셰리의 손에 남아 있던 훈련의 흔적이 오래됐다는 사실을 떠올렸다. 더불어 그녀와 자신의 현격한 체격 차이까지도.

셰리가 저와 무언가를 하고 싶어 한다는 사실에 지나치게 들떴나 보다. 애초에 자신이 새벽과 아침 운동을 혼자 하는 이유를 잠시 망각했다. 그의 기준에 맞춰 따라오는 기사가 없어서였거늘.

셰리의 눈이 초점을 잃은 채 깜박거리다 끝내 감기고 말았다. 토르는 자책했다.

'이대로라면 며칠간 근육통에 시달리겠군.'

잠깐 눈을 붙였던 셰리는 누군가 흔들어 깨우는 기척에 눈을 떴다. 조금은 씁쓸하고 풋풋한 향이 코끝을 맴돌았다.

"어?"

그리고 제 몸이 푹신한 소파에 뉘여 있다는 사실을 깨달았다. 아침 내내 혹사당했던 다리 아래엔 뭔가 따뜻한 것이 닿아 있었다. 이내 커다란 손이 그녀의 앞으로 찻잔을 밀었다.

"근육통에 좋은 차다. 오후 업무는 됐으니 마시고 충분히 쉬도록."

뒤이어 다리 밑에 넣어 둔 온수 주머니에 손등을 대 보던 토르가 새로운 주머니로 바꿔 받쳤다.

"따뜻하게 찜질하면서 수시로 근육을 풀어 주면 그래도 내일은 많이 아프지 않을 거다."

당연하게도 셰리는 그 근육을 풀어 주는 방법이란 걸 몰랐다. 여태껏 그건 사용인들의 몫이었으니까.

"어, 어떻게요?"

"어떻게라니……."

무심코 셰리의 다리로 향하던 그의 움직임이 멎었다. 그러고는 잠시 망설이다 조금 전 교체한 온수 주머니를 두 손으로 움켜잡았다.

"이쪽을 종아리 뒤라고 본다면, 양쪽 엄지로 발목 뒷부분의 근육이 갈라진 부분을……."

긴 시간은 아니어도 같이 지내며, 셰리는 토르에 대해 알게 된 사실이 있었다. 기본적으로 모두에게 살갑게 구는 타입은 아니다. 하지만 그는 꽤 세심한 성격이었다. 그리고 단둘이 있다는 기회를 빌미로 음흉한 짓은 시도하지도 않을 만큼 바른 남자였다.

셰리의 시선은 어느새 주머니를 만지작거리는 그의 커다란 손과 손가락으로 옮겨 가 있었다. 월등한 체격만큼이나 보통 남자들보다 훨씬 커다랬다. 그런데도 마냥 둔탁하게 생긴 것만은 아니었다. 아니, 오히려 모양 자체만 본다면 손가락이 길어서 단정한 편이다. 큼지막한 손톱도 늘 잘 다듬어져 있고.

"그리고 무릎 뒤쪽의 중간 부분에서 바깥쪽으로 향하게 눌러 주면……."

보기 드물게 잘생긴 편이라 놀라긴 했어도 그저 그뿐이었는데……. 한번 연애 상대로 고려해 본 적이 있어서 그런가. 아니면 역시 달빛 아래서 잠들어 있던 모습이 인상적이어서 그런 걸까.

심장이 기분 좋게 도근거리는 것과 동시에 셰리의 올리브색 눈동자가 반짝였다. 남자에게 이런 기분이 드는 건 처음이었다.

"……보기만 해서는 잘 모르겠어요."

"기본 훈련 때 배우지 않은 건가? 그게 아니라도 보통 훈련소 동기끼리 해 줄 텐데."

"동기 중에 직접 주물러 줄 만한 사람이 없었어서요."

그녀는 후작가의 귀한 후계자이자 란델 공국의 '올리비아'였다. 감히 어설픈 마사지를 시도할 만한 간 큰 동기는 존재하지 않았다.

"그렇군……."

그러나 토르는 그것을 남자 동기들뿐이라서라고 이해했다. 침음을 흘리며 난처한 표정으로 망설이던 것도 잠시.

"그럼 실례하지."

맞은편 소파에 앉아 있던 토르가 셰리의 다리 부근으로 다가와 한쪽 무릎을 접었다. 그러고는 제복 바지에 가려진 종아리를 슬며시 쥐었다.

"아."

생각보다 더 가느다란 감촉에 그는 짐짓 놀라고 말았다. 바지를 입은 채로도 날씬하게 잘 뻗은 모양새긴 했다. 하지만 직접 만져 보는 것과는 달랐다.

'과연 다른 남자 기사들과는 다르군.'

심지어 자신과는 골격 자체가 완전히 달랐다. 신기한 마음에 가만히 쥐고만 있자니 셰리가 먼저 입을 열었다.

"바지를 걷는 편이 나은가요?"

"아, 아니. 힘을 빼고 그대로 있으면 된다."

토르는 서둘러 양손 엄지에 힘을 주어 발목부터 무릎 뒤까지 슥 쓸어올렸다.

"흐앗!"

"아, 아픈가?"

토르가 깜짝 놀라 셰리의 다리를 놓고 물러섰다. 방금 들었던 묘한 소리가 계속해서 귓가에 머물렀다.

"아뇨. 시, 시원해서…….'

"……그렇군."

간신히 정신을 가다듬은 토르가 다시 무릎을 굽혀 앉았다. 그러고는 침착하게 그녀의 종아리를 잡았다. 하지만 신음 같은 소리를 듣기 전과 후의 마음가짐은 완전히 달라져 있었다.

'하, 무슨 생각을 하는 거냐.'

저도 모르게 아랫입술을 지그시 깨물었다. 그뿐만이 아니었다. 어쩐지 바지춤 안쪽이 뻐근해지며 달아오르는 기분이 들었다. 당황한 기색을 감추려 토르의 말이 점차 빨라졌다.

"이렇게 위아래로 주무른 다음, 바깥쪽 근육까지…….'

한편, 처음으로 그를 내려다보게 된 셰리는 두 눈을 깜박였다. 지금껏 겪어 본 적 없는 미묘한 설렘이 등줄기를 파고들었다.

도대체 왜 이런 기분이 드는 걸까. 명백히 상관인 남자가 제 앞에 몸을 낮추고 있어서? 아니면 세속적인 욕심과는 한 발자국 물러나 있는 듯 굴던 사람이 제게 반응해서?

노예처럼 구는 남자는 딱 질색이라고 했으면서 이런 건 또 괜찮은 것 같다니. 셰리는 제 마음인데도 도무지 갈피가 잡히지 않았다.

"……혹시 이 외에 궁금한 게 또 있나?"

여전히 그녀의 한쪽 다리를 조심스레 주무르며 토르가 물었다. 그러면서도 무언가 불편한 것처럼 연신 자세를 고쳤다. 시선을 아래로 내린 셰리는 작게 입을 벌렸다. 어두운 색의 바지 위로도 뚜렷하게 도드라진 무언가가 눈에 들어왔다.

본인도 버거워하는 듯한 모습이었다. 그녀의 얼굴에 호기심 어린 기색이 스쳐 지나갔다. 그러고 보니 줄리아가 한스라는 남자와 결혼을 마음먹은 가장 큰 이유가…….

'셰리 님은 아마 잘 모르시겠지만 말이에요. 당연히 속궁합 아니겠어요? 일단 크고 볼 일이니까요.'

그게 그렇게 좋은 걸까. 어차피 후계를 보기 위해선 누가 부군이 되든 그녀도 겪을 일이다. 문득 공국 영식의 잘생겼지만 비굴한 낯이 떠올랐다. 셰리의 미간이 찌푸려졌다.

분명 침대 위에서도 '고귀한 성녀님의 옥체에 제가 감히' 같은 소리나 하겠지. 그리고 그때가 되면 줄리아의 말대로 자신은 후회하게 될 게 뻔했다.

'좋아, 여기선 명색이 기사인데 칼 한번 뽑아 보지 뭐.'

어차피 좋아한다는 고백을 하려는 것도 아니지 않나. 제안을 건네고 그가 거절하면 그뿐이다. 다시 지금 같은 상관과 부하 사이로 돌아가면 된다. 공사 구분이 뚜렷한 토르의 성격상 불편한 티를 낼 리도 없으니까.

드디어 결심한 셰리가 손을 들어 그의 움직임을 제지했다. 그러고는 방금 전까지 그의 손이 닿았던 다리를 들어 올렸다.

"……?"

일부러 천천히 움직이며 발끝을 모았다. 이윽고 셰리의 발이 토르의 허벅지 위로 안착했다. 뒤이어 허벅지 위를 기듯 느릿하게 발을 놀렸다. 토르는 급하게 숨을 들이켰다.

그의 허벅지에 점차 딱딱하게 힘이 들어갔다. 셰리의 발바닥으로도 확연히 느껴질 정도였다. 게다가 그런 상황에서도 토르의 손은 차마 그녀의 발에 닿지 못하고 허공만 맴돌았다.

셰리는 확신했다. 이 둔하고 꽉 막힌 남자는 자신을 거부할 수 없으리란 걸. 줄리아에게서 배운 매력적인 미소를 지으며 그에게로 가까이 상체를 기울였다.

"또 궁금한 거 없냐고 물으셨죠?"

"그래. 하지만 이 발부터……."

"그럼, 나랑 연애해 볼 생각 없어요? 딱 1개월 한정으로요."

조용한 실내에 토르가 마른침을 삼키는 소리가 유난히 크게 들렸다. 뒤늦게 이해한 그의 목덜미가 시뻘겋게 달아올랐다.

"무, 무슨……?"

"전에 그랬잖아요. 결혼 생각 같은 거 없다고. 그래도 연애까지 안 한다는 말은 아니잖아요."

"……."

차마 입이 떨어지지 않았다. 이전의 토르라면 단호하게 잘라 냈을 질문이었다. 하지만 셰리가 제 일상에 파고든 지 겨우 며칠 만에 그는 자신이 변했다는 걸 느꼈다.

셰리가 달콤한 목소리로 다시 한번 속삭였다.

"마침 한 달 뒤면 저도 여길 떠날 거고, 단장님도 국경으로 떠나실 거라면서요. 그 정도는 괜찮지 않을까요?"

이제 토르는 제대로 된 판단조차 할 수 없었다. 결국 방황하던 그의 두 손은 허벅지 위의 작은 발을 꾹 잡아 버리고 말았다.

"앗!"

"아, 이건. 그러니까……."

허둥거리는 토르 앞으로 그녀가 얼굴을 가져다 댔다. 셰리는 그의 손 위로 제 손을 포개었다. 큼지막한 손이 잠시 움찔했지만 그녀를 밀어내진 않았다.

"맹세할게요. 딱 한 달만 지나고 나면 결혼하자고 하거나 미련 갖고 질척이지 않을 거예요."

"……."

* * *

도대체 무슨 정신으로 오후의 훈련 지도를 마쳤는지 모를 노릇이다. 머리를 다 말리지도 않은 채 토르는 소파에 깊게 몸을 묻었다.

그래, 분명 두어 명 정도 자세가 흐트러진 녀석들이 있긴 했다. 그런데 그저 주의만 주고 끝내 버렸다. 평소 같으면 연무장을 추가로 돌게 했을 텐데……. 심지어 대련을 시켜 놓고 멍하니 있느라 다른 기사가 부르는 말에 늦게 대답하고 말았다. 대답, 대답이라.

'그래서 결국 내가 뭐라고 대답했지?'

깊은 한숨을 내쉰 토르는 커다란 손으로 얼굴을 쓸어내렸다. 그리고 멈칫했다. 잘게 떨리고 있던 입매가 미세하게나마 위로 올라간 게 느껴졌다.

"……."

혹시 이런 바보같이 풀린 얼굴로 단원들을 대면하고 있었던 건 아니겠지.

온몸의 핏기가 싹 빠져나가는 듯하면서도 가슴 어딘가가 간질간질한 느낌이 공존했다. 지나치게 긴장한 탓에 아까 셰리에게 무어라 답했는지 기억나지 않았다. 하지만 제 성격이라면 일정이 끝난 후 이야기하자고 했을 가능성이 높다.

'세상에 둘도 없는 머저리가 된 기분이군.'

저도 모르게 테이블 위에 놓인 식물에 눈이 갔다. 저걸 들고 왔을 때도 한밤중의 집무실이었다. 그러니 무언가 할 말이 남았다면 이쪽으로 올 테다.

하지만 이미 시간이 너무 늦었는데, 차라리 내일 이야기하는 게 낫지 않을까. 이렇게 야심한 시각에 밀폐된 공간에서 남녀가 만나는 건 그 자체로 부적절한……

"제길."

도대체 뭘 어쩌고 싶은 걸까, 자신은.

약간의 설렘을 안은 채 집무실 문에서 내내 눈을 떼지 못했다. 결국 토르는 그날 밤, 그렇게 소파 위에서 밤을 새고 말았다.

* * *

"아, 일찍 출근하셨네요. 말씀하신 대로 마사지하고 푹 쉬었더니 확실히 다리가 편해지더라고요."

"……그래."

토르는 시선을 마주치지 못하고 간신히 한마디를 내뱉었다. 어쩐지 초췌해 보이는 모습에 셰리가 고개를 갸웃 기울였다. 그러고 보니 전날에 비해 눈가가 확연히 거뭇해졌다.

'대놓고 태도가 바뀔 거라곤 생각 안 했어도 조금은 의욕적인 모습일 줄 알았는데?'

토르에게 별다른 기억이 남아 있지 않은 게 당연했다. 어제는 대답하기도 전에 오후 일정을 알리는 종이 울리고, 다른 기사가 노크하는 바람에 흐지부지됐으니까.

물론 둘 사이에 별다른 일이 있었던 건 아니었으므로 상황은 아무렇지 않게 수습됐다. 그답지 않게 당황하여 조금 허둥대긴 했지만.

토르와 다르게 셰리는 간밤에 아주 잘 잤다. 그의 반응을 보건대 다음 날에는 원하는 대답을 들을 수 있을 거라 확신했기 때문이다.

'나보다 일찍 나온 걸 보면 거절하려는 건 아닌 것 같은데.'

게다가 그녀가 아는 토르는 말수가 적을 뿐이지 필요한 판단을 미루는 타입은 아니었다. 그렇다면 부끄러워서 저러는 걸까?

이미 결단을 내린 셰리에게 망설임은 존재하지 않았다. 그녀는 여전히 미약한 자기혐오에 시달리고 있는 토르의 책상 앞으로 다가섰다. 그러고는 불쑥 손을 내밀었다.

"그럼, 앞으로 한 달간 잘 부탁드려요?"

"……."

토르는 그 손을 물끄러미 바라보다 아랫입술을 깨물었다. 하지만 이내 조심스레 맞잡았다. 어젯밤 홀로 집무실에서 그가 내린 결론 중에 거절한다는 선택지는 결국 채택되지 않았다.

마주 잡은 손안으로 심장이 옮겨 가기라도 한 듯 정신없이 쿵쿵거렸다. 이, 이제 뭘 어떻게 해야 하는 걸까. 연애를 한다는 게 어떤 건지 진작 알아 두었어야…….

댕- 댕-

그때, 본격적인 하루 일과를 알리는 종소리가 들렸다.

"일단 어제 오후에 밀린 일부터 시작할까요?"

"……그래."

너무나 아무렇지 않게 손을 빼낸 셰리가 방긋 미소를 지었다. 그리고 이번에도 그 모습을 뚫어져라 바라보던 토르는 웃지도, 울지도 못하는 상태라는 말이 어떤 뜻인지 정확히 알게 되었다.

* * *

"핫, 하앗!"

"거기, 3열. 전원 추가 동작 100번 더 실시한다."

"실시!"

연무장을 내려다보며 셰리는 창틀에 턱을 괴었다. 곧 외성 순환 근무를 떠날 준비를 하느라 요즘 들어 다른 기사들이 집무실에 자주 들락거렸다.

아까도 점심시간이 되기 무섭게 단원 한 명이 방문했다. 이번에도 훈련과 관련된 일 같았다. 미룰 수도, 다른 이로 대체할 수도 없는 일이었다. 끝내 토르는 오후에 먼저 퇴근하라는 말만 남기고 단원과 함께 집무실을 나섰다. 그녀가 느끼기에도 마뜩잖은 목소리였다.

"아까 왔던 그 기사가 저기 3열에 있는 거 같은데……."

아닌가. 공사 구별은 철저한 성격이었으니 기분 탓이려나.

줄리아는 토르 말고 다른 기사여도 괜찮지 않겠냐고 했지만 역시 그건 힘들 듯했다.

저런 얼굴이 존재한다는 걸 차라리 모르는 편이 낫지 않았을까. 이렇게 보니 한참이나 떨어진 거리에서도 다른 이들과 확연히 차이가 났다. 대단하다는 말로도 부족할 정도의 미남이었다.

황도나 동부의 미하르쉘 영지는 물론이고 란델 공국에서도 그를 능가하는 미모는 본 적이 없었다.

'어쩌지. 할아버님께서 고른 남자 얼굴은 이제 기억도 안 날 거 같아.'

여태 후작가의 후계자로서, '올리비아'로서 열심히 살지 않았나. 그러니 이 정도의 일탈은 괜찮을 것 같은데. 그래 봤자 겨우 한 달이고!

남은 날짜를 손가락을 꼽아 보던 셰리는 주먹을 꽉 말아 쥐었다. 문득 줄리아가 했던 말이 다시금 떠올랐다.

'자고로 여자로 태어났으면 그 정도로 잘생긴 남자랑 한 번쯤은 자 봐야 하지 않겠어요?'

그래, 고작 한 달이니까! 줄리아의 속성 연애를 줄곧 곁에서 지켜본 셰리에겐 충분한 시간이었다.

＊ ＊ ＊

　'밤을 샜더니 역시 피곤하군.'

　오늘은 조금 일찍 잠자리에 드는 게 좋을 듯했다. 토르는 지친 얼굴로 집무실 문을 잡아당겼다.

　"……."

　그리고 바로 다시 닫아 버렸다.

　뭐지? 꿈인가? 겨우 하루 밤샌 것 정도로 이렇게까지 약해지다니. 확실히 내성에서 근무할 때는 마음가짐이 느슨하게 된다. 아니, 잠깐……. 그게 아니라.

　토르는 창백해진 얼굴로 이마를 짚으며 문 옆의 벽에 기대섰다. 그때 조심스럽게 문이 열렸다. 문틈으로 셰리가 반쯤 얼굴을 내밀었다.

　"안 들어오는 거예요?"

　"왜, 여기에……."

　"오늘 이야기할 시간도 없었잖아요. 그리고 업무 시간에는 잡담 같은 것도 안 하시니까요."

　복도를 잠시 살피던 셰리가 토르의 손목을 잡아끌었다. 그 바람에 토르는 얼결에 끌려 들어왔다. 이어서 소파에까지 앉게 된 그는 그제야 셰리와 얼굴을 마주했다.

　왜 처음에 꿈이라고 생각했는지 알 것 같았다. 그로서는 처음 보는 차림이었다.

　"옷이……. 머리가……."

　"아, 근무 시간이 아니라서요. 제복을 입고 올 걸 그랬나요?"

"아니다."

얼핏 보고 잠옷인 줄 알았다. 제대로 보니 일반적인 가정에서 입을 법한 연한 색감의 원피스 차림이었다. 그러나 그것보다 그의 눈을 어지럽히는 건 따로 있었다.

길게 웨이브 진 머리카락을 만지작거리며 셰리가 배시시 웃었다.

"아무래도 머리가 길어서 마르는 데에 시간이 많이 걸리더라고요."

"……그렇군."

늘 하나로 높게 올린 모습만 보았다. 그랬던 머리카락이 풍성하게 흘러 내려 있었다. 그리 밝지 않은 조명 아래에서도 새빨간 색감이 도드라졌다. 처음부터 그의 시선을 사로잡았던 머리카락이다. 게다가 그녀의 말대로 끝이 살짝 젖어 있었다.

어쩐지 밤이슬을 흠뻑 맞은 장미처럼…….

정신없이 흔들리는 보랏빛 눈동자를 보던 셰리가 먼저 입을 열었다.

"그러고 보니 묻는 걸 깜박했는데, 혹시 연애하면 꼭 하고 싶었던 거 있어요?"

"글쎄, 딱히 생각해 본 적 없군."

토르는 간신히 침착해 보이는 얼굴을 유지했다. 평소 감정의 진폭이 크지 않은 성격이 이럴 때 큰 도움이 되었다.

그 말에 셰리는 잠시 제 볼을 붉혔다. 그러다 토르의 옆에 가까이 다가와 앉았다. 또다시 움찔할 뻔했던 토르는 훌륭하게 참아내는 데에 성공했다.

"그럼, 제가 하고 싶었던 거부터 먼저 해 봐도 될까요?"

"뭐, 뭘?"

그러나 두 번 연속으로 참아내는 데에는 실패하고 말았다.

토르가 목소리를 가다듬으며 필사적으로 평정을 되찾으려 애썼다. 그러는 사이, 셰리의 손이 조심스레 움직였다. 그녀 역시 첫날부터 대단한 걸 시도해 볼 생각은 없었다.

'연애하기로 하자마자 침대로 가자고 하는 건 너무 속보이니까. 내가 줄리아처럼 경험이 많은 것도 아니고.'

그렇게 생각하며 착실하게 토르의 손등 위로 손을 올렸다. 손바닥으로 다시 한번 무언의 진동이 전달됐다. 하지만 셰리는 이제 그 정도는 아무렇지 않게 무시했다. 그녀의 입에서 탄성이 흘러나왔다.

"이렇게 잡아 보니까 손이 진짜 크네요."

"……."

셰리가 신기하다는 듯 맞닿은 손으로 시선을 옮겼다. 위에서 그녀의 정수리를 응시하게 된 토르는 서서히 몸에 열이 오르는 걸 느꼈다.

'이럴 줄 알았으면 미리 창문이라도 열고 다녀왔을 텐데.'

곧이어 셰리의 손끝이 그의 손가락 사이로 파고들었다. 마치 그가 적응할 틈을 주지 않겠다고 작정이라도 한 것처럼. 뒤늦게 아차 싶어 토르는 저도 모르게 손가락에 힘을 주었다.

"으앗, 이러면 너무 끼는데……. 잠깐 힘 좀 풀어 봐요."

"아, 미안하군."

큰 덩치가 무색하게 그는 순순히 힘을 풀었다. 그러다 문득 떠오른 생각에 그의 귀 끝이 약간 달아올랐다. 고작 손가락과 손가락을 얽으면서 하는 말이라기엔 다소 미묘하다는 걸 뒤늦게 알아차린 탓이다.

여전히 토르의 손등 위로 손깍지를 낀 셰리는 엄지로 툭 불거진 힘줄을 살살 쓸었다. 그녀로서는 단순히 신기해서였다.

그러나 토르의 입장에선 고문이나 다름없었다. 간질간질한 느낌이 밀려오는데도 그는 간신히 스스로를 억눌렀다. 혹시라도 셰리의 손가락이 아플까 싶어 손을 오므릴 수조차 없었다. 토르가 목이 졸린 듯한 목소리를 냈다.

"……경은 이런 걸 하고 싶었나?"

그 말에 셰리의 고개가 번쩍 들렸다. '공녀님'이나 '셰리 님'이 아닌 호칭으로 불리는 게 어쩐지 새삼스럽게 느껴졌다. 마치 거추장스러운 껍데기 없이 그녀 자체를 봐 주는 것처럼.

"단장님은요?"

"글쎄, 그다지."

"……."

몸의 반응과는 달리 솔직하지 못한 말이었다. 셰리는 어쩐지 심술이 삐죽 솟았다. 그래서 입꼬리를 최대한 예쁘게 끌어올려 웃었다.

"그럼 이왕 하는 거 조금 더 해 봐도 되겠죠?"

"그러든지."

그는 이렇게 쉽게 허락해선 안 됐다.

"안아 봐도 되나요?"

뛰어난 기사인 토르가 미처 반응하기도 전이었다. 물음을 던지는 동시에 이미 셰리는 그의 허벅지 위로 반쯤 올라타 있었다.

"……."

토르는 무언가 말하려는 듯 입술을 달싹거리다 그대로 다물어 버렸다. 보통 이런 건 허락을 구하고 나서 행동에 옮기지 않나? 하지만 지금 같은 분위기에 그런 생각을 입 밖으로 낼 정도로 눈치 없진 않았다.

생각해 보면 이 붉은 머리 기사는 첫 만남부터 그를 혼란스럽게 만들었다. 토르 안의 다른 목소리가 다시 나타나 간악하게 속삭거렸다.

—너무 과하다 싶으면 그때 완곡하게 밀어내면 되지 않나.

토르는 그 어느 순간보다 치열하게 고뇌했다. 그와 달리, 셰리의 두 눈은 기대로 반짝거렸다. 잔뜩 당황한 토르가 간과한 게 또 있었다. 아까 허락을 구할 때조차 셰리의 두 손은 그의 어깨 위를 짚은 뒤였다.

'오…….'

이렇게 가까이서 자세히 얼굴을 보는 건 처음이었다. 멀리서 볼 때나 측면으로 볼 때와는 또 달랐다.

셰리는 솔직하게 감탄했다. 자신의 얼굴을 매일 봐서인지 그녀의 미적

기준은 하늘 높은 줄 모르고 치솟아 있었다. 그런데 이렇게까지 모자람이 없는 남자는 처음이다.

짙은 피부색 때문에 몰랐는데, 기사라고는 믿기지 않을 만큼 피부가 고왔다. 거기다 차마 그녀와 시선을 맞추지 못하고 흔들리는 보랏빛 눈동자조차 아름답기 그지없었다. 세상엔 이렇게 그린 듯 완벽하게 잘생긴 남자도 있었구나.

'할아버님 뜻대로 그 공국 머저리랑 약혼했으면 존재도 모르고 살 뻔했잖아?'

한편, 한참 동안 방황하던 토르의 눈동자도 제자리를 찾아 가기 시작했다. 그러다 눈앞의 셰리를 발견하고 다시 크게 숨을 들이켰다.

크고 영롱한 눈동자가 어느 때보다도 가까웠다. 제법 어둑한 실내인데도 햇빛 아래서와 다름없는 빛을 품고 있었다. 그 빛을 홀린 듯이 바라보던 토르의 고개가 느리게 끄덕여졌다.

"아하, 안아 봐도 된다는 거죠?"

뒤늦게 그 고갯짓의 의미를 알아챈 셰리가 빙긋 웃었다. 기다렸다는 듯 팔을 뻗어 그의 목 뒤로 느슨하게 둘렀다.

뛰어들 듯 안겨든 여체에 토르의 눈이 잠시 크게 뜨였다. 생각보다는 말랑말랑하고, 예상보다 다소 무게감이 느껴졌다. 마치 체한 것처럼 무언가에 가슴이 꽉 눌리는, 가슴······?

인지한 순간부터 토르의 숨이 멎었다.

"저번부터 느꼈는데 손도 그렇고, 체온이 좀 높은 편이네요. 그래서 추위를 안 타는 건가?"

"······."

차마 입을 열어 대답을 할 수가 않았다. 그저 아랫입술을 깨물 뿐이었다. 그렇지 않으면 심장이 목구멍 밖으로 튀어나올 것만 같아서.

연신 감탄하며 그에게 안겨 있던 셰리의 손이 등 뒤로 옮겨 갔다. 목덜미

바로 아래에서 날개 뼈 부근으로, 그리고 조금 더 아래로.

'신기하네. 얼굴은 웬만한 여자들보다도 훨씬 아름다운데.'

그녀가 몸으로, 손으로 느끼는 모든 곳이 탄탄하고 단단했다.

"……!"

토르는 이번에도 아랫입술만 꽉 깨물었다. 별다른 의도 없이도 충분히 자극적인 손짓이었다. 하필 얇은 셔츠를 입는 바람에 고스란히 느껴졌다. 등허리에서부터 이름 모를 전율이 타고 올라올 때마다 정신이 아득해지는 게 반복됐다.

그러다 제가 손바닥에 손톱자국이 남을 정도로 주먹을 꽉 움켜쥐고 있단 걸 뒤늦게야 알아차렸다. 이것이 그저 가벼운 포옹일 뿐이란 사실 역시도.

그럼, 그녀처럼 저도 등을 감싸 안기라도 해야 하는 게 아닐까?

토르가 떨리는 팔을 천천히 들어 올렸다. 그리고 셰리의 가냘픈 등 위로 막 안착하려던 때였다.

"안아 보는 건 이 정도면 됐고……."

"아."

기껏 용기를 내어 그녀의 허리 부근을 맴돌던 커다란 손이 힘없이 아래로 떨어졌다.

"음, 그리고 다음은 역시 이건가."

여기서 뭘 더 어떻게 하려고…….

순간, 토르의 가슴팍에 묻혀 있던 셰리의 고개가 번쩍 들렸다. 제 속마음을 들켰나 싶어 토르는 이번에도 가만히 목울대만 일렁였다.

"우리는 기간 한정 연애니까 조금 빨라도 되겠죠? 아니지. 별로 빠른 것도 아니구나."

"……아직 남았나?"

선문답 같은 혼잣말에 토르의 눈매가 가느스름하게 변했다. 여전히 그의 허벅지 위에 주저앉아 올려 보던 셰리는 저도 모르게 입을 벌렸다. 그녀의 의도를 파악해 보려는 듯 찌푸려진 미간마저 매력적이기 그지없었다.

셰리의 시선이 어둠 속에서 더 진하게 음영을 드리는 콧대를 타고 내려왔다. 이윽고 오늘 그녀의 최종 목표였던 입술로 눈길이 옮겨 갔다. 방금 전까지 그가 필사적으로 악물고 참았던 터라 부풀어 도톰해진 아랫입술이 보였다.

"……괜찮죠?"

그러니까, 뭘.

천천히 가까워지는 얼굴에 토르는 이번에도 시선을 미묘하게 비껴 낼 수밖에 없었다.

포옹의 '다음'이라니. 뭔지 알 것 같으면서도 알고 싶지 않은 듯한 기분이 들었다. 좋은 향기가 섞인 따뜻한 숨결이 왼뺨에 닿아 흩어지는 감각이 선연했다.

너무나 당연하게 온몸에 바짝 힘이 들어갔다. 활시위를 한껏 잡아 늘린 것처럼 긴장의 끈이 팽팽히 당겨졌다. 그러나 이번에도 셰리는 그의 예상을 완벽하게 뒤집었다.

쪽, 하는 소리와 함께 왼쪽 볼에 무언가가 닿았다 떨어지는 느낌이 났다.

"하?"

한숨 비슷한 소리를 내뱉고 나서야 토르는 자신이 여태 숨을 참고 있었단 걸 깨달았다. 그리고 이내 당혹스러움과 수치심으로 뒷덜미가 뜨끈해졌다. 제가 각오하고 있던 상황이 아니었다는 사실이 부끄러웠다.

"와, 피붓결도 엄청 좋아."

"그래. 오늘은 이쯤하고……."

어느새 셰리의 팔은 토르의 목 뒤를 한껏 껴안은 상태였다. 뒤이어 곤혹스러운 표정을 숨기지 못한 그의 오른쪽 뺨에도 입술이 꾸욱 눌렸다.

"……."

그래도 두 번째라 좀 달랐다. 촉촉하고 부드러운 감촉이 느껴졌다. 멍청하게 굳어 있기만 했던 조금 전과 달리 제게도 여유가 생긴 걸까. 그녀의 약간 차가운 코끝이 볼에 비벼졌다가 떨어지는 감촉까지 생생했다. 그리고 가까이 붙어 또다시 제 몸에 다시 닿아 오는 뭉근한…….

'안 돼. 생각하지 마.'

필사적으로 상념을 끊어 내려던 토르의 눈이 일순간 크게 뜨였다. 입술 위로 말랑한 무언가가 달라붙었다.

전혀 기대하지 않았던 타이밍에 당한 일격이었다. 그렇다고 이제 와서 밀어낼 용기가 갑자기 생겨날 리가.

"으음."

그의 입술보다 작을 것이 분명한 살덩이가 부드럽게 문질러졌다. 분명 낯선 감각이었는데도 싫지 않았다. 그렇게 몇 번 탐색하듯 가벼운 맞닿음이 스치자, 토르의 두 눈이 슬며시 감겼다.

'나쁘지 않군.'

오히려 촉촉한 안쪽의 점막이 그저 훑기만 하면서 지나가는 것에 아쉬움마저 느껴졌다.

……조금 더 깊게 닿고 싶다.

자신이 어느새 한쪽 손으로 셰리의 목덜미를 잡아 제게로 끌어당기고 있다는 사실조차 까맣게 몰랐다. 조금쯤 접촉에 익숙해진 그때였다.

"……!"

틈 없이 맞닿아 있던 입술 사이가 살짝 벌어졌다. 그러더니 미끈한 무언가가 그의 속살을 파고들었다. 그 순간, 몸 안에서 작은 번개가 내리꽂히는 감각에 파득 몸을 떨었다. 지금껏 등줄기를 천천히 타고 오르던 기분 좋은 쾌감과는 달랐다.

그것이 그녀의 혀라는 사실을 깨닫기도 전에 토르는 소스라치게 놀라며 몸을 일으켰다.

"앗, 너무 갑작스러웠어요?"

"……."

어떻……, 어떻게 그런 감각이…….

간신히 제 입을 가린 채, 스스로를 진정시키려 애썼다. 그런 와중에도 그의 시선은 옷매무새를 가다듬는 셰리에게로 향했다. 그리고 그녀가 반들거리는 입술을 손등으로 슥 훔쳐내는 장면에 이르렀을 때에는…….

다시 아래턱에 단단하게 힘이 들어갔다.

"……시간이 늦었군. 데려다주지."

"하긴 그러네요. 그럼, 부탁드려요."

싱긋 웃어 보이는 모습에 토르의 마음은 순식간에 복잡해졌다. 도대체 무슨 정신으로 그녀를 숙소 앞까지 데려다주었는지 기억조차 나지 않을 정도였다.

"하……."

작은 번개가 내려치고 지나간 흔적에서 그는 무언가를 발견했다. 제게만은 해당되지 않을 거라 자만했던 생소한 감정.

순간이지만 제 몸을 지배할 뻔한 그것은 욕정이었다. 의심할 바 없이 명백한.

* * *

다음 날, 이른 아침부터 출근한 토르의 낯은 초췌하기 그지없었다. 평소와 다름없이 집무실에 들어서려던 셰리가 움찔할 정도였다.

"좋은…… 아침이에요."

"……그래."

가까이서 보니 눈 밑이 시커메진 채로 다소 갸름해진 턱선이 눈에 띄었다. 거기에 그녀와 마주치지 못하는 시선까지.

'어젯밤 일을 후회하는 건 아닌 것 같고.'

아하, 혹시 부끄러워서 그런 건가?

평소 무표정하기 그지없는 얼굴이나 커다란 덩치와 어울리지 않는 모습이었다. 셰리는 어쩐지 새로운 취향을 발견한 것만 같았다.

'잘 맞는지 아닌지 어떻게 아냐고요? 사실 그런 건 키스만 해 봐도 느낌이 오는 법이거든요.'

문득 줄리아가 잔뜩 으스대며 했던 말이 떠올랐다. 그래서 일부러 더 화사하게 웃으며 입을 열었다.

"저 내일 휴일인데, 혹시 마을에 같이 안 나가실래요?"

"마을에 나갈 일이 생겼나?"

그럼. 있고말고.

그제야 토르는 조심스레 눈을 맞춰왔다. 그런 그를 향해 셰리는 입꼬리를 더욱 위로 끌어 올려 웃어 주었다.

"생각해 보니 한스 경이라는 분한테 결혼 축하 선물이라도 드려야 할 것 같아서요."

이게 다 때마침 그가 줄리아의 마음을 사로잡아 준 덕분 아닌가. 겸사겸사 시도해 볼 만한 일도 있고.

어제 손끝에 닿았던 탄탄한 살결의 느낌이 고스란히 되살아났다. 키스만으로도 좋았는데, 과연 나머지는 어떨까?

"경이 굳이 그 녀석의 선물까지 신경 쓸 필요는……."

토르가 잠시 말끝을 흐렸다. 무언가 마음에 들지 않는 듯한 표정으로 미간이 구겨진 채였다. 하지만 아무리 그동안 연애에 관심이 없던 그라고 해도 기본적인 눈치는 있었다.

'아……. 혹시 그건가?'

연인이 있는 기사들은 휴일만 되면 기사단을 떠나 마을로 가곤 했던 것이 기억났다. 어제의 입맞춤도 그렇고 이 '데이트'라는 게 그녀가 하고 싶어 하는 일일지도 모른다.

그에게는 지독하게 낯설고 달콤한 단어였다. 그래서인지 생각하는 것만으로도 심장이 쿵, 하고 내려앉았다. 이건 밤새 그를 고뇌하고 번민하게 만들었던 감정과는 또 달랐다.

하지만 모든 것이 처음인 토르가 단번에 알아채기엔 난도가 높았다. 그래서 토르는 분주하게 머리를 굴렸다. 다른 이유를 찾아내 합리화해야 했다. 그래, 그러고 보니 그가 휴일을 사용하지 않아서 다른 기사들이 눈치를 본다는 말을 들었다.

'한 번쯤은 내가 휴일을 제대로 보내긴 했어야 하니까.'

부하들에게 쓸데없는 부담을 주지 않는 것도 지휘관의 중요한 덕목 중 하나다. 게다가…….

그럴듯한 핑계를 떠올리는 데에 성공한 토르의 눈길이 셰리에게로 가닿았다. 늘 무심하기 그지없던 보랏빛 눈동자에 열기가 차오르기 시작했다.

"알았다. 함께 가도록 하지."

이런 좁은 곳에 둘만 있는 것보단 나을 테다. 어젯밤 어떠한 감각을 알게 된 후로 자신은 좀 이상해졌다. 납득하기 어렵지만 스스로가 꽤 위험하다고 느꼈다.

그러니 이왕 함께 있게 된다면, 사람이 많은 마을이 낫다.

* * *

셰리는 괜스레 곁에 선 토르를 힐끔거렸다. 마치 태어날 때부터 제복을 입고 나온 것 같은 남자였는데…….

"역시……. 이상한가?"

"아, 아뇨. 편한 옷도 잘 어울리시네요."

그의 성정대로 화려한 장식이라곤 일절 없는 단정한 재킷과 셔츠였다. 거기에 어두운 색의 평범한 바지까지. 어디서든 가장 흔하게 볼 수 있는 차림이다.

'외모가 범상치 않으니까 뭘 입든 눈길을 끄네.'

어느 순간부터 토르에게 피어난 호감 때문이 아니었다. 그렇다기엔 거리의 모두가 그들을 바라보고 있었다.

시선에 익숙한 셰리와 달리 토르는 어쩐지 긴장한 얼굴이었다. 물론 그도 베거티령의 성 밖 마을이니 주기적으로 들르곤 했다. 하지만 주민들의 이런 눈빛은 처음이라 당혹스럽기 그지없었다.

천천히 상점 거리를 둘러보는 셰리에게 누군가 말을 걸었다.

"아유, 새로 오신 기사님이시죠? 그리고……. 어, 음. 고기 꼬치 하나 드셔 보시겠어요? 맛이 기가 막히는데."

"맞아요. 지난주에 들렀는데, 기억하시네요."

"그럼요! 이렇게 아리따우신 기사님을 잊을 리가요. 그리고……. 어, 어."

겉보기엔 셰리와 나누는 대화였다. 그러나 상인의 시선은 흘끔흘끔 토르를 향해 있었다. 보아하니 영주의 아들이자 치안 담당자인 토르에게 말을 걸고 싶지만 용기가 나지 않는 듯했다.

"오늘 휴일이라 우리 단장님께서 마을 구경을 시켜 주신대서 함께 나왔어요."

셰리가 먼저 '단장님'이라 지칭하자 주위가 시끌시끌해졌다. 아마도 도련님으로 불러야 할지, 기사님이라고 불러야 할지 확신이 서지 않아 인사를 하지 못했던 모양이다. 게다가 저렇게 얼음장 같은 얼굴의 미남자에게 말을 걸기란 쉽지 않은 법이다.

한편, '우리' 단장님이라는 말에 토르의 얼굴은 더욱 굳어 버렸다. 머리숱이 적어 늘 모자를 쓰고 다니던 폴이 주섬주섬 모자를 끌어 내려 간신히 인사했다.

"아, 아아! 그렇군요. 다, 단장님. 안녕하십니까. 꼬치구이 가게를 운영하는 폴입니다."

"……알고 있다. 수고가 많군."

그리고 또다시 흐르는 정적.

말주변이 없는 토르 대신 셰리가 웃으며 응대했다. 아무래도 북쪽 영지는 영주 가족이든 주민들이든 낯을 많이 가리는 모양이니까. 서로 어색해하는 영주 가족과 영지민이라니.

"오늘도 맛있어 보이네요. 꼬치구이 두 개 주세요."

"예! 제 목숨을 걸고 최고의 꼬치구이를……!"

바짝 기합이 들어간 폴의 말에 셰리가 풋, 웃음을 터뜨렸다. 너무 친밀하다 못해 동네 이웃 같은 후작령의 주민들과는 또 다른 매력이 있었다.

"가, 감사합니다! 다음에도 부디 저희 가게를 이용해 주시길! 그, 그리고……. 아니, 아닙니다! 살펴 가십시오!"

"많이 파세요."

"……."

눈치 빠른 셰리는 마을 주민들이 궁금해하는 걸 금방 알아챘다. 아마 휴일에 굳이 함께 나온 두 사람의 사이일 테다. 혼기가 찬 공작가 막내아들이 연인을 만들었을지 궁금하겠지.

'기대를 배반해서 미안하지만 그냥 짧게 만나 보는 거라서요.'

그 순간이었다. 단둘이 있을 때보다 더욱 말수가 적어진 토르가 그녀의 손에서 빈 꼬치를 회수해 갔다.

"어?"

"위험하니 이건 내가 버리도록 하지."

그걸 시작으로 종종 서로의 손끝이 아슬아슬하게 닿았다가 떨어지기를 반복했다. 그때마다 토르는 '오늘따라 사람이 많군.'이라며 중얼거렸다.

다분히 의도가 느껴지는 접촉이었다. 하지만 다른 생각을 하고 있던 셰리는 미처 헤아리지 못했다. 오늘 사려고 한 물건을 파는 가게가 어디라고 했더라. 그래서 자꾸 자신과 부딪히는 토르에게 길을 양보했다.

"아, 단장님. 먼저 지나가세요."

"……."

무언가를 기대하는 듯하던 토르의 표정이 조금 어둡게 변했다. '데이트'라는 게 이런 것이 아니었나? 내심 저번처럼 그녀가 또 손을 잡아 주길 바랐는데.

셰리의 미모에 넋을 잃고 바라보는 남자들을 보자 그답지 않게 불쑥 검은 욕심이 솟았다. 이럴 거면 차라리 단둘이 시간을 보내는 편이 더 좋았을 것을.

저도 모르게 한숨을 포옥 내쉬는 토르에게 셰리가 말을 걸었다.

"단장님은 한스 경에게 어떤 선물을 주셨나요?"

"글쎄, 그저 장기 휴가면 된다고 하더군."

"아하."

줄리아가 결혼 전 여행으로 남부의 휴양지에 갈 예정이라고 했던 말이 떠올랐다. 기사단의 부단장이나 되는 사람이 어떻게 두 달이나 휴가를 얻었나 했더니 결혼 선물이었구나.

처음에는 대체 인력을 뽑을 생각이 없었다던데, 두 달이나 혼자서 기사단의 모든 일처리를 도맡을 생각이었던 걸까?

만난 지 얼마 되지 않았지만 이제는 그의 그런 고지식한 사고방식이 파악됐다. 그러니 기회는 오늘뿐이다. 셰리의 표정이 다시금 결연하게 변했다.

"저번에 나왔을 때 봐 둔 가게가 있는데, 같이 가 보시겠어요? 그러니까, 중앙 시장 광장 근처에서 조금 꺾으면 있다고 했는데……."

셰리가 손을 들어 어딘가를 가리켰다. 대강의 설명만으로도 위치를 파악한 토르는 고개를 끄덕였다. 그러고는 그녀의 어깨를 잡고 돌려세웠다.

"그쪽은 사람이 많으니까 이쪽으로."

"아!"

지금까지와는 달리 그녀를 인파로부터 보호하며 길을 텄다. 다른 이들과 닿지 않게 하는 데에만 집중하느라 토르의 팔에는 다소 과하게 힘이 들어갔다. 그 덕에 셰리는 그의 가슴에 거의 파묻히다시피 했다.

'뭐, 뭐야. 힘도 엄청 세고.'

남자든 상황이든 자신이 늘 주도적으로 이끄는 것에 익숙한 그녀에게 새로운 자극이었다. 물끄러미 고개를 든 셰리의 눈에 다부지게 잘생긴 턱 선이 들어왔다.

저도 모르게 부끄러워져 토르의 가슴에 다시 얼굴을 묻었다.

쿵, 쿵, 쿵.

누구의 심장 소리인지 모를 두근거림이 요란했다. 두 눈을 꼭 감은 셰리의 볼이 어느새 발긋해졌다.

* * *

"아……. 괜찮은가."

인파를 헤치고 상점 앞에 도착해서야 토르는 팔의 힘을 풀었다. 그리고 그제야 자신이 셰리를 너무 꽉 껴안고 있다는 사실을 깨달았다.

"괘, 괜찮아요."

"얼굴이 붉은데, 힘들면 이대로 복귀하는 게……."

"더워서! 더워서 그래요."

"……."

셰리가 손부채질을 하며 열기를 식혔다. 그 와중에도 토르는 팔랑거리는 작은 손에 시선을 빼앗기고 말았다.

그때, 가게 안에서 이제나저제나 기다리고 있던 주인이 먼저 문을 열어 그들을 맞았다.

"아이고! 어서 오세요!"

그렇게 떠밀리듯 가게로 들어간 셰리는 결혼 축하 선물부터 골랐다. 입욕제 앞에서 멈춰 선 그녀는 하나씩 향기를 맡아 보았다. 이곳에서 나는 약초들은 전부 효능이 우수하다더니 과연 향도 남달랐다.

곁에 선 토르가 고개를 기울였다.

"이게 뭐지?"

"아! 목욕할 때 쓰는 입욕제예요."

기분 좋은 향기에 셰리의 목소리가 달콤해졌다.

"두, 두 분이서 쓰실 건가요?"

두 손을 모으고 서 있던 가게 주인이 더듬거리며 뒷말을 이었다. 그녀의 얼굴에는 숨길 수 없는 기대감이 엿보였다.

"아뇨. 며칠 후에 결혼하는 동료가 있어서요. 그때 선물로 주려고요."

"아, 아아. 그렇군요."

가게 주인은 실망했다. 그리고 왜인지 모르지만 토르의 얼굴에도 실망한 기색이 스쳐 지나갔다.

"여기서부터 여기까지. 다 포장해 주세요."

"손도 크셔라. 감사합니다!"

주인과 토르가 입욕제 더미를 옮기는 사이에 셰리는 다른 물품 앞에 섰다. 줄리아가 추천한 대로 하나 사 두긴 해야 할 것 같은데…… . 너무 노골적인가?

셰리가 토르의 뒷모습을 힐끔 보았다. 가게 천장에 닿을 만큼 큰 키, 유달리 넓은 어깨와 잘 짜인 근육에 절로 눈길이 갔다. 그가 가진 훌륭한 점은 이뿐만이 아니었다. 예를 들면 아까 강하게 끌어안겼을 때 느껴졌던 의외의 남자다움이라든가.

겨우 가라앉혔던 열기가 다시금 그녀의 얼굴을 덮쳤다.

'처음이라 아플까 봐 그러세요? 요기 앞에 허브 재료상에서 효과 좋은 시약을 팔더라고요. 달거리 후에 마시면 한 달간 피임 기능도 있다고 하니 미리 사 두세요. 그런 기회는 항상 예고 없이 오니까요, 호호!'

줄리아의 말을 떠올리며 셰리는 결연하게 분홍빛 병을 집었다. 그리고 포장 중인 가게 주인 앞에 탁, 내려놓았다.

"이것도……. 주세요."

"아아, 이거 정말 효과 좋답니다. 탁월하신 선택이에요!"

아무래도 가게 주인은 입욕제와 더불어 신혼부부를 위한 선물이라 착각하는 듯했다. 이미 한번 기대했다가 좌절을 겪었던 토르 역시 작은 물약의 용도를 묻지 않았다.

하나 뜻밖의 사건은 언제나 간과했던 사소한 일에서 오는 법이었다.

* * *

"이제 해도 되죠?"

"음?"

한쪽은 2층 테라스에서 마을 전경을 바라보고, 다른 한쪽은 그런 그녀만 홀린 듯 응시했다. 그러다 셰리가 갑작스레 고개를 돌려 물었다. 토르는 턱을 괴고 있던 손을 삐끗하고야 말았다.

"저녁도 먹고, 술도 적당히 마신 데다 여기엔 우리 둘뿐이잖아요. 그러려고 일부러 방을 빌린 거 아니었어요?"

"자, 잠깐. 방으로 들어온 건 그런 이유가 아니라……."

그저 다른 남자들이 훤히 뚫린 홀에서 그녀를 보는 게 싫었을 뿐이었다. 오늘 그의 목표가 '데이트'였던 만큼 다른 이들에게 방해받지 않는 걸로 족했다.

하지만 정말 그 외의 것은 하나도 바라지 않았나?

"……."

토르는 내면의 물음에 차마 답하지 못했다. 그래서 옆에 앉아 있던 셰리가 어깨를 잡아 오는 걸 보고만 있었다.

"해도…… 되죠?"

차라리 어느 한쪽이 인사불성으로 취하기라도 했다면 술기운이라는 구실이라도 댈 텐데. 고작 기분 좋을 만큼의 술은 자제력만 흩트려 놓았다. 지극히 제정신인 채로 토르는 고개를 끄덕였다.

"그래."

앉아 있는 토르의 다리 사이로 셰리가 파고들었다. 그러고는 한쪽 무릎을 끼워 넣으며 몸을 기울였다. 토르에게는 이 모든 과정이 느린 재생처럼 느껴졌다.

처음엔 하나로 높게 묶은 붉은 머리카락이 흔들리는가 싶었다. 그러더니 몇 날 며칠간 그를 밤잠 못 이루게 했던 말랑한 감촉이 입술 위로 내려앉았다. 술기운과 어둑한 분위기에 이끌려 토르는 그녀를 제 몸 가까이로 끌어안았다.

"으응, 읍."

"하아……."

눈물이 날 만큼 달았다. 마신 건 분명 꽤 씁쓸한 맛의 술이었는데. 촉촉하고 부드러운 입술을 몇 번 비비다 그대로 삼켰다. 작고 도톰한 감촉에 뒷머리가 쭈뼛하게 당겼다.

"안으로…… 들어갈까요?"

"그래."

그의 손은 어느새 셰리의 등과 허리를 꽉 잡아 안아 든 상태였다. 이대로 정말 밀폐된 공간 안에서 둘만 남게 된다면……. 돌이킬 수 없을지도 모른다.

하지만 벌써 멈추고 싶지 않았다. 모든 것을 감수하고라도 그 선을 넘어 보고 싶었다. 이미 한번 알아 버린 욕망은 토르의 안에서 순식간에 몸집을 불렸다.

"앗, 으음."

그래서 그는 테라스에서 방으로 들어오자마자 셰리에게로 고개를 숙였다.

토르가 먼저 적극적으로 나온 건 처음이라 그녀의 눈이 동그래졌다.

역시 처음 결행할 장소를 집무실이 아닌 바깥으로 정한 것은 탁월한 선택이었나 보다.

셰리가 그의 목 뒤로 팔을 둘러 껴안듯 매달렸다. 둘의 신장 차이 때문에 그녀는 까치발을 세워야 했다. 이내 알아챈 토르는 자세를 낮춰 주었다. 한결 편안해진 셰리와의 입맞춤에 그는 감격했다. 이전에는 몰랐다. 이렇게 작고 가느다란 존재가 제 몸을 활활 태우게 될 거라곤.

"아?"

감격에 겨운 토르의 자세가 불안정해진 순간을 셰리는 놓치지 않았다. 계속 밀어붙여 마침내 토르를 침대로 쓰러뜨리고 말았다. 그러고는 속절없이 풀썩 누운 그의 몸 위로 올라탔다. 토르의 눈동자가 불안하게 흔들렸다. 그는 젖먹이 시절 이후로 누군가에게 강제로 눕혀진 일이 처음이었다.

"여기서 더 해도 되는 거죠?"

셰리가 어깨를 타고 넘어온 머리카락을 뒤로 넘기며 배시시 웃었다. 토르는 이번에도 할 말을 잃은 채 홀린 듯 바라보기만 했다. 새하얀 달빛을 그대로 머금은 얼굴과 눈동자가 너무나 아름다워서. 어째서 그녀에게만은 전부 허락하게 되는 건지 모를 일이다.

"……."

시시한 인생이었다. 일찍이 제 처지를 알고 욕심을 버렸다. 그나마 검술에는 재능이 있는 듯하니 다들 꺼리는 변경을 지키며 세월을 보내도 괜찮다고 생각했다.

물론 그에게도 일상에서 소소하게나마 찾아오곤 했던 기쁨이나 슬픔은 있었다. 그러나 그마저도 사선을 넘나드는 전쟁을 겪고 나니 무감각하게 느껴졌다. 그저 그런 나날들이었다.

왜 지금일까.

'이번에 외성에 나가게 되면 그대로 거기에 머무르려 했는데…….'

셰리는 갑작스럽게 다가와 그가 두르고 있던 벽을 한순간에 깨부쉈다. 그리고 어느새 이렇게 깊은 곳까지.

"읍, 흣."

딱 한 번 경험해 보았던 작은 혀가 입술 사이를 비집고 들어왔다. 그 말랑한 살덩이는 금세 토르의 것을 찾아냈다. 여지없이 그의 몸이 크게 들썩였다. 그러나 이번에는 셰리에게 깔린 터라 그저 무의미한 반항으로 끝이 났다.

"자, 잠깐."

"싫은가요?"

"……아니."

싫을 리가 있나.

어둑한 실내에 무언가가 부드럽게 맞부딪치는 질척한 소리가 울렸다. 토르의 손이 이내 셰리의 목덜미를 단단하게 잡았다. 처음에는 머뭇거렸던 것이 무색할 정도의 적극적인 모습이었다.

숨소리가 점차 거칠어지기 시작했다. 먼저 도발했을 뿐, 체력이 부족한 셰리의 몸에서 먼저 힘이 빠져나갔다.

"응, 으음."

그녀의 몸 안쪽에서 나직하게 나오는 신음에 토르의 움직임이 잠시 멈췄다. 그러나 이제는 입술을 떼어 내지 않았다. 오히려 등을 부드럽게 쓸어내리며 그가 주도권을 잡아 갔다.

서로의 속살이 은밀하게 뒤섞이는 감각도 익숙해지기 시작했다. 그러자 토르의 몸은 다음을 기대했다. 그 변화는 셰리에게도 고스란히 닿았다.

'이게 그건가. 근데 너무 큰 거 아냐?'

저번에도 언뜻 보긴 했지만 줄리아에게 들었던 것과 좀 다른 듯했다. 그냥 좀 묵직한 정도가 아니었다. 엎드린 셰리의 배를 압박할 만큼 커다랬다.

혹시 바지 앞주머니에 뭔가를 넣기라도 한 걸까. 그녀의 치마 안쪽 주머니에 아까 상점에서 산 약병이 들어 있는 것처럼 말이다.

여전히 입술을 맞댄 채로 셰리의 손이 더듬더듬 아래로 내려갔다. 가슴을 지나 딱딱한 배 부근을 매만지자 토르의 입에서 거친 숨이 토해졌다.

그리고 드디어 불룩하게 튀어나온 것에 손을 대려는 순간, 토르가 셰리의 손을 잡아챘다.

"경! 이 이상은……."

"이게 혹시 그거예요?"

돌려 말하지 않는 직설적인 화법에 토르는 잠시 말을 잃었다. 남다른 크기는 그가 가진 가장 큰 문제 중 하나였다. 하지만 그녀와 그 정도로 깊은 관계까지 갈 거라고는 생각하질 못해서 굳이 신경 쓰지 않았는데…….

목덜미까지 시뻘겋게 달아오른 토르가 더듬거리며 말을 돌렸다.

"……오늘은 이만 복귀하는 게 좋겠군. 시간도 늦었고. 윽!"

몸을 일으키려는 그의 어깨가 다시 한번 떠밀렸다. 놀란 토르가 셰리의 손을 놓친 사이, 그녀의 손이 분주하게 움직였다. 톡톡 소리를 내며 셔츠 단추가 하나씩 풀리고 있었다.

"내, 내가 실은 말하지 않은 게 있어서!"

"알아요. 처음이죠? 이런 거."

"……."

동정인 건 맞았다. 그러나 지금은 그런 문제가 아니다. 셰리를 마음껏 껴안으면서 느낀 게 있었다. 그녀의 몸은 자신을 받아들이기 힘들리란 것. 아무리 처음이라도 그 정도는 능히 짐작 가능했다. 어떻게 말을 꺼내야 하나 토르가 망설였다.

그때, 셰리가 주머니에서 분홍색 약병을 꺼내 퐁, 하고 마개를 땄다.

"처음이어도 서로 잘 즐길 수 있는 약이래요. 피임도 해결되고요."

그녀는 여기서 끝까지 갈 생각이었나 보다. 도저히 셰리와 눈을 마주하기 힘들어진 토르는 반쯤 헤쳐진 제 셔츠를 모아 쥐었다. 그러고는 간신히 입을 열어 쥐어짜듯 목소리를 냈다.

"그래도 이런 건 서로를 좀 더 알아 간 후에……."

"이제 한 달도 안 남았을 거예요, 아마."

"……."

토르의 입술이 굳게 닫혔다. 그 틈을 타 셰리의 손이 느슨해진 셔츠 사이 맨살로 파고들었다. 손이 델 만큼 따끈따끈하고 탄탄한 살결이 그대로 느껴졌다. 이를 악물고 생각을 정리하던 토르는 두 눈을 질끈 감았다.

휴일은 일주일에 단 하루. 그렇다면 오늘을 포함해서 겨우 네 번의 기회뿐인가. 기간이 한정되어 있단 걸 자각하니 애가 탔다. 결국 그는 결연한 얼굴로 셰리와 눈을 마주했다.

"이제부터는 멈추기 힘들 것 같은데."

"바라던 바예요."

셰리가 먼저 병 안의 분홍색 액체를 쭉 들이켰다. 그러고는 그대로 토르에게 입을 맞추었다. 그녀가 입 안으로 흘려주는 분홍색 액체를 한 모금 삼키며 토르는 주먹을 꽉 쥐었다.

어차피 제게 허락된 것이 이 정도뿐이라면, 한 번쯤은 괜찮지 않을까. 좀 더, 그녀에 대해 알고 싶다.

* * *

"아, 핫! 그만……."

토르의 손이 붉게 달아오른 유실을 더 세게 지분거렸다. 이제 그는 '그만'이라거나 '잠깐'이라는 말에 멈추지 않았다. 짧은 시간 사이에 그게 흥분을 표현하는 다른 말이라는 걸 알아 버렸으니까.

"훗, 으응!"

다른 한쪽 가슴의 정점을 입 안에서 굴리듯 빨아들였다. 그러자 셰리의 신음 소리가 한층 더 높아졌다. 그의 어깨 위를 붙든 자그마한 손에 힘이 들어갈 때면 일말의 뿌듯함까지 느껴졌다.

부드러웠다. 파고들어 간 제 손이 도리어 녹아 없어질 것만 같았다. 지금까지 만져 보았던 셰리의 뺨, 어깨, 허리와 등 모두 매끈하긴 했다.

그러나 가슴만큼은 완전히 다른 느낌이다. 자신의 몸에는 없는 부분이라 그게 신기하면서도 사랑스러워 도저히 손을 뗄 수가 없었다. 커다란 편인 제 손에도 넘칠 정도라니.

'하, 정말 이대로 먹어 버리고 싶군. 이제 이다음은…….'

셰리에겐 다행히도 토르는 남녀 관계에 완전히 무지하진 않았다. 한스 같은 남자가 측근으로 있는 이상 당연한 일이기도 했다.

게다가 아까 그녀와 물약을 나눠 마신 후로 자제력이 약간 느슨해졌다. 소량이긴 해도 미약 성분이 있는 물약인 모양이었다. 그렇다 해도 그에게는 부질없는 일이다. 하지만…….

잔뜩 달아오른 얼굴로 밭은 숨을 내쉬는 셰리의 모습이 보였다. 다시 한번 온몸에 뜨겁게 피가 돌았다. 꾹꾹 눌러 두고 애써 외면했던 욕망들이 앞다퉈 튀어 올랐다. 토르의 보라색 눈동자가 한층 짙어졌다.

한편, 셰리는 속으로 꽤 놀라고 있었다. 처음인 남자는 서툴러서 자칫 여자를 불편하게 하기도 한다던데, 전혀 그렇지 않았다. 설마 키스조차 처음이면서 절륜할 리는 없고.

'전부 다 기분 좋아. 이거 그 약 때문인가.'

아닌 척했지만 미지의 두려움만큼은 미약하게 남아 있었다. 그러나 그것도 토르가 끌어낸 흥분에 먹혀 사라진 지 오래. 일말의 수치심을 벗겨 내자 그 안에 들어 있는 것은 더 큰 쾌락을 갈구하는 조급함뿐이었다.

그래서 셰리는 그를 향해 두 팔을 벌렸다.

"흐으읏. 더, 더 해 줘요, 토르."

결국 토르의 이성이 한 가닥 한 가닥 끊어졌다. 애원 같은 신음도 모자라 처음엔 제멋대로라 불쾌하게 여겼던 애칭이 달콤하게 귓속을 파고들었다.

이젠…… 모르겠다. 그녀가 더 해 달라고 하지 않는가.

"……이 옷은 내일 배상하도록 하지."

"네? 앗!"

가슴 바로 밑에 아슬아슬하게 걸려 있던 블라우스가 북, 하는 소리와 함께 찢겨 나갔다. 뒤이어 셰리의 허리춤이 느슨해지는가 싶더니 그대로 치마가 내려갔다.

"자, 잠깐만요!"

"왜."

분명 사람의 언어인데 그르렁거리는 소리가 섞여 나왔다. 드러난 맨가슴을 양팔로 가리며 셰리는 주춤주춤 상체를 일으켜 물러났다. 물론 가슴은 절반도 채 가려지지 못했다.

가느다란 팔 사이 빠져나온 가슴을 바라보는 토르의 눈동자가 한층 더 짙은 색으로 변했다.

"처음이라고 안 했어요? 그리고 원래는 이런 성격도 아니고……."

손을 잡거나 껴안기, 심지어 키스마저도 그녀가 먼저 시도했다. 지금껏 셰리가 아는 그는 머뭇거리다 흥분을 못 이겨 받아 주는 쪽에 가까웠다. 그런데 아무리 술을 좀 마셨다 한들, 이건 너무 급작스러운 변화 아닌가.

"혹시 아까 그게 미약이었나?"

셰리는 입을 꾹 다물었다. 그런 효능을 기대하고 토르에게 먹인 건 사실이다. 그의 성격이라면 마지막의 마지막까지 저항할지도 모른다는 생각이기도 했고.

토르가 곤란한 표정으로 흘러내린 앞머리를 쓸어 올렸다. 미약의 기운 없이 이런 적극적인 태도는 원하지 않는 걸까. 하지만 셰리의 접근에 망설이던 모습도, 한번 마음먹은 이상 그녀를 원하는 모습도 전부 자신이었다.

"유감스럽게도 나한텐 그런 류의 약이 잘 들지 않아. 체질이 좀 특이해서."

"그, 그럼…."

토르는 그저 어깨에 걸쳐져 있을 뿐이던 셔츠를 다시 고쳐 입었다. 이미 달구어질 대로 달궈진 몸을 추스르는 게 쉽진 않았다. 그러나 셰리가 원치 않는다면 기꺼이 참아 낼 수 있었다.

"역시 이만 복귀하는 게 좋겠군. 아, 경의 옷…은…."

깊은 한숨을 내쉬며 커다란 손으로 제 얼굴을 덮었다.

이 늦은 시간에 여성의 옷을 구하기는 쉽지 않다. 그럼 급한 대로 제 재킷이라도 감아 둘러서 몰래 들어가는 수밖에. 하지만 그러다가 들키기라도 하면 분명히 오해받게 될 텐데……. 이를 어쩌지.

그렇게 그가 고뇌에 빠져 있을 때였다. 잠깐의 틈을 타 셰리가 바로 앞까지 무릎걸음으로 다가왔다. 그린 듯이 잘 짜인 가슴 근육이 셔츠 안으로 사라질 때 누구보다 아쉬웠던 건 그녀였다.

"상관없어요."

"……?"

한껏 커진 아래 때문에 엉거주춤하게 앉아 있던 토르가 고개를 들었다. 무슨 말인지 뒤늦게야 알아챘다. 하지만 이미 때는 늦어 있었다. 셰리가 가슴을 가리던 팔을 풀더니 그의 어깨를 그대로 밀어 넘어뜨렸다.

"자, 잠깐. 이러면……!"

눈앞에 드러난 맨가슴에 토르는 고개를 옆으로 돌렸다. 입 안의 살을 있는 힘껏 깨물어서 겨우 진정시켰는데! 아니, 실은 전혀 진정되지 않았지만.

그가 정신 차리지 못하는 사이, 셰리는 토르의 몸 위로 올라왔다. 그러면서 하나로 묶어 올린 머리끈을 풀어냈다. 목과 어깨, 뒤이어 훤히 드러난 앞가슴으로 붉은색 머리카락이 쏟아져 내렸다.

"아."

토르는 그 광경에 잠시 숨이 멎었다. 매번 그녀에게 시선을 빼앗겨 도저히 저항할 수가 없다. 그리고 다음 순간 그의 몸이 경련하듯 튀어올랐다.

"큭!"

셰리가 지금 가장 뜨거운 그의 중심부 위로 털썩 주저앉은 탓이다. 갑작스러운 자극에 놀라면서도 토르는 그녀의 양쪽 허벅지를 꽉 붙잡았다. 절체절명의 순간이었으나 그의 머릿속엔 한 가지 생각뿐이었다. 이렇게 작고 가느다란 사람이 제 몸 위에서 떨어지면 안 된다.

의도치 않게 두 손이 구속된 토르의 가슴팍으로 셰리가 몸을 숙였다. 덕분에 그가 방금 전까지 물고 핥았던 가슴이 뭉근하게 비벼졌다. 이제는……. 정말, 정말로 견디기 어렵다.

"이번에는 안 멈췄으면 좋겠어요."

토르의 잇새로 빠드득하는 소리가 새어 나왔다.

* * *

셰리는 마치 뇌가 녹아 버린 것 같다고 생각했다. 계속되는 자극과 몸속 구석구석 퍼진 미약의 기운으로 손끝까지 노곤해졌다.

"아, 아으핫! 흐웃, 하아……."

그녀가 속삭인 대로 토르는 전혀 멈추지 않았다. 집요할 정도로 셰리의 아래를 핥고 또 지분거렸다. 분명히 그의 것은 진작 견디기 어려운 상태가 됐을 텐데도.

'혀가 왜 이렇게…… 두꺼워.'

그녀의 가장 깊은 안쪽으로 혀가 꽂히듯 기어들어 오던 순간이 잊히질 않았다. 그러면서 엄지로 바로 위를 자극하는 바람에 거의 울듯이 느끼고 말았다.

셰리가 할 수 있는 일이라곤 온몸이 붉게 물든 채 바르작거리는 게 전부였다.

"하, 이 이상은 내가 못 참겠군."

토르가 잔뜩 억눌린 목소리로 탄식했다. 애초에 그녀의 몸은 너무 작았다. 그렇다고 손을 쓰기엔 남들보다 크고 거친 제 손가락이 셰리를 다치게 할까 봐 걱정이 됐다. 이럴 줄 알았다면 한스의 헛소리를 자세히 귀담아 둘 것을.

이제 그의 아래는 속옷이 거의 다 젖을 만큼 한계에 달해 있었다. 살갗이 지나치게 땅기는 느낌에 미간이 절로 찌푸려졌다.

"이제 와서 비겁한 말인 건 알지만, 나한테 문제가 좀……. 있다."

토르는 축 늘어진 셰리의 뺨에 입을 맞추며 속삭였다. 그의 얼굴을 눈앞에서 마주한 셰리가 홀린 듯한 표정을 지었다. 고통으로 일그러진 한쪽 눈가와 낮게 쉰 목소리가 지나치게 매력적이었다.

"하아, 뭔데요?"

"그게, 약간 큰 편이라."

셰리는 반쯤 감긴 눈으로 빙긋 웃었다. 그것 역시 진작 알고 있던 바였다. 그렇기에 굳이 이런 미약의 힘까지 빌리지 않았나.

"그건 문제가 아니라 자랑할 일이 아닌가요."

"……그런가."

줄리아는 작은 것보다는 무조건 큰 것이 좋다고 했는데…….

그래서 그녀는 문제의 크기를 직접 확인하지 않는 실수를 범하고 말았다. 이젠 지금까지보다 더 기분 좋다는 다음 단계로 나아가고 싶었다. 셰리의 손가락이 천천히 그의 배로 향했다.

"윽."

그러고는 잘 짜인 근육 사이의 골을 어루만졌다. 손가락이 스치고 지나가는 길을 따라 살갗이 더욱 뜨겁게 달아올랐다. 서툴기 그지없는데도 토르에겐 견디기 어려운 도발이었다.

"하고 싶어요."

"……."

동정인 남자의 한계는 여기까지였다. 아슬아슬하게 이어져 있던 이성의 끈 다발이 끝내 투두둑 끊어졌다. 자각은 없어도 첫눈에 반한 상대였다. 여기까지 인내한 것만으로도 대단한 일이었다.

바지와 그 안의 드로어즈까지 한꺼번에 벗어 내렸다. 갑갑한 옷으로 꽉 죄어 있던 토르의 남성이 꺼덕거리며 모습을 드러냈다. 어두운 실내에서도 배꼽 위까지 드리운 음영이 보일 정도의 크기였다.

그러나 셰리는 점차 욕망으로 물들어 가는 그의 얼굴에 사로잡혀 그쪽을 보지 못했다. 남자가 정욕에 지배되어 가는 모습이 이렇게 아름다울 거라곤 생각해 본 적 없었다.

"처음이라 분명 서툴 거다. 하지만……."

토르는 어느새 셰리의 아래에 자리 잡은 채 허벅지를 천천히 벌렸다. 그가 한껏 달래 놓은 곳은 달콤한 액이 다시 퐁퐁 솟아 반들거리고 있었다. 빨리 파고들고 싶은 마음을 간신히 억누르며 입을 열었다.

"최대한 아프지 않게, 부드럽게 할 테니까."

"……네. 홋!"

토르의 뭉툭한 부분이 셰리의 가장 민감한 곳에 천천히 비벼졌다. 이미 미끌미끌해진 선단의 액과 그녀의 것이 마찰하면서 부어오른 살덩이가 빠끔하게 입을 벌렸다.

"아, 하앗."

운이 좋게도 한 번에 입구를 찾아냈다. 토르는 아랫입술을 세게 깨물며 허리에 힘을 주었다. 뜨겁게 담금질된 단단한 남성이 셰리에게로 파고들기 시작했다. 느릿하지만 확실하게 몸을 열고 있었다.

'음……?'

그러나 머리 부분이 채 반도 먹히기 전에 토르는 미묘한 저항에 부딪혀야 했다. 그가 단 한 번이라도 경험이 있었다면 알았을 테다. 그게 그녀의 몸에 처음으로 길을 내는 감각이라는 걸.

"흐응, 힉! 으웃."

그러나 미약 덕분에 셰리의 입에서는 아픈 기색 없이 달뜬 신음만 새어
나올 뿐이었다. 게다가 그를 재촉하는 것처럼 허리가 들썩거리기까지 했다.
토르의 머뭇거림은 길지 않았다.

"큭!"

"악, 하악!"

내내 닫혀 있던 좁은 길은 그의 허리 짓으로 단번에 꿰뚫리고 말았다. 아
무리 미약으로 고통이 줄었다고 해도 느낌까지 없는 건 아니었다. 가장 소
중한 곳을 예고도 없이 거칠게 침범당했다. 셰리의 몸은 파드득 떨리다 그
대로 딱, 굳어 버렸다.

"흡, 흐으."

경직된 그녀와 딱 달라붙은 채로 토르는 가쁜 숨을 내쉬었다. 이마에서
굵은 땀이 뚝뚝 떨어져 내렸다. 이제 겨우 그저 삽입만 했을 뿐인데.

"아, 윽. 너무, 너무 좁은데……."

원래 이렇게 억지로 밀어붙이는 게 삽입인가. 아니면 제 것이 셰리에게
버거운 크기여서일까.

이번에도 토르는 알 수 없었다. 하지만 분명한 건 이대로 파정해 버릴 만
큼 기분 좋은 쾌락이 몸을 잠식해 나가고 있단 사실이다. 마음껏 허리를 흔
들고 억눌린 욕구를 전부 배출해 내고 싶었다.

"큭. 괜찮으면 이제 움직여도……. 경?"

뒤늦게야 입을 벌린 채 얕게 할딱이기만 하는 셰리를 발견했다. 놀란 토
르가 그녀의 등을 가만히 쓰다듬었다. 그러자 흡떠진 셰리의 눈이 서서히
원래대로 돌아왔다.

"많이 힘들면, 윽, 그만두는 것도……."

"아, 아니에요. 흐응! 천천히……!"

다시 생각해도 믿기 어려운 감각이었다. 뜨겁고 커다란 무언가가 제 몸을

반으로 가르듯 밀고 들어왔다. 연약한 내부가 억지로 한계까지 벌어졌다.

고통은 거의 없었지만 화끈거리는 둔통과 생소한 이물감만으로도 셰리는 기절할 것 같았다. 그럴 리가 없는데도 그의 것이 마치 숨구멍을 막은 것처럼 꼼짝할 수 없었다.

'약 안 먹었으면 진짜 큰일 날 뻔했잖아?'

애초에 체격 차이가 심했으니 불 보듯 뻔한 일이었다. 그러나 셰리는 후회하지 않았다. 제 처음이 이토록 아름답고 순결한 남자라 다행이라는 생각이 앞섰다.

"셰리 경, 미안하지만. 흡, 조금만 기다려 주면 내가……"

등을 쓰다듬어 주는 손길이 못내 다정했다. 분명 참기 어려울 텐데도 그녀를 위해 필사적으로 움직임을 억누르는 게 느껴졌다. 그리고 제 뺨과 입술에 잘게 쏟아지는 입맞춤. 굳었던 몸이 점차 진정되고 있었다.

약간의 아릿함과 낯선 감각에 놀란 순간이 지나가자 다른 감정이 셰리의 마음을 채웠다. 알 수 없는 설렘과 더불어 그와 맞닿은 곳에서부터 천천히 뜨거운 열기가 고이고 있었다.

"셰리. 셰리라고 불러 주세요."

"……"

마치 꿀이라도 탄 것처럼 달콤한 음성이었다. 토르는 아랫입술을 세게 물었다. 아, 이제 도저히 참을 수가 없다.

"미안, 미안하군. 큿!"

작게 셰리, 라 부르는 목소리와 함께 멈춰 있었던 둘의 몸이 격렬하게 흔들리기 시작했다.

* * *

"흐앗, 아잉! 하아, 학!"

"후으. 셰리, 셰리."

마을 여관의 낡은 침대가 부서질 것처럼 흔들렸다. 손에 감겨 오는 부드러운 살결을 부여잡고 토르는 정신없이 본능에 자신을 맡겼다. 이 작은 몸에 치대는 일 말고는 아무것도 생각할 수가 없었다.

도저히…… 멈출 수가 없다.

내부는 어느새 부드럽게 풀려 있었다. 처음엔 그의 것을 받아들이는 것만으로도 버거워했었는데……. 이래서야 제가 그녀에게 박아 넣는 건지, 셰리가 자신을 집어삼키는 건지 알 수 없을 지경이다.

축축하고 매끄러운 점막에서는 따뜻한 액체가 끊임없이 새어 나왔다. 그 적나라한 감각이 더욱 그를 부추겼다. 아, 이대로 세상이 멈추어도 상관없을 것 같다.

점점 거세어지는 본능과 충동의 소용돌이가 끝을 향해 달려가는 게 느껴졌다. 등줄기를 쭈뼛하게 만드는 극도의 쾌감이 집요하게 뇌를 들쑤셨다. 그런 그와 감응이라도 하는 듯 셰리의 교성이 더욱 높아졌다.

"으하앙, 흑! 아앗, 핫! 아, 안 돼! 힉!"

토르는 미친 듯이 허리를 움직였다. 이마와 턱으로 쉴 새 없이 땀이 흘러내렸다. 셰리의 가슴과 배 위로 그의 땀이 투둑투둑 떨어졌다. 거칠게 숨을 몰아쉬던 토르가 그녀에게로 입술을 겹쳤다.

"으읍! 응! 홋!"

조금만, 조금만 더……!

둘의 혀가 정신없이 얽혔다. 셰리를 품 안에 꽉 끌어안은 채로 토르는 마지막을 향해 치달았다. 그리고 한계에 다다른 어느 순간, 그는 온 힘을 다해 자신의 모든 것을 해방시켰다.

"윽! 크읏, 흐……."

"하으, 응!"

그렇게 전신을 저릿하게 만드는 탈력감과 함께 첫 번째 정사는 끝을 맞았다. 셰리와 토르 둘 다 지친 숨을 토해내며 늘어졌다.

'하아. 이게…… 이런 거였구나. 기대했던 거보다 더 좋았어.'

셰리는 벌써 몇 번째인지 모를 절정감에 잘게 떨었다. 그러고는 안쪽으로 퍼지는 따뜻한 감각을 만끽했다. 첫 삽입 때의 충격을 제외하면 생각보다 훨씬 만족스러운 첫 경험이었다.

이곳에 오길 잘했다. 어떻게 이토록 그녀에게 딱 적당한 연애 상대가 여기에 숨어 있었을까. 이제 남은 기간은 이십여 일 남짓. 셰리는 그와 함께 후회 없는 일탈을 꿈꿀 생각에 가슴이 뛰었다.

한편, 토르는 충족감과 더불어 찾아온 허무함에 허우적대고 있었다. 몸이 바라던 욕정은 충족했다. 하지만 그가 진짜로 바라던 것은 아직 얻지 못했다는 생각이 들었다.

'이걸로 끝낼 순 없어.'

이 순간만으로는 부족하다. 제게 있는 줄도 몰랐던 욕심들이 하나둘 고개를 들기 시작했다.

저도 모르게 셰리를 껴안은 팔에 힘이 들어간 그때였다.

"저, 저기. 끝났으면 이제 몸을 좀……."

"아, 미안하군. 윽!"

셰리에게서 제 것을 빼내려던 토르가 잠시 멈칫했다. 쓸데없이 건장한 아래는 아직도 힘을 잃지 않은 상태였다. 아직 몸이 바라던 욕정도 전부 충족되진 않았던 듯하다.

"또 커진 거죠?"

셰리가 질린 얼굴로 물었다.

"그게……."

토르의 얼굴에는 낭패의 기색이 어렸다. 이래서야 이제 겨우 동정을 탈피한 주제에 너무 밝히는 것처럼 보이지 않나. 하지만 그가 어찌 조절할 수 있는 부분이 아니었다.

셰리가 빙긋 웃으며 가만히 그의 뺨을 감쌌다. 그녀도 몸이 좀 식고 나니 한 번으로는 부족한 참이었다. 그렇다면 방금 전처럼 몰아치는 것도 좋지만…….

"그럼 이번에는 좀 부드럽게 할 수 있어요?"

"노력해 보지. 아니, 이번에는 꼭."

토르의 입술이 셰리를 집어삼킬 듯 다급하게 내려앉았다.

* * *

토르는 막 동이 터 올 때쯤 눈을 떴다. 평소보다는 다소 늦었지만 아침 훈련은 충분히 가능할 시간이다. 이렇게 몸에 밴 습관이란 참으로 무서운 것이어서…….

"……."

벌떡 몸을 일으키려던 그가 잠시 주춤했다. 그리고 자신의 품 안에 누군가 있다는 걸 깨달았다.

"아."

저도 모르게 기분 좋은 탄성이 새어 나왔다. 그러니까……. 어제, 어젯밤에 드디어 했다. 그녀와.

휙휙 스쳐 지나가는 간밤의 기억에 목덜미가 붉어졌다. 첫 경험이라서 그렇다고 변명하기엔 조금 지나치지 않았을까. 한두 번도 아니고, 발정 난 짐승처럼 그렇게 여러 번. 중간에 셰리가 까무룩 잠에 빠지지 않았다면 더 하려고 들었을지도 모를 일이다.

'나도 결국 보통 남자들과 다르지 않은 놈이었군.'

스스로에 대한 한심함도 잠시. 이루 말할 수 없는 충족감과 행복함이 그의 몸을 휘감았다. 그녀에게 제 처음을 주려고 여태 기다려 온 걸지도 모르겠다.

토르가 떨리는 손을 뻗어 셰리의 흐트러진 머리카락을 뒤로 넘겼다. 손가락에 감기는 붉은색 타래조차 사랑스럽기 그지없었다. 잠든 셰리의 볼을 몇 번이고 조심스레 쓸어보았다.

꿈이 아니다. 이제는 확신할 수 있었다.

아쉬운 표정으로 손을 떼어 낸 토르는 몸을 일으켰다. 그러고 보니 간밤에 부대로 복귀하지 못했다. 규율 위반은 아니어도 이제는 서둘러야 한다.

지난밤에 제게 시달리느라 힘들었을 테니, 아침은 필히 먹여야겠지. 그리고 어제 자신이 찢어 버린 옷도 빨리 구해야……

거기까지 생각하자 토르가 덮고 있던 이불의 어느 부분이 다시금 불룩하게 솟아올랐다. 젠장, 이젠 시도 때도 가리질 않는군.

속으로 복무신조를 외우며 그가 이불을 걷은 바로 그 순간이었다.

"……!"

무언가를 발견한 토르의 손이 멈칫했다.

이게, 뭐지?

시트 위에는 점점이 흩뿌려진 붉은 흔적이 보였다. 굳이 코를 대어 냄새를 맡아 보지 않아도 혈흔이 확실했다.

'설마 내가 몸에 상처를 냈나?'

그러나 그렇다고 하기엔 지난밤 그녀에게선 아파하는 기색이 없었다. 언뜻 다른 가능성 하나가 더 떠올랐다. 하지만 그녀 역시 처음일 거라는 생각은 해 본 적이 없었다. 지금껏 제게 먼저 시도했던 스킨십도 그렇고, 평균을 크게 상회하는 제 것도 무리 없이 받아들였다. 그랬기에 당연히 자신만 처음일 거라고 여겼는데.

"이게 무슨……."

토르의 표정이 심각하게 굳어졌다. 이건, 그녀에게 꼭 이야기를 들어야 했다.

"……경, 셰리 경. 이제 일어나야 할 시간이다."

조심스러운 손길이 셰리의 어깨를 흔들었다. 간밤에 선을 넘은 사이인데도 맨살에 닿는 손에는 머뭇거림이 남아 있었다.

"으음……."

셰리는 어느 때보다 노곤한 눈꺼풀을 억지로 들어 올렸다. 그리고 심각한 표정의 토르를 마주했다. 그녀에게 결혼 따윈 하지 않겠다고 단언할 때보다 훨씬 진지해 보였다.

"혹시, 내게 말하지 않은 게 있나?"

셰리가 시선을 회피하며 손에 쥔 시트에 힘을 주었다.

들킨 걸까. 자신이 사실 미하르셸 후작가의 후계자고, 공국의 올리비아 칭호를 받은 공녀라는 걸. 하지만 여태 모르다가 이제 와서 어떻게……?

의문으로 가득한 셰리에게 토르는 시트 위 남은 혈흔을 가리켰다.

"내게 이걸 설명해 주어야 할 것 같은데."

"아, 그거요."

셰리는 안도의 숨을 토해 냈다. 그쪽이었군. 어떻게든 그를 침대로 끌어들일 생각만 하느라 흔적이 남을 수도 있다는 사실을 간과했다.

하지만 상관없지 않나. 어차피 서로 처음이었으니.

한결 가벼워진 마음으로 셰리는 입을 열었다. 아니, 열려 했다. 토르의 얼굴을 확인하기까지는.

"어……."

그의 표정이 울듯이 일그러져 있었다.

"……."

차마 토르와 눈을 마주하지 못한 채 셰리는 변명을 늘어놓았다. 사실 변명이랄 것도 없었다. 그녀는 그쪽으로 딱히 거짓말을 한 적은 없었으니까.

그러나 토르의 반응이 너무 심각해서 셰리의 목소리는 자연히 작아졌다.

"그러니까, 경도 처음이었다는 거군. 하."

커다란 손으로 스스로의 입을 가린 채 토르는 생각에 빠진 모습이었다. 간밤에 저 손과 입이 제 몸에 닿지 않은 곳이 없었더랬다. 셰리가 멍한 얼굴로 바라보다 퍼뜩 소리를 높였다.

"그치만 제가 처음이라고 했으면 안 했을 거잖아요."

"그건……."

"혹시나 해서 말하는데, 이제 와서 책임지겠다는 말은 하지 마요. 둘 다 성인이고, 서로 동의한 일이니까요."

보라색 눈동자가 불안하게 흔들렸다. 토르는 어쩐지 크게 충격 받은 얼굴이었다.

* * *

그 뒤로는 누가 먼저라고 할 것도 없었다. 그래도 토르는 처음엔 두어 번쯤 망설이며 거절했다. 그러다 무슨 생각을 했는지 더는 셰리에게 저항하지 않았다. 아니, 한번 마음먹자 오히려 그녀보다 과감한 면이 있었다.

공사 구분이 뚜렷한 원칙은 그대로 지켜졌다. 그래서 그들은 여전히 업무 시간엔 평소와 다를 바 없이 근무를 했다. 하지만…….

"아, 흐읍."

쿵, 하는 소리와 함께 다급하게 두꺼운 문이 닫혔다. 오후 일과를 마치는 종이 울리자마자 보랏빛 눈동자엔 다른 빛이 돌았다.

'방금 전까지 아무렇지 않게 대화하고 있었던 것 같은데.'

분명 오늘 처리할 서류는 여기까지인가, 라는 물음이 마지막이었다. 그에 셰리는 웃으며 고개를 끄덕였을 뿐이고.

그녀가 긍정하기 무섭게 토르는 작은 몸을 달랑 들어 올렸다. 그러고는 집무실 옆에 딸린 제 공간으로 돌진했다.

셰리는 꼼짝없이 토르와 문 사이에 끼이고 말았다. 겨우 고개만 든 채로 그의 입맞춤을 받아 내기 급급했다.

"하아, 으응. 자, 잠깐만요."

그녀가 일부러 아랫입술을 깨물고서야 토르의 움직임이 잦아들었다. 그러면서도 짙어진 눈동자에 가득 찬 흥분의 기색은 조금도 사그라들지 않았다. 흥분할 때면 지독하게 낮아지는 목소리가 셰리의 귀로 파고들었다.

"……끝났다고 하지 않았나."

"맞아요. 그건 맞는데……."

지금 이 순간에도 윗배 어딘가를 찌르듯 누르는 양감이 느껴졌다. 셰리의 뺨이 조금 붉어졌다. 언제 이렇게 커진 걸까. 설마 근무 시간 내내 이 상태였던 건 아니겠지.

이미 그의 물건이 어디까지 커질 수 있는지, 그녀를 어디까지 몰아넣을 수 있는지 알아 버린 후다. 그리고 월경으로 일주일이나 금욕해야 했던 건 셰리도 마찬가지였다.

"아직 몸이 불편한 거라면, 하루 정도는 더 참을 수도……."

말은 그렇게 하면서도 토르의 잘생긴 미간이 살짝 찌푸려졌다. 아마 부풀어 오를 대로 부풀어 오른 것이 바지 안에서 가하는 압박이 상당한 모양이었다.

"정말 참을 수 있어요?"

"……아니."

셰리가 풋, 웃으며 주머니에서 자그마한 약병 두 개를 꺼내 들었다. 최근의 토르는 그녀에게만큼은 더 솔직하고 과감해졌다. 그런 변화가 기꺼워 셰리는 까치발을 들어 뺨에 쪽, 입을 맞췄다. 뒤이어 분홍색 물약을 단번에 꿀꺽 삼켰다.

"마침 달거리가 끝나서 이것만 마시면 이번 달은 해결되니까요."

"······."

토르는 손안에 건네받은 작은 병을 물끄러미 바라보았다. 여성의 달거리 후, 함께 마시면 한 달가량의 피임 효과가 있다고 했더랬다. 그러니 이게 두 번째 복용이자 마지막이 될 테다.

그녀와의 첫날밤을 그렇게 무절제하게 보내 버린 자책에 시달리다 깨달은 건 단 하나였다. 지금 이 순간에도 시간은 흘러가고 있다는 사실이다.

처음부터 기간이 정해진 관계였다. 자각하고 나자 의미 없는 후회나 일말의 머뭇거림마저도 아까웠다. 그래서 셰리의 손을 잡았다. 예상대로 그 결과는 달콤했다.

"아······. 앗!"

정성 들여 가냘픈 목선을 지분거리던 그가 말랑한 귓불을 물었다. 부드러운 여체를 껴안는 팔에 잔뜩 힘이 들어갔다. 여러 번 학습한 손은 어느새 그녀의 치마 사이로 숨어든 지 오래였다.

"훗!"

"경, 오늘은 자제하기 힘들 것 같다."

"하아, 응. 나도, 나도 약 기운 때문에······."

셰리가 먼저 속옷을 끌어 내렸다. 지독하게 유혹적이고 요염한 그 모습에 토르는 이를 악물었다.

아무리 하고 또 해도 면역이란 게 생기질 않았다. 이번에도 제 손은 알아서 바지 버클을 풀고 있을 테니.

약간의 전희를 거친 후, 자신을 그녀에게로 박아 넣으며 토르는 두 눈을 질끈 감았다. 아아, 어쩌면 좋을까. 매일매일 그녀가 점점 더 좋아져서 견딜 수가 없다.

'헤어지고 싶지 않아. 계속 곁에 있으려면 어떻게 해야 하지?'

상관과 부하라는 입장은 진작 잊었다. 그 자리엔 뒤늦게 찾아온 풋사랑에 흠뻑 젖어 허우적대는 남자 하나만 남았다.

"축하드립니다!"

"이야, 부단장님. 오늘은 진짜 달라 보이시지 말입니다."

"도대체 언제 연애하고 결혼까지 하신 겁니까."

"내가 너네랑 같냐. 인마!"

하객 자리에 앉은 토르는 멍하니 하늘만 바라봤다. 서서히 입김이 나오기 시작하는 계절에 접어들었다. 그런데 오늘만은 유달리 포근하고 청명했다. 시릴 만큼 새파란 하늘은 구름 하나 없이 맑았다.

"······단장?"

필사적으로 끌어 모으고 또 잡아 쥐려고 해도 시간은 흘러갔다. 이제 한스가 결혼식을 무사히 마치면 사흘 뒤엔······.

"단장!"

"아, 한스."

끝내 어깨를 잡힌 토르가 화들짝 놀라 뒤를 돌아보았다. 그곳에는 하얀색 연미복을 잘 차려입은 한스가 서 있었다. 미리 떠난 신혼여행이 얼마나 즐거웠는지 얼굴에 반질반질하게 윤기가 흘렀다.

그가 원래 저렇게 행복해 보이는 얼굴을 했었나?

어딘가 멍해 보이는 토르를 향해 한스는 눈앞에서 손을 흔들어 보였다. 이렇게 무력한 얼굴을 하는 단장은 처음 봤다. 워낙 잘생긴 남자라 초췌해진 모습조차 탄성이 나올 정도지만.

"아니, 잠은 주무시고 사시는 겁니까? 그분, 아니, 셰리 경께서 저보다 더 잘 처리하실 텐데요."

"······결혼, 축하한다."

"하하, 예! 감사합니다. 저, 장가갑니다!"

"······."

토르의 표정이 한층 더 어두워졌다. 한스가 심상치 않다는 걸 눈치채고 무어라 입을 열려던 순간이었다.

"이야! 한스 경. 드디어 목줄을 채울 주인을 만난 건가?"

"아……. 선배님들도 와 주셨군요. 단장, 잠시만 자리를 비우겠습니다."

"그래. 별일 없으니 내게 신경 쓸 거 없다."

끝까지 뒤를 힐끔거리던 한스가 사라졌다. 토르는 다시 자리에 주저앉았다. 그리고는 오늘을 위해 반쯤 빗어 넘겨 깔끔해진 이마 위를 짚었다.

오만했다. 그리고 어리석었다. 불과 두 달 전만 해도 제가 한스를 부러워하게 될 줄 상상도 못했다. 축하해 주러 모인 하객들이 웃고 떠드는 소리가 아스라이 흩어졌다.

그제야 결혼하지 않겠다고 선언했을 때 보았던 부모님의 표정이 스쳐 지나갔다.

'어차피 결혼은 정략이거나 후계자 생산 목적이 아닙니까. 저에게는 두 가지 다 해당하지 않습니다. 아버지 뒤를 이어 국경에서만 지낼 테니 더는 연회에 참석하지 않을 겁니다.'

'톨체르. 너무 성급하구나. 대부분 귀족들의 결혼이 그렇겠지만 오히려 네 놈은 그런 책임에서 자유롭다고 생각할 수는 없겠느냐. 네 어머니도……'

'두 분께는 죄송하지만 저는 이미 마음을 굳혔습니다. 어머니를 잘 부탁드립니다.'

'섣불리 결정하지 말거라. 분명 너도 결혼하고 싶어질 만큼 마음을 줄 사람이 생길 거다.'

처음에는 어릴 적 겪어야 했던 굴욕을 다시 감내하기 싫어 부렸던 고집이었다. 더구나 전쟁에서 공을 세우고 돌아온 뒤, 언제 그랬냐는 듯 안면을 싹 바꾼 자들이 역겨웠다.

그건 제 또래의 영애들이나 귀부인들도 마찬가지였다. 우습게 보던 베거티 가문이 공작가로 승격되자 교묘한 말로 그를 후려치기 일쑤였다.

'다른 공자님들과 달리 톨체르 공자님은 흠이 있으시니까요.'

'그, 그래요. 데이라 백작 영애 정도면 넘치는 상대 아니겠어요?'

'위에 형이 다섯이나 되면 계승권은 없는 거나 마찬가지죠.'

아무리 사생아 이름표가 붙었던 적이 있다고 해도 충분히 환멸을 느낄 만한 나날들이었다. 하지만 아버지 말씀대로 국경에서 종신 복무하겠다는 결정은 너무 일렀을지 모르겠다.

그렇게 그는 한스의 결혼식을 텅 빈 눈으로 바라보고만 있었다. 미안하지만 피로연 중간쯤 빠져나가야 할 듯했다. 요 며칠간은 셰리와 관계하는 날 외에는 전혀 잠을 이루지 못해서…….

"부케 받으실 분, 준비되셨나요? 이쪽으로 나와 주세요."

"아! 저요."

익숙한 음성에 토르의 고개가 번쩍 들렸다. 그리고는 목소리가 들려온 곳으로 시선을 돌렸다. 뒤이어 탄식 같은 침음이 그의 입술 사이로 새어 나왔다.

"아……."

샛노란 드레스에 붉은 머리카락을 한쪽으로 느슨하게 땋아 내린 셰리가 활짝 웃고 있었다. 근무 중일 때나 휴일일 때의 모습과는 달리 한껏 꾸민 채였다. 그런데, 그녀가 왜 여기에……?

그제야 셰리가 신부 측 들러리로 참가했단 걸 알아챘다. 너무 늦은 깨달음이었다. 결혼식에 전혀 집중하지 못한 탓이다. 저도 모르게 자리에서 일어난 토르는 그녀가 있는 쪽으로 급히 발걸음을 옮겼다.

그러나 구름처럼 몰려든 인파를 헤치고 나아가는 일이 쉽지만은 않았다. 들러리 드레스를 입은 화사한 모습에 흔히 보기 힘든 미인이라 모두가 주위를 둘러싸고 떠나지 못했다.

"셰리 님. 잘 받으셔야 해요! 여기선 부케 못 받으면 3년은 결혼 못 한다는 말이 있다고요."

"어떻게 던져도 받을 테니까 걱정 마. 줄리아."

그래도 토르는 어떻게든 틈을 비집고 들어갔다. 꿈이 아니라 당장 눈앞에 있다는 확신을 원했다. 갑자기 나타난 자신이 그녀를 잡아챈다면 소란이 일 테다. 하지만 그런 걸 생각할 겨를조차 없었다.

이제 토르의 앞에는 단 열 걸음, 딱 그 정도만이 남아 있었다. 일단 그녀를 데리고 조용한 곳으로 가서.

……조용한 곳으로 가서?

토르의 걸음이 느려졌다. 도대체 무슨 말을 하려고. 한 달짜리 기간 한정 연애가 아니라 결혼해 달라는 말이라도 할 셈이었을까. 다른 이들과 다르게 셰리는 그에게 아무것도 원하지 않았는데.

"자, 던질게요!"

줄리아가 던진 부케가 궤도를 살짝 이탈했다. 그러나 나름 기사 수련을 해 본 경험이 있는 셰리에겐 이 정도는 아무것도 아니었다. 몸을 옆으로 틀어 무사히 부케를 받아 낸 셰리가 씩, 웃었다.

"거봐. 받았지? 이러면 3개월 안에 결혼한다고 했었나?"

"아이, 정말! 못 받으셨으면 제가 예레나 님을 볼 면목이 없다고요."

그리고 토르는 땅에 발이 붙기라도 한 듯 움직이지 못했다.

* * *

셰리는 테라스에 기대서서 정원에서 이어지는 피로연을 구경했다. 한 손에는 식장에서 가져온 달콤한 샴페인이, 다른 한 손에는 아까 받은 부케가 들려 있었다.

신부보다 지나치게 예쁜 들러리는 일찍 자리를 피해 주는 게 도와주는 일이다. 오늘의 주인공은 줄리아와 한스 경일 테니까.

"이제 여기도 사흘만 지나면 떠나겠구나."

새하얀 드레스를 벗고 보라색 피로연 드레스로 갈아입은 줄리아의 모습이 눈에 들어왔다. 모두에게 축하받고, 춤추고 마시는 광경이 더없이 행복해 보였다.

"뭐, 이렇게 보니 한스 경이라는 남자도 아주 나쁘진 않은 것 같네."

기사단에서 근무하며 들은 바로는 연애 경험이 많을지언정 바람둥이나 나쁜 남자는 아니었다. 그러니 둘 다 이제야 임자를 만난 셈일지도 모른다.

"좋겠다. 줄리아는……."

어머니인 예레나 후작 부인의 후원 아래 줄리아와 자신은 친구처럼 자랐다. 툭 하면 상대를 갈아치우곤 하던 그녀가 한 남자에게 정착하다니. 감회 어린 표정으로 셰리는 샴페인 잔을 들어 홀짝홀짝 들이켰다.

그러고 보니 경황이 없어서 그녀에게 말하지 못했다. 한 달 전부터 토르와 시한부로 사귀고 있다는 걸.

사귀다뿐인가. 이미 한참 전에 선을 넘었는데. 그리고 그 뒤로도 하루가 멀다 하고 잠자리를 이어 오는 중이다. 심지어 어제는…….

"흠, 흠."

셰리는 붉어진 뺨에 손등을 가져다댔다. 그래도 줄리아 말을 듣기 잘했다는 생각이 들었다. 이번에 할아버님께서 공국 영식을 단념하시더라도 자신에게 주어진 선택지는 정략혼이 유일할 테다.

후회는 없다. 첫 연애치고는 지나치게 잘난 남자이기도 했고. 솔직히 후작령에 돌아가서도 생각나지 않을지는 잘 모르겠다. 하지만 토르는 워낙 결혼하지 않겠다는 의사도 확고하고, 곧 외성으로 떠나면 이제는…….

순간, 심장이 따끔한 느낌이 들었다. 셰리는 샴페인 잔을 내려놓고 한쪽 손으로 가슴 부근을 짚었다. 술이 너무 과했나. 아니, 그럴 리는 없다. 이제 겨우 두 잔 정도인데.

'밤마다 너무 무리해서 체력이 떨어진 거겠지.'

떨리는 손으로 다시 잔을 집으려는 그때였다. 뒤에서 뻗어 나온 손이 그녀의 손을 부드럽게 저지했다. 그러고는 셰리를 그대로 돌려 품 안에 안았다.

"앗."

"어디가 아픈가?"

이제는 잘 알다 못해 익숙한 목소리와 온기가 느껴졌다. 셰리가 안겨 있던 가슴팍에서 고개를 떼어 냈다. 그리고 올려다보며 멍한 표정을 했다.

앞머리를 반 정도만 올려 고정시킨 토르가 그녀를 걱정스레 바라보고 있었다. 꾸밈 따위 없어도 훤칠하던 미모가 약간 신경 쓴 정도로 더욱더 빛을 발했다. 셰리는 작게 입을 벌린 채 말을 잃었다.

토르는 그녀에게서 반응이 없자 머쓱한 표정으로 시선을 피했다. 그저 뒤에서 지켜보기만 하려고 했는데, 셰리가 비틀거리는 모습을 보고 저도 모르게 나서 버렸다.

"……."

"아, 역시 머리가 별로인가. 나는 필요 없다고 했는데, 다른 녀석들이……."

"아뇨, 좋아해요!"

"……."

갑작스럽게 튀어나온 고백 같은 말에 테라스 안에는 적막이 맴돌았다. 셰리는 제 입을 틀어막고 싶었다. 직전까지 하고 있던 생각 때문에 반사적으로 튀어나간 듯했다. 이러면 곤란하다. 이제 와서 그에게 마음을 주기라도 한다면.

한편, 토르는 토르대로 머리 스타일이 좋다는 말에 들뜨지 않으려 필사적이었다. 겨우 얼굴 근육을 진정시킨 그는 자신의 정장 재킷을 벗어 셰리에게 둘렀다.

어떻게든 이 자리를 벗어나야 했다. 오늘의 자신은 좀 이상하니까. 그녀가 조금만 더 제게 호의를 보이면 이 자리에서 드레스를 걷어 올리기라도 할 것 같았다.

토르는 제 목을 답답하게 죄고 있는 크라바트를 느슨하게 당겼다.

"이제 겨울이라 저녁에는 추우니까."

"네……."

"그럼, 늦지 않게 복귀하고."

그렇게 떨어지지 않는 발걸음을 재촉했다. 하지만 몇 걸음도 채 떼지 못하고 토르는 그녀에게로 되돌아왔다. 치솟은 격정을 이기지 못한 목소리가 조금 쉬어 있었다.

"오늘 밤도 집무실로 올 수 있나?"

"아……. 내일부터는 인수인계 준비 때문에 일찍 일어나야 해서요."

"그래, 그렇군."

토르가 힘없이 고개를 떨궜다. 피곤하면 굳이 관계를 하지 않고 곁에서 같이 잠들기만 해도 된다는 말이 나오지 않았다. 더불어 다시 한번 그들 관계의 한계를 명확히 깨달았다.

정말로 몸뿐인 관계인 거다. 그것도 이제 3일 남짓 남은.

가슴 한쪽이 부글부글 끓었다. 자신은 왜 이런 애매한 지위에 얽매여 있는 걸까. 제 아무리 공자라고 해도 사생아 낙인에, 계승권조차 없는 거나 마찬가지인데.

차라리 이런 이름뿐인 영식이 아니라 그녀를 지키는 기사라도 됐다면 마음은 편하지 않았을까.

그때, 셰리가 손목 부근의 셔츠 자락을 잡아당겼다. 뺨이 발그레 달아올라 있었다. 그리고 영롱한 올리브색 눈동자엔 당돌한 기색이 엿보였다. 그가 첫눈에 반했던 바로 그 눈빛이었다.

"드레스……. 망가지지 않게 조심해 주시면 여기서 잠깐 해도 괜찮은데."

"……."

처음도 아니고, 드레스 정도는 충분히 사수해 낼 수 있다. 피곤하지 않게 하겠다는 다짐만은 지킬 수 없겠지만.

토르의 목울대가 크게 일렁였다.

* * *

다음 날, 셰리는 아침부터 책상 위에 엎드린 채였다. 기다란 속눈썹을 깜박거리며 졸음을 몰아내 보려 했으나 역부족이었다.

아직도 그녀가 그를 잘 몰랐던 걸까. 한정된 시간과 공간에서 그렇게까지 밀어붙일 수 있을 줄은……. 아무리 생각해도 절륜하다는 말로 부족했다.

'그래도 나도 엄청 흥분했으니까.'

과연 이런 남자를 겪은 뒤에 다른 평범한 남자로 만족할 수 있을지 모르겠다.

한숨을 내쉬던 셰리는 문이 열리는 소리에 바로 허리를 세웠다.

"아, 일찍 출근했군."

"……오셨어요."

선을 넘다 못해 이제는 야외에서도 저질렀다. 그것도 친한 친구의 결혼식 날 피로연장 뒤편에서. 뒤늦게 민망해진 셰리는 시선을 돌렸다. 그러자 토르가 성큼성큼 다가와 그녀의 앞에 섰다.

"읍?"

그러고는 그대로 고개를 숙여 셰리에게 입을 맞췄다. 곧바로 목 뒤까지 받쳐 끌어당기는 모습이 꽤 본격적이었다. 연약한 아랫입술을 몇 번이나 집요하게 빨고 나서야 토르는 몸을 떼어 냈다.

"아직…… 업무 시작 전이니까."

"……."

셰리가 헛웃음을 내뱉었다. 그가 갈수록 뻔뻔해지는 것 같은 건 정말 기분 탓일까.

주머니를 뒤져 손수건을 꺼내 든 셰리가 자리에서 일어났다. 입술 화장을 바른 지 얼마 되지 않았기에 그의 입에 그녀의 흔적이 남고 말았다. 닦아 주려 가까이 다가간 그 순간이었다.

갑자기 쾅 소리를 내며 집무실 문이 거칠게 열렸다. 한스였다.

"다, 단장! 지금 내려와 보셔야겠습니다."

서둘러 내려간 연무장에 열 명 남짓의 무장한 기사들이 들이닥쳤다. 다만 보통 기사들과 다르게 그들의 갑주는 온통 하얀색이었다. 그중 다갈색 머리카락의 청년이 앞으로 나서며 소리쳤다.

"여기에서 내 약혼자를 억류하고 있다 들었소이다. 책임자는 당장 나오라!"

토르와 한스의 뒤를 따라 연무장으로 나서려던 셰리의 걸음이 멎었다. 동부 특유의 억양에, 어쩐지 쓸데없이 익숙한 말투까지. 짚이는 구석이 있었다.

연무장 뒤 기둥에 숨어 빼꼼 내다본 셰리는 탄식했다. 역시 란델 공국의 성기사들이었다. 그리고 저 다갈색 머리 남자는 문제의 그 약혼자 후보였다.

그때, 토르가 앞으로 나서며 드물게 불쾌한 얼굴을 했다.

"내가 여기 프로인트 기사단의 단장, 톨체르 베거티다. 용건이 있으면 정식으로 방문 요청을 넣어야 한다는 것도 모르나? 이게 무슨 무례지?"

그러고는 청년의 앞으로 다가가 위압적으로 버티고 섰다. 워낙 키가 크고 체격이 좋은 터라 갑옷 없이도 주변을 압도하는 분위기였다.

싸늘한 토르의 얼굴을 마주하자 남자는 마른침을 삼켰다. 한번 기가 눌려서인지 처음과는 달리 정중하게 입을 열었다.

"제 약혼자가 이곳 베거티령에 억류되어 있습니다. 란델 공국에서 공식적으로 문제를 제기한다면 귀하만 곤란해질 겁니다."

그러나 팔짱까지 끼고 선 토르는 협박성 말에도 꿈쩍하지 않았다.

"내 생각에는 경의 이름과 소속을 밝히는 게 우선 같군."

"읔! 이 사생아 공자 따위가! 감히 신성 제국의 후예인 우리 글로리 기사단을 무시해?"

남자가 삿대질하는 동시에 스릉, 하는 소리가 들렸다. 눈 깜짝할 사이, 상대의 검집에서 검을 꺼낸 토르가 그의 목에 검날을 가져다 댔다. 가까이 다가서는 것도 눈치채지 못할 만큼 빠른 움직임이었다. 졸지에 제 검을 빼 앗긴 것도 모자라 겨눠진 남자가 움찔했다.

"여기는 국경 지역이다. 다른 영지의 기사단에 허락도 없이 무장하고 들이 닥치는 건 즉결 처분 대상이란 걸 알고 있나?"

"이, 이 무도한 제국 놈이!"

"소속과 이름! 두 번은 없다."

토르의 목소리가 더욱 싸늘하게 낮아졌다. 끝까지 목소리를 높이던 청년도 목에 실금이 그이기 시작하자 입을 다물었다.

그가 끝까지 말하지 않았던 소속과 이름은 뜻밖에 한스에게서 나왔다.

"실례지만 외양과 말투를 볼 때, 란델 공국, 글로리 기사단의 단장인 제이 미 프라이하이트 경이시군요."

"……나를 아나?"

"제 부인에게 들은 적이 있어서 말입니다."

살짝 고개를 돌린 한스가 셰리가 숨어 있는 연무장 입구를 힐끗 훑었다. 줄리아가 큰 문제는 되지 않을 거라고 해서 단장에게는 그녀의 정체를 말 하지 않았다.

모처럼 단장이 마음에 들어 한 여성이셨다. 지위에 얽매이지 않고 연애 만이라도 해 보시길 바랐는데. 그 판단이 이런 결과를 초래했으니, 입이 열 개라도 할 말이 없었다.

아마 줄리아도 카셰이라 소후작도 약혼자 후보가 기사들을 이끌고 제국 까지 쳐들어올 줄 몰랐을 테다. 어차피 모레면 떠나실 분이다. 여기는 보는 눈이 많으니 일단 진정시켜서 돌려보낸 후에…….

한스가 사람 좋은 미소를 지으며 무어라 말을 하려는 때였다. 여전히 검을 겨눈 채인 토르가 고저 없는 음성으로 물었다.

"그래, 글로리 기사단장 제이미 경. 그 약혼자가 누구지?"

"카셰이라 미하르쉘 공녀님이다. 여기에 계시다는 확실한 제보가 있었어! 내부를 수색해서라도 모시고 갈 거다."

"카셰이라 미하르쉘……?"

생소한 이름에 토르가 고개를 갸웃했다. 들어 본 적이야 있다. 제국과 공국 모두에 막대한 영향력을 가진 유명한 인물이니까. 하지만 그런 영애가 왜 이런 곳에?

"자, 잠깐만. 단장? 제이미 경? 이쯤 하시고……."

그러나 이번에도 한스는 한발 늦고 말았다. 검날이 목에 파고드는데도 제이미는 눈을 까뒤집고 고래고래 소리를 질렀다.

"어떻게 감히 우리 공국의 '올리비아'이신 분을 모른다고 하는 거지? 장미처럼 붉은 머리카락에, 녹색 잎사귀처럼 싱그러운 눈동자까지! 성녀의 현신이시다!"

"성녀라니, 무슨……."

발악하는 남자의 목에서 검날을 약간 떼어 내며 토르가 미간을 찌푸렸다. 공국의 성기사라더니, 미친 자가 아닌가. 성녀가 나타나지 않은 지 벌써 몇 백 년이다. 애초에 역사서에 기록된 성녀는 붉은 머리도 아니고…….

"아?"

외양의 설명을 듣자마자 번개처럼 뇌리를 스쳐 지나가는 누군가가 있었다. 하지만 그녀는 이곳에 파견 기사로 잠시 왔을 뿐이고, 분명히 손에도 흔적이…….

검을 쥐고 있던 토르의 손에서 천천히 힘이 빠져나갔다.

생각해 보면 이상한 점이 한두 가지가 아니었다. 이 시기에 갑작스러운 인력 충원이었다. 심지어 이런 국경 지역에 다른 가문 소속의 기사라니.

아버지께서 직접 언급하신 데다 후작가의 공인된 추천장이기에 별다른 의심을 하지 않았다. 하지만 일개 행정직 기사를 공작이 되신 아버지께서 신경 쓰실 리가 없지 않은가.

"……."

끝내 토르가 쥐고 있던 검 끝이 땅바닥에 부딪히며 날카로운 금속성의 소리를 냈다. 왜, 왜 의심하지 못했을까. 붉은 머리카락의 카셰이라 공녀는 대륙 최고의 미인으로도 이름이 높았는데.

'의심하지 못한 게 아니라, 하고 싶지 않았겠지.'

토르는 입 안의 살을 아프게 깨물었다. 한심했다. 이것이 바로 사랑에 눈이 멀어 우를 범한 게 아니고 무엇이겠나. 심지어 이 상황이 되고서도 그가 충격을 받은 건 전혀 다른 부분이었다.

약혼자라니. 저런 남자와 결혼을 하는 건가. 이대로 제 마음 한번 고백해 보지 못하고 물러나야 하고?

어제 그녀가 부케를 받으며 활짝 웃던 모습이 다시금 떠올랐다. 뒤이어 다른 남자의 팔짱을 끼고 결혼식을 올릴 모습이 상상되었다.

결혼식뿐일까, 지금껏 자신과 해 왔던 것들을 그 남자와…….

토르는 저도 모르게 이를 갈았다. 아니, 이대로 포기할 순 없다. 늦지 않았다. 일단 지금 꼴사납게 날뛰는 이 녀석부터 즉결 처형하고 나면 생각해 볼 일이다.

잔뜩 가라앉아 있던 보라색 눈동자가 사납게 빛을 발했다. 검을 잡은 손에 다시금 힘이 들어가려던 때였다.

"누가 네 약혼자라는 거야? 제이미 프라이하이트."

하나로 묶었던 머리카락을 풀어 내리며 셰리가 연무장 안에 들어섰다. 그녀를 발견하자 제이미가 반가운 얼굴로 다가서려 했다.

"역시 이곳에 억류되어 계셨군요. 하지만 걱정 마십시오. 이 비열한 제국 놈들에게서 저희가……!"

"닥쳐."

셰리가 싸늘하게 일갈했다. 처음 보는 그녀의 모습에 연무장 안엔 조용한 분위기만 맴돌았다. 뒤이어 셰리는 차가운 표정으로 말을 이어나갔다.

"첫 번째로 난 네 약혼자가 아니야. 할아버님께서 멋대로 정하신 약혼자 '후보'였을 뿐이지. 그리고 두 번째, 내가 억류되어 있다고 누가 그래?"

"하, 하지만 카셰이라 님께서 신분을 숨기고 이런 비루한 영지에 계실 이유가 없지 않습니까."

"이건……. 그래! 내 아버님과 베거티 공작 각하께서 합의하에 추진한 일이야. 서로의 영지 교류 차원에서 그런 거지. 의심스러우면 추천장을 보여 줄 테니 확인해도 좋아."

부모님이 공인한 '가출'이 '영지 간의 교류'로 탈바꿈하는 순간이었다.

그렇게 제이미의 입을 막은 셰리가 턱을 치켜들었다. 이제 그녀가 나머지를 수습해야만 했다. 그가 주장한 혐의들이 사실이라고 해도 공국인이 타 영지에서 일으킨 소란은 정당화될 수 없다.

그래서 셰리는 그녀가 죽어도 쓰기 싫어하던 '올리비아'의 지위를 이용하기로 했다. 이 고지식한 성기사들에게 제국법이나 소후작으로서의 지위는 통하지 않을 테니까.

"제이미 경을 제외한 글로리 기사단 이하 기사들에게 명한다. 당장 제이미 경을 구속하고, 본국으로 송환해서 군법 회의에 회부하도록 해. 혐의는 '올리비아'의 약혼자를 참칭한 죄. 독단으로 제국과 공국 간의 우호 관계에 위협을 가한 죄…… 정도로 하지."

"자, 잠깐만요. 카셰이라 님! 읍, 으읍!"

"존명! 올리비아 님의 명령에 따릅니다."

글로리 기사단의 모두는 이미 판세가 기울었다는 걸 눈치챘다. 그래서 재빨리 제이미의 입에 재갈을 물리고 포박한 채 셰리의 명에 따랐다. 뒤이어 눈치 빠른 한스가 서둘러 연무장의 모두를 퇴장시켰다.

"……."

그러나 진짜 문제는 지금부터였다. 집무실로 돌아온 셰리는 여전히 입을 꾹 다물고 서 있는 토르의 분위기를 살폈다. 제게 실망했을까. 속인 건 아니지만 기만했으니 분명 화는 났을 테다.

"저기, 단장님."

"거둬 주시지요. 대귀족인 공녀께서 부르시기엔 적절하지 않은 호칭입니다."

셰리의 가슴이 철렁 내려앉았다. 지금처럼 그녀에게 거리감을 내비치기보다 차라리 화를 내는 게 나았다. 손끝을 달달 떨면서 셰리는 토르에게로 다가갔다. 가까스로 다가갔지만 차마 어제처럼 옷자락을 잡을 수조차 없었다.

"미안, 미안해요. 처음부터 속이려던 건 아니었어요. 할아버님은 아까 그 제이미 놈이랑 약혼하라고 하셔서, 그게 싫어서."

"……."

토르는 아무런 반응도 보이지 않았다. 그 모습에 셰리는 저절로 눈앞이 뿌예지는 걸 느꼈다. 눈 주위가 뜨겁게 달아오르고 있었다. 정확한 이유는 알 수 없어도 가슴이 찢어질 듯 아팠다. 불과 이틀 후면 그를 떠날 생각을 하고 있었으면서 이건 무슨 변덕일까.

결국 셰리의 올리브색 눈동자 위로 맺힌 눈물이 또르르 흘러내렸다. 그러자 크게 한숨을 내쉰 토르가 그녀를 품에 안았다.

"하, 내가 경에게 화를 낼 수 없다는 걸 알고 이러는 건가."

"미, 미안해요. 속인 것도, 오늘 곤란하게 만든 것도. 흑, 흐아앙."

안긴 가슴팍이 여느 때와 같이 너무 따뜻했다. 그래서 셰리는 그만 어린아이처럼 엉엉 울어 버리고 말았다. 토르도 그런 그녀의 등을 토닥여 주며 눈시울을 조금 붉혔다. 지금 이렇게 해결이 된다 해도 결국 결말은 같을 것을 알기에.

엄지손가락으로 셰리의 눈가를 닦아 주며 토르가 다정하게 뺨에 입을 맞췄다. 그리고 고백하려던 마음을 완전히 접었다. 지금 이 상황에서 고백해 봤자 달라지지도 않을뿐더러, 그녀의 마음만 무겁게 할 뿐이다.

"원망하지 않으니 걱정은 하지 않았으면 좋겠군. 난 두 달간 행복했으니까."

"단장님……."

"내일이 마지막인가. 이제 외성에서 종신 복무를 하게 되면 황도로 갈 일은 더더욱 없을 테니. 멀리서나마 경의 행복을 빌겠다."

셰리의 눈물이 거짓말처럼 멎었다. 그가 꺼낸 말에는 조금의 비꼼이나 원망조차 묻어 있지 않았다. 한 점의 거짓 없는 진심이라 더 가슴이 아려 왔다.

이렇게 끝이라고? 정말?

'아니, 내가 이 남자가 필요해.'

셰리는 지금 이 자리에서 확실하게 깨달았다. 그녀가 이제 정략혼이라는 선택지에 만족할 수 없으리란 걸. 그리고 그렇게 만든 건 여기에 서 있는 이 남자라는 것 또한.

남아 있던 눈물 자국을 전부 닦아 낸 셰리가 올리브색 눈동자를 빛냈다. 그리고 결연한 표정으로 물었다.

"정말 그걸로 되겠어요?"

"무슨?"

언뜻 이해하지 못한 토르가 미간을 좁혔다. 방금 자신이 한 말에 문제가 있었던가.

"그 추운 변방에서 평생 방벽만 보고 살겠다고요? 그러다가 장성한 조카가 이제 그 자리를 맡겠다고 하면요?"

"그걸 어떻게……."

토르가 놀라서 입을 벌렸다. 셰리의 말대로였다. 만약 조카들 중 하나가 외성을 담당하겠다고 하면 그에겐 선택권이 없었다. 자식 많은 가문에는 늘 자리가 부족했으니까. 할 말을 잃은 토르에게 셰리가 쐐기를 박았다.

"그리고 정말 내 행복을 빌 수 있겠어요?"

그 말에는 입조차 벙긋하지 못했다. 토르의 흔들리는 눈동자가 셰리에게 닿았다. 지난 며칠간 그가 소중하게 쓰다듬었던 뺨, 맞닿을 때마다 황홀했던 입술, 자신을 원하던 저 예쁜 눈동자까지. 토르는 아랫입술을 세게 깨물었다.

다른 남자도 그걸 알게 될 거라 생각하면 끔찍했다. 상상하기만 해도 심장이 까맣게 타는 것 같았다. 하지만 그렇다고 사실대로 말할 수는 없으니까. 그러니 그저 행복을 빌겠다는 말은 그가 지금 할 수 있는 최대한의 거짓말이었다. 셰리가 울먹이며 재차 물었다.

"내가 없어도…… 예전처럼 살 수 있어요?"

토르는 한숨을 내쉬었다. 이미 그녀를 알아 버린 뒤다. 어떻게 해도 예전으로 돌아갈 수 있을 리가 없다. 평생 이 사랑을 속으로만 삭이고, 억누르며 살아가겠지. 그의 눈가도 어느새 확연하게 붉어져 있었다.

"……아니."

셰리가 마른침을 삼켰다. 자신과 같은, 아니, 자신보다 더 절절한 마음이라면……. 방법이 아주 없는 건 아니다. 그래서 그녀는 당당하게 제안했다. 동부의 대귀족인 미하르쉘 후작가의 후계자이자 올리비아로서.

"이번에는 토르 단장님이 나한테 와요."

"뭐?"

생각해 본 적 없는 제안에 토르가 반문했다.

"우리 집에도 마침 자리가 있거든요. 실력 있는 기사단장도 필요하고, 그게 부담스러우면 마침 제 호위 기사도 새로 물색하는 중이니까."

토르는 이제 우는지, 웃는지 모를 얼굴이 되어 있었다. 손가락을 꼽아 가며 이야기하던 셰리가 슬쩍 그의 눈치를 보았다. 이다음은 단순한 스카우트 제의라고 할 수 없는데, 괜찮을까?

"제가 줄리아의 부케를 받는 바람에 3개월 안에 부군을 찾아야 해서……."

"지금 나한테 결혼하자고 말하는 건가?"

당돌하기 그지없는 말에 결국 토르는 픽 웃음을 흘렸다. 그에 셰리가 발끈했다. 그녀 나름대로 어떻게든 그의 자존심을 다치지 않게 노력하면서 용기를 낸 건데! 웃어?

"그럼, '임시'로 제 호위 기사라도 해 보고 결정하면 되잖아요!"

방금 전까지만 해도 흔들리던 토르의 눈빛이 단단해졌다. 그리고 비장한 얼굴로 그녀의 앞까지 다가왔다. 단호한 목소리가 그의 입에서 흘러나왔다.

"아니."

순간, 셰리는 충격 받은 얼굴을 했다. 그러자 토르가 한쪽 무릎을 꿇고 그녀를 올려다보았다.

자신을 위해 셰리가 어디까지 감수하고 이야기를 꺼냈는지 안다. 아마 한동안은 제 평판 때문에 그녀의 이름도 함께 구설에 오를 테지. 예전의 자신이라면 분명히 거절했을 제안이다. 하지만……

"가능하면 이번엔 '임시' 말고, '평생' 하고 싶은데."

"엥……. 아?"

셰리가 두 손으로 입을 막았다. 그중 한 손을 잡아 내린 토르가 손등 위에 입을 맞췄다. 3개월이라……. 아버지와 가족들, 원로들과의 협의를 고려하면 촉박하기 그지없는 시간이다. 그래도 그녀가 열어 준 가능성에 걸어 보고 싶어졌다.

"기꺼이 따르도록 하지. ……셰리."